KB167671

기다림의 끝

이카넬 장편소설

I

동아

기다림의 끝 I

초판 1쇄 인쇄일 | 2019년 06월 24일
초판 1쇄 발행일 | 2019년 06월 28일

지은이 | 이카넬
펴낸이 | 박성면
펴낸곳 | (주)동아

출판등록 | 제406-2007-000071호
주소 | 경기도 파주시 문발로 115, 세종출판벤처타운 201-A호
전화 | (031)8071-5201
팩스 | (031)8071-5204
E-mail | bear6370@hanmail.net

정가 | 12,800원

ISBN 979-11-6302-208-4 (04810)
    979-11-6302-207-7 (set)

ZERO NOVEL

기다림의 끝

이카넬 장편소설

I

동아

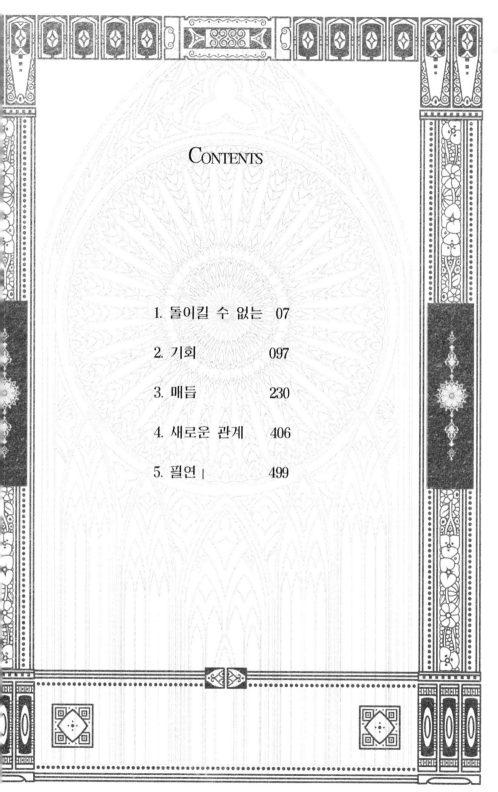

Contents

"올리비아, 사람은 무엇이든 자신의 몫만큼만 짊어지면
충분한 겁니다."

I. 돌이킬 수 없는

히이잉!

거칠게 투레질을 하는 말이 쏜살같이 젖은 진흙땅 위를 달린다. 거친 바람에 이리저리 풀어 헤쳐진 머리칼이 아프게 뺨을 스치며 휘날린다. 고삐를 쥔 손은 뜨거운데 심장부터 시작해 쇄골 언저리부터 목덜미, 귀 뒤와 정수리는 차갑게 식어 얼어붙을 것만 같다.

한참을 달리자 작은 수풀이 보인다. 미리 봐 두었던 곳이다. 이 정도면 죽지 않을 것이라는 확신이 든다. 어쩌면 최악의 상황이 닥칠 수도 있겠지만.

일생을 건 모험을 할 것이다.

나는 눈을 감고 고삐를 틀어쥔 손에 천천히 힘을 뺀다.

완벽하게 고장 난 장난감이 되어야 한다.

온몸의 뼈가 바스러진 정도여야 레너한은 나를 놓아줄 것이다. 아무 쓸모가 없으니까.

곧바로 몸이 위로 붕 뜨는 느낌이 닥쳐온다.

뒤이을 끔찍한 고통을 예견하면서.

* * *

나의 남편, 레너한 하퍼 백작의 정부는 유명한 코르티잔(Courtesan) 이었다.

흔한 이야기다. 그 정부가 돈을 원하는 평범한 매춘부라면. 그러나 유감스럽게도 그녀는 전혀 다른 부류였다. 한때 국왕의 첩이기도 했던 헤더 제누아는 아리따운 외모는 물론 철학, 정치, 무용에 능통한 여자였다. 지방에 별장 두 채를 갖고 있으며 수도에도 자기 소유의 버젓한 저택을 가진 부자이기도 했다.

공공연하게 파다한 정부의 소문이 밖으로 두드러지는 건 사교 시즌 때였다. 영지의 본관에서 수도로 함께 올라오지만, 매년 사오월이면 우리 부부는 얼굴을 마주하는 때가 드물었다. 국왕 주최의 연회를 제외하고 남편은 매 연회마다 나 대신 그녀를 데리고 나가 버젓이 선보였다.

마주 앉아 차를 따르던 애니가 불쑥 그 이야기를 꺼내며 열불이 난다는 듯 몸을 부들부들 떨었다.

"주제도 모르는 매춘부가 이젠 대놓고 마님의 자리를 노리고 있는 겁니다."

"애니, 말이 거칠구나."

"마님은 분하지도 않으세요?"

"애니."

씩씩대며 거기까지 말한 애니가 그제야 말실수를 깨달은 듯 황급히 입을 다물었다. 나보다 세 살이 많은 그녀는 내게 있어 수족이나 다름없는 시녀였다. 친정에서부터 날 따라왔으며, 내 유모의 딸이고 오랜 젖 자매였다. 그녀는 때론 친언니 같기도 했다. 이 하퍼 백작 저에서 유일하게 내 사람이었다.

불쑥 튀어나온 물음에 나는 바로 대답하기보다 그녀가 건네준 찻잔의 차를 한 모금 들이켰다.

"몸이 약한 나를 대신해 대외 활동을 해 주니 오히려 고마운걸."

"마님!"

아이러니하게도 태연한 내 대답을 듣고는 그 무슨 망발이냐는 듯 애니가 콧김을 뿜었다. 사람의 마음이란 이리도 간사한가 싶었다. 그 모습에 되레 마음이 진정되는 기분인 걸 보면. 그러면서 한편으론, 자학적으로 뱉은 말에 왼 가슴으로 아린 통증이 밀려들었다.

몸이 약한 본부인을 위해 대외 활동을 대신하는 정부.

내 입으로 뱉은 말이나 그건 사실이 아니었다. 그저 사교계에 떠도는 소문이자, 내 남편인 레너한 하퍼 백작이 내 부재에 대해 주변에 늘어놓은 이유이기도 했다. 소문 속에서 나는 오랜 지병으로 몸이 좋지 않아 대외 활동을 내조할 수 없는 허울뿐인 아내였다. 새삼 분노에 치를 떨 일도, 슬픔에 손수건을 적실 일도 아니었다. 열일곱 살 때 하퍼 백작가로 시집을 와, 십 년을 그와 함께 살면서 지난 칠 년이 그랬다. 계기는 명료했다. 스무 살 때 내 부주의로 인한 사고로 아이가 유산됐다. 그 뒤로 모든 게 뒤틀렸다.

의사가 불임 통보를 내린 후 동갑인 남편 레너한 백작은 보란 듯이 첩을 들였다.

저보다 여덟 살이 더 많은 헤더 제누아를.

목구멍에 뭔가 막힌 듯 답답한 표정으로 나를 바라보던 애니가 대뜸 말했다.

"그 늙은 여우가 무슨 수를 쓰기 전에 내치셔야 해요!"

"애니."

지금 응접실에 우리 둘만 있다고 해도 이 타운 하우스에는 항상 듣는 귀가 있었다. 조용히 이름을 부르자 그녀가 바로 입을 꾹 다물었다. 이번엔 좀 전과 달리 왜 자신을 나무라는지 모르겠다는 표정이었다.

나는 속으로 애니의 말을 곱씹었다. 주제도 모르는 매춘부, 늙은 여우, 간교한 마녀……. 지난 칠 년 동안 애니가 헤더를 부르는 명칭은 다양했다. 종종 그 창의력에 감탄할 만큼.

"헤더를 내치면, 그다음은 없을 것 같니?"

"마님……."

"분명 또 다른 헤더가 올 거란다."

내 말에 아랫입술을 잘근 깨물던 애니가 항변하듯 소리친 것은 다음 순간이었다.

"백작님께서는 마님을 사랑하세요!"

"뭐……?"

뜬금없는 소리에 고개가 불쑥 들렸다. 전혀, 생각지도 못한 말이었다. 내가 대꾸 대신 지긋이 바라보자 얼굴이 빨개진 애니가 잠시 숨을 고르더니 말을 이었다.

"마님께 차갑게 구시는 것 같지만, 시선은 항상 마님을 보고 계세요. 어딜 가시든 행적을 물어보시고요. 관심이 없고 사랑하지 않는다면 그렇게 하실까요?"

"……."

"덧붙여 그 여자를 아무리 아끼는 듯해도, 결국 본채 출입을 금하시잖아요."

이어지는 애니의 주장에 잠시 입을 다문 건 그때였다. 그녀의 말은 사실이었다. 레너한은 그녀를 나와 같은 본채에 둘 정도로 뻔뻔한 위인은 못 되었다. 헤더는 보통 사교 시즌이면 수도에 있는 자신의 집에 머물렀고, 그 외의 계절엔 영지의 대저택에서 본채와 한참 떨어진 별채에 머물렀다.

그렇대도 그가 나를 사랑한다는 건 아니었다. 그녀는 결정적인 오해를 하고 있었다. 그가 내게 시선을 고정한다는 건 아마도 체면 때문일 것이다. 혹여라도 허튼 시도를 할까 봐. 귀족 사회의 이목이 있었고, 개인적으로 규탄을 받을지언정 사회적으로 비난받는 것은 그가 원하는 바가 아니었다.

레너한은 나를 서서히 말려 죽이는 것을 원했다. 남들 눈에도 우리가 겉으로는 우호적인 관계여야 한다고 믿는 것 같았다. 마치 어린아이의 그림책에 나와 있는 금실 좋은 부부처럼. 예나 지금에나 여성의 부정(不貞)은 불명예로 모자라 죽음에까지 미치는 치명적인 문제였다. 기본적으로 그는 나를 믿지 못했다.

"피곤하구나, 애니."

"마님……."

"좀 누워 있어야겠어."

대답 대신 찻잔을 내려놓았다. 본래 그리 연약한 몸은 아니건만, 언제부턴가 몸이 썩 좋지 않은 것을 느꼈다. 가벼운 어지럼증이었다.

* * *

그대로 낮잠에 들어 일어나 보니 어느새 늦은 낮이었다. 땀에 젖어 축축한 몸이 무거웠다. 상체를 일으켜 침대 협탁에 놓인 물 잔이 보였다. 그것을 마시려 손을 뻗는 순간 대신 잔을 건네주는 손길이 있었다. 익숙한 손이었다. 온몸이 본능처럼 경직됐다.

물 잔을 받아 마시곤 느릿하게 고개를 들었다.

"레너한."

“올리비아.”

언제부터 머리맡 의자에 앉아 나를 바라본 건지 조용히 침전한 호박색 눈동자가 내 유약한 벽안과 마주쳤다. 나는 말없이 그의 동공을 바라보다 그의 호선을 이루는 콧대와 단정한 이마, 언제나 흐트러짐 없는 완벽한 검푸른 머릿결을 눈으로 훑었다.

처음 만나 결혼한 지 십 년이 지났지만, 그는 그다지 변한 게 없었다. 조금 더 키가 크고 어깨가 벌어져 단단해진 것 외에는. 반면에 나는 점점 작아졌다. 외적인 모습이 아니라, 내적으로.

“현기증을 느꼈다고 들었어. 몸은 괜찮아?”

망설임 없는 차가운 손길이 내 이마에 와 닿았다. 소스라치게 놀란 마음을 드러내지 않기 위해 아랫입술을 깨물었다. 걱정 어린 목소리와 눈동자에 쓴웃음이 나왔다.

분명 남들 눈에는 사랑하는 아내를 걱정하는 다정한 남편으로 보일 것이다. 그는 언제나 완벽하길 원했다. 타운 하우스는 테레즈의 대저택보다 좁았고, 하녀들이 복도를 수시로 돌아다녔다. 소문은 발보다 빠른 법이었다. 그들의 눈에 띄는 것은 좋은 선택지가 아니었다.

한 달 만의 재회였다. 그는 반나절 만에 본 사람처럼 굴었다. 너무나 자연스러워 나조차도 그렇다고 믿어 버릴 지경이었다.

“……좋아졌어.”

뿌리치는 것처럼 느껴지지 않게 물 흐르는 듯한 손짓으로 그의 손등을 덮고 이마에서 떼어 냈다.

“전보가 빨리 가닿았네.”

그가 웃었다. 새삼 내 소식을 듣고 이곳으로 달려온 게 아니다. 나는 알고 있다. 나는 그의 소유이며 애완동물이었다. 기분이 내킬 때 한번 돌아봐 주는 존재.

내가 사람을 통해 보낸 건 사교 시즌이 끝날 때까지 수도에 머무르고 싶지 않다는 전보였다. 그가 이리 빨리 반응을 보내올 줄은 몰랐지만.

저녁 식사 메뉴를 물어보듯 담담한 물음이 돌아왔다.

"거기에 숨겨 놓은 애인이라도 있어?"

"레너한."

"돌아가고 싶어 안달하는 게 보여서."

질끈 눈을 감았다. 말 한마디 한마디가 가슴을 헤집는 느낌이었다. 그의 반응 하나에 천국과 지옥을 오가는 스스로가 끔찍했다. 벗어나고 싶다고 바라고 바랐지만, 결국엔 모두 무산되어 다람쥐 쳇바퀴 굴리듯 언제나 제자리걸음이었다. 일이 생긴 다음에 얼마간 그는 무척이나 다정했다. 곧 언제 그랬냐는 듯 원래대로 돌아왔다. 구석에 몰아 놓은 생쥐를 가지고 노는 고양이처럼.

정부를 버젓이 거느린 너만 할까?

목구멍까지 그 말이 차올랐지만, 간신히 꾹 욱여넣었다. 레너한은 천박한 말과 행동을 경멸했다.

"그런 게 아니라는 걸 알잖아. 몸이 안 좋아서야."

"알았어. 이제 한숨 더 자, 올리비아."

내 뺨에 쪽 키스를 하며 그가 상냥하게 속삭였다. 늘 연기하던 대로. 사랑하는 아내를 잠재우는 다정한 남편처럼. 그러나 나는 더 이상 속지 않는다. 대답하는 대신 조용히 눈을 감는다, 그가 어서 자리를 피해 주길 기도하면서.

* * *

길거리의 구걸하는 꼬마조차도 알고 있는 사실이다. 제일 높은 곳일수록 오히려 도덕적인 결함이 있기 마련이라는 것. 상류층에선 더더욱. 그런 의미에서 정부의 존재는 크게 드문 일은 아니었다. 공공연한 정부의 존재에도 내가 겉으로나마 담담할 수 있는 것 또한 그 이유 때문이었다. 결혼 전 아주 예상하지 못했던 일은 아니었기 때문에.

표리부동한 귀족 사회에서 얼마든지 있을 수 있는 일. 정작 표면적으로는 별문제 없고 평화로워 보이는 우리 부부의 치명적인 결점은 다른 데 있었다. 데면데면한 부부 사이에서조차 한 명쯤 있는 아이가, 우리 사이엔 없다는 것.

혼인한 지 십 년이 되도록 하퍼 백작 부처 사이에 어떤 자녀도 없다는 것을 사람들이 뒤에서 숨죽여 이야기한다는 것을 알고 있다. 그걸 우리 부부가 가진 또 다른 불화의 증거로 삼는다는 것도. 무지란 때로는 잘 벼리어진 칼보다 날카로웠다.

차창을 내다보는데 불쑥 애니의 목소리가 들렸다.

"마님, 몸은 좀 어떠세요?"

"좋아."

"더 주무시지 않고."

고개를 내저었다. 잠시 눈을 붙였지만 작게 덜컹거리는 마차 안에서 숙면하기란 어려웠다. 맞은편에 앉은 애니가 커튼을 닫으려는 걸 고개를 저어 말렸다. 꼬리가 긴 햇볕이 정수리 위로 어슷하게 쏟아졌다. 어느덧 여름도 중엽에 접어들어 낮이 가장 긴 시기였다. 지금이 몇 시인지 가늠하기가 어려웠다.

내가 묻자 대답이 곧장 돌아왔다.

"타운 하우스에서 나온 지 얼마나 지났지?"

"한나절 정도요."

머릿속의 셈이 빠르게 지나갔다. 손 빠른 하녀들이 꾸려 놓은 짐을 마차 위에 싣고 길을 나선 게 오전 열 시쯤이니, 지금은 대략 오후 서너 시 정도라는 이야기였다. 수도에서 영지까지는 쉼 없이 말을 달리면 이틀 정도의 거리였다. 중간중간 말에게 물을 먹이고 여관에서 쉬면 사흘까지도 걸렸다.

가능하면 빨리 영지로 돌아가고 싶었다. 편한 차림으로 갈아입고 지금쯤 푸른 수국이 흐드러지게 피어 있을 정원을 거닐거나, 서재의 카우치에 기대앉아 수도로 오기 전 읽다가 만 책을 읽고 싶었다. 언제나 그래 왔지만, 연회장에서 어린 아가씨를 감시하러 온 음침한 샤프롱처럼 답답한 타운 하우스에 갇혀 사교 시즌이 어서 지나길 기다리는 건 끔찍했다.

자연스레 내 나이를 생각했다. 어느덧 이걸 십 년이나 반복해 왔다.

어찌 보면 엄연히 십이 년이었다. 열다섯 살에 데뷔탕트(Debutante)를 치른 이후 계속해 왔으니까. 물론 그때는 약간 처지가 달랐다. 껍데기 위로 화려한 선물 포장을 하고 구두의 굽이 닳을 때까지 쉴 없이 왈츠를 췄다. 알지도 못하는 귀족 자제의 손을 잡고 몇 번이나.

어서 누구라도 나를 사 주기를 바라면서.

이 년의 시간을 걸쳐 열일곱 살 되던 해, 그런 내 손을 잡은 게 레너한이었다. 감히 바라지도 않았던 상대.

한동안은 스스로가 동화 속 재투성이 아가씨라도 된 듯했다. 문득 쓴웃음이 지어졌다. 어렸던 나는 그토록 어리숙했다.

"무료하세요?"

"조금."

수를 놓던 애니가 손을 무릎에 내려놓고 물었다. 나는 무심히 대답하며 다시 창으로 시선을 돌렸다. 한겨울이라면 이미 밤 어스름이 질 시간이지만, 해는 약간 기울어져 있을 뿐 여전한 높이에 있었다. 다행이었다. 동이 졌다면 아쉬울 풍경이었다.

수도에서 조금만 벗어나자 사방엔 온통 광활한 평원이 펼쳐졌다. 얼마 전 닦인 신작로는 군데군데 자잘한 돌들이 놓여 있었지만 대부분 매끈했고, 길을 중앙으로 양옆에 펼쳐진 풍광은 탁 트여 있어 갑갑한

속이 조금은 풀리는 것 같았다. 문득 결혼 이후, 처음으로 우리 부부가 함께 수도로 올라왔던 날이 떠올랐다.

부부의 연을 맺어 국왕의 축복을 받기 위해 알현하는 공식적인 자리라 준비할 것이 유달리 많았다. 왕에게 바칠 진상품과 연회에서 갈아입을 수많은 장신구와 구두, 드레스를 실은 마차 세 대, 시중을 들 본관의 사용인 몇 명이 따로 탈 마차 두 대까지 함께였다. 나와 레너한이 탄 마차를 위시한 총 여섯 대의 행렬이 이어졌다.

긴장되어 내내 굳어 있던 손을 잡은 건 맞은편에 앉아 가던 레너한이었다. 조용히 독서 중이던 그가 이내 읽던 책을 옆으로 내려놓고 맞은편에서 내 옆으로 옮겨 앉았다.

─올리비아, 낯빛이 안 좋아. 어디 불편해?

─그냥 좀…… 멀미가 나는 거 같아.

지체할 수 없는 빼곡한 일정임에도 내 한마디에 레너한은 기꺼이 창을 열고 마부를 불러 마차를 세웠다. 그리고 맞은편에 있던 쿠션을 집어 들었다. 아마 베개 대신 쿠션을 챙겨 주고 다시 자리로 돌아가려는가 싶더니, 그것을 자기가 앉았던 자리에 두고 대신 제 허벅지를 가리켰다.

─여기 누워 봐.

─레너한?

당황한 내가 묻자 그가 내 팔을 잡아끌어 몸을 뉘었다.

─자다 보면 금세 도착할 거야.

뜬금없는 그의 돌발 행동에 내 몸이 굳어 버린 건 당연한 결과였다. 오히려 앉아 있던 좀 전보다 더 불편했다. 어머니조차 내게 해 주신 적 없던 친밀한 행동이었다. 하물며 그와 나는 부부의 연을 맺었다 해도 만난 지 겨우 한 달밖에 되지 않은 사이였다.

―…….

하지만 고민한 것도 잠시, 역시 인간은 적응의 동물인지 금세 긴장한 몸이 이완되며 한순간에 편해졌다. 멀뚱멀뚱 눈을 뜬 나를 내려다보던 레너한이 손바닥을 올려 내 눈을 덮었다. 다정한 손길이었다.

―한숨 자.

―자고 일어나면 도착해 있을까?

―아마도.

―그럼, 사양 않을게…….

마치 어릴 적부터 알고 지낸 스스럼없는 소꿉친구처럼 이런저런 이야기를 하다 보니 조금씩 눈이 감겼다. 끔벅이던 눈꺼풀이 완전히 닫히기 직전, 그가 조용히 웃으며 속삭였다.

―좋은 꿈 꾸시길, 부인.

그때도 이리 해가 긴 계절이었던가. 그것까진 기억나지 않았다. 마차는 아늑했고, 그것으로 충분했다. 레너한과의 공간은 마차 밖의 세상과는 분리된 또 다른 세계였다.

남편이 죽 맞은편 의자에 앉아 가게 된 건 결혼한 지 삼 년 지난 후였다.

냉랭해진 관계지만, 숨이 막힐 듯한 적막은 없었다. 마주 앉은 그는 여느 평범한 남편처럼 나를 대했다. 적당한 무관심과 침묵. 마차의 출발과 동시에 간간이 일상적인 대화가 오갔지만, 그도 잠시였다. 몸은 나와 같은 마차 안에 있지만, 마음은 머지않아 뒤따라올 그 여자의 옆에 있다는 걸 모를 수가 없었다.

생각해 보면 치졸한 복수였다. 속없는 사람처럼, 제삼자처럼 그들과 한 발자국 떨어져 태연히 굴지만 난 헌신적인 아내도, 아량 넓은 성녀도 아니었다. 칠 년 전부터 지금까지 헤더 제누아는 매일 차를 마셨다. 내가 제조한 피임 차였다. 여자의 몸에 해가 가지 않는 찻잎을 넣어 배합한. 그건 음모도 계략도 아니었다. 그녀가 처음 테레즈(Terez) 영지에 발을 들이고 난 일주일 후, 직접 찾아가 그녀에게 통보하듯 던진 말이었다.

—제누아 양, 난 남편의 정부는 용납해도 남편의 사생아는 용납할 수 없습니다.

'레이디'라는 호칭은 도저히 나오지 않았다. 출신은 중요하지 않았다. 설령 귀족이라 하더라도 그녀는 내게 그 무엇도 아니었다. 단지 남편이 데려온 여자일 뿐.

그게 초연한 척 연기하는 나의 한계였다. 올리비아 하퍼는 그토록 얄팍하기 그지없는 여자였다. 헤더는 아무 반발도 없이 내가 건넨 차를 받아들였다. 언젠가 레너한이 자신에게 질려 정부에서 내친다 해도, 그리고 그때 아무런 끈도 없이 떨어져 나간다 해도 상관없다는 듯이. 혹은 그따위의 수작은 웃어넘길 정도로 시시하다는 듯이.

누구의 입으로 소식이 전해진 건지 알 수 없었지만 얼마 후 식사 시간이었다. 레너한이 불쑥 입을 열었다.

—재밌는 짓을 했던데.

—……그게…….

무엇을 말하는 건지 대번에 알 수 있었다. 차마 말을 잇지 못하는 순간 끝으로 들고 있던 식기를 내려놓은 그가 자리에서 일어났다.

—수태 못 하는 불량품이니, 잠자리에서 좀 더 적극적으로 나서 봐.

다가오는 발걸음이 사신의 그것처럼 느껴졌다. 마주 잡은 두 손이 벌벌 떨렸다. 발가벗겨진 채 그의 앞에 서 있는 기분이었다. 어떤 식으로 어떻게 말하면 가장 상대가 비참할지 그는 잘 알고 있었다.

—혹시 알아? 사생아를 만드는 대신 후에 네 소원대로 방계에서 양자를 들일지.

순간 눈과 귀를 믿을 수 없었다. 처음에 내가 알던 그와 같은 사람이 맞나? 사랑이 그토록 변할 수 있는 것인가? 아니, 날 사랑하기는 했었나? 악을 쓰고 주저앉아 저주라도 퍼붓고 싶었다. 야속하게도 터질 것 같던 머릿속과 달리 몸은 얼음장처럼 차갑게 식어 있었다. 그대로 손을 잡혀 침실까지 끌려갔다.

지독한 밤이었다.

폐부까지 달라붙은 상반된 기억들이 지워 버리려 해도 얼룩처럼 남아 없어지지 않았다. 늪에 빠진 것처럼 숨이 막혀 왔다.

목소리가 들린 것은 그때였다.

"마님!"

"……애니."

"괜찮으세요? 식은땀을 흘리시길래……."

"괜찮아."

놀란 애니가 소리를 지름과 동시에 상념에서 벗어났다. 손수건을 갖다 대는 그녀의 손길을 막는 순간, 동시에 마차가 잠시 크게 흔들리더니 갑자기 멈춰 섰다. 놀란 말들이 히힝 우는 소리가 들렸다. 무슨 문제가 생긴 모양이었다. 마부석에서 내려온 마부가 다가와 마차 문을 두드렸다. 애니가 문을 열자 그가 난처한 기색으로 서 있었다.

"방금 무슨 일이에요, 아저씨?"

"전날 비가 와서 땅이 축축해졌는데, 구덩이에 바퀴가 잘못 빠진 것 같습니다."

"네? 어떡하죠? 큰일이에요, 마님."

마부의 말에 내게 고개를 돌리며 애니가 말했다.

"글쎄. 자네가 혼자 들기엔 바퀴가 무겁고, 마차 안에 있는 건 우리뿐이니……."

무심히 뇌까리며 든 생각에 입을 다물었다. 그러고 보니 이 근처에 마을이 있던가? 한 번도 이 근방에서 쉬었던 적이 없어서 알 수 없었다. 그래도 괜찮았다. 돈이라면 있으니 노동력만 구하면 될 일이었다. 마차의 크기가 크기니 장정 두엇 정도가 필요했다.

상황 판단이 끝나니, 결론 또한 빠르게 나왔다.

"근처 마을에서 인부들을 불러야겠구나."

"그럼 좀 둘러보고 오겠습니다."

내 명령을 기다린 듯 작게 묵례를 한 마부가 바로 발길을 튼 찰나였다.

히이잉!

어디서 말발굽 소리가 들리더니 안장에서 누군가 내려오는 소리가 났다. 소리만 들어도 날렵하고 군더더기 없는 움직임이었다. 아직 해가 떠 있고 트인 길 한가운데니 혹여 괴한이나 강도를 만날 가능성은 적었지만, 저절로 몸에 긴장이 들었다. 발자국이 점점 다가왔다. 겁에 질리거나 그다지 놀라는 것 같지 않은 마부의 반응을 보아 다행히 위험한 사람은 아닌 듯했다.

마차 문을 닫은 마부가 경계하며 물었다.

"누구시오?"

저벅저벅 다가오던 발걸음 소리가 멎었다.

"지나가던 사람인데."

돌아온 건 젊은 남자의 목소리였다. 낮은 톤에 어딘지 울리는 듯한 깊은 목소리였다.

"혹 도와드릴 일이 있습니까?"

더할 나위 없이 정중한 어조로 남자가 물었다. 커튼이 쳐진 창 너머 얼핏 옆모습이 보였다. 보기 드문 미남자였다. 큰 키에 남자다운 체격, 잿빛이 도는 애쉬 블론드의 머리칼과 속을 알 수 없는 검은 눈동자.

이상하게도, 어쩐지 조금 낯이 익었다.

이 상황에선 달리 선택의 여지가 없었다. 나는 기대치 못한 호의를 기꺼이 받아들였다. 나와 애니가 마차에서 나오자 남자는 가볍게 마차의 바퀴를 들어 올렸고, 거짓말처럼 순식간에 문제가 해결됐다.

도우려다 거절당한 마부가 솔직하게 감탄했다.

"일반적인 장정 서너 명이 붙어야 들 수 있는 무겐데, 대단하십니다."

"별일 아닙니다."

담백한 대꾸가 돌아왔다. 그제야 나는 천천히 남자를 살폈다. 제일 먼저 와 닿은 건 희미한 백단향이었다. 겨울 숲 한가운데 서 있는 듯 청량하고 맑은 향기가 났다. 살피는 시선을 느꼈는지 남자가 고개를 돌렸다. 눈이 마주쳤다.

"도움이 되었다면 다행입니다."

나이는 스물은 훌쩍 넘어 보였다. 그는 어딘가 초탈한 듯한 분위기를 풍겼다. 삶의 많은 고비를 넘어온 사람만이 가질 수 있는 여유로움. 뒤따르는 수행원은 없어 보였다. 옷차림으로 미루어 볼 때 단정한 차림이었지만 그리 값비싼 원단이 아니어서 고위 귀족으로 보이지는 않았다. 덧붙여 진흙이 고인 웅덩이에 발을 들여놓는 것도 개의치 않고, 큰 힘을 쓰는 데도 낯빛 하나 변하지 않은 것을 보아 더더욱 그랬다. 견습기사나 정식기사일까.

묘한 것은 이 남자에게서 왠지 모를 귀티가 나는 점이었다. 탐욕스러운 졸부나 신분을 사서 귀족이 된 자들에게는 절대 흐르지 않는 위엄이었다.

"어찌 감사의 인사를 드려야 할지……."

눈치가 빠른 마부는 그에게 아까처럼 섣불리 말을 놓지 않았다. 그가 애매하게 말을 얼버무리자, 이제 주인인 내가 나서야 할 차례임을 느꼈다. 반 발자국 앞으로 나섰다.

"도와주셔서 감사드립니다, 경."

"아닙니다."

"괜찮으시면, 성함을 알 수 있을까요?"

끝에 호칭을 붙인 것은 존중의 의미라기보단 떠보는 의도에 가까웠다. 이 나라에선 최소 준귀족 대우를 받는 정식기사급이 되어야 경이란 호칭을 달 수 있었다. 만약 그보다 더 작위가 높은 귀족이라면 작위를 붙여 불러 주는 것을 원할 테고, 기사라면 무덤덤하게 받아들일 것이다.

대답 대신 잠시 묘한 시선이 닿았다. 그와 나의 거리는 성인 장정의 한 발자국 정도의 거리였다. 나를 내려다보는 눈빛이 새카맸다. 무슨 생각을 하는 건지 가늠이 되질 않는 눈동자였다.

"경?"

다시 한번 물었다. 흑단 같은 눈동자 앞에서 나는 마치 포식자를 눈앞에 둔 초식동물이 된 느낌이었다. 이상했다. 눈앞의 남자는 나를 도와준 사람이었다. 귀부인을 모신 적이 있는지 흠잡을 데 없는 정중함과 예의를 갖췄고, 레이디가 먼저 말을 걸기 전에 다가서지 않는 배려도 가졌다.

긴장된 침묵을 깨뜨린 건 상대 쪽이었다.

"빈센트라고 합니다, 백작 부인."

적막을 가르며 그가 대답했다. 빈센트, 나는 속을 뇌까렸다. 어딘지 유서 깊은 귀족의 이름을 가진 기사. 이 남자와 어울리는 이름이라고 생각했다.

"나를 아실 줄은 몰랐는데요."

놀라움을 누르고 묻자 남자가 짧게 웃었다. 목소리도 그렇고, 어딘지 사람의 시선을 잡아끄는 짧은 미소였다. 순간 잘못 본 것인가 싶을 정도로 찰나였다. 곧 무감한 표정으로 돌아온 그가 대답했다.

"하퍼 백작가의 인장이 그려진 마차 안에 귀부인."

"……."

"제가 아는 한은 당신이 유일합니다, 레이디 올리비아 하퍼."

그의 말에 난 잠시 눈만 끔벅였다. 물어본 내가 민망해질 정도로 당연한 말이었다. 예전에 먼발치서 한번 뵈었다든가, 혹은 외모 치레를 하며 한눈에 알아봤다는 등의 덧붙이는 이야기는 없었다.

첫인상에서도 알아봤지만, 이 담백한 기사는 없는 소리를 지어낸다든가, 입에 발린 소리를 늘어놓는 부류는 아니었다. 그래서 되레 마음에 들었다. 내가 생각하는 게 맞다면, 그에게 이 상황에서 답례라며 은화 몇 푼을 내미는 것은 오히려 상대에게 무례한 행동일 것이다.

바로 그 때, 대뜸 한 가지 생각이 떠올랐다.

"초면에 작지 않은 빚을 졌습니다, 빈센트 경."

"……."

"영지가 아주 멀지는 않으니, 백작 저에 들러 말에게 여물을 먹이고 며칠 머무르는 게 어떻습니까."

내가 뜬금없이 그런 말을 꺼낸 것은 두 가지 단서에서였다. 첫 번째는 그의 로브 옷깃에 걸린 브로치. 그리고 두 번째는 얼핏 봐도 지친 듯한 말의 상태. 전자는 나라 안을 돌며 순례를 하는 기사의 표식이었고, 후자로 보아 쉬지 않고 떠돈 것이 한동안은 된 듯 매우 힘들어 보였다. 그리고 다행히 나는 비록 허울뿐이라도 엄연한 백작 부인이었다. 넓은 저택과 다채로운 성찬과 몸을 누일 손님용 침실 정도야 얼마든지 준비되어 있었다.

"보답을 바라고 드린 도움이 아닙니다만……."

잠시 고민하는 듯 입술을 다문 빈센트가 시선을 숨을 몰아쉬는 말에게 향하더니, 잠시 생각하는 얼굴로 입을 다물었다. 그러고는 다시 천천히 나에게 돌렸다.

그가 말을 이었다.

"……염치 불고하고 감사히 받아들이겠습니다."

승낙이었다.

＊　　＊　　＊

거기까지는 신세를 지지 않겠다고 한사코 거절했으나, 불쑥 맞이하게 된 손님은 결국 내 맞은편에 사선으로 앉게 되었다. 이미 한참 지친 말의 안장 위에 앉는 것은 말에게 너무 가혹한 처사라는 애니의 말이 결정적으로 작용했다.

마차 안에 앉은 세 사람. 백작 부인과 기사, 그리고 수다스러운 귀부인의 시녀. 섞일 듯 섞이지 않는 조합이었다. 곧 불편해질 게 분명한 분위기에 윗사람인 내가 배려를 하는 편이 더 마음 편했다.

말없이 두 사람과 조금 떨어져 앉아 옆에 놓았던 시집을 폈다. 내 옆자리에 앉아 있던 애니가 그런 내 눈치를 보다 호기심에 못 이겨 그에게 작게 말을 거는 소리가 들렸다.

"기사님은 말투를 보아 북쪽 지역에서 오신 것 같은데 맞나요?"

"맞습니다."

여기서 말하는 '말투'는 북쪽 변경 특유의 악센트였다.

우아함을 미덕으로 생각하는 수도 쪽의 악센트가 부드럽고 끝말을 조금 길게 끄는 반면, 황량한 변방이 잇닿은 변경 쪽으로 다가갈수록 북부의 어조는 딱딱하다시피 끊어지고 끝마디도 짧았다. 실용적인 분위기가 지배적이라 일부 귀족들을 제외하곤 겉치레도 크게 하지 않았다. 그런 생활 방식을 고수하는 것엔 북 지방의 대표적인 영지 니힐(Nihil)이 대표적이었다. 남부를 비롯한 다른 지역 사람들은 그런 북부인들을 통틀어 무뚝뚝한 지역민이라 불렀다.

애니가 말을 이었다.

"이곳 남부에는 북부 사람이 드물어서 신기해요."

"그렇습니까."

나직한 호응이 돌아오자 애니가 조금 신난 얼굴로 말했다.

"예. 북부인들은 다들 인물이 좋다고 들었어요."

동의를 구하듯 나를 한번 쳐다본 그녀가 자그맣게 덧붙였다.

"무뚝뚝하고 차갑다는 인상도 있지만요."

기사가 대답 대신 고개를 까닥했다. 아마 그녀의 말에 딱히 대답할 말이 없어서였을 것이다. 그들의 특징을 그렇게 단순히 일단락하다니. 문득 예전에 동생인 엘리엇이 보낸 편지가 떠올랐다. 제국 벨로트에 있어 북부는 중요한 경계였다. 겨울이면 살을 에는 추위가 엄습하고, 눈이 녹을 무렵엔 자잘하게 경계에서 분쟁이 일어난다고 했다.

어느 날 불쑥 변경 밖의 야만인들이 무기를 들고 장벽을 기어올라 기습을 해 온 적도 종종 있었다고 했다. 그런 만큼 북부 출신 기사들은 손속에 자비가 없고 잔혹하기로도 유명했다. 일부 지역에서는, 밤잠 이루지 않는 말 안 듣는 아기에게 북부의 기사가 널 찾아올 거라고 겁을 주는 자장가 민요가 있을 정도니.

"여기까지 내려오셨으니 순례도 얼마 남지 않으셨겠네요."

보통이라면 여기서 겁을 집어먹고 입을 꾹 다무는 게 일반적인 반응이었으나, 애니는 달랐다. 나와 같이 그의 로브를 보고 현재 신분을 파악한 듯했다. 순례 중인 기사는 먼저 공격해 오지 않는 한 어떤 사람에게도 해를 끼쳐서는 안 됐다. 살생이 순례가 가지는 신성성을 훼손한다고 여기기 때문이다. 그 후에 얼마나 많은 피를 묻히고 살아갈지는 차치하고서.

"곧 끝납니다."

빈센트의 딱 자른 대답 이후, 얼마간 어색한 침묵이 이어졌다. 애니는 좀 더 이야기를 이어 가고 싶은 기색이었지만 연이어 돌아온 짧은 대답에 더는 할 말이 없는 듯 멋쩍은 얼굴을 했다. 정확한 지역과 소속을 물어보려 해도 순례 중인 기사에게 그를 묻는 것은 본디 실례였다.

다시금 조용해진 분위기가 나는 오히려 마음에 들었다. 이대로 영지에 도착하는 것도 나쁘지 않을 것 같았다. 조용히 책장을 넘기는 순간, 정적을 깨고 목소리가 들렸다.

"부인께선 서정시를 좋아하십니까?"

의외의 말에 느릿하게 고개를 들었다. 사선에 앉은 새카만 시선이 내게 와 꽂혔다. 시, 문학, 철학. 이런 것에는 전혀 관심도, 연관도 없을 것 같은 남자가 그런 말을 할 줄은 생각지 못했다. 게다가 더 의외인 점은 내가 들고 있는 것이 서정 시집이라는 점이었다. 이건 사랑의 환상이 있는 어린 아가씨, 그리고 귀부인들에게나 인기 있는 시집이었다. 어찌 보면 아이러니한 일이기도 했다. 사랑에 대해 이제 그 어떤 환상도 없는 내 손에 들리기엔.

이 시집도 얼마 전 무심코 샀으나 다 읽지도 못해 종종 손에 드는 책이었다. 때문에 시인에 대해 알지도, 시에 대해 알지도 못했다. 그렇기에 더욱 의아했다. 검을 드는 남자가 서정 시인을 안다니.

"의외군요. 이 시인을 아나요?"

"시집은 본 적 있습니다. 종종."

"……그랬군요."

대답 대신 반문을 돌려주자 빈센트가 작게 고개를 끄덕였다. 어쩌면 그에게 어린 누이가 있을지도 모른다는 생각이 들었다. 자연스레 그와 닮은 아가씨를 떠올렸다. 귀족 가문이라는 전제하에 오라비가 이 정도 인물이라면 그녀 또한 분명 데뷔했을 당시 수도에 소문이 파다했을 것이다.

이름도 모르는 앳된 아가씨를 상상하는 도중 그가 다시 말을 걸었다. 좀 전과 마찬가지로 생각지도 못한 내용이었다.

"실례가 아니라면, 시 중 하나를 낭독해 주시겠습니까?"

"그건……."

망설이는 사이 끼어드는 목소리가 있었다.

"시집가시기 전, 아가씨의 낭독은 유명했죠."

"애니."

힘주어 부른 건 대화 도중 끼어든 그녀의 무례가 아닌, 잘못된 호칭 때문이었다. 하지만 아랑곳 않고 애니가 다시 간청했다.

"오랜만에 맑은 목소리로 읊는 낭독을 저도 듣고 싶네요. 들려주세요. 네?"

"……."

그쯤 되자 더 거부할 수가 없었다. 예전 생각이 나니 하고 싶은 마음도 들었다. 늦여름 낮, 장미가 흐드러지던 정원 테라스에서 사촌인 세실과 애니가 나란히 장의자에 앉아 있고, 나는 그 앞에 서서 시집을 낭독했다. 작게 풀벌레 소리가 들려오고 코를 간질이는 꽃향기에 그대로 취해 버릴 것 같았던 나날이었다. 다시 돌아가고 싶어도, 돌아갈 수 없는 유년 시절.

마음이 정해지자 망설임은 없었다. 책장을 한 장 더 넘겼다. 눈에 들어오는 시가 있었다. 얕게 심호흡을 했다.

"그들은 나를 노하게 하였다
파랗게 얼굴이 질리도록
나를 사랑한 사람도
나를 미워한 사람도
그들은 나의 빵에 독을 섞고
나의 잔에 독을 넣었다

나를 사랑한 사람도
나를 미워한 사람도
그러나 가장 괴롭히고 화나게 하고
서럽게 한 바로 그 사람은
나를 미워하지도
사랑하지도 않은 사람."[1]

*   *   *

수도 퀸체로드(Quinzeload)에서 테레즈(Terez)로 돌아오는 여정은 당초 예상보다 짧았다. 날씨가 금세 화창해진 덕이었다. 질척해진 길 때문에 삼사 일 정도는 예상했던 것과 달리 우린 이틀 만에 목적지에 도달했다.

"도착했습니다."

신의, 지혜를 상징하는 가문의 인장이 양각된 철문이 육중한 소리를 내며 열렸다. 해가 길어졌다곤 하나 그래도 아직 어둑한 이른 새벽이었다. 불을 붙인 양초에 갓등을 씌운 애니가 창밖을 바라보며 가벼운 한숨을 내쉬었다.

"한 달 만에 돌아온 곳인데, 아주 오랫동안 떠나 있었던 거 같아요."

난 대답 대신 그녀의 말에 옅게 웃었다. 생각해 보니 한 달 전 이곳을 떠날 땐 셋이었고, 돌아온 지금도 셋이었다. 비록 한 명은 바뀌었지만.

얼마 뒤 마차 두 대가 자유롭게 드나들 법한 매끈한 길을 따라가던 마차가 미끄러지듯 멈춰 섰다. 미리 전보를 듣고 마중 나와 있던 집사를 비롯한 스무 명의 사용인들이 메인 홀의 대리석 계단 위에 일렬로 서 있었다. 원래라면 집사가 마차 문을 열면 내가 그의 에스코트를 받

---

[1]하인리히 하이네(Heinrich Heine), 「미워하지도 사랑하지도」

아 내리는 것이 일례였으나, 상황이 달라졌다. 저벅저벅 다가온 초로의 사내가 문을 열자마자 내린 건 낯선 남자였다.

집사가 놀란 눈으로 한 발짝 뒤로 물러서자 가뿐히 땅에 발을 디딘 그가 내게 손을 내밀었다.

"레이디 올리비아."

"빈센트 경."

내려오기 위해 그의 손을 잡는 순간이었다. 찰나에 손끝을 타고 흐르는 이상야릇한 기운이 흘렀다. 본능적으로 손을 뿌리칠 뻔했다.

"……."

다행히 충동은 그저 충동에서 그쳤다. 일순 내 손을 강하게 잡는 힘이 느껴졌고, 내 발은 아주 자연스럽게 마차에서 떨어졌다. 동시에 그의 손이 멀어졌다.

"기다렸습니다, 마님."

"그간 수고 많았네."

"이분은……."

자기 차례를 기다린 듯 잠시 물러서 있던 제럴드가 조심히 다가오자, 인사 겸 공치사 외에 어색한 분위기를 타파할 책임을 느꼈다. 다시 입을 열었다.

"이쪽은 집사 제럴드입니다, 빈센트 경."

"그렇군요. 반갑습니다."

"저야말로……."

빈센트가 작게 묵례를 해 인사를 하자 제럴드가 어쩔 줄 모르며 공손히 인사했다. 그 모습을 바라보다 마저 소개를 끝냈다.

"제럴드, 이분은 순례 중인 기사 빈센트 경이네. 잠시 머물게 되셨지."

굳이 뒤돌지 않아도 알 수 있었다. 모든 사용인의 시선, 특히 젊은 하녀들의 열렬한 눈동자가 그에게 향해 있었다. 마부의 손을 빌려 뒤이어 내려온 애니가 역시 그럴 줄 알았다는 표정을 지었다.

*　*　*

사람들은 하퍼 백작가의 대저택을 피츠헨드 홀이라 불렀다. 이름의 기원이 어디서 왔는지 알 수 없지만 '남부 테레즈의 피츠헨드 홀'이라면 옆 지역 사람들도 익히 고개를 끄덕였다.

잘 깎인 잔디와 미로 정원이 제일 먼저 손님을 맞이하는 피츠헨드 홀은 광활한 평지 위에 세워진 장대한 저택이었다. 이 대저택은 거대한 돔형 첨탑의 중앙 연회 홀이 중심으로 양옆이 나뉘었다. 주방과 창고가 있는 지하를 비롯해 그 위로 메인 홀 및 식당과 거실, 그리고 샹들리에가 반짝이는 연회장이 있는 일 층. 방문한 친족 및 백작 부부를 위한 각각의 침실과 거대한 서재가 위치한 이 층. 그 위로는 집무실과 수십 개의 손님방이 있는 삼사 층과 끄트머리 사용인들이 사용하는 다락 층으로 구성되었다.

그러나 정작 그중 내가 가장 좋아하는 곳은 그 장엄한 저택이 아닌 다른 곳이었다. 일 층 가장자리에서 비롯해 역대 하퍼 백작 부처의 초상(肖像)이 늘어진 회랑을 따라가면 저택 뒤편에 유리 정원이 나왔다. 본관 앞으로 잘 다듬어진 관목이 이어진 미로 정원과 달리 노련한 정원사들의 손길보단 내 손길이 가장 먼저, 가장 많이 닿은 곳이기도 했다.

그랬기에 내가 이곳을 비운 후에도 유리 정원은 더욱 신경을 많이 써서 관리되고 있었다. 돌아온 즉시 짧은 시간 동안 여독을 풀고 나서 제일 먼저 찾은 곳이었다.

"언제 봐도 절경이네요. 어떤 그림책을 봐도 이런 정원은 찾기 어려울 거예요."

"그만큼 정성을 들이니까. 꽃은 가꿔 준 만큼 피어나는 법이지."

"선대 하퍼 부인께서도 이곳을 정말 사랑하셨습니다."

정원의 한가운데, 다채롭게 물든 수국에 둘러싸여 갖는 티타임은 내 몇 안 되는 귀중한 탈출구였다. 둥근 티 테이블에 나를 가운데로 두고 앉은 두 여자는 하퍼 백작 부인의 명칭을 얻은 이후 가장 가까이 지내는 사람들이었다. 친정 하녀이자 젖 자매인 애니와 올해 예순이 된 레너한의 당숙모인 그레타 부인.

그녀는 저택 내 나를 제외하고 강력한 발언권을 행사하는 노부인이기도 했다. 그녀 나이 서른 언저리에 낙마 사고로 남편을 잃은 뒤, 자식도 없고 의탁할 데 없는 몸으로 줄곧 피츠헨드 홀에 살았으니까.

둘의 사이는 어쩔 땐 좋은 듯하다가도 어쩔 땐 좋지 못한 듯도 보였다.

"부인, 선대 하퍼 백작께서도 매년 직접 아내를 위해 꽃을 심으셨나요?"

"아뇨, 두 분의 사이는 원만하셨지만 역시 조카님 같지는 않았죠."

"……."

두 사람이 마주 보며 주거니 받거니 하는 모습에서 난 느릿하게 시선을 떼어 냈다. 이럴 때만큼은 늘 찰떡궁합이 따로 없었다.

자잘한 집안 살림에 있어서 갈등을 빚기도 했지만 하퍼 백작 부부의 금실에 관한 문제에 관한 한 그레타 부인과 애니는 노선을 같이했다. 그녀들의 모습에 어쩐지 실소가 나올 것 같아 들었던 찻잔을 입으로 갖다 댔다. 전부 부질없는 일이었다.

"그러고 보면 백작님께선 얼마나 낭만적이신지 몰라요."

"그럼요, 애니. 어렸을 때부터 그러셨어요. 중간에 잘못된 길을 헤맨다 해도 결국 올바른 길로 들어섰죠."

"어머, 정말 듣던 중 기쁜 소리네요, 노부인."

그레타 부인이 말하는 '잘못된 길'과 '올바른 길'이 뜻하는 바가 훤하게도 보여 되레 듣는 내가 민망할 지경이었다. 이 대화를 듣다 자칫 사레가 걸릴 것 같아 부러 천천히 차를 머금었다. 마치 좀 전까지의 안락함과 편안함이 공기 중에 녹아 버린 기분이었다. 입에 올린 당사자인 내가 불편해하든 말든, 티 테이블 정중앙 꽃병에 꽂힌 꽃잎을 어루만지며 애니가 경탄하듯 다시 입을 열었다.

"올해도 직접 고르신 마님 방의 탐스러운 수국을 볼 때마다 정말 기쁘답니다."

"타운 하우스에 가실 때 함께 챙겨 가시지 못해 아쉬우셨을 테니, 잘 관리하였지요."

꽃 심기는 우리 부부만의 의식 같은 거였다. 구 년 전 내가 시집온 다음 해, 직접 세 송이의 수국을 심은 건 레너한이었다. 꽃이 만개할 때쯤 그는 그중 가장 화려한 한 송이를 골랐고, 그것은 곧 내 방 가장 잘 보이는 창가의 화병에 꽂혔다.

―너와 정말 잘 어울리는 꽃이야, 리비.

여름의 문턱에서 그는 변함없이 다정했고 영원할 것처럼 애정이 가득했다. 바로 이곳에서 레너한은 처음으로 내 애칭을 불렀다. 그리고 날 버렸다. 이제 그 애정의 증거는 내게 기만 그 이상 이하도 아니었다. 그에게 모든 건 그저 하나의 연극에 불과했던 걸까. 질리면 언제든 그만둘 수 있는.

"……."

그때 다시 발작적으로 떠오른 기억에 나도 모르게 자리를 털고 일어났다. 동시에 날 부르는 두 목소리가 들렸다.

"마님?"

"부인?"

하나 내겐 놀란 눈으로 올려다보는 두 사람을 번갈아 볼 여유가 없었다. 발작적으로 튀어나오는 기억들이 발목을 타고 기어 올라와 내 목을 조르는 것 같았다. 날카로운 검이 가슴을 도려내는 듯 고통스러웠다. 눈을 꼭 감고 둘이 눈치채지 못하게 숨을 들이마셨다.

계속해서 한 가지 장면이 머릿속을 파고들었다.

네 번째 결혼기념일이었다. 연회가 열려 저택엔 온통 사람들로 붐볐고 가주인 그가 보이지 않았다. 하인들도 찾아내지 못했고, 결국 내가 마지막으로 들어간 곳이 이 유리 정원이었다. 그곳에서 내 남편과 정부를 봤다. 남들의 시선도 신경 쓰지 않고 지금 이 자리에 마주 앉아 다정히 이야기를 나누는.

숨이 거칠어졌다. 한계였다.

"밖에 나가 좀 걷고 싶어."

"제가 따라갈게요."

애니가 바로 뒤이어 일어섰지만, 단호히 고개를 저었다.

"노부인께 실례잖아. 말 상대가 되어 드려, 애니."

기본적으로 그녀에 한해 한없이 관대한 나였으나, 결국 백작 부인과 하녀와의 주종 관계는 명백했다. 내가 이토록 무표정일 때 애니는 내 말에 순종했다.

"그럼 부인, 먼저 일어나 보겠습니다."

등에 달라붙는 두 쌍의 시선을 뒤로하고 유리 정원을 나왔다. 물도 없이 익사할 것 같았다.

＊　＊　＊

달칵.

저택 주위를 한 바퀴 돌다 드문드문 느껴지는 시선들에 결국 저택으로 돌아왔다. 방을 들러 조금 더 움직임이 편한 실내복으로 갈아입은 뒤 서재로 들어선 순간이었다. 익숙한 문을 열자마자 몇 발자국 앞으로 등을 돌린 누군가가 보였다. 인기척에 남자가 천천히 뒤를 돌았다. 동시에 눈이 마주쳤다. 어두운 밤 같은 새카만 눈동자.

좁은 마차 안에서 집요하게, 그러나 은밀하게 날 주시하던 시선. 작게 숨을 들이켰다.

"……빈센트 경."

놀란 내 표정을 본 그가 손에 들려 있던 책을 덮어 책장에 다시 꽂았다.

"놀라셨다면 죄송합니다."

그제야 표정을 수습한 내가 고개를 저었다.

"아닙니다. 경께 이곳의 출입을 허락한 것은 내 의지였지요."

드넓은 서재의 창문 곳곳에 커튼이 쳐진 것이 다행이었다. 어두워서 지금 내 모습이 자세히 보이지 않을 테니까. 아까 빠르게 걷는 동안 바람에 머리가 헝클어졌을 수도 있었다. 어쩌면 얼굴이 창백하게 질렸을지도 모른다. 최근에 건강이 그리 좋지 않았으니.

번잡한 생각은 거기서 멈췄다. 서너 걸음 사이로 서 있던 그가 두 걸음 성큼 다가왔다.

"……!"

이 남자는 더없이 신사처럼 보였다가, 정말 예기치 못한 순간에 경계를 넘었다. 보이지 않는 금지선을 침범했다. 반사적으로 뒷걸음질 치자, 겁먹은 토끼 같은 반응을 마주하고 그가 걸음을 멈추었다.

"실례했습니다."

"이 무슨……."

"혹시 울고 계시는가 하여."

"……."

"제 착각이었군요."

마치 낯선 곳에 온 듯한 기분이었다. 이곳은 내 집이고, 내가 주인이며 그는 잠시 머무르는 손님에 불과한데도 그 순간, 무너졌을 얼굴을 가릴 수가 없었다. 눈을 감았다 떴다.

들키면 안 돼.

등을 올곧게 펴고 속으로 숨을 골랐다. 그 진절머리 나는 사교계에 발을 들이지 않은 지 한참 되었다지만 난 명실공히 이 대저택의 안주인이자 이름 높은 백작 부인이었다. 미소라는 가면을 쓰는 일은 어렵지 않았다.

"……염려는 감사합니다만, 경."

그림 같은 미소를 짓고 천천히 말을 이었다.

"나는 서재에 숨어들어 홀로 울음을 터뜨리는 어린아이는 아닙니다."

대답은 바로 돌아오지 않았다. 의외의 반격에 흥미를 느꼈는지 관찰하는 듯한 시선이었다. 살짝 음영이 진 눈두덩 아래의 가지런한 그의 속눈썹이 작게 그림자를 드리웠다. 어둠이 어울리는 남자였다. 겨울의 서리처럼 차가운 은회색의 머리칼, 예리한 턱 선과 굴곡 없이 뻗은 콧대 또한 어딘지 금욕적이면서 단정한 분위기를 이끌었다.

긴장된 침묵 속에 코끝을 간질이는 백단향이 짙어졌다. 어째서인지 낯설지 않다. 첫 만남 때부터 느껴졌던 묘한 기시감 또한 제 형체를 드러내려는 때였다.

그가 순순히 물러났다.

"그렇군요."

"······네."

가볍게 눈인사를 한 뒤 다시 뒤돌아 나가려는 순간이었다.

다시 한번 그가 나를 불렀다.

"레이디 올리비아."

"······."

"혹, 도움이 필요하십니까?"

그게 무슨 의미인지 물을 새도 없었다. 뭐라 입을 떼기도 전에 정적을 뚫고 문 너머에서 누군가 노크하는 소리가 들렸다.

똑똑.

"마님, 들어가도 될까요?"

저녁을 먹지 않고 바로 서재에 가겠다 해서 그레타 부인이 신경을 쓴 모양이었다.

"······들어오게."

내키지 않는 배려요, 식사였지만 내칠 수는 없었다. 가볍게 먹을 식사가 담긴 쟁반을 한 손에 든 하녀가 들어오자 가볍게 묵례를 한 빈센트가 교차해 서재를 나갔다. 머릿속에 계속해서 한마디가 맴돌았다.

　-도움이 필요하십니까?

하지만 어째서, 어떻게?

*　*　*

　-누나! 찾았어!

아마도 먼 기억 속이었다. 그리운, 흐릿한 목소리가 귓속을 파고든다. 열두 살의 내가 고개를 쳐든다. 내가 뇌까린다. 엘리엇. 갈색 곱슬

머리를 가진 하나뿐인 남동생이 먼 위에서 날 부르고 있다. 백 년이 넘었다던 느티나무의 빽빽한 잎사귀들 사이사이로 햇살이 비쳐 들어 눈이 부시다.

−당장 내려와, 엘리엇!

어른들이 알게 되면 된통 혼날 게 분명하다. 특히 내가. 그러나 당시 엘리엇은 통제 불가능한 아홉 살 소년이었고, 나 또한 겨우 열두 살이었다.

−위험하다고!

그리 소리친 순간 희미하게 우지끈, 뭔가가 꺾이는 소리가 난다. 으아악! 엘리엇의 비명 소리가 머리 위에서 들린다.

−까아악!

엘리엇이 내 위로 떨어진다. 나는 질끈 눈을 감는다.

"……."

꿈은 거기서 끝났다. 뒤에 뭔가가 더 있던 것 같은데 기억나질 않았다. 침실 안은 고요했다. 아침이라고 깨달은 건 손끝에 와 닿는 햇살 때문이었다. 얇게 짜인 자카드 커튼 너머로 희뿌연 빛이 침대를 타고 올라와 내 턱 끝까지 적셨다. 좀 더 누워 있을까 생각하다 마음을 고쳐먹었다.

머리맡의 호출 종을 당기자 얼마 지나지 않아 세숫물을 가져온 하녀가 문을 두드리는 소리가 났다.

"들어와도 좋아."

세숫물이 협탁 위로 놓이고 능숙한 하녀가 거울을 들어 얼굴을 비췄다. 파리하다시피 창백한 얼굴과 살짝 꺼진 눈두덩이 보였다. 물이 빠진 듯 옅은 밀색의 긴 머리와 푸른 동공. 뺨이 핼쑥한 걸 보니 그사이 살이 조금 빠졌던가 싶다. 무심히 팔목을 내려다보고 있으니 하녀가 말을 걸었다.

"크리놀린을 준비할까요?"

아둔하여 묻는 말은 아니었다. 일어나자마자 얼굴과 손을 닦고 나서 옷을 갈아입는 건 평소 물어볼 것도 없는 당연한 절차였으나, 지금은 평소완 좀 다른 상태였다. 저택에 손님이 있었다. 오래간만에 맞는 외부 손님이었다. 하녀의 의도는 손님과 함께 식사하시겠냐는 질문이었다. 크리놀린을 착용하고 드레스를 입으면 손님과 아침 식사를 하겠다는 말이었고, 그 반대의 경운 혼자 간단히 먹거나 생략한다는 뜻이니까.

느릿하게 고개를 저었다.

"괜찮네."

* * *

과일과 빵으로 간단한 아침 식사를 한 다음엔 그대로 집무실에 처박혔다. 테레즈를 비운 사이 밀린 일들이 많았다. 영지의 관리야 수도에서도 레너한이 별도의 서편을 통해 처리하니, 백작 부인인 내 몫은 어디까지나 저택 안의 관리였다. 기실 그동안 자잘한 사항은 집사인 제럴드가 알아서 처리하지만 안주인의 결재가 꼭 필요한 일들이 있었다.

"그간 별채가 이리 낡았을 줄은 몰랐는데."

"조금 손질이 필요한 정도입니다. 외벽 칠과 낡은 창틀 점검 정도지요."

"그렇다면 이 부분은 예산과 조금 어긋나지 않나. 낭비 아닌가?"

"그건……."

하퍼 백작가(家)가 제국 내에서 손꼽히는 부호라 할지라도 쓸데없는 사치는 지양해야 했다. 거슬리는 부분을 엄지로 짚고 물어보자 제럴드가 난감한 듯 입을 다물었다. 내게 뭐라고 말해야 할지 말을 고르는 듯 신중한 모습이었다.

"꼭 그리하라는 지시가 있으셔서……."

거기까지 말했을 때, 제럴드는 조용히 입을 다물었다. 내 눈치를 보는 듯 말을 잇지 못하는 모습에 속으로 쓴웃음을 삼켰다. 안살림에 있어 최고 결정권자인 내 의사에 반(反)할 수 있는 사람은 옛적부터 단 한 명이었다.

"그렇군. 알겠네."

그새 머리가 굳었구나, 올리비아.

생각 없이 수도에서 지낸 시간이 길었던 모양이었다. 종이에 쓰인 별채의 주인이 누군지 잊고 있었다. 영지 내 별채가 한두 채가 아니라는 건 변명이 되지 못했다.

거대한 사업을 운영하는 하퍼가의 안주인으로서 요구되는 건 계산력과 빠른 판단 능력, 그리고 암기력이었다. 가주가 없으면 대리로 중요한 사업 결정을 내려야 해서 더더욱 그랬다. 결혼 전 레너한이 수많은 선택지 중에서 날 선택한 것도 그 때문이었으리라. 값비싼 장신구와 드레스에 열중한 영애들 가운데 나는 비교적 관심사가 적고 계산력이 좋은 편이었으니까.

제국 내 하퍼 백작가가 독점하고 있는 광산이 몇 곳인지 그곳에서 일하는 인부들과 그들의 임금, 최고 수익률과 적절한 분배율에 대해선 다 꿰고 있었다. 그런데 고작 영지 내의 별채를 잊고 있었다는 건 궤변이었다.

"백작님과 직접 상의하셔도……."

"됐네."

우물쭈물하던 집사의 말을 단칼에 잘랐다.

나는 알았다. 아마 내가 여기에 이의를 제기한다면 레너한은 받아들일 것이다. 그런 사소한 것에는 오래 관심을 두지 않으니까. 종래에 비참해지는 건 나뿐이었다. 멀찍이 걸어가던 내게 하녀들이 소곤대던 목소리를 기억한다.

─가엾은 백작 부인.

아랫입술을 깨물었다. 최대한 침착해 보이길 바랐다. 아무렇지도 않아 보이길. 서류에 내 인장을 찍었다.

"다음으로 넘어가지."

* * *

"체스 실력이 많이 느셨습니다."

"노부인에 비하면 한참 모자라지요."

늦 오후의 해가 길었다. 졸(卒)이 체스 판 위에 딸깍 소리를 내며 놓였다. 내 수를 가늠하듯 한참 체스 판을 주시하던 그레타 부인이 두 손을 든 건 삼십여 분 뒤였다.

"이 늙은이는 이제 머리가 돌아가지 않아 못하겠군요."

"무슨 그런 말씀을 하십니까, 고모님."

남들이 보기엔 평화로운 시어머니와 며느리처럼 보이는 모습이었다. 하나 실상을 파고들면 상황은 달랐다. 세상 경험 많고 노련한 그레타 부인이 저렇게 행동하는 데에는 항상 이유가 있었다. 그 이유는 언제나 크게 두 가지로 나뉘었다. 뭔가 껄끄러운 말을 꺼낸다든가, 조카 며느리인 날 지적할 때.

"그러고 보니, 빈센트 경도 꽤 잘 두던데 말이지요."

"……."

이번엔 아무래도 후자인 모양이었다. 나는 눈을 내리깔았다. 급한 업무가 끝난 후에야 가볍게 주어진 쉬는 시간이었다. 사실 늦은 점심 시간을 겸해서였다. 손님을 홀로 식사하게 하는 건 집주인으로서의 예의가 아니었지만, 첫날 저녁 이후 그와 마주치는 게 꺼려졌다. 앞으로 며칠은 더 그런 상태여야 된다는 게 힘들었다.

어느덧 그가 머무른 지 삼 일째였다.

"손님을 제대로 대접하지 못한 것은, 면목이 없습니다."

손을 뻗어 보기 좋게 놓인 스콘 하나를 집어 들었다. 한 입 베어 먹곤 천천히 말을 이었다.

"오랜만에 돌아와 생각보다 할 일이 많았습니다."

발단은 어제 아침, 그러니까 테레즈에 돌아온 이튿날 아침이었다.

남에게 신세 지는 것이 익숙하지 않은 듯, 기사는 아침 식사 후 모두가 있는 응접실에서 감사를 표하며 이제 떠나겠다고 밝혔다. 하나 그것은 며칠 뒤로 미뤄졌다. 오랜 기간 고생을 한 말의 상태가 좋지 않은 게 발목을 잡았다.

왕진을 온 수의사는 고개를 저으며 사흘은 더 머물러야겠다고 말했다. 응접실엔 네 명이 있었다. 수의사와 빈센트, 나와 그레타 부인. 그렇다면 내가 말을 빌려주겠다고 말했으나 돌아온 건 거절이었다. 어렸을 때 선물 받아, 애정이 있는 말이라고 했다. 기사의 말이 끝나자마자 기다렸다는 듯 그레타 부인이 끼어들었다.

─그렇다면 더 쉬고 가시죠, 빈센트 경. 피츠헨드 홀엔 빈방이 많답니다.

그 순간 창가에 기대 서 있던 빈센트와 눈이 마주쳤다. 나는 어슷하게 고개를 비껴 냈다. 지긋이 옆얼굴에 와 닿는 시선을 느끼며 차를 들었다. 발걸음 소리도 없이 그가 다가왔다. 그림자가 내 쪽으로 지워져 해를 막았다.

-말씀은 감사하나……

순간 자리를 털고 일어나고 싶었다. 첫날 저녁, 서재에서 마주친 이후부터 그가 불편했다. 알 수 없었던 마지막 말이 계속 머릿속을 맴돌았다. 잘 알지 못하는 이한테 치부를 들킨 듯한 수치심과 혼란이 뒤이었다.

잠시 뒤 울리는 듯한 저음의 목소리가 느릿하게 이어졌다.

-그건 백작 부인께 민폐인 것 같습니다.

세 쌍의 시선이 나란히 나를 바라보고 있었다. 달리 선택의 여지가 없었다. 찻잔을 내려놓고 나는 시선을 내리깔았다.

-별말씀을요.

-…….

-순례 중인 기사를 돕는 것은 드문 기쁨이지요.

거짓말이었다. 능숙한 거짓말.

반갑지 않게 떠오른 기억에 잠겨 있을 때였다. 침묵 뒤에 다시 노부인의 목소리가 들렸다.

"……난 백작 부인께서 영민하다고 생각합니다."

의외의 반응이었다. 고개를 들자 노부인이 옅게 웃고 있었다. 무슨 말을 하려는 걸까.

"눈치도 빠르고 계산도 잘 하지요, 체스는 말할 것도 없고."

"과찬이십니다."

아무렇지도 않게 대답하는데 목소리가 떨렸다. 왜인지는 몰랐다. 그날보다 더 자리를 박차고 일어나고 싶은 충동이 달음박질했다.

"해서, 이 늙은이가 드릴 말씀이 있습니다."

　　　　*　　*　　*

　헉헉.

　가쁜 숨소리와 가파른 심장 소리가 귓속에 끊임없이 울려 댔다. 구두 끝에 들풀이 밟히는 게 느껴졌다. 더운 공기가 내 뺨을 스치고 빠르게 지나갔다. 따라붙은 애니가 긴급한 목소리로 날 불러 댔다. 뒤를 돌아보지는 않았다.

　"마님!"

　"따라오지 마."

　"마님, 제발……!"

　제발.

　중앙 홀로 이어지는 나선형 계단을 지나, 회랑으로 건너 풀밭과 잔디에 이르기까지 뛰고 또 뛰었다. 거추장스러운 크리놀린을 입지 않아 다행이었다. 긴 치맛자락이 발에 계속 밟히는 것은 거슬렸지만 적어도 그대로 치마가 들리거나 하지 않았으니까. 욕지기가 치밀어 올랐다.

　토악질이라도 한바탕 쏟아 낼 것 같았다. 누군가 내 옆에 있는 것이 참을 수가 없었다.

　─집안에서 이쯤에서 양자를 들이자는 이야기가 나오고 있습니다.

　─나는 반대했지요. 아직 백작 부처가 젊으신데, 어찌 그런 말을 꺼내느냐고.

　─하나 이제 그밖에는 방도가 없는 것 같습니다.

　─'그 여자'에게 아이만 낳게 하거나, 첩으로 들이자는 이야기까지 나오고 있습니다.

　─둘 중 하나는 받아들이셔야 합니다, 백작 부인.

아아, 아아…….

심장이 터져 나갈 것 같았다. 다리가 후들거리고, 숨이 쉬어지지 않았다. 왼쪽 가슴 위에 무거운 돌덩이가 얹혀 있는 느낌이었다.

그 여자. 헤더 제누아.

그녀를 처음 봤을 때가 생생했다. 타는 듯한 붉은 머리칼과 고혹적인 녹색 눈동자, 육감적이고 관능적인 분위기에 압도당할 것 같았던 순간.

—레너한 님께 말씀 많이 들었습니다, 부인.
—……원래 그리 부릅니까?
—그리 부르라 하시기에.

겉으론 누가 보나 태연한 척, 아무렇지도 않은 척, 아량 넓은 척했으나 아니었다. 난 그럴 수 있는 부류가 못 되었다. 그날부터 매일 매시 속은 타들어 갔다. 눈을 감을 때도, 차를 마실 때도, 산책할 때도 상상했다.

레너한이 그녀의 머리칼을 쓰다듬는다. 그녀의 뺨을 그러쥐고, 한때 내게 그러했던 것처럼……. 마치 몸속에 내 안을 좀먹는 벌레가 있는 것 같았다. 그런 상상을 할 때마다 가슴 한 귀퉁이가 무너져 내렸다. 두 손으로 얼굴을 감싸고 땅끝까지 허물어지고 싶었다.

올리비아 하퍼. 너는 왜 이리 추한가.

어디까지 미련스럽고 추해지는가.

너는…….

철컥.

목적지에 도착하자마자 문을 잠갔다. 유리문 너머로 애니가 보였다. 눈물로 얼룩진 얼굴로, 필사적으로 문을 두드리고 있었다. 입 모양으

로 다급하게 계속 나를 불렀다. 마님, 마님……! 무감하게 그녀를 바라
보다가 고개를 돌렸다.

더는 힘이 없어 달리지 못하고 빠른 걸음으로 유리 정원의 심장부로
향했다. 둥근 티 테이블과 양쪽에 놓인 긴 장의자가 보였다. 물이 고인
작은 분수대가 보였다.

엎어지듯 다가가 몸을 던졌다. 울음이 새어 나가지 않게 입을 막고
얼굴을 가렸다. 아무도 보지 못할 테지만 본능적으로 그랬다. 정신을
놓자 토해 내듯 울음이 쏟아져 내렸다. 껵꺽거리며 입을 막고 떨리는
온몸을 둥글게 말았다. 모든 수분이 몸속을 빠져나가는 것 같았다.

그대로 눈을 감았다.

"……."

부스럭. 다시 눈을 떴을 때, 얼마나 시간이 지났는지 몰랐다. 인기척
이 들렸으나 알아채지 못했다. 다만 햇살이 옅어졌다고 생각했다. 다
음 순간, 생각이 멈췄다.

누군가 있었다.

"올리비아."

눈앞에 무언가가 내밀어졌다. 고개를 들었다. 길고 굳은살이 박인
손에 흰 무명 손수건이 놓여 있었다.

"……."

"왜 손으로 눈물을 닦습니까."

그는 내 시선을 맞추기 위해 무릎을 굽히고, 부드러운 손길로 내게
손수건을 쥐여 주었다.

"그러기엔 고운 당신의 손이 가엾지 않습니까."

빈센트였다. 사람이 너무 놀라면 그 순간엔 할 말조차 잊는다는 것
이 사실이었다. 전혀 예상치도 못했던 얼굴과 마주한 순간, 헐떡이던
숨도 멈췄다.

말은 본능적으로 새어 나왔다.

"그날."

"……."

"……제게 도움이 필요하냐 물으셨죠?"

내가 듣기에도 괴로울 정도로 갈라진 목소리가 이어졌다.

"왜 그렇게 말씀하신 거죠?"

"당신이 목을 졸린 얼굴을 하고 있었으니까요."

그가 차분히 대답했다.

"지금처럼요."

내려다본 물에 비친 내 얼굴은 유령처럼 핏기 없고 지친 여자의 얼굴이었다. 그대로 관에 눕는다 해도 전혀 어색하지 않은 몰골이었다. 원래는 이렇지 않았는데.

그 순간, 불현듯 어디선가 환청이 들렸다.

─엘리엇! 빨리 와!

어릴 적의 내 목소리였다. 정신이 번쩍 뜨였다. 급히 눈으로 주위를 훑었다. 저 멀리 안개처럼 어스레한 환각이 보였다. 유년 시절의 남동생과 나였다.

─누나! 대체 어디까지 가는 거야?

─네가 느린 거지!

그리운 환각은 그쪽으로 손을 뻗자마자 허망하게 스러졌다. 잠시 억눌러 놓았던 눈물이 뺨을 타고 다시 흘러나왔다. 그것이 턱 아래까지 내딛기 전 손등으로 닦았다.

나도 모르게 입을 열었다.

"더는 이렇게 살고 싶지 않아요."

목구멍 너머로 내보내고 보니 어렴풋한 열망 하나가 불쑥 고개를 쳐들었다. 스스로 있는 줄 몰랐던 강한 열망이었다. 잊고 있었다. 어린 시절의 나는 자유로운 소녀였다. 닫힌 새장에서 시름시름 앓다 죽어가는 새로 살고 싶지 않았다.

벗어나고 싶었다. 그게 내가 원하는 전부였다.

"……더 이상은."

목소리는 사그라들 듯 조용해졌다. 마음이 안정되자 가빴던 숨도 조용해졌다. 상체를 일으키다 힘에 부쳐 휘청거리자 팔꿈치를 잡아 가볍게 부축하는 손길이 있었다.

"여기 앉으시죠."

의자를 뒤로 끈 빈센트가 안내하는 대로 그와 마주한 채 앉았다. 격한 감정으로 달아올라 붉어졌던 뺨에 손등을 댔다. 아직도 열기로 뜨끈했다. 얼마나 운 건지 눈이 살짝 부은 게 손가락으로도 느껴졌다. 다시 간신히 입을 연 건 한 호흡을 들이마신 다음이었다. 다시 한번 물었다.

"경과 내가, 만난 적이 있죠?"

"……."

"당신이 날 보는 눈빛이 어쩐지 낯선 이를 보는 시선이 아니었어요."

내 질문에 빈센트가 대답 대신 자리를 털고 일어났다. 키가 큰 그가 몸을 일으키자 넓은 유리 정원 안이 꽉 찬 것 같았다.

이 남자가 있는 곳은 그랬다. 익숙하던 공간이 순식간에 낯설어지는 느낌. 서재에서처럼. 그러나 정말 이상하게도, 기분이 나쁘지 않았다. 그저 처음 느끼는 기분이라 어떻게 대처해야 할지 감이 오질 않았다. 특히 이런 민망한 상황에서는.

"보자마자 날 알아봤나요?"

대답 대신 그가 고개를 끄덕였다. 뒤이어 질문했다.

"언제부터죠?"

"처음부터."

곰곰이 떠올려 봐도 그가 누군지 기억나지 않았다. 어린 시절 마주쳤던 적이 있었나?

"게더의 여름은 아름다웠죠."

당장 떠오르는 게 없었다. 분위기가 어색해질까 완곡하게 돌리는 화제에 그가 고개를 끄덕였다.

"기억합니다."

몇 마디 더 상투적인 대화가 오고 갔다. 잠시 뒤 가볍게 묵례한 그가 다시 뒤돌아 나가려는 때였다. 나도 모르게 황급히 그를 불렀다.

"빈센트 경."

입구 쪽을 향하던 발걸음이 멈췄다. 눈을 마주칠 수가 없어 수국에게로 시선을 옮겼다.

"……방금 일은……."

머뭇거리며 말을 잇지 못하는 사이였다. 바로 뜻밖의 대답이 돌아왔다.

"무슨 일이 있었습니까?"

"……."

고개가 저절로 그에게 돌아갔다. 태연히 묻는 얼굴은 평소와 같았다. 적당히 무심하고 적당히 예의 발랐다. 사교계에서 흔히 볼 수 있는 지어낸 얼굴은 아니었다.

어쩌면 그는 누구에게나 그럴 것 같았다. 귀부인인 나에게나, 하녀인 애니에게나, 말을 끄는 마부에게나, 구걸하는 길가의 소년에게도. 좀 전 손수건을 쥐여 준 상냥함이 꿈이었던 듯 느껴졌다. 천천히 고개를 저었다.

"……아무 일도."

"그럼."

그게 끝이었다.

처음부터 그랬던 듯 홀로 남았다. 문득 한층 짙어진 꽃향기에 머리가 어질했다. 그때 툭, 천장 쪽에서 희미하게 뭔가 떨어지는 소리가 들렸다. 고개를 젖혔다. 하늘이 우중충해졌다.

한바탕 비가 쏟아질 모양이었다.

* * *

그가 나가기 전, 바로 손수건을 돌려주었어야 했다. 내가 그것을 마지막 구명줄이라도 되는 양손에 꽉 쥐고 있었다는 걸 알게 된 건 침실로 돌아와서였다.

오늘따라 입맛이 없어 저녁 식사는 생략했다. 누구의 시중도 원하지 않으니 오늘 밤은 아무도 들어오지 말라고 지시했다. 오래간만에 넓은 방 안에 홀로 들어섰다. 머리 장식도, 화려한 드레스도 입지 않아 씻고 잠옷으로 갈아입는 건 혼자서 충분했다. 고즈넉한 침실엔 온통 빗소리뿐이었다. 닫힌 여러 개의 커튼 너머로 빗줄기가 쏴 부딪히며 흘러내렸다.

"많이 내리려나……"

나도 모르게 혼잣말하며 틀어 올린 머리를 풀었다. 고개를 돌리자 탁상에 올려놓았던 손수건이 보였다. 의자에 앉으며 펼쳐 들었다. 다시 봐도 투박하리만치 아무 문양이 없는 하얀 손수건이었다. 면 재질은 고급인 듯 부드러우나 그것뿐이었다. 가장 흔한 넝쿨무늬 장식도, 간단한 이니셜도 수놓아져 있지 않았다.

기성품이라 하기엔 처음 보는 것이었고, 평민들이 갖기에는 값이 나가 보였다. 그렇다고 귀족의 것이라기에는 엉성했다.

"이건……."

한 손으로 이마를 짚고 유심히 들여다보자 뭔가가 눈에 띄었다. 이상한 꽃수였다. 가시처럼 삐뚤삐뚤한 잎에 암술과 수술은 하나였다. 색깔도 그러했다. 붉은 사(絲)로 놓여 있지 않은, 희귀하게 생긴 검은색의 꽃. 어디선가 본 것 같았다.

그것을 보는 순간, 그리움과 함께 기시감이 찾아들었다. 본 적이 있다. 흐릿한 기억 속에서 어린 시절 돌아가셨던 아버지가 내게 무언가를 보여 주고 있었다.

—예쁘지? 이건 우리 딸에게만 보여 주는 보물이란다.
—이게 뭔데?
—……리아.

그때였다. 문 반대편에서 노크 소리가 들렸다.
"누구지?"
"애니예요, 마님."
"……."

분명 아무도 들어오지 말라고 했을 텐데. 아랫입술을 깨물었다. 아무리 내 신뢰를 받는 개인 시녀라 해도 내 명령을 무시하고 문을 두드린 건 충분히 질책받을 행동이었다. 돌아온 침묵에 그 의도가 전해졌는지, 잠시 숨을 고르듯 아무 말이 없던 애니가 조용히 입을 열었다.

"저녁을 거르셨다 해서 좋아하시는 차를 끓여 왔어요."

부드러운 목소리로 말하니 맥이 탁 풀렸다. 오늘 낮, 도망치듯 뛰어가던 내 뒤를 집요하게 따라붙었던 애니에게 화를 냈던 건 내 잘못이었다. 어찌 되었건 애니의 잘못은 없지 않은가. 그녀는 그저 먼 친정에서 날 따라 이곳까지 온 죄밖에는 없었다.

"……들어와."

허락이 떨어지기 무섭게 조용히 문이 열리고 애니가 들어왔다. 들고 있던 손수건을 다시 탁상 위에 올려놓았다.

"뭘 하고 계셨어요?"

"아무것도."

고개를 저으며 대답했다.

"이야기 들었어요. 많이 속상하실 것 알아요."

벽난로 앞 테이블 위에 소리 없이 찻잔을 내려놓은 애니가 물 흐르듯 자연스러운 동작으로 다가와 등 뒤에서 내 어깨를 감싸 안았다. 말없이 어깨에 놓인 그녀의 손을 잡았다. 어렸을 때부터 날 위로하던 그녀의 방식이었다. 조용히 다가와 꼭 안아 주는 것. 기분 좋은 압박감과 온기가 느껴졌다.

"지금은 괜찮아졌어."

사실이었다. 그간 속으로 삭여 왔던 것들을 한차례 쏟아 내고 나니 의외로 침착해졌다.

약간의 침묵이 흐른 뒤, 입을 열었다.

"있지, 애니."

"네. 말하세요. 마님."

날 안았던 팔을 푼 애니가 대답하며 내 옆 의자에 앉았다. 조용히 두 손을 맞잡았다.

"바보 같은 질문일지 모르겠지만, 굳이 고르라고 한다면 첩과 사생아가 딸린 남자에게 시집가는 여자가 가엾을까, 아니면……."

대부분의 귀족 여식들의 삶이란 크게 다르지 않았다. 결혼 전 최소한의 교육을 받고 얌전히 지내다가 부모가 정해 준 상대와 결혼하는 것. 최악의 경우엔 결혼하기도 전에 사생아를 여럿 맞게 되는 일도 있었다.

─리비, 원래 결혼은 돈 많은 귀족이랑 하는 거고 연애는 잘생긴 기사랑 하는 거야.

두 해 먼저 시집갔던 친구가 했던 말이었다. 결혼하기 전, 그녀의 남편 보르자 남작에게는 이미 십 년이 넘은 첩이 있었다. 그 사이의 자식이 두 명이라고 했다.

"십 년간 자식 두 명을 낳고도 숨어 살아야 하는 여자가 가엾은 걸까."

그 말을 하던 친구의 얼굴이 기억나지 않았다. 울고 있던 것 같지는 않았다. 웃고 있지도 않았지만. 그렇게 다들 체념을 하고 살아가는 걸까. 가슴 한구석에 지워지지 않을 얼룩을 감추며 사는 걸까. 체념하고 살았던 때가 있었다. 다음 말을 기다리듯 날 물끄러미 응시하는 시선이 느껴졌다. 드물게 말이 없던 애니가 조심히 입을 열었다.

"글쎄요……. 어려운 문제네요."

예상한 대답에 쓴 웃음이 나왔다. 역시 실없는 질문이었구나 싶었다. 화제를 돌리려는 순간이었다.

"제 생각에는, 둘 다 가엾긴 매한가지지만…… 전자인 것 같아요."

"어째서?"

"후자는 자신의 선택이지만 전자는 아니니까요."

"선택이라……. 자발적인 거라면 어쩔 수 없지만, 평민 여자가 귀족 남자를 거절할 수 있다고 생각해?"

"적어도 아이 둘을 낳기 전에 도망칠 순 있었겠지요."

"그렇대도 둘 다 가엾기는 마찬가지구나."

자조적으로 덧붙였다.

"버려졌다는 공통점이 있고."

"마님."

그런 소리는 하지 말라는 듯, 애니가 목소리에 힘을 주었다.

"참 불공평하지. 버려지기 전에 먼저 버릴 수는 없는 걸까?"

충동적으로 나온 말이었다.

"네? 그게 무슨 말씀……."

"그냥 든 생각이야."

싱거운 대답에 애니가 작게 어깨를 으쓱였다. 그러곤 이내 탁상 위에 올린 손수건으로 시선을 옮겼다.

"그런데 이건……."

잠시 잊고 있던 손수건. 어떻게 대답해야 할지 망설이는 도중이었다. 그때, 예상치 못한 말이 고막을 파고들었다.

"대체 어디서 나셨어요? 정말 오랜만이네요."

"뭐?"

"기억 안 나세요? 이건 마님이 열두 살 때 처음으로 수놓았던 손수건이잖아요."

점점 알 수 없는 말이었다.

"……응. 맞아. 그랬었지. 이 꽃이 뭔지 알아?"

기억나지 않았지만 기억나는 척 둘러대며 묻자 애니가 고개를 갸웃했다.

"글쎄요……. 본 적이 없는 거 같은데."

"잘 생각해 봐."

약간의 시간이 흐르고, 곰곰이 생각하는 듯 말이 없던 애니가 가볍게 박수를 쳤다.

"아! 히스델리아!"

"히스델리아?"

"그거잖아요. 게더의 초대 영주가 발견했다던 약초. 효능이 꽤 좋다던. 진짜 있는지는 모르겠지만요."

약초?

그때 머릿속에 번뜩이며 한 가지 생각이 스쳐 지나갔다. 그녀의 어깨를 잡고 물었다.

"더 자세히 말해 봐."

'놓치면 안 돼.'

무언가가 나를 충동질했다. 온통 안개 속이었던 주변이 훤해진 느낌이었다. 나도 모르게 점점 손에 힘이 들어갔다.

"마님, 아파요."

"아, 미안."

멋쩍게 손을 떼자 잠시 어깨를 주무르던 애니가 불쑥 말했다.

"엘리엇 님이 나무에 걸린 이 손수건을 꺼내다 크게 다칠 뻔한 일은 기억나지 않으세요?"

"엘리엇이?"

생각해 보니 그런 일이 있었다. 그날 일이 꿈에 나온 것 같았다. 눈을 깜박이자 애니가 말을 이었다.

"그때 그 순간에 끼어든 종자 한 명이 크게 다쳤었지요."

"……."

종자? 익숙한 단어였다.

보통 귀족가의 장남 아래 형제는 세 가지의 선택지를 갖게 됐다. 약간의 봉토와 재산을 하사받고 맏형의 가신으로 살든가, 종교에 귀의하여 사제가 되든가, 혹은 기사가 되든가.

대부분은 첫 번째 혹은 두 번째를 택하지만, 드물게 명예로우나 고난이 가득한 마지막 선택지를 고르는 경우가 있었다. 한번 선택하면 돌이킬 수 없는 길이었다. 기사가 되기를 선택한 소년은 자신의 가문과 아무런 연고도 없는 영지에서 기사의 종자가 되어 시중을 들었다. 1년마다 영지를 바꾸어 가며 종자에서 견습기사, 기사로 차근차근 단계를 밟는 순이었다.

　그런 종자가 내 친정 영지에도 있었다. 몇 번 마주칠 일은 없었지만.

　"아가씨 그때 엄청 울고불고하셨잖아요. 얼마나 놀랐는지."

　"글쎄……."

　"그러고 보니 그 종자 이름이……."

　내가 멍한 표정으로 가만히 앉아 있자, 잠시 기억을 솎아 내듯 입술을 꼭 다문 애니가 손뼉을 치며 말했다.

　"빈센트! 맞아요. 빈센트였어요!"

＊　　＊　　＊

　마구간지기가 아침 일찍 대청소를 했는지, 전날 소나비가 내렸음에도 마구간은 깔끔했다. 먼지와 흙, 분뇨가 엉킨 짚을 모두 치우고 청결한 물과 솔질로 목욕한 말들은 한결 기분이 나아 보였다. 그중 눈에 띄는 백마의 갈기를 정성 들여 솔질하는 남자는 마구간지기가 아니었다. 한 발자국 더 다가가자 그가 천천히 등을 돌렸다.

　"좋은 말이군요."

　"항상 듣곤 합니다."

　바로 돌아온 대꾸에 피식 웃음이 나왔다. 자신에 관한 한 겸손한 이 남자가 말에 대해 이토록 자부심을 갖고 있을 줄 몰랐기에. 손을 뻗어 말의 뺨을 쓰다듬었다. 원래 경계심이 없는 말인 건지, 혹은 주인이 바로 옆에 있어 그런 건지 말은 내 손길을 피하지 않았다. 오히려 즐기는 듯 눈을 감았다.

　날 바라보다 다시 말에게 시선을 옮긴 그가 입을 열었다.

　"앞다리 상처가 거의 나은 것 같습니다."

　"……내일이면 완치되겠군요."

"예. 그간 신세를 많이 졌습니다."

"신세는요."

물 흐르듯 자연스러운 대화였다. 원래라면 어제의 일이 생각나 더 어색해하거나 그를 피해야 보통이었겠지만, 오늘은 달랐다. 손바닥에 감기는 부드러운 털을 느끼며 말했다.

"아실지 모르겠으나, 피츠헨드 홀의 묘미는 비 온 다음 날이랍니다, 빈센트 경."

그제야 내게 닿는 검은 시선을 느끼며 느릿하게 말을 이었다.

"비 온 다음 날의 미로 정원은 한층 더 푸르죠."

"……."

"방해가 아니라면, 함께 산책하지 않겠어요?"

아마 그에게 처음 보이는 내 미소였다. 인위적이지도, 억지스럽지도 않은 그대로의 웃음. 그가 대답 대신 고개를 끄덕였다.

정원은 내 말 그대로였다. 이슬을 머금은 관목들은 막 싹을 틔운 이파리처럼 싱싱하고 푸르렀으며, 생명력이 차올라 있었다. 복잡한 미로 형태로 다듬어져 있는 데다, 높이도 성인 장정의 키보다도 두 뼘은 더 높았기 때문에 작정하고 숨으면 찾기가 어려웠다.

"대단한 규모라고 생각했지만, 상상 이상입니다."

"나도 여기서 종종 길을 잃은 적이 있답니다."

"의외군요."

"안주인인데 부끄러운 일이지요."

"아뇨, 그게 아니라."

잠시 눈을 내리깔던 빈센트가 말을 이었다.

"당신께선 허술한 점이 없을 것 같아 드린 말씀입니다."

그의 말에 나도 모르게 낮게 웃음이 터졌다. 어제 허물어졌던 내 모습을 보고도 그런 소리를 하다니. 아예 깡그리 잊은 것처럼, 혹은 당연히 누구나 그럴 수 있다는 것처럼.

"그럴 리가요. 난 그런 사람이 아니에요."

그와 둘이서 미로 정원의 심장부를 향해 나란히 걸었다.

일 년에 두 번, 여름과 겨울. 성(聖) 미카엘 축일과 전야제 시즌이면 유서 깊은 테레즈의 유지로서 하퍼 백작가는 의무적으로 성대한 연회를 열었다.

상대적으로 부드러운 고요가 감도는 지금이 더 어색할 만큼, 그때면 피츠헨드 홀 가득 다채롭고 눈부신 볼 것들이 즐비했다.

"지금은 이렇게 조용하지만 수많은 사람이 피츠헨드 홀을 꽉 메울 때가 있답니다."

"저도 몇 번 들었던 기억이 납니다."

"북부에서도 그 이야기를 하나요?"

"낭만적인 테레즈의 연회는 그곳 소녀들에게도 꿈이죠."

의외인 듯 물었지만 사실 그리 놀랄 일은 아니었다.

일 년에 단 두 번, 피츠헨드 홀 대저택에서 열리는 화려한 향연은 사실 멀리서도 꽤 유명했다. 초대장을 받기 위해 인근 지역의 내로라 하는 귀족들이 보이지 않는 뒷거래를 벌이는 것은 소문이 아닌 해마다 반복되는 기정사실이었다.

어둠이 깊어지고 분위기가 무르익을 무렵이면 미혼의 남녀 귀족들이 손을 잡고 연회장을 몰래 빠져나오곤 했다. 그중 이곳, 미로 정원은 또한 군데군데 나무 장의자들이 배치되어 있어 젊은 남녀가 사랑을 속삭이기 좋은 장소였다.

"하지만 나는 게더에서의 겨울이 가장 행복했던 거 같아요."

혼잣말처럼 뇌까리며 살며시 눈을 감았다. 빽빽이 울창한 수풀을 드리운 나무들과 나뭇잎 사이로 스며들던 겨울 햇살. 발목까지 푹 꺼지던 폭신한 눈과 끝도 없이 펼쳐질 것만 같던 사방의 높고 낮은 산.

말을 달리며 동생 엘리엇과 웃고 떠들었던 기억이 생생했다.

"그때 그곳엔 당신도 있었죠, 빈센트 경."

"……기억나셨습니까?"

그가 걸음을 멈췄다. 몇 발자국 앞서가던 나 또한 뒤를 돌았다.

새삼스럽지만 이 황량한 북부 출신 기사는 어디로 보나 다정한 인상은 아니었다. 우락부락하거나 선이 굵은 느낌이라는 건 아니다. 오히려 잘 세공된 조각 같은 섬세한 미모. 잘 벼려진 칼날처럼 날카로운 눈매에, 굴곡 하나 없이 오만하게 쭉 뻗은 콧대, 그리고 굳게 다물린 입술이 고집스러운 성격을 나타내는 듯 단호했다. 이 모든 게 하나하나 조화를 이룬 차가운 인상의 얼굴이었다.

그 모습에서 기억 속 소년을 겹쳐 보느라 대답이 늦어졌다. 부드럽게 웃으며 수긍했다.

"조용한 소년이었죠, 당신은."

어째서 잊고 있었을까.

나는 조용히 그 옆모습에서 오래전, 조용했던 종자 소년을 떠올렸다. 엘리엇보다 한 살이 더 어린 나이이니 그때 당시 빈센트는 여덟 살이었다. 그때는 잿빛이 도는 머리칼이 아닌 금발에 가까운 머리칼이었는데. 키는 같은 나이대의 종자들과 달리 머리통 하나가 더 컸다. 키도 멀쑥하고 평소 동요가 적었다. 어떤 때에도 표정 변화가 크게 없던 무던한 소년이었다.

하마터면 크게 다칠 뻔한 엘리엇을 구했던.

-엘리엇……!

그가 아무리 또래보다 체격이 좋고 운동신경이 뛰어났다지만, 날 밀치고 엘리엇을 받은 대가는 절대 작지 않게 돌아왔다. 엘리엇을 안고 언덕에서 구르는 동안, 큰 바위에 부딪혀 왼쪽 등 날개 뼈 부근에 큰 상처가 났다고 들었다. 절대 지워지지 않을 깊고 흉한 흉터였다. 어린 아이가 감당하기에는 더더욱.

흙과 먼지, 풀이 온몸에 달라붙은 몸으로 빈센트는 정신을 잃었다. 상처투성이로 피가 덕지덕지 묻은 채 눈을 감은 모습에 되레 혼이 빠진 나는, 기절한 소년이 다시 눈을 뜬 이튿날에 이르기까지 거의 뜬눈으로 밤을 새웠다.

—일, 일어났어……?

—……아가씨?

—다행이다……!

사고가 난 다음 날 아침, 새벽빛이 천천히 들어오던 무렵에서야 그가 눈을 떴다. 검은 동공이 잠시 놀란 듯 커지다가 내 울음소리에 달래듯 작게 대꾸했다.

—몸은? 몸은 괜찮아?

—괜찮……아요.

—뭐 원하는 거 없어? 뭐든 해 줄게……!

그러자 빈센트가 낮은 신음을 삼키며 침대에서 윗몸을 일으켰다. 그러곤 그가 밭은기침을 내뱉기가 무섭게 내가 그 작은 손을 꼭 쥐었다. 정말 뭐든 해 줄 생각이었다.

돈? 휴식? 먹을 것? 유모 로즈에게 졸라서 뭐라도 구할 수 있었다. 원한다면 뭐든지. 나와 엘리엇을 구했으니까.

—꼭 ……뭔가 해 주시길 원한다면.

뒤이어 작은 목소리가 들렸고, 나는 고개를 쳐들었다.

—시.

—…….

—매일 밤, 제게 시를 들려주실 수 있으세요?

상상도 못 한 대답에 어안이 벙벙했다. 내 침묵을 다르게 생각했는지 빈센트가 시무룩한 목소리로 덧붙였다.

―무리라면 안 하셔도 괜찮아요.

비에 젖은 강아지처럼 애처로운 얼굴이었다.

―무리라니. 그렇지 않아.

나도 모르게 튀어나온 말이었다.

―좋아. 그렇게 할게.

시원한 승낙에 언제 고개를 떨궜냐는 듯 빈센트가 눈을 반짝였다.

빈센트가 자리를 털고 일어나기까지, 일주일 동안 나는 거의 매일 그를 찾아가 시를 읊어 주었다. 영웅의 모험 서사시부터 음유시인의 서정시에 이르기까지 종류는 상관없었다.

길지 않은 시간이었다. 그가 병상을 털고 일어난 이후 한 달이 금세 지나갔고, 곧 떠날 날이 다가왔다. 마지막 날, 나는 그의 숙소에 몰래 들어가 짐에 손수건을 넣었다. 첫 자수라 조악한 데다 누가 보나 졸작이었으나 손끝에 여러 번 피를 맺히며 만든 단 하나뿐인 손수건이었다.

유리 정원에서 그가 내게 돌려주었던 그것.

물밑에 잠겼던 추억이 떠오르자 따뜻한 무언가가 가슴 밑으로 차오르는 느낌이었다.

"빈센트 경."

잠시 말을 고르다 고개를 들었다. 미소 지으며 부탁했다.

"북부에 관해 이야기해 주시겠어요?"

"어떤 것들 말입니까?"

"제국 너머에 사는 야만인들, 거대한 짐승들, 이런 것들이요."

"말재주가 없는 편이라 지루하실 겁니다."

그의 대답에 난 빙그레 웃었다. 마차 안에서도 그렇고, 원하는 게 눈에 보였다. 이 점은 변하지 않았다.

"그럴 리가요. 다만 이야기를 들려주신다면 저 또한 답례를 해야겠죠."

잠시 골똘히 생각하는 척, 입을 다물다 내가 대답했다.

"자신 있는 건 하나뿐이네요."

오랜만에 그리운 옛 친구를 만난 기분이었다. 굳이 이전의 일을 입밖에 내지는 않았지만, 그것으로 충분했다. 이제야 생생히 기억났다. 늦은 밤, 머리맡에서 내가 나직하게 시를 읊을 때마다 감미로운 자장가를 듣듯 조용히 눈을 감던 앳된 소년의 모습.

문득 그가 내일 아침 떠난다는 것이 아쉬워졌다.

"시를 낭독할게요."

* * *

빈센트의 이야기는 생각보다 즐거웠다.

그는 자신이 말주변이 없는 편이라 했지만, 그가 묘사해 주는 것만으로도 북쪽의 한 편을 보고 온 듯한 느낌이었다. 사시사철 싸락눈이 내려 온통 한 가지 색뿐인 드넓은 설원, 대낮에도 빽빽한 어둠이 들어앉은 침엽수 숲, 그 사이사이에 웅크려 숨 쉬는 온갖 맹수들. 모두가 잠든 어느 밤 성벽을 기어올라 침입했다던 야만인 부대의 처참한 최후와 그 끝에서 목이 잘려 망루에 내걸렸다는 적군의 머리.

"마님."

한낮의 산책을 끝내고 돌아올 무렵이었다. 방에서 날 기다린 사람이 있었다.

"애니?"

그녀가 일어서기가 무섭게 테이블 위에 놓인 은쟁반과 그 위의 것들이 눈에 들어왔다.

"……그게 뭐야?"

내가 묻자 애니가 대답 대신 조용히 은쟁반 위에 놓였던 편지와 페이퍼 나이프를 건넸다. 처음 보는 인장이 찍힌 양피지 봉투였다. 자주 서신을 주고받는 사촌 세실의 것은 아니었다. 언젠가 봤던 거래처들의 것 또한.

발끝을 파고들기 시작한 불길한 예감을 억누르며 페이퍼 나이프를 쥐었다. 봉투의 끝을 잘라 편지를 빼내어 펼쳤다. 여성스럽고 고풍스러운 흘림체로 짧막한 글이 쓰여 있었다.

[친애하는 올리비아 하퍼 백작 부인께.

갑작스런 편지를 보내게 되어 죄송합니다.

급한 일로 실례를 무릅쓰고 전보를 보냅니다.

편지를 받으신다면, 전 지금 홀로 테레즈로 돌아가는 마차 안일 겁니다.

허락하신다면 내일 저녁, 본채로 찾아뵙고 싶습니다.

반대도 괜찮습니다.

매우 급한 일입니다.

답장 기다리겠습니다.

헤더 제누아 드림.

P.S 답장은 편지를 전달한 제 종자에게 그대로 들려 보내시면 됩니다.

내일 아침, 저는 별채에 있을 겁니다.]

한 줄 한 줄 읽는 순간, 숨이 턱 막혔다.

"마님?"

순간 전신에 힘이 풀려 휘청거렸는지, 내 팔을 잡아 부축한 애니가 날 의자에 앉혔다.

"그 여자가 보낸 것 맞나요?"

대답 대신 편지를 건넸다. 머리가 핑 돌았다. 양손으로 관자놀이를 꾹꾹 눌렀다. 그레타 노부인의 말이 편지의 말과 중첩됐다. 양자, 첩, 그 여자……. 헤더 제누아도 그 소식에 대해 알게 된 걸까? 그래서 결정이 나기 전에 내게 연락한 걸까? 뭐라고 애원하거나, 혹은 협상하기 위해서?

아니, 아니다.

나는 고개를 저었다. 그러지는 않을 것 같았다. 내 앞에서 부끄러워하거나 죄책감 가진 듯 행동하던 여자는 아니었지만, 그렇다고 대놓고 정처인 내게 거래를 요청할 정도로 뻔뻔한 여자는 아니었다.

꽂힌 깃펜을 들어 잉크를 묻히고 새 종이에 작게 써 보냈다.

[본채에 올 필요 없습니다.
내가 가죠]

* * *

피츠헨드 홀의 일 층 가장자리, 역대 백작 부처의 초상화를 걸어 놓은 회랑은 성의 어느 부분보다 유구하고 역사가 깊었다. 그만큼 집사와 하녀장이 더욱 신경 쓰는 곳이기도 했다.

산호석이 섞인 새하얀 바닥 위에는 양모로 직조된 적색 카펫이 긴 회랑을 따라 놓여 있었다. 그 말은, 누군가 다가와도 발걸음 소리가 들리지 않는다는 말이기도 했다.

인기척이 바로 옆까지 온 다음에야 나는 고개를 돌렸다.

"백작 부인."

"고모님."

"하녀가 여기 계시라고 말해 주더군요."

"……."

날 지그시 바라보던 노부인이 좀 전까지 내가 보고 있던 초상화로 고개를 돌렸다. 나 또한 다시 선대의 백작 부처에게로 시선을 옮겼다. 검붉은 공단이 덧대어진 장미목 의자에 앉아 있는 귀부인과 그녀 바로 뒤에서 가냘픈 어깨에 손을 얹고 있는 젊은 남편이 보였다.

화가는 부드러운 필치로 막 결혼한 부부를 그려 냈다. 생기 넘치고 사이좋은 젊은 백작 부부를. 귀부인의 생기 넘치게 홍조와 젊은 백작의 당당한 얼굴이 계속 눈길이 닿았다.

검푸른 머리칼, 흠결 없이 정제된 호박(琥珀)색의 신비한 눈동자.

항상 생각했다. 레너한은 아버님을 많이 닮았다고. 그는 열넷의 나이에 양친을 잃었다. 외국에 유학 가 있을 때였다. 부모님의 시신을 수습하자마자 급하게 작위를 이어받았다고 했다. 들개 같은 친인척들이 달라붙었지만, 머지않아 힘없이 떨어져 나갔다. 달려드는 혈육들을 하나둘 처리하며 그는 실수 없이 완벽하게 아버지의 역할을 해냈다.

어쩌면 오래전 죽은 내 아이도 할아버지, 그리고 레너한을 빼닮았을까? 새카만 흑발에, 마노 같은 금안을.

그 상상에 밤잠 못 이룬 날들이 있었다. 만약 그 아이를 낳았다면 나는 여전히 사랑받을 수 있었을까. 금세 목 끝까지 차올라 다시금 내 숨을 틀어막을 것 같은 기억들에 벗어나야 했다. 입을 열었다.

"금슬이 정말 좋아 보이세요."

아.

황급히 내 입으로 뱉어 놓고도 아차 싶은 말이었다. 노부인의 온화한 눈이 내게 와 닿는 걸 느꼈다. 한탄으로 들린다면 시간을 되돌리고 싶었다. 감정을 날것 그대로 드러내 보일 만큼 나는 순수하지도, 순진하지도 못했다. 설령 감춘다 해도 이 노회한 부인 앞에선 낱낱이 속이 보일 테지만.

"그랬지요."

다행히 대답은 태연히 돌아왔다. 날 동정하는 기색도, 아직 어제의 일에 대해 별 대답 없는 날 탓하는 기색도 없었다. 평온한 얼굴로 그녀가 말했다.

"두 분은…… 사이가 무척 좋으셨답니다."

침묵 사이로 나와 레너한의 불화를 책망하듯 느껴진 건 예민한 반응일까. 다시 입을 열까 싶었지만 그대로 다물었다. 등 뒤에는 하녀가 서 있었다.

사용인들의 입은 종잇장보다 더 가볍고 넓은 전파력을 갖고 있었다. 먼 테레즈 영지에서 시작된 소문이 멀리 떨어진 수도에 닿기까지 과연 며칠이나 걸릴까. 평소의 모습처럼, 자연스럽게 노부인의 팔짱을 꼈다. 사이좋은 고부처럼 산뜻하게 웃으며 말했다.

"이제 손님 배웅을 하러 가야겠네요."

"그럴까요."

어느 날 갑자기 우리가 연극배우가 되어 무대 위에 선다 해도 그리 어색할 것 같지 않았다. 그녀는 노련한 배우였고, 나 또한 재능 있는 배우니까.

* * *

먼 길 떠나는 순례자의 편의를 고려한 듯, 하녀장은 이것저것 야무지게 빈센트의 짐에 꾸려 넣었다. 세탁한 옷가지에서부터 하루 이틀 정도는 아껴 먹을 수 있는 어느 정도의 물, 썩을 위험이 없는 발효된 빵과 말 먹일 여물 약간.

그중 특별히 내가 신경 쓴 부분은 없었다. 피츠헨드 홀엔 그 외의 일이 널려 있었고, 이런 일들은 노부인과 하녀장의 몫이었다. 할 수 있는 건 더 해 주려 했으나 빈센트가 거절했다고 했다. 스물 초반이라는 나이에 비해 성숙하다, 그레타 노부인이 내린 평가였다.

"그간 베풀어 주신 과분한 호의에 감사드립니다."

"별말씀을요. 언제든지 다시 들러 주세요."

안장에 타기 전, 메인 홀 계단 위에서 노부인과 짧은 인사를 나눈 빈센트와 눈이 마주쳤다. 인사를 마친 노부인이 물러서고 내가 그쪽으로 한 발자국 다가갔다.

눈이 마주치고 옅게 웃어 보였다.

"남은 순례도 건강히 마치시길 바랍니다."

"……감사합니다, 백작 부인."

누가 보나 흠잡을 데 없는 형식적이고 의례적인 작별 인사였다. 마찬가지로 길지 않았지만, 길게 느껴졌다. 나를 내려다보는 고요한 시선이 떨어지자마자 긴장하고 있었던 듯 굳어 있던 등줄기가 풀어졌다.

작게 눈인사를 한 그가 뒤를 돈 순간이었다. 조용히 떠나는 이를 불러 세웠다.

"빈센트 경."

그가 멈춰 섰다. 직접 몇 단을 내려가 두 단 아래, 다시 등을 돌린 그와 마주했다. 키가 커서 그제야 눈높이가 맞았다.

"유리 정원에서의 대화 즐거웠습니다."

"저 또한 그랬습니다."

"빌려주신 손수건…… 세탁하여 돌려드립니다."

내민 손을 내려다보던 빈센트가 잠시 동작을 멈추더니 날 응시했다. 그러곤 담백하게 대답했다.

"감사합니다."

일순 그와 손이 닿았다. 불에 덴 듯 열기가 느껴져 입술이 떨렸다. 한 단 더 뒤로 물러설까 하다가 뒤에서 지켜보고 있을 시선들이 더 신경 쓰여 가만히 서 있었다. 물어보고 싶은 게 있었다. 작게 물었다.

"왜 그 손수건을 들고 다니나요?"

궁금했다. 내가 준 손수건인 건 기억하는지. 대답은 바로 돌아왔다.

"북부 사람들은 미신을 의존하는 편입니다."

다소 엉뚱한 말이었다. 시선을 내리자 손가락 사이사이 굳은살이 밴 손이 보였다. 그가 소중하게 손수건을 접어 로브 안쪽에 넣었다.

"이건 제 부적 같은 거라."

"……그런가요."

귀밑이 홧홧해졌다. 그가 이 장난 같은 손수건을 아직도 간직하고 있었다는 것도 놀라웠지만, 거기에 귀히 여기는 듯한 모습을 보니 이상야릇한 기분이 들었다. 누군가 손등을 간질이는 느낌. 목구멍 안쪽에 고여 있던 물음을 충동적으로 내뱉었다.

"다시 만날 수 있을까요?"

"예, 머지않아."

한 치의 망설임도 없이 돌아온 대답에 나도 모르게 눈이 커졌다. 그가 옅게 웃고 있었다. 처음 보는 미소였다. 눈을 의심할 만큼의 찰나.

"그럼 이만."

뒤이어 등 뒤의 노부인에게 묵례한 그가 멀어졌다. 예고 없이 맞아들인 손님은 금세 떠나갔다.

피츠헨드 홀은 다시 고적해졌다.

빈센트를 떠나보내고, 저녁이 오기까지 애니는 끝없이 말을 걸었다. 덜컹거리는 마차 안에서조차.

"정말 가실 거세요, 마님?"

"굳이 가실 필요 없어요. 윗사람은 마님이시잖아요."

"그 교활한 마녀가 무슨 꿍꿍이인지 모르겠지만, 그냥 그레타 노부인께 말씀드리면 안 돼요?"

소용없을 걸 알기에 대답은 하지 않았다. 밤이 오기까지 기다리는 건 힘든 일이었다. 잊은 척 지냈으나 손톱 밑에 걸린 가시처럼 드문드문 편지가 떠올랐다. 해가 지고 어둠이 사방에 깔리자 나갈 채비를 마쳤다. 사실 채비랄 것도 없었다. 예의를 갖추어 차려입을 필요가 없었다. 초라하게 보이지만 않을 만큼, 암녹색의 차분한 슈미즈 드레스와 작은 사파이어가 박힌 백금 목걸이 정도만 착용했다. 여름이 가까이 왔어도 저녁은 쌀쌀했기에 얇고 하얀 로브를 그 위에 걸쳤다.

"따라오는 거까진 허락해 줬지만, 별채에 같이 들어갈 생각은 말아."

"마님!"

"두 번 말 안 해."

애니에게 편지를 건네준 게 문제였다. 원래라면, 아무도 몰래 혼자 갈 생각이었다. 혹시 모를 일에 대비하여 방에 노부인께 보내는 짧은 쪽지도 하나 써 두었다. 신변에 무슨 일이 있으리라는 걱정은 안 했다. 헤더 제누아는 앞뒤 생각 없이 움직이는 어리석은 여자가 아니었고, 날 해칠 생각이었다면 이미 몇 번이고 시도했을 인물이었다. 다만 편지의 한 부분이 계속 마음에 밟혔다.

'매우 긴급한 일.'

갑작스러운 호출에 졸린 눈을 비비며 나온 마부는 군말 없이 마차를 몰았다. 같은 피츠헨드 홀 영역에 있어도 그 여자가 사는 별채와 내가 사는 본채는 사이에 가깝지 않은 거리를 두고 있었다.

조용히 차창 밖을 눈으로 훑었다. 사위가 온통 낮은 물안개로 덮여 있었다. 계속 삼십 분여를 달렸을 무렵에서야 마부의 채찍 소리가 끊겼다. 마차가 천천히 멈춰 섰다.

별채 입구였다. 피츠헨드 홀 본채만큼 거대한 규모는 아니었지만, 준귀족의 저택 못지않은 전면이 흰 대리석으로 지어진 세련된 양식의 건물. 따라붙으려 하는 애니를 구석으로 몰아넣고 마부가 다가오기도 전에 마차 문을 열었다.

헤더 제누아는 미리 마중 나와 있었다.

"오랜만에 뵙네요, 백작 부인."

듣는 순간 멍해지는 뇌쇄적인 목소리였다. 약간 쉰 듯 색기가 돌았지만, 천박하지는 않았다. 고운 숄을 두른 얇은 나이트 드레스 차림은 여자의 육감적인 굴곡을 도드라지게 만들었다. 그녀가 양손으로 치맛자락을 잡고 살짝 무릎을 굽히며 내게 궁정식으로 인사했다.

"제 편지에 응해 주셔서 감사합니다."

＊　＊　＊

별채의 응접실, 헤더 제누아의 집은 상상했던 그대로였다. 은 술이 달린 붉은 암막 커튼이 쳐진 방 안은 조졸하지도 과하지도 않게 조화를 이룬 가구들이 자리 잡았다. 전체적으로 격식을 갖추면서도 편안했고, 그러면서도 우아하며 기품 있었다. 그녀를 알기 전, 사교계에서 떠돌던 말이 기억났다.

이 나라 최고의 코르티잔(Courtesan). 눈짓 하나로 모든 남자를 무릎 꿇릴 수 있는 여자.

"제대로 대접해 드리지 못해 죄송합니다. 상주하는 하녀는 수도에 있어서."

"······괜찮습니다."

수도의 집, 그 단어를 듣자마자 연상되는 모습에 가슴을 바늘로 찌른 듯 날카로운 통증이 찾아들었다. 그곳에 어쩌면 레너한이 있을지도 모른다. 불쑥 자조적인 의문이 일었다.

그는 내가 이곳에 와 있다는 걸 알까? 사랑하는 정부의 집에?

군더더기 없는 예법으로 차를 따른 헤더가 테이블을 사이로 마주 앉은 내게 건넸다. 척 봐도 최상등품이었다. 받아 드는 척하면서 그대로 내려놓았다. 내 모습에 헤더가 조심히, 그리고 예의 바르게 물었다.

"차가 마음에 들지 않으신가요? 새로 내올까요?"

"괜찮습니다."

차갑게 대답한 뒤 주위를 눈으로 훑었다. 암막 커튼이 쳐져 어둑해야 할 방 안은 갓등을 단 양초들로 밝았다. 일렁이는 불빛 너머로 보이는 여자의 모습은 전혀 서른 중반으로는 보이지 않는 외모였다.

차라리 스물 중반이라고 보는 편이 나았다. 마녀, 애니가 이 여자를 부르는 호칭 중 하나가 저절로 생각났다. 물결치는 붉은 머리칼은 흠결 없는 루비처럼 매끄러웠고 오묘하게 빛나는 녹색 눈동자는 금방이라도 누군가를 홀릴 만큼 매혹적이었다. 그러나 이 여자에게서 어쩐지 갈라진 혀를 날름대는 뱀이 연상된 것은, 내 추한 질투 때문일까.

"······제누아 양."

그녀를 부르며, 천천히 이곳에 마지막으로 언제 왔는가를 떠올렸다. 결혼한 지 삼 년 후. 지금으로부터 칠 년 전이었다. 그녀가 처음 테레즈에 발을 들여놓았을 때가.

다음 말은 약간의 정적 후에 입술 사이로 흘러나왔다.

"사담을 나누기엔 내가 제누아 양과 그리 가까운 사이도 아닐뿐더러."

등줄기에 힘을 주고 가능한 한 태연하고, 침착하길 바랐다. 금방이라도 이 여자에게 달려들어 목을 조르고 싶은 내 마음을 들키질 않길. 비참한 모습이나마 마지막 자존심은 지킬 수 있길.

"나는 한가롭게 차나 마시자고 이 시간에 이곳에 몰래 온 것이 아닙니다."

"……."

"그러니 날 이곳에 부른 이유를 말하세요."

다행히 목소리는 떨리지 않았다. 내 반응에 잠시 말이 없던 헤더가 제 찻잔 또한 내려놓았다. 정부가 본부인을 대하는 태도라기엔 매우 덤덤했다. 마치 친하지 않은 친구를 대하는 듯한 느낌이었다. 늘 그래 왔다. 정부로서 본처인 날 만났을 때, 그녀는 차분했다. 그리고 그럴 때마다 가슴 깊은 곳에서 수치심이 스멀스멀 올라왔다. 마치 그녀가 온갖 감정의 소용돌이에서 허우적대는 날 위에서 내려다보는 느낌이 기에.

"……확실히 제가 달갑지는 않으시겠지요. 제 생각이 짧았습니다."

루즈를 바르지 않아도 붉은 입술을 잠시 꾹 다물던 헤더가 다시 입을 달싹였다. 그리고 충격적인 고백을 내뱉었다.

"다름이 아니라, 제게 아이가 생긴 것 같습니다, 부인."

웃는 듯 마는 듯한 표정으로 덧붙였다.

"물론 백작님의 아이가요."

"……그, 게 무슨……."

목이 졸린 사람처럼 목소리가 토막 났다. 누군가 머리 위에 얼음물을 끼얹은 느낌이었다. 말 내용을 받아들이기까지 조금 시간이 걸렸다. 내가 들었던 말이 정말 두 귀를 통해서 흘러드는 말인지 분간하기가 어려웠다.

"……그게 무슨 말입니까?"

분명히 들었음에도 다시 한번 물을 수밖에 없었다. 혀마저 굳어 버린 듯 입술을 달싹이기 어려웠으나 겨우 침을 삼키고 입을 열었다.

"다시 말하세요. 내가 들은 게 맞는지."

헤더가 눈을 내리깔았다. 내 반응을 예상했다는 듯한 표정이었다. 강조하듯 두 손을 아랫배에 올려놓았다.

"들으신 그대로입니다."

"너……!"

울화가 치밀어 도저히 견딜 수 없었다. 벌떡 자리에서 일어났다. 손이 벌벌 떨린다. 금방이라도 이곳을 만신창이로 만들어 버릴 것만 같다. 당장이라도 내 앞에 놓인 뜨거운 차를 저 여자에게 쏟아붓고 이대로 이곳을 나가 버리는 상상을 했다. 혹은 날카로운 무언가를 찾아서 저 여자의 가슴에 꽂아 버리든가. 그대로 무릎 꿇고 싶을 정도로 매력적인 선택지였다.

이 여자를 여기서 죽여 버리고 나간다 해도, 누가 나를 벌할 수 있지? 감히? 남편의 아이를 가진 천한 정부를 어쩌다 홧김에 죽였다고 한들.

"의도했던 것은 맹세하건대 아니었습니다."

"……."

"딱 하룻밤 부주의로 인하여."

태연하게 말하는 입을 실로 꿰매 버리는 상상을 했다. 헤더가 이어 말했다.

"제조해 주신 차는 마셨습니다. 그러나…… 피임이 언제나 효과가 있는 건 아니니까요."

"그 입, 다무세요."

가냘픈 목을 꺾어 버리기 전에. 핏기 하나 없이 로브 자락을 움켜쥐던 손이 천천히 들리는 순간이었다. 떠오르는 얼굴이 하나 있었다.

엘리엇, 그리고 어머니. 만약 살인자가 된다면 나로 인해 고통받을 가족.

"확실……합니까?"

"의사에게 보인 것은 아니지만, 확신하고 있습니다."

그런 내 머릿속을 읽은 건지 제 배를 조금 더 힘주어 감싸듯 안으며 헤더가 대꾸했다.

"여태까지 달거리를 두 번이나 건너뛴 적은 없으니까."

갑작스레 현기증이 밀려들었다. 짐승의 거대한 발톱에 살가죽이 찢긴 듯했다. 얇은 피부가 갈기갈기 찢긴다면, 그 안에는 이미 너덜너덜해진 심장이 자리 잡고 있으리라.

휘청거리는 작은 흔들림을 본 듯 헤더가 다급히 내 팔을 잡으려 했다.

탁.

더러운 벌레를 떨쳐 내듯 매섭게 뿌리친 팔이 허공에서 멈췄다. 말없이 눈앞의 의자에 눈짓하자 일어서려던 그녀가 주춤하며 앉았다. 어떻게든 평정을 되찾기 위해 깊게 숨을 들이마시었다.

중요한 질문이 남아 있었다.

"레너한, ……아니, 백작님은 아시는 일입니까?"

헤더가 고개를 저었다.

"아니요. 아직."

"한데 내게 먼저 말을 꺼낸 용건이 뭡니까."

"……."

"난 당신이 본처의 용서를 받으러 온, 순종적이고 가녀린 첩 행세를 할 거라곤 기대하지 않습니다."

아주 자연스럽게, '제누아 양'이라 알량하게나마 지켜 왔던 최소한의 예의를 집어던졌다. 일전에 이미 합의가 되었던 일이었다. 정부로서 내 남편 곁에 있는 걸 묵인해 주는 대신, 사생아는 낳지 않겠다던 약속. 그것이 깨어졌다. 여자는 내가 건넨 차를 마시지 않았다. 더 이상 내가 이 여자를 존중해야 할 이유는 없었다.

"……부탁이…… 있습니다, 부인."

부탁? 감히 내 앞에서 그런 말을 입에 담다니. 바싹 마른 입술 새로 하, 실소가 터져 나왔다. 온몸의 뼈와 살을 불사를 듯한 격렬한 감정에 비해 이성은 차갑게 남아 있었다.

"그래요?"

빙그레 웃었다. 격노한 나를 감추기 위해, 그저 오후 티타임을 즐기러 온 귀부인처럼. 그리고 명령했다.

"그런데 부탁하는 태도가 이따위라니."

"……."

"무릎 꿇어, 공손하게."

그 고고한 자존심에 응할 거라고는 생각하지 못했다. 내가 원한 건 두 가지 경우였다. 부들부들 떨면서 받아치거나, 새파랗게 질린 얼굴로 이 피츠헨드 홀에서 사라지거나. 전자라면 뺨이라도 한 대 올려붙일 구실이 되었고 후자라면 더할 나위 없었다.

"……그리하지요."

하나 내 오산이었다. 아랫입술이 하얗게 되도록 입술을 악문 여자가 눈을 지그시 감았다. 다음 순간은 모든 게 영원처럼 느리고 길게 느껴졌다. 내 앞에서 처음으로, 남편의 정부인 헤더 제누아가 천천히 바닥에 무릎을 꿇었다. 그런데 어째서 비참해지는 건 나인가. 왜 패배자가 된 기분인가. 오물을 뒤집어쓴다한들 이 모멸감에 비할 것 같지 않았다.

도리어 실성한 사람처럼 낮게 웃음이 터져 나왔다.

"아아, 이제 알겠군요."

헤더 제누아는 차마 고개를 들지 못하고 시선을 내리깔고 있었다.

정적이 흘렀다. 조용히 내 앞에 앉은 여자에게 시선을 집중했다. 이제는 물결치는 붉은 머리칼이 애처로워 보이기도 했다.

만약 이 모든 게 한 편의 연극이라면 나는 못되고 간악한 악녀 정도가 될까. 대개의 극에선, 남자 주인공이 악녀에게 핍박받는 연약한 여자 주인공을 구하게 되면서 사랑에 빠지고, 두 사람은 행복해진다. 내 혼과 몸이 업화에 타오르는 한이 있더라도 그 모습만은 볼 수 없다. 절대로.

"고고했던 당신의 꼴이 지금 우습기 짝이 없습니다."

잘게 경련하는 손으로 찻잔을 들고 한 모금 마신 뒤, 오연하게 그녀를 내려다봤다. 그리고 최대한 느릿하게 다시 입을 열었다.

"말해 봐요."

최악의 악몽에 대면하고 나니 오히려 침착해진 기분이었다. 동사한 팔다리를 잘라 내기 직전, 감각이 마비되는 순간이 이럴까.

"……아이의 목숨을 구걸하러 온 겁니까? 내가 그 아이를 없애 버릴까 봐?"

약간의 정적이 있었다. 여자의 몸이 가늘게 떨리는 게 보였다. 단단한 철옹성 같던 이 여자가 이렇게까지 약해질 수 있나 싶었다. 원래라면 저열한 기쁨에 웃음을 터뜨려야 될 테지만 유감스럽게도 나 또한 불구덩이 속에 밀쳐진 후였다.

"그런 거라면 백작님이 있으니 구차하게 이리 애걸할 필요가 없을 텐데요."

"아닙니다, 그게 아닙니다……."

조아린 고개가 들친 건 바로 그 순간이었다.

"부인, 이리 간청드립니다……. 제발 제 아이를 지켜 주십시오."

헤더 제누아는 또다시 내 입을 막았다. 두 번이나 내 뒤통수를 후려치는 말이었다. 턱 막힌 말이 혼란스러운 머릿속에서 뒤엉켰다. 지켜 달라? 해치지 말라는 게 아니라, 지켜 달라?

"백작님이 제 아이를 원하지 않으십니다."

원하지 않아? 또 다른 충격에 몸이 빳빳이 굳었다. 겉으로 보이는 모습은 정답기 짝이 없는 한 쌍이 아니었나. 겨우 마음을 가라앉히고 숨을 골랐다.

"그렇다면 그가 당신에게 마음이 떠났나 보군."

냉정한 대답에 헤더가 무릎걸음으로 다가와 내 발치에 엎드렸다. 필사적이고 처절한 몸짓이었다. 아이를 살리려는 어미의 애걸.

"모두, 모두 다 제 잘못입니다."

"뭐?"

"제가 주제도 모르고 욕심을 부렸습니다."

"……무슨 말이지?"

전신에 오한이 들었다. 뼛속까지 얼어붙은 느낌이었다.

"계기는 아주 사소했지요. 그러나 그것만으로 충분했습니다."

"……."

"백작께선 부인을 사랑하세요. 그걸 알고도 뻔뻔하게 매달린 건 접니다."

"그만."

더는 듣고 싶지 않았다. 그녀의 말을 틀어막았다,

"무슨 말인지 모르겠으니 천천히 설명하세요."

눈앞이 새빨개졌다가 돌아왔다. 눈앞의 여자는 내 남편의 아이를 갖고서 내게 고해하듯 죄를 털어놓았다. 내가 마치 자애로운 신부라도 되는 양.

말을 고르듯 잠시 침묵하던 헤더가 천천히 말했다.

"……부인의 말마따나 백작께서 절 버리실 것 같습니다. 아마 제 임신을 알게 된다면 이 아이도 무사하지 못하겠죠."

"……"

머릿속으로 어떤 계산을 했는지 파악됐다. 아이를 가지게 된 귀족의 정부. 대개는 그 결말이 둘 중 하나였다. 아이만을 데려오거나 아이를 유산시키거나. 어느 쪽이건 최악이었다.

"절 어찌하셔도 좋습니다. 다만 뱃속의 제 아이는 살려주세요. 이리 간청드립니다."

잔인할 정도로 솔직한 말에 팽팽하던 끈 하나가 툭, 끊어진 느낌이었다. 태어나지도 못한 채 죽어 버렸던 내 아이가 떠올랐다. 절대 이해가 가지 않는 마음이 아니기에, 누군가 독주를 내 코와 귀를 막은 채 입속에 무자비하게 털어 넣는 느낌이었다. 내 무표정을 알아서 해석한 건지 조용히 내 안색을 살피던 헤더가 나직이 말했다.

"그리고…… 더 고백할 게 있습니다."

이 이상? 더 충격적일 게 있나 싶었다. 고개를 까닥이자 그녀가 말을 이었다.

"세간에서 떠드는 것과 달리 저와 백작님은 그런 관계가 아닙니다……."

동시에 숨이 멎었다. 이 여자가 무슨 말을 하는 건지 파악할 시간이 필요했다. 하지만 헤더는 바로 덧붙였다.

"지난 칠 년간, 백작님은 저와 동침하신 적 없습니다."

하, 헛웃음이 나왔다. 나뿐만 아니라 헤더 제누아도 그간 정신을 좀 놓아 버렸나 싶었다.

"지금 본인이 무슨 말을 하는지는 알고 있습니까?"

"백작 부인."

더는 이곳에 앉아 있을 수 없었다. 이 여자는 내게 불에 달궈진 칼을 들이민 것도 모자라, 이젠 날 기만하려 한다. 목을 졸라 죽여 버리고 싶었지만 얄팍한 끈 같은 양심이 상대가 산모라는 사실을 주지시켰다.

간신히 튀어나온 말은 끝이 떨렸다.

"내가 그리도 우습던가요?"

"그럴 리가요."

되레 화들짝 놀란 얼굴과 마주했다. 뻔뻔하게 고개를 젓는 모습에 어처구니없었다.

"……지금 감히 날, 농락하려 드는군요."

"아닙니다, 절대로 아닙니다."

벌떡 일어선 내 치맛자락에 매달리며 헤더가 파르르 떨었다. 긴 속눈썹 아래 뚝뚝 흐르는 눈물을 닦을 새도 없이 거듭 고개를 저었다.

"그럼 설명해 봐."

조용한 목소리에 묻은 분노를 눈치챈 듯 그녀가 잡고 있던 치맛자락을 놓았다. 문을 향해 빠른 걸음으로 나아가던 내 발걸음을 멈춘 것은 다음 말이었다.

"말씀드린 대로, 정말로 딱 하룻밤의 실수였습니다. 그 전의 일은 연기에 불과했어요. 칠 년 전, 백작님은 왕에게 버림받은 저를 정부로 받아 주는 대신 거래를 제안했고…… 제가 이제 쓸모가 없어지니 버리려고 하시죠."

"무슨 거래."

"그건……."

"말할 수 없다?"

나직이 추궁하자 헤더가 아랫입술을 짓씹었다.

"일종의 정보였습니다. 그 이상은……."

정보? 확실히 레너한은 백작 위를 계승함과 동시에 커진 세력으로 국왕의 견제를 받고 있었다. 국왕의 정부였던 그녀를 곁에 두고 취할 정보란 얼핏 알만 했다. 복잡한 생각으로 머릿속을 꽉 찬 사이, 헤더가 왼 가슴을 움켜쥐며 헐떡였다.

"임신은…… 버림받지 않으려고 두 달 전 제가, 미약 섞인 술을 백작 님께 드렸습니다."

"……."

미약 섞인 술?

느릿하게, 경악한 표정으로 고개를 돌렸다. 고매한 낯으로 추악한 죄를 고백하는 여자의 얼굴을 뚫어져라 보고 싶었지만 볼 수 없었다. 그만 헛구역질을 할 것 같았다.

"한 번이라도 안아 본 여자면 쉬이 버리지 않으리라 생각해서……. 그도 아니면 짧은 꿈이나마 꿔 보고 싶어서. 감히, 아이를 갖겠다는 욕심은 없었습니다."

제 배를 보호하듯 감싸 안으며 엎드린 헤더 제누아가 반복하듯 거듭 말했다.

"정말입니다. 믿어 주세요, 백작 부인……."

대답은 없었다.

나는 그대로 문을 닫고 뛰쳐나왔다. 뒤돌아보지 않고.

드디어 결심이 섰다.

*　*　*

가슴이 타는 듯 뜨거웠다. 머리는 차가운데, 심장은 터질 듯 달음박질쳤다. 화상을 입은 것 같았다. 익숙한 목소리가 들렸다.

"마님!"

별채에서 나오자마자 애니가 다급히 마차 문을 열었다. 저 안에서 나와 헤더 제누아 사이에 어떤 파국이라도 있었을 것이라고 단단히 생각하는 눈치였다. 마차 안에서 뛰어내리려는 그녀를 한 손을 들어 저지했다. 바로 다가오는 마부에게 시선을 돌렸다.

"돌아가시겠습니까?"

눈이 마주치자 공손히 물어 오는 눈짓을 외면했다. 묶인 말 쪽으로 걸음을 향했다. 뒤에서 애니가 부르는 소리가 들렸지만 대꾸하지 않았다.

"이 중에 한 필만 빼낼 수 있는가?"

"예?"

"두 번 말하게 하지 말게."

"어렵진 않습니다만…… 안장도 없어서 불편하실……."

"그건 괜찮네. 빼내게."

이런 추운 날씨에, 그것도 늦은 밤에 무슨 말이냐고 묻는 듯한 표정이었으나 반박은 허용하지 않았다. 말 쪽으로 간 마부가 고삐를 푼 사이 어느새 마차에서 내린 애니가 황급히 가까이 왔다.

"마님, 갑자기 무슨 일이에요? 말이라뇨!"

"본채로 갈 때까지만이야."

내 말에 기겁하며 앞을 막아서고는 고개를 저었다.

"안 돼요! 안 됩니다. 지금 마님은……."

"지금, 뭐?"

목소리는 태연자약하게 흘러나왔다. 그제야 제대로 내 얼굴을 본 애니가 몸에 힘이 풀린 듯 내 어깨를 잡으려던 두 손을 떨어뜨렸다.

"걱정하는 건 알겠지만, 애니."

다음 말은 아주 자연스럽게 새어 나왔다. 가면 같은 미소를 덧씌우고선 차분히 말했다.

"난 지금 흥분하지도 않았고, 이성을 잃지도 않았단다."

"……."

"비켜 줘."

여전히 불안한 눈빛이었지만, 이럴 때의 나는 절대 말릴 수 없었다.

어린 시절부터 보아 왔던 고집이기에 애니는 결국 순순히 물러섰다.

"기다릴게요. 바로 오셔야 해요."

한바탕 울음을 터뜨린 어린아이에게 하듯 달래는 듯한 말에 나 또한 조용히 고개를 끄덕였다.

"그래."

*　　*　　*

빠른 속도로 달리던 말이 웅덩이에 발이 걸려 곤두박질친 것은 그날 밤, 피츠헨드 홀에서 있었던 '우연한' 사고였다. 고통은 가파르고 짧게, 비수를 심장에 꽂듯이 달려들었다. 땅과 하늘, 옅게 깔린 물안개 사이로 시야가 순식간에 반전되는가 싶더니 전신의 근육이 끊어지는 듯한 충격이 엄습했다.

나는 그대로 낙마했다.

긴 꿈을 꿨다. 아주 오랜 꿈을.

*　　*　　*

"애니……."

"마님……?"

다시 눈을 뜬 것은 그로부터 사흘 정도가 지난 후였다. 익숙한 침실 안이었다. 독한 약 냄새가 코를 찔렀다. 침대에서 일어나려 했으나 온몸이 거미줄에 걸린 듯 지독한 통증에 움직일 수가 없었다. 몸을 내려다보니 가슴과 복부가 온통 붕대로 동여매 있었다.

머리맡에 앉은 애니가 울음을 터뜨렸다.

"전 정말 아가씨가…… 아니 마님이 정말 돌아가시는 줄 알았어요……."

눈을 뜬 것을 확인하자마자 그녀는 시트에 얼굴을 파묻고 한참을 울었다. 애니. 간신히 그녀의 이름을 불렀다. 입술을 벌리자 목구멍이 찢어지듯 아파 왔다.

"사고 나신 날, 바로 다음 날 새벽에 백작님이 도착하셔서 내내 머리맡을 지키셨어요."

한참 울어 목이 쉬었는지 침을 삼키더니 빨개진 눈으로 말을 이었다.

"그러다 잠시 눈을 붙이러 가셨는데, 지금 당장 모셔 올……."

달칵.

그럴 필요는 없었다. 애니의 말이 끝나기도 전에 문이 열리는 소리가 나더니, 급한 발걸음 소리가 성큼 다가왔다. 다가온 방문자에게 고개를 돌렸다.

"……."

"리비……."

지난 칠 년간, 단 한 번도 들어 본 적 없었다. 그토록 다시 불리기 원했던 나의 애칭. 이제야 네가 내게 불러 주는 그 이름.

언제나 완벽했던 낯빛이 알아보기 힘들게 수척해진 그가, 단숨에 다가와 머리맡의 자리를 차지하고는 끈 떨어진 목각 인형처럼 허리를 굽혔다.

막힌 숨을 토해 내듯 다시 내 이름을 불렀다.

"리비……."

덜덜 떨리는 손길이 내 차가운 뺨을 쓸더니 코와 입술, 땀으로 귓바퀴에 달라붙은 옆머리를 쓸어 넘겼다. 열네 살, 처절한 부모의 유해 앞에서도 눈물 한 방울 흘리지 않았다는 침착한 남자가 내 앞에서 무너져 있었다. 버려질까 무서운 어린아이처럼, 벼랑 끝으로 몰아붙여져 생명 줄이라도 필사적으로 쥐고 있는 사람처럼.

부족한 숨을 토해 내듯 계속해서 같은 말을 반복했다.

"……리비…… 나는……."

한때 더없이 원하고 사랑했던 금안이 정처 없이 흔들리고, 아파하고, 혼란스러워하고 있었다. 매달리듯 바라보는 그 눈을 보면서 잠시 천장으로 시선을 향했다. 따뜻한 뭔가가 툭 떨어져 뺨을 타고 흘러내렸다. 그가 울고 있었다. 눈이 마주쳤다. 천천히 입술을 달싹였다.

"안녕, 레너한."

멘 목에서 갈라진 목소리가 나오지 않기를.

"……널 사랑했어."

나는 네 눈물을 닦아 주지 않을 테니.

"이젠 더 이상 널 기다리지 않을게."

안녕.

희망은 두려우면 잔인했다.
어느 울적한 날 그 창살 사이로
굴 밖의 희망을 내다보았는데
그녀는 얼굴을 돌려 버렸다.
부실한 문지기처럼, 허술히 지키면서
다툼이 일면, 늘 평화를 속삭였다.
내가 울면 희망은 노래했고
내가 들으면, 희망은 멈추었다.[2]

동생 엘리엇이 좋아하는 시였다. 눈꺼풀이 무거웠다. 나는 다시 눈을 감았다. 기다린 듯 깊은 잠이 쏟아졌다.

---

[2] 에밀리 디킨스(Emily Dickinson), 「희망」

                              *   *   *

　긴 꿈속에서 레너한과 나는 유리로 만든 절벽에 나란히 앉아 있었
다. 밑을 내려다볼 수 없는 척, 혹은 이미 밑을 내려다봤음에도 보지
않은 척하면서.

　의식을 되찾은 날, 나는 그에게 명백한 이별의 말을 통보했다. 커튼
이 제대로 쳐 있지 않아 몰랐으나 그땐 동이 트는 새벽이었다. 다시
잠에 들기 전 내 손을 꼭 쥔 그의 손이 떨리는 걸 느꼈다. 비껴드는 햇
살을 맞으며 레너한은 얼마간 울었고, 조용히 내 옆자리를 지켰다.

　그러곤 다시 긴 밤이었다. 정신을 잃은 동안 단 한 번 꾸었던, 간절
히 원하는 꿈이 있었으나 다신 꾸지 못했다. 그건 의식을 되찾기 전
꾸었던 길고 긴 꿈 중 하나였다. 희미하지만 기억나는 단 한 가지.

　눈앞인 듯 번연히 떠올랐다. 꿈속에서의 나는 화사한 꽃들이 흐드러
진 유리 정원에 있었다. 혼자가 아닌 듯, 주방장이 준비한 간식을 직
접 테이블 위에 올려놓는 중이었다. 그때 갑자기 누군가 등 뒤에서 날
껴안았고, 뒤를 도는 순간 바로 이게 꿈이란 걸 알았다.

　―엄마.

　―…….

　내 아이가, 나를 불렀다.

　―울어요?

　―아니…….

　이대로 영원히 깨어나지 못한대도 좋았다. 배 속에서 채 열 달도 채
우지 못하고 죽어 버린 내 아이가 내 품에 있었다. 부드럽고 단 우유
냄새를 맡으며 조심스럽게 아들을 고쳐 안았다.

　그리고 깨어났다.

*   *   *

"아가씨, 일어나세요. 오트밀 정도는 드시고 주무셔야죠."

나직이 깨우는 목소리에 부축을 받아 상체를 일으켜 앉자, 빙긋 웃은 애니가 트레이에 놓인 오트밀을 한 숟갈 푸더니 입김을 불어 식혔다.

"애니, 난 아기가 아닌데."

"안심해도 좋다는 말 듣기 전에는 제 아기 하세요."

과도한 시중에 불편함을 호소해도, 이번엔 씨알도 먹히지 않았다. 어린 동생을 나무라듯 짐짓 엄한 표정의 애니가 다음 숟갈을 들었다.

"드시고 다시 푹 주무세요."

"……그래."

대외적으로는 그저 피치 못할 불상사가 있었을 뿐, 여전히 평화로운 나날이었다. 사고가 난 후, 의식을 되찾은 뒤에도 약 일주일 동안 내 일상은 계속 잠의 연속이었다. 입맛이 돌지 않아 식사는 하루 한 끼면 충분했고, 일상이라곤 잠시 일어나 책을 읽거나 씻고 눕는 것이 전부인 생활이 이어졌다. 봉합한 상처가 덧날 위험이 있고 호흡계 쪽의 지병이 도질 위험이 있다는 주치의의 강조 때문이었다.

신체적인 부자유 외엔 문제가 될 요소는 없었다. 그간 저택 일들은 굵직한 일은 레너한이 처리했고, 자잘한 건 그레타 노부인의 몫으로 돌아가 내가 신경 쓸 거리가 없었다. 오트밀을 간만에 싹 다 비우자 날 흐뭇하게 바라보던 애니가 다시 입을 열었다.

"아, 그리고 그 여자 말인데요, 마님……."

"……."

떠오르는 얼굴에 뒷목이 뻣뻣해졌다. 하나 전처럼 목덜미의 솜털이 서는 듯한 느낌은 없었다. 그날, 처음으로 레너한의 눈물을 보았던 순간부터였다. 전에 없이 허물어진 그의 모습에도 덤덤했을 때부터. 사선을 넘나드는 사이, 어느새 무감해져 있었다, 나는.

번연히 처다보는 눈짓에 애니가 말을 이었다. 걱정만 가득하던 어두운 낯빛에 오랜만에 의기양양한 미소를 드리우면서.

"드디어 쫓겨났습니다."

"……쫓겨나?"

불과 며칠 전 그런 사고가 있었으니 헤더 제누아가 지금은 이곳에 없을 거라고 예상했다. 하지만 어쩐지 예상했던 것과 다른 말에 다시 되물었다.

"쫓겨나다니?"

"완전히 내쳐졌다는 말이에요, 마님."

"언제?"

"마님 그렇게 되시고 나서 바로 다음 날쯤이에요."

그럴 리가 없었다. 그 여자의 배 속엔 분명…….

혼란스러웠다. 생각이 정리되지 않아 눈만 끔벅이자 애니가 뒤이어 조잘댔다.

"그 교활한 여자가 뭐라 지껄였는지는 모르겠지만, 그날 별채를 나서자마자 마님이 이런 모습이 되셨잖아요. 찢어 죽여도 시원찮을 여자죠."

"……."

아이를 지켜 달라며 내 발밑에 매달리던 헤더 제누아가 생생했다. 혼란스러운 말을 쏟아 내던 것도.

나는 똑똑하진 않지만, 그렇다고 바보도 아니었다. 그것이 전부 사실이라고 생각하지는 않았다. 하나 설령 반만 신뢰한다 해도 레너한이 칠 년이나 함께 했던 정부를, 그것도 자신의 아이를 가진 정부를 가차 없이 내치리라고는 생각지 못했다. 그러다 다음 순간, 번뜩 떠오르는 가정에 불쑥 물었다.

"혹시 주치의가 본채에 있다가 바로 별채에 가지 않았어?"

"네?"

"잘 생각해 봐."

내 뜬금없는 질문에 고개를 갸웃하던 애니가 곧 고개를 끄덕였다.

"네, 그러고 보니 그랬던 거 같아요."

* * *

드러누운 지 일주일째 되던 날에서야 드디어 가슴의 붕대를 풀었다.

"백작 부인께서 낙마하신 것치곤 이만하시길 천만다행입니다. 수풀에 떨어지신 데다 비 온 땅이 완전히 굳지 않아서겠지요."

"그렇습니까."

"말씀드린 대로 이제 제가 더 할 일은 없는 거 같군요."

외알 안경을 고쳐 쓴 주치의가 마지막으로 왕진 가방을 닫았다. 침대맡에 앉은 레너한이 가볍게 고개를 끄덕였다.

"왕진이 끝나시면 바로 돌아갈 수 있도록 마차는 미리 준비해 두었습니다."

"호의 감사히 받겠습니다, 백작님."

엷게 웃은 의사의 시선이 드디어 환자인 내게 향했다. 눈이 마주치자 내가 먼저 인사했다.

"그간 고생 많으셨습니다."

"이제 가벼운 산책 정도는 괜찮지만, 앞으로 보름간은 여전히 안정을 취하셔야 합니다."

말 위에서 떨어지면서 충격을 가장 많이 받았던 엉치뼈와 다리뼈는 다행히 부러진 게 아니라 뼈에 금이 간 정도였고, 등에 찢어져 꿰맨 상처는 지속된 안정과 휴식으로 어느 정도 아물어져 있었다. 당부의 말은 한마디 더 이어졌다.

"시간이 흐르면 상처도 많이 희미해질 겁니다, 아예 없어지지는 않 겠지만."

의사와 덩달아 일어선 레너한이 대화를 마무리 지었다.

"그간 수고 많았습니다. 현관홀까지 제럴드가 배웅할 겁니다."

그가 문 쪽으로 고갯짓하자 대기하고 있던 집사가 다가왔다.

"가시죠. 안내해 드리겠습니다."

의사와 집사, 두 사람이 문을 열고 나가자 다시금 단둘이 남았다. 방 안에 고인 물 같은 침묵이 찾아들었다. 레너한이 다시금 침대 옆에 앉았다.

"……리비."

반사적으로 그의 시선을 피했다. 그간 레너한은 계속 내 옆을 맴돌 았다. 나와 이야기를 나누고 싶어 하는 것 같았지만 그 의도는 번번이 무산됐다. 그가 내 침실로 올 때마다 몸 상태가 좋지 않다며 돌려보낸 탓이었다.

끝을 결심했지만, 그렇다고 그의 얼굴을 바로 볼 수 있을 정도로 태 연하지는 못했다. 우리 사이엔 지난 십 년간 쌓아 왔던 기억들이 있었 고 그것들은 이 저택 곳곳에 묻어져 있었다.

절대 지우지도, 없었던 일로도 만들 수 없는 흔적들.

"……."

살짝 열린 창 사이로 싸늘한 바람 한 줄기가 흘러들었다. 서늘함에 본능적으로 어깨를 감싸자, 자리에서 일어난 레너한이 창을 닫고 커튼 을 쳤다.

"곧 커튼을 바꾸라고 해야겠어."

"레너한."

"여름은 금방 지나가니까."

"아무래도 상관없어."

"같이 정원에 가지 않을래? 꽃 보는 거 좋아하잖아, 리비."

"……."

"전에 심었던 작약이 벌써……."

무의미한 대화는 곧 끊겼다. 답답할 정도로 과묵한 사람은 아니었지만, 혼잣말하듯 말을 잇는 사람도 아니었다. 무언가에 허겁지겁 쫓기는 불안한 사람처럼 드문드문 말을 잇던 레너한이 뒤이어 울 것 같은 얼굴을 했다. 드넓은 황야에서 미아가 되어 버린 어린아이처럼. 잠시 숨을 깊게 마시고, 고개를 들었다. 처음으로 눈이 마주쳤다. 다시 그의 이름을 불렀다.

"레너한."

"……."

"왜 정부를 들였지?"

불행한 사건으로 아이를 유산한 후, 우리 사이에 자리한 작은 균열 하나가 깊고 아득한 고랑이 되어 버렸다. 그 고랑을 사이에 두고 우리는 서로 한 걸음도 섣불리 나갈 수 없었다. 조금이라도 실수한다면 금세 추락할 걸 아니까.

거래.

헤더 제누아는 분명 그렇게 말했다. 하지만 그 말이 이 남자의 입에서 나오지 않으면, 아무 의미가 없다. 모르는 척 한마디 더 보탰다.

"아이를 잃어버린 내가 미웠어?"

미아가 된 아이처럼 날 바라보던 레너한이 불쑥 고개를 내저었다.

"절대 아니야."

잔뜩 잠긴 목소리였다. 예전이라면 그의 이런 모습에 가슴이 찢어질 듯 아팠겠지만, 지금은 아무런 느낌도 없었다. 이상하리만치.

"난…… 나는, 사랑이 뭔지 몰랐어."

누군가 목을 조르는 듯 괴로운 얼굴로 그가 말을 이어 나갔다.

"제대로 받기도 전에 외국으로 보내졌고, 그게 겨우 뭔지 깨달을 무렵엔 부모님이 돌아가셨지."

그가 자신의 두 손을 움켜쥐었다.

"내 감정을 인정하고 싶지 않았어. 또다시 사랑하는 누군가를 잃는 아픔을 느끼고 싶지 않았으니까."

어린 시절 부모를 잃은 그를 동정했다. 한동안 타살 의혹이 들었던 것도 알았다. 하퍼 백작에게 빚이 없는 귀족은 나라 안에 없다는 소문이 있을 정도였으니까. 하나 그것은 이것과 별개의 이야기였다. 놀랍게도 별 감흥도 들지 않았다.

"아이가 죽었을 때, 그리고 너마저 잃을 뻔했을 때 차라리 죽고 싶었어."

허리를 굽혀 내 상체를 끌어안은 그가 속삭이듯 낮게 헐떡였다.

"감당할 수가 없었어. 내 마음을 부정하는 데만 급급했어. 네가 나를 증오해 주면 적당한 관계로 살 수 있을 거라 믿으면서. 언젠가, 모든 게 끝나는 날에 다 되돌리면 된다고. 그렇게 스스로……."

끝나? 무엇이? 그에게서 시선을 돌렸다. 피로가 몰려들었다. 마주친 눈에 의문이 담겼으나 레너한은 외면했다.

"돌이켜 생각해 보면 항상 널 보고 있었는데……."

"그만해."

"리비, 잘못했어."

끝이었다. 다음 말은 이제 의미가 없었다. 더는 듣고 싶지 않았다. 그런데도 그는 결단코 한마디를 더 내뱉었다.

"그간의 내가 바보 같았어. 인정할게."

고개를 쳐든 그가 단호한 눈으로 말했다.

"그러나 이혼은 안 돼."

"레너한."

"다시 시작하자. 처음부터."

시작? 대답 대신 두 눈을 깜빡였다. 모순투성이였다. 기만을 입에 담으면서 감히 내게 시작을 말하다니.

고해하듯 힘겹게 털어놓은 말들이 거짓이라곤 생각지 않았으나 정작 가장 중요한 이야기는 빼놓은 채였다. 그가 나를 믿지 못한다는 증거였다. 헤더 제누아와 했던 '거래'가 무엇인지 궁금했다. 하지만 더는 알고 싶지 않았다.

끝없이 이어진 미로 안에 갇힌 느낌이었다. 우리의 대화는 물과 기름처럼 섞이지 못한 채 겉돌았다. 고립된 기분. 방 안에서 적막이 숨을 조를 듯 답답하게 달라붙었다. 멈춰 선 그의 등을 보며, 천천히 말했다.

"자리에 앉아 줘."

"……응."

순순한 지금의 그가 낯설었다. 수 개의 거대 광산과 제국 내에서 손꼽는 사업을 동시에 운영하는 담대한 남자의 모습은 없었다. 레너한 하퍼는 날 지배하고 괴롭게 하고 벼랑 끝까지 몰아갔던 비정한 남편이었다. 결혼을 하고 삼 년. 다정하고 상냥했던 적도 있었다. 그 후 칠 년간 나를 조금씩 좀먹었던 얄팍한 추억들.

"이제 밤중에 몰래 찾아오지 마."

"알고 있었어?"

"거기 그대로 앉아 말없이 날 내려다보는 것도. 동이 틀 때까지."

"한 번도 눈 떠 주지 않았네."

"뜨고 싶지 않았으니까."

내용과 달리 일상처럼 단조로운 대화가 오가고, 소리 없이 앉은 레너한이 눈을 감을 듯이 내리깔았다. 조금 부어오른 듯한 눈꺼풀에 그에게서 시선을 떼고 싶은 충동을 느꼈다. 눈동자를 아래로 향하니 뭔가를 억누른 듯 꼭 쥐고 있는 듯 힘주어 깍지 긴 두 손이 보였다. 손등에 가장자리가 닳은 붕대가 감겨 있었다. 피가 배어나 몇 번이고 다시 감은 듯한 모습이었다.

머리가 어느 정도 식자 잠시 감았던 눈을 뜨고, 느릿하게 물었다.

"……아이는."

대답은 바로 돌아오지 않았다. 다시 물었다.

"죽였어?"

차츰 그가 숙였던 고개를 들었다. 며칠간 잠을 이루지 못했는지 야위고 창백했으나, 그의 표정은 무척 평온했다. 어느 쪽이든 같은 얼굴을 할 것이라는 걸 알았다. 다시금 물었다.

"아님, 아예 없었어?"

마디마디를 내뱉을 때마다 숨이 떨렸다.

"아이는 처음부터 없었어."

그가 대답했다.

"그 여자가 거짓말한 거야. 버려지기 전에 복수라도 하고 싶었겠지. 내 약점이 뭔지 알았으니까."

손등에 소름이 돋았다. 레너한 하퍼와 헤더 제누아는 닮아 있었다. 그 지독한 이기심이. 아랫입술을 깨물었다. 강하게 깨물었는지 피 냄새가 났다. 레너한이 붕대가 묶이지 않은 손을 들어 내 입술의 피를 닦아 냈다.

그가 나를 불렀다. 리비.

동시에 거짓말처럼, 그의 한쪽 눈에서 눈물 한줄기가 떨어져 내렸다. 계산이라도 한 것처럼.

"네가 죽을까 봐 정말 두려웠어."

"……"

"인생에서 가장 큰 악몽이었어."

낙원의 뱀처럼 속삭이는 목소리를 듣고 싶지 않았다. 그런데도 귀를 막을 수도, 방을 박차고 나가 버릴 수도 없었다. 주인 없이는 움직일 수도 없게 길든 개처럼.

간신히 고개를 돌렸다.

"날 용서하지 못하는 걸 알아."

"……."

날 지긋이 바라보는 시선이 느껴졌다. 집요하리만치 내게 집중하는.

"무릎 꿇고 빌라면 빌게. 바보 같은 나를 다시 받아 주면 안 될까? 남은 평생 네게 속죄하며 살게."

귀를 막고 싶었다. 나가라고 소리를 지르고 싶었다. 레너한이 꽉 움켜쥔 내 손을 잡고 손목에 입을 맞췄다. 그의 붕대에 밴 피가 내 손을 타고 올라올 것 같았다.

"한 가지만 물을게."

열리지 않는 입술을 간신히 달싹였다.

"왜 하필, 그 여자야? 왜 헤더 제누아였어?"

무거운 침묵이 내려앉았다. 정적 끝에 돌아온 대답은 짧았다.

"아직 말할 수 없어."

역시 끝까지 내게 말할 수 없다는 거구나. 헛웃음이 터져 나왔다. 그의 손을 뿌리쳤다. 레너한이 황급히 덧붙였다.

"모든 일이 끝나면, 너도 날 이해할 거야."

전부 끝났다. 그의 간절한 목소리가 이젠 와 닿지 않았다.

"용서하지 못한다면 그때까지 기다릴게. 언제까지고."

내가 기다렸듯이? 목을 조르는 듯한 압박감을 견뎌 내며 겨우 입을 열었다.

"……레너한."

마지막으로 정말 궁금한 것이 남아 있었으나 차마 입 밖에 뱉어내지 못했다. 물어본다 해도 바로 말해 주지 않을 걸 알았다. 무슨 사연이 있었다 해도, 이미 깨져 버린 잔은 다시 붙일 수 없다.

"이번 일이 정말 단순 사고였던 거 같아?"

온기가 식어 버린 입술이 차가웠다. 손을 대면 동상을 입을 듯이 싸늘했다. 한기를 느꼈는지 레너한의 안색이 순식간에 창백해졌다. 그 얼굴을 응시하며 차분하게 비수를 꽂았다.

"넌 날 이미 한번 죽인 거야."

* * *

예상보다 긴 여정이었다. 사흘 밤낮을 쉴 새 없이 달리자 목적지가 보였다. 저택 앞에 멈춰 서자 지친 말이 힘겹게 투레질했다. 문 앞에서 기다리고 있던 하인 한 명이 다가와 남자의 손에서 고삐를 넘겨받았다.

"돌아오셨군요, 나리. 대기하고 있었습니다."

대답 대신 남자가 고개를 까닥였다. 그대로 안으로 들어서자 누군가 다가왔다. 가정부인 클로에였다. 외투를 건네자마자 그가 물었다.

"별일은?"

"없었습니다. 가신 일은 잘되셨나요?"

"그럭저럭. 그것보다 씻고 싶은데."

"바로 따듯한 물을 올리도록 말해 두겠습니다. 간단히 드실 것과 함께요."

남자가 옷을 갈아입기 위해 침실로 향하는 순간이었다. 등 뒤에서 목소리가 들렸다.

"……그분도 만나셨겠군요."

그가 다시 등을 돌렸다.

"어떠셨나요?"

머뭇거리던 클로에가 뒤이어 물었다. 빈센트가 기억을 곱씹었다. 십오 년 만에 마주한 올리비아는 제가 기억했던 그대로였다. 햇살 아래서 있을 땐 투명하다시피 은은한 색으로 비치는 밀색 머리칼. 크고 약간은 유약해 보이는 푸른 눈동자. 열두 살 때와 별반 다르지 않았다.

그때와 다른 점이 있다면 더 갸름해진 턱 선과 한 줌에 쥐고도 남을 정도로 말라 버린 손목 정도.

−하퍼 백작이 수상하더군.

왕명이 계기였다. 며칠간 머물며 나름으로 그럴듯한 단서가 되는 것들을 찾았다. 사감은 필요하지 않았다. 그런데도 눈길이 갔다. 호화로운 저택의 안주인인 올리비아. 주인에게 잊힌 인형처럼 방치되어 낡아 가고 있는 올리비아.

충동대로 그녀를 둘러업고 납치하는 대신, 그는 용기를 낼 수 있게 작은 선물을 하나 쥐여 주었다. 영특한 그녀가 그것을 알아채고 친정으로 돌아오는 건 거의 정해진 순이었다.

"클로에."

빈센트가 입매를 늘렸다. 눈은 웃고 있지 않았다. 클로에가 주춤했다.

"그걸 왜 궁금해하는지 모르겠는데."

"……그건……."

"내가 말해 줄 의무가 있나?"

일부의 시선과 달리 그들은 그저 고용인과 고용주의 관계였다. 클로에는 영리한 여자였다. 자신의 역할과 주어진 몫을 알게 된 후부터 주제를 넘는 욕심을 부리지 않았다. 조금의 틈만 보이면 곧바로 유혹하고 달려들던 여타 여성들과 달리.

그것이 빈센트가 그녀를 높이 치며 신뢰하는 이유였다. 하나 거기까지였다. 이 이상 이야기해 줄 이유가 없었다.

"나리……!"

"오늘따라 말이 많은 것 같군."

칼처럼 끊어 버린 말에 클로에가 입술을 떨었다.

자신이 들은 건 경고였다. 그는 자신이 정해 놓은 선 안으로 허락 없이 발을 들여놓는 이를 경멸했다. 곁에 두고 부리는 수족이라도 가차 없이 내치고 걸 두 눈으로 몇 번이고 목격했지 않은가.

여태껏 그녀가 그의 옆에 있을 수 있었던 건 단 한 가지 이유였다.

올리비아, 그녀의 눈을 조금 닮았기 때문에.

"……죄송합니다."

말없이 클로에를 내려다보던 빈센트가 다시 등을 돌렸다. 타이를 한 손으로 풀어내며 다시 계단으로 걸음을 옮겼다.

"식사는 필요 없으니 씻을 물만 가져 올라오라고 하도록."

그는 사냥꾼이었고, 기습과 매복에 능한 기사였다. 기회가 주어졌다. 인내는 끝났다. 이제 남은 건 적당한 때를 맞추는 것뿐이었다.

2. 기회

남부 테레즈(Terez)에서 동부 게더(Gather)에 서신이 도착하고, 답장이 내게 돌아오기까지 꼬박 닷새의 시간이 흘렀다.

편지가 도착했을 때 나는 이 층 부응접실에 있었다. 말굽 소리와 투레질 소리가 들리기가 무섭게 카우치에서 벌떡 일어났다. 그러곤 크리스마스 선물을 기다리는 어린아이처럼 불씨가 차게 식은 벽난로 앞에서 서성였다.

얼마 뒤 노크하는 소리가 들렸다. 문으로 다가가 하녀에게서 편지를 받아 든 애니가 그것을 은쟁반에 올려놓고 가져왔다. 익숙하기 짝이 없는 시오네 자작가의 봉납을 확인하자 좀 전의 조급함보다 반가운 마음이 앞섰다.

황급히 손을 뻗는 순간이었다. 손길이 주춤했다.

"마님, 무슨 일이에요?"

눈을 동그랗게 뜬 애니가 날 바라보며 의아한 듯 물었다. 대답할 말을 찾기 위해 손길을 잠시 멈춰야 했다. 친정과 연락을 주고받는 것은 누군가에겐 당연한 일이었지만, 나는 아니었다.

오 년쯤 전부터 나는 더는 친정인 게더에 편지를 보내지 않았다. 아니, 보내지 않았다기보단 보내지 못했다는 편이 더 맞았다. 서한을 주고받는 것을 현 시오네 자작인 계부가 달가워하지 않았다. 유산 후, 계부의 비수 꽂힌 편지에 내가 내내 밤잠 못 이룬 이후 레너한 또한 내게 오는 시오네 자작가의 봉납이 찍힌 편지를 경계했다.

편지를 들려 보낸 하인은 번번이 빈손으로 돌아오거나 흠씬 두들겨 맞고 돌아왔다. 거기에 매번 같은 말이 뒤따라왔다.

―*지나가던 무뢰배들한테 당했습니다.*

그렇게 연락이 끊겨 버린 어머니와 달리 남동생과는 드문드문 편지를 주고받았다. 엘리엇이 계부의 뜻을 거슬러 정식기사로 서임한 뒤부터였다. 일 년에 한두 번 안부를 전하는 게 전부지만.

애니가 다시 한번 물었다.

"이거 게더에서 온 편지, 맞죠?"

눈살을 찌푸린 표정을 보아 오래전 있었던 일을 떠올리는 듯했다. 넋을 놓고 다 읽은 편지를 내려놓은 나보다 더 흥분했던 게 그녀였다. 자세하진 않지만, 내용은 대강 기억났다.

부주의로 아이를 잃었으니 너는 본분을 다하지 못한 부끄러운 딸이며, 이로 인해 병약한 어머니께 심려를 끼쳐 드리는 것 또한 불효라는.

계부가 그런 편지를 보낸 의도는 뻔했다. 계부는 불임이었다. 그러므로 친자는 아니지만, 나와 비교해 순종적이었던 엘리엇을 좋아했다. 따로 양자를 들일 바에야 후계로 삼으려는 생각도 있었을 것이다. 그러나 갑작스러운 엘리엇의 기사 서임으로 인해 그 계획이 틀어졌다. 계부는 바로 그 뒤에 내가 있다고 오해한 모양이었다. 거기에 난 부정하지 않았다. 부추긴 적은 없지만 말린 적도 없기에.

"그게…….."

그럴듯한 말이 떠오르지 않았다. 미심쩍다는 생각을 감추지도 않고 애니가 말을 이었다.

"용케 게더까지 가닿았네요. 여기까지 온 것도 그렇고."

"……백작님이 허락한 일이야."

"예? 백작님이요? 그렇대도 자작님이 받아들였을 리 없는데……."

분명 사위와 장인의 사이는 그리 좋지 못했다. 필시 무슨 사달이 일어날 거라고 생각하는 듯 불길한 눈으로 애니가 빠르게 말했다. 다시 손을 뻗어 편지를 가로채듯 손에 쥔 뒤 등을 돌렸다.

"애니, 난 조용히 있고 싶어."

명백한 축객령이었다. 등 뒤로 발걸음 소리가 멀어지더니 문이 소리 없이 닫혔다.

* * *

펼쳐 든 편지의 내용은 다행히도 내 예상에서 많이 벗어나지 않았다. 편지 사건이 있은 후로 레너한이 친정에 지원을 많이 줄인 것을 알고 있었다. 시오네 자작이 거기에 늘 불만을 품었으리라는 건 누가 봐도 자명한 사실이었다.

어머니께 보내는 것으로 위장하여 써 내려간 편지는 거짓말을 서두로 시작했다. 하퍼 백작가에서 결국 첩을 들이기로 했고, 나는 이 이상 그의 옆에 있을 수 없다는 말로 인사를 대신했다.

그리고 뒤이어 백작가에서 내 명의의 계좌에 위탁한 예금이 적지 않은 금액이며, 그것을 어떻게 운용할 것인지 결정할 때까지는 당분간 게더에 의탁하고 싶다는 말로 끝맺었다.

예상대로 시오네 자작은 미끼를 물었다. 오랜만에 보낸 편지에도 간

단한 안부와 함께 자잘한 신변잡기로 답한 서두를 빠르게 훑고 마지막
문단에 시선을 고정했다.

**[정 네 뜻이 그러하다면 말리지는 않으마. 이 어미는 언제든 네 편이다.
언제든 돌아오거라.]**

유려한 글씨체로 옆에 선 남자의 감독을 받으며 써 내려갔을 어머니
를 생각하니 쓴웃음이 지어졌다.

게더 사교계에서 나름 유명한 이야기였다. 어린 나이에 가진 건 이
름뿐인 가난한 귀족 출신 기사와 도피하여 결혼한 여인. 어머니 다이
애나는 그 뒤 아버지와의 사이에서 나와 엘리엇을 낳았지만, 행복은
영원하지 않았다. 아이들이 다 크기도 전에 남편이 전사한 것이다.

의탁할 데 없이 우울에 빠져 있던 어머니에게 한 남자가 접근한 건
얼마 지나지 않은 때였다. 어머니는 곧 그와 재혼했다. 어렸기 때문에
비교적 온순했던 남동생과 달리, 나는 그를 끝없이 거부했다. 계부가
결혼과 동시에 싹 안면을 바꿔 어머니를 강압적으로 대하는 것부터 치
가 떨렸다.

─비록 어머니와 결혼했어도, 내가 당신을 아버지라 부를 일은 절대
없을 거예요.
─누구 덕에 이만큼 먹고사는 줄 알고? 네 건방진 태도를 고쳐야겠
구나.

기나긴 투쟁의 끝은 허망했다. 내가 열다섯이 되자마자 그는 기다렸
다는 듯이 날 혼인 시장에 내놓았다. 열일곱 살이 되어 드디어 낙찰된
내게 결혼식 날 아침, 그가 했던 말이 아직도 뚜렷했다.

−네 주제에 이만한 혼처를 얻을 수 있었던 걸 내게 감사해라. 네 어머니가 언제나 내 옆에 있다는 걸 잊지 말고.

테레즈에 가서도 입조심하라는 협박이었다. 그러나 바로 그 시점부터, 계부는 치명적인 실수를 저질렀다. 레너한 하퍼라는 남자를 몰랐다는 것. 게오르그 시오네는 원하던 대로 하퍼 백작가의 재산을 축내지 못했다. 오히려 가세는 점점 기울어졌다.

백작가의 지원을 믿고 벌인 투자 때문이었다. 연이어 투자에 실패하자 자작은 점점 초조해했다. 처음엔 어머니의 서신을 이용해 내게 과도한 원조를 요청했으나 그 수법도 오래가지 못했다. 엘리엇이 기사가 되겠다며 집을 나간 것은 그 무렵이었다. 모든 원망은 아주 당연하다는 듯 내게로 향했다.

나도 모르는 새 손에 힘을 주자 들려 있던 양피지가 꾸깃꾸깃 접혔다. 걸터앉아 있던 창틀에서 몸을 일으켰다. 날 이용하려 드는 만큼, 나 또한 상대를 이용하면 그만이었다.

레너한은 내게 편지를 써도 좋다고 했지만, 그 편지가 정말 전해질 거라고 생각하지 못했을 것이다. 거기에 친정을 방문하겠다는 내 말에 기꺼이 팔 벌려 맞아 줄 거라는 답변 또한.

"……답답해."

혼잣말과 함께 등을 돌려 유리 너머를 바라보고 덧창을 열었다. 여름에 다가섰지만 그리 후덥지근하지 않았다. 눈을 가늘게 뜨고 피츠헨드 홀의 넓은 미로 정원을 응시했다. 그 안에 있을 때는 넓고 탁 트였다고 생각했지만 멀리서 내려다보니 답답하기 그지없었다.

한 치의 오차도 없이 다듬은 관목들이며, 마차 두어 대가 다닐 수 있는 넓은 길을 사이에 두고 그대로 옮겨 놓은 듯 똑같은 두 개의 정원. 조금의 반항에도 무섭게 회초리를 들던 어머니가 떠올랐다. 그 뒤에 팔짱끼고 날 바라보던 계부 또한.

"마님."

문을 열고 나오자 애니는 없고, 날 기다린 듯 두 손을 맞잡은 채 고개를 조아린 어린 하녀가 있었다. 아무 밀도 없이 침묵하자 하녀가 조심스레 고개를 들었다. 시선이 마주치고 그제야 내가 물었다.

"백작께선 어디 계시지?"

"서재에서 기다리고 계십니다."

노크할 필요는 없었다. 최소한, 방에 있는 사람이나 들어올 사람이 누가 누군지 알고 있는 경우에는.

등 뒤를 졸졸 따라붙던 하녀는 서재의 여덟 걸음 앞에서 멈춰 섰다. 문손잡이를 잡았다. 계절마다 기름칠한 경첩은 부드럽게 입을 벌렸다.

"백작님."

분명 혀와 입술을 움직여 낸 소리였지만 내 것 같지가 않았다. 낯설고 이상했다. 둘이 있을 때, 남편을 이름이 아닌 작위로 부른 경우는 거의 없었다. 레너한은 대답하지 않았다. 다시 한번 불렀다.

"하퍼 백작님."

커튼은 젖혀져 있었다. 오후의 마지막 햇빛이 바닥에 잠겼지만, 방 안은 이상하리만치 어두웠다. 불쑥 창밖으로 아직 정원사들의 손이 닿지 않은 듯 가지치기가 안 된 느릅나무 한 그루가 보였다. 빼곡한 차양이 서재 안으로 넓게 드리워져 있었다.

익숙한 뒷모습으로 시선을 옮겼다. 그를 향해 걸었다. 다섯 걸음 정도 남겨 놓자 그가 입을 열었다.

"그런 식으로 날 부르지 마."

"……."

"그냥 레너한이라 불러, 리비."

늦은 밤의 동화가 끝났음을 앎에도 계속해서 반복해 달라 졸라 대는 아이처럼, 그는 오래전 삭아서 바스러진 끈을 잿더미 속에서 찾으려 들었다.

한 걸음 더 다가가는 순간이었다. 어깨 높이에서 아슬아슬 꽂혀 있던 책 하나가 떨어졌다. 바닥에 떨어지기 전에 그것을 잡아 들었다. 붉은 가름끈을 단 양장본이었다. 먼지 더께가 얕게 묻어 있었지만, 손으로 털어 냈다. 금박으로 책의 옆면과 앞면에 써진 글자가 보였다. 내가 좋아하는 시인의 시집이었다. 우연이라기엔 신랄했다.

피츠헨드 홀에 온 지 두 해째 되던 날이었다. 이례적인 폭설이 남부에 몰아닥쳤던 날. 눈은 무릎까지 쌓여 있고, 칼날 같은 삭풍이 매섭게 몰아쳐 꼼짝없이 넓은 저택 안에 갇혀 있을 수밖에 없었다. 우리 부부는 서재에서 온종일 노닥거리며 시간을 보냈다.

먼저 수수께끼를 내는 건 내 쪽이었다. 오래된 고전에 나왔던 물음들.

─수수께끼 하나. 그것은 어두운 밤을 가르며 무지갯빛으로 날아다니는 환상. 모두가 갈망하는 환상. 그것은 밤마다 새롭게 태어나고 아침이 되면 죽는다.[3] 이게 뭘까?

우리는 둥글게 각지며 들어간 창가의 카우치 양끝에 앉았다. 두꺼운 가운과 숄을 덮으면 온도는 금세 따뜻해졌다. 그대로 낮잠을 자거나 따뜻한 차와 지하 저장고의 와인을 마시곤 했다. 그러다 심심해지면 발장난을 치기도 하고 불쑥 책장에서 꺼낸 시와 희곡을 번갈아 낭독하기도 했다.

─태양.

─조금 고민하는 척이라도 하면 안 돼?

---

[3] 자코모 푸치니(Giacomo Puccini), 「투란도트」 발췌

-아, 다음 수수께끼는 고민해 볼게.

-약 올리는 거지?

-그럴 리가요, 부인.

그가 웃으며 대꾸했다. 내 입가에 묻은 몽블랑 조각을 닦아 내면서.

다시는 돌아갈 수 없는 열아홉의 겨울.

그날, 비명마저 묻혀 버릴 눈보라를 바라보며 읊곤 했던 시집이 지금 내 손에 들려 있었다. 습관적으로 펼쳐 볼까 하다 그만두었다. 시집을 덮고 책장에 다시 꽂아 넣었다. 등을 돌린 그가 나를 보고 있었다. 한 발자국 더 다가갔다.

세 걸음. 그 정도의 거리를 남겨 두고 멈춰 섰다. 고개를 꼿꼿이 들고 목소리가 흔들리지 않기를 바랐다.

"존경하는 백작님, 나는 더는 당신께 기대하는 게 없습니다."

"······."

"사랑의 반대말은 무관심이라지요. 내가 그렇습니다."

그간 보이지 않게 이어지던 우리 사이의 실랑이가 끝났음을 고했다. 질긴 설득과 대화는 내 마음을 돌려놓지 못했다.

편지의 답장이 올 때까지. 내가 제안한 유예는 끝났고, 이제 그가 대답할 차례였다. 숨소리마저 들리지 않는 적요가 우리 두 사람을 에워싸고 있었다. 생각을 가늠하기 어려운 금안이 알 수 없는 시선으로 날 응시하고는, 잘게 떨리며 시선을 어슷하게 비껴 냈다.

"네가 이겼어, 리비."

내리깐 긴 속눈썹이 젖어 있는 듯 보였다. 대화하며 우리는 서로 다른 곳을 보고 있었다. 핏기가 사라진 입술이 달싹였다.

"······다만 국왕의 승인을 받는 데엔 시간이 필요해."

대답은 하지 않았다. 입을 벌리기가 힘들었다. 목구멍 안쪽으로 쓴

약을 삼키듯 혀 안쪽이 화끈하고 쓰라렸다. 무슨 말을 해야 할지 알 수 없었다. 말이라는 것이 어느 순간엔 이토록 쓸모없다는 것을 처음 알았다.

"리비, 제발……."

"레너한."

그가 뭔가 더 말하려는 듯 입술을 달싹였지만, 뒤이어 이어진 내 목소리에 가로막혔다.

"수수께끼 하나. 수국의 꽃말이 뭔지 알아?"

"……."

나는 그를 보며 옅게 웃었다. 아무렇지 않아 보이길 원하면서.

"변심이야. 꼭 너와 같지."

그러나 나는 달라. 변하기 어려운 만큼, 이미 뒤돌아선 마음은 두 번 다시 되돌릴 수 없어. 작게 숨을 들이켜고 말을 끝맺었다.

"그럼, 확정된 소식은 게더에서 듣겠습니다."

그대로 등을 돌려 방을 나왔다. 마른 수건으로 벽에 걸린 액자를 닦고 있는 하녀들을 지나쳐 긴 복도를 홀로 걸었다. 최대한 턱을 쳐들고, 고개를 천장으로 젖혔다. 불그스름해진 눈매에 힘을 꽉 줬지만 무리였다. 눈물이 서늘한 뺨과 턱을 타고 흘러내렸다. 무엇 때문에 흐르는 눈물인지는 알 수 없었다. 회한, 슬픔, 기쁨, 분노, 환희, 절망. 그 무엇도 아니나, 어쩌면 전부일지도 모르는 감정들.

침실로 들어오자 익히 아는 얼굴이 날 기다리고 있었다.

"백작 부인."

"고모님."

생각했던 대로 그레타 노부인이 마지막으로 날 설득하기 위해 기다리고 있었다. 잠시 외면했던 고개를 되돌렸다. 내 얼굴을 본 노부인이 놀란 듯 주춤거렸다. 눈물은 식었고, 표정은 무표정했으나 아직 떨어지지 못한 줄기가 눈두덩을 지나 흘러내렸다. 동정 가득한 눈으로 노부인이 입을 열었다.

"이 늙은이는 상황이 이리 될 줄은 정말……."

"거기 너."

"네, 백작 부인."

예의를 지키기엔 마음에 여유가 없었다. 변명하듯 더듬거리는 목소리를 귓등으로 흘리며 공손히 내 부름에 답한 하녀에게 명령했다.

"당장 애니와 함께 내 짐을 싸. 가능한 한 단출하게."

* * *

오 년 만에 돌아온 게더는 그대로였다. 적어도 겉으로 보기에는. 교대로 문지기가 대기하던 피츠헨드 홀와 달리, 마거릿 홀의 낡은 철문 앞에는 아무도 없었다.

마부가 땅에 내려와 문을 열고 나서야 마차는 다시 움직였다. 대문을 통과했으나 저택에 도착하려면 조금 더 가야 했다. 나무들이 우거진 길 안으로 접어들자 좌석이 거친 흙길에 여러 번 덜컹거렸다.

"애니, 자?"

유일한 동행자에게 말을 걸었지만, 대답은 없었다. 잠을 자는 건지 아니면 잠을 자는 척을 하는 건진 모르겠지만.

다시 한번 말했다.

"거의 다 왔어, 애니."

"……."

레너한에게 서재에서의 통보를 하고 난 후 급작스레 짐을 싸게 된 애니는 이혼하게 됐다는 내 말에 크게 충격받았다. 삽시간에 얼굴이 하얗게 질렸다가 붉어졌다가 손을 덜덜 떨었다. 그러더니 이내 체념한 듯한 낯빛을 했다.

그 짧은 시간 동안 애니의 얼굴엔 아무 언질도 없이 극단적인 선택을 한 나에 대한 배신감이 스쳤다. 그러나 날 설득하거나 말리려는 건 포기한 듯 보였다. 내가 얼마나 고집 센지 알고 있으니까.

"으음……."

맞은편에 로브를 담요처럼 두르고 앉아 눈을 감은 애니가 더 의자 가장자리로 파고들었다. 그러곤 추위에 몸을 살짝 움츠렸다. 살짝 열려 있는 창문에 손을 뻗어 닫았다. 애니의 표정이 한결 편안해졌다.

저녁의 어스름 속에서 마차는 십여 분을 더 안쪽으로 파고 들어갔다. 모양뿐인 분수대를 휘돌아 현관홀 앞에 멈췄을 때, 기억하고 있던 것과는 너무 다른 모습에 몸이 저절로 굳어졌다. 낡았을지언정 백전노장처럼 꿋꿋이 제자리를 지키고 있던 예스러운 저택은 이제 쇠락한 노인 같은 몰골을 하고 있었다.

양옆을 감싸 안던 거대한 넝쿨은 다 시들어 거무죽죽한 이파리만 내보였고, 현관홀의 입구를 장식한 그리핀 부조는 날개 한쪽이 떨어져 나가 있었다. 바닥엔 죽은 풀들이 가득했고, 건조하고 메마른 땅엔 들꽃 한 송이 없었다. 가슴이 덜컹 내려앉았다.

"어떻게 이렇게 변했지……?"

-좀 더 높이요, 아버지!
-우리 공주님은 겁도 없지.
-나도 나도 해 줘요!

잘 가꾼 꽃밭 사이로 흔들 그네에 앉아 등을 밀어 주던 아버지와 그 옆에서 날 질투하던 엘리엇이 떠올랐다. 내가 열세 살 되던 해 아버지는 어딘지도 모를 전장에서 전사했다. 높은 낭떠러지에서 추락했다고 했다. 시신도 수습하지 못했고, 어머니는 저택의 모든 문을 걸어 잠갔다.

집안은 빠르게 몰락하기 시작했다. 계부, 게오르그가 이곳에 들어온 건 해가 바뀌기도 전이었다. 묘한 위화감은 거기서 끝났다. 그 모습을 굳어서 바라보고 있는 사이였다. 바깥에서 마차 문이 열렸다.

"연락받고 계속 기다렸어요."

초로의 후덕한 여인이 날 향해 팔을 뻗었다.

"어서 오세요, 내 귀한 아가씨. 소중한 내 강아지."

"유모······."

오랜만에 드는 호칭이었다. 망설임 없이 한 걸음 더 나가 기꺼이 그녀의 품에 안겼다.

"돌아왔어, 로즈."

유모인 로즈가 처음 게더에 온 건 내가 막 걸음마를 뗄 무렵이었다. 당시 서른넷의 그녀는 막 농부인 남편을 여의었다. 딸린 자식이 네 명이었고, 그중 유일하게 데려온 세 살배기 늦둥이 딸이 애니였다.

네 남매의 어머니는 아무나 되는 게 아닌 듯, 로즈는 살집 있는 체격에 키는 남들보다 두 뼘 정도 작달막한 데 반해 야무진 여장부였다. 그녀의 손에 마차 안에서 내내 자고 있던 애니의 등이 남아나지 않은 게 당연했다.

"아가씨를 잘 모셔야지, 이놈의 기집애가 자빠져 자고 있으면 어째!"

"아주 잠시 눈 붙인 거라니까요? 아이고, 맞은 데가 아직도 얼얼하네!"

마차 안에서 내리자마자 비몽사몽인 채로 등을 후려 맞은 애니가 구시렁거렸다.

"얼씨구, 누가 보면 어느 나라 공주님쯤 되는 줄 알겠다. 그 정도로 죽상이게?"

"딸을 좀 소중히 여기면 안 돼요? 엄만 맨날 날 부리는 하녀처럼 취급한다니까."

"낳아서 이만큼 키워 줬으면 됐지. 뭘 또 바라?"

"세상에, 말이야 바른 말이지 나는 거의 나 혼자 컸…… 아야야! 또 왜 때려요!"

"……풋."

"어? 지금 웃어요? 좀 말려 주지!"

"좋아 보이는데 뭘."

만담 같은 모녀의 대화를 듣고 있으니 시간이 금세 흘렀다. 엄살 부리는 딸을 밉지 않게 흘겨본 로즈가 다시 화로로 등을 돌려 끓고 있는 수프를 국자로 퍼 두 개의 그릇 위에 담았다.

"면목이 없네요, 아가씨. 지금 있는 게 이 정도라서. 오늘 식재료는 아직 안 다듬어서……."

"전보 하나 딸랑 부쳤잖아. 이 시간에 오는 줄 누가 알았겠어. 이걸로 충분해."

피식 웃으며 수저를 들었다. 정말 오랜만에 보는 묽은 야채수프였다. 희멀건 국물에 본능적으로 거부감이 들긴 했지만, 요리는 재료보다 조리사의 실력이었다. 로즈의 요리 솜씨는 그럴듯한 식당의 주방장보다 뛰어났다.

"위에 올라가셔서 드시지. 불편하시지 않아요?"

급하게 먹는 애니의 모습을 보고 쯧쯧 혀를 차며 옆에 앉은 로즈가 말했다. 이런 허름한 간이 식탁이 아니라 위층 저택 가족용 식당에서 따로 식사를 하는 게 낫지 않았느냐는 물음이었으나, 여러 사람 번거롭게 만들 생각은 없으므로 고개를 저었다.

"그러려면 로즈가 세탁한 식탁보도 걷어서 펼쳐야 하고, 그럴듯한 은촛대도 하나 닦아서 놓아야 하잖아. 얼마나 귀찮아."

"오늘 식탁보 세탁하는 날인 건 어떻게 아셨어요?"

"여기서 십칠 년을 살았는걸."

속으로 생각할 때와 입 밖으로 내뱉을 때가 기분이 달랐다. 목소리로 나온 순간 정말 이곳이 한때 내 집이었구나 싶었다. 그러곤 어쩐지 이곳을 조금 그리워했던 것 같은 느낌이 들었다. 주방 겸 사용인들의 다이닝룸인 지하 주방은 어린 엘리엇과 나에게 신기한 놀이터였다.

어릴 적엔 종종 내려와 쉴 새 없이 움직이는 사용인들 틈새에서 숨바꼭질도 했다. 지금 생각하면 크게 별일이 없었다는 게 다행이었다. 울퉁불퉁하고 겨울이면 냉기가 발을 통해 뼛속까지 기어 올라오는 지하 주방의 돌바닥은 늘 물에 젖어 있었고 자칫 미끄러지면 크게 다칠 수 있는 구조였다.

어느 정도 구색을 갖춘 위층에 비해 칠하다 만 듯 거친 회벽에 둘러싸인 공간은 불씨가 오르면 금세 따뜻한 공기로 채워지는 큰 화덕이 놓여 있었다. 그 맞은편엔 맨 왼쪽 가장자리를 감싸고 휘어진 낫 형태로 위치한 커다란 개수대, 그리고 한가운데 덩그러니 놓인 새까만 석회암 상판의 식탁이 자리했다.

말없이 주위를 눈으로 훑는데, 묵묵히 수프 한 그릇을 다 비운 애니가 입을 닦으며 말했다.

"아가씨."

눈치가 빨라 피츠헨드 홀에 있을 때와 달리 자연스럽게 호칭을 바꾼 그녀가 뒤이어 말했다.

"그때가 생각나네요. 제가 열네 살 때였나? 도련님과 아가씨가 여기서 밀가루 포대를 뒤집어쓴 거."

"맞다. 그때 제가 얼마나 놀랐는지 아세요? 심장이 달아나는 줄 알왔다니까요."

"하하······ 기억력도 좋네. 맞아, 그런 적이 있었지."

열한 살 무렵이었다. 가세가 기울기 전이라 그땐 언제든 원하면 갓 구운 타르트나 스콘 같은 것들을 먹을 수 있었다. 장난기 많던 엘리엇은 굳이 몰래 가져다 먹는 간식을 더 좋아했다. 언젠가는 싫다는 날 데려가더니 망을 보게 시켰다.

주방장이 자리를 비운 사이 몰래 쿠키 하나를 빼 먹으려는 속셈이었는데, 마침 밀가루 포대가 올려 있던 식탁 위를 잘못 건드려 한바탕 난리가 났었다. 옆에 있던 나까지 뒤집어써서 계속 콜록거리자 잠시 자리를 떠났던 하녀들이 달려와 기겁을 하며 로즈를 데려왔다.

"로즈가 변명해 주지 않았다면 우린 아버지께 그날 크게 혼났을 거야."

"그렇게 다정하셨던 분이요? 그럴 리가 있나요. 아가씨도."

"하긴. 아버진 좀처럼 화를 내지 않으셨지."

저택 입구에 발을 디딘 순간부터 잊고 있었던 기억들이 하나둘씩 찾아와 목이 멨다. 그런 시절들이 있었다. 포근한 그늘 아래서 아무 걱정 없이 행복하고 자유로웠던 시절.

"그나저나 참 많이 변했네요. 너무 조용해요. 저번에 왔을 때는 그래도 상주 하녀가 두 명은 있지 않았어요?"

회상에 젖어 있는 사이 침묵을 깨뜨린 건 애니였다. 그녀는 삼 개월에 한 번씩 일주일 휴가를 얻었고 종종 어머니를 보러 게더에 가곤 했다. 마지막이라면 아마 삼 개월 전일 것이다. 앞치마에 물기 묻은 손을 닦은 로즈가 식탁 위의 빈 그릇을 치우며 고개를 끄덕였다.

"마지막으로 나리가 줄을 대던 사업마저 잘 안 되자 봉급이 밀리기 시작했거든."

그녀가 말하는 나리는 계부인 게오르그였다.

"그럼 삼 개월 전부터 엄마 혼자 일하시는 거예요?"

"힘쓰는 건 가끔 오는 이웃 청년이 좀 도와주긴 해."

무심히 말하더니, 내 앞이라는 걸 의식했는지 로즈가 다시 입을 다물었다. 괜찮다고 말하기도 전에 설거지를 불이 차 있는 양푼 바구니에 넣은 그녀가 뒤를 돌았다.

"오랜만에 오셨으니 방에서 좀 쉬시다가 나리랑 나리마님을 뵈러 가시겠어요? 지금은 주무시고 계시니까요."

"응, 그럴까."

"아가씨 오시면 꼭 깨우라 하셨는데, 제정신도 참. 나이 드니까 느는 게 건망증밖에 없네요."

대답 대신 조용히 고개를 끄덕였다. 자작 부부는 내가 오든 말든 잠자리에 들 사람들이었지만.

*　*　*

열일곱까지 내가 쓰던 방은 이 층 복도 끝 방이었다. 문을 여니 예상과 달리 방은 깔끔했다. 로즈가 신경 써서 미리 청소해 둔 모양이었다. 그 외 가장자리가 닳는 등 전체적으로 낡은 가구는 어쩔 수 없었다.

이십 년도 더 된 오래된 저택이었다. 한때 유행이었다던 건축 양식을 따라 개축한 이 저택, 마거릿 홀은 대신 구조가 조금 특별했다. 따로 창문이 없는 대신 이 층과 삼 층의 거의 모든 방마다 작은 테라스가 있었다. 은은한 커튼이 쳐진 유리문을 열고 나오면 둥글게 반원으로 튀어나온 공간이 나왔다. 한두 사람 정도를 수용할 만한 너비의 테라스였다. 장식용 까치발 탁상과 함께 덩굴장미 돋을새김이 새겨진 우아한 장미목 의자가 있었다. 사실 장식용에 가까웠지만, 겉보기엔 조화롭고 완벽해 보였다.

"……이게 얼마 만이지."

모처럼의 혼자였다. 오래간만에 들어선 테라스는 그대로였다. 둥글게 굽어진 테라스의 선반 위에 손을 올려놓자 대리석 특유의 차가운 냉기가 손바닥을 타고 올라왔다. 나는 눈앞에 펼쳐진 광경에 그대로 시선을 빼앗겼다. 사위가 넓게 탁 트인 테레즈와 달리 게더는 빼곡한 숲으로 둘러싸여 사방이 무성한 녹음이었다. 그 지평선 너머로 붉은 노을이 지고 있었다.

숲은 우리 남매의 가장 좋은 친구였다. 어른들이 집을 비울 때면 엘리엇과 나는 그 기회를 틈타 온종일 숲속의 나무 위에 올라가거나 사냥 놀이를 하거나 숨바꼭질을 하곤 했다. 어디쯤을 눈으로 더듬는 순간이었다. 엘리엇이 종종 한 소년을 억지로 끌어들였던 때가 기억났다.

빈센트.

그러자 곧 봇물 터지듯 가슴 한편에 묻어 두었던 기억들이 하나둘씩 밀려들어 왔다.

자신보다 한 살 어렸음에도 키가 한 뼘은 더 크고 어른스러운 종자 소년 한 명을 엘리엇은 질투하곤 했다. 아버지가 안 계실 때면 종자 숙소를 찾아가 숨바꼭질의 술래를 시키고 몰래 돌아가는가 하면, 있지도 않은 토끼를 잡아 달라고 떼를 부렸다.

그러던 어느 날, 작은 소란이 있었다. 마거릿 홀의 도련님에게 미움받는 빈센트를 얕본 다른 종자 몇 명이 아침 일찍 숲 깊은 곳에 있는 늪지대로 불러낸 모양이었다. 혼쭐을 내주려던 생각이었을 거다.

아침 일찍부터 저녁까지 정확히 무슨 일이 있었는지는 모르겠지만, 저녁때가 다 될 무렵 먼저 저택으로 돌아온 건 빈센트 한 명이었다. 한참 뒤에 핏기가 가셔 죽다 살아난 얼굴로 세 명의 소년이 뒤따라 돌아왔다. 어른들이 무슨 일이 있었냐고 질문해도 한사코 묵묵부답이었다.

며칠간 말을 잃어버린 채 고개만 연신 저어 댔다. 그들이 사흘 만에 내뱉은 말이라곤, 이 한마디가 전부였다.

―잘, 잘못했어요……:

겁에 질린 표정이 마치 괴물이라도 목격한 모습이었다. 그 본능적인 두려움이 전염된 건지 혹은 뭐라도 본 게 있는 건지 그날 일 이후, 엘리엇은 빈센트를 슬금슬금 피해 다녔다.

사고가 일어난 건 그로부터 몇 달 뒤였다. 엘리엇이 나무에서 떨어지는 바람에 빈센트가 크게 다쳤던 일. 매일 밤 나는 그를 찾아가 시 낭독을 했다. 거기에 정성스러운 로즈의 간병 끝에 완벽하게 회복한 빈센트가 다음 영지로 떠나던 날이었다. 그간의 일에 사과하라는 말에 엘리엇이 입을 비죽 내밀었다. 작은 소리로 사과하는가 싶더니 기어코 덧붙였다.

―단언컨대, 만약 누나가 그 밑에 없었으면 날 안 구해 줬을걸.

―엘리엇! 그게 무슨 말이야, 구해 준 사람에게.

―진짜야! 쟤 양의 탈을 쓴 늑대야! 누나가 속고 있는 거라니까?

결국, 보다 못해 꿀밤을 한 대 먹이자 엘리엇이 그제야 입을 다물었다.

―미안해. 빈센트. 애가 좀 철이 없어.

―괜찮아요, 아가씨.

―어디 가서든 잘 지내.

―……아가씨도요.

내 등 뒤에서 엘리엇이 뭐라 말하든 말든 빈센트는 날 향해 고개를 숙이며 작별 인사를 했다. 그게 마지막이었다.

불현듯 등 뒤에서 노크 소리가 들렸다.

똑똑.

빳빳이 마른 광목천이 순식간에 물들어 가듯 시작됐던 회상이 끝나는 소리였다. 테라스에서 나와 문을 열자 애니가 서 있었다.

"자작 부부께선 일어나셨니?"

"예, 일 층 응접실에 계세요. 같이 들어가 드릴까요?"

안절부절못하는 애니의 얼굴을 바라보다 단호하게 고개를 저었다.

"아니."

동행은 필요 없었다. 유모의 치맛자락에 숨던 어린 소녀는 이제 없으니까.

시오네 자작 부처는 쇠살대로 막힌 벽난로 앞에 사선으로 앉아 나를 기다리고 있었다. 어색한 정적에 속으로 실소를 머금었다. 어떠한 환영의 언사나 포옹 같은 것을 기대한 것은 아니었다.

어머니는 나와 마주치는 순간 화들짝 고개를 돌렸다. 구걸하는 거지와 마주친 구두쇠처럼.

먼저 입을 연 쪽은 계부였다.

"오랜만이다, 올리비아."

손에 갖고 있던 시가를 옆에 놓인 호두나무 테이블 위 재떨이에 꾹 눌러 끄며 그가 말했다. 순간 훅 풍겨 오는 독한 담배 냄새에 코를 막고 싶었지만, 가까스로 참아 냈다.

"네. 오랜만입니다, 자작님."

방심해서는 안 될 사람이었다. 그에게 불쾌한 속내를 그대로 드러내는 건 어리석었다.

"그사이 조금 변한 듯싶구나."

"사람은 누구나 변하는 법이니까요."

그의 말이라면 벌벌 떨면서 고개를 조아리던 예전이 아니었다. 담담한 내 반응에 계부, 게오르그가 눈을 가늘게 뜨며 날 위아래로 훑었다. 희번덕거리는 담갈색 눈동자와 시선이 마주치자 손이 떨렸다. 어릴 적의 혐오감과 두려움이 먹잇감을 앞둔 들개처럼 맹렬히 달려들었다.

얼마간 나를 관찰하듯 말없이 주시한 게오르그가 쯧, 작게 혀를 차며 대꾸했다.

"그게 부디 좋은 방향이길 바란다."

"……"

"소박맞아 돌아온 딸을 받아 주는 것만큼이나 불명예는 없으니까 말이다."

동시에 입술이 굳었다. 예기치 않은 역습이었다. 처음부터 속내를 고스란히 드러낼 줄은 몰랐다. 그 '불명예'를 감수하는 데에 대한 '대가'를 내놓아야 한다는 뜻이었다.

숨 쉴 틈은 주겠다는 듯 느긋한 목소리가 이어졌다.

"올리비아."

대답을 보류한 채 잠시 내리깔았던 눈을 들었다. 오래된 악몽이었다. 그 노회한 뱀 같은 눈을 바라보고 있자면, 자주 거대한 독사에게 온몸을 옭아매진 듯한 압박감이 느껴졌다. 불안은 어린아이의 꿈을 통해 공포로 실체화됐고, 잠에서 깨어나면 기억에 남는 것은 저 교활한 담갈색 동공뿐이었다.

그래도 말이 없자 게오르그가 대답을 재촉했다.

"말을 걸면 대답을 하는 건 당연할 텐데?"

이쯤 되면 내 오판을 속으로 짚지 않을 수 없었다. 게오르그는 늙었지만, 여전히 건재했다. 비록 나이 들어 희미했던 눈가 주름이 더 깊어지고, 아침마다 뻣뻣이 쓸어 넘기던 머리칼이 희끗희끗하게 세었지만 오만하고 강압적이며 권위적인 면모는 그대로 남아 단단한 고목처럼 이 남자를 꼿꼿하게 지탱하고 있었다.

　몰락하고 있는 가세. 막대한 위자료를 갖고 돌아온 의붓딸. 이 비견되는 상황에서도 여전하다는 점이 놀라웠다. 내게 도움을 요청하거나 살살 꼬드긴다는 선택지는 아예 염두에 두지 않은 듯 보였다. 그렇다면 아직 어딘가 믿는 구석이 있다는 뜻이었다. 이쯤에서 이 간교한 남자에게 한번 숙여 주지 않으면 안 됐다. 작게 고개를 끄덕였다.

　"물론이에요. 부끄럽게 생각합니다. 아무 말 없이 다시 받아들여 주신 두 분께 감사해요."

　다행히 모범적인 답변이었는지, 거만하게 다리를 한쪽으로 꼬고 등받이에 기대듯 앉은 게오르그가 등받이에서 몸을 떼어 냈다. 그러더니 옆에 앉은 아내에게 갑작스레 역성을 부렸다.

　"그러고 보니 당신은 오랜만에 시집간 딸이 돌아왔는데, 어찌 말 한마디가 없소?"

　동시에 나와 그를 연신 번갈아 바라보던 불안한 눈빛이 몇 번 끔뻑이더니, 자작 부인이 양치기 개의 짖는 소리에 놀란 양 떼처럼 호들갑스럽게 일어났다.

　"어머, 내 정신 좀 봐요. 어서 오렴, 올리비아."

　"여기 앉으렴. 차를 준비하라 했으니 곧 로즈가 갖고 올 거란다."

　덫에 걸려 겁에 질린 채 오도 가도 못하는 토끼처럼 굳어 있던 게 언제냐는 듯 싹싹하게 다가와 자신의 옆자리에 날 데려와 앉힌 어머니가, 당연한 권리라는 듯 내 어깨를 감싸 안았다.

　"정말 보고 싶었단다. 편지를 받고 얼마나 걱정했는지 몰라."

　순간 벌레가 어깨를 타고 기어오르는 느낌에 손을 뿌리치려 했지만 그린 듯한 미소와 함께 억눌러 참았다.

　내가 그녀에게 배운 가장 유용한 것은 이것이었다.

　"저도요, 어머니."

태연한 얼굴로 마주 거짓말을 하는 것.

* * *

로즈가 차를 가져오기 전, 늙수그레한 하인 하나가 다가와 자작을 데려간 덕에 뜨거운 차에 입천장을 델 상황은 면했다. 남편이 나가자마자 자작 부인은 숨소리까지 참고 있었던 듯 크게 심호흡했다. 좀 전의 파리한 낯빛보다는 한결 나은 얼굴이었다.

잠시 후엔 로즈가 차를 두고 나갔다. 다시 단둘이 남았을 때, 우리 모녀는 같은 호수 아래에 있는 듯했다. 탁한 물결 아래 가라앉아 서로를 볼 수 없는 듯이 굴었다. 마거릿 홀을 둘러싼 숲들이 서로 나뭇잎을 부딪치며 쏴아아 우는 소리가 들렸다.

귀부인답게 어머니가 능숙한 손길로 찻잔에 차를 따르곤 내게 건넸다.

"잘 먹고 잘 지낸 모양이다. 얼굴색이 보기 좋구나."

"……그런가요. 감사해요."

생각지도 못한 말에 가슴이 술렁거렸다. 다시 입을 열려고 할 때였다.

"조금 우습기도 해. 뒤도 안 돌아볼 것처럼 떠나더니 겨우 이렇게 돌아왔니?"

방심한 사이 찬물을 뒤집어쓴 기분이었다. 마주한 얼굴은 무심했다. 하도 같은 대사를 반복해서 지겨워진 여배우처럼 권태로운 표정.

"그간의 연락도 전부 무시했다고 들었다."

게오르그가 한 말일 터였다. 그가 한 일은 명백한 이간질이었다. 뭐라 반박하고 싶었으나 그대로 입을 다물었다. 항변해 봤자 돌아올 건 싸늘한 냉대뿐일 테니까.

외면이나 내면이나 어머니는 변한 게 없었다. 잔머리 하나 없이 반듯이 틀어 올린 금발 머리와 긴 목선과 꼿꼿이 곧추세운 허리. 내가 기억하는 섬세하고 고아한 귀부인이었다. 사람들은 자주 우리 모녀가 판에 박은 듯 닮았다고들 했다.

"그게……."

모래를 삼킨 듯 목구멍이 텁텁했다. 입을 열었다. 내뱉고 보니 초라한 변명이었다.

"테레즈는 워낙 크잖아요. 그간 정신없었어요."

"그랬겠지."

수긍의 대답이었으나 치졸한 변명을 하는 학생을 바라보는 가정교사 같은 눈빛이 돌아왔다. 아니, 솔직히 말하자면 그녀는 거의 날 쳐다보지 않았다. 기억이란 걸 하기 시작할 무렵부터 내 주변에는 언제나 유모인 로즈뿐이었다. 아버지가 돌아가시고 가세가 기운 몇 달을 제외하곤, 기억하는 한 어머니는 늘 아름다운 모습으로 사람들 사이에 둘러싸여 있었다. 매일같이 열리는 연회와 사교 시즌 수도의 극장과 음악회 등등으로.

그녀와 직접 마주 앉아 몇 마디 이야기를 나눠 본 게 마지막으로 언제였는지 떠오르지 않았다. 왜 굳이 이런 불편한 자리를 견디고 있는 걸까. 의문이 차오른 때였다.

"……엘리엇은 잘 지내고 있니?"

"네?"

이해할 수 없어 되묻자, 신경질적인 반응이 돌아왔다.

"엘리엇은 잘 지내고 있냐고 물었다. 너와는 사이가 정말 좋았잖니."

아아, 엘리엇.

그녀에게 언제나 우선이었던 아들. 실소를 터뜨릴 뻔했다. 작위를 잇지 않고 기사가 되겠다고 집을 떠나 버린 이후, 엘리엇은 집에도 연락을 잘 하지 않은 모양이었다.

불현듯 옛날 일이 떠올랐다.

언젠가 지하 주방에서 함께 놀던 엘리엇이 왼쪽 손등에 크게 화상을
입은 일이 있었다. 마침 그 옆에 서 있던 나는 그대로 불리어 가서 자
초지종을 설명하기도 전에 자작에게 연달아 뺨을 맞았다. 벌겋게 부었
던 볼은 며칠이 지나도 가라앉지 않았다.

하나 열네 살의 날 가장 괴롭게 했던 건 저택의 모두가 보는 앞에서
뺨을 맞았다는 사실보다, 며칠간 자리를 보전하고 누운 그날들이었다.
당일 밤, 비몽사몽인 정신을 부여잡으며 애써 잠을 청하던 중이었다.
방문이 열리는 소리가 나더니 두 사람의 발걸음 소리가 다가왔다.

그중 한 명은 어머니였다.

―이 애, 얼굴 말고는 다친 데 없는 거지, 로즈?

―예, 마님. 다른 데는 무사하신데 정신적으로……

―그건 됐어. 크게 어디가 부러진 것도 아니고, 금세 낫겠지.

그게 전부였다. 마치 키우는 가축의 상태를 확인하듯, 첫날 잠시 들
여다보러 내 방을 찾았던 어머니는 내가 자리를 털고 일어날 때까지
찾아오지 않았다.

"글쎄요."

잊으려고 꾸역꾸역 미뤄 두었던 기억들이 고개를 쳐들자 참기가 힘
들었다. 시집간 딸이 이혼해 친정으로 몇 년 만에 돌아온 상황에서 할
이야기가 그것밖에 없는 건지 궁금했다. 나와 달리 그나마 애정을 받
았던 엘리엇이 집에서 도망치듯 떠나 연락을 끊었다는 사실이 아이러
니하게 느껴졌다.

결국, 내 입 밖으로 나온 건 한마디였다.

"잘 모르겠어요."

"……."

"저하고 연락이 잘 안 된 것도 꽤 되었거든요."

"……그러니."

"네, ……뭐 더 궁금하신 건 없으세요?"

가늘게 떨리는 손을 잡고, 지그시 감았던 눈을 떴다. 침묵은 오래가지 않았다.

"딱히 없구나. 그럼 편히 쉬렴."

그녀가 카우치에서 몸을 일으키는 순간이었다. 등을 돌린 자작 부인을 불러 세웠다.

"어머니, 궁금한 게 있어요."

"……궁금한 것?"

"혹시 아버지가 가꾸던 꽃밭 같은 게 있을까요? 자주 가시던 곳이라든가."

고개를 돌린 자작 부인이 눈살을 찌푸렸다.

"갑자기 무슨 말이냐."

"그냥 궁금해서요. 왜인지, 있었던 거 같아서."

경계심 어린 얼굴에 대고 어깨를 으쓱이자, 이상한 눈초리로 날 바라보던 그녀가 고개를 저었다.

"영문을 모르겠구나. 그런 건 없었다."

달칵.

"아가씨, 괜찮으세요?"

조금 뒤 응접실을 나오자마자 애니가 다가와 물었다. 밖에서 대기하던 모양이었다.

"아가씨?"

기억을 되짚느라 잠시 숙였던 고개를 들자 의외로 덤덤한 내 표정에 그녀가 놀란 눈을 했다.

"괜찮아."

"아가씨……."

"왜. 눈물이라도 펑펑 쏟을 줄 알았어?"

짓궂게 묻자 애니가 슬쩍 시선을 피했다. 대답은 없었지만, 분명 그렇게 생각한 기색이었다. 예민한 반응은 아니었다. 게오르그에게 훈육을 가장한 벌을 받았을 때, 폭언에 가까운 욕설을 들었을 때 그녀를 찾아가 울며 잠든 적이 있었으니까.

하나 이제는 아니다.

"오랜만에 다락방을 좀 올라가야겠어. 로즈한테 열쇠 좀 받아 올래?"

"다락방이요?"

"응, 찾을 게 있어."

갑작스러운 요청에 고개를 끄덕인 애니가 앞장서서 걸었다. 그러다 한 계단 위에 서서 뒤를 돌았다.

"……아가씨, 저 정말 궁금한 게 있는데요."

"그게 뭔데?"

"왜 여기로 돌아오셨어요?"

"……."

"솔직히 이곳에 좋은 기억은 많이 없으시잖아요. 엘리엇 님도 안 계시는 데다……."

"내 자리가 없다고?"

정말 이해 안 된다는 얼굴로 날 바라보던 애니가 내 말에 입을 다물었다. 내 옅은 미소에 둥근 눈을 했다.

"그래서 온 거야."

"……."

"내 자리를 찾으려고."

"예?"

약간의 힌트가 필요할 것 같았다.

"애니. 뜬금없는 이야기긴 한데, 하퍼 백작 가문이 막대한 부를 쌓을 수 있었던 배경에 광산에서 나는 자원이 있었다는 거 알지?"

"모르는 사람이 있나요."

"이건 나만 아는 사실인데, 최근에 철광석에 대해 평소의 세 배쯤 되는 양에 대한 수요가 들어왔어. 무슨 뜻인지 알겠니?"

"네? 그 말은……."

내 말을 물끄러미 보는 애니의 표정에서 점점 핏기가 없어졌다.

"하지만 국경 근처에서 자잘한 전쟁이야 늘 있었고, 큰 전투가 있을 거라는 소문은 없었는걸요."

그녀의 말이 맞았다. 하지만 애니는 하나는 보아도 둘은 알지 못했다.

"우리나라 이야기가 아니야. 머지않아 이웃 나라에서 패권을 쥔 전쟁이 있을 거야."

대륙의 반도인 이 나라와는 달리 마주 보는 나라 카티아는 비슷한 면적이나 사면이 바다로 둘러싸인 섬나라였다. 본디 통일되어 하나의 나라였으나 선대 왕 때 쌍둥이 왕자가 태어났다. 왕이 서거하면서 두 왕자가 나라를 상하로 나누어 상속한 게 오래된 분란의 시작이었다.

이후 자잘하게 세력권 다툼을 하던 두 왕자는 결국 휴전 협정에 서명했다. 나라는 연합이라는 형식으로 나뉘어 다스려졌다. 그게 이십 년 전의 일이었다. 이런 거대한 일이 있기 전 전초엔 본디 당사자들보다도 장사꾼들이 제일 먼저 냄새를 맡는 법이었다.

다시 시작된 내란의 불씨.

이 나라는 카티아에 대해선 공식적으로 중립을 추구했다. 만약 이를 어기고 나라 안의 누군가가 몰래 한쪽 편에 붙는다면 엄한 벌이 내려질 건 뻔한 일이었다.

레너한이 막대한 양의 철광석을 거래한 상대는 바로 1왕자였다. 극비리의 사실이었다. 백작 부인으로서 자연스레 알게 된 사실. 그간 모르는 척하고 있었지만, 기회가 된 이상 이용해야 했다.

"또다시 질문. 전쟁이 일어나면 필수적인 게 뭘까?"

"……무기?"

"그것도 필요하긴 하지만, 다른 거야."

"치료제요?"

"그렇지."

고개를 끄덕였다.

"정확히는 종합적인 효과가 있는 치료제."

사방이 바다로 둘러싸인 카티아엔 유황 같은 지하자원은 풍족했지만, 상대적으로 산림의 수가 매우 부족했다. 따라서 치료제의 재료가 되는 약초의 수 또한 부족했다.

"현재 치료제가 개발되긴 했지만 일부에 불과하고, 그 수 또한 제한적이야. 종합적인 효과가 있는 치료제 또한 없고. 특히 카티아에서는 더더욱."

"그……렇죠."

애니가 수긍했으나 아직 감을 못 잡은 얼굴이라 설명을 덧붙였다.

"그런데 말이야, 그런 환경에서 종합 치료제를 좀 더 보편적인 가격으로 판매할 수 있다면, 어떨까?"

쏟아 놓는 말을 미처 다 주워 담지 못한 애니가 뒤늦게 반응했다.

"하지만, 어떻게요?"

"글쎄."

이미 말을 많이 했다. 빙긋 웃어 보인 후, 어안이 벙벙한 그녀의 옆을 지나쳐 올라갔다. 잠시 후 애니가 황급히 따라오는 발걸음 소리가 들렸다.

* * *

검은 꽃.

'히스델리아'에 얽힌 이야기는 게더 사람이라면 누구나 알고 있는 유명한 전설이었다.

이야기는 아주 오래전, 나라의 개념도 없었을 시절로 거슬러 올라간다. 신과 요정, 마녀와 악마가 비밀스레 인간들과 어울려 살고 있었다는 시절. 게더 숲의 한 요정이 어느 날, 우연히 길 잃은 인간 남자와 마주친다.

서로를 본 순간 한눈에 사랑에 빠져 버린 둘은 다른 종족 간에는 이루어질 수 없다는 절대적인 불문율을 깨뜨린다. 인간 남자와 부부가 된 요정은 자신의 힘을 포기한다. 자신 또한 남편과 같은 인간이 되기 위해, 신에게 소원을 빈다.

간곡한 소원에 신은 그녀에게 한 가지 시련을 내린다. 백 일 동안 아무도 모르게 매일 저녁, 산을 올라 언덕에서 신에게 정성스러운 기도를 드리는 것. 그러나 비극은 딱 백 일이 되던 날 벌어졌다. 드디어 바라고 원했던 인간이 되던 날, 요정의 뒤를 두 개의 그림자가 따라붙는다.

둘 사이를 질투하던 이웃 여자의 짓이었다. 여자는 요정을 매일 밤 악마와 간통하는 마녀로 몰았고, 요정의 남편은 그에 넘어간다. 결국, 요정은 소원을 이루지 못한다. 언덕 위에서 마지막 기도를 끝마치기도 전에 오해한 남편의 칼에 찔려 그대로 죽음을 맞이한다.

남편은 그녀를 찌른 순간, 자신이 함정에 걸려 아내를 죽였다는 것을 깨닫고 오열하지만 이미 늦은 뒤였다. 요정의 시체는 빛줄기가 되어 흩어진다.

전설에 의하면 요정이 죽은 자리, 그녀의 검은 피에서 피어오른 것이 바로 히스텔리아 꽃이었다.

보통 사람들이 알고 있는 이야기는 여기까지였다. 하지만 내가 알고 있는 이야기는 조금 더 길었다.

어느 겨울밤, 날 무릎에 앉히고 따뜻한 벽난로 앞에서 손을 녹이던 친아버지가 나에게만 해 주신 이야기가 있었다.

－이건 우리 딸한테만 알려 주는 비밀인데, 히스텔리아는 실제로 있단다.

－정말요?

－그럼. 훗날 히스텔리아 꽃은 남자의 후손인 시오네 가문의 첫 자녀에게 대대로 전해졌어.

생각하지 못한 말에 흥분한 어린 나는 눈을 반짝이며 물었다.

－그럼 아버지도 알아요?

－당연하지. 네가 좀 더 크면 나중에 데려다줄게.

약속은 지켜졌다. 전장에 나가시기 전, 아버지는 정말 날 그곳으로 데려다주었다.

만월이 차던 밤이었다. 묶여 있던 눈가리개를 풀자마자 사방에 흩뿌려진 달빛이 언덕을 가득 채웠다. 눈이 부실 정도로 아름다운 곳이었다. 온통 검은 꽃들이 만개해 있었다.

감탄하는 나에게 아버지가 덧붙였다.

－나중에, 네가 성년이 되면 이곳의 위치를 알려 줄게.

그러나 두 번째 약속은 지켜지지 못했다. 한 달 뒤, 아버지의 전사

소식이 들려왔다.

어릴 적 내 일기장은 거기서 끝이 났다.

*　　*　　*

내딛는 걸음걸이가 무거웠다. 땀으로 옷이 축축했다. 하나 멈출 순 없었다. 산행을 한 지도 벌써 보름째였다. 체력이 조금 붙은 것 같았지만 애니는 여전히 죽을상이었다.

"아가씨……."

"애니, 조금만 더 가면 돼."

발에 밟히는 풀들이 발등을 간지럽혔다. 주변이 온통 초록으로 가득했다. 아득히 키가 큰 침엽수들이 좁고 날카로운 나뭇잎들을 양팔 벌려 펼쳐 내는 숲이었다.

"아가씨, 제발!"

마차가 다니는 좁은 길을 제외하곤 직접 걸어서 돌아다녀야 할 정도로 빼곡한 산림을 헤매는 것도 한나절. 헉헉대는 숨소리가 바로 뒤에 있는 것처럼 들렸다.

"저 진짜 숨차서 죽을 거 같아요……. 여기서 조금만 쉬어 가면 안 돼요?"

"저택이 바로 코앞인걸."

"새벽부터 내내 걸었잖아요. 정말 더는 못 가겠어요. 전 아가씨랑 나이 앞자리가 다른 거 아시죠?"

"겨우 3살 차이 나면서 무슨."

핀잔을 준 뒤, 다시 걸음을 옮기려는 순간이었다. 불퉁하게 입을 내민 애니가 강경하게 나왔다.

"더 가려면 차라리 저를 끌고 가세요."

아예 큰 바위 위에 털썩 앉아 팔짱까지 낀 그녀가 통보했다. 할 수 없이 나도 그 옆에 앉았다.

"아가씨 요즘 진짜 이상한 거 알아요? 난데없이 탐험이라니."

"알아."

순순한 내 반응에 돌연 눈을 가느스름하게 뜬 애니가 떠보듯 질문했다.

"다락방에서 찾은 돌아가신 나리의 일기장이 발단이죠?"

"예리한데."

"뭐 보물이라도 예전에 묻어 났어요?"

"비슷해."

차이점은 묻어 놓은 게 아니라 심어져 있다는 거지만. 오래전 아버지의 유품을 모두 처리한 계부 때문에 히스델리아를 찾는 건 요원해졌다. 그나마 의지할 수 있는 게 바로 내 어렴풋한 기억과 이 낡은 일기장뿐이었다.

"거듭 말하지만 힘들면 굳이 안 따라와도 돼."

"아가씨도 무슨 큰일 날 소리를. 저녁의 숲이 얼마나 무서운지 모르세요?"

"이곳에서 십칠 년을 살았어."

이 산행의 목적을 애니에게 말하지 않는 이유는 간단했다. 그녀 또한 여느 사람들처럼 그 꽃이 상상 속의 식물이라고 생각하니까.

내 대답에 잠시 말을 고르듯 침묵하던 애니가 조심스레 대답했다.

"뿐만 아니에요. 저녁이면 이 근방이 요즘 얼마나 위험한데요. 영민들이 전부 거칠어요. 인가에 갈 때마다 소름 끼쳐 죽겠다니까요. 아가씨는 안 무서우세요?"

"……오래 굶주리면 어쩔 수 없는 일이야."

애니의 말은 사실이었다. 오랜만에 돌아온 게더는 죽어 가고 있었다. 혹시나 정보를 얻을 수 있을까 해서 내려갔던 마을은 처참했다.

제때 수리를 하지 못해 지붕이 기울어진 낡은 집들과 거리에 힘없이 늘어져 앉아 있던 노인들, 비쩍 마른 몸으로 구걸하며 몰려다니고 위험한 장난을 일삼는 어린아이들.

원래라면 지금이 일 년 중 바쁘고 활기찬 농번기였지만, 마을은 고인 늪처럼 음습하고 황폐했다. 젊은 사람들은 낮이면 죄다 게더가 아닌 옆 동네에 품팔이하러 떠난다고 했다. 종일 노인과 아이를 돌볼 젊은이가 없었다.

"지나가기만 하면 어찌나 뚫어져라 쳐다보던지. 꼬마 녀석들은 틈만 있다 싶으면 입고 있는 속옷까지도 벗겨 갈 거 같던데요."

"내가 시오네 가문 사람이라는 걸 알면 아마 더할걸."

"행여나 그런 끔찍한 소리 하지도 마세요."

알아보니 원인은 확실했다. 시오네 가문은 대대로 게더의 유지로, 전체 토지의 중 사 할을 소유했다. 게더 사람 대부분은 그 소작인으로, 땅을 빌려 개간하고, 농사를 짓고 살았다.

그러던 몇 년 전 게오르그가 갑자기 턱없이 높은 소작료를 요구했다고 한다. 엎친 데 덮친 격으로 안 그래도 연이어 흉작이 있던 해였다. 그간 땀 흘려 일군 땅에서 쫓겨난 뒤, 소작인들이 고를 수 있는 선택지는 많지 않았으리라.

상념에 젖은 사이, 애니가 자리를 털고 일어났다.

"날이 늦었어요. 이제 일어나서 들어가야겠어요. 출타하신 자작 내외께서 돌아오시기 전에요."

하늘을 보니 벌써 해가 뉘엿뉘엿 지고 있었다. 고개를 끄덕였다.

"그래. 그러자."

품에 넣어 두었던 지도를 꺼내 오늘까지 확인한 언덕을 찾아 표시했다. 덩달아 자리를 털고 일어나는 순간이었다. 어디선가 부스럭거리는 소리가 들렸다. 살갗에 소름이 오스스 돋았다.

"누구야?"

날카롭게 외치며 소리 나는 쪽으로 고개를 돌렸다.

"아가씨?"

"……."

눈을 비볐다. 아무것도 없었다. 그냥 산짐승일까. 하나 일순 기묘한 예감이 전신을 훑었다. 저쪽에서 낯선 냄새를 실은 바람이 불어왔다.

"아가씨, 어디 가세요?"

"여기 있어. 금방 올게."

무시해도 됐지만, 어쩐지 범상치 않은 예감이 들었다. 고갤 들어 지는 해를 가늠해 보니 아직은 시간이 있었다. 수풀 안쪽인가. 소리 나는 방향으로 걸음을 향했다.

"여기였던 것 같은데……."

몇 걸음이나 걸었을까, 뭔가 이상한 느낌에 발을 멈추었다. 그때였다.

"……아앗!"

와르르, 발밑이 무너지며 몸이 아래로 빨려 들어갔다. 뭔가를 잡을 새도 없이 다음 순간, 거세게 땅에 추락했다. 어지러움이 가시자마자 발목에 파고드는 날카로운 통증에 신음이 터져 나왔다.

"아윽……."

떨어진 곳은 오래전 사냥꾼이 파 놓은 구덩이였다. 불행 중 다행으로, 그리 깊지 않다는 것과 바닥이 무른 게 천운이었다.

"아가씨, 아가씨!"

흙이 무너지는 소리에 달려온 애니가 구멍에서 머리를 내밀고 나를 불렀다.

"괜찮으세요?"

"괜찮아. 또 무너질지 모르니 물러나 있어."

말하다가 번뜩 드는 생각에 덧붙였다.

"아니, 잡고 올라갈 것을 좀 찾아다 줘."

"네. 금방 올게요!"

다급한 발소리가 멀어졌다. 발목을 고정할 게 있나 주변을 살필 때였다.

"누구시죠?"

여자의 목소리였다. 너무 놀라 소리를 지르는 것도 잊었다. 고개를 들었다. 역광이 져 얼굴은 보이지 않았다.

"여긴 들어오시면 안 돼요."

"그게 무슨 말이죠?"

눈썹을 찌푸리고 위를 올려다보았다. 누군진 모르겠지만 통성명을 하는 게 우선인 듯했다.

"나는 올리비아 시오네라고 해요. 그쪽은요?"

내 이름을 듣고 누군지 알아챈 듯 잠시 말이 없던 여자가 뒤이어 대꾸했다.

"제 이름은 클로에 이니체르예요. 이곳의 관리인이죠."

……관리인?

그 순간, 뭔가가 얼굴 위로 떨어졌다. 빗방울이었다.

*　*　*

갑자기 쏟아진 소나기는 무서운 기세로 퍼붓기 시작했다. 이대로 마거릿 홀로 돌아가기엔 상태가 안 좋았다. 클로에라고 자신을 소개한 여자는 좀 더 숲의 안쪽에 있는 작은 길로 우리를 인도했다. 좁고 구불구불해, 마차는커녕 말 한 마리도 다니기 힘들 것 같은 길이었다. 설마 이 끝에 집 같은 게 있을까 싶었다. 애니와 서로 묘한 눈빛을 주고받던 때였다.

"다 왔네요."

불쑥 들린 목소리에 앞으로 고개를 돌렸다.

"여기는……."

시선 끝에, 번듯한 별장 하나가 있었다. 마거릿 홀보단 작은 규모였으나 그림을 그린 듯이 아름다운 별장이었다. 온통 새하얀 대리석으로 만들어진 석조 건물로, 묘하게 주위 우거진 녹음과 어우러져 신비로운 느낌까지 들었다.

"이런 곳에 별장이 있는 줄은 몰랐어요."

"그러게. 나도 처음 알았어."

"자작님의 것일까요?"

애니의 말에 대답 대신 고개를 저었다.

조금 전 펼쳤던 지도에 이곳은 없었다. 옆 산만 뭉뚱그려 그려져 있을 뿐, 소유권에 대한 언급조차 적혀 있지 않았다. 별반 중요치 않은 곳이기에 그런 줄로 알았는데, 이런 별장이 있는 줄은 꿈에도 생각 못 했다. 한 가지 확실한 건, 게오르그의 것이 아니라는 점이었다.

게더로 오기 전, 사람을 시켜 미리 전반적인 재산 사항을 샅샅이 조사하고 온 나였다. 만약 그의 것이었다면 내가 모를 리가 없다 그렇다면 이곳 주인은 누구일까. 의문이 번져 가듯 자리를 넓혀 갔다. 흠뻑 젖은 채로 저택 안으로 들어오자마자 클로에가 물었다.

"다친 발목은 괜찮으세요?"

"욱신거리지만 참을 만하네요. 도와주셔서 감사합니다."

"곤란한 사람을 돕는 건 당연한 일인걸요."

그대로 안내된 거실은 깔끔하고 정돈되어 있었다. 여느 귀족의 집처럼, 장식장과 그림들이 군데군데 보였다.

"일단 물기라도 닦으세요."

클로에가 큰 수건을 건넸다. 젖은 머리의 물기를 대충 닦았다. 뒤이어 다른 하녀 한 명이 다가와 김이 오르는 찻잔을 내밀었다.

"천천히 마실게요. 고마워요."

예의상 감사 인사는 했으나 매슥거리는 속에 차가 들어갈 리 없었다. 찻잔을 테이블 위에 조심히 올려놓았다.

"비가 그칠 때까지 몸을 녹이고 편히 쉬다 가세요. 혹시 불편한 게 있으면 바로 말씀하시구요."

클로에가 부지깽이로 손을 뻗은 뒤, 벽난로를 몇 번 뒤적였다. 동시에 꺼져 가던 불씨가 금세 타올라 훈기로 거실을 휘감았다. 끝도 없는 친절에 어떻게 반응해야 할지 난감했다. 그녀는 마치 날 오래전부터 알아 온 것 같았다. 그럴 리가 없는데도.

별안간 기침한 애니가 앞에 놓인 차를 한 모금 마시더니, 불쑥 물었다.

"아가씨는 혼자 여기 머무시는 건가요?"

클로에가 난처한 표정으로 고개를 돌렸다.

"아가씨라는 호칭은 부적절한 거 같네요. 말씀드렸다시피, 저는 여길 관리할 뿐이라서."

"아, 그럼 어떻게 불러야 할까요?"

"그냥 클로에라고 불러 주세요."

일렁이는 벽난로 불빛 속에서 비로소 그녀의 얼굴이 제대로 보였다. 간단히 땋아 틀어 올린 금발 머리에 푸른색 눈동자. 섬세한 인상의 미인이었다. 나이대는 나와 비슷해 보였다.

"그렇다면 클로에 양, 여기의 주인은 누구시죠?"

내 직설적인 질문에 클로에가 잠시 아랫입술을 깨물었다.

"이곳의 주인은……."

등 뒤에서 인기척이 느껴진 건 그때였다. 말을 멈춘 클로에가 몸을 일으켰다.

"어서 오세요, 나리."

"손님이 있었군."

삽시간에 분위기가 바뀌는 느낌이었다. 고개를 돌릴 새도 없이, 목덜미에 소름이 돋았다. 어둠 속에서 눈을 번뜩이던 늑대가 등 뒤로 다가오는 느낌. 목울대부터 긁어 올라온 듯 낮은 목소리가 귓속을 파고들었다.

"다시 뵙는군요. 레이디 올리비아."

입술이 떨렸다. 누구인지 바로 깨달았다. 잿빛 머리카락, 무저갱처럼 검은 눈동자. 넓은 어깨의 빗물을 털어 낸 남자가 하녀에게 외투를 건넨 뒤, 천천히 내게 다가왔다.

"……빈센트 경."

놀라 멈춰 버린 머릿속이 새하얗게 변했다. 간신히 내뱉은 말끝조차 가늘게 떨리고 있었다.

"경이…… 왜 여기에?"

놀란 가슴이 진정되지 않았다. 전혀 생각하지 못했던 얼굴이었다. 어쩐지 다시 볼 것 같았지만, 이런 의외의 곳에서 마주할 줄은 몰랐다. 채 이어지지 못한 말에 낮고 깊은 목소리가 담백하게 대꾸했다.

"여긴 제 별장입니다."

"언제부터요……?"

"몇 년 전부터."

날카로운 시선이 내 발목에 닿은 건 다음 순간이었다. 곧장 무릎을 꿇은 빈센트가 미간을 찌푸리며 아픈 발목을 조심스레 잡아 올렸다. 순식간의 일이었다.

"아……!"

반사적으로 다리에 힘을 주어 그의 손아귀에서 벗어나려 했으나 그는 내 발목을 놓아줄 생각이 없어 보였다.

"다쳤습니까?"

빈센트가 고개를 들었다. 마주한 눈빛에 약간의 불쾌감이 깃들어 있었다. 고개를 끄덕이자 연이어 질문이 날아왔다.

"어쩌다?"

"……구덩이에 발을 잘못 헛디뎠어요."

그때 때마침 붕대를 가져온 하녀가 거실로 들어왔다. 다른 한 손엔 작은 부목을 든 채였다. 애니가 하녀에게서 그것을 받아 들었다.

"일단 제가 임시로 감을게요, 아가씨."

고개를 끄덕이기가 무섭게, 애니가 빈센트에게서 내 발목을 받아 들었다. 조심성 없는 서투른 동작이었다.

"읏……!"

그 손길에 발끝에서부터 찌르르 통증이 밀려들었다. 그때였다.

"제가 감아 드리겠습니다."

"네?"

"잠시면 됩니다."

미처 반응할 새도 없이 동작이 이어졌다. 빈센트가 옆에 있던 스툴을 끌어와 내 한쪽 다리를 올리고, 양말을 벗겼다.

"바로 감겠습니다."

여러 쌍의 시선이 말없이 나와 그에게 닿아 있는 게 느껴졌다. 내 발목을 감싼 손이 부지런히 움직였다. 깨지기 쉬운 유리 세공품을 다루듯, 조심스러운 손길. 비를 맞아 차갑게 식은 살갗 위로 따뜻한 체온이 스며들었다.

"아프다면 말하세요."

어조는 정중했으나, 시선 따윈 아랑곳하지 않는 태도였다. 분명 민망하고 낯 뜨거운 상황이었지만 덤덤한 그의 말투에 이상하게도 마음이 평온했다.

이 모습이 부끄러울 것도, 수치스러움도 없는 것처럼 느껴졌다. 단단하고 마디마디가 못 박인 손. 오랜 시간 검을 잡아 온 사람만이 가질 수 있는 하나의 훈장.

지난밤, 남동생과 나를 구하고 크게 다쳤던 어린 날의 소년을 떠올릴 무렵 빈센트가 처치를 마무리했다.

"다 됐습니다."

"……감사해요."

멀거니 그의 손을 응시하고 있었던 게 들통난 것 같았다. 뒤늦게 치맛자락을 내렸다. 어색한 침묵은 오래가지 않았다.

"어쩜 이리 능숙하세요?"

다가와 내 발목을 살피던 애니가 감탄했다.

"의사가 했다 해도 믿을 거 같아요."

그녀의 말을 받은 건 클로에였다.

"나리는 경험이 많으시답니다. 전장에 있었기 때문에."

그제야 잠시 멈춰 있던 주위의 사물과 소리가 다시 제대로 느껴졌다. 퍼붓는 빗소리가 창틀을 때리고 있었다. 그 너머로 헐벗은 나뭇가지들이 거세게 몸뚱이를 흔들어 댔다. 조용히 옆으로 온 하녀가 잠시 빈센트에게 다가와 뭐라 귓속말을 하는 게 보였다. 잠시 후, 가볍게 고개를 끄덕인 그가 손님들을 바라보며 입을 열었다.

"비가 아마 쉽게 그치지 않을 듯한데, 저녁 드시고 가시죠."

애니가 결정을 내게 미뤘다.

"어떡할까요, 마님?"

밤은 늦었고, 숲은 어둠이 내리면 앞도 볼 수 없이 컴컴해졌다. 비도 내리고 있어 축축해진 진흙에 다시 한 번 발을 삐끗할 수도 있었다.

별다른 선택지가 없었다.

"호의에 감사합니다."

불과 얼마 전과 입장이 뒤바뀐 셈이었다. 이번엔 내가 도움을 받는 쪽으로.

식전, 클로에는 우리에게 갈아입을 옷을 제공했다. 따뜻하게 데워진 물이 가득 찬 욕조에 들어가 몸을 씻고 나니 방문 앞 바구니에 놓여 있었다. 머리부터 수건으로 감싸 말리는 중에 누군가 문을 두드렸다. 편한 옷으로 갈아입은 애니였다. 뒤이어 문을 열고 들어온 그녀가 나를 위아래로 보며 감탄했다.

"이런 예쁜 디자인은 처음 봐요. 분명 유명 의상실의 드레스일 거예요. 아가씨와 잘 어울려요."

"고마워."

젖은 옷 대신 클로에가 준비해 준 드레스. 확실히 특이하면서도 남달랐다. 과감한 듯하면서도 과한 노출이 없는 드레스였다. 은은한 광택이 나는 새틴 원단이 발목 아래에서부터 빗장뼈 조금 아래까지 이어졌고, 그 위로는 좀 더 진한 군청색 레이스 트림이 둥근 네크라인을 그리며 어깨와 팔까지 이어져 손목을 감쌌다. 전신 거울에 비친 내 모습이 낯설었다.

"이런 드레스를 받아서 입어도 되는 걸까?"

"가벼운 선물이라 여겨 주시면 좋겠습니다."

대답한 건 애니가 아니었다. 고개를 돌리니 클로에가 서 있었다. 눈이 마주치자 그녀가 옅게 웃었다.

"허락 없이 들어와서 죄송합니다. 문이 열려 있기에."

"아뇨, 괜찮아요."

"식사 준비가 다 되어 모시러 왔어요."

그대로 클로에를 따라 복도를 나섰다. 걷는 도중 애니가 호기심 가득한 눈으로 질문했다.

"우리 아가씨가 입은 드레스는 어디 의상실 건가요? 처음 보는 디자인이라시요."

"전부 제가 했답니다."

의외의 대답에 눈이 커졌다.

"……클로에 양이요?"

"네, 어린 시절 의상실에서 견습 재봉사로 일했던 적이 있었지요. 감사하게도 나리가 지원해 주셔서 몇 벌 만들어 봤어요."

겸손한 어조로 말했으나 자신의 실력에 대한 자부심이 느껴졌다. 자연히 미소가 지어졌다.

"그랬군요. 참신하고 아름다운 드레스예요. 사교회에 선보여도 주목받을 것 같아요."

놀란 눈으로 날 보던 클로에가 잠시 알 수 없는 표정을 짓더니 이내 고개를 저었다.

"과찬이세요. 옷이 드디어 주인을 만나서 더 빛이 나네요."

"주인이요?"

"아……."

뜻밖의 말에 내가 되묻자 잠시 눈을 굴리던 클로에가 고개를 저었다.

"아무것도 아니에요. 그럼 가실까요?"

식사는 맛있었다. 솔직히 말하자면, 요 며칠 먹어 본 요리 중 가장 호화롭고 만족스러웠다. 애피타이저로는 새우와 바지락, 비린내를 잡아 식감을 달콤하게 만든 크림과 버터를 넣은 크램 차우더가 나왔다. 본식으로는 녹인 버터를 연어 위에 발라 후추와 소금으로 밑간을 한 뒤 필로 도우로 감싼 메인 요리가 뒤를 이었고, 크림 타르트에 과일 피스타지오가 마지막을 장식했다.

전부 깔끔하고 먹음직스러운 메뉴들이었다. 거기다 게더에서 나지 않는 해산물을 곁들인 음식은 막 바다에서 건져 낸 지 하루도 지나지 않은 것처럼 싱싱했다. 우리 때문에 일부러 신경 썼다고 보기에는 어색함이 없었다. 원래부터 이러한 식생활을 해 왔던 것 같았다.

빈센트는 자리에 없었고, 대신 접대를 맡은 클로에는 능숙하게 대화를 이끌어 냈다. 식사가 끝나자 차를 대접하겠다며 하녀를 시켜 우리를 응접실로 안내했다.

"아가씨, 빈센트 나리의 정체가 뭘까요? 이런 별장을 한 채도 아니고 여러 채 갖고 있다고 하고."

"글쎄."

그런 호기심은 나만의 것이 아닌 듯했다. 기꺼이 차려진 식사를 즐긴 애니가 반짝거리는 눈으로 주위를 훑었다.

"마거릿 홀에서 나가시면, 아가씨가 이런 집에서 사셨으면 좋겠어요. 저는 클로에처럼 가정부가 되어 하녀들을 관리하구요."

동시에 그녀의 말이 머릿속으로 그려졌다. 평화롭고 안온한 모습이었다. 타인과 부딪힐 일도, 모욕적인 시선을 감내할 일도, 썩어 문드러진 심장을 감추려 애써 가면을 쓸 일도 없었다. 미소가 절로 나왔다.

"앞뜰엔 수줍게 물든 작약 꽃을 심고, 하얀 털을 가진 복슬복슬한 고양이 한 마리도 키우면서?"

"거기다 사냥개도 세 마리 정도 키우면 완벽할 거예요. 사냥이 아니고 방범 목적으로요."

어쩌면 내가 선택할 수 있는, 편안하고 쉬운 길이었다. 십 년간의 결혼 생활에서 조금씩 쌓여 왔던 금액과 위자료라면 충분히 가능한 일이기도 했다.

"······하나 그럴 일은 없을 거야."

잠시나마 행복했지만, 그것으로 충분했다. 이미 나는 선택을 했다. 그러지 않을 것이다. 단호히 고개를 저었다.

"나는 아직 마거릿 홀을 나갈 생각이 없어. 할 일이 있으니까."

"아가씨? 그게 무슨······."

내 말에 얼굴을 일그러뜨린 애니가 뭐라 입을 연 순간이었다. 그때 어떤 목소리가 들렸다.

"실례하겠습니다."

문이 열리더니 누군가 안으로 들어왔다. 차를 가져온 하녀도, 클로에도 아닌 뜻밖의 사람이었다.

"식사는 잘하셨습니까?"

그대로 멈춰 버린 나와 애니를 잠깐 번갈아 보던 빈센트가 다가왔다.

"빗줄기가 약해진 즈음, 전보가 돌아왔더군요."

"아. 감사해요."

인사한 뒤 그가 내민 종이를 받아 읽어 내렸다.

[알아보니 신원이 확실한 분이구나. 날이 이미 저물어 위험하니 하룻밤 지내고 돌아와도 좋다.]

틀림없는 자작 부인의 필체였다. 조용히 실소를 삼켰다. 어느 어머니가 딸이 집을 나가 밤늦게 돌아오지 않는데 이리 침착하겠는가.

* * *

약간의 담소 후 애니는 잠시 내 방에 머물렀다.

"아직 좀 쌀쌀하긴 하지만 비도 그쳤으니 내일은 화창하겠죠?"

"그래야지. 밤새 땅이 굳으면 더 좋고."

"그랬으면 좋겠네요. 돌아가기 편하게요."

빙긋 웃은 애니가 문 쪽으로 다가갔다.

"그럼 아가씨, 푹 주무세요."

"너도. 아침에 봐."

혼자 남겨지자마자 창으로 다가갔다. 밖에서 불어오는 바람에 얇은 커튼이 휘날리고 있었다. 한 걸음 더 다가가 커튼을 젖히고 창에 손을 뻗는 찰나였다. 밖에서 어디선가 흐느끼는 소리가 들려왔다. 반사적으로 열린 창으로 머리를 내밀고 소리의 근원지를 향해 내려다봤다.

숨이 그대로 멎었다.

"……요정?"

그럴 리가. 환각일 게 분명했다. 질끈 눈을 감았다가 떴다. 그러나 없어지지 않았다. 눈앞의 모습은 그대로였다. 흐린 구름 사이로 살짝 고개를 내민 달빛 아래, 새하얀 은발 머리칼을 늘어뜨린 한 여자가 서 있었다. 내 시선을 사로잡은 건 그녀의 뾰족한 귀였다.

—요정과 인간이 다른 점이 뭐예요, 아버지?

—그들에겐 몇 가지 특징이 있지. 믿기지 않을 정도로 아름다운 외모, 그리고……

아버지가 했던 말이 또렷이 기억났다.

—크고 뾰족한 귀.

"……말도 안 돼."

스스로 볼을 꼬집기까지 했지만 여전했다. 내가 보는 건 환상도, 꿈도 아닌 현실이었다. 그때 요정이 이쪽으로 천천히 고개를 들었다. 동시에 심장이 덜컹 내려앉았다. 피처럼 새빨간 눈에서 눈물이 흘러내리고 있었다.

공포도 슬픔도 아닌 전율이 심장 위를 내달렸다. 아직 찾지 못한 언덕

불현듯, 히스델리아에 관한 전설이 머릿속에서 휘몰아치며 내게 속삭였다.

'쫓아가야 해.'

그건 강렬한 계시였다. 위험이 도사리고 있을지도 모른다는 경각심도, 하다못해 애나라도 깨워 같이 가야 하다는 생각조차 들지 않았다. 내게서 천천히 등을 돌린 요정이 어둠 속으로, 숲속으로 돌아가고 있었다. 신발을 신을 겨를도 없이, 다급히 숄만을 걸치고 방을 뛰쳐나갔다.

"허억, 헉……. 잠시만요! 저기!"

요정은 숲속 깊은 곳까지 나를 이끌었다. 마치 꿈을 꾸고 있는 느낌이었다. 성에가 낀 유리처럼 희부연 의식이 점차 아래로, 아래로 내려가고 있었다. 누군가에게 조종되는 목각 인형처럼 걷고 또 걸었다. 다친 발목이 욱신거렸지만 멈출 수 없었다. 사방이 어둡고 침침한 숲이었다. 램프조차 없었다. 믿을 수 있는 건 오직 내 귀와 눈이었다.

찬 공기가 부력처럼 걸음걸음마다 온몸에 눌어붙었다. 빛이라곤 나뭇잎 사이사이로 스며든 달빛이 전부였다. 잔가지가 떨어진 흙 위를 맨발로 빠르게 걸었다.

"제발, 잠깐만……!"

숨이 턱까지 차올랐다. 불러 세워도, 손을 뻗어도 요정은 계속 잡힐 듯 잡히지 않았다. 놓쳤나 싶을 때면 나무 사이로 기척을 드러냈고, 거의 따라잡았다 싶을 때면 몇 걸음 더 멀어졌다. 무지개를 쫓는 사람이

된 것 같았다.

저녁의 숲은 위험했고, 온갖 위험이 웅크리고 있었다. 발 딛는 찰나 찰나마다 날짐승들의 울음소리가 들려 소름 돋았다. 걸음이 멈춘 건 이미 한참이나 숲에 깊이 들어온 뒤였다.

"……여긴 어디지."

바스락.

인기척이 들렸다. 한둘이 아니었다. 등줄기로 싸한 느낌이 내달렸다. 얼어붙은 고개를 천천히 돌렸다. 어두컴컴한 수풀 속에서 숨은 노란 눈동자가 보였다. 모두 세 쌍이었다. 다리에 힘이 풀렸다.

늑대다.

"언제부터 따라온 거야……"

세 맹수가 내 주위를 어슬렁거리고 있었다. 본능적으로 깨달았다. 맹수는 또렷하게 날 먹이로 바라보고 있었다.

"맙소사……"

그중 가장 앞에 나선, 우두머리로 보이는 놈과 눈이 마주쳤다. 이를 드러내며 내 목덜미를 물어뜯을지 타이밍을 재는 눈이었다. 상대는 굶주린 짐승이고 죽음이 바로 목전에 있다.

본능은 이를 악물고 도망치라 소리치는데, 이성이 발목을 붙들었다. 섣불리 등을 보였다가 그 순간 당할 것이다. 머릿속이 빠르게 굴러갔다. 어떻게 해야 할까. 이러나저러나 죽는 건 매한가지였다. 가만히 선 자리에서 당하든지 조금이라도 발버둥 치다 당하든지.

"……이걸 봐."

결국, 내가 택한 건 조금이라도 반항하는 쪽이었다. 다리가 후들거렸으나 눈을 피하지 않고, 천천히 숄을 벗었다. 날카로운 시선이 내 손에 든 숄로 옮겨 가는 게 보였다. 바람에 너풀거리자 이것을 경계하는 듯 낮게 으르렁대는 소리가 귀를 파고들었다. 몸을 낮추고 내게 달려

들기 위한 직전 움직임을 취하는 게 보였다.

바로 그 순간을 노렸다.

"크르르!"

한 명이라 얕잡아 본 건지 우두머리가 아닌 뒤로 한 마리가 달려들었다. 그 틈을 노려 숄을 놈의 머리에 던졌다.

"컹컹……!"

바람에 날아간 숄은 의도대로 늑대의 눈을 가렸고, 가려진 시야에 당황한 듯 늑대가 우는 사이 재빨리 몸을 던지듯이 앞으로 달렸다. 당했다는 걸 눈치챘는지 거친 숨을 내쉬며 늑대들이 바로 뒤까지 따라왔다.

조금 전까지 쫓던 요정은 인기척도 없었고 극심한 긴장과 피로로 인해 계속 다리에 힘이 풀렸다. 추격전은 오래가지 못할 것이다. 체력이 이미 떨어진 상태였다. 달리는 속도가 점차 느려졌다. 의식 또한 깊은 물속에 가라앉은 듯 흐려졌다. 이대로 끝인가 했을 때였다.

그 순간.

"올리비아!"

다급한 목소리가 수면 너머로 들렸다. 심장에 거센 파문이 일었다.

"커엉!"

등 뒤에서 터져 나온 건 짐승의 단말마였다. 내 몸체만 한 늑대가 칼집에 몸을 맞더니 그대로 나동그라졌다.

"빈센트 경!"

뒤이어 신속히 칼을 빼 든 빈센트가 연달아 달려드는 늑대의 몸을 내리그었다. 동시에 뜨겁고 검붉은 피가 솟구쳤다. 사방에 흩뿌려진 피가 순식간에 내 얼굴과 옷에 튀었다.

"크릉!"

날카로운 송곳니를 드러낸 우두머리 늑대가 그의 팔뚝을 찢어발기

듯이 물었다. 쿵쿵, 심장이 가슴을 뚫을 기세로 가파르게 뛰었다. 그대로 팔뚝을 내어 주고 반대편으로 달려든 다른 늑대를 베어 넘긴 빈센트가 소리쳤다.

"도망쳐요!"

"……하, 하지만!"

"당장!"

이를 악문 채 그가 명령했다. 기적처럼, 그 말을 들은 동시에 굳어 있던 다리가 움직였다.

'당장 내가 할 수 있는 일을 하자.'

일단 별장으로 돌아가 사람을 불러야 했다. 그러나 날이 저문 지 오래였고, 방향을 알 수가 없었다. 그러는 사이에도 다리는 본능처럼 달리고 또 내달렸다.

"하아, 하아……."

간신히 정신을 차렸을 때는 얼마나 달렸는지 몰랐다. 숨이 턱 끝까지 차올랐다. 보이지 않는 손이 내 어깨를 휘감아 끌어 내릴 것처럼 바로 뒤에 와 있는 듯 느껴졌다. 누군가 날 앞에서 끌어들인 것처럼 몸이 가파른 낭떠러지로 기울었다.

휘청.

이제 떨어져 죽는가 싶은 찰나였다. 삽시간에 다가온 인기척이 강한 힘으로 내 허리와 뒷머리를 휘감았다. 나도 모르게 온기를 휘감아 안았다.

"……!"

추락은 생각보다 짧았다. 감았던 눈을 뜨자, 다행히도 턱이 낮은 곳이었다.

"올리비아."

바닥에서 날 끌어안은 채 받친 손이 느릿하게 떨어졌다. 딱딱한 흙 대신 부드러운 그의 몸이 아래 있었다. 눈앞에서 더운 숨이 느껴졌다.

"다친 곳은 없습니까?"

"아……."

뭐라고 말을 해야 하지만, 기도가 꽉 막힌 듯 목소리가 나오지 않았다. 검은 눈과 마주쳤다.

"괜찮아요. ……늑대들은요?"

그러다 뒤늦게 상황 파악이 되어 얼굴이 새빨개졌다. 그의 가슴 위에 두 손을 얹은 채 안겨 있는 상황이었다. 내 모습과 별개로, 태연한 낯을 한 빈센트가 나직이 대답했다.

"우두머리가 당하자 주춤하더군요. 그 틈을 타 몸을 피했습니다."

"정말 다행이에요."

강하지만 강압적이지 않은 힘으로 그가 내 손목을 쥐었다. 추위와 상처로 무장된 거친 살갗이 느껴졌다.

"아슬아슬한 상황이었습니다."

"……빈센트 경."

"왜 이 밤에 홀로 나왔죠?"

목소리는 차분했지만 뭔가를 억누르는 듯 차가웠다. 질책임을 알았으나 입술이 떨어지지 않았다. 나 자신도 이해할 수 없는 행동에 변명을 붙일 수는 없으니까.

"……아파요."

내가 나직이 말한 한마디에 그가 놀라 손을 떼었다. 그 틈을 타 재빨리 바닥으로 내려왔다. 손을 들고 치마를 털려고 했을 때였다. 초록 풀물이 아닌 검은 무언가가 붙어 있었다. 믿을 수 없게도, 꽃잎으로 보였다. 천천히 숙였던 고개를 들었다. 앞을 가린 덤불을 헤치고 숨을 가다듬으며 앞을 응시했다.

"……여긴……."

몇십 년 전 단 한 번 보았던, 눈에 익은 광경이 펼쳐져 있었다. 평범한 들꽃과 비교할 수 없을 만큼 무척 특별한 꽃이었다. 놀라움에 벌어진 입이 다물리지 않았다. 바로 그 꽃이었다. 그토록 찾고자 했으나 좀처럼 나오지 않았던 꽃. 그것이 이곳에 만개했다.

히스텔리아 꽃이었다.

* * *

한밤의 별장은 그대로였다. 사람들은 전부 잠들어 있었고, 거실엔 벽난로 안의 장작개비가 타닥거리며 타고 있었다. 그대로 빈센트를 난로 앞 카우치로 끌고 가 앉혔다. 그리고 옆에 앉아 손을 내밀었다.

"상처를 봐야겠어요."

"괜찮습니다."

"빈센트 경."

묘한 대치 상황이었다. 힘주어 이름을 부르자 그가 입술을 다물었다.

"내가 상처를 볼 수 있게 해 줘요."

"……"

"부탁이에요."

한 치의 망설임도 없이 늑대들을 도륙하던 남자였다. 씨알도 먹히지 않을 것 같았던 얼굴이 흔들렸다. 잠시 후, 빈센트가 대답 대신 고개를 끄덕였다. 떨리는 손으로 너덜너덜해진 셔츠를 찢었다. 비릿한 피 냄새가 훅 올라왔다.

"어떻게 이런……"

"별것 아닙니다. 그다지 아프지도 않고."

눈에 빤히 보이는 거짓말이었다. 상처는 생각보다 깊었다. 선명하게 박힌 이빨 자국이 보였다. 하얀 옷자락이 피로 붉게 물들어 있었다. 이렇게 심한 상처를 직접 본 적은 단 한 번이었다. 깨달음과 함께 묵직한 통증이 가슴에 얹혔다. 눈가에 열감이 올라왔다.

"늘 나를 구하려다 이렇게 다치는군요."

나와 엘리엇을 구하려 크게 다쳐 등에 흉터까지 남았던 과거의 그. 내 한 몸 추스르기에도 힘들어 그동안 잊고 있었다. 하지만 빈센트는 그 상처를 계속 안고 살아갔을 것이다. 의사는 워낙 큰 상처라 지워지지 않을 것이라고 했다.

나는 얼마나 이리도 얄팍한 인간인가. 이번에도 그랬다. 알 수 없는 힘에 이끌려 결국 히스델리아를 찾아내긴 했지만, 그는 이렇게 다치지 않은가. 다음 말은 나도 모르는 새 흘러나왔다.

"어쩌면 자작님 말이 맞을지도 몰라요. 이렇게 민폐나 끼치고 다니고……. 이 빚을 전부 어떻게 갚아야 할지."

-아무짝에도 쓸모없는 계집애.

나를 내려다보던 게오르그의 차가운 시선이 기억났다. 자괴감이 밀려와 차마 눈을 마주하기가 어려웠다. 그때였다.

"……아주 간단히 갚을 방법이 있지 않습니까?"

"네?"

반응할 여유도 없었다. 단번에 거리를 좁힌 빈센트가 두 팔로 내 뒤쪽 팔 받침과 등받이를 잡아 순식간에 날 가두듯이 에웠다. 노련한 사냥꾼이 덫을 놓듯 재빠르고 군더더기 없는 움직임이었다.

"마침 당신과 나, 둘뿐이고."

그가, 아니 그 누구도 내게 이토록 무람없이 치고 들어온 건 처음이었다. 정중한 기사가 아니라, 몇 발자국을 사이에 두고 어둠 속에서 마주했던 늑대가 떠올랐다.

"대답이 없으면 승낙으로 알겠습니다."

얼어붙은 사이 빈센트가 고개를 숙여 왔다. 코가 맞닿을 정도로 가까운 거리였다. 집요하고 끝을 알 수 없는 짙은 시선이 내 이마와 코, 목덜미와 쇄골, 그리고 더 아래로 향했다. 금방이라도 집어삼킬 듯한 눈빛에 숨이 턱 막혔다. 마치 한순간에 불살라져 재가 되어 버리는 유의 것이 아닌, 삭이고 삭여 온 손댈 수 없을 만큼 뜨거운 숯불을 보는 것 같았다.

겉으로는 고요하고 사그라진 것처럼 보이지만, 사실 언제든 지펴지고 활활 타오를 수 있는 그 무언가.

"그만……."

겨우 내뱉은 말은 토막처럼 터져 나왔다.

"이거 놓으세요."

막힌 숨을 고르고 눈을 치떴다.

"당신이 날 구했다 해도, 내게 이럴 권리는 없습니다."

"……."

"내가 원하지 않는 한, 누구도요. 그 누구도 타인이 원치 않은 일을 할 권리는 없어요."

불쑥 그런 생각이 들었다. 왜 이 말을 레너한에겐 하지 못했을까. 비록 쓸모없는 발악에 불과했더라도 한 번쯤은 말할 수 있었는데. 그가 손을 치운 건 그 순간이었다. 숨결마저 들릴 듯 가까웠던 거리가 다시 멀어졌다.

"잘 아는군요. 당신이 싫다고 하는 건 하지 않겠습니다."

의외로 순순한 태도에 눈만 깜빡였다. 빈센트가 이어 말했다.

"대신 당신도 내가 싫다는 걸 하지 않았으면 좋겠어요."

"그게 뭐죠?"

“나에 대해 죄책감을 가지는 것.”

생각지도 못한 말이었다.

“어린 시절, 내가 다친 건 나무에서 떨어진 남자애를 구하기 위해서였습니다. 거기에 당신이 있었을 뿐이죠. 전부 내 판단이었고, 내가 감당할 결과였습니다.”

냉정한 말과 달리 마주한 그의 눈동자는 여전히 푸른 기가 돌 정도로 새카맸다. 그 안에 방금 내게 드러냈던 욕정은 없었다. 대신 더 깊고 깨끗한 무언가가 있었다.

“그렇지만…….”

내 말을 가로막은 그가 또박또박 말했다.

“이번에도 마찬가지예요. 당신을 구하려다 다친 것이 맞지만, 만약 내가 방심하지 않고 칼을 먼저 빼 들었다면 이런 상처는 입지 않았을 겁니다.”

그가 이리 길게 말을 하는 것은 처음이었다. 어렸을 때도, 다시 만났을 때도.

“의도치 않은 남의 불행까지 책임지려 하지 마세요. 올리비아, 사람은 무엇이든 자신의 몫만큼만 짊어지면 충분한 겁니다.”

그가 경칭을 생략한 채 나를 불렀다. 그걸 뒤늦게 깨달았지만 아무렇지도 않았다. 어쩌면 나는 계속 그렇게 불리기를 원했을지도 몰랐다. 귀족의 여식도, 누군가의 부인도 아닌 올리비아. 그 자체로.

그의 눈을 마주 보며 천천히 고개를 끄덕였다.

“……그렇군요. 알려 줘서 고마워요.”

어색함이 가시자마자 자연스레 화제를 돌렸다.

“다시 팔을 좀 주겠어요? 피가 아직도 떨어지고 있는데요.”

그가 내 말에 따랐다. 품에서 뽑아 왔던 히스델리아를 꺼낸 뒤 잎을 떼어 잘게 찢었다. 그런 다음 상처 부위에 얹었다. 내 행동을 가만히 바라보던 빈센트가 입을 열었다.

"그 꽃은……"

"'히스델리아'예요."

그의 말이 끝나기도 전에 이어 붕대를 감으며 대답했다. 빈센트가 고개를 기울이다 질문했다.

"처음 봅니다. 하지만 어쩐지 낯이 익군요."

"그럴 거예요. 내가 건넨 손수건에 수놓아 있으니까요."

설명이 더 필요했다. 나는 말을 이었다.

"히스델리아는 게더의 오랜 전설에 나오는 꽃이에요."

"전설이요?"

"네. 하지만 이렇게 실제로 존재해요. 내가 찾고 있었고, 오늘 드디어 발견했죠."

"함께 떨어진 그곳이군요."

진지해진 얼굴을 마주하자 목소리가 신중하게 새어 나왔다.

"이 꽃은 지혈뿐 아니라 여러 가지 염증과 몇 가지 병에도 탁월한 효과가 있다고 알려졌어요."

벌써 지혈 효과를 보이는 건지 붕대에 더는 피가 배어들지 않았다. 생각보다도 즉효에다 확실했다. 마지막으로 붕대를 마무리하며 말을 이었다.

"연고로 만든다면 여러 가지로 다방면의 활용을 할 수 있겠죠."

"아직 그저 구상 단계일 뿐이군요."

고개를 끄덕이자, 내 머릿속을 꿰뚫어 본 듯 논리정연한 조언이 이어졌다.

"효과는 실제 눈으로 보니 알 것 같습니다. 다만 그 외의 염증과 질환에도 잘 드는지는 알아봐야겠군요. 합리적으로 사업하기 위해서는 배양 방식부터 시작해 연고 제조, 공급에 이르기까지 많은 시간과 노력, 투자가 필요할 겁니다."

날카로운 지적이었다. 기사가 아닌 냉철한 사업가 앞에 서 있는 느낌이었다. 의외의 면모에 놀랐지만, 정신을 가다듬었다. 나에겐 냉정한 관점이 필요했다.

"당장 필요한 여유 자금은 갖고 있어요. 꾸준히 투자자를 모을 생각입니다. 그게 여의치 않다면 결국 은행에서 대출해야겠죠."

"투자자를 끌어모을 만한 인맥이 있습니까?"

조용히 고개를 저었다. 아이를 유산한 이후 사교 모임에 참석하는 일은 내게 하나의 고문이 되었다. 연민이라는 껍질을 쓴 채 경멸을 담은 시선을 보낸 사람들은 대부분 한때 내게 조금이라도 잘 보이려 몸이 달았던 이들이었다. 얄팍한 가면은 차라리 안 쓰느니만 못했다. 짙은 환멸이 밀려든 이후 나는 모든 초대를 거부했다. 헤더 제누아가 들어온 이후엔 드문드문 오던 초대조차 뚝 끊겨 버렸다.

"시간이 많이 들겠군요."

"……그렇죠."

누군가에게 속으로 세워 놓았던 계획을 자세하게 털어놓는 건 처음이었다. 말을 하면 할수록 내가 벌이려는 일이 얼마나 무모한 일인지 실감했다. 그래도 마음먹은 이상 시도해야 했다. 더는 지레 겁먹고 물러서긴 싫었다.

"그 전에, 빈센트 경에게 물어볼 게 있어요."

"물어보세요."

"혹시 이 일대 지역의 주인이신가요?"

심장이 두근거렸다. 본래엔 히스델리아가 피어 있는 장소를 찾으면, 다른 사람의 명의로 게오르그의 땅을 살 생각이었다. 돈이 궁핍한 마당에 덥석 제안을 받아들일 테니까.

"그렇습니다."

"……아까 있던 숲도?"

눈앞이 깜깜했다. 미처 예상하지 못한 내 실수였다. 아무리 대부분 영토를 가졌다 해도 게더의 삼 분의 일 정도는 시오네 가문의 땅이 아니었다.

"그럼 제안할게요. 내게 이 땅을 팔아 주세요. 시가의 두 배로 구매하겠습니다."

생각을 읽을 수 없는 눈과 마주했다. 심장이 가파르게 뛰었다. 쿵쿵대는 소리가 귀에까지 들릴 지경이었다. 돌아온 대답은 짤막했다.

"거절합니다."

찬물을 뒤집어쓴 듯 정신이 아찔했다.

"……어째서죠?"

당연히 승낙할 줄로만 알았기에 충격이었다. 나도 모르는 새 배신감이 차올랐다. 다른 사람이라면 해 주지 않을 이야기까지 털어놓았다. 재회한 지는 얼마 되지 않았지만, 빈센트라는 남자의 인간성을 믿었기 때문이었다.

"그 땅은 조부가 돌아가시기 전 남겨 주신 몇 안 되는 유산 중 하나입니다. 그 땅이 뭇 사람들의 발이 들여지는 게 싫습니다."

생각보다 더 어려운 이유였다. 차라리 불신이었으면 문제가 더 쉬웠으리라.

"도움을 드리지 못해 죄송하군요."

그렇다 해도 여기서 물러날 수는 없다. 입안이 바싹 말랐다.

"……빈센트 경!"

반사적으로 자리에서 일어나려던 그의 옷깃을 잡았다.

"그럼, 동업이라는 형태는 어떤가요?"

그대로 멈춰 선 그가 뒤를 돌았다.

"동업?"

검은 눈에 비친 건 희미한 흥미였다. 기회가 주어졌다. 잡아야 한다.

"네, 땅에 대한 권리를 위임해 주시면 히스델리아 꽃에 대한 제조법을 제공하겠습니다. 거기서부터 시작되는 거죠."

"흥미는 없지만, 일단 히스델리아라는 게 상업적인 가치를 갖는다는 건 알겠습니다. 하나 당신이 말하는 제조법에 그만한 가치가 있습니까?"

그의 말은, 약초를 전문적으로 취급하는 사람들이 있는데 구태여 자신이 그 거래에 응해야 하냐는 말이었다. 턱을 당기고 살짝 움츠려 있던 어깨를 곧게 폈다. 비록 직접 나선 적은 없었지만, 거대한 상회를 운영하는 가문의 안주인으로서 많은 이를 상대하며 가장 중요하게 배운 게 있다면 한가지였다.

'어떤 거래이건 상대에게 당당한 인상을 주어야 한다.'

"히스델리아는 대대로 시오네 가문의 꽃이었습니다. 비밀리에 후손에게 이어졌고, 그 제조법 또한 전해져 내려왔습니다. 하나 제 친부께선 일찍 요절하셨고, 제조법을 저에게 남기셨죠."

게오르그가 아버지의 유품을 깡그리 묻어 버리거나 태웠기에 처음 단서는 낡은 내 일기장이 유일했다. 제조법은 히스델리아 꽃이 있는 장소에 대한 힌트를 찾으려고 일기장의 같은 내용을 읽고 또 읽다가 우연히 발견한 뜻밖의 보물이었다.

아버지의 일기장에 적힌 제조법은 분명 언젠가 동생인 엘리엇에게 전하라는 의도였겠지만, 그는 이미 기사 서임을 했고, 작위 계승권을 내려놓았다. 따라서 지금 모든 권리는 내게 있었다. 아버지의 피를 이어받은 내게.

"아무리 명약이라도 그 쓰임과 약초로서의 조합법을 모르면 사용할 수 없고, 반대로 아무리 좋은 조합법과 지식을 얻었더라도 손에 아무것도 쥐여 있지 않다면 쓸모가 없죠."

점점 가시화되는 내 계획에 그가 스툴을 끌어 마주 앉았다.

"정확히 내게 원하는 게 뭡니까. 그리고 내가 얻을 수 있는 것도."

"투자입니다."

숨을 작게 들이마시고 말을 끝맺었다.

"토지의 임대권을 포함한 초기 자본을 투자해 주세요. 만약 받아들이신다면, 정식으로 사업제안서를 작성하겠습니다."

흔들림 없이 할 말을 다 했다고 생각했지만, 긴장감에 손이 떨렸다.

"수익률 배분 등의 자세한 사항도 제안서를 수정할 때 협의했으면 합니다. 그로써 경이 얻을 수 있는 건, 공증된 문서로서 보장된 수익이겠지요."

영원과도 같은 침묵이 거실에 고이고, 빈센트가 느릿하게 입을 열었다.

"언제부터 이 사업을 생각한 겁니까?"

입술이 쉬이 열리지 않았다.

"게더에 도착해서부터?"

내 반응이 없자 그의 눈썹이 조금 올라갔다.

"설마, 테레즈에 있었을 때부터?"

고개를 끄덕였다. 정확히는 그가 내게 빌려준 그 손수건을 보았을 때였다. 그 순간 마치 섬광처럼 스친 생각이 날 여기까지 올 수 있게 등을 밀었다.

"기억나세요? 도움이 필요하냐고 물었었죠."

차오른 눈물에 탈진하다시피 몸을 내던졌던 그날이었다. 금방이라도 질식할 것만 같던 내게 손수건을 건네주었던 남자.

"지금도 그 제안, 여전한가요?"

알 수 없는 표정으로 빈센트가 나를 응시했다. 무언을 긍정을 받아들여, 그때 하지 못했던 말을 이제 할 차례였다.

"도와주세요. 내게 기회를 주세요, 빈센트 경."

이제 더는 울지도, 떨지도 않는다. 나는 눈앞의 기회를 움켜쥐었다.

* * *

전날 갑자기 찾아들었던 손님들은 아침 식사를 하지도 않고 홀연히 별장을 떠났다. 차마 제대로 된 인사를 할 겨를도 없었다.

하녀에게 손님방 뒷정리를 명령한 클로에가 서재의 문을 두드렸다. 정확히 세 번이었다. 혹시 모를 '불청객'을 대비하기 위한 규칙이었다.

"나리, 식사를 가져왔습니다."

본래는 가정부가 할 일이 아닌 하녀가 할 일이었지만, 이곳에선 예외였다. 불을 향해 달려드는 부나방처럼 접근했던 하녀들은 전부 맨몸으로 쫓겨났다. 가차 없이 냉정했지만, 사심을 품지 않는 이상 모시기 좋은 주인이었다. 요구 사항이 명확하고, 상과 벌이 확실하니까.

"들어와."

허락이 떨어지자마자 그녀가 손을 뻗어 문을 열었다. 빈센트는 벽난로 앞 안락의자에 앉아 있었다. 긴 다리를 쭉 뻗어 스툴 위에 올려놓은 채 책장을 넘기는 중이었다. 평소와는 조금 다른 분위기였다. 별장에 있을 때면 새벽부터 일어나 가볍게 운동을 한 뒤 씻는 게 그의 일정이었다. 머리에 물기가 없었다. 오늘은 생략한 듯했다.

"손님들은 오늘 아침 일찍 떠나셨습니다. 감사하다는 말씀 전해 달라셨어요."

이미 알고 있다는 듯 여전히 시선을 책에 고정한 빈센트가 고개를 까딱했다. 그녀가 다시 입을 열었다.

"아침 식사를 가져왔으니 두고 가겠습니다."

마침 안락의자 옆에 좁은 탁자가 눈에 들어왔다. 클로에가 조심스레 다가가 그 위에 쟁반을 내려놓았다.

바로 그 순간 무언가가 눈에 들어왔다.

"나리, 그 팔은……."

붕대로 꼼꼼히 감았지만, 면적을 보아 분명 작은 상처가 아니었다. 그녀가 손을 뻗는 때, 낮고 단호한 목소리가 이름을 불렀다.

"클로에."

"……네."

검은 시선이 그제야 그녀를 보고 있었다. 그 아래로 날카로운 콧날과 육감적인 입술이 눈에 들어왔다. 클로에는 마지막으로 쫓겨났던 하녀를 떠올렸다. 잠자리를 파고들다 목을 베일 뻔한 여자였다. 설마 그가 베개 밑에 항상 칼을 숨긴 채 잘 줄은 몰랐을 것이다.

고저 없는 목소리가 이어졌다.

"원래 그렇게 말이 많았나?"

깎아 만든 조각처럼 현실감 없는 외모는 늘 그랬듯 무표정했다.

"……아니요."

클로에는 저도 모르게 입 안쪽 살을 깨물었다.

"제가 주제넘었습니다."

다시 한 발 물러선 클로에가 다소곳이 고개를 숙였다. 깊이 묵례하고 문으로 다가가 열었을 때였다. 등 뒤에서 목소리가 들렸다.

"그녀의 발목은?"

그의 모든 신경이 누구에게 향하는지 안다면, 어렵지 않게 유추할 수 있는 질문이었다.

"살짝 접질리신 터라 어제보단 좋아지신 것 같았습니다. 혹시 몰라 말을 태워 보내 드렸습니다."

"그랬군."

돌아온 목소린 좀 전과 달리 온화했다. 그녀의 대처가 마음에 들었는지 한결 누그러진 목소리였다.

"또 시킬 것이 있으신가요?"

빈센트가 작게 고개를 끄덕였다. 눈치는 그녀가 가진 가장 큰 장점이었다.

"마거릿 홀에 보낼 전보가 있어."

* * *

목적지 어귀에 도착해 고삐를 끌어당기자 말이 그대로 멈춰 섰다. 스쳐 지나는 사람들 사이로 건물의 이름을 찾았다. 마을 입구 근처에 있다더니 정말 찾기가 어렵지는 않았다.

「흰 사슴 여관.」

걸린 나무 간판을 발견하자마자 그쪽으로 바로 걸음을 향했다. 품에는 히스델리아를 발견한 이튿날, 집에 도착하자마자 만든 사업제안서가 있었다. 십 년간 어깨너머로 배웠던 지식을 최대한 활용했다. 온종일 걸려 만들어서 더 특별하고 중요했다. 초안을 완성하고 점심 무렵이 되었을 때 인편으로 누군가 찾아왔다.

[데런 마을 입구 흰 사슴 여관]

단정하고 깔끔한 필체로 써진 단어였다. 누가 보냈는지 단박에 알 수 있었다. 약속한 만남이었다. 전날 그가 빌려준 말을 타고 나온 덕에, 오래 걷는 것은 피할 수 있었다.

애니를 대동하지는 않았다. 신중해야 할 일인 만큼 측근인 그녀에게 알리는 건 시기상조였다. 입구 앞에서 두리번거리자, 머지않아 누군가 다가왔다.

"올리비아 님?"

옷차림을 보니 마중 나온 직원이었다.

"접니다."

"기다리고 있었습니다. 따라오시지요."

그대로 안내를 받아 들어온 흰 사슴 여관은 총 삼 층으로 이루어진 제법 큰 건물이었다. 술집과 식사를 겸한 식당인 일 층과 숙식 손님을 위한 내실이 있는 삼 층, 그리고 응접실 및 객실이 있는 이 층이었다. 계단을 통해 이 층으로 안내됐고, 점원은 그중 맨 가장자리 방으로 향했다.

"이곳입니다."

긴장한 몸을 들키지 않으려 일부러 등을 꼿꼿이 세웠다. 잠시 서서 숨을 가다듬고 노크했다. 머지않아 들어오라는 허락이 돌아왔다. 조심스레 문을 열었다.

"실례하겠습니다."

제일 먼저 눈에 들어온 건 정중앙에 테이블과 의자 네 개였다. 구색을 갖추기 위한 장식장과 벽난로도 있었다. 전체적으로 작은 응접실 같은 방이었다. 의자 끄는 소리가 들리더니 바로 목소리가 들렸다. 낯익은, 그러나 내가 스스로 벗어던진 호칭으로.

"백작 부인?"

눈이 마주친 이는 빈센트가 아니었다. 당황해서 얼어붙은 순간이었다. 구석에서 누군가 걸어 나왔다.

"크레이그."

어둠에서 설익은 햇빛 속으로 나온 그가 인사하듯 나를 일별하더니 방금 전 붉은 머리 남자에게 고개를 돌렸다. 그리고 나직이 경고했다.

"그 호칭은 부적절하다고 말했었는데."

"아, 그렇지."

머리를 긁적인 남자가 바로 내게 사과했다.

"실례했습니다, 레이디 올리비아."

"……아니요."

갑자기 벌어진 상황에 얼떨떨한 기분이었다. 분명 이곳에 온 목적은 빈센트와 사업에 관해 이야기하기 위해서였다. 단도직입적으로 물었다.

"이분은 누구죠?"

빈센트가 곧장 대답했다.

"이쪽은 저의 오랜 지인인 사이먼 크레이그입니다. 꼭 필요한 사람이라 이 자리에 불렀습니다만, 갑작스러우셨다면 죄송합니다."

당황한 건 사실이었다. 다만 이리 터놓고 사과하니 따지려던 마음도 누그러들었다.

"괜찮아요. 다만 이유를 설명해 주면 좋겠군요."

사이먼이라 소개된 남자가 대화에 끼어든 건 그때였다.

"절 기억하지 못하시는지요?"

뜻밖의 말에 고개를 갸웃했다. 그가 말을 이었다.

"종종 뵈었었는데요. 수도 사교 모임에서요."

그 순간, 머릿속에 섬광 같은 기억 하나가 스쳐 지나갔다.

"혹시…… 그레덴 상단의……."

내 반응에 사이먼이 옅게 웃었다.

"맞아요, 대표입니다. 기억나셨다니 기쁩니다. 오랜만입니다."

하퍼 상회, 그리고 그레덴 상회.

이 나라, 벨로트에서 두 이름을 모르면 간첩이었다. 그만큼 큰 영향력을 가진 상단이니까. 하퍼 상회는 사 대째 내려온 레너한 가문의 상회이다. 주로 소유하고 있는 광산에서 나온 보석과 철광석 등 광물 자원을 취급했다.

그레덴 상회는 그에 비해 후발 주자였다. 오십여 년 전에 창립되어 고급 천과 차를 주요 품목으로 내세웠다. 취급 품목이 다르다 보니 우호적인 관계였으나, 레너한이 슬슬 소모품에까지 고개를 돌리기 시작하면서 이야기가 달라졌다. 현재에 와서는 경쟁 관계라고 볼 수 있다.

그런 맥락에서 이 갑작스러운 만남은 당황스러웠다. 나는 하퍼 상회의 안주인이었고 상대는 그레덴 상회의 대표였다. 반가워할 만한 관계가 아닌 건 확실했다. 혼란스러운 가운데 번뜩 한 가지 가정이 떠올랐다.

"빈센트 경, 혹시 그레덴 상회의 주주이신가요?"

날 대하는 태도가 그랬듯, 그는 공과 사가 뚜렷한 인물이었다. 아무런 목적 없이 이런 자리에 지인을 부를 리 없었다. 그렇다면 답은 한 가지였다. 이 사업에 대해 빈센트가 사이먼에게 말했고, 그레덴 상회가 관심을 보였다는 것.

내 추측에 대해 두 남자는 아무 대답도 하지 않았다. 나는 빈센트와 사이먼을 번갈아 보며 결론을 내렸다.

"만약 그렇다면 사이먼 씨는 투자를 위해 오신 거겠군요."

"하나는 틀리고, 하나는 맞습니다."

대답한 쪽은 사이먼이었다.

"네?"

"정확히 말하자면, 제가 그의 대리인, 그러니까 고용인에 가깝습니다."

대표를 고용할 수 있는 사람은……. 수많은 생각이 한순간에 뒤엉켰다.

"제가 그레덴 상단의 주인입니다."

그리 말한 사람은 빈센트였다. 충격에 비틀거리는 날 부축하려는 그의 손을 거절한 뒤 또박또박 말했다.

"······무슨 말씀이신지 이해할 수가 없군요. 제가 어떻게 이해해야 하죠?"

"일단 앉으시죠."

사이먼이 다가와 자리를 권했다. 그가 끌어 준 의자에 앉았다. 그리고 뒤이어 마주 앉은 두 남자에게 요구했다.

"설명해 주세요."

사실 너무 놀라 머릿속이 하얘졌지만, 다행히 목소리는 침착하게 나왔다.

"무슨 이야기를 하는 건지, 하나도 못 알아듣겠으니까요."

"얘기하자면 조금 복잡합니다."

그런 내 반응을 예상했는지 빈센트가 차분히 대답했다.

"그레덴 상회의 창업자가 제 친부셨습니다. 그가 세상을 떠나며 상회를 내게 유산으로 남겼지요."

남의 이야기를 하듯 관조적인 어투였다.

"오 년 전 이야깁니다. 어릴 적부터 고아로 자라 와 얼굴 한번 본 적 없는 사이였지만."

나도 모르게 숨을 들이켰다. 생각하지도 못한 엄청난 비밀을 마주하니 손끝이 차가워지는 느낌이었다. 그레덴 상회의 주인은 단 한 번도 공식적인 자리에 정체를 드러내지 않았다. 언제나 모습을 나타내는 건 대리인이자 대표인 사이먼 크레이그였다.

당연히 그에 관해 많은 소문이 돌았다. 카티아 출신의 외국인이라느니, 사실 왕의 인척이라느니, 혹은 남 앞에 모습을 드러낼 수 없는 치명적인 결점을 가진 사람일 거라느니 하는 이야기가 주로 그 주제였다. 하나 셋 다 틀린 소문이었다.

왕실 직속의 기사인 빈센트가 사실 거대 상단의 주인이라니.

"……이 사실을 알고 있는 사람이 몇이나 되죠?"

내 질문에 답한 건 사이먼이었다.

"저, 그리고 클로에와 당신뿐입니다."

그 말은 즉, 앞으로도 비밀이라는 뜻이었다.

"이런 중요한 비밀을 왜 저한테 알려 주시는 거죠?"

충격이 어느 정도 가시고 나자 의문이 찾아들었다. 내 물음에 날 빤히 바라보던 빈센트가 대답했다.

"동업자 사이에선 신뢰가 가장 중요하니까요."

* * *

'올리비아 시오네'로서 그레덴 상회와 협력하기로 한 뒤로, 비밀스러운 만남은 첫날 이후 일주일에 두 번꼴로 계속 이어졌다. 이제는 굳이 노크하지 않아도 방 앞에 서면 저절로 문이 열렸다. 문을 여는 이는 보통 빈센트였다.

"오늘은 조금 빨리 오셨군요."

"서두르다 보니 그렇게 됐네요."

가벼운 인사를 나눈 뒤, 평소와 다른 위화감에 불쑥 물었다.

"오늘은 사이먼 씨가 없네요?"

"할 일이 있어 혼자 왔습니다."

담백한 대답에 바로 수긍한 뒤, 본론으로 넘어갔다.

"이제 관리인의 선정을 정할 차례네요."

그간 비밀스러운 이 만남의 목적은 명확했다. 내가 작성한 사업제안서를 기반으로 그쪽에서 요구하는 몇 가지 수정 사항을 의논하는 일. 사이먼은 기록 및 공증인의 역할이었고 실질적인 조율은 빈센트와 나 사이에서 이루어졌다.

계약의 내용은 대략 이러했다.

[그레덴 상회는 초기 자본을 대부분을 투자하고 필요한 땅을 임대한다. 대신 올리비아 시오네는 꽃의 재배와 약초 제조를 담당한다. 상품은 후에 그레덴 상회의 이름으로 유통되며, 올리비아 시오네는 협력자로서 수익의 육 할을 가져간다.]

거절할 이유가 없었다. 전체적으로 내게 유리한 조건이었다. 그레덴 상회의 이름으로 유통되는 것조차 오히려 바라던 바였다. 이혼신청서를 국왕에게 제출했지만 나는 아직 하퍼 백작가에 묶인 몸이었다. 대놓고 나서기엔 입장이 미묘했다.

총 네 번여의 만남이 있었다. 굵직한 것들은 이미 결정 났다. 이제는 자잘한 사항의 조율만 남아 있었다. 바로 빈센트가 제안했다.

"상회 측에서 현재 경력이 있으며 입이 무겁고 신뢰할 만한 정원사를 찾고 있습니다."

"인원수는요?"

"일단은 두어 명 정도 생각합니다."

"선정해서 후보들을 이곳으로 데려오시면 직접 보고, 제가 그중에서 결정해도 괜찮을까요?"

다소 무례한 말인 줄 알면서도 꼭 이야기해야 했다. 내 눈으로 확인한 사람이 아니면 안심하기 힘들었다. 잠시 날 가만히 응시하던 빈센트가 고개를 끄덕였다.

이야기는 세 시간 동안 계속됐다. 원래라면 밀폐된 공간에서 남녀 단둘이 함께 시간을 보낸다는 건 있을 수 없는 일이었다. 그러나 이상하게도 전혀 거부감이나 부담감이 들지 않았다.

숨이 얽힐 정도로 바투 붙었던 순간이 떠오르지 않을 만큼, 빈센트는 적절한 거리를 지켰다. 정중했으나 날 양보해야 할 여자로서 대우하지도 예를 갖춰야 할 귀족으로 대우하지도 않았다. 다만 동등한 사업가로 대접했다. 나 또한 마찬가지였다. 긴 얘기를 마치고 나니 온몸이 뻐근했다. 목덜미를 젖히며 쥐고 있던 펜을 내려놓았다.

"그럼 오늘은 여기까지 할까요."

내 어깨 너머를 보던 빈센트가 동의했다.

"벌써 저녁이군요."

뒤를 돌아보자 정말 해가 지평선에 걸려 있었다. 자리를 털고 일어나 함께 여관을 나오며 빈센트가 제의했다.

"시간이 늦었으니 바래다 드리겠습니다."

"호의는 감사하나, 빌려주신 말을 타고 와서요."

완곡하게 거절했으나 돌아온 대답은 단호했다.

"제가 바래다 드리고 싶습니다."

어떤 수식도 없이 솔직한 말에 어안이 벙벙했다. 나도 모르게 말을 더듬었다.

"……어, 어째서요?"

알 수 없는 시선으로 날 내려다보던 빈센트가 외투 옷깃을 여몄다.

"날이 추워졌으니까요."

남부는 다른 지역에 비해 항상 한 계절을 빨리 맞았다. 더불어 날씨가 늘 변덕스럽고 쌀쌀했다. 삭풍이 불어 로브 자락을 거칠게 휘날렸다. 흔들리는 내 마음을 읽었는지 그가 쐐기를 박았다.

"혹여 혼자 돌아가시다 감기라도 걸리시면 제 마음이 편치 않을 겁니다."

이쯤 되자 더는 거절한 명분도 없었다.

"그럼, 부탁드릴게요."

마차는 완만한 속도로 마거릿 홀을 향해 나아갔다. 그리고 몇십 분 뒤에 마거릿 홀과 약간 떨어진 곳에서 멈춰 섰다. 내 요청대로였다. 앞서 내린 빈센트가 내게 손을 내밀었다.

"도착했군요."

어쩐지 저 손을 잡기 망설여졌다. 거부감 같은 이유가 아니었다. 계속 잡았다간 언젠가 놓을 수 없을 것 같았다. 놓으려 해도 놓아주지 않을 것 같은. 스스로 생각해도 이상한 착각이었다. 그가 조용히 날 불렀다.

"레이디 올리비아?"

"아……."

정신이 번뜩 들었다.

"감사해요, 빈센트 경."

그의 손을 잡고 내려와 늘 그랬듯 엷게 웃으며 인사했다. 그때였다. 잠시 날 내려다보던 그가 내 어깨 위에 손을 뻗었다. 놀라 숨이 멈췄다.

"빈센트 경……?"

아주 일순간이었다. 빈센트가 내 어깨에 내려앉은 나뭇잎을 떼어 냈다. 뒤이은 말이 더 충격이었다.

"빈센트라 부르세요."

"그럴 수는……."

"편하게 부르면 됩니다."

칠흑처럼 새카만 눈동자가 평소보다 더 짙은 시선으로 나를 응시하고 있었다.

"나는 기사로서 당신을 만나는 게 아니니까."

도저히 거절할 수 없는 눈빛이었다. 가끔 이런 눈으로 나를 바라보는 그를 볼 때면 머릿속이 온통 새하얘져 깊은 생각을 할 수가 없었다.

불현듯 내 발목을 잡고 붕대를 감던 그가 떠올랐다. 순간 얼굴에 열이 올랐다.

"예전엔 잘 부르지 않았습니까."

"⋯⋯그때와 상황이 많이 달라졌잖아요."

"다르지 않습니다."

서슴없이 그를 부를 때도 있었다. 하나 그건 둘 다 어릴 때였다. 반사적으로 시선을 피했다.

"빈센트 경, 나는⋯⋯."

"빈센트."

입을 열기가 무섭게 단호한 말이 되돌아왔다. 그렇지만 역시 이건 아니었다. 다시 입을 열려는 순간이었다.

"아직 제가 불편한 겁니까?"

목소리는 어딘가 힘이 없었다. 순간 비를 맞아 꼬리를 늘어뜨린 강아지가 생각났다. 어린 시절의 그가 그 위로 겹쳐졌다. 마음이 약해졌다.

"⋯⋯빈센트."

"네, 잘하셨습니다."

어린아이를 칭찬하는 듯한 태도였다. 순간 자존심이 상해 고개를 홱 들었다.

"제가 더 연상이었던 것 같은⋯⋯."

말은 채 이어지지 못했다. 옅은 미소를 띤 빈센트가 눈앞에 있었다.

"그랬었군요."

"⋯⋯."

따졌지만 본전도 못 찾은 기분이 이런 걸까. 어딘가 허탈해 가만히 서 있는 사이 그가 뒤돌았다.

"그럼 또 뵙겠습니다, 올리비아."

꼼짝도 없이 휘말렸다는 자각을 하기도 전에 마차가 멀어졌다.

거듭된 외출은 꼬리를 밟히기 쉬웠다. 애니는 결국 내 향방을 알아 냈다. 흰 사슴 여관을 다녀올 때면 늘 집요하게 질문을 퍼부어 댔다.

"오늘은 어떠셨어요? 일은 어떻게 진행되고 있나요?"

그녀에게 외투를 넘겨주며 차분히 대답했다.

"순조로운 편이야. 실은, 이렇게 술술 풀려도 되나 싶을 정도로."

저택으로 돌아오자 다행히 게오르그는 집에 없었다. 빈센트와 만나 러 나갈 때면 항상 애니가 적당한 핑계를 대 준 덕이었다.

"언제든 제가 도울 일 있으면 말씀하세요."

"응. 늘 고마워."

든든한 아군에 표정이 저절로 풀렸다. 그러다 그녀의 안색이 평소보 다 어두운 게 신경 쓰였다.

"그런데 왜 표정이 별로 안 좋아?"

"아무 일도 아니에요……."

"애니."

그녀와 친자매처럼 붙어 있던 세월이 이십여 년을 훌쩍 넘었다. 이 름을 부르자 망설이듯 입술을 다물던 애니가 조심스레 입을 열었다.

"그, 사실은……."

그녀가 털어놓으려는 찰나 창밖에서 요란한 소리가 들렸다. 누군가 고래고래 고함을 치고 있었다.

"당장 썩 꺼지라니까!"

"제발 부탁드립니다! 사정을 봐주시지 않으면 도저히 살 수가 없어 요!"

내다보니 집사인 벤자민이었다. 격렬하게 누군가와 대치 중이었다. 옆에 선 애니가 한숨을 내쉬었다.

"저거 때문이에요. 얼마 전 소작료를 또 올리셔서 저렇게 호소하러 온 사람들이 많아졌어요."

"그럴 때마다 자작님은 어떻게 하지?"

"보통······."

머뭇거리던 애니가 대답하려는 사이였다. 벤자민이 핼쑥하게 마른 소작민에게 매를 치켜들었다.

"그만!"

더는 지켜볼 수 없어 끼어들었다. 동시에 세 쌍의 시선이 내게로 못 박혔다.

"내가 내려가죠. 두 사람 거기 그대로 있어요."

거침없이 내려가 애니에게 소작민을 데리고 주방에 들이라고 명령했다. 벤자민이 대놓고 눈살을 찌푸렸다. 식당으로 내려가는 입구 앞에서 날 막았다.

"아가씨, 자작님이 달갑지 않으실 겁니다. 저 거지 같은 놈을 들였다가는······."

더는 듣고 있기 힘들었기에 말을 막았다.

"그래서요?"

나이도 한참 어린 여자. 그런 내가 상황에 끼어들자 잔뜩 기분이 상한 모양이었다. 벤자민이 씹어 내뱉듯 경고했다.

"아가씨······. 거듭 말씀드리지만, 주인님이 아시면 어떻게 될지 생각하시고 행동하시죠."

존대였으나 명백한 경고였다.

"그래?"

게오르그의 측근으로서 날 아니꼽게 보고 있다는 것을 알고 있었지만, 막상 이렇게 눈앞에서 선명한 적의를 마주하자 오히려 더 차분해지는 기분이었다. 입매를 끌어당겨 웃었다.

"친절히 충고해 줘서 고마운데, 비켜. 건방지게 굴지 말고."

내 말을 못 알아들은 모양이었다. 더욱 험악해진 벤자민이 위협적인 기세로 한 걸음 더 다가왔다.

"내일 아침에 주인님이 돌아오시면 분명 벌을 내리실 겁니다."

한계였다. 손을 들어 그의 뺨을 때렸다. 날카로운 소리와 함께 애니가 새된 비명을 질렀다.

"아가씨!"

손바닥이 얼얼했다. 금방이라도 달려들고 싶어 하는 시선을 마주하며, 또박또박 대답했다.

"비키지 않으면 지금 벌을 받는 건 네가 되겠지."

초로의 남자는 참담할 정도로 피골이 상접한 몰골이었다. 제대로 된 식사가 오랜만인 모양이었다. 허겁지겁 수프를 입에 넣는 모습에서 그간 얼마나 굶주리고 힘겨웠는지 느껴졌다.

"체할라. 물도 마시면서 들어요."

안쓰러운 눈으로 애니가 물을 내밀었다. 남자가 황급히 고개를 끄덕이며 중간중간 목을 축였다. 간단한 식사가 끝난 뒤에야 그의 이름을 들을 수 있었다.

"제드라고 합니다. 브렐에서 농사를 짓고 있어요."

브렐이면 마거릿 홀과 많이 떨어지지 않은 마을이었다. 부드럽게 대답했다.

"반가워요, 제드. 나는 올리비아 시오네예요."

"제가 아가씨를 모를 리가 있나요. 정말 오랜만에 뵙습니다."

"날 알아요?"

"예, 아버님과 함께 종종 오셨었는데요. 기억 안 나시나요?"

입을 다물고 기억을 더듬었다. 그가 말하는 아버님이란 게오르그가 아닌 내 친부를 말하는 거였다. 생전 아버지는 종종 나를 말에 태우고 영지 이곳저곳을 보여 주시곤 했다. 수확하기 전, 금빛으로 가득 차던 밀밭이라든가, 양들이 뛰놀며 자유롭게 풀을 뜯던 농장 같은 곳들.

"아, 맞다! 그 집이구나."

나와 마찬가지로 고개를 갸웃하던 애니가 뭔가 떠오른 듯 박수를 쳤다.

"그 집이라니?"

"아가씨가 귀여워하던 갓난아기가 있었잖아요. 브렐에 가실 때마다 떨어지지 않으셨는데. 잊으셨어요? 이름이 아마……."

말을 받은 건 제드였다.

"메리예요. 올해로 열일곱이 됐죠."

메리…….

잠시 기억을 더듬었다.

"혹시 갈색 머리에……."

"맞아요. 절 많이 닮았죠."

제드가 고개를 끄덕였다. 시간이 많이 흘렀음을 새삼스레 깨달았다. 요람에서 막 눈을 뜬 아기가 어엿한 아가씨가 되기에.

"시집은 갔나?"

감회에 젖어 묻자 제드가 흐릿한 눈으로 대답했다.

"시집은요. 아비가 무능력한 탓에 고생만 하고 있죠. 하루 벌어 하루 먹는 형편을 다 아니, 구혼하는 이도 없고……."

"아……."

무신경한 말을 해 버린 듯했다. 제드가 씁쓸하게 말을 이었다.

"몇 해 전 애 엄마가 죽고 나서 한동안 실의에 빠져 농사도 못 지었습니다. 장녀인 메리가 절 대신해 어린 동생들도 돌보고 약초를 캐서 팔았죠. 제가 다시 쟁기를 잡기 시작한 지금도 상황은 별다를 게 없습니다."

아연했다. 내 기억 속의 브렐은 풍요롭고 넉넉하진 않았지만, 평화로운 곳이었다. 고된 농사일을 반복했으나 사람들의 낯빛은 미래에 대한 기대로 항상 밝았다.

저녁이면 집마다 굴뚝에서 모락모락 밥을 짓는 연기가 올라오고, 낮내내 어울려 놀던 아이들이 저를 부르는 어머니의 목소리에 앞다투어 집으로 돌아가던 풍경.

"상황이 많이 안 좋은가 보군."

"비교가 안 될 정돕니다. 농사짓는 사람은 지금 거의 없습니다. 굶어 죽은 사람이 달에 두 명은 나왔을 정도니까요."

질끈 눈을 감았다. 보고 겪은 것보다 상황이 참담했다. 제드가 말을 이어 나갔다. 요약하자면 이러했다.

브렐에 불행이 닥친 건 게오르그가 도박에 손을 댈 무렵부터였다. 어느 날 갑자기 소작료가 하늘로 치솟았다. 감당하지 못한다면 집까지 쳐들어가 돈이 될 만한 것은 모조리 강탈하고 수저 하나까지 탈탈 털어 갔다.

그 결과 농사를 포기한 사람들이 점점 늘었다. 노동할 수 있는 젊은 이들은 대부분 옆 지역에서 노동하거나 멀리 일하러 떠났다. 여자들은 귀족 집안의 하녀로 지원하거나 바느질감을 가져와 근근이 생계를 유지했다. 하지만 그것도 한계가 있었다.

"소작료를 낮춰 주시거나 당분간 먹을 식량이라도 나누어 주십사 마을 대표로 방문했습니다."

"하지만 돌아오는 건 냉대였군요."

"흠씬 두들겨 맞은 적도 있습니다."

말을 받은 애니가 씩씩거렸다.

"사람이 어떻게 그렇게 모질 수 있죠? 자기 배만 다 부르면 다인 가?"

"애니."

"귀족들은 정말 이기적이고 못된 거 같아요."

"애니!"

지그시 눈을 내리깔았다. 그녀는 흥분하면 종종 주위를 보지 못하곤 했다. 식당 문밖으로 누군가 듣고 있을 수도 있었다. 놀란 표정으로 날 응시하는 애니에게 경고했다.

"거기까지야."

"……."

"그 귀족 덕분에 네가 먹고산다는 걸 기억해. 덧붙여 나도 그 귀족 이고."

서늘한 목소리에 애니가 그제야 꼬리를 내렸다.

"……잘못했어요."

"알았다니 됐어."

낮말은 새가 듣고 밤말은 쥐가 듣는 법이었다. 얼마 전 쌍둥이 하인 두 명이 들어왔다. 게오르그가 나를 감시하기 위해 고용한 그들을 주 의해야 했다. 조금 어색해진 분위기에 쭈뼛해하는 제드를 향해 고개를 돌렸다.

"잘 들었어요. 얘기해 줘서 고마워요, 제드."

"아니요…… 들어 주셔서 감사합니다."

고개를 까닥였다. 자연스레 자리를 털고 일어나기가 무섭게 두 사람 또한 뒤따라 일어났다. 애니에게 지시했다.

"먹을 걸 좀 챙겨서 보내."

"가, 감사합니다, 아가씨!"

동시에 조금 시무룩해 있던 얼굴이 밝아졌다. 그대로 뒤돌아 식당을 나가려는 차였다. 돌연 좋은 생각 하나가 떠올랐다.

"애니."

"예?"

"로즈가 저택에 거들 손이 하나 필요하다고 하지 않았어?"

갑작스러운 물음에 애니가 어리둥절한 듯 눈만 끔벅였다. 다시 강조했다.

"손이 빠르고 꼼꼼한 아이를 원한다고 했는데. 아니야?"

뒤늦게야 내 의도를 이해한 애니가 재빨리 대답했다.

"메리를 한번 데려올까요?"

"얼굴은 일단 봐야지 않겠니."

우리를 번갈아 보던 제드는 메리에게 의향을 물어보겠다며 날듯이 뛰어 집으로 돌아갔다. 할 의향이 있다면 바로 찾아올 것을 알기에 턱을 팔에 괴고 먼발치를 응시했다.

머지않아 갈색 머리칼의 소녀가 집을 찾아왔다. 문 두드리는 소리에 이어 방 밖에서 로즈의 목소리가 들렸다.

"아가씨."

"들어와."

문이 열리는 동시에 로즈 뒤로 방금 본 소녀가 들어왔다. 다소곳이 두 손을 모은 채 내게 인사했다.

"앞으로 새, 새로 일하게 된 메리입니다."

발그레한 뺨이 먼저 눈에 들어왔다. 쉽사리 고개도 들지 못하는 모습이 겁에 떠는 어린 양 같았다. 부드럽게 웃었다.

"얘기는 들었다. 일하고 싶다고 했다고."

양 갈래로 묶은 머리칼은 옅은 갈색이었고, 내리깐 눈도 비슷한 색이었다. 큰 눈과 순진한 인상이 마음에 들었다.

"이리 오렴."

잠시 눈치 보던 메리가 천천히 다가왔다. 거칠고 물집 잡힌 손이 눈에 확 들어왔다.

"내가 왜 불렀는지 알겠니?"

조용히 묻자 메리가 고개를 끄덕였다.

"하, 하녀 일을 궈, 권하셨다고……."

말을 더듬는다는 얘기는 들은 적 없기에 놀란 표정을 감출 수 없었다. 뒤이은 침묵에 어떤 생각을 했는지 메리가 울먹이며 시선을 바닥에 붙박았다.

"기, 긴장하면 이래요. 제, 제가 마, 말은 이래도 일은 자, 잘할 자신이 있어요."

말뿐만이 아니라는 걸 알 수 있었다. 저런 손은 열심히 살아온 사람만이 가질 수 있는 훈장이었다.

"……그럼 한번 믿고 맡기마."

메리가 들어오고 일주일간, 그간 일손이 부족해 허덕였던 로즈는 한숨 놓은 듯 보였다.

점심을 거른 날이었다. 속이 답답해 창가로 다가가 닫힌 창문을 열었다. 휘잉, 하는 사나운 바람이 빗물과 함께 밀려들었다. 어깨를 걸치고 있던 숄이 불어닥친 바람에 등 뒤로 날아갔다. 눅눅한 공기가 살갗을 문질렀다.

한참 먼 끝을 바라보는데 익숙한 뒷모습 하나가 보였다. 단정하게 양 갈래로 땋은 머리에, 흰 보닛을 쓰고 검은 하녀복 차림의 여자였다. 메리가 너풀거리는 빨래를 홀로 걷고 있었다. 이리저리 휩쓸려 날아가는 침대보를 잡고 안간힘을 쓰며 바구니에 밀어 넣으려 하는 모습이었다.

그 모습을 그대로 바라보다 응접실의 호출 벨을 눌렀다. 메리는 바로 올라왔다. 처음 그녀가 이곳에 왔을 때 이후로 두 번째 호출이었다.

"일은 할 만하니?"

"……아, 아가씨……."

"너무 무리하지 않아도 된단다."

빨래를 걷다 말고 불려 앉혀진 메리는 잔뜩 움츠린 모습이었다. 나는 그다지 살가운 윗사람은 못 되었던 데다 다짜고짜 불려 왔으니 그럴 만했다. 우물쭈물하던 그녀에게 따뜻한 우유를 건넸다.

"로즈가 많은 일을 시키니?"

내 물음에 메리가 불에 덴 듯 황급히 고개를 저었다.

"아, 아니에요. 제, 제가 하겠다고 한 건데……."

눈을 내리깔며 가녀리게 어깨를 좁힌 모습이 작은 토끼처럼 연약해 보였다. 그러고 보니 로즈는 그녀가 착실하고 요령을 피우지 않는다고 했다.

"이불 같은 커다란 빨래는 애니나 다른 하인들에게 도움을 받도록 하렴."

"아, 알겠습니다."

"……뺨은 왜 그러지?"

불현듯 그녀의 볼에 작은 상처가 보였다. 메리가 제 뺨을 가렸다.

"아, 아무것도 아, 아니에요."

"메리."

"……."

조용히 이름을 부르고 나서야 그녀가 고개를 들었다.

"누구 짓이지?"

"제, 제가 유리를 잘못 닦아서 마, 마님이……."

작게 한숨이 나왔다. 소작민의 아이라면 반대할 게 뻔했기에, 의논하지 않고 그녀를 들인 내 잘못이었다. 메리는 자작 부인의 눈 밖에 단단히 난 모양이었다. 자잘한 실수 하나에 뺨을 올려붙일 정도로. 입 안이 썼다.

"그, 그런데 아가씨……."

"응?"

"이, 이거……."

추위에 곱은 두 손을 움켜잡은 채 만지작대던 그녀가 내게 뭔가를 내밀었다.

"꼬, 꽃을 조, 좋아하신다고 들어서……."

그녀가 건넨 건 작은 들꽃이었다. 노란 꽃잎을 가진 이름 모를 들꽃. 내가 가만히 바라보자 부끄러운 듯 다시 가져가려 했다.

"흙은 터, 털었는데 역시 더, 더럽……."

"아니."

"……."

"하나도 더럽지 않아."

그녀의 손에 쥐어진 꽃을 받고 향기를 맡았다. 비에 젖은 꽃향기가 지끈거리던 머릿속을 진정시켰다.

"고맙구나, 메리."

"아, 아니에요."

쑥스럽게 손사래를 치는 메리의 손끝은 녹색으로 물들어 있었다.

"손은 왜 그러니?"

"어제저녁에 야, 약초를 캐다가……."

메리의 말에 불현듯 떠오르는 기억이 있었다.

"아, 그러고 보니 약초를 캐다 팔곤 했다고 들었다. 글도 읽을 줄 안다고."

로즈에게 전해 듣기로, 메리의 약초에 관한 지식은 외할아버지에게서 물려받은 유산이었다. 그는 이 근방에서 가장 능력 있었던 약제사였다. 그 지식이 고스란히 그녀에게로 내려온 것이다.

"네, 네⋯⋯. 부, 부족하지만 조금 압니다."

서랍을 열었다. 히스델리아를 찾으며 혹시나 해서 모아 놓았던 약초들을 하나둘 차례로 꺼내 들었다.

"이게 뭔지 알겠니?"

"마, 망개잎입니다. 모, 몸 안의 독소를 제거하는 데 효과적이죠."

"이건?"

"비, 비염 치료에 주로 쓰입니다."

"이건?"

"가벼운 기침에 좋습니다."

긴장이 가셨는지 더듬거리던 목소리는 어느덧 뚜렷하고 자신감 있는 느낌으로 변해 있었다. 여기까지는 만족스러웠다. 말을 이었다.

"이건?"

"이건⋯⋯."

뒤이어 내가 보인 건 히스델리아 꽃이었다. 검은 이파리에 백합처럼 생겼으나 엄연히 쓰임이 달랐다.

"마, 말도 안 돼⋯⋯."

생각을 되짚는 듯 말없이 그것을 바라보던 메리의 얼굴이 점차 경악으로 물들었다.

"이건 책에서나 나오는 약초인데요, 설마⋯⋯."

"그 설마가 맞을 거야."

이만하면 만족스러웠다.

"히스델리아 꽃이란다. 이걸 다루는 법은 배우지 않았니?"

별 기대 없이 물은 질문에 돌아온 건 의외의 대답이었다.

"배, 배웠습니다."

"뭐?"

"이론뿐이지만…."

다급히 대답한 메리가 조금 전보다 더 반짝이는 눈으로 날 응시했다. 분명 약제사로서 욕심이 있는 아이였다.

"잘 됐구나. 그렇다면 날 좀 도와주련?"

그리고 조용히 덧붙였다.

"물론 비밀로 말이다."

그레덴 상회 측 전문가와 더불어 메리를 투입하겠다는 내 말에 사이먼은 고개를 저었다.

"저렇게 어리고 연약한 소녀에게 맡기기엔 중한 문제입니다."

"메리는 이 근방에서 자라 가장 약초에 해박해요. 유능한 약제사의 손녀이자 제자였던 사람이에요."

"그렇다 해도 전문가만 하겠습니까?"

"전문가라 해도 이곳에서 나고 자란 메리보다는 부족하겠죠."

"글쎄요. 믿음이 가지 않는군요. 알고 보니 자작의 사람일 수도 있잖습니까."

순간 발끈해서 목소리에 힘을 주었다.

"사이먼. 난 메리를 갓난아기 때부터 보아 온 사람이에요."

그때 결국 내 뒤에 가만히 서 있던 메리가 나섰다.

"나, 나서서 죄송합니다만, 나리, 그 건에 있어선 각서를 써도 좋아요."

수줍어하던 소녀의 모습 대신 의욕과 열정, 총기가 가득한 눈이었다. 잠시 그녀를 말없이 보던 사이먼이 작게 한숨을 쉬곤 다시 내게로 고개를 돌렸다.

"다 그렇다 치죠. 그녀를 집안일을 도와주는 하녀 명목으로 고용했잖아요. 자작 내외에게는 어떻게 둘러댈 셈입니까?"

"멀리 심부름을 시킨다는 명목으로 주에 2번씩 보낼 생각이에요. 물론 사람이 붙지 않게 다양한 길로 가야겠죠. 나중에는 해고하고 저택에서는 내보낼 생각이구요."

멀찍이 우리 논쟁을 바라보던 빈센트가 조용히 결론을 내렸다.

"……좋습니다. 일단 한 달만 지켜보기로 하죠."

메리를 보낸 뒤에도 그 외 사항에 대해 이야기는 이어졌다. 어느덧 일어날 때가 되자 벌써 해가 뉘엿뉘엿 지고 있었다. 여관 앞에 대기하던 마차가 보였고, 익숙하게 내밀어진 그의 손을 잡았다. 자리에 앉아 구겨진 치맛자락을 펴는데 앞자리에 앉은 그가 불쑥 물어 왔다.

"혹시 오늘은 조금 늦으셔도 괜찮습니까?"

"네?"

"보여 드릴 게 있습니다."

그렇게 말하는 눈빛이 진중해 고개를 저을 수가 없었다.

"먼 곳인가요?"

내 질문에 그가 고개를 저었다.

"가깝습니다."

이십여 분간 달리던 마차가 멈추자마자 보인 건 가득한 옆 마을 사람들이었다. 척 보아도 떠들썩한 열기가 느껴졌다. 잔뜩 들뜬 사람들이 웃고 춤추고 마시고 있었다. 게더와는 전혀 다른 분위기였다.

"이곳은……."

"축제라고 하더군요."

내게 손을 내밀어 내리게 한 빈센트가 대답했다. 마차에서 발을 내딛자마자 순식간에 압도적인 활기가 망막에 비쳐 들었다.

"화관 사세요! 직접 엮어 만들었습니다!"

"신선한 맥주 있습니다!"

"사탕 팝니다! 우는 아이도 눈물 그치게 하는 사탕!"

다양한 색으로 치장한 노점들이 온갖 음식들을 팔고 있었다. 함께 나온 젊은 연인들, 부모 손을 잡고 나온 어린아이들이 천진하게 웃으며 이것저것을 사 달라 조르고 있었다.

멍하니 주위를 둘러보는 내게 그가 물었다.

"어릴 적 생각이 나서 모셔 오고 싶었습니다. 기억나십니까?"

고개를 끄덕였다. 어릴 적 엘리엇이 팔을 잡아끌어 이곳에 온 적이 있었다. 생각해 보니 재밌는 조합이었다. 제멋대로 구는 엘리엇과 휘말린 나, 그리고 억지로 끌려오다시피 한 빈센트.

"엘리엇을 잃어버려서 한참 찾았었죠."

떠오른 추억에 미소 짓자 그가 좀 더 안쪽으로 나를 이끌었다. 동시에 여러 시선이 그에게로 꽂히는 게 느껴졌다. 뺨을 붉히며 뭐라 저들끼리 소곤거리던 여자 몇몇이 다가오려 했다. 우리는 그대로 지나쳐 안으로 계속 들어갔다. 광장 중앙으로 들어오자 경쾌한 선율에 맞춰 한껏 차려입고 춤추는 사람들이 보였다.

-누나, 저거 봐! 춤추고 있어!
-너 추는 방법도 모르잖아.
-모르기는! 하는 거 봤다, 뭐!

양옆으로 길게 놓인 간이 테이블에 먹음직한 음식들이 은촛대와 함께 세팅되어 있었고, 오른편엔 가면을 쓴 청년들이 나무 의자에 걸터앉아 처녀들을 바라보고 있었다.

"어릴 적엔 이런 축제에서 만난 누군가와 사랑에 빠질 거라 믿었어요."

"지금은요?"

"그러기엔 늦었죠. 철이 없던 때니까요"

어쩐지 멋쩍어 입을 다물었다. 이리저리 화려한 곳곳을 훑던 시선이 광장 중심으로 향했다. 다양한 악기를 든 악사 여섯 명이 광장 한가운데에 자리 잡은 거대한 나무를 등진 채 앉아 경쾌하고 밝은 무도곡을 연주하고 있었다. 그러다 문득 손이 허전해졌다는 걸 깨달았다.

"빈센트 경?"

주위를 둘러봤으나 인파에 섞였는지 보이지 않았다. 빠르고 가벼운 멜로디가 부드럽게 상기된 뺨을 한 처녀들 사이사이를 휘돌았다. 춤을 추는 처녀들이 손을 마주하고 원을 그리고 한군데로 모였다 다시 멀어졌다. 어느덧 곡이 끝나고 있었다. 다음 곡은 남녀가 함께 추는 곡이었다.

구경하던 사람들에게 등을 떠밀린 건 그때였다.

"……앗!"

나도 모르게 앞으로 나섰고, 가면을 쓴 청년들이 일어서더니 다가왔다. 다시 구경꾼들 사이로 돌아가려는 순간, 뒤에서 뻗어 온 손에 어깨가 잡혔다.

"저는 참여자가……."

"접니다."

말을 이어지지 못했고, 익숙한 목소리에 눈이 커다래졌다. 가면을 쓴 빈센트가 서 있었다.

"……빈센트?"

"한 곡 추시겠습니까?"

"하지만……."

알아보는 사람이 있을까 불안했다. 그 순간이었다. 순식간에 시야가 어두워졌다.

"이러면 되겠군요."

얼굴 위로 가면이 덮였다. 조그만 눈구멍 사이로 그가 보였다. 그가 내 이름을 불렀다.

"레이디 시오네."

누군가의 아내도, 허울뿐인 안주인도 아닌 나를.

"……좋아요. 받아들이겠습니다."

그의 손을 잡은 채 그대로 흐름에 몸을 내맡겼다. 취한 듯 발밑이 붕 뜬 기분이었다. 가면의 눈구멍 너머로 보이는 세상은 좁았고 신비로웠으며 몰래 훔쳐보던 어린 날의 축제 같았다.

궁중식 인사로 시작하는 이 춤은 게더에서 오래된 전통 춤이었다. 여섯 쌍의 남녀가 손을 잡고 발을 엇갈리고 한 바퀴 휘돌다 다시 멀어지며, 손뼉을 치고 코끝이 거의 닿을 만큼 가까워졌다가 또다시 멀어졌다. 치맛자락이 땅을 스치는 소리와 함께 여러 명이 신나게 발을 구르는 소리, 한바탕 웃음을 터뜨리고 서로의 이름을 부르는 소리 등 온갖 것들이 뒤얽혀 열기에 녹아내렸다.

"올리비아."

이윽고 손을 잡는 차례가 되자 허리가 감싸 안은 빈센트가 머리 위에서 속삭였다.

"집중해요."

그의 리드는 부드러웠고 능숙했다. 힘을 조절하는 게 자연스러웠다. 완전히 풀어 줄 듯 놓다가도 단번에 잡아 자신 쪽으로 끌어 들였다. 입술이 닿을 듯 말 듯 숨결이 섞이다가 다시금 멀어졌다.

흑요석 같은 눈동자가 한시도 놓치지 않고 나를 응시했다. 너울거리는 불빛이 곧고 반듯한 이마와 콧대와 날렵한 턱 선을 타고 흘러내렸다. 새벽 바다의 해무처럼 희고 투명한 백금색 머리칼이 겹겹이 싸인 투명한 베일 같았다.

어쩌면 아주 오래전, 소녀 시절엔 이런 걸 꿈꾸지 않았을까 생각했다. 서로의 정체를 숨긴 채 우연히 만난 축제에서 한눈에 반해 사랑하는 이야기. 가장 상투적이고 지루하면서도 오랫동안 인기 있는 내용이기도 했다. 꿈결을 거니는 기분이었다. 조금은 몽롱했다. 날 잡아끄는 단단한 손길에 이것이 실제임을 깨닫는 순간, 곡이 끝났다.

짝짝짝!

휘익!

지켜보던 이들의 박수 소리와 함께 환호성이 동시에 터져 나왔다. 시작할 때와 마찬가지로 정중한 인사로 춤이 끝맺었고, 곡은 이번에 모든 사람이 참여할 수 있는 더욱 경쾌하고 빠른 리듬의 곡으로 바뀌었다. 동시에 구경하던 인파들과 광장 정중앙의 인원들이 교체되며 섞였다. 그 물결에 휩쓸리며 자연스레 우리는 광장을 빠져나왔다.

"늦게까지 이어지려나 보네요."

"축제의 마지막 밤이니까요."

축제가 무르익자 점점 사람이 몰리기 시작해 마차가 들어올 공간이 없었다. 다행히 눈치 빠른 마부가 말 한 필을 데려왔고, 그가 내 허리를 잡고 앞에 앉힌 뒤 이어 타 고삐를 쥐었다. 내 등이 그의 가슴에 닿는 게 느껴졌다. 낮은 온도에 내뿜은 숨마다 공기 속에서 하얗게 얼어붙었다가 순식간에 녹아들었다.

"시간이 늦었습니다. 마거릿 홀엔 인편을 보냈으나 걱정되신다면 같이 들어가 드리겠습니다."

"아니요. 어차피 이 시간에 깨어 있는 건 애니 정도일 거예요."

변명이든 눈치든 볼 필요가 없었다. 자작 내외는 인근 사교 모임에 가 내일 저녁에나 돌아올 예정이었다. 재정이 바닥을 쳤는데도 아직까지 사치를 부릴 만한 돈이 남아 있다는 게 어이없었다.

"아."

그때 불현듯 손등 위로 무언가 차가운 게 내려앉았다. 흰 눈이었다.

고개를 들어보니 조금씩 작은 눈발이 내리고 있었다. 따뜻한 외투를 입고 나와 춥지는 않았다.

"눈이 내리는군요."

"작년 이맘때는 내리지 않았던 것 같아요."

대답 대신 그가 말의 배를 찼다. 동시에 말굽을 굴리던 말이 바로 출발했다.

"빈센트."

말이 빠르고 유연하게, 그러나 부드럽게 달렸다.

"내가 게더로 돌아올 거란 걸 알고 있었나요?"

그가 들었을 거라는 기대는 없었다. 질문보다는 거의 뇌까림에 가까운 말이었다.

"글쎄요."

긴 침묵 끝에 그가 대답했다.

"사정이 생겨 당분간 게더에 없을 겁니다. 급한 일이 생기면 사이먼에게 말하시면 됩니다."

무슨 일이 생겼는지는 묻지 않았다. 정확한 직함을 몰랐지만, 그는 왕성에서 높은 직위에 있는 기사였다. 오래 자리를 비울 수는 없을 터였다.

* * *

그 후로도 일은 막힘없이 진행됐다.

메리의 지식과 더불어 상회에서 여러 전문가의 협조 덕분이었다. 여러 가지 방식으로 약초를 휴대가 가능한 연고로 제조했고, 실패를 거듭한 끝에 완성 수준까지 도달했다.

히스델리아가 사람 몸에 무해하다는 건 스스로 증명했다. 다만 효과가 있느냐 없느냐를 실험하는 건 애니와 메리의 몫이었다. 둘은 어둠이 내린 뒤 아무도 몰래 마을로 내려갔다. 메리와 안면이 있는 이웃들을 대상으로, 효과가 있을 법한 증상에 한해 연고를 건넸다.

초반엔 불길한 검은색에 대한 불신과 반발이 심했지만, 조금씩 효과를 보기 시작하자 차차 사람들이 협조하기 시작했다.

"아가씨까지 가실 필요는 없는데요."

"메리가 사정이 생겼다니까. 너 혼자 보내기엔 마음이 불편하고."

애니가 입을 부루퉁하게 내밀었지만 못 본 체했다. 그녀의 걱정이 무색하게도 촘촘히 망이 내려진 모자를 썼기에 날 알아보는 사람은 없었다.

띄엄띄엄한 인가를 한 바퀴 돌자 반나절이 훌쩍 지나갔다. 낯선 내게도 마을 사람들은 친절했다. 반신반의하던 연고가 도움이 되자, 이제 완전히 신뢰하는 눈빛이었다.

"꼼짝없이 썩어 들어가서 이제 죽겠다 했는데, 아가씨들 덕분에 이리 살았구만유."

"별말씀을요. 몸조리 잘하시고 짓무르지 않게 붕대 틈틈이 갈아야 하는 거 잊지 마세요."

거듭 감사하는 노인에게 인사를 한 뒤 마을 어귀의 마지막 집을 나왔다. 고개를 드니 하늘엔 벌써 붉은 주단이 깔려 있었다.

"벌써 해가 지네요."

"그러게, 벌써."

"혹 힘드시면 옆 마을 여관에서 말을 빌려올까요?"

"아니. 괜찮아. 못 걸어갈 거리도 아니고."

조용히 고개를 저었다. 게오르그의 이목을 끌고 싶지 않기에 말을 끌고 오진 않았다. 어깨를 으쓱한 애니가 화두를 돌렸다.

"계속 이대로 순조롭게 이어진다면 판매까지 문제없겠어요."

"응. 크게 이익은 나지 않겠지만."

"……이익이 나지 않다뇨?"

내 대답에 그녀의 걸음이 멈췄다. 나 또한 멈춰서 뒤를 돌았다.

"그게 무슨 소리세요, 아가씨?"

"실용성이 많은 연고이니 가난한 사람들도 사용할 수 있도록 비싼 값을 매기지 않을 생각이야."

정확히 정해진 것은 없었다. 하지만 내 안에서는 이미 결정된 사항이었다. 소작민들을 이용하고 쓰임이 다했다며 그들에게서 연고를 빼앗고 치료를 멈출 수는 없었다.

물론 그런 인도적인 이유에서만은 아니었다.

"하지만…… 우리는 자선가가 아니잖아요."

"그렇지."

"적자를 어떻게 충당하려고 하세요?"

타당한 지적이었다. 내가 옅게 웃었다.

"쓰임을 두 가지로 할 생각이야."

주먹 쥔 다음, 검지를 들어올렸다.

"하나는 여태까지 우리가 만들었던 연고. 실용품. 가격도 저렴하게 책정할 예정이며, 쓰임새가 넓어 보편적이지. 그만큼 많이 팔아서 이윤을 남길 생각이야."

"하지만 상회 측에서 좋아하지 않을 텐데요."

"아니. 이건 상회 측에도 이익이 되는 얘기야."

본래 그레덴 상회는 단독적인 루트로 사치품을 외국에서 구매하여 판매해 거래하는 상단으로 이름이 높았다. 덧붙여 최근 새로운 농기구가 발명되기 시작하면서 잉여 생산품으로 이익을 얻은 평민들의 구매력이 높아지고 있었다. 이 시점에서 필요한 건 귀족들을 위한 상품이 아닌, 좀 더 보편적이고 대다수의 평민들에게 호응을 얻을 만한 실용적인 상품이었다.

그런 면에서 히스델리아 연고는 최소한의 원료로 최대한의 양을 뽑아낼 수 있어 가격 대비 효과도 훌륭했다. 어느 정도 인지도를 쌓은 후에는 조금 가격을 높여 카티아에도 보급할 수 있었다.

설명을 끝마치자 애니가 대답했다.

"무슨 말씀이신지 대충은 알 것 같아요. 그럼 다른 하나는요?"

"좀 더 필수적이고 필요한 것."

검지에 이어 중지를 들어 올리며 말을 이었다.

"가격이 비싸다 해도 사야 하는 것."

대답 대신 큰 눈을 깜박이는 얼굴을 향해 입술을 달싹였다.

"약을 만들 생각이야."

＊　　＊　　＊

사이먼의 발 빠른 영업 덕에 시험 출시는 예정보다 조금 더 빨리 이뤄졌다. 효과를 본 사람들에게서 이미 어느 정도 소문이 퍼진 덕에 반응은 기대 이상이었다.

"더 없어요? 나 두 시간이나 기다린 건데!"

"죄송합니다. 매진입니다."

"언제 또 들어오는데요?"

"입고되는 즉시 문 열겠습니다. 양해 부탁드립니다."

예렌의 상점에 먼저 연고를 판매했다. 내놓자마자 매번 금세 재고가 동났다.

합리적인 가격에 원하는 양을 골라 구매할 수 있는 것도 한몫했다. 한 달이 지난 즈음엔 연고는 더욱 입소문을 타 있었다. 이를 알린 건 사이먼의 말이었다.

"란델 백작이 만남을 청했습니다."

"예렌의 지주 말인가요?"

"네."

게더의 바로 옆에 붙어 있는 예렌은 게더와 비슷한 지형을 갖고 있는 두 배 정도 규모의 지역이었다. 가까운 거리이긴 하나 그간 형식적인 것 외에 교류는 없다시피 했다.

"그 자리에 당신이 가 주셨으면 합니다."

"······제가요?"

생각지도 못한 말이었다. 만약 초대에 응하게 된다면 그레덴 상회 대표로서의 방문이었다. 그만큼 중요한 자리였다. 일반 평민들에게 널리 알려져 판매되는 경우도 괜찮았지만, 귀족 사회에선 얄팍한 입소문은 그리 통용되지 않았다. 처음 출시되는 상품은 뭐가 됐던 신분이 공증된 사람에게 소개를 받고, 그 소개가 거미줄처럼 계속 뻗쳐 나가 늘려 가는 형식이었다.

"어째서죠?"

날 가만히 바라보며 사이먼이 짤막하게 대답했다.

"당신의 영업력을 믿으니까요."

"하지만······."

"레이디 올리비아."

자신 없다고 말하려는 찰나였다. 사이먼이 단호한 얼굴로 덧붙였다.

"어차피 한 번쯤은 겪어야 할 일이지 않습니까."

"······."

"그 전에 연습하는 거라고 생각하시죠."

사실이었다. 히스델리아, 그레덴 상회, 이름 모를 협력자. 그동안 게오르그에게 운 좋게 들키지 않았을 뿐이지 조만간 모두에게 알려질 일.

"알았어요."

거절하면 곤란해질 것은 확실했다.

시간은 훌쩍 지나 어느덧 란델 백작령에 초대받은 날이 다가왔다. 애니가 마거릿 홀에 내 행방을 변명해 주어야 했고, 메리는 현재 눈코 뜰 새 없이 바쁘므로 결국 클로에가 수행원으로 따라붙었다.

"란델 백작님은 평상시 예의 바르고 상식적인 사람이지만, 조금 고지식한 면이 있군요."

미리 조사한 자료를 훑으며 마차 안에서 클로에가 말을 이었다.

"몇 해 전 사별하고, 새로 재혼하셨고요. 재혼한 아내와의 사이에 아이 둘이 있다고 나오네요."

그 외 취미나 기호 물품 등 사적인 정보가 그녀의 입에서 줄줄 흘러나왔다. 클로에의 설명을 들으며 마지막으로 그를 봤을 때를 떠올렸다. 친부와 비슷한 나이대. 키가 크고 체격이 좋았다. 좋게 말하면 우직한 성격이고 좀 더 솔직해지자면 융통성이 없는 느낌이었다.

"여자 둘이 왔다는 것에 대해 유감스럽게 생각할 수도 있죠."

혼잣말처럼 대꾸하며 덜컹거리는 마차 밖을 응시했다. 게더와 맞닿아 있는 지역은 분위기가 경직된 느낌이었지만, 조금 더 안쪽으로 들어가 란델 백작의 저택인 세스필드에 도착하자 마거릿 홀과는 완전히 다른 느낌이 펼쳐졌다.

규모는 비슷했으나 세스필드는 쇠락해 가는 마거릿 홀에 비할 바가 아니었다. 저택은 잘 관리되어 깨끗했고 얼핏 스쳐 지나가는 관목마저 깔끔히 가지치기가 끝난 모습이었다.

자갈 깔린 마당을 지난 마차가 뒤이어 현관에 멈춰 섰다. 우리를 마중 나온 얼굴들이 보였다. 에스코트를 받아 마차에서 내리자 하인과 하녀들 앞에 위시해 있던 란델 백작이 다가왔다.

"기다렸습니다. 어서 드시지요."

"환영해 주셔서 감사합니다."

함께 안으로 들어가며 란델 백작이 자상하게 물었다.

"오시느라 피곤하시진 않았습니까?"

"아니요. 덕분에 편안히 왔습니다."

안으로 들어서자 아기를 안고 있는 백작 부인이 기다리고 있었다. 그녀가 미소 지으며 우리를 환대했다.

"어서 오세요. 이리 뵈어 정말 반가워요."

"저희 또한 초대해 주셔서 기쁩니다."

인사가 끝나자 때마침 집사가 다가왔다.

"식사 준비가 모두 끝났습니다."

우리는 그대로 식당으로 안내를 받았다.

"이거 참, 오시기 전 연락을 받고 놀랐습니다. 그레덴 상단의 책임자 분이 이리 젊고 아름다운 분인 줄은 몰랐는데요."

얼핏 예의롭고 상냥한 어조였지만 그 안에 뼈가 숨겨져 있었다. 가볍게 웃으며 대답했다.

"정확히 말하자면 책임자 중의 하나지요. 좋게 봐 주셔서 감사합니다."

레이스가 달린 식탁보로 덮인 긴 테이블 위에 은 식기와 촛대가 놓여 있었다. 그 위로 풍성한 음식들이 차례로 나왔다. 와인이 비는 순간, 하인이 다가와 잔을 채웠고 백작은 전쟁에 참전한 과거 이야기로 자칫 어색해질 수도 있는 자리를 화기애애하게 만들었다.

어느 정도 이야깃거리가 떨어지자 디저트를 기다리는 짧은 시간 동안 정적을 채운 건 그의 아내였다.

"이 이가 그레덴 상단의 연고 이야기를 듣고 얼마나 놀랐는지 몰라요."

클로에가 예의바르게 물었다.

"부인의 귀에까지 들어갔었나요?"

"그럼요. 피부 염증에 효과가 있다면서요? 오래된 상처에도 탁월하다고 들었어요. 그런 건 처음이라."

식사가 끝나고 나서야 응접실에서 본격적인 이야기를 하게 될 줄 알았기에 그녀의 말이 반가웠다.

"저희도 생각보다 많은 인기에 놀라고 있답니다. 더욱 발을 넓혀 갈 생각이에요."

"어머, 그렇군요. 당연히 그러셔야죠. 이이도……."

부인이 기다렸다는 듯이 말을 시작하려는 참이었다.

"여보."

경고하듯이 낮은 목소리가 선고를 내리듯 확 가라앉았다. 싸해진 공기에 대처할 틈도 없었다. 다음 순간, 언제 굳었냐는 듯 얼굴을 푼 란델 백작이 부드럽게 말을 이었다.

"식사 자리에 할 말은 아니지 않소."

"그, 그렇네요. 제가 실수했어요. 죄송해요. 여보."

"앞으로 그러지 않으면 되오."

지극히 순종적인 태도로 백작 부인이 고개를 끄덕였다. 아이를 칭찬하듯 그녀의 어깨를 잡은 백작이 자비라도 베푸는 양 대답했다.

"피곤해 보이니 디저트를 끝난 뒤 바로 들어가 주무시는 게 어떻소?"

그리고 고개를 들어 나와 클로에를 번갈아 보며 말을 끝맺었다.

"레이디들도."

끝까지 그는 본론을 꺼내지 않았다.

각각 안내된 방은 하녀의 손길이 닿은 듯 잘 정돈된 깔끔한 손님방이었다. 은 술이 달린 남색 커튼이 커다란 창을 덮고 있었고, 캐노피로 장식된 침대는 양쪽 모서리에 기둥이 있어 조금 과할 정도로 화려했다.

하녀가 가져온 세숫물로 얼굴과 손을 씻고 옷을 갈아입은 후 의자에 앉아 경대에 비친 모습을 응시했다. 요 며칠간 사업에 몰두에 수척해진 뺨과 지친 눈동자가 보였다. 하지만 죽은 짐승의 그것이 아닌 살아 있는 사람의 그것이었다. 동공엔 생기가 있었고, 앞으로 나아가야 할 목표를 제대로 인지하고 있었다.

"문제는 어떻게 란델 백작의 호의를 얻어 내냐는 건데……."

화장대에 팔꿈치를 댄 채 손에 깍지를 꼈다.

똑똑.

머리를 빗고 막 잠자리에 들려던 차였다. 노크 소리가 들려왔고, 백작의 전언이라도 가져온 하녀겠지 하고 생각한 내 예상은 틀렸다.

"올리비아 님."

"클로에 양?"

주위를 빠르게 훑곤 도둑고양이처럼 잽싸게 내 방으로 들어온 펑퍼짐한 잠옷 차림의 클로에가 등 뒤로 소리 없이 문을 닫았다.

"무슨 일인가요? 이 밤중에."

그녀는 벽난로 앞 의자에 앉기도 전에 무언가에 쫓기듯 다급히 입을 열었다.

"굉장히 마음에 걸리는 게 있어서요."

"마음에 걸리는 거라뇨?"

내 질문에 그녀가 머뭇거리다 대답했다.

"도착하고 나서 뭔가 찝찝해서 심부름꾼 아이를 불러 물어봤는데, 란델 백작이 지난 십 년간 독점으로 거래해 왔던 상회가 바로……."

뭘 하든 거침없고 솔직한 그녀가 망설이는 듯 말끝을 뭉갰다. 조용히 물었다.

"하퍼 상회인가요?"

대답 대신 클로에가 고개를 끄덕였다.

"그런데 왜 우리 상회에 연락을 취했을까요……."

뇌까림과도 같은 내 말에 클로에가 짐짓 진지한 얼굴로 대답했다.

"아마도 둘 중 하나겠죠."

"둘 중 하나라면……."

"사주를 받아 그레덴 상단을 떠보려고 하는 거든가, 혹은 둘 사이에서 저울질을 하고 있든가."

뭐가 어찌 됐건 크게 달라질 건 없는 얘기였다. 일이 쉽지 않으리라는 건 알고 있었으니까.

"어쨌건 이렇게라도 알아서 다행이네요. 알려 줘서 고마워요. 클로에 양."

"아니에요. 밤이 늦었네요. 그럼 이만 들어가 볼게요."

밤이 이슥해지자 다른 곳과 마찬가지로 저택 안은 쥐 죽은 듯 조용해졌다. 뒤척이던 잠을 깨운 건 어디선가 들린 비명 소리였다.

"아아아악!"

분명 고통에 찬 울부짖음이었다. 화들짝 놀라 침대에서 일어났다. 그대로 숄을 집고 방문을 열었다. 잠옷 바람의 하녀 두셋이 재빠르게 복도를 스쳐 지나가는 게 보였다. 분명히 다급한 비상 상황이었다. 뭔가 심상치 않은 조짐에 그 흐름 속에 뛰어들어 아무나 붙잡고 물었다.

"무슨 일인가요?"

어둠 속에서 간소한 잠옷 차림의 내가 하녀로 보였던지 한 하녀가 편히 대꾸했다.

"뭐긴 뭐야, 도련님이 또 발작하는 거지."

"발작?"

"너 온 지 얼마 안 됐구나? 하기야 백작님이 얼마나 꽁꽁 숨기시는지……."

"그랬군요. 정말 몰랐어요."

적당히 맞장구쳐 주자 하녀가 혀를 차며 말을 이었다.

"지병인 데다 약도 없다니 오죽 속이 썩겠어. 전처와는 무자식이었으니 겨우 얻은 아들인데."

대화는 계단을 몇 층계 지나 어떤 방 앞에 섰을 때야 끝났다.

"이 와중에 떠들다니! 네년들이 간덩이가 부어오른 모양이구나."

"……죄송합니다, 하녀장님."

고개를 숙이는 하녀를 따라 덩달아 눈을 내리깔았다. 그때 하녀장이 손으로 내 턱을 올렸다.

"그런데 너는 처음 보는 거 같구나. 언제 들어왔지?"

"……그게……."

어두컴컴한 저택에 빛이라곤 하녀장의 손에 들린 램프가 전부였다. 자세히 얼굴을 알아보기가 어려웠다. 곤란해서 시선을 피하는 순간이었다.

"으아아악!"

가슴을 쥐어뜯는 듯 처절한 비명 소리가 다시 한 번 문 안쪽에서 들렸다.

"뭐 해! 찬 수건이라도 안 들고!"

놀라 얼굴이 하얗게 질린 하녀장이 순식간에 다시 뒤를 돌았다. 그리고 품을 뒤적여 열쇠 하나를 꺼내 문을 열었다.

"큰 도련님!"

다섯 명이 사색이 되어 달려든 곳엔 하얀 침대 위에 거의 파묻히다시피 누워 있는 창백하고 마른 소년이 있었다. 열 살 남짓으로 보이는 어린아이였다.

"물수건!"

다급히 외친 하녀장의 손에 하녀들이 일사불란하게 움직였다. 침착한 동작에 비해 사실 아비규환이 따로 없었다. 악몽이라도 꾸는 듯 계속 고통스럽게 뒤트는 작은 몸을 두 명이 잡고 내리눌렀다.

"턱을 내려."

하녀장의 명령에 다시 한 하녀가 아이의 턱을 내렸다. 그리고 가만히 서 있는 내게 지시했다.

"뭐 해? 먹이지 않고."

그녀가 가리킨 건 협탁 위에 놓인 이상한 약이었다. 반사적으로 뚜껑을 열어 코를 가까이 대고 냄새를 맡았다. 어딘가 익숙했다.

"이게 뭐죠?"

"뭐긴 뭐야! 답답하긴! 비켜!"

하녀장이 신경질적으로 날 밀쳤다. 그리고 곧장 그것을 괴로워하는 아이의 입에 흘려 넣었다.

"으으윽!"

몇 번 손발을 바르작대고 심하게 반항하던 아이가 얼마 안 가 급격하게 축 늘어졌다. 색색거리던 숨소리가 차츰 잦아들자 혼란이었던 방 안에 진정이 찾아왔다. 급히 뛰어오느라 숨이 찼는지 하녀들이 그제야 가쁜 숨을 몰아쉬었다.

빈 약병을 살피는 내게 하녀장이 다가와 쏘아붙였다.

"너, 누군진 모르겠지만, 오늘처럼 멍청하게 굴 거면…… 당장이라도……."

"……."

"내 말 듣고 있는 거냐?"

그녀가 험악하게 눈을 부라리든 말든 냄새를 맡고 기억을 되짚었다. 분명 아는, 그것도 익숙한 약이었다.

"이게!"

"누가 이런 걸 준 거죠?"

기막혀 하던 하녀장이 우악스러운 손을 날 향해 올렸을 때였다.

"뭐?"

"누가 이런 걸 처방했냐고 물었습니다."

꼿꼿이 고개를 들고 다시 한 번 묻자 방의 분위기가 경직되는 게 느껴졌다. 하녀 셋이 일제히 숨을 들이켜는 소리가 들렸다.

"이런 건방진……."

"내 말에 대답해."

목소리에 힘을 주며 추궁했다. 내 말에 묘한 위엄이라도 느꼈던 건지 방금까지 내 뺨을 후려칠 듯 굴던 하녀장이 낯을 붉히며 말을 더듬었다.

"그, 그건 나리가 가져온……."

거기까지였다. 더는 들어 봤자 의미가 없었다. 협탁 위로 약병을 내려놓으며 나직이 말했다.

"이건 이 아이에게 맞지 않아. 되레 독이라고."

"도, 독?"

내 단호한 말에 아연실색한 하녀들이 경악하며 신음을 내뱉었다. 하녀장 또한 좀 전보다도 더 질린 얼굴로 고개를 저었다.

"그럴 리가……. 도련님의 병은 이름도 알 수 없는 병이라, 이것 외에는 아무런 효과가……."

"당연히 효과가 있겠죠."

천천히 고개를 끄덕였다.

"이건 수면을 유도하는 약초입니다. 보통 성인에게 쓰이며 마취 역할도 하죠."

내가 장장 칠 년간 사용해 왔으니 모르려도 모를 수가 없었다.

"하지만 아이와 성인은 근본적으로 달라요. 오래 섭취할 시 성인에게도 복통과 소화불량, 혹은 되레 불면증이 일어날 수 있어요. 하물며 어린아이에게 정기적으로 급여할 시엔 치명적일 수도 있고."

"그, 그게 무슨……."

방 안이 순식간에 얼어붙었다. 살얼음 위를 걷듯 위태롭고 긴장된 순간이었다.

달칵.

"그게 무슨 말이죠?"

등 뒤로 문이 닫히는 소리가 들렸다. 언제부터 듣고 있었는지 창백하게 질린 란델 백작 부인이 그곳에 서 있었다.

"자세한 설명을 원해요."

자식을 살리기 위한 어미의 심정이란 제 심장마저도 뽑아 주고 싶은 마음일 것이다. 그건 란델 백작 부인 또한 마찬가지로 보였다.

"우리, 우리 아이를 살릴 수 있는 방도가 있나요?"

늪에 빠져 지푸라기라도 잡고 허우적대는 사람처럼 내 어깨를 잡고 흔들며 추궁하는 얼굴은 넋이 나간 모습이었다. 절망과 희망, 조급함과 슬픔이 버무려져 일그러지고 초조해 보였다. 그런 사람에 대고 거짓을 말하는 건 쉽지 않은 일이었다.

"도박에 가깝습니다."

하녀들을 내보내고 안내된 부인의 내실은 그 성격을 반영하듯 부드럽고, 한편으로 깨질 듯이 연약했다. 장식장에 놓인 유리 인형들은 손만 대도 깨질 것 같았다.

"도박이요……?"

내 대답에 금방이라도 눈물을 터뜨릴 듯 매달리던 백작 부인의 표정이 삽시간에 바뀌었다. 슬픔에서 희망, 그리고 불안감이 혼재한 느낌이었다. 그녀를 천천히 불렀다.

"백작 부인."

어쩐지 그녀는 끝까지 비밀을 지켜 줄 수 있을 거란 확신이 들었다. 나직이 말을 이었다.

"저는 아시다시피 그레덴 상단에서 약초를 이용한 연고 제조를 하고 있습니다."

"그렇죠. 그건 알아요."

뜬금없는 내 대답에 백작 부인이 황급히 다시 시선을 올렸다.

"그런데 도박이라는 게 무슨 말이에요?"

"이 약초는 게더에서만 나는, 누구에게도 알려지지 않은 약초입니다. 연고로 만들어 쓸 수도 있지만, 약물로 제조하여 먹일 수도 있어요. 피부에 효과가 있듯 약물로 제조하게 된다면 수백 가지 질병에도 약효가 있다고 해요. 하지만 아직 실제로 사용해 본 적은 없습니다."

더듬더듬 말을 잇는 그녀를 향해 작게 숨을 들이쉬고, 대답했다.

"제 말을 믿고 따라 주시겠습니까?"

당연하게도 다음 날 소식을 전해 들은 란델 백작은 동의하지 않았다.

"그레덴 상단이 말도 안 되는 사기꾼 집단인 걸 몰랐군!"

"하지만 여보, 게더에서 소문이 자자한……."

"시끄럽소! 어딘가, 담당자랍시고 여자 두 명을 보낸다고 했을 때 알았어야 하는 건데……."

아내의 말을 단칼에 끊은 백작이 나와 클로에를 번갈아 노려보다 내게 시선을 고정했다.

"상처에 바르는 연고나 만드는 약초를 어떻게 약으로 쓴단 말이오?"

재주를 부리며 엉터리 약을 파는 떠돌이 집시라도 보듯이 불신에 가득 찬 눈빛이 확 꽂혔다. 금방이라도 고함을 질러 나와 클로에를 내쫓을 듯한 붉으락푸르락한 얼굴에 강한 적대감이 피부에 달라붙었다. 하지만 물러설 수가 없었다.

"네."

"허, 참!"

"믿어 주셨으면 합니다."

그 말밖엔 할 수 없었다. 백작 부인에게 그랬듯이, 만약 여기서 전설에 나오는 꽃을 사용한다고 말해 봤자 불신의 눈초리만 더 깊어질 뿐이라는 걸 알았다.

"믿기지 않으시면, 적어도 최소한 내일 밤만이라도 약을 중단해 주세요. 그리고 제가 드린 걸로 대신하세요."

"무얼 믿고?"

"제 이름을 걸겠습니다."

"한낱 장사치의 이름을?"

가면 갈수록 가관이라는 표정이었다. 아무런 무게를 가지지 않은 이름은 걸어 봤자 의미가 없었다.

잠시 내리깔던 눈을 들었다.

"제 이름은 올리비아 시오네입니다."

"시오네……?"

"네, 시오네 자작가의 맏딸이자, 프란츠 시오네의 장녀입니다."

귀족의 이름으로 건 내기나 맹세는 절대 되돌릴 수 없었다.

예기치 못한 소동 탓에 중요한 사업 이야기는 결국 하지 못했다. 그대로 클로에를 데려다주고 마거릿 홀에 다다르자 로즈가 마중 나와 있었다. 그런데 어딘가 불안해 보였다.

"로즈?"

내가 마차에서 내리자마자 로즈가 애원하듯 달려들었다.

"아가씨, 애니가, 애니가……!"

굳게 닫힌 문이 지옥의 그것처럼 굳건히 눈앞에 서 있었다. 이 층 맨 끝 방에 위치한 어머니의 침실은 마거릿 홀에 살았었던 오래 전부터 내게는 출입이 금지된 장소와 마찬가지였다. 보이지 않는 선이 우리 모녀 사이에는 언제나 존재했다. 굳게 닫힌 아치형의 떡갈나무 문이 어렸던 내 눈에는 거대하고 손에 닿지 않을 정도로 높았다.

문을 몇 번 노크하자 대답이 들려오기도 전에 방 안쪽에서 저절로 문이 열렸다. 집사 벤자민이 작게 목례를 했다. 다음 순간, 숨이 멈췄다. 사고도 덩달아 정지했다.

"……애니."

난롯가 앞에 깔린 카펫 위로 애니가 무릎을 꿇고 앉아 있었다.

"……."

마치 중죄인처럼 고개를 떨군 채 두 손이 묶여 있는 모습을 본 순간, 얼굴에 피가 쏠렸다. 숨이 파르르 떨리고 명치를 둔탁하게 얻어맞은 듯한 충격이 밀려들었다.

"왔구나."

고장 난 축음기처럼 느릿하게 다시 시선을 움직였다. 그 앞, 의자에 앉아 있는 사람은 시오네 자작 부인과 그 옆에 선 자작이었다. 자작 부처를 본 순간, 아랫입술을 깨물었다.

그간의 평화에 방심했다. 게오르그가 어릴 적 기억보다 더 교활하고 교살스러운 인간이라는 걸 잠시 잊고 있었다. 생각치도 못한 치졸한 방식으로 사람을 압박하는 데에 일가견이 있었다. 의례적인 인사치레는 없었다. 상대도 바라지 않았고, 나 또한 매한가지였다. 너무 세게 깨물었는지 입안에 옅은 피비린내가 번졌다.

"무슨 짓입니까."

목소리는 낮고 차분하게 흘러나왔으나 형식적으로 미소를 띤 입매는 차갑고 단단했다. 이딴 광경을 보려고 게더로 돌아온 게 아니었다. 여태껏 그래 왔듯 날 무시하거나, 조롱하는 방식이 더 나았다. 그랬다면 참을 수 있었다.

하나 애니는 달랐다. 그녀는 결혼 적령기에 좋은 혼처조차 고사하고 날 친정에서 먼 남부까지 따라온 사람이었다. 내가 울면 제일 먼저 달려와 달래 준 이도 애니였고, 바람개비를 접는 방법과 꽃 화관을 만드는 법을 알려 준 것도 애니였다.

그녀는 이런 취급을 받을 만한 사람이 아니었다. 이따위 취급을 받게 하려고 애니를 내 곁에 둔 것도 아니었다. 목소리는 잇새로 새어 나왔다.

"지금 제 시녀에게 무슨 짓이냐 물었습니다."

엄연히 말하면 애니의 고용권은 내 지참금에 포함되었으니 그녀에 관한 한 모든 권리는 내게 있었다. 여과되지 않은 거친 말에 미간을 찌푸린 어머니가 뭐라 입을 열려는 순간, 아내의 어깨에 손을 얹은 게 오르그가 대신 대답했다.

"내가 집 안에 도둑년을 들였는지는 몰랐다."

순간 기가 차 실소가 터질 뻔했지만 목구멍 안쪽으로 욱여넣었다.

"도둑년이요?"

설명해 보라는 듯한 침묵에 어느새 옆으로 다가온 벤자민이 입을 열었다.

"마님의 목걸이가 애니의 방에서 나왔습니다."

"……하인이 주인이 말을 걸기도 전에 먼저 입을 여는 게 이 집안 관례인가?"

서릿발 같은 내 목소리에 벤자민이 입을 다물었다. 게오르그가 입가를 비틀며 웃었다.

"너무 흥분했구나, 올리비아."

비웃음이 분명한 미소에 꽉 쥔 주먹이 부들부들 떨렸다. 너무 힘을 줘서 손바닥에 손톱자국이 선명하게 남을 것 같았다.

"그게 어떤 목걸이였죠?"

차분히 묻자 기다렸다는 듯 어머니가 한 손에 쥐고 있던 것을 펼쳐 보였다. 백금 줄에, 중앙에 작은 진주들이 이어진 목걸이였다. 의외였다. 간신히 체면만 차리고 살고 있다 생각했는데, 이만한 재산이 시오네가에 남아 있을 줄은 몰랐다.

"손버릇 나쁜 하녀는 매질을 해서 내쫓는 게 관례지만, 네 의견을 물어보려 불렀단다."

선택권을 주는 듯이, 비천한 거지에게 자비를 베풀 듯이 내려다보는 어조였다. 그것이 익숙했다. 늘 그랬다. 처음 접은 종이꽃을 갖다 드렸을 때도, 로즈와 함께 생애 첫 진저 쿠키를 구워 기대에 찬 눈으로 드렸을 때도. 그녀에게 바친 내 모든 노력과 마음은 외면당하고, 짓밟히고, 외면을 받았다.

문득 그간의 노력들이 허무하게 느껴졌다. 스스로에게 환멸감마저 들었다. 주인의 눈에 조금이라도 더 잘 들기 위해 안간힘을 쓰며 재롱을 부리는 어린 노예가 바로 나였다. 아리따운 어머니 앞에서 나는 언제나 얌전하고 순종적이며 착한 아이가 되고 싶었다. 사랑받고 싶었다. 하나 그녀의 유리구슬 같은 벽안에 비친 나는 언제나 욕심 많고 심술 궂고 주제를 모르는 아이였다.

시집가던 날, 눈물을 닦으며 날 배웅하던 이는 그녀가 아닌 로즈였다.

"으리으리한 대저택에 살았으니 이런 경우야 흔했을 것 아니니. 이대로 내쫓을지, 혹은 치안판사를 부를지 고민 중인데. 네 의견은 어떠니?"

"……."

"뭐, 타협은 가능하겠지만 말이다. 네가 교활하게 우리 몰래 진행하고 있던 일이라든가."

들키지 않으리라 생각하지 않았지만 이렇게 급습하듯 덮쳐 올 줄은 몰랐다. 대답은 하지 않았다. 잠시 감았던 눈을 떴다. 충격에 거의 넋을 놓은 듯한 애니의 얼굴이 보였다. 그녀를 살피느라 잠시 숙였던 고개를 쳐들었다.

한 걸음 성큼 다가가, 보여 주듯 내민 목걸이를 순식간에 가로챘다.

"제 의견을 물으셨습니까?"

말이 끝나기가 무섭게 그것을 보란 듯이 카펫이 깔려 있지 않은 바닥에 내팽개쳤다. 곳곳에서 숨을 들이켜는 소리가 들렸다.

"이게 뭐 하는 짓……!"

흥분한 자작 부인이 의자에서 몸을 일으키기도 전에, 벽난로 위에 장식용으로 걸려 있던 얇은 검 하나를 빼내 들었다. 다음 동작은 자연스럽게 이어졌다. 검신이 아닌 손잡이 쪽을 바닥으로 향하곤 목걸이를 향해 강하게 내리찧었다.

파사삭.

"……!"

뜻밖의 행동에 전부 얼음처럼 굳어 있는 사이에도 계속해서 그 행위를 반복했다. 몇 번을 반복해서 강한 충격을 주자, 흠결 없어 보이는 겉과 달리 하급품이었는지 진주에 금이 가는 소리가 들렸다. 결국 진주들이 수도 없이 흠집이 나고 망가진 후에야 내 움직임이 멈추었다.

"……."

"……."

얇은 유리 위를 걷는 듯한 침묵이 방 안에 감돌았다. 아직 채 회복

되지 않은 몸이 무리해서 피로감이 몰려왔지만, 가볍게 웃을 정도의 기력은 남아 있었다. 밀도 높게 집중된 분노와 경악의 시선을 한 몸으로 느끼며 어깨를 으쓱였다.

"이게 제 의견입니다."

한마디를 덧붙였다.

"마음에 드십니까?"

"너…… 너!"

고상한 귀부인의 가면이 산산조각 나는 것은 한순간이었다. 무람하게 펼쳐진 광경에 핏기가 가셔 혼절하기 직전의 어머니를, 게오르그가 어깨를 틀어쥐어 잡았다. 평온하다 못해 웃음기까지 띠고 있던 늙은 남자의 얼굴이 추하게 일그러졌다. 구렁이가 드디어 숨긴 독니를 드러내려는 순간이었다. 열네 살 때처럼, 의붓딸의 뺨이라도 한 대 올려붙일 기세였다.

그가 한 걸음 다가왔다.

"올리비아……."

그때였다. 달칵, 문이 열리는 소리가 들렸다. 모두의 시선이 한곳으로 향했다. 생각보다 빨랐다. 하인이 조용히 내 옆으로 다가왔다.

"말씀하신 것 찾아왔습니다."

대답 없이 그가 두 손 모아 내민 것을 집어 들었다. 내가 부순 것 따위와는 상대도 안 될, 장인이 세공한 사파이어가 정중앙에 박힌 백금 목걸이였다. 정확히, 내가 가져오라 명령한 동부식 장인의 특유 세공이 들어간 목걸이였다. 앞서 로즈에게 이야기를 듣고 시킨 것이었다.

"제 시녀를 험히 취급하신 무례에 대한 답은 이리 했으니."

손상되어 바닥에 널브러진 목걸이를 적선하듯 한 번 눈짓하고, 내 손에 들린 것을 인형처럼 앉아 있는 어머니의 무릎 위로 떨어뜨렸다. 그리고 웃으며 말을 이었다.

"파손에 대한 답은 이것으로 대신하지요."

아홉 살의 내가 건넨 들꽃 화관을 내려다보던, 당신의 그 시선 그대로를 되돌리며.

"무례에 대한 답은 이리했으니."

"……."

"파손에 대한 답은 이것으로 대신하지요."

목걸이를 적선하듯 던져 자작 부인에게 넘긴 뒤, 하얗게 질려 눈물만 뚝뚝 떨어뜨리는 애니의 묶인 줄을 풀고 그대로 부축해 방을 나왔다.

복도에 첫발을 딛는 순간까지도 목덜미에 박히듯 세 쌍의 따가운 시선이 이어졌으나 한 번도 뒤돌아보지 않았다. 그대로 빠른 걸음으로 걸었다. 격한 분노로 머릿속에 온통 새하얬다. 먼저 진정하여 정신을 차린 건 오히려 애니였다.

"……아가씨."

"……."

"저 손목 아파요."

살짝 멘 목소리이긴 했지만, 애니의 목소리를 듣자 실이 풀린 목각 인형처럼 그대로 멈춰 섰다. 팽팽히 당겨진 신경 줄이 한꺼번에 느슨해진 느낌이었다. 광기에 사로잡힌 순간이 지나자 내 안엔 한층 사그라진 불씨만이 남았다.

"저 괜찮아요, 정말로요."

"……애니……."

"저 대신 화내 주셨잖아요, 아가씨가."

당사자인 애니가 되레 진정한 얼굴이어서였다. 애니는 단순한 하녀 따위가 아닌, 어릴 적부터 나와 함께한 시녀였다. 그녀를 모독하는 것은 나를 모독하는 것과 같았다.

거의 평생을 살았다고 해도 과언이 아닌 곳에서 난데없이 누명을 받고 공개적으로 도둑년이란 모욕까지 당했으니 그 배신감과 충격이 얼마나 심할지 가늠할 수 없었다. 그런데도 그녀는 오히려 나를 달랬다. 심지어 웃으면서 덧붙였다.

"사실 아가씨가 목걸이 부쉈을 때 너무 놀라서 다 잊어버렸어요."

복도에 줄지어 선 창밖으로 선선한 공기가 흘러들어 왔으나 좀 전의 일로 흥분이 가라앉지 않았는지 더웠다. 결국 내 침실 앞에 다다라서야 잠긴 목 사이로 소리가 흘러나왔다.

"……미안해."

"아가씨 잘못이 아니에요."

무엇에 대한 사과인지 말하지 않았건만, 내 말을 바로 알아들은 애니는 고개를 내저었다. 잠시 옅게 숨을 골랐다.

"이번…… 일로, 로즈가 많이 놀랐어."

말이 매끄럽게 나오지 않았다. 이런 말을 해야 하는 상황이 믿을 수 없이 참담했다. 차라리 이 모녀가 다른 사용인들처럼 나에게 어느 정도 거리를 두고 살았더라면, 내게 정을 주고 날 다정하게 대하지 않았더라면. 그랬더라면 이런 일을 겪지 않았을 것이었다.

어쩌면 게오르그가 이들도 가만두지 않을 거라는 걸 어렴풋하게 짐작하고 있었다. 상황을 여기까지 끌고 온 건 내 이기심이었다. 오연한 척, 자비로운 척 굴고 있었으나 나란 인간은 이리도 겁쟁이에다, 이기적이고 얄팍했다.

쉽지 않은 길을 걸어갈 것을 예감하니 누구에게도 의지하지 않는 게 옳았다. 하나 그런 다짐을 할 때마다 또 다른 내가 머리를 쳐들었다. 그리고 저주하며 귓가에 속삭였다.

'로즈와 애니마저 없으면 너한테 누가 남지? 아무도 없을 거다. 아무도. 넌 혼자니까.'

어두컴컴한 밤에 홀로 깨어난 날이면 넓은 방 안이 마치 그곳이 무덤 안인 것 같은 착각이 들었다. 피츠헨드 홀에서나, 마거릿 홀에서나.

"······그러니······."

이어질 말을 기다리는 듯 내 옆모습을 바라보는 애니에게 나직이 말했다.

"유모와 함께 오늘은 큰 오라비 집에서 자도록 해."

"그럼, 아가씨는요······?"

앞을 향했던 고개를 들어 애니에게 향했다. 친모의 이야기에 옅은 갈색 눈이 잘게 흔들렸다. 어머니와 모시는 귀족, 남들에게는 고려의 대상도 되지 않는 이 선택지가 그녀를 고민하게 한다는 것 자체가 고마웠다.

"난 괜찮아."

한결 가벼워진 얼굴로 그녀를 안심시키며 문고리에 손을 얹었다. 그대로 문을 여는 순간, 애니가 비명을 질렀다.

"엄마······!"

걱정 말라며 손을 잡고 기다리라 했었다. 그렇게 뒤로했던 로즈가 바닥에 기절해 있었다.

"엄마······!"

혼비백산한 애니가 어깨를 잡고 흔들었지만 깨어날 기미가 없었다. 로즈는 전부터 심장 쪽에 약간의 지병이 있었다. 물기 어린 눈으로 모친을 잡아 흔드는 애니를 보니 초조함과 불길함이 전염병처럼 내게로 퍼져 나갔다. 애써 심호흡을 했다. 나라도 침착해야 했다.

언젠가 어느 책에서 봤던 대로 그녀의 목덜미 부분에 손을 갖다 댔다. 다행히 맥박이 뛰고 있었다. 길을 잃어 미아가 된 아이의 얼굴로 나를 바라보는 애니에게 입을 열었다.

"애니, 내 말 잘 들어."

"……."

"우리 저번에 갔었던 별장 기억나?"

마거릿 홀 안엔 로즈 모녀를 제외한 모든 사용인이 게오르그의 사람이었다. 따라서 그녀를 옮기는 데 도움을 줄 손이 없었다. 그렇다고 그녀를 이곳에 계속 가만히 둘 수는 없었다.

이 근방에는 의사가 없었다. 시오네 자작가의 주치의는 전보를 보내야 반나절을 걸려 도착했다.

훌쩍거리던 애니가 잠시 생각하는 듯 애꿎은 입술만 뜯더니 이내 고개를 끄덕였다. 안심하라는 듯 엷게 웃으며 그녀의 뺨을 쓰다듬었다.

"가서 사람을 불러와, 최대한 빨리."

* * *

소식을 듣자마자 클로에는 신속하게 짐마차와 사람을 보냈다. 오래 기다릴 수 없어 미리 저택의 방에서 로즈를 옮기려고 했으나 역시 혼자서는 힘에 부쳤다. 그때 뜻밖에 벤자민이 기용한 쌍둥이 일꾼 둘이 힘을 거들었다.

"아가씨가 만드신 약초 덕에 저희 아버지의 통증이 한결 나아졌습니다."

"진즉 인사드리고 싶었는데 잊었네요."

예상 외의 이유였다. 날 도왔다는 걸 들키면 불이익이 있을지도 모르는데 나서 준 게 고마웠다. 게오르그의 사람이라 단정 짓고 이름조차 외우지 않은 스스로가 부끄러워졌다.

"도와줘서 고마워요. 두 사람 이름이?"

"저는 형인 제닌이고, 이 녀석은 동생 리암입니다."

뒤이어 바로 짐마차가 도착했고 클로에가 보낸 마부가 일어서 로즈를 앉힌 뒤 그녀에게 어깨를 빌려주러 옆에 앉았다.

둘 다 뒤를 바라보는 방향에 앉았다.

"이랴!"

우리가 자리를 잡자마자 마부가 고삐를 들고 힘껏 내리쳤다. 좀 전에 사달이 일어났던 이 층의 내실을 응시했다. 팔짱을 낀 채 이쪽을 노려보는 게오르그와 눈이 마주쳤고, 빠른 속도로 멀어져 저택이 하나의 점이 될 때까지도 난 시선을 피하지 않았다.

애니는 빈센트의 별장에 있었다. 도착하자마자 탈진해서 쓰러졌다고 했다. 짐마차가 마거릿 홀에 도착한 시점을 보아 아마도 그 거리를 다리에 진이 풀릴 정도로 달렸을 테니 무리도 아니었다.

"다행히도 단순한 혼절이에요."

시간이 늦은 데다 당장 의사를 부를 겨를도 없이 로즈의 상태를 본 건 메리였다. 거실엔 나와 클로에가 있었고, 로즈를 눕힌 방 안에서 나온 그녀의 말에 가슴을 쓸어내렸다.

"그렇군요."

"네. 그런데 나이가 있어서 조심해야 돼요. 당분간은 푹 요양하는 게 좋겠어요."

안 그래도 로즈에게 긴 휴가를 줄 생각이었다. 사실 슬슬 일에서 벗어날 나이도 되었던 데다 다른 사람이 일을 도와준다 해도 그녀가 맡은 업무를 부담하기엔 관절도 약했다.

클로에가 대화에 끼어들었다.

"마을에 로즈의 집이 있나요?"

"로즈는 집을 예전에 처분했어요."

고개를 저으며 대답했다.

그녀는 마거릿 홀에서 워낙 오래 일했고, 삼녀의 자녀들은 애니를 제외하고 전부 옆 지역 사람과 결혼해 게더를 떠났다. 주말이면 얼마든지 자유 시간을 보낼 수 있었지만, 나를 따라 막내딸 애니가 테레즈로 떠난 후엔 텅 빈 집에서 홀로 있기 싫다며 집을 팔았다고 했다. 결국 부탁하는 수밖에 없었다.

"실례가 아니라면, 로즈를 당분간 이곳에 머무르게 해도 될까요?"

"그럼요. 얼마든지요. 오늘은 올리비아 님도 주무시고 가세요."

"그럴게요. 고마워요, 클로에."

막 8월에 접어든 날씨답지 않게 쌀쌀한 게더의 기후는 벌써 밤이면 싸라기눈이 내리기도 하고 삭풍이 불어닥쳤다.

"식사는 하셨나요?"

"입맛이 없네요. 괜찮아요."

몇 마디가 더 오갔고, 기꺼이 승낙한 클로에가 몸을 일으켰다.

"피곤하시겠어요. 방을 청소하라고 할게요."

그녀가 하녀를 부르러 테이블 위에 놓인 종을 집어 든 순간 입을 열었다.

"애니랑 같은 방이면 충분해요."

다시 눈을 뜬 건 새카만 밤중이었다. 이따금 덜컹거리는 창문이 혼자 사용하기엔 조금 넓은 방 안을 휘감았다. 바람에 닫힌 덧창이 열린 듯했다. 머리맡에 놓인 사이드 테이블 위에 놓인 양초가 꺼져 있었다. 문 너머 희미하게 들리던 하녀들의 발소리마저 이제 고요했다.

시간이 어떻게 되는지 모르겠지만, 달빛조차 구름에 가려져 있어 마치 폭풍이 지나간 벌판처럼 어스레한 저녁이었다. 옆자리에 웅크린 채 잠이 든 애니가 깨지 않게 일어나 맨발로 바닥을 디뎠다. 열린 창을 닫고 건물들의 희끄무레한 윤곽만이 보이는 밖을 바라보다 갑자기 목이 말라 왔다.

가방 안 책 사이에 말려 놓은 꽃 열 송이를 들었다. 문 안쪽 걸이에 걸린 외투를 입은 뒤 다시 불을 붙인 양초를 들어 방을 나섰다.

끼이익 대는 계단 소리가 발걸음을 옮길 때마다 들려왔다. 애니를 깨워 물을 가져오라고 할 수 있었지만, 굳이 나온 것은 답답한 속을 풀고 싶어서였다. 벽 등이 모조리 꺼진 식당은 오래 방치한 것처럼 휑해 보였다.

"……."

다가가 앉으려는 순간 걸음이 멈췄다. 먼 끝에 먼저 와 있는 누군가가 있었다. 양초도 없이 어둠 속에 홀로 앉아 있었다. 이유도 없이 느껴지는 냉기에, 살갗에 소름이 돋았다.

조심스레 등을 돌려 다시 올라가려 하려는 때, 문득 저 인영에 낯이 익다는 데에 생각이 미쳤다.

"……빈센트?"

눈을 의심하며 느릿하게 말을 이었다.

"왜 여기 혼자 있나요?"

천천히 다가가 말을 걸자 깍지 낀 손을 턱에 괴고 석상처럼 어두운 한구석을 응시하던 그가 눈을 들었다. 날것처럼 새카만 동공이 잠시 커졌다가 곧 원래대로 돌아왔다. 희미하게 피 냄새가 나는 것 같았지만 착각인 듯했다.

"언제 돌아왔어요?"

"조금 전에. 혹시 제가 잠을 깨웠습니까?"

"아뇨, 종종 자다가 갑자기 일어나곤 해요."

아버지가 돌아가신 후부터 오래된 악습관 중 하나였다. 한밤중 땀에 흠뻑 절어 눈을 뜨면 목을 조르던 악몽은 안개처럼 흩어졌다. 내용조차 기억나지 않았다. 그럴 때면 독약을 마신 뒤 죽었다 깨어난 기분이었다.

"어제오늘 일이 많았다고 들었습니다."

"저 때문에 클로에 양이 고생이 많았죠."

그가 옆자리 의자를 빼내어 주었고, 잠시 망설이다 그 친절을 받아들였다. 얇은 장막처럼 덮인 어둠이 그에게 유효했던 경계의 선 일부분을 잠시 지워 버린 것처럼 느껴졌다.

램프를 내려놓자 그가 더 선명하게 보였다. 편한 셔츠 차림에 머리는 젖어 있었다. 잿빛 머리칼 끝에 물기가 어려 있었다. 옅게 비누 냄새가 나는 걸 보아 씻고 바로 식당으로 들어온 것처럼 보였다.

"시장하신다면 하녀를 시켜 뭐라도 드시는 게 좋을 텐데요."

"생각보다 일이 일찍 끝나 예정보다 일찍 도착했습니다."

숨겨진 뜻은 부러 자는 사용인들을 깨워 부산스럽게 하고 싶지 않다는 말이었다.

"배려심이 있으시네요."

내 말에 굳게 다물렸던 입술이 작게 호선을 띠었다.

"당신이 보는 나는 그런 사람이군요."

"다른 이유가 있어선가요?"

"아뇨, 아닙니다."

말투에서 이상한 위화감이 느껴졌지만, 예리하게 짚어 낼 수 없었다. 그에게선 어째서인지 평소와는 다른 분위기가 배어 나왔다. 벼려진 검날 같은 날카로움이 아닌 늪 바닥 같은 서늘함이 깔려 있었다. 하나 여전히 위협감은 들지 않았다. 그래서 묘했다.

우연히 깊은 굴에 웅크리고 있는 상처받은 짐승을 발견한 느낌이었다. 이를 드러내고 경계하고 있지만, 당장이라도 내 목덜미를 덮쳐 배를 채울 살기는 없어 보였다. 이미 한껏 사냥으로 배를 불려 더 이상 뭔가를 씹어 먹기엔 귀찮은 듯이.

"올리비아?"

거듭 부르는 말에 잠시 빠져 있던 상상에서 벗어났다. 예리한 턱 끝을 타고 흐르는 붉은빛이 보였다.

"네."

"얼굴이 창백한데요."

언제 그런 분위기를 풍겼는지 모를 정도로 원래대로 돌아온 그가 물었다.

"괜찮습니까?"

"네, 잠시 딴생각을 하느라."

마을 축제에서 그를 보며 뺨을 붉히던 여러 처녀가 떠올랐다. 첨예하고 치열한 장인의 손길이 닿은 듯한 미모였다. 하나 진열해 놓고 감상하는 그런 예술품이 아니라, 긴 시간 혹독한 북풍한설과 폭풍우 속에서 맨살을 깎이고 깎여 다듬어진 그 무엇.

정신을 돌리기 위해 다시 입을 열었다.

"뭘 보고 있었어요?"

"유령들이요."

"유령이요?"

내가 다시 묻자 대답이 돌아왔다.

"내가 죽인 사람들의 유령."

"……."

살인을 고백하였으나 날 바라보는 시선은 지극히 태연하고 덤덤했다. 마치 오늘 아침에 먹었던 식사 메뉴를 말하듯 아무렇지도 않은 어조였다. 그는 그레덴 상단의 주인이기 전에 왕궁의 기사였다. 많은 목숨을 거두었을 것이고, 그중에는 뜻하지 않은 일도 있었을 것이다.

되레 그 모습에 당황과 공포 대신 불쑥 호기심이 들었다.

"당신을 저주하고 원망하고 있나요?"

내 말에 그가 낮게 웃었다. 이리저리 흔들리는 불빛에 따라 그림자가 지는 얼굴의 면면은 기사를 시중드는 어린 소년이 되었다가, 축제에서 나와 함께 춤을 추었던 남자의 얼굴이 되었다가, 어쩌면 내가 모르는 무엇이 되곤 순식간에 없어졌다.

"그냥 바라보는 게 전부예요."

"바라봐요?"

"네, 종종 저녁이면 어둠 한편에 숨어서 날 지켜봅니다."

쉬이 상상이 가지 않았다. 직접 손에 피를 묻힌 자들의 원혼이 어둠 속에서 지켜보는 상황이라니. 미쳐 버리거나 스스로 목숨을 끊지 않으면 다행이었다.

무심히 덧붙이는 말이 더 끔찍했다.

"지켜본다는 말은 어폐가 있을지도 모르겠네요. 대개는 목 위가 없으니까."

그러고 보니 예전 엘리엇의 편지에 동료 몇이 자살했다는 소식을 들은 적이 있었다. 대개 처음 죽고 죽이는 환경을 접해 본 자들이었다.

"……언제부터요?"

내 질문에 생각하듯 그가 눈을 내리깔았다. 살짝 주먹을 쥔 핏줄이 도드라진 손이 보였다. 침묵은 오래가지 않았다.

"첫 임무를 수행했을 때부터요."

무섭거나 끔찍하단 반응은 아니었다. 진절머리가 나거나 후회하거나 구원을 갈망하는 표정 또한 아니었다. 그게 현실이며, 영원히 지워지지 않을 거라고 이해해 버린 얼굴이었다.

"전쟁터에서도 그랬나요?"

날 바라보는 시선이 위태로워 보였던 좀 전보다 왜인지 안정적으로 되었다. 그가 눈을 가린 머리를 쓸어 올리며 대답했다.

"사선에서는 항상 검을 품에 안고 잤습니다."

다음 말은 하지 않아도 알 수 있었다. 무너지는 순간, 그것들이 아귀처럼 달려들 것 같아서일 것이다. 살점 하나, 뼛조각 하나까지 발라 먹으려 들 테니까.

"어떤 느낌이 들어요?"

"그저 궁금합니다."

"무엇이?"

"내게 뭘 말하고 싶은지."

입이 없으니 불가능하겠죠, 그가 덧붙이더니 말을 이었다.

"어렸을 땐 베개 아래 손수건을 놓고 자기도 했지만, 질투로 눈을 부라리는 동료들이 있어 포기했습니다."

"손수건이요?"

대답 대신 그가 빙그레 웃었다. 그리고 잠시 후, 얼굴이 확 달아올랐다. 그가 말하는 손수건의 출처를 깨달은 까닭이었다.

"밤이 많이 늦었군요."

할 말을 마음속으로 솎아 내는 사이 먼저 입을 연 건 상대였다.

"그러고 보니 그렇네요. 내일은 일찍 일어나야 하는데."

"들어가세요."

작게 눈인사를 하고, 자리를 털고 일어났다. 계단에 발을 디뎠을 때 작게 의자를 끄는 소리가 들렸다.

말이 씨가 됐는지, 다음 날 잠에서 깬 건 수평선에서 동이 막 뜨기도 전이었다.

"누구……."

시끄러운 노크 소리가 적막을 깨뜨렸고, 문을 여니 어느새 더 일찍 일어나 옷을 갖춰 입은 클로에가 서 있었다.

"클로에? 무슨……."

내 말이 채 끝나기도 전에 말허리를 가로챈 그녀가 상기된 얼굴로 말했다.

"올리비아 님, 지금 당장 세스필드로 가 봐야 할 것 같아요."

"지금 당장이요?"

"네, 전보가 왔어요."

과연 그녀의 손에 들린 건 란델 백작가의 직인이 찍힌 편지였다. 펼쳐 읽자 제일 먼저 들어오는 단어가 있었다.

[방문 요망.]

선이 가늘고 유연한 게 백작 부인의 필체로 보였다. 숙였던 고개를 들자 클로에가 재촉하듯이 바라보고 있었다. 망설일 틈이 없었다. 뒤척이며 애니가 침대에서 내려오는 소리가 들렸다.

"아가씨?"

부은 눈을 비비며 나를 부르는 그녀에게 다급히 말했다.

"애니, 옷 갈아입는 것 좀 도와줘. 바로 가야 할 곳이 있어."

하녀가 가져온 물로 씻고, 애니의 도움을 받아 그런대로 격식 갖춘 옷으로 갈아입었다. 거실에서 기다리고 있던 클로에와 별장을 나오자 기둥에 묶인 말 한 필이 보였다. 그 옆에 고삐를 잡은 하인이 서 있었다.

"클로에?"

"시간이 없어 마차를 준비하지 못했습니다."

다가가 묻자, 이 상황에 대한 어떠한 질문도 옆에서 전에 간결하고 정리된 답이 돌아왔다.

"클로에, 당신도 같이 가는 게 아니었나요?"

"저는 말을 못 탑니다, 올리비아 님."

고개를 돌리니 그제야 그녀가 외투를 걸치지 않은 게 보였다. 하나 나는 혼자 말을 탈 수 있었다. 납득이 가 고개를 끄덕이곤, 하인에게 고삐를 내어 달라 손을 내밀었다.

"그럼, 말을 좀 빌릴게요."

목소리가 들려온 건 등 뒤에서였다.

"드레스 차림으로 말입니까?"

화들짝 놀랐다. 발걸음 소리도, 인기척도 없었다. 하수인처럼 다가온 단단한 팔이 고개 바로 옆에서 손을 내밀고 고삐를 건네받았다.

"이 말은 빠르지만 난폭해서 다루기가 힘듭니다."

얼어붙은 듯 시선을 돌리자 지척에서 내려다보는 곧은 눈과 마주쳤다. 바투 붙은 날숨이 느껴졌다.

"홀로 가다가 당신에게 사고라도 난다면 난 아마 내 손으로 애마를 죽일 텐데, 그건 그리 유쾌한 일은 아닐 거 같습니다."

어떠한 협박도, 그렇다고 제안도 아니었다. 사실관계를 설명하듯 건조하고 친절하기까지 한 목소리였다. 사실, 그는 내게 언제나 친절했다. 대부분 정중하고 부드러운 태도였다. 어떤 상황에서건, 무슨 말을 하건.

만약 상대가 어린 시절 모습까지 알고 있는 기사가 아니었다면 이 호의의 이름을 착각했을 정도로.

"……신세 질게요."

등 뒤의 바람이 전나무 가지를 흔들고 와스스, 잎들을 울려 댔다. 고개를 끄덕임과 동시에 허리를 잡히곤 안장 위에 태워졌다. 두 사람을 태운 검은 말은 신속하고 빠르게 달렸다.

안장 밑에서 타고 올라오는 속도의 진동이 느껴졌다. 자잘한 모든 것에 집중했다. 말굽이 흙바닥에 부딪히면서 내는 먼지, 손등에 닿는 말갈기와 이마와 귓바퀴, 목덜미를 어루만지는 바람.

고삐를 잡은 손과 등 뒤에서 파고드는 온기를 느끼지 않기 위해.

"레이디 올리비아!"

말에서 내려 현관홀에 발을 딛기도 전에 마중 나온 백작 부부가 나를 맞이했다.

"당신 말이 맞았어요. 정말, 얼마나 감사한지……!"

달려 나오듯 빠른 걸음으로 다가와 내 손을 잡은 백작 부인이 눈물을 그렁그렁 달고 몇 번이고 고개를 숙였다.

"그럼 아이는……."

"올리비아 양께서 준 약을 먹고 나선 정말 오랜만에 발작도 하지 않고 편안하게 잤습니다."

대신 대답한 란델 백작이 저번보다 한층 부드러워진 얼굴로 내게 미소 지었다.

"사기꾼 취급해서 정말 미안합니다. 안에서 좀 더 이야기를 나누고 싶은데……."

말을 잇다가 내 어깨 너머의 빈센트에게 시선을 옮긴 다음 다시 나를 응시했다. 소개를 바라는 눈빛이었다.

"아, 이분은……."

상단의 주인으로서 얼굴을 밝히는 것은 꺼려하는 것 같았다. 대신 뭐라고 말해야 할지 머뭇거리는 사이, 빈센트가 대답했다.

"같은 담당자입니다."

어딘지 낯이 익은 듯 그를 물끄러미 보던 란델 백작이 뒤늦게 고개를 끄덕였다.

"그렇군요. 그럼 같이 들어 주시죠. 할 이야기가 있습니다."

란델 백작은 우리와 독점 계약을 맺었다. 처음으로 얻은 작은 성과였다.

                                    *　　*　　*

　그날 이후, 란델 백작의 일은 곧이어 게더와 예렌뿐 아니라 동부 지역 전역으로 천천히 퍼져 나갔다. 히스델리아 꽃은 상대적으로 저렴한 연고에서 끝나는 게 아닌, 약물로써 어느 정도 가격에 거래되었고, 날개 돋친 듯 어마어마한 판매량을 기록하기 시작했다.

　백작으로부터 소개받은 일부 귀족뿐 아니라 돈 많은 평민들에게까지 소비자의 폭이 매우 넓어진 덕분이었다. 물론 그레덴 상단의 전문과들과 더불어 꽃밭 관리 및 배양에 성공한 메리의 덕 또한 매우 컸다.

　계좌 담당자가 기함할 정도로 계좌에는 나날이 생각지도 못했던 금액이 들어왔고, 풍족하다 못해 넘치는 액수에 떵떵거릴 만한 여유까지 생겼다. 내가 그 돈으로 제일 먼저 한 일은 차츰차츰 게오르그에게서 땅을 사들이는 일이었다. 물론 내가 아닌 대리인을 따로 두고 눈치채지 못하게 명의를 바꿔 가며 게더의 땅을 하나둘씩 손에 넣었다.

　수도 퀸체로드에서 편지가 도착한 것은 란델 백작과 계약을 맺은 지 한 달 정도 지났을 때였다. 백작 부인은 종종 날 세스필드로 초대했다. 지역 유지의 안주인으로서 동부 지역에 대한 그녀의 막강한 영향력을 실감한 나로서는 거절할 수 없는 초대였다.

　무엇보다 란델 백작 부인은 그저 자식의 생명의 은인인 나와 가까워지고 도움을 주고 싶어 할 뿐이었다. 사업 이야기보다도 그 잘난 시집을 떠나 다시 궁핍한 친정으로 돌아온 내 사정을 궁금해했다. 그리고 티타임에 오고 싶다고 편지를 보내오는 귀부인과 귀족 여식들이 많다고 했다. 나 또한 어디까지나 쉴 틈이 생겼을 때 그녀의 초대에 응했으니 내게도 휴식 시간인 셈이었다.

　"샤일러 후작 부인이라면……."

"그녀를 아세요?"

"그럼요. 직접 뵌 적은 없지만요."

"잘됐네요. 그럼 이야기가 빠르죠. 후작 부인이 저를 통해 당신을 보고 싶다고 했으니 남은 일은 짐을 싸서 가는 것뿐이에요."

수도에서 온 편지는 그녀의 사촌 언니이자 이전에 나도 들어 본 적 있던 사교계의 주요 인물 중 하나였다.

샤일러 후작 부인의 파란만장한 삶은 유명했다. 그녀는 이곳 예렌 출신으로, 한때 대단한 미인으로 게더에서도 이름이 높았다. 본디 한미한 가문 출신이었지만 단번에 고위 귀족인 선대 샤일러 후작의 눈에 들어 상류사회에 편입되었을 때도 온갖 질시와 부러움을 한 몸에 받은 장본인이었다.

하나 유감스럽게도 어느 날 갑자기 심장마비로 부군이 세상을 떠났고, 과부가 된 건 그녀의 나이 서른 때였다.

그 후 그녀는 아들을 홀로 키우며 막대한 부를 가진 후작 가문을 이끌었다. 시간이 흘러 그 아들이 작위를 잇게 되자 샤일러 후작 부인은 마흔이 넘은 나이에 사교계에 복귀했다.

지금은 그 중심을 이끄는 사람 중 하나였다. 그녀가 여는 살롱은 엄격한 회원제로 운영됐고 그만큼 유력가들이 많았다. 샤일러 후작 부인이 사교계에서 얼마나 주목받는지 증명하는 것 중 하나였다. 그 살롱에 친척인 란델 백작 부인을 통해 나를 초대한 셈이었다.

"살롱에서 인맥을 쌓고 투자자를 만드는 거예요. 올리비아, 후작 부인은 즉답을 원하신답니다. 최대한 빨리 답해 드려야 해요."

망설임은 짧았다. 첫 제안을 단칼에 거절했던 빈센트에게서 흥미를 보고 달려들었던 것처럼, 바늘구멍만큼의 기회가 보인다면 놓칠 수 없었다.

"고마워요, 부인. 후작 부인께 초대 감사하다고 바로 인편으로 보내

주시겠어요? 짐을 꾸려 내일 바로 출발할게요.”

초대장을 손에 쥐고 그녀에게 화답했다.

이 소식에 가장 기뻐한 주위 사람은 단연 애니였다. 그간 머물렀던 별장에서 바로 내 옆방에 머물던 그녀는 소식을 듣자마자 내 짐을 꾸리기 시작했다.

“도망치듯 떠났던 수도를 당당하게 돌아가다니. 저는 이게 꿈인지 생시인지 안 믿겨요, 아가씨!”

이런 일은 클로에를 비롯한 하녀들에게 맡겨도 된다고 했지만, 한사코 나선 애니가 쉴 새 없이 떠들어 댔다.

“아가씨가 오랜만에 예쁜 드레스를 입고 치장해서 사교 연회에 나가시면 신사분들이 다들 돌아볼걸요.”

“알았어, 애니. 그렇게 말해 줘서 고마운데, 짐을 그렇게 많이 쌀 건 없지 않을까?”

이곳에서 할 일이 많으니 수도에 오래 머물 생각은 없었다. 샤일러 후작 부인에게 호감을 얻고 투자를 받는 게 가장 큰 목적이니 그것만 성취되면 바로 돌아올 생각이었다.

“아가씨도.”

하나 애니의 의견은 다른 것 같았다. 장갑 하나, 장신구 하나까지 일일이 살펴보며 집어넣던 그녀의 손이 뚝 멈췄다. 침대 끝에 걸터앉은 나를 뒤돌아 올려다보며 애니가 짐짓 진지한 얼굴로 말을 이었다.

“원래라면 티타임용으로 7벌, 만찬용으로 10벌은 가져가야 하는걸요? 솔직히 급하게 게더로 오는 바람에 테레즈에 대부분…….”

“애니.”

악의가 없는 이야긴 줄 알았지만 들떴을 때의 애니는 말실수를 곧잘 한다는 게 유일한 허물이었다. 듣고 있던 내가 조용히 말을 끊자 그제야 제 실수를 깨달았는지 애니가 우물거렸다.

"아가씨, 제 말뜻은 그러니까……."

작게 한숨을 내쉬었다.

"네가 무슨 말을 하려고 했는지는 알아. 오해 안 할 거고."

"아가씨……."

"보아하니 필수적인 짐은 거의 다 싼 거 같은데, 나머지는 내가 봐도 될까? 먼 길 될 텐데 푹 쉬고."

화가 나거나 언짢은 건 아니었다. 그저 정신이 없었다. 혼자 있고 싶었다. 거절은 받아들이지 않겠다는 완곡한 축객령에 결국 그녀가 자리를 털고 일어났다.

"그럼 편히 쉬세요, 아가씨."

애니가 문을 열고 나가려는 때, 하녀가 반대편에 서 있었다.

"나리께서 잠시 뒤 응접실에서 뵙길 원하십니다."

별장의 응접실은 내가 묵고 있는 손님방이 위치한 이 층 바로 아래였다. 조용히 노크하자, 곧이어 안쪽에서 들어와도 좋다는 목소리가 들렸다.

"레이디 올리비아."

벽난로 앞 스툴에 앉아 불을 쬐고 있던 빈센트가 먼저 말을 걸었다. 간만에 보는 얼굴이 어째서인지 좀 더 날렵해진 인상이었다.

"당분간 수도에 올라가게 되었다는 이야기는 들었습니다. 지내면서 불편한 점은 없었습니까?"

자리를 털고 일어선 그가 카우치 쪽으로 손짓하자 그대로 걸어가 그의 시선에서 사선에 있는 자리에 앉았다.

"신경 써 주신 덕분에 무척 편하게 잘 지냈습니다. 클로에 양의 세심함은 감탄할 정도였답니다."

"잘 지내셨다니 다행이군요."

애니가 불의의 일을 겪은 뒤로, 마거릿 홀을 나와 뜻하지 않게 어느새 보름 넘게 신세를 지게 되었다. 하나 같은 저택에 사는 것이 무색할 만큼 빈센트와 마주칠 일이 드물었다.

클로에 말로는 기사로서 긴 휴가를 보내는 중이라던 그는 남들과 달리 동틀 무렵에 일어나 수련을 하는 것으로 시작해 나머지 대부분은 서재에 있었다. 별장을 비울 때도 많아서 얼굴을 보는 건 주에 한 번 정도 있을까 말까 했다.

비록 이제 경이라는 호칭 대신 이름만 부르게 되었고, 짧은 시간 동안 함께 많은 일을 겪었지만, 여전히 낯설고 거리감이 있는 존재였다. 그의 성이 '무어'이고, 왕실의 높은 기사이자 그레텐 상단의 주인이라는 것 또한 알게 된 지 그리 오래지 않았으니까.

'빈센트 무어'란 남자는 많은 얼굴을 가진 인물이었다. 병상에 누운 어린 소년이었다가 가차 없이 늑대를 베어 넘기는 기사였다가 냉정하고 신중한 사업가가 되기도 했다. 그러나 이리도 예측 불가능하고 때론 위험한 분위기를 가진 그에게서 제일 내가 많이 보아 왔고 익숙한 모습은 정중하고 친절한 신사의 모습이었다.

"가서 언제쯤 돌아오실 생각입니까?"

질문한 그가 사그라진 벽난로 안의 불꽃을 바로 옆 나무 선반 위의 풀무를 집어 되살렸다. 젖혀진 커튼 너머로 희끄무레한 달빛이 새어 들어와 방 안을 적셨다.

굴곡 없이 곧은 콧대와 굳게 다물린 입술이 보였다. 내리깐 눈썹은 머리칼과 같은 잿빛이었다. 그 옆모습이 어딘지 현실감이 없었다. 미술관에서나 볼 법할 조각상을 보는 느낌이었다.

차갑고 매끈한 대리석 흉상.

차이가 있다면 아름답고 냉담한 그것과 달리 눈앞의 남자는 명확한 체온을 가지고 있다는 점이었다. 만질 수도 있고 온도를 느낄 수도 있었다. 누군가는 그렇게 될 것이고. 거기까지 생각이 미치자 알게 모르게 씁쓸한 기분이 밀려들었다. 무슨 감정인지 이해할 수도, 납득할 수도 없었다. 그럴 만한 자격조차 없지 않은가. 스스로 생각하기에도 어처구니없었다.

"올리비아?"

정신이 든 건 다시 이름이 불렸을 때였다. 다시 자리에 앉은 그가 나를 바라보고 있었다. 반사적으로 엷게 미소를 지어 보였다.

"아마 이 주 정도는 그곳에 있지 않을까 싶습니다."

넉넉히 잡아 그 정도였다. 오래 자리를 비울 수는 없으니 이 주 정도가 적당했다. 머물 곳은 호텔의 객실이면 충분했고 동행인은 오랜 기간 시중을 들어온 애니 한 명으로 족했다.

"그렇군요."

고개를 끄덕인 그가 스툴 왼편 협탁에 놓인 종을 들어 울렸다.

뒤이어 발 빠른 하인이 들어오고 주인에게 다가와 허리를 굽혀 나직한 몇 마디를 듣더니 바로 응접실을 나갔다.

"무사히 잘 다녀오시길 바랍니다."

그 말에 돌아올 곳이 게더인 것인지, 별장인 것인지 알 수 없었으나 할 수 있는 일은 작게 고개를 끄덕이는 일뿐이었다.

"염려해 주셔서 감사합니다."

* * *

다음 날 길을 나선 것은 물안개가 낮게 깔린 쌀쌀한 새벽이었다. 예정대로 동이 틀 무렵에 두 마리 말이 이끄는 마차가 점차 가까워지더니 어느새 별장 앞에 와 섰다.

나와 애니의 짐을 든 하인이 마차 쪽으로 걸어가고, 그 뒷모습을 보던 클로에가 인사했다.

"건강히 잘 다녀오세요, 올리비아 님."

"그동안 고마웠어요, 클로에."

만약 그녀가 없었다면 이곳에서 편하게 지내기 어려웠을 것이다. 섬세하게 배려를 해 주었기에 잘 지낼 수 있었다. 다시 돌아올 땐 마거릿 홀에서 지낼 테니 아마 이제처럼 그녀와 자주 볼 일이 없어질 터였다. 내 차례의 인사가 끝나고 애니와 클로에가 인사를 나누는 사이 먼저 마차로 다가갔다.

검은 털을 가진 말들이 투레질을 하며 말굽을 거칠게 땅에 굴렀다. 마구간에서 여물통을 가져온 마부가 말들에게 다가가 먹이를 먹였다. 그 모습에 더 가까이 다가가는데 별장의 입구에서 안개 사이로 말을 탄 누군가가 보였다.

"……빈센트?"

올려다보자, 말에서 내린 그가 다가왔다.

"지금 가시는군요."

다가오던 그의 시선이 잠시 내 왼손에 들린 작은 짐 가방으로 향했다. 하인에게 따로 내 짐을 들게 하지 않은 것은 애니의 짐까지 있을 뿐더러, 손에 쥔 것의 무게가 무겁지 않기 때문이었다.

"아, 이건 제가 들어도……."

팔을 뻗어 내 짐을 옮겨 받으려나 싶던 그의 손이 내 등 뒤로 향했다. 동시에 목에 부드러운 무언가가 느껴졌다. 흰 담비 털인 듯 보이는 목도리를 내 목에 꼼꼼히 두른 빈센트의 손이 보였다.

여전히 크고 마디마디에 굳은살이 박여 있었으며 찬 바람에 손끝이 붉어져 있었다. 차마 내칠 수가 없을 정도로 경건한 손짓이었다. 시선을 마주할 수가 없었다.

"추우실 거 같아 가져왔습니다."

마지막으로 내 외투 옷깃을 여민 그의 말에 간신히 숙였던 고개를 조금 들었다. 첫 만남에 맡았던 맑고 서늘한 백단향이 코끝을 간질였다. 등 뒤의 바람이 전나무 가지를 흔들고 와스스 잎들이 울어 댔다.

흑요석같이 새카만 눈동자가 덤덤히 나를 응시하고 있었다. 뒤로 물러설 수도 앞으로 나갈 수도 없었다.

"동부를 벗어나기 전까진 하시는 게 좋을 겁니다."

"……경께는 항상 빚만 지는군요. 감사합니다."

간신히 정신을 차리고 한 발자국 물러섰다.

"다만, 앞으로는 이런 식의 갑작스러운 접촉은 삼가셨으면 합니다."

잠시 입안을 깨물곤 다시 뭐라 말을 이으려 했지만 이어지지 못했다. 그가 불쑥 물었다.

"어째서입니까?"

"네……?"

"불쾌하셨습니까?"

세간의 이목을 생각하라고 말하려고 했다. 지금은 비록 보는 눈도 거의 없고 잘 아는 사람들의 시선 앞이지만, 세상일이란 게 늘 그렇듯 당사자들이 원하는 방향으로 움직이는 게 아니니까. 어떤 식이든 어떤 방향이든 나와 얽혀서 좋을 게 없었다. 더군다나 앞날이 창창한 독신 남성인 그라면 더더욱.

"특정 귀부인을 모셔 본 적 없어 어디까지가 허용 선인지 알지 못합니다. 어느 정도까지 허용이 되는 겁니까?"

느닷없이 이어진 질문에 태연할 사람은 없었다. 그것도 질문하는 상대가 지척에서 날 내려다보는 상황이라면. 기습을 당한 듯이 입술이 버벅거렸다.

"그, 그건……."

나 또한 가까이 기사를 옆에 둔 적 없는 몸이었다. 개인기사단을 휘하에 둘 수 있는 것은 왕족과 더불어 이 나라 안에서 손꼽히는 몇몇 가문뿐이었다. 그 대표적인 가문이 나라에서 샤일러 후작 가문과 그레이 후작 가문, 그리고 닐힐 변경백 가문이었다.

덧붙여 마지막의 경우 본디 후작 가문 이상만 소유할 수 있으므로 극히 예외였다. 잔인하고 극악무도한 야만인과 국경을 접한 변경백의 영지이기에 가능한 일. 그 외에 왕실과 세 가문에 소속되지 않은 개인 기사는 찾아보기가 힘들었다.

덧붙여 정식으로 오랜 절차를 받아 왕에게 서임을 받아 긍지가 높았다. 절대 부와 권력만으로 움직이지 않았다. 심지어 내가 있던 하퍼 백작 가문조차 막대한 재산을 소유했음에도 거느린 개인 기사는 두 명에 그쳤다. 그조차도 나이가 들어 현재는 주요 상단의 호위대장 격을 맡은 실정이었다.

"저도 잘 알지 못합니다만······."

"그렇다면 어쩔 수 없군요."

입을 열기가 무섭게 다가온 그의 손이 내 짐을 옮겨 받은 뒤 말허리를 끊었다.

"언제든 알게 되시면 알려 주시길."

미처 대답하기도 전에 빈센트가 짐을 든 채로 획 돌아섰다. 말들에게 물과 여물을 먹인 마부가 그에게서 마지막 짐을 받아 마차 위에 얹은 뒤 끈으로 단단히 고정했다.

방금 옅게 웃는 것을 본 듯했지만 눈을 의심했다. 착각임에 분명했다.

"레이디 올리비아."

"······."

가까이 다가가니 방금 전 무슨 일이 있었냐는 듯 빈센트가 무감한 얼굴로 입구에 서서 내게 손을 내밀었다. 그의 손바닥 위에 손을 얹고, 에스코트를 받아 마차 안으로 들어섰다.

"지금 뵈면 이 주 후에 뵙겠군요."

"네. 일이 진행되는 대로 편지하겠습니다."

애니 또한 그의 에스코트를 받아 타고 나니 마차 문이 바로 닫혔다. 그녀와 마주 앉자 불쑥 떠오른 의문이 있었다.

"애니, 혹시 어젯밤에 방에 찾아왔었어?"

"아뇨? 무슨 일이라도 있으셨어요?"

"아니, 아무것도."

아무래도 기분 탓인 듯했다. 어젯밤, 누군가 발치에 서서 잠시 잠든 날 바라보는 느낌이 든 것은.

조용히 고개를 젓자 애니가 혼잣말처럼 뇌까렸다.

"드디어 게더를 떠나네요, 아가씨."

"……응."

들뜬 그녀의 말을 흘려들으며 고개를 돌려 창밖을 주시했다. 마부와 뭐라 대화를 나눈 빈센트가 눈인사를 하더니 이윽고 바로 찰싹이는 채 찍질 소리가 들려왔다.

동시에 말 두 마리가 먼지를 일으키며 가파른 내리막길을 빠르게 내 달리기 시작했다. 반나절 뒤에야 마차는 완전히 게더를 벗어났다.

3. 매듭

텅 빈 손을 내려다보던 남자가 말없이 주먹을 그러쥐었다. 잠시 잠
깐 얹혔던 손은 공기처럼 가벼웠다. 잡으려고 하면 흩어졌고, 가까이
다가가면 뒷걸음질 쳤다. 점이 되어 멀어지는 마차가 보이지 않을 때
까지 서 있던 그에게 누군가 다가왔다.

오랜 기간 함께 생사를 넘나들던 부하 기사였다. 빈센트가 고개를
돌리자 그가 조용히 물었다.

"언제 출발할까요?"

"그녀가 눈치채지 못하게, 한 시간쯤 후에."

명령은 언제나 그래 왔듯 간결했고 확실했다.

"더러운 쥐새끼가 따라붙으면 아무도 모르게 처리하도록."

기사는 테레즈에서부터 따라온 '더러운 쥐새끼'를 그가 어떻게 했는
지를 떠올렸다.

북부에서 성벽을 타고 올라온 야만인들을 처리하듯 한 치의 망설임

도 없이 목을 베었다. 그 시체는 아무도 알지 못하게 무거운 바위를 발목에 달아 깊은 늪에 내다 버렸다.

쥐도 새도 모르게 한목숨을 지워 버리는 건 생각보다 쉬운 일이었고, 남자는 그에 거리낌 없었다.

"잘 알겠습니다."

빈센트 무어라는 남자에게 실수란 있을 수 없는 단어였다.

그랬기에 그 한마디 대답 외엔 아무것도 필요 없었다.

* * *

우리를 태운 사륜마차가 수도 퀸체로드(Quinzeload)에 도착한 건 사흘 후, 새벽 동이 틀 무렵이었다. 검푸른 하늘빛이 산마루 사이의 지평선 너머로 붉게 물들고 있었다. 암막 커튼을 걷자마자 쏟아진 빛에 구석에서 잠을 청하던 애니가 눈을 비비며 일어났다.

"아가씨, 여기가 어디죠?"

"거의 다 도착했어. 외성 입구야."

그녀가 머리를 댄 창문 너머로 마부가 외성의 문지기에게 통행증을 건네는 게 보였다. 나 또한 개지 않은 졸음에 의식이 어렴풋했다. 타운하우스가 즐비한 외성 입구를 지나 포석이 깔린 도로로 들어서자 덜컹거리던 흔들림도 잠잠해졌다. 안쪽의 왕궁과 이어진 큰 대로를 따라가면 한가운데 초대 왕의 석상이 놓인 대광장이 나왔다.

사십여 년 전 선왕의 주도하에 기획도시로 탈바꿈한 수도의 구성은 크게 보면 단순했다. 퀸체로드의 영역은 정중앙에 있는 대광장을 기준으로 나뉘었다. 왼쪽으로는 귀족들과 신사 계급의 타운 하우스와 고급 상점 및 호텔이 늘어진 곳이었고, 맞은편엔 수도에 거주하는 서민과 장인들의 거주 영역과 시장이 위치한 곳이었다.

몇 개월 만에 다시 찾은 도시였다. 마지막으로 이곳을 떠날 때를 생각했다. 이런 모습으로 돌아오리라고는 생각하지 못했는데.

아직 이른 시간이라 잘 정돈된 거리엔 사람이 없었다. 그런데도 애꿎은 보닛을 매만지며 나도 모르게 중얼거렸다.

"이곳은 그대로네. 변화 없이."

"둘러보면 변한 게 많을지도 모르죠."

대답을 바라고 한 말은 아니었는데 나직한 대꾸가 들려왔다. 계속 시선을 창밖으로 고정했다.

"모든 게 변한다고 생각해?"

"변하지 않는 것도 있겠죠."

"어떤 거?"

"글쎄요. 뭐, 예를 들면……."

내 질문에 입술을 달싹이며 애니가 뭐라고 대답했으나 순간 덜컹거리는 움직임에 잘 듣지 못했다. 광장으로 들어온 마부가 곧바로 왼쪽 큰길로 말의 고삐를 꺾어 도는 순간이었다.

광장 옆에 위치한 작은 공원이 눈앞을 스쳐 지나갔다. 젊은 연인들의 데이트 장소나 가벼운 산책 장소로 애용되는 곳이었다. 그 앞에 눈에 띄는 것이 있었다. 입구 쪽에 놓인 긴 벤치에 한 남자가 제집 침대처럼 누워 자고 있었다. 말쑥한 옷차림으로 보아 신사 계급이거나 귀족이었다. 얼굴 위엔 모자가 놓여 있어 누군지 알 수 없었다. 날 아연실색하게 만든 건 그다음이었다.

웬 추레한 몰골의 어린아이 하나가 남자의 코트 주머니를 뒤적거리고 있었다.

"뭘 보고 계세요?"

"아니, 아무것도."

건물 사이로 모퉁이를 돌자 그 모습은 난데없이 사라졌다. 당황한 내 얼굴에 애니가 물었으나 재빨리 고개를 저었다. 이런 도시의 민낯을 본 적이 없어 아연했다.

그간 내 눈앞엔 잘 정돈되고 잘 걸러진 것들만 놓여 있었다는 게 실감 났다. 구걸하는 거지도, 가난한 병자도, 불행한 미망인도 본 적 없이 내 좁은 방 안에서 그것이 전부인 양 여기고 살아왔다. 그런 것들은 내 세계에서 있을 수 없었고, 오직 이야기만 떠도는 유령처럼 느껴졌다.

좀 전의 흔들림으로 완전히 잠에서 깨었는지 자리를 고쳐 앉은 애니가 주위를 훑었다.

"아가씨? 그런데 우리 호텔로 가는 거 아니었나요?"

"그렇지."

"그런데 왜 지나가죠?"

무슨 소리냐고 묻기도 전에 창으로 보인 모습에 입을 벌렸다. 타운 하우스가 밀집한 거리와 바로 뒤이어진 호텔 거리를 지나고 있었다. 마부석과 이어진 창을 두드렸지만 들리지 않는 듯 보였다.

한참 후에 마차가 속도를 줄인 곳은 거대한 저택가였다. 그중 하나의 대문이 열리고, 자갈이 깔린 소로로 들어섰다.

"이, 이거 납치 아니에요, 아가씨? 혹시……."

겁에 질린 애니는 당장에라도 실신할 기색이었다. 그녀를 달래기 위해 나라도 침착할 수밖에 없었다.

"여긴 샤일러 후작 부인 댁이구나."

"네? 하지만 우리는 분명 호텔로……."

"나도 당황스러워, 애니. 내리면 곧 설명해 주겠지."

그렇게 판단한 근거는 확실했다. 보통 영지에 본가가 있어 수도엔 사교 시즌 때 이용할 타운 하우스만 마련하는 게 일반적이었지만, 지방의 저택과 영지를 자식들에게 양도한 나이 든 고위 귀족들 일부는 모든 게 편리한 수도에 아예 노년의 터를 잡기도 했다.

그런 부류 중 나를 갑자기 데려와 초대할 사람은 단 한 명이었다. 먼 남부에서 날 이곳까지 오게 한 인물. 멋스러운 저택의 현관홀, 돌계단 앞에서 말들이 걸음을 멈추고 자리에서 내려온 마부가 문을 열고 손을 내밀자, 내 추측은 확신이 섰다.

"어서 와요, 레이디 올리비아."

발판을 딛고 내리자마자 기품 있고 화사하지만, 흰머리가 희끗희끗한 부인 한 명이 다가와 내게 인사했다. 그 뒤로 서 있는 하인들이 마부로부터 내린 짐을 받아 저택 안으로 나르고 있었다.

"갑작스럽게 오시게 해서 당황하셨죠?"

놀란 내 심정이 표정에 그대로 드러났는지 말없이 미소 짓던 부인이 말을 이었다.

"조카를 살려 주신 은인이 어떤 분인가 궁금하여 실례를 무릅쓰고 빈센트란 분께 몰래 부탁드렸답니다."

그 말에 대강의 사정이 이해가 갔다. 미리 말을 해 주지 않은 게 의아했지만, 내 반응에 빙긋 웃는 걸 보아하니 원래 사람을 놀라게 하는 걸 좋아하는 성격인 것 같았다.

치맛단을 들고 가볍게 허리를 굽혀 인사했다.

"은인이라뇨, 과분한 단어입니다. 처음 뵙겠습니다, 샤일러 후작 부인."

날 품평하듯 위아래로 바라보던 후작 부인이 들고 있던 쥘부채를 펴서 입을 가리며 작게 웃었다.

"당신이 너무 궁금하기도 했고 또 고마운 분을 호텔에 묵게 하는 게 예가 아닌 것 같았답니다. 갑작스러운 일에 혹 언짢으셨더라도 이 호기심 많은 노인을 너그러이 용서해 주길 바라요."

상대가 도저히 신경질을 낼 수 없게 만드는 화법이었다. 대화의 주체를 자신에게 두고 놓지 않았다. 휘둘리기보다 휘두르는 타입이었다. 수도에서 가장 영향력 있는 사모임을 주도하는 여자다웠다.

엷게 웃으며 응대했다.

"조금 놀라기는 했으나, 언짢지는 않습니다. 절 그리 배려해 주시니 되레 감사할 따름입니다."

"그리 말해 주니 이쪽이 더 고맙군요."

가볍게 미소 지으며 다시 부채를 접은 후작 부인이 말을 끝맺었다.

"더 이야기를 나누고 싶지만, 여독으로 인해 피로하실 것 같으니 푹 쉬신 다음에 대화하는 게 좋을 거 같아요."

"저도 같은 의견입니다."

차례를 기다린 듯 뒤에 서서 기다리던 하녀 둘이 다가왔고 나와 애니를 따로 안내했다.

* * *

애니가 안내된 곳은 하녀들이 지내는 뒷방 중 제일 가장자리에 있어 비교적 눈치가 덜 보이는 독방이었고, 나는 손님방인 내실로 안내됐다.

사방의 벽엔 나무 패널이 덧대져 있고, 침대는 네 개의 기둥에 다마스크 천이 휘장처럼 내려온 고풍스럽고 지체 높은 방이었다.

옆에 작게 개인 욕실이 딸려 있어 하녀들이 바로 따뜻한 물을 실어 날라 욕조에 채웠다. 탈의하고 안으로 들어가자 오랜 시간 마차 좌석에 앉아 굳어 있던 몸이 스르르 풀리듯 따끈해지는 게 느껴졌다.

이미 두 차례 거절했으나 후작 부인의 엄명이라며 목욕 시중을 들러 들어온 하녀 아이 하나가 꼼꼼하게 장미수에 적신 스펀지로 내 팔과 등을 닦았다.

"현관홀을 축으로 이 저택은 크게 서관과 동관으로 나뉘어요. 손님이 지금 계신 서관은 왼쪽 건물 전체예요. 이곳을 포함해서 네 곳의 친인척용 손님방과 서재, 그리고 주인마님의 침실이 있죠. 식당은 일 층에 있어요. 마님은 아침을 제외하곤 오후 한 시와 여섯 시 반에 그곳에서 식사 드세요. 손님도 그러셔야 하구요."

열여섯, 일곱쯤으로 메리와 비슷한 나이대로 보이는 소녀는 애니의 방과 이곳 구조를 묻자 순순히 설명했다.

"반면에 오른쪽 건물인 동관은 보통 사모임 손님들이 들르시는 시설이 많아요. 넓은 연회 홀을 비롯해서 세 곳의 응접실과 카드 게임과 당구 게임, 체스 등을 할 수 있는 게임방, 그리고 일반 손님방이 여덟 곳 있죠. 오른쪽 건물은 어디든 들리셔도 괜찮아요."

노부인 한 명이 사용하기엔 매우 크고 공간의 용도가 다양했다. 개국공신인 후작 가문이 손꼽히는 명문가인 데다 대대로 조상 때부터 쌓아 온 막대한 재산을 갖고 있다고 해도 다소 지나친 감이 있었다. 욕조 맞은편 김이 서린 거울에 눈이 마주치자 내 의문을 알아챘는지 하녀가 말을 이었다.

"마님은 화가와 음악가를 후원하길 좋아하세요. 예술가의 어머니라고 불릴 정도시죠. 화가, 음악가, 시인 할 것 없이 재능이 있다면 얼마든 이곳에서 입고 먹으며 머물 수 있죠."

이름 높은 예술가들을 후원해 사교회에서 이름을 높일 목적이라 해도 통이 큰 건 사실이었다.

내 팔과 등을 다 닦은 하녀가 마지막으로 부드러운 스펀지로 내 목덜미를 훔치며 말을 끝맺었다.

"그래도 엄연히 정해진 선이 있는 분이세요. 보통 친인척용 손님방은 사용될 때가 거의 없는데 손님이 오랜만에 이곳을 쓰시는 분이세요."

"그렇니, 알려 줘서 고맙구나."

특별하게 대우받는 만큼 행동거지를 잘 해야 한다는 말이었다.

"별말씀을요. 여기서부턴 혼자 한다 하셨으니 이만 물러가 보겠습니다."

도움이 필요한 부분을 다 닦자 하녀가 자리를 털고 일어났다. 앞치마에 손의 물기를 닦고 문을 나서려는 그녀를 잡고 부탁했다.

"애니에게 이 방으로 오라고 좀 일러 줄래?"

"아, 데려오신 하녀 말인가요?"

그녀의 신분과 내 신분 간의 거리는 아주 잘 알았지만, 그녀의 말투에 배어 있는 애니를 업신여기는 뉘앙스에 불편함이 들었다. 종종 대귀족의 하녀들이 그렇지 않은 집안의 하녀를 내려다본다고 했다.

어처구니없는 일이었다. 더군다나 애니는 이곳에서 잡일을 하는 하녀와도 달랐다. 테레즈에 있을 때 그녀는 집안일을 제외한 내 시중만을 들었다. 나는 그녀를 내 수족처럼 아꼈다.

"정확히는 시녀라고 해야지. 삼십 분쯤 뒤에 오라고 해 줘."

"예. 알겠습니다."

내 반응에 묘한 표정을 짓던 하녀가 욕실을 나갔다. 얼마 지나지 않아 나 또한 욕조에서 일어나 걸린 수건으로 물기를 닦고 나왔다.

똑똑.

"들어와."

애니는 칼로 자른 듯 정확한 시간에 들어왔다.

"아가씨, 부르셨어요?"

"네 도움이 좀 필요해서. 방은 어때?"

"괜찮아요. 다만⋯⋯."

"다만?"

그녀 또한 짐을 풀고 하녀용 욕실에서 가볍게 씻은 뒤 앞장선 하녀의 뒤를 따라왔다고 했다.

"세상에 하녀들이 얼마나 군기가 잡혔는지, 말 한마디도 잘 못하겠다니까요. 독방이라 망정이지.”

“그 정도야?”

“네, 하기야 가구며 구석구석 관리 상태를 보니 이곳 노마님이 하루에도 몇 번씩 닦달한 거 같긴 해요.”

변덕스럽고 까다로운 주인 아래서 하녀와 하인들은 딱딱하고 경직된 자신들만의 질서를 만들곤 했다. 조카의 병환을 완화시켜 줬다고 나에게 이런 호의를 베푸는 것도 어째서인지 순수한 의도일 것 같지 않다는 생각이 들었다.

“아가씨?”

생각에 잠긴 내 표정에 애니가 잠시 내려앉은 정적을 깨뜨렸다. 한 번 고개를 젓고는 입을 열었다.

“짐 정리하는 걸 도와줘.”

필요한 건 상점가에서 구매하면 되기에 분명 필요한 것만 꾸리라고 했던 것 같은데 잠깐 들어 본 결과 무게가 생각보다 무거웠다.

그녀를 부른 것도 그것을 추궁할 겸해서였다.

“아, 네⋯⋯. 그래야죠.”

머뭇거리며 짐 가방으로 다가간 애니가 가방을 열었다. 동시에 본 적 없는 드레스와 공단으로 덧댄 작은 상자들이 제 모습을 드러냈다. 설마 했던 걱정이 실제가 되는 순간이었다.

“애니.”

눈을 감고 이름을 부르자 소변 마려는 강아지처럼 내 눈치를 보던 애니가 풀 죽어서 대답했다.

“말씀 안 드려서 죄송해요, 아가씨. 말씀드리면 바로 거절하실 거 같아서⋯⋯.”

“거절할 걸 알면 함부로 받지 말았어야지.”

“하지만 아가씨, 이걸 보세요. 얼마나 예뻐요. 감탄 나오지 않나요?”

그녀가 양어깨를 잡아 펼쳐 보인 것은 드레스였다. 보기만 해도 섬세한 장인의 손길이 닿았다는 게 느껴졌다. 은사(銀沙)로 수놓인 잔가지가 치맛단 끝에서부터 허리춤까지 타고 올라오는 진녹색 새틴 드레스로, 맵시 있는 크리놀린 스타일로 세련된 느낌을 자아냈다.

비슷한 스타일에 다른 분위기와 디자인을 가진 우아한 드레스가 몇 벌이나 더 있었다. 전부 내가 가진 것들이 아니었다.

"이건 아가씨의 눈 색과도 잘 어울리고요."

뒤이어 애니가 꺼내 연 것은 귀금속이 들어 있는 공단 상자였다. 눈물방울처럼 세공된 귀걸이와 목걸이는 틀림없는 상등품 에메랄드였다.

"클로에 양은 다이아몬드도 있다고 했지만, 거절했어요. 그건 너무 크고 부담스러운 선물이니까요."

"애니!"

황급히 변명이라고 덧붙인 게 그 말이었다. 몰려온 현기증에 머리가 지끈거렸다.

"나는 빈센트 경에겐 이미 너무 많은 빚을 졌어, 너도 잘 알다시피."

"정 부담스러우시면 착용만 하셨다가 그대로 돌려주시면 돼요, 아가씨."

"그걸 지금 말이라고 하는 거야? 이걸 다 입을 일도 없을 거야. 당장……."

당장에라도 사람을 보내 게더에 돌려주라고 말하려는 찰나였다. 고개를 숙이고 있던 애니가 불쑥 외치듯 말했다.

"아가씨가 무시당하는 게 싫어서 그랬어요."

"뭐?"

"늘 가장 좋은 것만 입으시고 가장 좋은 것만 걸치셨잖아요."

그제야 조금 빨개진 그녀의 눈이 보였다. 주먹 쥔 양손은 부들부들 떨고 있었다.

"정말 간만에 사람들과 어울리시는 거잖아요. 그동안 고생도 많이 하셨구요. 그러니 이 정도는 꾸미실 자격 있어요."

"애니……."

뭔가에 북받친 듯 입을 여는 애니를 차마 제지할 수 없었다. 타운 하우스에서 주인이 버려 둔 인형처럼 처박혀 하루하루 텅 빈 눈으로 창밖만 바라보던 때가 생각났다. 그런 내 옆을 항상 지켰던 그녀였다.

"긴 시간 사교계에 발을 끊으셨지만, 하퍼 백작 부인이셨던 아가씨를 알아보는 사람이 분명 있을 거예요."

이미 생각했던 일이고 각오한 상황이지만 막상 그 모습을 머리에 떠올리자 숨이 멎는 것 같았다. 대체 어떤 얼굴로 그런 사람들을 마주할지, 그 안에 담긴 적의 섞인 호기심과 동정심을 내가 다시 견뎌 낼 수 있을까.

극복했고, 극복했다고 생각했기에 이곳으로 돌아온 거였지만 여전히 가슴 한쪽엔 두려움이 자리 잡았다.

"저는 아가씨가 최소한 그런 사람들 앞에서 기죽지는 않으시면 좋겠어서, 그래서 챙겼어요. 허락도 받지 않고요. 그게 제 잘못이라면 잘못이에요. ……죄송해요."

말하다가 울컥했는지 애니가 결국 눈물을 터뜨렸다.

나 또한 목이 메어 바로 말이 나오지 않았다. 대신 다가가 그녀의 어깨를 안고 토닥였다.

"날 걱정하는 거 잘 알고 있어. 나 또한 늘 네 걱정을 하고."

"아가씨……."

"저 드레스들과 장신구들을 하게 될 날이 올지 모르겠지만, 일단 가지고는 있을게. 생각해 줘서 고마워."

사모임의 주인공은 관례대로 주최자에게 돌리는 것이 옳았고, 그런 만큼 클럽의 회원들에게 과하게 관심을 사서 후작 부인에게 미움 사는 것은 내 애당초 목적과 맞지 않았다.

"이해해 주셔서 감사해요."

"내 생각에 그렇게 한 건데, 더 이상 뭐라고 하겠니."

안았던 손을 떼고, 얼굴을 마주한 뒤 웃었다.

"곧 점심 식사를 하러 가야 해. 다시 짐 정리나 마저 하자."

그렇게 작은 소동이 일단락되고 드레스와 장신구를 정리한 뒤, 남은 가방을 열고 분주히 손을 움직였다.

"야옹."

짐 정리가 거의 끝날 무렵이었다. 어디선가 작은 고양이 울음소리가 들렸다. 애니를 쳐다봤지만 아무래도 듣지 못한 모양이었다. 헛것을 들었나 싶어 다시 고개를 돌렸다.

또 울음소리가 들렸다.

"야옹."

이번엔 분명히 들렸다. 다시 애니를 봤지만 여전히 집중하느라 내가 자신을 보는지도 모르고 있었다. 그러는 중에도 애처로운 울음소리는 계속해서 들려왔고, 결국 소리의 근원지를 확인하기 위해 조용히 앉은 자리에서 일어났다.

"창문……?"

의외로 방문 쪽이 아닌 창가였다. 의아했다. 이곳 손님방은 서관 삼 층에 위치했으니 고양이가 뛰어 올라갈 만한 높이가 아니었다.

"냐아옹!"

날카로운 울음소리가 다시 한 번 들린 건 머뭇거리던 순간이었다. 뭔가가 유리를 긁는 소리와 함께 들리는 울음에 반사적으로 손을 뻗었고, 덧창을 열고 창문을 열었다.

나뭇가지를 늘어뜨린 거대한 버드나무 한 그루가 바로 유리창 바로 앞에 자리 잡고 있었다. 빼곡한 나뭇잎이 보이는 전부였다. 유리를 긁은 건 바람에 흔들리는 나뭇가지였을 것이다. 잘못 찾았나 싶어 옆의 창문으로 고개를 돌리는 순간, 나뭇가지 위에서 뭔가 꿈틀대는 하얀 발이 보였다. 뭔가 더 가까이 보려 상체를 구부리는 순간 등 뒤에서 애니의 목소리가 들렸다.

"맙소사, 저거 고양이 아니에요?"

"어디?"

묻자 애니가 검지로 어딘가를 가리켰다.

"저기요. 세상에, 어떻게 저기까지 올라갔을지 몰라도 내려오지 못해서 우는 거 같네요."

손끝에 그녀의 말대로 위태롭게 나뭇가지 위에 서 있는 몸집 작은 고양이가 있었다. 떠돌이 고양인가 싶었지만, 자세히 보니 목 부분에 리본이 걸려 있었다. 주인이 있다는 뜻이었다.

계속 안절부절못하며 바라보던 애니가 물었다.

"어떡하죠? 사람을 불러올까요?"

"그러는 게 좋겠다. 사다리라도 타서 내려야겠어."

고양이가 발을 딛고 있는 나뭇가지는 금방이라도 끊어질 듯 휘청거렸고 이곳에서 바닥까지의 거리는 떨어지면 아무리 고양이라도 크게 다치고도 죽을 수 있는 높이였다.

우지끈.

"다, 다녀올게요!"

다시 한 번 끊어지려는 나뭇가지의 소리에 사색이 된 애니가 방을 급하게 뛰쳐나가고, 나와 고양이 단둘만 남았다. 말이 통하지 않는 동물인데도 계속해서 내게 도와 달라는 말을 하고 있는 것 같았다.

"손을 뻗어요!"

까마득한 밑에서 웬 남자 목소리가 들렸다.

"당장이요!"

생각이란 걸 할 틈도 없이 앞으로 팔을 뻗었고, 바로 그 순간 기다렸다는 듯 나뭇가지가 부러졌다.

동시에 뭔가가 뛰어들어 내 품에 안겼다.

"니야옹."

폭신폭신하고 따뜻한 몸이었다. 나와 눈이 마주친 하얀 털의 고양이가 감사 인사를 하듯 가슴에 얼굴을 비볐다.

"받았어요?"

상황 파악을 하기가 무섭게 다시 아래서 목소리가 들려왔다. 고양이의 주인인가 싶었다. 상대에게 들릴 수 있게 최대한 크게 대답했다.

"받았어요!"

"휴, 다행이다. 잘했어요. 내려와 줄래요?"

"네?"

"마음 같아선 내가 올라가고 싶은데, 도저히 티티를 데리러 올라갈 수가 없어요. 서관은 내가 들어갈 수 없는 건물이라서요."

후원하고 있는 예술가들에겐 개인적인 장소인 서관이 금지된 장소인 듯했다.

"알았어요, 기다려요. 지금 내려갈게요."

먼지 하나조차 끔찍하게 여기는 후작 부인이 하녀나 하인이 애완동물을 데리고 숙식하는 것을 허락할 리 없으니 저 남자는 분명 반대편 건물에 머무는 예술가임이 분명했다.

대답을 기다리지 않고 바로 숄을 걸치고 내려갔다.

"정말 고맙습니다, 아가씨."

내려와 마주한 건 챙이 큰 모자를 쓴 젊은 남자였다. 적갈색의 머리칼에 초록 눈동자, 이목구비가 뚜렷하고 아몬드형 눈매를 가진 준수한 외모였다. 나이대는 엘리엇 정도로 보였다. 옷차림이 어딘가 낮이 익다고 생각했다. 내 표정을 보고 오해했는지 고양이를 넘겨받은 남자가 멋쩍게 웃었다.

"좀 낡았죠? 오늘 새 옷을 빼입으려고 했는데 자는 사이 돈을 도둑맞는 바람에……."

"공원."

"네?"

"공원에서 그런 거 아닌가요?"

마차를 타고 갈 때 봤던 모습을 떠올렸다. 공용 공원 입구 벤치에 누워 자고 있던 남자와 그 남자의 주머니를 털어 가던 어린 소년.

"그걸 어떻게 알았어요? 무슨 초능력자라도 돼요? 아니면……."

그 뒤에 나올 단어를 왠지 듣고 싶지 않아 말허리를 끊었다.

"그야 직접 봤으니까요. 마차를 타고 지나가다가."

"아아……. 그랬구나."

뒷머리를 긁적이는 남자를 바라보다 그의 손에 눈길을 향했다. 길고 가느다란 손이었다. 빈센트처럼 굳은살이 박이지 않은 걸 보아 무거운 걸 들거나 무기를 들며 수련하지 않은 손이었다.

의문은 곧바로 풀렸다.

"인사를 빼먹었네요. 내 이름은 테오도르예요. 다들 그냥 테오라고 부르죠. 피아니스트입니다."

"이 저택에 머무르는 손님이시군요."

"아, 그게……."

후작 부인이 후원한다던 예술가 중 한 명으로 결론 낸 내 말에 테오라고 자신을 소개한 남자가 뭐라 대답하려던 순간이었다.

"테오도르."

"……백모님."

멀지 않은 데서 엄한 목소리가 들려왔고, 나와 테오를 번갈아 보던 후작 부인이 의외라는 표정을 지으며 내게 물었다.

"둘이 아는 사이였나요?"

"아뇨, 제 고양이가 나무에 올라가는 바람에 저분이 도와주셨어요."

"분명 갖다 버리라고 했을 텐…… 그랬군요."

저를 보고 하악거리는 고양이를 날카롭게 바라보고 뭐라 일갈하려던 후작 부인이 내 얼굴을 보고 급히 입을 다물었다.

"안 그래도 식사 시간에 소개하려고 했는데. 잘됐네요. 둘 다 따라오세요."

그림 같은 미소를 지으며 후작 부인이 식당으로 앞장섰다.

테오도르 샤일러. 가난한 음악인이라고 생각한 남자는 사실 샤일러 가문의 먼 친척뻘이자 엄연히 상류사회에 소속된 인물이었다. 상호간 간단한 소개가 끝나자, 애피타이저로 나온 샐러드를 포크로 집으며 후작 부인이 덧붙였다.

"뜬금없이 음악을 하겠다고 떠나지만 않았다면 지금쯤 가문에서 한자리를 하고 있었겠죠."

"백모님도 참. 제가 중요한 역할을 감당할 수 있다고 생각하세요? 절 너무 과대평가하시는 경향이 있으세요."

"그걸 자랑인 것처럼 늘어놓는 것도 재주라면 재주일 겁니다, 테오도르."

음악인은 요즘 들어 하나의 기술인으로 인정받는 분위기였지만, 오래전부터 그저 귀족들의 연회에 풍미를 돋우는 도구처럼 이용되는 경우가 많았다.

내 아버지의 경우처럼 장남에다 삼대독자일 경우 작위 세습을 인정하는 기사와 달리, 취미가 아닌 직업으로써 예술을 택한 사람들은 공식적으로 작위를 계승할 수 없었다. 그래서 보통 작위를 얻을 수 없는 하급 귀족의 차남이나 수많은 부를 축적한 평민 가문의 차남들이 선택하는 길 중 하나였다. 그러니 후작쯤 되는 가문에서는 허용되지 않는 분위기였다. 너털웃음으로 경직된 분위기를 완화하려는 시도는 무로 돌아가고, 결국 내가 나서는 수밖에 없었다.

"피아노를 치신다고 하셨죠. 주로 어떤 곡을 주로 치시나요?"

"여러 종류가 있지만, 백모님이 절 저택으로 초대하시는 경우는 단 하나죠."

와인을 들어 마신 그가 말을 이었다.

"무도회곡."

귀를 의심했다. 다시 되물었다.

"……무도회요?"

"네, 올리비아 양, 열흘 뒤 작은 연회를 열 생각이랍니다. 왕궁처럼 거창하고 화려하진 않겠지만요."

말을 받은 건 후작 부인이었다. 뒤이어 테오가 덧붙였다.

"믿지 마세요. 말만 저러신 겁니다. 백모님의 무도회는 규모도 성대하고 거의 모든 유력 귀족들이 초대장을 받지 못해서 안달하는걸요."

그 뒤 식사는 입으로 들어가는지 코로 들어가는지 알 수 없을 정도로 정신이 없었다. 그녀가 연회를 연다는 말을 들은 적 없었고, 대비도 하지 못했다. 하나 그렇다고 이곳에 머물면서 불참할 수도 없는 노릇이었다.

식사 내내 후작 부인은 예렌의 소식과 동생, 조카에 대해 물을 뿐 날 부른 이유와 속내를 드러내지 않았다. 디저트를 끝내며 마지막으로 당부했을 뿐이었다.

"아시겠지만, 올리비아 양, 매일 4시에 별관에서 사모임 회원분들과 티타임을 갖는답니다. 꼭 참석하시리라 믿어요."

＊　　＊　　＊

염려했던 바와 다르게 사모임 자리는 크게 불편하지 않았다. 생각 외로 남녀노소 다양한 사람이 많아 눈에 띄지 않은 덕이기도 했다. 다들 삼삼오오 모여 앉아 이야기를 나누고 주최자인 후작 부인이 무리 사이사이를 옮겨 다니며 이야기를 하는 형식이었다.

그들은 다양한 주제를 놓고 긴 시간 이야기를 나누었고, 때로는 중간에 일어나 응접실 옆에 위치한 게임방에 가기도 했다. 그곳에서 카드 게임을 하거나 당구를 쳤다. 돈이 걸린 게임은 없었다. 후작 부인의 눈에 거슬려 좋을 사람은 없었으니까.

주 모임 장소인 동관의 방은 개인의 응접실이라고는 믿기 어려울 정도로 넓고 고상했다. 후작 부인은 첫날 나를 데리고 다니며 회원들에게 게더에서 올라온 시오네 가문의 장녀라고 소개했다.

쓱 지나치듯이 한 소개라 아무도 귀를 기울이지 않았다. 입은 옷도 빈센트에게서 빌린 게 아닌, 내가 가지고 있는 옷차림이었던지라 단정할 뿐 비싼 원단이 아니었다. 다들 그저 시골에서 올라온 먼 친척뻘이라고 여기는 듯했다.

그녀가 나에 관한 이야기를 더 푼 것은 이튿날이었다.

"……해서, 고맙게도 올리비아 양이 내 조카를 구했답니다."

"그거 다행이네요. 감사할 일이군요."

"그런 임기응변을 발휘하시다니 훌륭한 일이에요."

"여성분이 약초에 대해 해박한 지식을 갖고 계시다니 이거, 제가 본받아야겠군요."

낯 뜨거워지는 칭찬은 내가 아닌 이곳의 주인을 위한 것이었다. 그 사실을 모르는 사람은 여기에 없었다. 그럼에도 나는 수줍은 듯 웃으며 화답했다.

"다들 과찬이십니다. 알팍한 지식일 뿐인걸요. 좋게 봐 주시니 부끄럽고 기쁘네요."

부드럽게 휘어진 입가 너머로 감춘 비웃음과 의심을 못 읽을 수 없었다. 어쩌다 소가 뒷발로 쥐를 잡았다고 생각하리라. 직접 보지 못했으니 그리 생각하는 것도 무리가 아니었다. 심지어 그들이 보는 나는 그들만큼 고위 귀족이 아닌 시골 어느 벽지에 박혀 있는 촌스러운 귀족이었다. 확실히 같은 계급에 속한 사람보다는 신빙성이 떨어지리라.

솔직히 말해, 차라리 다행이었다. 과거를 완전히 극복하지 못한 내게 이혼 소송 중인 백작 부인의 딱지를 붙여 걱정이란 허울로 무심한 척 상처를 쑤셔 대는 것보단 나았다. 그만큼 한때 익숙했던 것이기도 했고, 내가 다시 견뎌야 할 것이기도 했다.

모든 이와 눈인사를 마친 후작 부인이 자리에서 일어서자 이야기는 다시 원점으로 돌아갔다.

"이사벨 양은 이번에 누구와 파티에 오실 생각이십니까?"

"플로렌스 씨가 제게 에스코트 신청을 하시긴 했는데, 사실 고민 중이랍니다."

"플로렌스 씨라면 올해 외국 대학을 졸업하고 돌아온 제스 백작가의 자제분 아닙니까? 그런 분이 에스코트를 자청하다니, 이사벨 양의 매력은 갈수록 높아지는군요. 데뷔탕트를 하셨을 때 이미 알아봤지만요."

좀 전 나의 지식을 찬탄한 남자가 손등을 잡아 키스하자 이사벨 양이라 부른 여자가 새침하게 웃으며 손을 뺐다.

"어머, 저를 부끄럽게 만드실 생각인가요? 여기 아름다운 숙녀분들이 많은데."

그녀의 시선이 주위를 훑다 내게 멈춰 섰다. 이곳에 있는 사람들과 같은 계급이었지만 비교적으로 다른 분위기를 풍기는 내게 첫 만남부터 좋지 않은 느낌을 주던 여자아이였다.

"그나저나 올리비아 양께선 파트너를 정하셨나요?"

명백히 무안을 주기 위해 작정한 어투요 말이었다. 겉으로는 그저 호기심을 가장했지만 다분한 악의가 느껴졌다. 내 외모가 나이보다 어려 보인다는 이야기는 많이 들었지만, 기껏해야 조카뻘인 아가씨에게 경쟁심 눈빛을 받으니 난처했다.

이럴 때 휘둘리거나 동요하는 모습을 보이면 상대는 더한 행동을 취하는 법이었다.

"아니요. 수도로 올라온 지 얼마 되지 않아서요. 아직 인맥이 넓지가 않네요."

기대했던 대로 발끈하지도, 날카롭게 맞받아치지도 않고 차분히 대꾸하는 내 모습에 흥미가 식은 듯 이사벨 양이 건성으로 대꾸했다.

"하기야 다들 격에 맞는 상대를 찾아가기 마련이니까요. 올리비아 양도 곧 맞는 상대가 나타나겠죠."

대답 대신 웃으며 응대했다. 얼마 전 막 데뷔탕트를 치렀던 열아홉 여자아이였다. 거의 조카뻘이니 적대적으로 날 대한다 해도 똑같이 대할 마음은 안 들었다. 그녀가 머릿속에 든 생각을 그대로 드러낸다는 건 그만큼 사교계에 물이 들지 않았다는 뜻이었다.

"자자, 여러분. 오늘 드디어 인사시킬 사람이 있답니다."

옆 테이블에서 담소를 나누던 후작 부인이 자리에서 일어선 건 다음 순간이었다.

"아시는 분도 계시겠지만, 외국으로 유학을 갔다 얼마 전 방학을 맞아 돌아온 제 시조카 테오도르 샤일러랍니다."

동시에 문 앞에 대기했던 하녀 한 명이 문손잡이를 돌려 열자 저번보다 더 제대로 차려입은 테오도르가 들어왔다. 윤이 도는 검은 정장과 반듯한 넥타이를 하니 벤치 앞에 늘어져 자고 있던 장본인이라곤 생각하기 어려울 정도였다.

시선이 고정되고 테오도르가 옆에 와 서자 자연스럽게 그의 팔짱을 낀 후작 부인이 연극 조로 물었다.

"직접 작곡한 피아노곡을 한 곡 들려준다기에 이 자리에 불렀답니다. 그렇지, 테오?"

"영광입니다, 백모님."

절차 같은 박수 소리가 이어지고, 사람들에게 가볍게 묵례한 테오도르가 가장자리에 자리 잡은 피아노 앞에 앉았다. 불쑥 의자를 앞으로 끄는 소리가 나 옆을 보니 이사벨이 뺨을 붉히며 뚫어져라 그를 바라보고 있었다.

좀 전의 가시 돋친 모습과는 상판 다른 표정이었다. 한눈에 반한 표정이었다. 그녀에게서 시선을 떼고 다시 앞을 보았다. 잠시 눈을 감았다 뜬 테오가 피아노 덮개를 열고 건반 위에 손을 짚었다. 그리고 곧 과감하게 곡을 연주하기 시작했다.

첫 음이 들리자마자 조금 떠들썩하던 주위가 삽시간에 조용해졌다. 늪 바닥을 들여다보는 듯 깊고 탁한 음이 이어지다 강물의 표면을 치며 솟구쳐 오르는 새처럼 차올랐다. 무게감 있으면서도 우울하지 않았다. 유려하고 거침없으면서 용감한 소년이 떠올랐다. 절망 한가운데서 희망을 보고 다시 일어서는 느낌이었다. 여태껏 들어 본 적 없는 신선한 곡이었다.

기분 좋은 충격이었다. 연주가 끝난 뒤에도 몇 분간 침묵이 이어졌고, 뒤늦게 후작 부인이 손뼉을 치기 시작하자 곧이어 연주자에게 열렬한 환호가 쏟아졌다.

"들어 주셔서 감사합니다."

일어나 관중들에게 인사한 테오가 나를 발견하더니 살며시 한쪽 눈을 찡긋했다. 동시에 이사벨이 크게 숨을 들이마시는 소리가 들렸다.

가볍게 웃으며 눈인사를 하자 두루두루 후작 부인과 돌며 인사를 한 그가 마지막으로 우리가 앉은 테이블로 다가왔다.

"여기 빈자리에 앉으세요, 테오도르 경."

"친절에 감사합니다, 이사벨 양. 다만, 아버님이 백작 위에 계시긴 하나 삼남인 저에겐 정식 작위가 없으니 그런 경칭은 빼고 불러 주세요."

빈센트가 빈 의자를 제 옆에 가져다준 이사벨에게 감사 인사를 했다. 다른 테이블에서와 마찬가지로 몇 마디 대화를 더 나누었다.

"아, 그렇군요. 연회에서 연주하신다니. 함께 즐기지 못해 아쉽지만 그래도 기대가 되네요."

"연주라고 해도 첫 곡과 마지막 곡뿐이니까요. 백모님이 초청하신 관현악단이 충분히 세련되고 흥겨운 곡으로 귀빈들께 즐거움을 드릴 겁니다."

"그 말씀은 테오도르 씨는 손님으로서는 연회에 참여하지 않는다, 그 말씀인가요?"

테오의 옆에 꼭 달라붙다시피 붙은 이사벨 때문에 그를 언짢은 눈으로 바라보던 남자가 날카롭게 묻자 처음으로 느긋한 얼굴에 난처함이 묻어났다. 나는 가만히 듣고 있다 대화에 끼어들었다.

"아무래도 외국에서 학습하다 오신 지 얼마 안 되셨을 테니 여러 가지 춤을 익힐 시간이 없으셨겠지요."

변명이라고 대신 덧붙인 말이었다. 테오의 옆모습만 바라보던 이사벨이 고개를 내게 휙 돌리더니 눈꼬리를 실룩였다.

"어머, 꼭 서로 사적으로 아시는 것처럼 이야기하시네요?"

안다면 아는 사이고 모른다면 모르는 사이였다. 테오도르와 눈이 마주치고 어색하게 시선을 주고받는 사이, 이사벨이 신경질적으로 다시 말을 이었다.

"이런 말 드리기 불편하지만, 올리비아 양은 테오도르 씨를 걱정하기보다 본인 파트너를 걱정하시는 편이 더 좋지 않으시겠어요?"

도도하게 웃으며 부채질을 하는 모습이 꼭 발톱을 드러낸 채 하악거리는 새끼 고양이 같았다.

흠흠, 단번에 경직된 분위기에 가만히 앉아 젊은 남녀의 대화를 바라보던 나이 든 부인이 헛기침을 하며 시선을 집중시키곤 상황을 유연하게 일단락을 지었다.

"테오도르 씨, 연주 정말 인상 깊게 잘 들었습니다. 이 늙은이야 다리 힘이 부족해 젊은 사람들 연회에는 못 끼지만 언젠가 또 좀 전과 같은 곡을 들었으면 좋겠군요."

"그리 말씀하시기엔 지금도 충분히 기품 있고 아름다우십니다, 부인. 칭찬 감사히 새겨듣겠습니다."

물에 빠져 허우적대다 구명줄을 잡은 사람처럼 밝은 얼굴로 테오가 대꾸했다.

* * *

일주일이 지났다. 그 뒤로도 이사벨과는 끝없이 저택 안에서 마주쳤다. 티타임뿐만 아니라 이른 아침이나 사모임을 하지 않는 주말에도 마찬가지였다.

외국의 음악에 관심이 있다는 이유로 테오도르와 약속을 잡고 그도 아니면 귀족의 예를 더 배우고 싶다는 핑계로 후작 부인 곁에서 떨어질 줄 몰랐다. 딸이 없던 후작 부인은 마치 늦둥이 딸이라도 생긴 듯 살갑게 그녀를 대했고 같이 한 식사 자리에서 겉도는 건 항상 내 쪽이었다.

누가 테오나 후작 부인의 호감을 더 사는가는 관심 없었지만, 부인에게 사업 이야기를 꺼내려 해도 적절한 기회가 보이지 않아 곤란해졌다. 이렇다 할 진척이 없으니 빈센트에게 편지를 보낼 수 없었고, 란델 백작 부인에게 보내는 편지엔 의례적인 내용만 빈 종이를 채웠다.

"……그렇게 해서 제 오라버니가 제가 가장 아끼는 숄을 불태웠답니다."

"어머. 그거 속상했겠군요, 이사벨 양."

"아니요. 괜찮았어요. 사실 이건 정말 비밀이지만, 저 또한 오라버니가 아끼는 넥타이핀 하나를 팔아 산 옷이었거든요."

"네? 정말인가요? 그것참, 호호호!"

날씨가 좋은 주말이면 후작 부인은 꽃들이 흐드러진 앞뜰 테라스에 앉아 차를 마시는 것을 좋아했다. 원래라면 혼자 즐겼을 취미였지만 오늘은 나와 이사벨을 대동한 채였다.

두 사람의 대화를 귓등으로 흘리며 다소 무례라 해도 부인을 저녁에 따로 뵙자 말씀드릴까 고민하는 찰나, 이사벨의 품 안으로 뭔가가 뛰어들었다.

"꺄악!"

혼비백산한 채 그녀가 일어났고 그 바람에 떨어져 바닥으로 우아하게 착지한 것은 낯익은 흰 털의 고양이였다.

"이 더러운 짐승이! 이 드레스가 얼마짜린 줄 알고!"

일그러진 얼굴로 일어난 이사벨이 고양이가 앉은 제 무릎을 몇 번이고 털었다. 누가 끼어들 새도 없이 날카로운 반응에 놀란 고양이가 등을 한껏 세우며 적대적으로 울자, 기겁한 그녀가 구두 끝으로 고양이를 걷어찼다.

"냐아아옹!"

"이사벨 양!"

"지금 무슨 짓이에요!"

고통스러운 울음소리와 함께 두 사람의 외침이 동시에 들렸다. 반사적으로 일어섰다.

"말 못 하는 작은 동물을 그렇게 거칠게 대하면 안 되죠!"

그런 날 기가 찬다는 듯 쏘아본 이사벨이 억울하다는 듯 눈에 물기를 가득 달고 이사벨이 후작 부인을 보며 항변했다.

"부인 보셨어요? 올리비아 양이 지금 저 짐승 편을 드는 거? 난 명백히 피해자인데도요! 정말, 얼마나 놀랐는지……."

그 순간 그녀에 대한 평가를 재고했다. 사교계의 물을 적게 먹었다고 순수한 건 아니었다. 손뼉이라도 쳐 주고 싶을 정도로 나이에 비해 성숙한 연기였다. 하지만 역시 어설펐다. 무슨 일을 해도 상황과 상대를 보며 해야 하는 법이었다.

분명 고양이가 하녀나 하인의 것이라고 생각했는지 놀란 눈으로 자신을 바라보는 후작 부인에게 덧붙이기까지 했다.

"그럴 일은 없다고 믿지만, 설마 올리비아 양이 꾸민 일은 아니겠죠?"

"……네?"

"제가 고양이를 질색한다는 걸 알고서 일부러 데려온 건 아니겠죠? 아까 마치 아는 고양이를 본 거 같아서요."

말도 안 되는 가정까지 하는 걸 보아하니 미운털이 박혀도 단단히 박힌 모양이었다. 왜인지는 궁금하지 않았다. 다만 인내심이 한계까지 치달았다. 뭐라 되받으려고 했을 때 먼 곳에서 걸어오는 발걸음 소리가 들렸다.

"티티!"

이 소동을 다 목격했는지 다급하게 뛰어온 테오가 널브러지진 않았지만 고통스럽게 색색 숨을 내뱉는 고양이를 조심스럽게 품에 안아 들었다.

"테, 테오도르 씨……."

그제야 상황 파악이 됐는지 아까보다 하얗게 얼굴이 질린 이사벨이 말을 더듬었다. 그런 그녀의 얼굴을 차갑게 일별한 그가 고개를 숙였다.

"아무래도 제 고양이가 실례를 범한 거 같군요. 백모님을 비롯해 두 숙녀께 사과드립니다."

"난 괜찮다. 이사벨 양이 좀 놀랐을 뿐이지."

뭐가 어찌 되었건 소란이 끝나 다행이라는 얼굴로 후작 부인이 대꾸하자 테오가 이사벨에게 다시 시선을 돌렸다.

"많이 놀라신 모양이군요. 혹여 드레스에 손상이 생겼다면 얼마든지 보상하겠습니다."

"그, 그러실 필요는 없어요."

좋아하는 사람 앞에서는 그저 한 소녀인지, 순식간에 얼굴이 새빨개진 이사벨이 고개를 내저었다.

"저, 그리고 저번에……."

"올리비아 양은 많이 놀라지 않으셨나요?"

이어지려는 그녀의 말을 못 들은 척 끊은 그가 이번엔 내게 말을 걸었다. 고개를 저었다.

"이번 일이 처음도 아닌데요, 뭘."

테오의 곁에 안겨 있던 티티가 툭 바닥에 내려오더니 내 발치에 몸을 비볐다. 의외로 날 알아보는 눈치였다.

"잠시 산책하는 중이었는데, 티티가 얼굴을 보고 반가운 마음에 인사하려고 왔나 봅니다."

"……그런가요."

그렇게 생각하니 좀 전 더 빨리 감싸 주지 못한 게 미안했다.

"마침 잘됐습니다. 만나 드릴 말씀도 있었는데."

산뜻하게 웃은 테오가 말을 이었다.

"올리비아 양, 괜찮으시면 연회에 저랑 같이 가 주시겠습니까?"

차마 잠시 얼굴만 비추고 떠날 생각이었다는 말을 주최자 앞에 두고 할 수는 없었다. 눈치를 보아 파트너 신청을 압박하는 이사벨에게 보란 듯이 날 방패로 삼은 듯했다.

들키지 않게 한숨을 내쉬고 대답했다.

"……좋아요."

그렇게 며칠이 흘렀다. 어느새 무도회 날이 밝았다. 저녁에 열리는 연회이기에 후작 부인은 점심까지도 보이지 않았다. 저택 사람들 모두가 분주히 움직였다.

화원의 다채로운 꽃들이 섬세한 양각이 새겨진 유리 화병에 꽂혀 곳곳에 놓였고, 안 그래도 평소 광이 나는 저택 안은 옅은 먼지 한 톨도 없는 곳이 되었다.

난 아침부터 몸이 안 좋다는 핑계로 점심을 무르고 테레즈에 보낼 편지를 썼다. 기다리고 있던 이혼장이 도착하지 않은 것에 대한 편지였다.

사실 이혼을 통보하고, 친정으로 몸을 옮기고 다시 수도로 오기까지 계절이 바뀌고, 몇 개월이 흘렀음에도 왕의 허락을 받지 못했다는 건 말이 안 됐다.

히스델리아에 정신이 집중돼 그간 신경 쓰지 못했던, 어쩌면 신경 쓰지 않으려 했던 안건과 마주하자 힘이 쭉 빠지는 느낌이었다. 마지막으로 편지를 봉투에 넣어 봉인했다. 때마침 불렀던 하인이 문 앞에 도착했고, 그대로 편지를 넘겼다.

약간의 돈과 함께였다.

"이걸 우체국에 전달해 주세요. 부치고 남은 돈은 가져도 좋아요."

"네. 알겠습니다, 올리비아 님."

용건만 간단히 전달한 뒤 문을 닫았고, 얼마 뒤 노크 소리가 들려와 다시 열어야 했다. 애니였다. 반사적으로 벽에 걸린 시계를 올려다봤다. 무도회는 저녁 일곱 시였고, 지금은 아직 세 시에 불과했다.

"무슨 일이야?"

혹시 문제라도 생겼는지 조마조마한 마음에 묻자 애니가 씩 웃었다.

"무슨 일이라뇨. 무도회 준비를 해야죠."

그러더니 힐긋 제 뒤를 눈짓했다. 눈을 내리깔고 손을 모은 하녀 두 명이 그녀의 뒤에 서 있었다. 이건 또 무슨 일이냐는 내 표정에 대답이 바로 돌아왔다.

"후작 부인께서 감사하게도 일손을 빌려주겠다고 하셨어요. 머리를 만지는 것만 해도 시간이 두세 시간은 걸리잖아요?"

그 뒤는 헤더 제누아니, 이혼장을 신경 쓸 새도 없이 정신없이 지나갔다.

화장은 그렇게 오래 걸리지는 않았다. 피부 위주로, 볼에 분을 발라 생기를 주고 화사한 립스틱으로 마무리했다. 전체적으로 깔끔하면서 투명한 느낌이었다.

손이 빠른 하녀 두 명이 살짝 웨이브 진 옆머리를 제외하고 하나로 길게 땋아 내린 머리를 둥글게 틀어 올린 다음, 핀으로 고정한 뒤 꽃으로 장식했다. 밀색 머리칼에 포인트가 될 수 있는 연보라색의 붓꽃이었다. 살짝 삐져나온 뒷머리는 따로 손보지 않고 내버려 두자 자연스럽고 우아한 스타일의 올림머리가 완성됐다.

그다음은 드레스였다. 애니가 이때만 기다렸다는 듯 옷장에서 꺼내 든 건 빈센트에게서 받은 드레스를 집어 들었다. 파티의 암묵적인 룰에 따라 새하얀 빛깔의 드레스는 깊이 파인 데콜테 라인으로 목선과 쇄골을 강조했고, 가슴팍에서 한 겹의 천이 아닌, 양옆으로 겹쳐지는 디자인으로 기존의 고전적인 디자인에서 변화를 꾀했다.

높이 위치한 허리선은 붓꽃의 모양과 같은 어두운 색의 보라색이었고, 전체적으로 하늘하늘하면서 걸을 때마다 부딪치는 옷감의 감촉이 부드러웠다. 여성스럽고 우아한 드레스였다. 마지막으로 하얗고 긴 공단 장갑을 끼자 완벽한 연회복 차림이 완성됐다.

전신 거울 앞에 서자 저번 별장에서 그랬듯이 내가, 내가 아닌 듯한 기시감이 들었다.

"정말 천사 같으세요, 아가씨!"

내 등 뒤에서 손뼉을 친 애니가 감탄 어린 눈길로 찬사했다.

"이제 선물 받으신 목걸이만 하시면 되겠네요!"

일전에 보았던 눈물 모양으로 세공되어 있는 은줄의 에메랄드 목걸이를 든 애니가 다가왔다. 그때 뭔가 빠진 거 같은 느낌이 들었다.

"애니, 잠깐만."

바로 다음 순간, 단박에 떠오른 생각에 짐을 뒤졌다.

"아가씨?"

의아하게 다가간 애니가 묻자 대답 대신 보관해 놓았던 히스델리아를 집어 보였다. 다행히 작은 나무 상자 안에 보관해서 거의 눌리지도, 많이 시들지도 않은 채 잠들어 있었다.

"그걸로 뭐 하실 생각이세요?"

점점 의미를 모르겠다는 표정의 애니에게 싱긋 웃으며 물었다.

"투명한 소켓 목걸이가 하나 있을 텐데. 그렇지?"

분명 히스델리아의 특별한 검은 빛깔과 아름다움은 흔치 않은 것이었다. 효과 좋은 약초니, 약물이니 해도 막상 아무런 문제가 없는 사람에게 들이밀면 수상쩍은 사람으로 취급하는 것 외엔 돌아올 게 없었다. 일단 꽃의 아름다움으로 흥미를 갖게 만든다.

상류층 여성들에게 관심을 사려면, 그것부터 시작해야 한다는 것을 잊고 있었다.

　모든 준비를 끝맺고 창가 의자에 앉아 밖을 내다보는 중이었다. 시작하기 십 분 전에 나를 데리러 오겠다는 테오도르를 기다리고 있다.
　현관홀 입구, 돌계단 앞 하나둘 도착한 마차들 안에서 한껏 차려입은 신사 숙녀들이 내리기 시작했다. 시끄럽진 않지만, 곧 이어질 연회로 인한 흥분과 기대감이 서린 저택의 분위기가 서관에서조차 느껴졌다.
　문은 잠겨 있지 않았다. 노크 소리가 몇 번 울리고 그가 들어왔다.
　"모시러 왔습니다, 올리비아 님."
　"기다리고 있었답니다, 테오도르 씨."
　생각이 복잡해져 혼자 있고 싶어 애니를 비롯한 하녀들을 내보내고 방 안의 모든 불을 꺼 놨기에 방 안은 컴컴했다. 테오는 거기에 관해 묻지는 않았다. 다만 더 다가오더니 나를 보고 주춤하며 몇 분간 말이 없었다.
　"테오도르 씨?"
　잠시 후에야 내 의아한 시선에 더듬더듬 입을 열었다.
　"……생각보다 더…… 아름다우시군요."
　"과찬이십니다, 감사합니다."
　의례적인 칭찬이라기엔 눈빛이 부담스러울 정도로 반짝거렸다. 아마 평소 그다지 꾸미지 않는 모습에 비교하면 차이가 많아서일 것이다.
　"아름다운 아가씨, 제게 에스코트를 하는 영광을 주시겠습니까?"
　마치 처음 본 사람처럼 그가 예를 갖춰 손을 내밀었고, 나는 피식 웃으며 그의 손을 잡고 일어나 팔짱을 꼈다.
　"예렌의 올리비아 시오네 양과 샤일러 후작가의 테오도르 씨 오셨습니다!"

연회 홀 앞, 근위병처럼 서 있던 하인 두 명이 문을 열자마자 안쪽에서 집사가 나와 그의 출신과 이름을 불렀다. 소리 없이 문이 열리자, 다채로운 성찬과 아름답고 품격 있게 꾸며진 드넓은 연회 홀이 펼쳐졌다.

팔짱을 낀 나와 그가 한걸음 내딛은 순간 이상하게도 떠들썩한 연회 홀이 일순간 조용해졌다.

"올리비아 양! 그리고 테오도르!"

무리의 중심에 서 있던 후작 부인이 다가오자 시선이 더 집중됐다. 계단을 전부 내려와 팔짱을 빼자 다가온 후작 부인이 내 손을 잡고 웃으며 말을 걸었다.

"어서 와요, 올리비아 양. 세상에, 이렇게 예쁜 인물인데 꾸며 놓으니 훨씬 사네."

"저는 꿔다 놓은 보릿자루입니까, 백모님?"

테오가 장난스레 비죽이자 믿지 않게 눈을 흘긴 후작 부인이 사람들 너머 피아노 자리로 눈짓했다.

"악단이 연주하고 있긴 하지만, 네가 명색이 첫 피아노 연주자이니 분위기를 더 북돋아 주렴."

눈치를 보듯 그가 나를 쳐다보자 가볍게 웃으며 고개를 끄덕였다.

"네 파트너는 내가 잘 모실 테니, 걱정 말고. 어서."

결국 고개를 끄덕인 그가 우리에게서 멀어졌다. 그러자 일순간 정지되었던 시선들도 하나둘씩 멀어졌다. 테오도르의 연주에 관한 소문이 난 모양이었다.

뒤이어 자리에 앉은 테오가 연주를 시작하자 남녀가 하나둘 정중앙으로 나와 손을 잡고 춤을 추기 시작했다. 자연스레 테두리로 밀려나 그 모습을 바라보던 나와 후작 부인에게 사람들이 다가와 말을 걸었고, 그 뒤부터는 호기심 어린 눈빛과 함께 내가 하고 나온 목걸이에 대한 질문을 많이 받았다.

"이건 게더에서만 피는 히스델리아라는 꽃입니다."

"그렇군요. 저런 검은 빛깔은 처음 봐요. 평소 예쁘지 않다 생각한 색깔인데 이리 보니 우아하고 예쁘네요."

"투명한 소켓 목걸이 안에 집어넣은 생각도 기발해요! 머리 장식으로 해도 예쁠 거 같네요."

"게더에서는 이 꽃이 장식용으로 많이 쓰이나요? 예를 들어 응접실이나 거실에요."

적극적으로 나서며 묻는 것은 주로 귀부인과 어린 아가씨들이었다.

"이 꽃에 얽힌 슬픈 전설이 있어 집 안에 장식하기엔 조금 부적절한 거 같네요. 덧붙여 얼마 전까지는 아무도 발견하지 못했던 꽃이랍니다."

"어머, 그렇다면 처음으로 발견하신 건가요? 기록할 만한 일이네요!"

"슬픈 전설이라니, 뭔지 궁금하네요. 들려주실 수 있나요?"

하나둘도 아닌 대여섯 명이 한 번에 질문하니 일일이 눈을 맞추고 대답하기 힘들었다.

"자자, 올리비아 양은 당분간 우리 저택에 머물 계획이니까요. 내일이나 모레 티타임 때 천천히 물어보셔도 늦지 않답니다."

난처해하는 날 알아채고 잠시 주최자로서 이리저리 다른 상대와 이야기를 나누던 후작 부인이 자연스럽게 무리에서 나를 빼내 주었다.

"이 꽃이 바로 그거군요, 내 조카를 살렸던."

그녀가 내 팔짱을 끼고 테오도르가 연주를 하고 있는 피아노 쪽으로 걸어갔다.

"네. 치료제로서의 쓰임 말고도 심미적으로도 충분히 가치가 있는 꽃이죠."

그간 그녀가 회피해 왔던 주제에 대해 말할 수 있는 좋은 기회였다. 이를 놓치지 않고 말하자 잠시 묘한 미소를 띠던 후작 부인이 앞으로 고개를 돌렸다.

"무도회에 그 목걸이를 하고 나온 건 탁월했어요. 인기가 많으니 후원자를 구하기엔 쉬울 거예요."

날 나서서 돕지도, 그렇다고 훼방을 놓지도 않는 이 여자의 머릿속이 궁금했지만 티를 내진 않았다. 어쩌면 하퍼 상단과 연이 있어 날 대놓고 돕지 못하는 걸지도 모르니까. 마침 연주가 막 끝났고, 춤도 끝났다. 피아노 주변을 둘러싼 사람들에게 박수를 받은 테오가 우리에게 다가왔다.

"이제 제 파트너를 돌려받아도 되겠죠, 백모님?"

"그럼요."

기꺼이 내 손을 넘겨 준 후작 부인이 다시 멀어지자 테오가 팔을 내밀었다. 팔짱을 끼라는 의미였다.

"실례일지 모르겠지만, 지금 별로 춤을 추고 싶지는 않은데요."

"한 곡만 부탁드려요? 티티가 질투하는 걸 무릅쓰고 부탁드리는 겁니다."

그렇게 나오니 고개를 저을 요량이 없었다. 결국 승낙했다. 다시 연주를 넘겨받은 악단은 다양한 악기와 다채로운 선율로 분위기를 이끌었다.

테오도르와 춤이 끝나자 곡이 이어지기 전에 연회 중앙에서 빠져나왔고, 기다렸다는 듯 그의 연주에 대해 이야기하고 싶어 하는 사람들이 몰리자 목이 마르다며 그의 손을 놓고 더 바깥쪽으로 들어갔다. 발코니 쪽으로 들어가려는데 이상한 소리가 들려 걸음을 멈췄다.

반투명한 커튼 너머로 입을 맞추는 남녀의 실루엣이 보였다. 뒷걸음질 치듯 거기서 벗어나 벽 쪽의 긴 장의자에 앉았다. 잠시 앉아 칵테일을 한 모금 마신 뒤 숨을 고르는데 누군가 다가왔다.

"어머, 올리비아 양 아니에요?"

귀에 거슬리는 목소리였다. 고개를 들자 적의를 가리지도 않고 날 내려다보는 이사벨이 보였다. 마치 따르는 무리처럼 비슷한 나이 또래 두셋을 이끌고 내게 걸어왔다.

"이사벨 양이군요."

나 또한 반갑지 않은 건 마찬가지였지만 기분을 드러낼 필요는 없단 생각에 가볍게 받아넘겼다.

"사람이 많아 못 찾는 줄 알았는데, 이리 찾게 되어 다행이에요."

무슨 말을 하려는 건지 가늠이 되지 않아 고개만 기울였다. 내 옆에 앉은 이사벨이 부채를 펴더니 속삭이듯 말했다.

"남편의 정부에게 밀려 친정을 쫓겨난 가련한 여자가 있다죠?"

삽시간에 표정이 굳었다.

"참 가엾죠. 얼마나 못났으면, 얼마나 가진 게 없었으면 그리 초라하게 쫓겨날 수 있을까요. 안 그래요?"

그녀의 말에 날 둘러싸듯 선 여자들이 앞다투어 맞장구를 쳤다. 이사벨이 말하는 여자가 나라는 사실을 모르는 것 같았지만, 그녀들의 시선 또한 확실한 악의가 담겨 있었다.

"하지만 이젠 제 의견을 조금 바꾸어야 할 거 같아요. 상처받아 몸을 숙이고 남편에게 사랑받으려 애를 써야 할 판에 젊은 남자와 놀아나다니. 그런 여자가 과연 숙녀라고 할 수 있을까요?"

명백한 비난이었다. 날 잘 알지도 못하는 여자가 머리에 생각이란 걸 하지도 않고 되는 대로 지껄이고 있었다.

"재밌는 얘기네요. 듣자 하니 직접 보신 거 같지는 않고, 누구한테 들었죠?"

엷게 웃으며 대꾸하자 생각보다 태연한 내 반응에 이사벨의 얼굴이 당혹으로 떨리는 게 보였다. 이내 감정을 다스린 그녀가 입매를 끌어올리며 대꾸했다.

"제 친구한테 들었어요. 누구와는 달리 아주 정숙하고 지체 높은 친구랍니다."

지그시 눈을 감았다 떴다. 피식 웃음이 나왔다.

"왜, 왜 웃는 거죠?"

내 손에 들려 있던 칵테일이 쏟아진 건 다음 순간이었다. 의도적으로 흘린 술이 그녀의 치맛자락에 떨어지자 경악한 이사벨이 자리를 박차고 일어났다. 아니, 일어나려 했다.

"이게 무슨 짓……!"

"이사벨 비프스."

염려하는 척 그녀의 어깨를 잡고 도로 앉힌 내가 작게 말하자 마주한 눈이 커졌다.

"누군가를 비난하려면, 적어도 본인에게 흠결이 없는 상태여야 하는 거란다."

품에 넣었던 손수건을 꺼내 미안해하며 그녀의 치마를 닦아 주는 척하며 말을 이었다.

"듣자 하니 얼마 전 약혼했다고 하던데. 그 약혼자는 네가 다른 남자에게 큰 관심을 갖고 있다는 걸 알고 있나?"

"그, 그게……."

백짓장처럼 새하얘진 얼굴이 말을 내뱉지 못해 당황했다. 마지막으로 걱정스러운 얼굴로 그녀의 얼굴에 튄 칵테일을 닦아 주며 끝맺었다.

"네가 누굴 좋아하던 신경 안 써. 다만 알량한 명예나마 지키고 싶다면 앞으로 내 눈에 띄지 않길 바라."

“…….”

“대강 닦았으니 끈적이는 부분은 물을 묻히든지 해야겠네요. 정말 미안해요, 이사벨 양.”

진심으로 미안한 표정을 지었고, 자리를 털고 일어났다. 그녀를 제외한 모두가 속아 넘어갔다. 무리 중 누군가 무례를 저지른 날 향해 뭐라 쏘아붙이려고 했으나 이사벨이 손을 들어 저지했다.

“그만해요……. 이만하면 충분한 것 같군요.”

태연한 어조와 달리 말끝은 떨고 있었다. 그런 그녀를 차갑게 일별하고 그곳에서 멀어졌다.

한껏 분위기가 무르익은 연회 홀에서 나와 상대적으로 사람이 적은 복도로 나왔다. 겉으로는 꼿꼿하게, 아무렇지도 않은 척 걸었지만, 하루 내내 먹은 게 없는 빈속이 뒤틀리고 욕지기가 치밀어 올라왔다.

얼마나 못났으면.

얼마나 가진 게 없었으면.

철없는 어린 여자애가 내뱉은 말이었으나 가슴에 비수를 꽂기 충분했다. 사실이 그러했다. 수십 번 생각했었던 것이기도 했다. 내가 만약 권세 있는 집안의 여식이었다면. 특출한 재주와 미모가 있었다면.

그랬다면 레너한의 마음이 쉽게 떠났을까? 정부를 들이고, 날 그렇게 막 대했을까? 벽에 손을 대 몸을 부축하고, 고개를 저었다. 이제 와 아무런 상관없는 일이고 장본인이 고백했듯 그는 감정적으로 문제가 있는 사람이었다.

숨을 들이마시며 걷고 또 걸었다. 연회 홀에서 꽤 멀어져 사람이 없어진 으슥한 복도에 도달하자 퇴창 소파에 앉았다.

잠시 후 다시 돌아가야 했다. 곧 후작 부인이 나를 찾을 것이며, 이곳에 머무는 손님으로서 아무런 말도 하지 않고 연회를 떠나는 건 결례였다. 눈을 감고 마음을 진정시켰다. 얼마나 지났을까, 멀리서 들려오는 거 같던 걸음 소리가 점점 다가왔다.

"리비."

나를 그렇게 부를 사람은 이곳에 없었다. 살갗에 소름이 돋았다. 고개를 돌려 나를 내려다보는 시선과 마주했다.

"……레너한."

마지막으로 봤을 때보다 한층 초췌하고 마른 모습의 레너한 하퍼가 서 있었다. 오만하리만치 당당했던 금안이 떨리고 있었다. 그럼에도 여전히 수려한 얼굴이었다. 이혼이 되면 많은 귀족 여식들이 달라붙을 모습이 상상되었다.

"환상이 아니야……."

뭔지 모를 말을 뇌까리던 그가 물었다.

"네가 왜 여기에 있지?"

내가 낙상을 하고 사지를 넘나들 때, 침대 머리맡에 앉아 울었다던 게 생각났다. 테레즈에서 떠나기 직전 자존심도 버리고 내게 매달렸던 모습도. 하지만 모두 과거의 것이었다.

한번 죽었을 때, 나는 이미 과거는 과거에 묻어 두고 왔다.

"그건 내가 할 말이야. 네가 여기 있어?"

그리 물었다가 스스로도 어처구니없어 웃었다. 레너한 하퍼의 손아귀에 미치지 않는 곳이라는 게 이 수도 안에 있었던가.

후작 부인이 초대장을 보낸 건 당연했다. 이로써 그녀가 나를 알고 있었다는 게 증명됐다. 왜 나를 초대해 놓고 거리를 둔 건지도. 후작 부인은 그저 내가 궁금했던 것이다. 게더의 시오네가 아닌, 전 하퍼 백작 부인으로서.

신물이 나왔다.

"……보고 싶었어, 올리비아."

목이 멘 듯 잠시 말이 없던 그가 더듬거리며 천천히 다가왔다. 손이 떨렸다. 당장에라도 일어나 멀어지고 싶었지만, 다리에 힘이 풀려 그럴 수 없었다. 대신 단호하게 거부했다.

"다가오지 마."

차분해지기 위해 노력했다. 안간힘을 다했다.

"이게 무슨 인연인지 모르겠지만, 차라리 잘됐어."

"뭐?"

"한번 얼굴을 보고 얘기하려고 했거든."

입 안쪽의 살을 깨물고 감정이 나를 집어삼키지 않기 위해 발버둥 쳤다. 그를 더 이상 사랑하지 않는데도 음습한 미련이 발목을 잡고 놓아 주지 않았다. 잊고 있었던 검은 물이 발끝부터 차올라 다시금 목을 조를 거 같았다.

십 년이란 세월이 이리도 길었다, 이리도.

"그 말은……."

희망이 올라오려던 그의 얼굴을 보며 무참히 짓밟았다.

"이혼장, 왜 아직까지 내게 닿지 않은 거지?"

"……."

"원래라면 한 달이 지나지 않고 허가를 받을 수 있잖아. 너라면."

"……올리비아."

그가 성큼 다가왔다. 비명이라도 지르려 했으나 그의 손이 내 입을 가볍게 틀어막았다.

"이혼은 없어, 올리비아."

"뭐?"

"내가 잘못한 게 있으니 친정에 가서 마음을 추스르게 허락해 줬잖아. 그게 벌써 네 달이었어."

좀 전 금방이라도 눈물을 떨굴 것 같던 남자가 맞는지 의아할 정도로 소름 끼칠 정도로 태세를 전환한 레너한이 연달아 추궁했다.

"그간 소식을 보내도 연락 하나 없고, 사람을 붙여도 소리 소문 없이 사라지더군. 어떻게 한 거야? 아니, 어떻게 그리 매정할 수 있지?"

말문이 턱 막혔다. 대답 대신 두 눈을 깜박였다. 그가 무슨 소리를 하는 건지 하나도 알아들을 수가 없었다. 그의 표정은 기괴했다. 입매를 간신히 끌어 올렸으나 눈매는 차가웠다. 차라리 외국말을 듣는 게 더 이해하기 쉬울 것 같았다. 그의 손을 치우고 나서야 겨우 목소리가 나왔다.

"헛소리 그만해. 난 분명 이혼을 말했고, 너는 거기에 승낙했어. 이혼장의 하나는 내가 갖고 있지. 네가 내지 않으면, 내가 내면 그만이야."

혹시 몰라 두 장을 만들어 챙겨 둔 게 다행이었다. 이렇게 아무렇지도 않게 말을 바꿀 줄 알았다면 처음부터 내가 이혼장을 제출할 걸 그랬다는 생각이 들었다.

잠시 날 미묘한 눈으로 바라보던 레너한이 미소를 거두고 대답했다.

"아무것도 모르는구나, 올리비아. 그건 아무짝에도 쓸모없는 종잇장이야."

"그게 무슨 말이야."

"네가 내게 시집올 때 계부, 게오르그 시오네가 나한테 어마어마한 거액을 빌렸어."

순간 명치를 세게 맞은 것처럼 숨이 막혀 왔다. 그가 태연히 말을 이었다.

"네가 내 사람이 된다는 조건으로 상환 의무가 없어진다는, 그런 계약서였지. 그런데 이혼을 하게 되면? 그 금액을 다 갚아야 할 거야. 게다가 땅덩어리 전체를 팔아도 다 못 갚을 금액을."

이제 겨우 빠져나왔다고 생각한 늪은 알고 보니 한가운데로 날 집어삼키고 있었다. 절망이 목을 조르고 족쇄처럼 손목과 발목에 추를 달왔다. 턱을 그러쥐려는 손을 거칠게 뿌리치고 물었다.

"정확히 얼만데."

"100만 갈레온."

"……."

눈앞이 아득해졌다. 혀끝이 굳었다. 히스델리아로 여태껏 적지 않은 수입을 얻었다고 하지만 턱도 없었다. 그의 말대로, 게더 땅덩어리 전체를 팔아도 못 갚을 금액이었다. 그 넓은 데다 풍족하고 비옥한 테레즈 영지의 자그마치 일 년 수입에 임박했다.

"털어 낼 시간은 충분히 주었잖아. 네가 돌아오면 전부 없던 일로 해 줄 수 있어. 우리 다시 시작하는 거야. 깨끗하게."

공약을 바꾼 듯 돌연 부드럽게 목소리를 바꾼 레너한이 무릎을 꿇고 날 올려다보며 말했다.

"다시 시작하자, 올리비아. 잘해 줄게. 그 누구도 감히 널 내려다볼 수 없게 해 줄게."

저건 악마다, 악마였다. 나를 집어삼키고 끝내 밑바닥까지 끌어 내리려는 손짓이요 목소리였다. 내게 함께 지옥으로 되돌아가자고 속삭이고 있었다. 그 지독하고 끔찍했던 과거로. 내가 한번 죽어야 했던 과거로.

그때 누군가 끼어들었다.

"올리비아 님!"

날 찾았는지 먼 곳에서 눈이 마주하자 달려오듯 빠른 속도로 다가온 테오도르였다.

"여기 있었군요. 몸이 안 좋아서 나온 거예요? 한참 찾았습니다."

구세주를 만난 것처럼 반가웠다. 고개를 끄덕이며 알은체를 하려는 순간 자리를 털고 일어난 레너한을 향해 테오도르가 눈을 크게 떴다.

"선배님?"

"테오."

"정말 오랜만이네요. 여기서 다시 뵐 줄은……."

선배라고 부르는 걸 보아 같은 외국의 학교에 다녔던 사이 같았다. 레너한이 양친의 사고로 인해 열네 살에 돌아왔으니 그때 헤어졌을 것이다.

"그런데 두 분이 여기서 뭘……."

나와 그의 사이를 묻는 듯한 시선에 날 내려다보는 금안에 대고 애원하듯 고개를 저었다. 이 이상 일이 커지거나 누가 나와 그의 관계를 아는 것을 바라지 않았다. 다행히 레너한이 고개를 저었다.

"이 숙녀분이 몸이 좋지 않아 보이셔서. 부축해 드릴까 물은 것뿐이야."

"아, 그러셨군요. 사실 제 파트너분이시라서요. 실례가 아니라면 먼저 자리를 비우겠습니다."

납득하며 고개를 끄덕인 테오가 내게 손을 내밀었고, 간신히 다리에 힘을 주고 일어나 그가 이끄는 대로 등을 돌렸다. 집요하게 따라오는 등 뒤의 시선이 보였지만 애써 의식하지 않으려 고갤 저었다.

침묵이 어색해 걷는 동안 입을 열었다.

"저분과 오래전부터 아는 사이였나요?"

"제가 가장 동경하는 선배세요. 비록 사정이 생겨 학교를 자퇴하시고 국내의 학교에 편입해 다니셨지만, 아직도 생생히 기억해요. 빛났죠."

"그랬군요……."

"몸이 많이 안 좋아 보이세요. 그냥 바로 서관의 방으로 돌아가시는 게 어때요?"

"부인께 인사만 드리고 돌아갈까 해요."

이런저런 이야길 나누며 걷자 어느새 다시 연회 홀로 돌아왔다. 문득 빠르게 주변을 훑었다. 붉은 머리의 여자가 있나 해서였다. 나는 레너한 하퍼를 믿지 않았다. 레너한이 왔다면 동반했을 가능성이 있었다.

하나 그녀는 없었다. 적어도 반갑지 않은 얼굴을 둘이나 마주할 일은 없겠다는 생각에 마음이 놓였다. 후작 부인은 무리의 중심에 있었다. 마저 부축하려는 테오의 손을 실례가 되지 않게 사양한 다음 그녀에게 다가갔다.

키가 큰 한 남자와 이야기를 나누던 후작 부인이 그 어깨 너머로 날 발견하곤 반갑게 손짓했다.

"어머, 올리비아 양. 마침 잘 왔어요."

"후작 부인."

대답하며 한 걸음 더 다가가자 후작 부인을 가로막고 있던 남자가 느릿하게 고개를 돌렸다. 동시에 발길이 뚝 멈췄다. 그를 지나쳐 다가온 후작 부인이 웃으며 물었다.

"둘이 잘 아는 사이시라구요?"

차마 고개를 저을 수도, 끄덕일 수도 없었다. 남자는 빈센트였다. 게더에서 봤을 때와 달리 제대로 차려입은 정복 차림이었다. 넓은 어깨에서 딱 떨어져 내려오는 선이 금욕적이면서 매혹적이웠다. 그를 위해 지어진 것처럼 잘 어울렸다. 거기에 지금의 그에게 평소와 다른 색기가 도는 묵직한 향이 돌아 군계일학처럼 홀로 도드라져 있었다.

"……네, 제 지인입니다."

적절한 단어를 찾아 대꾸하자 나와 부인의 곁으로 온 그가 말했다.

"오랜 지인이라는 말이 더 적절할 듯싶습니다."

"그 말은……."

"올리비아 양의 친부께서 전장에서 절 지도하신 기사셨습니다."

"아아, 그렇군요. 그렇게 된 거였군요?"

표면상으로 그는 그레텐 상단과는 아무런 연관이 없는 사람이니 그 말이 적절했다.

"무례를 용서하세요, 레이디 올리비아. 오랜만에 뵙게 되어 반가운 마음에 먼저 알은체를 했습니다."

그를 끝으로 본 지 열흘하고도 사흘만이었다. 이 주라는 시간은 길면 길고 짧다면 짧았다. 그럼에도 그는 '오랜만'이라는 단어를 썼다. 좀 전까지 휘몰아쳤던 감정이 이상하게도 그의 앞에 서자 차분해지는 걸 느꼈다.

고개를 저으며 대답했다.

"아니요. 저도 오랜만에 뵈어 반갑네요."

그때 마침 한 곡이 끝났고, 다음 곡이 시작되려 하고 있었다.

그가 손을 내밀었다.

"혹 실례가 안 된다면, 저와 한 곡 춰 주시겠습니까?"

그리 묻는 그의 모습이 얼마 전 예렌의 마을 축제 때와 겹쳐졌다. 나서지 못하는 나에게 가면을 씌워 주고 아무도 모르는 사람들 가운데 서서 손을 맞잡고 한 바퀴 돌고 숨이 바투 붙을 정도로 가까워졌다가 다시 멀어졌다.

"그러지 말고 한 곡 추고 와요. 주최자인 내가 섭섭하려 하네."

뭐라 대답할지 머뭇거리는 사이 후작 부인이 중앙 쪽으로 등을 떠밀었다. 얼결에 빈센트에게 손이 잡혔고 앞으로 떠밀렸다.

"빈센트 경……!"

몸이 힘들어 춤을 추기 어렵다고 이야기하려 할 때였다. 어느새 사람들의 이목이 집중되는 중앙에 선 그가 낮게 대꾸했다.

"빈센트라고 부르세요. 저번에도 이야기했듯이."

"빈센트……."

"잘하셨습니다."

어린아이를 칭찬하듯 빙긋 웃은 빈센트가 단번에 내 허리를 휘감았다. 악단이 연주를 시작했다. 저번 때처럼 여러 명이 함께 추는 곡이 아닌, 남녀가 단둘이 추는 왈츠곡이었다. 우리 말고도 세 쌍의 남녀가 있었고, 동선이 겹치지 않게 이동하며 능숙하게 그가 리드했다.

"무리하게 해서 죄송합니다, 올리비아."

"여기는 무슨 일이에요?"

"후작 부인과는 개인적인 연이 있어서 초대받았습니다."

내가 묻는 게 그런 의미가 아니란 걸 알면서도 그는 뭉뚱그려 대답했다. 내 불퉁한 표정에 작게 웃더니 덧붙였다.

"당신이 보고 싶어 왔습니다."

"네?"

"뱀이 당신 곁에 얼쩡거리는 걸 두고 더는 볼 수 없기도 했고."

일순간이었지만 따라간 그의 시선 끝에 레너한이 보였다. 주먹을 쥐고 나와 빈센트를 노려보고 있었다. 시선으로 사람을 죽일 수만 있다면 몇 번이고 죽였을 눈빛이었다.

"제게 집중하세요."

그런 날 알아챈 듯 허리에 힘을 준 빈센트가 시선을 자신에게로 이끌었다.

"듣자 하니 애초 목적은 달성한 거 같던데. 언제 다시 돌아올 겁니까?"

돌아간다, 그 단어가 낯설지만 친숙하게 들렸다. 어느새 게더가 내 집이 되었다. 돌아간다고 말할 곳이 그곳이 되었다.

"달성이라뇨. 후작 부인의 후원은 받지 못할 거 같은걸요."

다만 내 목걸이에 관심을 보였던 사람들에게선 호의적인 반응을 이끌어 냈으니 그들에게 후원 혹은 판매를 하여 이곳 사교계에 발을 딛을 수 있다면 그것으로도 충분히 성공이었다.

그 말을 전하자 그가 고개를 끄덕였다.

"그것으로 충분해요. 내일 저와 같이 내려가면 됩니다."

"내일이요? 하지만……."

"올리비아."

조금만 더 있으면 될 것 같다는 내 말을 가로막은 그가 혹 자신에게로 날 끌어들였다.

"그 외의 일은 게더에서 하면 됩니다."

"……."

"일 외에 이곳에 더 있을 이유가 있습니까?"

이어진 질문은 어딘가 가시가 돋친 듯 날카로웠다. 무언가를 겨냥해서 한 말처럼. 나는 재빨리 고개를 저었다.

"그건 아니에요."

"그럼, 내일 아침에 제가 모시러 오면 되겠군요."

일순간 내 대답에 만족한 짐승처럼 그에게 그르릉 소리가 나는 것 같았다. 빙긋 웃은 그가 다시 멀어지더니, 곡이 끝남과 동시에 내 손에 입술을 대며 키스했다.

"그럼 내일 오후 두 시에 뵙죠. 기다리고 있겠습니다."

"알겠어요. 기다리고 있겠습니다."

대답하며 고개를 끄덕였다. 독신 남성이 여성의 방에 단둘이 걸음을 한다는 것은 약혼 관계거나, 친척 관계가 아닌 이상 보는 눈이 많은 곳에서 구설수에 휩쓸리기 딱 좋은 소재였다. 마지막으로 눈인사를 하며 등을 돌리는 순간이었다.

"잠시만 기다려 주세요."

나직이 말하고 낮게 손을 든 그에게 하인 두 명이 다가왔다. 그들과 몇 마디를 나눈 빈센트가 그중 한 명과 함께 등을 돌려 멀어졌다. 다른 한 명이 내 옆으로 왔다.

"방까지 모시라는 분부가 있으셨습니다."

그 말을 듣는 동시에 기분이 묘했다. 좀 전 레너한과 있었던 일을 알 리 없을 텐데 어째서 이런 배려를 한 것인지 궁금했다. 그 의문은 다음 순간 풀렸다.

"걸음이 불편하시면 부축해 드릴까요?"

"아니요. 그건 괜찮아요."

그저 내 몸이 안 좋아 보였기 때문인 듯했다. 작게 고개를 저은 뒤 그와 함께 연회 홀을 나섰다. 다행히 레너한은 따라붙지 않았다.

"그럼 편히 쉬십시오, 올리비아 님."

"네. 고마워요. 잘 돌아가요."

안내해 준 하인에게 인사하고 객실로 들어와 문을 닫자 탈진한 듯 기운이 모조리 사라졌다. 원래라면 애니를 불러 탈의를 도와 달라 해야겠지만 혼자 있고 싶은 기분에 그러지 않았다. 숨을 고르고 나자 머릿속이 온통 방금 전 들었던 이야기뿐이었다. 분노와 걱정과 암담함이 뒤얽혀 시야를 온통 까마득하게 만들었다.

100만 갈레온.

테레즈 영지의 3년 수입에 달하는 거액.

지난 한 달여간 히스넬리아로 벌어들인 돈과 백작 부인일 때 가지고 있던 금액 모두를 합해도 겨우 15만 갈레온이 될까 말까였다. 그것도 5만 갈레온은 조금씩 게더 영지의 절반을 사들이느라 사용했다. 해서 시중에 있는 돈은 겨우 10만 갈레온이었다.

레너한과 계약을 한 당사자는 게오르그이니 상환 의무는 오직 그에게만 있다고 주장할 수 있다면 얼마나 좋겠냐만, 전통적으로 대륙의 법은 여성을 시집가기 전엔 아버지의 소유물, 시집간 후엔 남편의 소유물로 보았다.

시대가 좋아져서 평민 여성이 전문 직업을 가질 수 있게 되었다지만 그 잣대가 귀족에게도 적용되는 건 아니었다. 이 일을 재판에 넘긴다 해도 사회적인 분위기와 전통은 날 억누를 것이고 상황을 내게 불리하게 몰아갈 것이다.

뭐가 어찌 되었건 게오르그는 호적상 내 아버지였으니까. 시집가기 전 나에 대해 중요한 결정권을 행사할 권리를 갖고 있었다. 심하게는 정략혼으로 제 나이의 두 배가 넘는 남편과 팔리듯이 결혼하는 여성이 흔하고 흔했다.

화장대 앞에 앉아 올린 머리를 풀고 화장수를 솜에 묻혀 화장을 지웠다. 드레스를 벗자 코르셋이 나왔다. 이건 도저히 혼자 벗기 힘들어 어쩔 수 없이 지나가던 하녀를 시켜 해결했다. 잠옷으로 갈아입고 나서는 바로 침대에 쓰러져 졸도하듯 눈을 붙였다.

한 시간 정도 잔 듯한데, 눈을 뜨니 벌써 다음 날 아침이었다. 후작 부인이 건강을 이유로 아침 식사를 하지 않기 때문에 식당에 내려갈 필요는 없었다. 배 속에 든 게 전날 연회에서 먹었던 핑거 푸드와 칵테일 한 잔이 전부이기에 마침 문을 두드리는 애니를 시켜 간단한 먹을거리를 부탁했다. 혼자 먹기 민망해 그녀의 것도 가져오라 시켰지만 이미 부엌에서 하녀들과 함께 먹었다는 대답이 돌아왔다.

가볍게 허기가 가시자 좀 살 것 같은 기분이 들었다. 세숫물을 가져온 하녀에게 다 먹은 식기를 들려 보내고 난 뒤 씻고 수건으로 얼굴을 닦자마자 애니에게 말했다.

"애니, 이제 바로 짐을 싸야 돼."

"네? 이렇게 갑자기요?"

"어제 미처 말 못 했는데, 우린 오후 두 시에 이곳을 떠날 거야."

"어째서요? 무슨 일 있으셨어요?"

"그럴 만한 일이 생겼어."

애니는 무조건적인 명령 복종을 강요하기엔 내 바로 곁의 사람이었으며 최측근이었다. 그렇기 때문에 지금처럼 자세한 설명도 없이 통보식으로 말한 적이 드물었다.

그녀에게 사실대로 말한다면 그저 혼란만 더 가중할 뿐이었다.

어젯밤, 우연히 레너한을 만났다고? 친정이 그에게 어마어마한 빚이 있고, 그걸 갚을 때까지 이혼할 수 없다는 걸 알아 버렸다고?

입술을 꼭 다문 내 표정을 살피던 애니가 결국 순응했다.

"⋯⋯알았어요. 오후 두 시면 손 빠르게 정리해야겠네요. 이곳 마님께 인사도 하셔야 할 테니까요."

그녀의 말에 고개를 끄덕였다. 샤일러 후작 부인에게 물을 말도 있었다. 대강 짐 정리가 끝나자 바로 사람을 보내 후작 부인과 만나기를 청했다. 그녀는 기다렸다는 듯 응접실로 오라는 대답을 했다. 넓고 모임 용도로 사용되는 동관의 응접실과 달리 서관 안은 두셋의 사람들과 담소를 나눌 때 사용되는 듯한 작은 응접실이었다.

문을 열고 들어서자 창가를 바라보고 있던 후작 부인이 일어섰다.

"인사를 드리러 왔습니다, 부인."

"어서 더 가까이 와요. 안 그래도 벌써 떠난다니 섭섭해 기다렸답니다."

무려 이 주를 이곳에 머물렀지만, 항상 정오가 돼서야 일어난다는 집주인을 이런 시간에 일찍 보는 건 처음이었다. 이른 오전의 후작 부인은 첫날, 그리고 어젯밤처럼 완벽하고 기품 있는 부인과는 조금 다른 인상이었다.

어딘가 더 풀어지고 나이 들어 보였으며 지친 듯 보였다. 화장이 연해서일 수도 있고 게더의 내 어머니처럼 강박적이다시피 잔머리 하나 없이 틀어 올렸던 머리를 느슨하게 올렸기 때문일 수도 있었다.

어제 날 끔찍한 상황에 밀어 넣은 배후에는 분명 후작 부인이 있었다. 내가 레너한과 부부였다는 걸 알고 있으면서 그를 연회에 초대했다는 것 자체가 상식으로 이해하기 힘들었다. 한숨 자고 난 뒤 이성을 되찾자 분노가 뒤이었고, 강렬한 감정은 불붙듯 달아오른 것처럼 물을 들이부은 듯 단박에 꺼졌다.

왜 날 이곳으로 초대했냐고 따져 묻듯 캐내려 했던 마음이 그녀의 힘없는 모습에 흔들렸다.

"그간 잘 대해 주시고 친절을 베풀어 주셔서 정말 감사했습니다, 부인."

"그런 의례적인 인사는 됐어요, 올리비아 양."

눈을 내리깔고 최소한의 감사를 표한 뒤 뒤도 안 돌아보고 떠나려고 했다. 그러나 그녀는 날 그대로 보낼 생각이 없는 듯했다.

"솔직히 말해 봐요. 어젯밤, 내가 미웠죠?"

후작 부인이 다가와 내 손을 잡았다. 너무 갑작스러운 일이라 어떻게 대처할지 감이 잡히지 않았다. 그저 고개를 저었다.

"거짓말 말아요. 나랑 둘인데 그렇게 딱딱하게 예의를 차릴 필요는 없어요."

마치 친딸을 대하는 어머니인 양 부드럽고 사려 깊은 목소리였다. 애정마저 담겨 있다는 착각까지 들게 했다. 동정심은 어쩔 수 없었지만, 보이는 걸 그대로 믿기에 순진하진 않았다. 조용히 그녀의 손에게서 내 손을 빼냈다.

"솔직히 말씀드리자면, 지난밤 불미한 일이 있었던 건 사실입니다."

목소리는 건조하고 담담하게 흘러나왔다.

"하지만 후작 부인께서 의도한 일은 아니었겠지요. 어디까지나 불미한 일이었습니다."

의도하지 않았다고도 할 수 없겠지만, 적어도 그녀의 의지가 확실히 반영된 건 아니었다. 그렇게 결론 내리기로 했다. 내 눈동자를 잠시간 바라보던 후작 부인이 힘없이 미소 지으며 카우치 쪽을 손짓했다. 어쩔 수 없이 그녀와 마주 앉게 되었다.

"미안해요. 내가 당신을 시험했어요."

시험? 다음 말을 기다리며 입을 다물고 있자 뜻한 대로 말이 이어졌다.

"사람 됨됨이가 어떤지, 믿을 수 있는 사람인지 알고 싶었어요. 내 동생은 항상 그게 내 악취미라고 했죠. 이 나이 들어서도 못 고쳤답니다. 부디 용서해요."

뒤통수를 후려 맞은 느낌이었다. 가슴 한편에 어딘가 이상하다는 의심을 갖긴 했었다. 사람을 한 손에 쥐고 철저히 농락하며 가지고 놀기에 후작 부인이 보여 준 면면은 인자하고 다정했다.

테오도르에게 들은 그녀는 피도 섞이지 않은 시조카의 유학비용은 대 줬다는 것부터 그를 대하는 태도까지 그저 걱정 많고 정이 많은 백모님이었다. 애니에게 들은 그녀는 하인에게도 엄격했지만, 인간적인 도리는 다하는 고용주였고 일이 많은 대신 그들에겐 다른 저택보다 확실히 많은 급여와 휴식 시간이 제공했다.

"혹시, 고양이 일도······."

"맞아요. 테오도르에게 부러 부탁했죠. 티티가 사고를 치게끔."

이제야 모든 게 이해가 갔다. 그녀가 관심 없는 척 날 은근히 샅샅이 훑었던 이유도, 시험했다는 말도.

"조카를 도와준 건 정말 고맙게 생각해요. 진심으로요. 그래서 단발성으로 감사를 표하는 것보다 확실하게 당신을 도와주고 싶었어요. 그러기 위해선 일단 당신이란 사람을 알아야 했구요."

"······그런 거였군요."

조용히 고개를 끄덕이자 그녀가 다시 말을 이었다.

"나는 소문을 곧이곧대로 믿는 사람이 아니에요. 하지만 당신을 본 순간 놀란 게 사실입니다. 당신 뒤에 있는 소문을 신경 쓰지 않을 수 없었거든요."

내 등 뒤로 퍼진 파다한 소문을 모를 수가 없었다. 이사벨이 친절히 확인시켜 준 것이기도 했다.

가진 것 없고, 초라하고, 무기력한 여자.

은근히 이사벨 앞에서 테오도르와 나를 함께 묶던 언사도, 내가 사업에 대한 이야기를 꺼내려고 하면 자리를 뜨던 모습도 그 때문이었을 것이다. 침묵이 지나갔다. 드디어 묻고 싶었던 질문에 도달했다.

"……하퍼 백작님도 그래서 초대하신 건가요?"

직접적인 내 말에 숨을 들이켜는 소리가 들렸다. 후작 부인이 빠르게 고개를 저었다.

"아니에요. 그건 내가 무신경했어요. 어제 테오에게 이야길 듣고 얼마나 놀랐는지 몰라요. 미안해요. 난 그렇게까지 잔인한 사람은 아니에요, 올리비아 양."

적어도 그녀의 눈빛은 거짓 없는 진실을 말하는 것 같았다.

"구차한 변명이지만 들어 주겠어요? 초대장은 내가 검수하기는 하지만, 어제 같은 손님이 많은 날엔 전부 다 보기가 힘들어요."

나 또한 대저택의 안주인이었던 적이 있었고, 그녀만큼 자주는 아니나 남부를 대표하는 격인 큰 무도회를 연 적이 있었으니 그녀의 말이 이해가 갔다.

"덧붙여 하퍼 백작가는 워낙 영향력 있는 가문이라 항상 리스트에 든답니다. ……참석한 건 매우 드문 일이지만요."

내 굳었던 표정이 풀린 걸 느꼈는지 그녀가 작게 덧붙였다.

"이제 날 용서해 주겠어요?"

"……용서라니요. 그럴 만한 일을 겪지도 않았는데요."

이사벨처럼 소문만 듣고 진실이라 판단하여 사람을 대하는 부류보
단 심술궂긴 하지만, 직접 자신의 눈으로 됨됨이를 파악하겠다는 그녀
의 태도가 차라리 낫다는 생각이 들었다. 확연히 편해진 내 표정에 소
리 없이 안도의 한숨을 내쉰 후작 부인이 눈을 내리깔고 입을 열었다.

"난 아들이 겨우 걸음마를 떼었을 때 남편을 잃었어요, 올리비아
양."

"……."

"달려드는 친족들을 막아 내고 아들을 후계 자리에 올리기까지 무슨
일이든 했죠. 그게 아들이 사는 길이고 내가 사는 길이니까."

같은 상황에 놓인 다른 여인을 떠올렸다. 내 어머니, 다이애나 시오
네. 남편의 죽음 이후 그 바로 다음 해 마거릿 홀로 또 다른 남자를 들
인 여인.

그녀가 새 남편을 들인 것에 대해 비난할 생각은 없었다. 그때 그녀
는 나보다도 어렸었고 청상과부가 되어 긴 시간을 홀로 견뎌 내라 하
는 건 가혹한 일이니까. 다만 그런 생각은 했다. 왜 그녀는 남편이 죽
자마자 저택의 문을 걸어 잠가 버린 걸까.

분명 그때 그녀는 혼자가 아니었을 것이다. 그런데도 왜 슬픔을 이
겨 내는 방법이란 주변의 사람들과 연대하고 교감하는 것이 가장 효과
적인 방식이라는 것을 알지 못했을까. 만약 그걸 알았다면 외로움을
빌미로 위로를 무기로 다가온 게오르그 시오네에게 지금처럼 일방적
으로 휘둘리고 넙죽 엎드려서 살지는 않았을 텐데.

"당시는 홀로 된 여자에게 더 가혹한 시절이었죠. 주변에서 재혼의
압박이 들어오고 시댁과 친정에서 온갖 강요가 있었어요. 끝까지 아들
과 떨어지지 않기 위해 독해져야 했죠. 사갈 같은 여자, 독사 같은 여
자. 그 모든 게 날 지칭하는 말이었답니다."

그리 말하며 웃는 노부인의 모습은 자조적이라기보단 후련해 보였

다. 인정하고 내려놓은 자만이 가질 수 있는 안정이요 여유였다. 백작 부인이란 이름을 포기했을 때의 나 또한 그랬었다.

"그 피해의 당사자로서, 악의 섞인 소문은 때론 진실과 동떨어져 있다는 걸 알면서도 난 스스로 두 눈을 가리고 있었어요."

그녀가 머뭇거리며 내 손을 다시 잡았다. 이번엔 빼내지 않았다. 잔주름이 진 눈과 마주하고, 후작 부인이 진지하게 말했다.

"올리비아, 당신은 내 생각보다 더 괜찮은 사람이고 영리한 사람이에요. 당신의 사업에 도움이 되고 싶어요."

그날 아침, 화상을 입었다던 부엌 하녀에게서 히스델리아의 효능을 확인하자 후작 부인이 약속한 지원은 무려 50만 겔라온의 투자였다. 덧붙여 그것과는 별개로 어젯밤 목걸이에 관심을 보였던 귀부인과 그들의 여식들에게 중간 다리 역할을 해 주겠다고 약속했다.

비단 사업적인 이야기뿐 아니라 승마에 관심이 많은 점이나 시와 소설에 대한 애정 등 신기하게도 잘 맞는 점이 많아 시간이 지나가는 줄 모를 정도로 즐거운 시간이었다. 그렇게 응접실에서 한참 이야기를 나누고 나니 오후 한 시였고, 이어 마지막 식사를 마치자 빈센트가 말했던 두 시였다.

부러 맞추기라도 한 듯이 시침과 초침이 두 시를 겨냥했을 때 대문을 통과한 사륜마차가 자갈 깔린 소로로 들어와 현관홀의 돌계단 앞에서 멈춰 섰다. 마부가 고삐를 당겨 잡는 걸 바라보다 배웅 나온 후작 부인에게 고개를 돌렸다.

"그럼 돌아가서 편지하겠습니다."

"네. 기다리고 있겠어요. 부디 몸 조심히 돌아가시길 바라요."

가볍게 포옹한 뒤 뒤를 돌자 어느새 마차에서 내려온 빈센트가 보였다. 나와 부인의 인사가 끝날 때까지 기다린 듯했다.

그는 나와 눈이 마주치자 서로 눈인사를 하고, 뒤에 선 후작 부인을 향해 묵례했다. 대기하고 있던 하인들이 나와 애니의 짐을 갖고 나르는 사이, 나와 그를 잠시 번갈아 바라보던 후작 부인이 의미심장한 말을 한 건 바로 그때였다.

"생각해 보니 몸 조심히 돌아가라는 말은 필요 없었을지도 모르겠네요."

"네?"

"크고 사나운 늑대가 옆을 지키는데, 어떤 간 부은 사람이 달려들겠어요."

하나 그녀의 말은 거기까지였다. 의아해하는 내 등을 살짝 민 후작 부인이 또 다른 인사 대신 작게 웃어 보였고, 어느새 앞장서 나아간 애니가 눈짓으로 어서 오시라 재촉했다.

천천히 걸음을 옮겨 마차로 다가가자 빈센트가 손을 내밀었다.

"이곳에서의 생활은 지낼 만하셨습니까?"

"적어도 게더보단 춥지는 않더군요."

묻는 말에 그리 대답하며 그의 손을 잡고 마차에 올라탔다. 간밤에 있었던 일 때문에 밤새 뒤척여 피로가 쌓인 상태였던 모양이었다. 무거운 눈꺼풀을 견디며 후작 부인과 나눴던 이야기를 그에게 전달했다.

내 말을 듣는 내내 그는 생각보다 크게 놀라거나 동요하지 않았다. 이제 막 옹알이를 시작한 어린아이의 이야기를 듣는 듯 더듬더듬 이어지는 내 목소리에 조용히 집중하더니, 이야기가 끝나자 작게 고개를 끄덕이며 알았다고 수고하셨다고 대답했다.

밤을 새운 몸은 거기까지가 한계였다.

수도를 떠나기가 무섭게 그대로 잠이 쏟아졌다.

* * *

몽롱하고 취한 것 같은 꿈속이었다. 이상하게도 누군가 끊임없이 내 이름을 부르고 있는 것 같은 기분이 들었다.

주위를 둘러보니 내가 서 있는 곳은 버려진 황무지였다. 웃자란 쐐기풀과 고사리가 차갑고 축축한 땅 위에 얽히고설켜 사방으로 퍼져 있었다. 자욱하고 싸늘한 안개가 사방을 가려 한 치 앞도 바라보기 어려웠다.

한 걸음 더 나아가면 바로 앞에 절벽이 나올 것만 같았다.

그때였다. 등 뒤에서 목소리가 들렸다.

—올리비아.

황급히 뒤를 돌았다. 갑작스럽게 눈앞의 안개가 사나운 돌풍처럼 휘몰아쳤다. 동시에 어깨 위에 걸친 숄이 거친 바람에 흘러내려 날아가 버렸다.

본능적으로 두 팔을 들어 얼굴을 가렸다. 잠시 후 감았던 눈을 뜨자 흐릿한 저택의 윤곽이 보였다. 마거릿 홀이었다.

허리를 붙잡혀 끌려가듯, 나락으로 떨어져 내리듯 다시 한번 그곳이 순식간에 가까워졌다. 미친 듯이 내달리는 말안장 위에 앉은 듯한 속도였다. 눈앞으로 많은 장면이 휙휙 지나쳐 갔다.

그것은 내 것이 아니었다.

조각조각 난 기억의 편린이었다. 낡고 오래된 예배당에 한 남자가 서 있었다. 흰 베일을 길게 늘어뜨린 신부가 그 옆에 있었다. 허름한 제단에 서 있는 주례 앞에 나란히 서서 둘은 결혼식을 하고 있었다. 하객은 단 몇 명뿐이었고, 그것만으로 이 한 쌍이 축복받지 못한다는 걸 알 수 있었다.

-맹세의 키스를 하십시오.

엄숙한 주례의 말에 남자가 여자의 베일을 걷었다. 서서히 드러난 얼굴은 나와 매우 닮아 있었다. 다음 순간, 나도 모르게 입술을 달싹였다.

어머니, 그리고 젊은 아버지였다. 더 가까이 다가가 그의 얼굴을 보려 했을 때, 나는 깨어났다.

내가 좋아했던, 언제나 그리워했던 장난스러운 미소가 언뜻 보인 것도 같았다.

-네가 원하는 삶을 살렴.

잠에서 깨어났을 땐 늦은 밤이었다.

마차 위에 달린 램프에 의지해 차창을 바라보자 그 너머로 추수가 끝난 광활한 벌판이 보였다. 곳곳에 그루터기가 가득했고 황량한 느낌이 들었다.

다시 눈을 감는 순간, 무언가가 벽과 내 머리 사이에 느껴졌다. 놀란 마음에 눈꺼풀을 들어 올리자 마주한 눈이 보였다. 칠흑 같은 눈동자는 어쩌면 그늘 안에서 더 선명했다.

"……깨셨습니까?"

커다란 손이 벽에 부딪히려는 내 머리를 받치고 있었다. 어느새 익숙해진 손이었다. 힘줄이 돋고 손가락 사이사이 굳은살이 박인 단단한 기사의 손.

한번 의식하자, 어쩐지 새삼스레 눈을 마주하기가 어려웠다. 얼굴에 열이 올랐다. 대답 대신 고개를 끄덕이자 조용히 손을 내린 그가 성냥갑에서 성냥을 꺼내더니 의자 안쪽에 있던 램프 안쪽 양초에 불을 붙였다.

순식간에 어두컴컴했던 마차 안이 열기가 돌면서 화하게 밝아졌다.

"마차를 타신 뒤 쭉 주무시더군요. 어디가 불편하시다든가 허기지시 진 않으신가요?"

"아니요, 괜찮아요. 생각해 보면 나는 참 번거로운 동행인이네요."

"그렇지 않습니다."

단정적으로 대답한 빈센트가 머리 뒤쪽 공간에 개켜 있는 담요를 들어 내게 건넸다.

"저녁이라 날이 춥습니다."

시선을 돌리니 내 옆자리 끝에 앉은 애니는 이미 제 몫의 담요를 덮은 채 자고 있었고 마차 안에 눈을 뜬 사람은 마주 앉은 나와 그, 둘이었다. 담요는 하나인 듯 보였다.

"빈센트 경…… 아니, 빈센트 당신은요?"

그가 경칭을 빼고 불러 달라 했을 때 아무렇지도 않게 불렀던 이름이 고작 보름 정도의 시간 때문에 낯설어져 있었다. 내 말을 정정하자 그제야 그가 대답했다.

"이보다 더 추운 곳에서도 흙바닥 위에서 자곤 했습니다."

"북부 니힐 출신이라 하셨었죠."

불현듯 그와 처음 재회했을 때를 떠올렸다. 지금의 상황은 그때와 같았지만 많은 것이 달라져 있었다.

불쑥 질문이 튀어나왔다.

"지금도 유령을 보세요?"

내 질문에 그가 비스듬히 웃었다.

"네, 지금도 바로 이 옆에 있군요."

동시에 어디선가 냉기가 풍겨 나오는 듯한 느낌이 들었다. 본능적으로 그가 가리킨 옆자리로 휙 시선을 돌렸다. 역시 아무것도 없었다. 남몰래 가슴을 쓸어내리는데, 내게 닿은 시선이 느껴졌다. 갑자기 든 생각에 고개를 쳐들었다.

"방금 날 놀리신 거죠?"

입가에 살짝 주먹 쥔 손을 갖다 댄 그가 고개를 저었다.

"아닙니다."

"한번 그 손을 치워 보시지 그래요?"

"싫습니다."

단호하다 못해 일견 쌀쌀하기조차 한 목소리였다. 하지만 그 안에 숨겨진 웃음기를 간파하지 못할 정도로 바보는 아니었다.

"기사도가 언제부터 아녀자를 희롱하는 것이었죠?"

"그보단 우는 아이를 놀래게 하는 것에 가까웠습니다만."

고개를 갸웃함과 동시에, 무언가 뺨 위로 흐르는 감촉이 느껴졌다.

"어, 언제부터……."

손수건을 찾으려 들고 탄 작은 짐 가방을 더듬거리는데 손을 뻗은 그가 엄지로 눈가를 쓸었다.

"언제부터냐고 한다면."

좀 전보다 더 놀라 그대로 얼어 버렸다. 뒤이어 온도라도 재듯 그가 혀로 엄지를 핥았다. 마치 본능적으로 제 몸의 상처를 핥는 맹수 같은 움직임이었다. 덫에 걸린 듯 마주한 시선에서 벗어날 수가 없었다.

"주무실 때부터군요."

해가 지는 순간 단박에 사방을 집어삼키는 어둠처럼 그의 눈동자가 깊고, 위험하고 평소보다 더 새카매 보였다. 하나 일순간이었다.

"악몽이라도 꾸신 겁니까?"

언제 과감히 손을 뻗었냐는 듯 입매를 끌어 올린 그가 말을 끝맺었다.

"아뇨. 악몽은 아니었어요. 그냥……."

그냥, 말하다 입술을 다물었다. 좀 전에 꾼 꿈이었으나 아까의 일 때문인지 내용이 기억나지 않았다. 그저 슬프고 그리운 느낌만 잔해처럼 남아 있었다.

"……모르겠네요."

두 손으로 마른세수를 하고 차가운 손바닥으로 뺨의 열기를 가라앉혔다.

화제를 돌릴 필요성을 느꼈다.

"지금이 어디쯤일까요?"

내 질문에 묵묵히 그가 품을 뒤지더니 재킷 안에서 작은 지도를 펼쳐 들었다. 그러곤 한군데를 가리켰다.

"더스빌입니다. 게더까지는 하루 거리 정도죠."

순간 귀를 의심했다. 퀸체로드에서 이 근방까진 꼬박 이틀은 걸리는 거리였다.

"말도 안 돼요. 어떻게 벌써 여기까지 왔죠?"

"험한 길이기는 하나 제가 아는 지름길이 있었습니다."

그제야 무도회 날 후작 부인과 그가 나눴던 대화가 어렴풋이 기억났다. 나라 곳곳을 경험했다고 했으니 남들이 잘 모르는 지름길 정도야 없는 게 이상했다.

"본래라면 다소 무리를 해서라도 바로 게더로 가겠습니다만 마차 바퀴가 문제가 생겨 잠시 인근 인가에 들릴 겁니다."

흉년이 이어지고 귀족간 왕위를 위한 세력 다툼으로 인해 온갖 도적들과 산적들이 들끓었다던 시대는 두 세대 전에 끝났다. 그러나 비교적 평화로운 삶을 사는 현재에도 여전히 늦은 밤 깊은 산기슭으로 들어간다는 건 맹수들과 산적 등 온갖 위험을 감수해야 한다는 것이기도 했다.

세 마리의 늑대를 홀로 베어 넘기던 빈센트의 모습을 직접 목격한 나로선 일신의 안위를 걱정되진 않았다. 하지만 그렇대도 문제는 생기기 전에 예방하는 게 가장 최선이었다.

동부 지역 특성상 날씨가 갑자기 악화될 가능성이 있으니까.

"근처 여관이 있다면 그곳에서 하룻밤 머무는 게 좋겠어요."

내 기억이 맞다면, 더스빌이란 마을은 게더만큼의 면적 정도에 중부로 향하는 여행객들이 자주 경유하는 곳이기에 여관이 밀집되어 있었다. 그런 내 생각을 읽은 듯 가만히 날 바라보던 빈센트가 뒤이어 고개를 끄덕였다.

마차 편자가 덜컹거리는 소리와 함께 구르던 바퀴가 멈췄다. 줄곧 달려오던 두 마리 말이 마부의 구호에 흰 입김을 내뿜으며 멈춰 섬과 동시였다.

밖은 이미 컴컴했고 드문드문 켜진 가스등이 그나마 주위를 밝혔다. 일어날 기미가 없던 애니가 눈을 뜬 건 그쯤이었다.

"아가씨? 여기가 어디죠? 제가 얼마나 잔 거예요?"

"놀랍겠지만, 여긴 더스빌이야. 퀸체로드에서 떠난 지 아직 하루도 안 됐고."

"네에?"

더스빌이란 단어에 믿을 수 없는지 눈살을 찌푸리던 애니의 표정이 차창 밖을 둘러보자 점점 놀라움으로 변했다. 그녀 또한 이곳 동부 출신이기에 나름 이름이 있는 더스빌을 방문한 적이 있었을 터였다.

"진짜네요……. 세상에……."

"빈센트 경이 지름길을 안다고 했어. 거기로 온 거고."

"아아……. 근데 나리는 어디 가셨어요?"

"머물 곳을 알아보려 입구에서 내리셨어. 거기서부터 여관 거리가 이어지니까."

"그랬군요."

둘이 대화를 나누는 사이에도 마차가 인가 사이로 접어들어 건물과 두툼한 외투로 무장을 한 채 빠른 걸음으로 지나치는 사람들이 보였다. 그럭저럭 번영한 시골의 도시지, 한눈에도 수도처럼 세련된 분위기는 아니었다. 마을이라기보단 시골의 상점가였다.

식료품을 포함한 용품들을 파는 잡화점에서부터 손수건, 비단, 플란넬, 타탄, 찻주전자와 찻잔 및 그 외에 여러 가재도구들을 취급하는 작은 가게들이 다닥다닥 붙어 있었다. 밤이 늦어 전부 문을 닫은 채였다.

"어쩐지 조금 스산하네요."

주위를 호기심 많은 고양이처럼 훑던 애니가 제 팔을 감싸 안았다.

"그러게. 밤이 많이 늦어서 그런가."

그때 돌연 문이 흔들리더니 거친 소리가 났다. 문 쪽에 앉은 애니가 꺅, 비명을 질렀다. 쌀쌀한 바람이 훅 들어온 건 다음 순간이었다.

"적절한 숙소를 찾았습니다."

안에선 느끼지 못한 비바람 한가운데서 검은 외투 차림의 빈센트가 내게 장갑 낀 손을 내밀었다.

"바로 옆 건물입니다."

더스빌의 여관은 퀸체로드처럼 그럴듯하고 우아하진 않지만, 그럭저럭 목가적인 안락함을 갖춘 여관이었다. 노크도 하지 않았는데 뒤이어 안쪽에서 문이 열렸다. 말쑥하게 차려입은 초로의 남자가 반색을 하며 앞선 빈센트에게 입을 열었다.

"기다리고 있었습니다. 어서 들어오시죠, 나리."

그러더니 나와 애니를 번갈아 보곤 재빨리 말을 이었다.

"아, 나리 마님이시군요."

"⋯⋯?"

"나리, 이쪽으로 잠시만⋯⋯."

갑작스러운 말에 어안이 벙벙한 사이, 여관 주인은 눈짓으로 내게 실례를 구하더니 우리를 남겨 두고 빈센트와 몇 발자국 멀어졌다.

등 떠밀리듯 따라온 애니와 함께 더 안쪽으로 들어가자 제일 먼저 왼쪽으로 유리잔을 뒤집어 놓은 간이 바(bar)가 보였다. 카운터를 겸하는 듯 보였다. 그 앞으론 나무 식탁과 의자들이 쭉 놓인 드넓은 식당이었다.

"보통 이런 데는 이 층에서 숙박하죠, 아가씨?"

"응, 들린 적은 없지만."

밖의 날씨를 피해 들어섰는지 다소 을씨년스러운 밖과는 달리 안은 사람들로 차 있었다. 여러모로 떠들썩했지만, 술주정뱅이나 여급을 성추행하는 무뢰배는 보이지 않았다.

여관 주인과 마찬가지로 그런대로 단정히 차려입은 손님들이 젖은 옷을 말리며 남녀 할 것 없이 식사를 하고 있었다. 그 사이로 흰 앞치마를 두른 급사들이 분주하게 마실 것과 음식을 나르는 중이었다.

멀찍이 서로를 마주 본 벽들은 화사한 초록색 옷을 입고 있었고, 손수 엮어 만든 듯 보이는 들꽃 화환과 붉은 시로 수놓인 면직물이 그 위를 장식했다. 맨 오른편 중앙엔 불씨가 타닥거리는 벽난로 앞에서 여급 하나가 부젓가락으로 토탄 재를 뒤적이고 있었다.

탁.

"아가씨!"

계산을 마치고 나가려던 행인 하나와 부딪힌 건 그때였다.

뭔가가 툭 하고 떨어지는 소리가 들리더니 보닛이 벗겨졌다. 잠에 든 사이 뒤척여 턱에 묶은 끈이 느슨해진 모양이었다. 한순간에 간단히 틀어 올린 머리칼이 늘어뜨려지고, 갑자기 온 시선이 내게 고정되는 기분이 들었다.

좋은 옷을 입은 레이디가 긴 머리채를 푼 모습이라 그런가 싶었다. 그들이 보는 귀족 아가씨와 귀부인이란 항상 결벽적인 옷차림에 깔끔한 올림머리 차림일 테니까.

"죄송합니다……!"

부딪힌 남자가 뒤늦게 사과하며 떨어진 보닛을 주워 내게 건넸고 애니가 그것을 대신 받자마자 남자가 뺨을 붉히며 다시 입을 열었다.

"레이디, 혹시 성함이……."

그 순간 왼쪽 뒤에서 뻗어 와 내 오른 어깨를 낚아채듯 감싸는 손길이 있었다. 끌어안듯 단단한 손으로 날 잡아 제 등 뒤로 보낸 빈센트가 덤덤히 물었다. 남자 또한 작은 키가 아니었지만, 다부지고 훤칠한 체격의 빈센트보다 머리 하나는 작아 보였다.

"제 부인에게 볼일이라도?"

"아, 아닙니다."

상황은 삽시간에 일단락됐다. 그의 조용한 시선에 좀 전과는 다른 이유로 낯이 붉어진 남자가 뒷걸음질 치듯 여관을 나갔다. 뒤이어 빈센트가 느릿하게 식당 쪽으로 고개를 돌리자 어째서인지 날 향해 있던 시선 또한 하나둘 거둬졌다. 다시 날 향해 뒤를 돈 그와 눈이 마주쳤다.

"보는 눈이 많으니 부부인 척하는 게 좋겠습니다."

"아까 여관장의 말은……."

"일부러 그리했습니다."

기탄없이 말한 빈센트가 한마디를 덧붙였다.

"안전을 위해섭니다."

어차피 하루뿐이지 않은가. 망설임은 짧았다. 고개를 끄덕였다. 행간 뒤에 가려진 이유가 납득이 갔기 때문이었다. 거기에 이곳은 연고 없는 낯선 곳인 데다 남편도 보호자도 없이 돌아다니는 귀족 여성은 무뢰배와 협잡꾼들에게 딱 좋은 먹잇감이었다. 수준 낮은 여관이 아니라 해도 경계해서 나쁠 건 없었다. 방금 전, 호기심 가득한 눈으로 위아래를 훑던 시선들을 떠올렸다.

"그럼 방은······."

불쑥 떠오른 의문에 다시 입을 여는 순간이었다. 여급이 한 명 다가
오더니 귓속말로 무어라 속삭이자 상황에서 한 발자국 물러서 있던 여
관 주인이 끼어들었다.

"이 층 방 정리가 끝났습니다. 여급을 따라가시면 되고, 방 두 개는
붙어 있습니다."

나와 그 사이의 미묘한 기류를 느꼈는지 남자가 조금 이상한 표정을
짓기가 무섭게 품에 안겨졌다. 자연스럽게 내 허리를 안은 빈센트가
고개를 끄덕였다.

"알겠네."

다소곳이 고개를 숙인 여급이 이 층으로 우리를 안내했다. 객실은
맨 왼쪽 가장자리에 있었다. 안내된 방은 노란 고급 벽지로 둘러싸인
적당한 크기의 방이었다. 폭신한 거위 깃털이 채워진 침대와 거울과
두 개의 서랍이 딸린 경대, 아무 무늬 없지만 나름대로 견고해 보이는
옷장이 딸려 있었다. 욕실과 화장실 또한 작게나마 붙어 있었다.

여관장의 말대로 다른 하나의 방은 바로 옆에 있었다. 바로 옆이었
지만 조금 더 작았고, 침대가 더 딱딱하며 경대가 없었다. 걸쇠가 걸린
간이문 하나가 두 방 사이에 있었다. 양쪽 모두에서 열 수 있는 구조
였다. 하나 한쪽이 잠그면 다른 쪽에선 들어올 수 없었다.

식사를 준비해 올려 드리냐는 물음을 끝으로 여급이 방문을 닫고 나
가자, 그와의 거리가 단번에 멀어졌다. 물러선 건 나였다. 여급을 따라
계단 위를 오를 때 놓아 주었지만, 조금 전 허리에 얹힌 무게감이 화
상을 입은 듯 화끈거렸다. 침묵을 깨뜨린 건 그의 말이었다.

"더 시설이 좋은 곳을 찾으려 했으나 웬만한 곳은 전부 여의치 않더
군요."

내가 이곳을 마음에 들어 하지 않는다고 오해한 것 같았다. 재빨리

고개를 저었다.

"아니요. 갑작스레 묵게 됐는데 이 정도면 훌륭하죠. 당장에 이런 곳을 찾아내신 것만도 대단해요."

의례적인 말도, 연기도 아닌 진심이었다. 말이 빨리 나와 다급하게도 들릴지도 몰랐다.

"그렇다면 다행입니다."

금세 간이문으로 다가간 그가 걸쇠를 풀고 문을 열었다.

"아가씨!"

문이 열림과 동시에 방으로 따로 안내되었던 애니가 넘어왔다. 그녀를 맞으며 빈센트를 바라보자 그가 조용히 말했다.

"오늘은 애니와 함께 이 방에서 주무시면 됩니다."

거위 털 대신 짚단이 가득 차 있을 딱딱한 매트리스와 누빔으로 얼기설기 깁은 홑이불을 덮고 자는 그의 모습을 떠올렸다. 잠자리는 불편하고 차가울 것이다. 그러나 당사자는 아무런 생색도 내지 않았다. 그가 말을 이었다.

"문단속 단단히 하시고, 무슨 일이 있으면 바로 이어진 문을 두드리세요."

"빈센트 경."

그대로 문을 연 그가 나가려는 순간이었다. 나도 모르게 그를 불러 세웠다. 무의식적으로 나온 행동이었다. 무슨 말을 해야 할지, 어떤 말을 하려는 거였는지 스스로도 의아했다.

"······내일 뵐게요."

그가 잠시 뒤를 돌아볼 듯하더니 작게 눈인사를 했다. 잠시 뒤 맞은편에서 걸쇠가 걸리는 소리가 났다.

"가씨······."

잠결에 누군가 어깨를 흔들었다. 그 손길이 거슬려 뒤척이며 떼어 내자 더 거칠게 어깨를 잡고 흔들었다.

"아가씨……!"

"애니, 무슨 일……."

눈을 비비며 일어나다 어딘가 심상치 않은 분위기에 정신이 바짝 들었다. 애니가 배를 움켜쥐고 있었다. 얼굴엔 식은땀이 가득했고 낯빛은 금방이라도 기절할 듯 창백했다. 몸이 부들부들 떨리고 있었다.

"애니, 갑자기 왜 그래! 어디 아파?"

"배, 배가……."

울음을 터뜨릴 듯 몸을 웅크린 애니가 물기 가득한 목소리로 끙끙 앓고 있었다.

"배가 칼로 베어진 듯이 아파요……."

서둘러 히스텔리아 약물을 조금 먹였으나 여전히 고통스러워했다. 히스텔리아는 이런 증상에는 효과가 없었다.

"기다려. 의사를 구해 올게."

"지, 지금 이 시간예요? 아니에요……. 저 참을 수 있, 으윽……!"

"힘들면 억지로 말하지 마, 애니. 아프더라도 의식 놓지 않게 노력하고."

금세 기절해 버릴 듯한 고통에도 날 만류하는 애니에게 단호히 말한 다음 침대에서 일어섰다. 창밖은 온통 컴컴했고 가스등마저 모두 꺼져 그림자마저도 보이지 않았다. 이곳의 지리도 모르고 의사가 이 인가에 있을지 확신도 가지 않았지만, 그렇다고 그대로 가만있을 수는 없는 노릇이었다.

"빈센트 경에게 의사를 불러와 달라고 부탁해 볼게. 조금만 참아. 응?"

머릿속이 새하얘졌지만, 땀에 젖은 애니의 머리칼을 쓸어 넘겨 주며 최대한 조곤조곤 애기했다. 서랍을 열어 성냥갑을 찾은 뒤, 램프에 불을 켜 들었다. 이어진 방문의 걸쇠를 풀고 강하게 두드렸다.

"무슨 일입니까?"

머지않아 평소와 달리 조금 풀어진 모습의 빈센트가 나왔고 바로 여차여차 상황을 설명하니 애니에게 다가갔다.

"어디가 어떻게 아픈 거지? 언제부터?"

감은 눈을 떠 그를 올려다본 애니가 힘겹게 숨을 들이 내쉬며 더듬더듬 대답했다.

"몇 시간 전부터 좀 체한 거같이 답답하다가…… 화장실을 들락거렸어요. 그리고 지금은……. 아악!"

말하는 도중 거의 흐느끼듯이 목멘 애니가 잠시 말을 멈췄다. 빈센트는 재촉하지도, 비난하지도 않고 조용히 기다렸다.

잠시 후 애니가 겨우겨우 말을 이었다.

"바늘로 배를 찌르는 것같이 아파요……."

"혹 통증이 한군데로 이동하지는 않나?"

"아앗……. 잘 모르겠어요……! 으윽!"

"애니!"

통증이 점점 더 심해지는 것 같았다. 바로 의사를 불러야 하는데 이런 질문을 하는 그의 행동이 이상했지만, 빈센트란 남자는 내가 아는 한 허튼 일을 할 사람은 아니었다. 오한이 나기 시작하는지 이를 딱딱 부딪치는 그녀의 손을 잡았다. 빈센트가 침착하게 말을 이었다.

"크게 심호흡을 하고 다리를 펴 봐."

"이, 이렇게요?"

그의 말에 따른 애니가 다리를 펴자 뒤이어 그가 말했다.

"다시 굽히고."

간신히 그녀가 그의 요청대로 따라 하자마자 다시 크게 고통 어린 신음을 내질렀다.

그를 예측했는지 표정도 바뀌지 않은 빈센트가 뒤이어 물었다.

"오른쪽이 아프지 않나?"

그 말에 애니가 빠르게 고개를 끄덕였다. 어떻게 알았냐는 듯 커진 눈이 보였다. 그녀의 반응에 빈센트가 살짝 미간을 찌푸렸다.

"예전에 비슷한 증상을 겪던 동료가 있었습니다. 생각보다 상태가 좋지 않군요."

"……혹시 목숨이 위험할 정도인가요?"

"아니요. 그리 드물지는 않은 증상입니다."

실제 사실이 그러한지, 혹은 날 안심시키기 위해 그리 말했는지 알 수 없었지만 상상하기조차 싫은 최악의 상상에서 벗어나자 아까보다 차분해질 수 있었다. 빈센트가 뒤를 돌았다.

"일단 베개를 배 아래에 놓고 천천히 복식호흡을 시켜야 합니다."

그의 뒷모습에 그대로 시선이 따라갔다. 잠시 방으로 돌아간 그가 로브를 걸쳐 나왔다.

"저는 이곳 주인을 깨워 의사가 사는 곳이 어딘지 물어보겠습니다."

"그다음은요?"

"제일 가까운 짐마차라도 빌려 그녀를 데리고 그곳으로 가야 합니다."

밖은 아직 바람이 거셌고, 창을 흔들며 빗금을 만드는 빗줄기는 적은 양이 아니었다. 이런 날씨에다 새카만 밤이었다. 위험할 수 있었다. 그런데도 빈센트가 그리 말했다는 건, 상황이 그럴 수밖에 없다는 얘기였다.

"당장 수술이 필요한 건가요?"

"네, 그것도 꽤 급할 정도로."

다시금 파리해진 내 얼굴에 그가 여느 때와 다름없는 차분한 어조로 말했다.

"별일 없을 겁니다. 금방 다녀오겠습니다."

오 분여 뒤 들어온 사람은 그가 아닌 하녀였다. 잠옷 차림인 애니의 탈의와 착의를 도와주러 빈센트가 보낸 사람이었다. 두 사람이 협동해서 식은땀으로 범벅된 애니를 일으켜 앉히고 얇은 잠옷에서 두툼한 옷으로 갈아입혔다.

그다음은 내 차례였지만, 그럴 정신이 없어 대신 모자가 달린 두꺼운 외투를 걸치고 장갑과 목도리를 했다. 밖으로 나갈 준비를 마치자마자 램프를 든 주인장과 함께 빈센트가 돌아왔고, 앞장선 주인장 뒤로 애니를 둘러업은 그와 내가 뒤따랐다.

빈센트는 내가 동행하는 것이 달갑지 않은 얼굴이었다.

"날씨가 험합니다. 굳이 따라오지 않으셔도 됩니다."

"빈센트, 애니의 가장 가까운 보호자는 나예요."

그녀의 신분이 낮다고 해서 그럴 가치가 없지 않느냐는 뜻은 분명 아니었다. 만약 그런 가치관을 가진 사람이라면 애초에 가까이할 일도 없었을뿐더러, 이리 직접 나서서 기운이 빠진 듯 몸에 힘을 쭉 뺀 그녀를 둘러업을 리가 없었다.

내게서 시선을 돌리는 그를 향해 한마디를 덧붙였다.

"이해하리라 생각 안 하지만, 애니는 나와 한 몸이나 다름없는 존재예요."

그 대답으로 충분한지 고개를 돌린 그에게서 더 말은 없었다. 우리는 그대로 계단을 내려가 뒷문으로 나갔다. 밖으로 나가자 살이 에일 듯 차갑고 매서운 바람이 한 번에 덮쳐 왔다. 설상가상으로 빗물과 함께 들이닥치자 한걸음 내딛기가 힘들 정도였다.

여관 뒤뜰에 대기하고 있던 작은 짐마차 안 짚 위에 그녀를 먼저 누이고 나 또한 그 옆에 따라 탔다.

그도 함께 타나 싶었지만, 빈센트는 마차에 오르는 대신에 방지 턱 개념의 나무틀을 올렸다. 다급하게 그에게 손을 뻗었지만, 잡히는 건 삭풍뿐이었다.

"마부가 안 보여 제가 마부석에 앉아 가야 합니다."

날씨가 좋지 않은 데다 두 마리의 말 또한 한껏 예민해진 상태였다. 그런 상황에서 고삐를 잡는다는 건 직업으로 말을 다뤄 본 사람이 아닌 이상 힘들었다.

"정말 괜찮으시겠어요?"

내 안위가 걱정돼서가 아니라 그의 안위가 걱정됐다. 하지만 달리 선택지가 없었다. 보통의 귀족 여성보다는 승마를 즐겨 했던 나지만, 전장에서 수년을 말을 탔을 그에 비할 바가 아니었다.

낮은 목소리가 들렸다.

"올리비아."

내 불안은 가릴 수 있는 유의 것이 아니었다. 칠흑처럼 새카만 눈동자 속에, 흔들리는 눈동자를 한 내가 비쳤다.

"날 믿어요."

그 목소리만 뚜렷하게 들려왔다.

"맹세하건대, 아무 일도 없을 겁니다."

그가 내게 처음으로 내뱉은 맹세였다. 신뢰할 수밖에 없었다. 그 정도의 무게였다. 나는 대꾸하는 대신, 천천히 고개를 끄덕였다. 손을 뻗은 빈센트가 내 머리카락 끄트머릴 쥐는 게 보였다. 그는 거기에 조심스레 입술을 맞추곤 자리로 갔다.

바로 채찍을 내려치는 소리가 들렸고, 한번 울음소릴 길게 낸 말들이 비바람을 뚫고 달리기 시작했다. 마을 의사의 집은 인가에서 한참 떨어진 외곽에 있었다. 중심에서 벗어나자 잘 닦이지 않은 길로 마차가 심하게 덜컹거렸고 덜덜 떠는 애니를 꼭 안고 어서 도착하기만을 바랐다.

　문이 닫힌 집은 이미 식솔이 모두 잠자리에 들었는지 창문 안쪽이 어두컴컴했다. 자리에서 내린 뒤 손을 내밀어 먼저 내리게 한 다음, 애니를 안은 빈센트가 강하게 문을 두드리고 나서야 부엌데기 하녀로 보이는 어느 소녀가 졸음 가득한 눈으로 우릴 맞았다.

　"이 밤에 대체 누구시길래……."

　"집주인 계시나?"

　게슴츠레한 눈을 채 다 뜨지도 않고 들이닥친 손님들에 정신을 못 차리던 하녀가 한참 위에서 들려온 목소리에 고개를 들었다. 바로 빈센트와 눈이 마주치자 삽시간에 얼굴이 붉어지는가 싶더니 더듬거리며 고개를 끄덕였다.

　"네, 네……. 계시는데요, 무슨 일로……."

　말을 잇던 하녀가 그제야 그의 품에 안겨 있는 애니를 발견했는지 경악한 표정을 지었다.

　"다, 당장 모셔 올게요!"

　한밤중의 호출로 잠옷 바람으로 달려온 초로의 의사는 침착하고 능숙한 모습으로 애니를 수술 방으로 데려갔다. 작은 집이라 부리는 사람이 좀 전에 본 하녀뿐인 듯, 애니를 수술대 위에 누이는 역할은 빈센트의 몫이었다.

　이제 남은 건 기다리는 일뿐이었다. 하녀의 안내를 받아 빈센트와 거실 벽난로 앞에 앉아 수술이 끝나길 기다렸다. 우리는 몇 시간 동안 한마디도 하지 않은 채 멍하니 타오르는 불길만 응시했다.

　한참 후, 굳게 닫혀 열리지 않을 것 같은 문이 열리고 가운 차림의 의사가 거실로 들어왔다.

　"맹장염이네요. 상태가 더 심해지기 전 이곳으로 데려온 게 다행입니다."

"그런가요."

한숨이 놓이는 말이었다. 내내 차분한 모습과 달리, 도와주는 조수 없이 두어 시간 수술하는 건 쉬운 일이 아니었던 듯 의사는 연신 이마의 땀을 훔쳤다.

"네. 그리고 뭔진 모르겠지만, 주신 약초도 도움이 되었습니다. 피를 멎게 하는 데 효과적이더군요."

학자로서의 호기심이 가득한 눈동자였다.

"혹시 그게 요즘 그레덴 상회에서 팔고 있는 상품인가요?"

"그걸 어떻게……."

"사실 그 연고를 사서 써 본 적이 있습니다만, 자세히 보니 같은 약초로 만든 것 같다는 생각이 들었습니다."

과연 의사로서의 눈썰미였다. 말을 받은 건 이번엔 내가 아닌 빈센트였다.

"네. 맞습니다. 여러 효과가 있고 필요시 지혈제로도 쓰이지요. 아직 그 방면으로 판매는 하지 않고 있지만."

"그랬군요. 과연 기대가 됩니다."

가장 중요한 물음을 하지 않았다는 데에 생각이 미쳐 바로 뒤이어 물었다.

"애니는 지금 괜찮나요?"

"문제가 되는 부분을 처치했으니 내일 일어나면 한결 나을 겁니다. 다만 마취 수면에 들어간 상태니 당장 일어나기 힘듭니다."

그러더니 설명 도중 나와 빈센트를 번갈아 보며 물었다.

"보아하니 부인께서 부리시는 아이인 것 같은데, 꽤 아끼시나 보군요. 어차피 환자는 깨어나지 않아 거동이 힘들고 비바람은 더 거세졌으니 오늘 밤 묵고 가시지요. 방을 내어 드리겠습니다."

의심할 바도 없이 나와 빈센트를 부부라 생각한 듯했다. 내가 뭐라 대답하기 전 빈센트가 먼저 입을 열었다.

"실례지만, 빈방이 몇 개 있죠?"

"보다시피 집이 좁은 터라 내어 드릴 수 있는 방은 하나입니다."

난처한 상황이었다. 재빨리 덧붙였다.

"작은 방이라도 상관없는데요."

의사가 곤란한 얼굴로 고개를 저었다.

"진료실과 창고로 쓰고 있어서 남는 방이 없습니다. 원래라면 두 방이 남지만, 환자가 머물 방 외에 내드릴 방은 두 분이 사용하시기에 그리 불편하지 않으실 겁니다. 혹 무슨 문제라도 있으신가요?"

"아니요, 없습니다."

의아해하는 의사의 질문을 단박에 마무리한 빈센트가 말을 덧붙였다.

"번거로우시겠지만 간단히 씻을 물도 부탁드립니다."

또다시 그와 같은 방이었다. 좀 전과 같은 상황이 반복됐다. 어떻게 보면 더 당황스러운 상황이었다. 일반 민가의 손님방은 여관의 객실보다 더 작고 소박했다. 있는 가구는 품이 많이 드는 벽난로 대신 방 한가운데 자리한 주물 난로와 이 인용 침대, 창가에 자리 잡은 나무 테이블과 의자 두 개가 전부였다.

잠시 후 아까 문을 열었던 하녀가 대야에 덥힌 물을 가져 올라오자, 간단히 손을 씻은 그가 함께 딸려 온 수건으로 물기를 닦은 후 멀뚱히 창가 의자에 앉은 내게 말을 걸었다.

"올리비아."

언제부턴가 둘이 있을 때 그는 주저 없이 부인도, 레이디도 붙이지 않은 내 이름을 불렀다. 무례하기보단 마치 오랜 친구의 이름을 부르는 듯한 자연스러운 느낌이었다. 저번에도 생각했듯이 이상하게도 부담스럽거나 거북하지 않았다.

내리깐 눈꺼풀을 들어 올려 몇 걸음 앞의 그를 응시했다. 눈이 마주치자 그가 가까이 가도 되겠느냐 물었다. 고개를 끄덕였다.

"수술이 잘된 거 같아 다행입니다. 내일 별장으로 돌아가면 클로에에게 간병할 사람을 찾아 놓으라 말해 놓겠습니다."

내 앞에 마주 앉은 그가 조곤조곤 말을 이었다.

"오늘 밤은 이 방에서 주무세요. 전 이 집 사람들이 잠자리에 들고 나면 거실의 카우치에서 눈을 붙이겠습니다."

놀란 아이를 다독이듯 부드럽고 친절한 어조였다. 이런 상황에 처할 때마다 그가 내게 취하는 태도였다.

"아니요, 빈센트. 그럴 필요는 없어요."

내 대답이 전자에 관한 것인지 후자에 관한 것인지, 확실히 할 필요가 있었다.

"제안은 고마우나, 여기서 더 신세 질 수는 없습니다."

그의 눈이 커지는 게 보였다. 말을 이었다.

"나는 게더에 도착하면, 바로 마거릿 홀로 돌아갈 생각이에요."

"……어째서입니까?"

"그곳이 내 집이니까요."

내 망설임 없는 대답에 그가 잠시 입을 다물었다.

"그곳에 당신을 기다릴 사람은 없지 않습니까."

빈센트는 단번에 정곡을 찔렀다. 아프지만 맞는 말이었다. 로즈는 별장에 있었고, 내 친모도, 계부도 날 기다리지 않았다. 그러기는커녕, 눈엣가시나 다름없을 것이다. 하지만 그렇대도 난 그곳으로 돌아가야 했다.

"난 그곳에서 태어났어요. 내 모든 어린 시절이 있는 곳이에요. 지울 수도, 덮을 수도, 잊을 수도 없죠."

"……."

"이런 내가 스스로도 이해 안 가지만, 어쨌건 돌아가야 해요."

덧붙여, 돌아가 게오르그와 레너한 사이에 있었던 모종의 채무도 제대로 알아야 했다. 계약서를 확인하고 정확히 어떤 내용이었는지도 파악해야 앞으로 어떻게 대처할지 갈피라도 잡을 수 있을 것이다. 머릿속이 한없이 복잡했다.

잠시 말없이 날 바라보던 빈센트가 나직이 입을 열었다.

"나는 태어나 '집'이란 걸 가져 본 적이 없습니다."

그의 어린 시절 이야기는 처음 듣는 것이었다. 종자 시절, 소년이었던 빈센트 무어가 게더에 머무른 건 그리 길지 않은 시간이었다. 귀를 기울이자 창으로 시선을 옮긴 그가 토로하듯 이야기를 시작했다.

"니힐 국경에 버려져 있던 고아라더군요. 그런 나를 데려와 아들처럼 여겨 주던 분이 변경백이셨습니다."

마치 먼 타인의 이야기를 하듯 무심하다 못해 냉담한 어투였다.

"좋은 분이셨습니다. 억울하게 죽은 영지민의 자식일 수 있으나 한편으로 야만인의 핏줄일지도 모르는 존재를 슬하에 두고 키웠다는 것 자체가 놀랍고 감사할 일이죠."

그런데도 그는 기사의 길을 택했다. 온통 가시밭길에 제대로 된 보상도, 대가도 주어지지 않는 길을.

내 의문에 대한 답은 바로 이어졌다.

"말도 되지 않는 일이지만, 날 후계자로 삼으시려 했다더군요. 그때 변경백 부부껜 오랜 시간 자녀가 없었고, 변경백께선 어째서인지 나를 마음에 꼭 들어 하셨습니다."

그렇게 되지 않은 건 지금의 상황을 보아 잘 알았다. 하나 그렇다고 해도 감히 그 누가 그를 동정할 수 있겠는가.

빈센트는 스스로의 인생을 개척한 사람이었다. 변경백이라는 직위 대신 기사가 되어 공을 세우고, 기사로서 높은 직위에 올랐다. 덧붙여

친조부가 물려준 상회 또한 전대보다 더 탄탄하고 큰 규모로 키워 냈다.

"변경백께 아드님이 생긴 건가요?"

미묘하게 변한 내 표정을 알아챈 듯 그가 고개를 끄덕였다.

"네, 십오 년 만에요."

"그랬군요……."

그가 상체를 내 쪽으로 가까이한 건 바로 다음 순간이었다. 숨을 헉, 들이켜는 순간, 조금 위험스러운 목소리가 들렸다.

"이제 당신 차렙니다."

"네?"

"왜 마거릿 홀로 돌아가야 하는지, 당신이 말한 이유 외에 분명 내게 숨기는 게 있어요. 그렇지 않습니까?"

"……."

"게더에서와 달리 어제 재회한 당신은 불안정하고 위태해 보였습니다."

뭐라 반응할 수가 없었다. 빈센트 무어란 남자는 무심한 듯, 완곡한가 싶다가도 상대가 방심한 사이 핵심을 파고들었다. 한순간이라도 긴장을 늦추면 바로 칼날이 가슴을 뚫고 지나가는 전쟁터에서 그의 이런 점은 분명 강점으로 작용했을 터였다.

"아니요, 없어요. 왜 갑자기 그런 말씀을 하시는지 모르겠군요."

더 눈을 마주하고 있다간 나도 모르게 모두 실토하고 말 것 같아 서둘러 자리에서 일어났다. 하지만 모든 움직임이 이내 멎어 버렸다.

"말을 모시느라 피곤했을 텐데, 이만 주무시러 가시는 게 좋겠어요."

"올리비아."

결연하고 단단한 그의 눈이 보였다. 직선으로 이어지다 끝부분에서 날카로운 아치를 그리는 눈썹과 단 한 번도 휘어지거나 꺾인 적이 없을 것 같은 콧대가 보였다. 삶의 굴곡을 끝없이 헤치고 넘어온 자만이 가질 수 있는 분위기였다. 어떤 거짓말을 하더라도 그 순간 들통나리라는 것을 본능적으로 깨달았다.

"당신의 비밀을 억지로 캐내려는 게 아닙니다. 추궁하듯 캐묻지 않아도 알아내는 건 어렵지 않으니까."

"그렇겠죠, 당신이라면."

이어진 말에 털썩 자리로 돌아와 앉았다. 다시 허리를 편 그가 천천히 물었다.

"내가 믿음을 드리지 못했습니까?"

고개를 저었다.

"의지하기에 부족하고 어설펐습니까?"

다시 고개를 저었다. 얼토당토않은 소리였다. 테레즈에서 조용히 앉아 말라 가던 내가 여기에 이르기까지 그의 도움이 없었더라면 더욱 힘들었을 거라는 걸, 너무나 잘 알고 있었다.

"나는 모든 관계의 시초는 신뢰라고 생각합니다. 그에 대해 동의하실 거라 믿습니다."

거기까지 몰아붙여지자 고개를 끄덕이는 것 외엔 남은 길이 없었다. 잠시 입매가 굳힌 그가 물었다.

"하퍼 백작과 관련된 일입니까?"

"……예상은 하고 계셨군요."

테이블 아래로 모은 두 손을 깍지 끼고 힘을 주어 잡았다.

"친정에 100만 갈레온의 빚이 있다더군요."

부끄러웠다. 할 수만 있다면 쥐구멍에라도 숨어들고 싶은 심정이었다. 치부를 고스란히 드러내 보인 기분은 처참했다.

"나와 결혼하기 전, 백작이 계부와 계약을 맺었다고 들었어요. 혼인으로써 상환 의무가 사라지지만, 이혼을 하게 되면 그대로 돌려줘야 한다고……."

목 안이 화끈거려 말을 끝맺지 못했다.

"그래서 아직 이혼이 되지 않은 겁니까? 백작이 채무를 빌미로 이혼은 안 된다고 당신을 협박했군요."

그것까지 그가 어떻게 알고 있는지 궁금했지만, 그렇다 대답했다. 동시에 무거운 적막이 가라앉았다. 그만큼 100만 갈레온이란 금액은 숨이 턱 막힐 만큼 거대한 돈이었다.

어슷하게 빗겨 낸 시선은 마주하지 않았고, 잠시 뒤 침묵을 걷은 건 빈센트였다.

"내게 방법이 있습니다."

"네……?"

"생각해 보니 조부가 물려주신 것 중에 예금이 있습니다. 딱 100만 갈레온이죠. 오래전부터 비상금으로 모아 두신 돈 같습니다."

옆으로 돌렸던 고개를 들어 그를 보았다. 가벼운 식사 한 끼를 사겠다고 말한 듯한 얼굴이었다. 나는 재빨리 고개를 저었다.

"아니요, 말도 안 돼요. 그 돈은 받을 수 없어요."

"그냥 드리겠다는 말이 아닙니다."

"그럼요? 빌린다 해도 갚을 능력이 없어요. 아주 오래 걸릴 거구요."

어쩌면 십 년, 아니 평생이 걸릴지도 몰랐다. 무턱 대고 받거나 빌릴 만한 금액이 아니었다.

"다른 식으로 갚으면 됩니다."

그가 무슨 말을 하는지 도무지 이해가 가지 않았다. 다음 말을 기다리자 이어졌다.

"저번에 식당에서 드린 말, 기억나십니까?"

기억을 더듬었다. 목걸이 사건이 있던 날이었다. 별장으로 급하게 몸을 옮겼고, 밤늦게 일어나 식당으로 내려가니 그가 조용히 홀로 앉아 있었다.

"종종 유령이 보인다고 했죠."

목이 없는 유령. 그가 고개를 끄덕였다.

"열네 살 때 처음으로 사람을 죽인 날부터, 마치 죗값처럼 뒤따라 다녔습니다.

열네 살.

보통의 소년이라면 목검을 들고 친구들과 병정놀이를 할 정도의 나이였다. 혹은 공립학교에 다니며 어떻게든 숙제를 줄이려고 꾀를 부리든가. 신은 얼마나 이리도 얄궂고, 세상은 어찌나 이리도 지독한가.

"한동안은 드디어 미쳐서 죽어 버리는가, 했습니다. 검을 들고 허공을 베어 내며 설쳐도, 차라리 날 죽이라 애원해도 아무것도 하지 않습니다. 그냥 바라보기만 할 뿐."

지금 그의 나이를 생각했다.

스물셋. 소년에서 청년으로 접어드는 그 나이에, 어깨에 얹혔을 무게가 짓눌릴 정도로 무겁고 거대하게 다가왔다.

"지금도 보이나요……?"

마차 안에서 했던 질문을 또다시 반복했다. 그때는 나도 모를 두려움에서 나온 충동에 의한 것이었다면, 지금은 걱정과 우려였다.

"아니요, 이상하게도, 당신과 가까이 있으면 흐릿해집니다."

초연한 태도였지만 엷은 미소를 띠고 있었다.

"저번에도 그랬고, 지금은 그때보다 더 흐릿하군요."

빈센트가 팔을 뻗었다. 무릎 위에 놓인 내 손을 잡아 올려 느릿하게 자신에게로 가져갔다. 그리고 입을 맞췄다.

"올리비아."

쿵쿵, 묵직하게 울려 대는 심장 소리가 귀에 울리는 것 같았다. 입술이 바싹 마르고 숨이 떨렸다.

"나와 거래합시다. 내게 100만 갈레온을 받아 그와 이혼하세요. 그리고 나와 약혼하는 겁니다."

"……빈센트……."

단 한 번도 생각하지 못한 제안이었다. 머릿속이 하얗게 비워졌다. 거절해야 했다. 그가 나쁜 사람이 아니란 걸 알았다. 그랬기에 더 거절하는 게 맞았다.

나 같은 여자와 얽히기엔 그는 대단한 남자니까. 덧붙여 더는 누구에게도 소유되고 싶지 않으니까.

"나는……."

이성은 당장 고개를 내저으라고 소리를 높였지만, 몸은 내 뜻대로 움직이지 않았다. 잡힌 손에서 열감이 올라와 뜨거워지는 듯했다.

"이상하게 들리겠지만 약혼을 했다고, 결혼해 달라는 게 아닙니다."

의아한 말이었다. 다음 말에 귀 기울였다.

"당신은 백작에게서 완전히 벗어나고, 나 또한 악몽에서 벗어날 수 있을 때까지요."

"……그 기간이 얼마나 걸릴까요?"

결혼으로 이어지지 않는 약혼 관계.

이상하지만, 확실히 합리적이고 부담스럽지 않게 들렸다. 내게 100만 갈레온의 가치가 있는지 모르겠지만, 우리 둘 모두에게 도움이 되는 관계였다.

"정해진 기한이 있어야 할 거 같아요."

조심스러운 내 말에 잠시 생각하는 듯 말이 없던 빈센트가 곧이어 대답했다.

"잘 모릅니다. 기한을 원하신다면, 일 년으로 잡을까 합니다. 그 정도면 완전히 사라질 것 같기에."

"그러니까 일종의, 계약 약혼이군요?"

"그렇다 보시면 됩니다."

"하지만 늘 붙어 있을 수는 없는데요."

"약혼 기간 동안 같은 곳에서 살면 됩니다. 당신이 별장에 머물렀던 것처럼요. 같은 지붕 아래 있는 것만으로도 조금 완화되니까. 그래서 약혼 관계라는 허울이 필요한 거죠."

맞는 말이었다. 남녀와 신분 관계를 떠나 내가 겪은 그의 주된 일면은 사업가였고, 나 또한 그의 동업자였다. 우린 사업적 협력 관계로 종종 만났으나, 사람들 앞에선 드러낼 수 없었다.

수백 년 전부터 내려져 온 귀족 사회는 상류층 여성이 누군가의 딸, 누군가의 아내, 누군가의 어머니가 아닌 사회적인 직업을 갖는다는 걸 금기시해 왔다. 샤일러 후작 부인이나 란델 백작 부부 같은 경우가 아니고서야 날 그대로 받아 줄 사람은 거의 없었다.

거기까지 생각이 미치자 불현듯 생각난 얼굴에 다급히 입을 열었다.

"……그럼 클로에 양은요?"

"네?"

갑자기 튀어나온 이름에 그의 표정이 굳어졌다.

"그녀와 연인 관계가 아니셨나요?"

대외적으로 가정부로 머물지만, 그녀만큼 사업적으로 능력이 있는 여성이며 다재다능한 재주를 갖춘 미인은 매우 드물었다. 물론 그가 겉모습으로 혹할 사람은 아니지만, 우연히 애니에게서 사소한 시중까지 전부 그녀의 손에 맡긴다는 이야길 들었을 때 어렴풋이 짐작했던 일이었다.

사랑하는 남자가 어느 날 낯선 여자를 집에 들이고 그녀의 시중을 들게 하는 상황.

낯설었지만 내게 먼 이야기는 아니었다. 만약 클로에가 그의 연인이라면, 빈센트와 나 사이에 그 어떤 일도 없더라도 고통스러운 게 당연했다. 별장에 머무는 시간이 길어질수록 초조해진 이유 중 하나였다. 내 말에 머리가 지끈거렸는지, 놓은 손으로 관자놀이를 매만지며 빈센트가 강하게 부정했다.

"당연히 아닙니다."

다음 말은 조용했지만, 한기가 들 정도로 온도가 낮았다.

"날 여태까지 그런 사람으로 생각하셨습니까?"

처음 보는 그의 차가운 모습이었다. 위협적이진 않았지만, 살짝 어깨를 움츠리게 할 만큼 위압적이었다. 순식간에 방 안이 싸해졌다.

"내가 오해했군요. 불쾌했다면 미안해요."

숨을 들이켜며 겨우 내뱉자 한층 진정된 얼굴로 그가 말했다.

"당신이 이 관계를 동의한다는 전제하에, 나는 당신과 약혼 관계를 맺고 유지하는 동안 다른 여성을 쳐다볼 생각 없습니다."

검은 눈동자가 내 속까지 꿰뚫을 듯 시선을 사로잡고 있었다. 감히 고개를 돌릴 수도 눈을 내리깔 수도 없었다.

"그 점에선 물론 당신도 마찬가지여야 하겠죠. 여기에 관해선 어떠한 협의나 타협도 없습니다."

물어볼 것도 없이 당연한 이야기였다. 비록 기한이 있는 계약 약혼인 데다 허울뿐인 관계라도 서로에게 묶여 있는 한 그를 배신할 마음은 전혀 없었다. 난 고개를 끄덕였다. 그런 내 반응에 안심한 듯 그의 표정이 완전히 풀어졌다.

"그럼 정식으로 묻겠습니다. 올리비아 시오네 양, 나와 약혼을 해 주시겠습니까?"

내가 아직 하퍼 부인이라는 것을 알면서도, 그는 의도적으로 날 시오네라고 불렀다.

"……좋아요, 약혼은 이혼이 마무리되고 난 다음이겠지만요."

옅게 웃고 대답했다. 그와 나와의 새로운 관계가 만들어지는 순간이었다. 그가 자리에서 일어났다.

"오늘은 늦었으니 계약서는 게데로 돌아간 뒤 쓰도록 하죠."

그가 방을 나섰을 땐 방금보다도 시간이 많이 늦어 있었고, 하녀 아이와 의사도 모두 잠자리에 든 듯 인기척 하나도 들리지 않았다.

다음 날, 애니는 다행히 무사하게 정신을 차렸다. 처음엔 수술한 배가 욱신거리는지, 거동하기가 어려워 보였지만 점심 무렵이 되자 쿠션이 가득 덧댄 마차에 몇 시간 앉아 있을 정도로는 회복이 된 상태였다.

어느 정도 그녀가 정신을 차리자 희끄무레한 기억들이 차츰 돌아오는 듯 보였다. 애니의 안색이 새빨개졌다가 하얘졌다가 파랗게 질렸다가 원래대로 돌아오는 걸 보는 기분은 심심하지 않았다.

"어쩜 제가 그런 추태를……."

"아픈 건 어쩔 수 없는 건데, 뭐가 추태야. 몸이나 잘 추스르고 회복해야지."

"같은 여자인 아가씨는 이해하겠지만, 빈센트 나리는 나이 먹고 추태라고 생각했을 거예요. 부끄러워서 제가 어떻게 얼굴을 들어요……."

"그런 분 아닌 거 잘 알잖아. 여하튼 바로 앞에 빈센트 경이 없어서 다행이네."

"정말로요."

소곤거리면서 말했지만, 마부와 나란히 앞에 탄 빈센트의 귀에 들렸는지 안 들렸는지는 알 수 없었다. 바깥바람을 쐬고 싶다고 말했지만 분명 민망할 그녀를 배려해서 상석을 마다했을 그에게 고마운 마음이 들었다.

애니의 몸 상태가 좋아지길 기다려 출발한 바람에 별장에 도착하니 해가 뉘엿뉘엿 저물 즈음이었다.

"아가씨! 그리고 애니!"

테레즈에서 게더로 돌아왔을 때 그랬던 것처럼 마중 나온 로즈가 양 팔을 벌리며 맞았다. 빈센트에게 에스코트를 받아 내려오자 로즈가 내 손을 꼭 잡았다.

"간밤에 일어난 이야기는 들었어요. 많이 놀라셨죠?"

빈센트가 인편으로 미리 사람을 보내 알린 모양이었다. 천천히 고개 를 저었다.

"나보다 애니가 더 놀랐지. 이틀은 푹 쉬어야 한대."

말을 끝맺기가 무섭게 다가온 하인 두 명이 애니를 부축했다. 상태 가 이른 아침때보단 훨씬 좋아 보였지만 혼자 걷는 건 무리인 듯 통증 에 미간을 찡그린 애니가 조심조심 발을 내딛고 가까이 와 섰다.

"아이고, 이 기집애야! 진작 몸조심했어야지."

로즈가 딸의 등을 치자 컥 하는 소리를 내며 애니가 숨을 들이켰다.

"다친 게 아니라 장기가 터진 건데! 이건 조심해도 되는 게 아니라 니까요?"

"말대답은, 하여튼간에⋯⋯."

모녀의 옥신각신을 이쯤에서 끊어야 했다.

"거기까지 해. 오늘 애니는 로즈 방에서 자고. 푹 쉬어."

"그럼 아가씨는요?"

"맞아요, 오늘 밤 누가 시중들어요? 모르는 사람 손닿는 거 싫어하 시잖아요."

"나는⋯⋯."

그때 멀리서 바라보고 있던 클로에가 다가왔다.

"제가 들도록 하죠."

"하지만⋯⋯."

아무리 아랫사람이라 하나 클로에는 이 하녀와 하인을 관리하고 별 장의 살림을 책임지는 가정부였다. 내 마음대로 부릴 수 있는 사람이 아니었다.

그때 목소리가 들려왔다.

"제가 시켰습니다."

눈이 마주친 빈센트가 말을 끝맺었다.

"식사는 방으로 올리겠습니다. 많이 놀라셨을 텐데, 오늘은 일찍 잠에 드시죠."

아직 우리 둘만 알고 있는, 계약 약혼에 대한 자세한 이야기를 꺼낼 틈도 없이 단호한 태도였다.

이전에도 귀부인의 시중을 들어 본 적 있는 듯 클로에의 손길은 능숙하고 재빨랐다. 방으로 들어서서 간단히 식사한 후, 순식간에 옷을 갈아입자 그제야 여독으로 지쳤던 심신이 피로를 푸는 느낌이었다.

"머리를 빗겨 드리겠습니다."

"고마워요, 클로에."

"제가 할 일인걸요."

화장대 앞 콘솔에 앉자 바로 뒤쪽 침대 가장자리에 살짝 걸터앉은 클로에가 부드러운 손길로 내 머리를 빗어 내렸다.

"그간 이곳에 별일 없었나요?"

"큰일은 없었습니다."

별장에서 지내는 동안 내 편의를 봐준 그녀와 조금은 사이가 좁혀졌다고 생각했지만, 그녀는 어디까지나 일정한 선 밖에서 맴돌 뿐이었다. 그렇다고 차갑거나 쌀쌀맞게 굴었다는 말 또한 아니었다.

그렇게 느꼈다면 아마 그녀가 빈센트와 연인 관계라고 생각했던 내 착각에서 빚어진 오해이리라.

"……마거릿 홀에서 사람이 오거나 하지는 않았어요?"

아무리 없는 사람 취급에 유령처럼 대우한다 해도 게오르그는 날 신경 쓸 수밖에 없었다. 어수룩하고 순진한 의붓딸의 자금을 야금야금 해치워 버릴 심산이었지만, 뒤통수를 맞은 상태니까.

재회한 첫날, 예전과 달라진 날 경계해 일거수일투족을 지켜본 듯했지만, 부러 아무 생각 없는 양 행동한 게 잘한 일이었다. 내가 히스델리아를 찾아 이곳저곳 돌아다닌 일도 게오르그는 그저 추억팔이의 일환이라고 생각했다.

그러다 히스델리아 연고와 약물로 인해 그레덴 상회라는 존재가 부각되기 시작하고, 이 별장과 상회와 연관된 나를 알아차려 애니의 사달을 만든 것이었다. 마거릿 홀에서 이 별장은 그리 멀지 않은 거리에 있었고, 게오르그가 언제 어느 때든 쳐들어왔다 해도 놀랄 일이 아니었다.

"말씀드려도 되는지 모르겠지만……."

잠시 머뭇거리던 클로에가 입을 연 건 침묵이 한차례 지나간 뒤였다.

"사실 올리비아 님이 수도로 올라가시고 얼마 안 돼서 자작님이 찾아오셨어요."

등골이 서늘했다. 그땐 분명 빈센트도 별장에 있었을 것이다. 로즈도.

"이 땅에 대한 소유권을 주장하셨죠. 덧붙여서 올리비아 님의 행방도요."

그녀의 입에서 표현이 얼마나 순화된 것인지 굳이 알아내지 않아도 알 수 있었다. 게오르그는 교활하고 음습한 자였고 자신에게 이득이 될 수 있는 쪽이면 수단과 방식을 가리지 않았다.

"……그래서요? 어떻게 됐죠?"

"자세한 건 알지 못하지만, 땅에 대한 소유권 같은 경우엔 빈센트 나리의 조부님이 공증한 서류가 있기에 넘어갔습니다."

"거기에 대해 주장했다니 이해가 안 가는군요. 현 자작님에게 구매한 게 아니었나요?"

클로에가 고개를 저었다.

"아니요. 전대 자작님과였다고 알고 있습니다."

조부? 이상했다. 아무것도 모르는 게오르그가 돈에 눈이 멀어 땅을 넘겨줬다고 해도 이상하지 않았지만, 전대 자작인 내 친부 프란츠 시오네 자작은 히스델리아가 피어 있는 곳을 알 뿐더러 그곳의 중요성도 잘 알고 있는 사람이었다.

대대로 후계자만이 물려받는 그곳을 남에게 넘긴다? 의문을 가라앉히고 뒤이어 물었다.

"그랬군요. 빈센트 경이 직접 나서신 건가요?"

"네."

머리가 지끈거리는 와중 클로에가 말을 이었다.

"올리비아 님의 행방에 대해선 제가 아는 바가 없습니다. 제가 아는 것이라곤 나갈 때 자작님의 표정이 한층 가벼워 보였다는 것이에요."

찬물을 뒤집어쓴 듯 정신이 번쩍 들었다. 대체 둘 사이에 무슨 일이 있었던 걸까? 빈센트는 나에게 또 무언가를 숨기고 있을까?

"……알려 줘서 고마워요, 클로에."

"별말씀을요."

내 머리 손질이 끝나자 일어선 클로에가 방을 나서며 필요할 때 머리맡의 줄을 누르라고 했다. 그녀에겐 알겠다며 웃으며 내보냈지만 그렇구나 하고 넘어갈 문제가 아니었다. 클로에가 나가자마자 사람을 불러 빈센트에게 뵙기를 원한다고 연락했다. 곧이어 서재로 오셔도 좋다는 답을 받자마자 그리로 향했다.

"빈센트 경."

"올리비아 양."

예의상 노크를 한 뒤 문을 열고 들어서자마자 맞은편 저편에 마호가니 책상에 앉은 방 주인이 보였다. 어젯밤의 그 소동과 여로에도 불과하고 그가 할 일이 현저히 많이 쌓여 있는 듯했다. 슥 훑어보니 그레덴 상회에 관한 내용이 주였으나 군데군데 왕가의 직인이 찍힌 서류가 있는 걸로 봐선 그가 처리해야 할 업무가 다양한 걸로 보였다.

눈인사 한 다음 다시 입을 열었다.

"바쁜 와중에 뵙자 해서 민폐가 된 건 아닐지 모르겠네요."

"괜찮습니다. 거기 앉으시죠. 이것만 마무리하고 마주 앉겠습니다."

그가 눈짓한 벽난로 앞 카우치에 앉자 다시 일에 몰두하는 그의 모습이 더 자세히 보였다. 씻자마자 다시 일에 매달렸는지 흐트러진 흰 셔츠 사이로 살짝 그을린 목선과 쇄골이 보였다. 훑듯이 그를 관찰하다 스스로 깨닫자마자 황급히 고개를 돌렸다.

그가 펜촉을 펜대에 꽂은 뒤 자리를 털고 일어선 건 십여 분 후였다.

"이 밤에 급히 연락 주신 건 그럴 만한 일이 있기 때문이겠죠."

내 맞은편에 앉은 그가 먼저 화두를 꺼냈다. 난 결연하게 고개를 끄덕였다.

"네. 몇 가지 물어볼 것이 있어서요."

"얼마든지 물어보셔도 됩니다."

빈센트는 에둘러 말하는 걸 좋아하지 않는 남자였다. 작게 침을 삼키고 곧바로 본론으로 넘어갔다.

"자작이 제가 없는 사이 이곳에 왔다고 들었어요. 왜 제게 알려 주지 않으셨죠?"

"……클로에에게 들었군요."

"누구에게 들었는지는 중요하지 않아요. 빠르든 늦든 어차피 내 귀에 들어갔을 얘기니까."

사실이었다. 별장 안에 눈이 한두 쌍도 아니고 어차피 알게 될 이야기였다. 다만 그걸 당사자가 아닌 다른 사람에게 들었다는 게 문제였다. 날 번연히 들여다보듯 응시하던 빈센트가 이내 고개를 끄덕였다.

"숨기려고 했던 건 아닙니다. 그저 굳이 말하지 않았을 뿐."

"언제 말하려고 생각하셨는데요?"

"그럴 필요가 있을 때."

그럴 '필요'가 과연 누구의 판단에서 나오는 건지 궁금했다. 미처 입을 열기도 전에 그가 말을 이었다.

"그전에 물어보신다면 얼마든지 대답해 드리려고 생각하고 있었습니다. 그러나 지금까지 그럴 만한 상황이 아니었죠."

그 또한 맞는 말이었다. 수도에서 레너한을 만나 정신없게 있을 때 그의 손에 이끌려 다음 날 바로 게더로 향했고, 그 와중에 애니가 아파 잘 알지 못하는 낯선 시골 의사의 집에 머물러야 했다. 덧붙여 계약 약혼 이야기가 나왔고.

잠시 숨을 고르고 입을 열었다.

"자작이 한층 가벼운 얼굴로 돌아갔다고 하던데요."

"당신의 행방을 묻더군요."

"어떻게 대응했길래 얌전히 돌아간 거죠?"

"짐승이건 사람이건 다루는 방법은 간단합니다."

그가 표정 변화 없이 말을 이었다.

"상대가 가장 원하는 걸 쥐여 주면 됩니다. 짐승의 경우엔 대개 먹을 것이죠. 그 사람의 경우엔……."

그걸 생각해 내는 데엔 오랜 시간이 걸리지 않았다. 그의 말허리를 끊었다.

"돈이군요. 무슨 명목으로요?"

"당신이 그레덴 상회에서 사무 쪽으로 일손을 보태고 있다고 했습니다. 그 대가로 이곳에 머물게 허락하고, 급료를 지불하고 있다고 했죠."

"날 직원으로 소개한 거군요."

옳은 대처였다. 만약 내가 그의 아래서 일하는 일개 직원이 아닌, 히스델리아에 관한 한 동등하게 손잡은 동업자이며 책임자라는 걸 알게 되면, 게오르그는 분명 더 탐욕스럽게 욕심을 부렸을 것이다.

여자가 중대한 책무를 맞는 것에 대해 받아들이지 않겠지만 어쨌든 간에 자신에게 더 이익이 되는 방향이라면 몇 번이고 그런 편견쯤은 드러내지 않을 인간이니까.

알아듣고 생각을 곱씹는 날 향해 빈센트가 수긍했다.

"덧붙여 당신의 급료 절반을 다달이 내놓겠다고 했습니다. 더는 당신에게 관여하지 않겠다는 전제하에."

잠시간의 침묵이 우리 사이를 스쳐 지나갔다. 그는 적절한 대응을 했고 되돌아 생각해 봐도 일을 크게 만들지 않기 위해선 그 방법밖에 없었다.

"그랬던 거군요."

고개를 홀로 주억거리는데, 두 손을 깍지 낀 채 무릎 위에 올려놓은 빈센트가 뒤이어 물었다.

"더 물을 게 있을 텐데요."

사실 가장 궁금하던 게 남아 있었다. 이 남자 앞에서 거짓말을 해 봤자 낱낱이 들통나리라는 걸 본능적으로 알았기에 차라리 더 당당하게 물을 수 있었다.

"……거래된 땅에 관해서 이야기하고 싶어요."

입안이 바싹 말라 와서 입술을 다물었다가 다시 말했다.

"당신의 조부와 내 친부가 나눴던 지대 문서를 보고 싶어요."

"찾아보겠습니다."

말이 끝나기가 무섭게 다시 일어난 그가 조금 전 앉았던 책상 쪽으로 다가가더니 서랍을 뒤졌다. 그리고 조금 뒤 낡은 봉투에 담긴 있는 서류 하나를 꺼내 건넸다. 형식적인 내용도 없이 간결하게 쓰진 글이 눈에 들어왔다.

프란츠 시오네 자작은 필립 그레뗀에게 아래에 해당하는 땅을 양도한다.
기한은 무기한이며 그에 따른 소유권 및 경작권 또한 이전한다.

그 밑엔 축소된 게더의 땅과 별장 주변 5헥타르에 달하는 너비의 땅이 표시되어 있었고, 마지막으로 양쪽의 직인과 지장이 찍혀 있었다. 확인하고 나니 오히려 의문점만 증폭될 뿐이었다.

"……제 친부는 히스델리아의 중요성을 아는 분이셨어요. 그런데 이런 양도를 했다는 게 이해 안 가요."

더 혼란스러워하는 내 말에 빈센트 또한 공감했다.

"저도 그래서 계약서를 몇 번이고 읽고, 샅샅이 알아봤지만, 알아낼 수 없었습니다."

그러면서 그가 짚은 건 이 계약서가 쓰인 날짜였다. 지금으로부터 대략 이십 년 전, 그러니까 내가 일곱 살, 빈센트가 세 살 때의 일이었다. 이에 대해 알고 있는 사람은 아마 마거릿 홀에서 오래 일한 사용인들이겠지만, 이미 게오르그가 꿰차고 앉은 시점에 전부 물갈이가 되어 지금은 찾기 힘들었다.

로즈에게 물어볼 생각이었지만, 일개 보모였던 그녀가 무언가를 알 가능성은 희박했다. 단지 희미한 추측 하나만이 머릿속을 떠돌았다. 만약 아버지가 혹시 모르는 상황에 대비해 숨겨 두듯 그에게 넘긴 것은 아닌가.

생각을 갈무리하고 잠시 숙였던 고개를 들었다.

"두 분 다 고인이시니 직접 물을 수도 없고, 어려워졌네요."

내 말이 무색하게 그가 대답한 건 다음 순간이었다.

"그렇습니다만, 사실 조부께서 남긴 저택이 이곳 말고 한 곳 더 있습니다."

"······저택이요?"

"네, 북부에 있습니다. 유언장을 듣기 위해 단 한 번 가 본 게 전부이지만, 일단 관리인을 시켜 관리만 하는 상태입니다."

"북부라면 니힐 지역인가요?"

바로 언젠가 들었던 지명을 떠올렸다. 그의 고향이 그곳이라고 했던가. 니힐은 북부 중에서 가장 큰 영역을 차지하고 있는 지역이었다. 덧붙여 가장 직접적으로 야만인들의 땅과 경계를 접한 곳이라 비상시 북부 전체의 지휘권을 가진 변경백의 영지이기도 했다.

되묻는 말에 대답한 빈센트가 말을 이었다.

"네, 내일 안 그래도 말씀드리려고 했습니다. 당신과 조만간 가 봐야 하니까."

조용히 그의 다음 말을 기다렸다.

"의례적으로나마 약혼식은 거기서 치를 예정입니다. 제 웃어른과 다름없는 변경백께서 거기 계시고, 덧붙여······."

"이 계약에 관해 실마리를 찾을 수도 있겠군요."

"그렇죠. 물론 당신의 이혼이 먼저 성립된 후겠지만요."

궁금했던 모든 걸 알게 되었다. 그는 머뭇거림 없이 간결하고 명확하게 모든 질문에 답변해 주었고 태도에도 한 치의 숨김이 없었다.

"많이 바쁘신 와중에 이렇게 시간 내주셔서 감사합니다."

들어올 때와 같은 인사를 하며 자리에서 일어났다. 뒤따라 일어선 그가 문을 열어 주며 나직이 말했다.

"100만 갈레온에 있어서는 오늘 은행 측에 인편을 보냈으니 늦어도 이틀 내엔 답변이 올 겁니다."

방 밖으로 나와 그에게로 몸을 돌렸다.

"감사해요. 레너한, 아니 하퍼 백작과 담판을 짓는 일은 오직 제 소관으로 처리할게요."

평온했던 공기가 삽시간에 싸해진 건 바로 그때였다. 말실수를 꺼낸 순간부터 차가워진 그의 눈길이 와 박혔다.

"백작의 이름을 부르는군요."

"그건⋯⋯."

"피츠헨드 홀에 있을 때, 그와 당신의 사이가 좋았다고는 생각하지 못했는데. 제 착각이었습니까?"

말투는 언제나처럼 같이 담담하고 부드러웠으나, 숨결에서부터 느껴지는 온도는 서늘하리만치 차가웠다. 입술을 짓씹다 겨우 내뱉은 말은 짧았다.

"습관 같은 거였어요. 이젠 부를 일 없는 이름이지만."

"올리비아."

나도 모르게 뒷걸음질 치려는 동작을 한마디로 저지한 그가 말했다.

"난 인내심이 아주 깊지만, 한편으론 매우 참을성이 없기도 합니다."

"⋯⋯."

"당신이 그걸 알아줬으면 좋겠군요."

그게 무슨 의미인지 확실히 이해했다. 비록 표면적인 관계일 뿐이지만, 우리는 여러모로 동반자 관계였다. 아주 작은 의심이라도 조금의 틈이 생기기 시작하면 걷잡을 수가 없어졌다. 단호하게 대답했다.

"하퍼 백작과 직접적으로 만날 일은 없을 거예요."

거금을 들고 그가 있는 곳까지 갈 수도 없고, 그를 부를 수도 없으니 은행을 통해 돈을 그의 계좌에 입금하고, 정식으로 채무 관계가 청산되자마자 나와 레너한의 서명 날인이 된 이혼장을 직접 수도에 부칠 생각이었다.

수풀에 숨어든 맹수처럼 말없이 날 지그시 응시하는 빈센트의 눈동자가 풀어진 건 잠시 뒤였다.

"밤이 늦었습니다. 이만 들어가서……."

이쯤 상황을 마무리 지으려는 그의 말을 끊은 건 나였다.

"빈센트."

속으로 다짐을 하듯 두 손을 주먹 쥐고 말했다.

"나는 내일 마거릿 홀로 돌아가려고 해요. 자작과 끝맺을 일이 있으니까요."

다음 날, 내가 아침 일찍 부른 건 메리였다.

사이먼이 그레덴 상회의 전문가들이 네 명이나 데려오면서 어느 정도 한가로워진 마거릿 홀로 그녀를 데려갈 생각이었다. 다행히 메리는 별말 없이 내 지시에 따라 짐을 꾸리는 걸 도왔다. 애니는 데려갈 생각이 없었다. 그녀는 아직 며칠은 더 편하게 지내야 하는 환자였고 그녀의 어머니인 로즈가 그녀 옆에 있어 주기에 더없이 적절했다.

"아가씨!"

메리와 함께 가져온 짐만 추리는 내게 애니가 다급하게 방문을 열고 쳐들어온 건 어느 정도 짐이 싸졌을 때였다.

"갑자기 무슨 일을 하시는 거예요. 마거릿 홀로 돌아간다뇨. 완전히 나오신 게 아니었나요?"

충격과 혼란으로 얼굴이 온통 새빨개진 애니를 바라보다 메리에게 눈짓을 해 나가게 했다. 문이 닫히고 메리가 나가자 더 다가와 내 어깨를 잡은 애니가 애원하듯 다시 말했다.

"역시 이곳도 불편하신 거예요? 하긴 남의 집이니까요. 우리 게더를 떠나요, 아가씨. 작은 저택을 하나 사서 살아요, 네?"

묘한 기시감에 기억을 되짚었다. 바로 떠올랐다. 빈센트의 별장에 들어간 첫날, 그녀가 했던 말이었다. 그때 나는 그녀의 말에 뚜렷하게 그런 안온한 미래를 상상했다. 아무도 날 괴롭히지 않고, 오직 평화로운 일상이 계속되는 나날들. 하지만 결론은 오래전에 내려졌다.

그때와 같은 대답으로 그녀에게 고개를 저어 보였다.

"떠나고 싶을 정도로 이곳이 불편한 것도, 마거릿 홀을 완전히 나온 것도 아니야."

애니의 표정이 한층 더 일그러졌다. 이해 못 하는 외국어라도 듣는 얼굴이었다. 숨을 고르듯 잠시 말이 없던 그녀가 애써 차분하게 더듬더듬 말했다.

"아가씨…… 왜 이혼을 결심하시고 이곳에 오신 건지는 저 이제 알겠어요. 기억해요. 저번에 말씀하신 대로, 의탁할 곳도 경제권이 없는 여자는 비참해진다고 하셨던 거. 그래서 떳떳하게 살기 위해 돌아와 사업을 시작하신 거죠? 저 이해 가요."

목이 메는지 중간중간 입을 다물더니 말을 이었다.

"그러니 여기까지면 충분하잖아요. 테레즈에서도 벗어났고 사업도 이제 어느 정도 성공을 거뒀어요. 아가씨는 많은 돈을 버셨고, 앞으로도 버실 거예요. 남부럽지 않게 사실 수 있잖아요. 대체 왜 돌아간다고 하시는 건데요?"

조용히 고개를 저었다. 어깨에 얹힌 그녀의 손을 떼어 내며 되물었다.

"그럼 이 말도 기억해? 내가 말했잖아, 애니. 난 이곳에 내 자리를 되찾으러 온 거라고. 거기에 너는 끼어들지 않아도 돼."

거기다 아직 풀리지 않은 일들이 산더미처럼 쌓여 있었다. 내 말에 울컥했는지 애니가 침대에 풀썩 앉으며 반박했다.

"무슨 자리요? 거기에 아가씨의 자리가 남아 있기는 해요? 직접 자작이라도 되실 생각이세요? 그런 일은 있을 수 없어요. 아시잖아요."

"난 자작 위에 욕심 없어. 직위가 있다 해도 그걸 어떻게 활용하고 지켜 낼지에 대해서도 모르겠고."

내 수수께끼 같은 말에 점점 모를 표정을 짓는 애니에게 엷게 웃어 보였다.

"다만 게더의 상황이 게오르그가 자작 자리에 앉은 후부터 급격하게 악화된 건 확실한 사실이지."

"……끌어내리시려는 건가요?"

"더 적당한 사람이 있을 거라고 생각해."

엘리엇이 가장 적합했지만, 뒤도 안 돌아보고 게더를 떠나 기사의 길을 걸었던 엘리엇이 작위를 이을까에 대해선 불투명했다. 그렇대도 일단 전보를 보낼 생각이었다. 그가 거절한다면 방계를 샅샅이 뒤져 볼 생각이었다. 적절한 사람을 찾는다면 더할 나위 없었다.

아직 먼 이야기였지만.

"어떻게 하실 생각이세요?"

대화를 나누던 중 진정이 되었는지 애니의 목소리가 은근해졌다.

"모험을 해야지."

"저도 따라갈래요."

내 말투에 더 알려 줄 생각이 없다는 걸 깨달은 애니가 대뜸 말했다. 고개를 저었다.

"아니. 메리만 데려갈 거야."

어젯밤 빈센트에게 로즈와 애니를 잘 돌봐 달라고 했던 이유였다.

그녀와 로즈, 두 모녀는 내게 가장 큰 약점이자 연약한 부분이었다. 메리를 데려가는 건 그럼에도 내 사람 한 명 정도는 필요하기 때문이었다. 표면적으로 메리는 내게 한번 해고된 적이 있기에 게오르그는 그녀에게 큰 관심을 두지 않을 것이다.

"머물지만 않을 뿐이야. 머지않아 다시 부를 때 돌아오도록 해. 네 도움이 필요할 때면 바로 부를 테니까."

그 말을 끝으로, 설득을 하고 말 것도 없이 문밖에서 대기하고 섰을 메리에게 들어오라 말했다. 우리는 곧바로 별장을 떠났다.

* * *

다시 메리와 함께 저택으로 돌아온 내게 게오르그는 아무런 말도 하지 않았다. 되레 반기는 기색이었다. 제 손아귀에 돌아왔다고 여기는 느낌이었다.

숲 깊숙이 위치한 별장에 쳐들어가 빈센트에게 돈을 받기로 한 일은 숨긴 채 당당히 구는 그가 내게 요구한 건 단 하나였다.

─있는 듯 없는 듯 지내거라. 네게 신경 쓰고 싶지 않다.

바로 다소곳한 자세로 그러겠다고 대꾸했고, 만족했는지 걸음이 멀어졌다. 퀸체로드에서 바로 마거릿 홀로 돌아오지 않은 게 다행이었다. 고작 하룻밤의 유예였지만 감정을 추스르기엔 충분했다.

당장에라도 게오르그의 멱살을 쥐고 날 팔아넘긴 레너한과의 계약이 대체 어찌 된 일이냐고 따지고 묻고 싶은 충동을 이겨 낸 건 잘한 일이었다. 그래 봤자 뻔뻔한 대답이 돌아올 것을 알기 때문이었다.

약속한 금액의 어음과 함께 샤일러 후작 부인의 편지가 온 건 이튿날이었다. 편지를 가져다준 건 메리였다. 전에 그랬듯이 아래 인가의 집에서 출퇴근한다는 명목으로 메리는 내 시중과 더불어 심부름꾼의 몫을 해냈다.

자작 부인에게 얼마간의 돈을 주어 집안일을 담당한 임시 하녀 세

명을 더 들이자 했기에 가능한 일이었다. 두 명은 집안일, 한 명은 주방 일을 전담했다. 그녀들을 뽑는 건 내가 직접 했다. 일부러 이곳에 연고가 없는 옆 지역에서 들였고, 입이 무겁고 손이 빠른 여자들이었다.

그 외 하인인 리암과 제닌은 저번에 나를 도와준 뒤로 벤자민에게 한번 해고당했지만, 다시 들여 준 내게 협조적이었고 무슨 일이던 적극적으론 나섰다. 문제는 다음이었다.

월급을 흥정했는지 혹은 어느 정도 여유가 있었는지 자작 부인은 며칠 뒤 개인 시녀를 한 명 더 들였다. 엘리스란 이름의 강퍅한 인상의 여자였다. 엘리스는 겉으로는 예의를 갖추고 있으나 까칠하고 경계심이 많은 여자였다. 집사 벤자민의 소개로 들어왔다는 점에서 더더욱 믿을 수 없었다.

따라서 일이 쌓여 있어 전처럼 별장으로 오락가락할 여유가 없기에 사업과 관련된 일은 오직 내 방 안에서만 했고, 그와 관련된 메리와의 대화도 주변에 아무도 없는 틈을 타 했다. 자작이나 자작 부인이 내가 그레텐 상회의 장부 일을 돕고 있다는 걸 이미 알았지만, 그 이상이라는 걸 알게 되면 곤란해지기 때문이었다.

"잘 먹었어."

들고 있던 식기를 내려놓자 메리가 재빨리 뒤에서 의자를 잡아 뒤로 끌었다. 덜그럭거리는 식기구 소리를 뒤로하고 일어섰다. 문으로 다가가 코트 걸이에서 외투를 꺼내자 메리가 놀란 눈을 하고 물었다.

"어디 가세요?"

"가벼운 산책."

"제가 따라가도 될까요?"

"혼자 가고 싶은데."

저번의 소동 이후로 자작 부인은 나와 마주치는 것을 되도록 꺼리니 이미 침실에서 아침을 드셨을 게 분명했다. 계부 또한 어제저녁 급한 일이 생겼는지 출타한 상태였다.

그녀가 따라와도 상관없었지만 혼자 있고 싶었다. 또다시 생각에 잠겨 있자, 메리가 주위를 훑어보더니 한 걸음 더 다가가 작게 말을 이었다.

"사실은 저번에 시키신 일에 대해 말씀드리고 싶어서……."

"……."

기다리고 있던 건이었다. 그때 메리의 어깨 너머로 복도를 지나가는 엘리스가 보였다. 표정을 짐짓 어쩔 수 없다는 듯 꾸미며 승낙했다.

"정 따라오겠다면 좋아."

산책은 짧았다. 고적한 분위기를 느낄 새도 없이 한 발짝 뒤를 따라 걸으며 메리는 내내 재잘재잘 떠들었다. 뒤뜰에서 빨래를 널고 있는 두 하녀를 지나칠 때까지 그녀의 가족의 이야기였다.

"그래서 제 아버지가 그때……."

작은 새처럼 조잘대는 메리의 입에서 이어진 이야기는 마치 현실성 없는 동화처럼 들렸다. 저녁이면 다들 주방의 화덕에 옹기종기 앉아서 손을 녹이고 따뜻한 우유를 한 잔에 돌려 마시면서 그날 하루의 이야기를 나누고……. 메리가 문득 입을 꾹 다문 건 마거릿 홀과 어느 정도 거리가 생겼을 때였다.

"도박장의 전 대표를 찾았어요. 이를 증명해 줄 사람도요."

"대표의 신원은 확실하고?"

"네, 귀족은 아니지만 게더에 적을 둔 지 삼십 년이 넘는 사람이에요."

좋은 징조였다. 사업과는 별개로 마거릿 홀로 돌아와 제일 먼저 한 일은 100만 갈레온의 행방을 되짚던 중 게오르그가 중독적으로 드나드는 도박장이 생긴 시점을 알아보는 일이었다.

세 가지의 의문이 수수께끼처럼 날 괴롭혔기 때문이었다.

하나, 도박장이 어쩌면 아주 오래전부터 음지에 숨겨져 있었다 해도 게더는 좁았다. 결벽적일 만큼 떳떳하지 못한 것을 싫어하셨던 아버지가 찾아내지 못했을 리 없고, 없애지 못했을 리 없었다.

둘, 처음엔 평민들은 죽을 때까지 벌어도 미치지 못하는 100만 갈레온이나 되는 돈을 수중에 얻었음에도 부족하게 살고 있는 원인이 궁금했다.

도박장에서 야금야금 잃었을 수도 있지만, 단지 그렇다고 넘어가기엔 너무 큰돈이었다. 그리고 마지막 셋, 두 번째 이유와 마찬가지로 만약 도박장에서 야금야금 잃었다 해도 결혼 초반, 끊임없이 사위에게 손을 내밀었다는 게 말이 되지 않았다.

명목은 사업에 실패해 적자에 시달린다는 것이었는데 저택 안엔 그 어떤 사업의 흔적도 남아 있지 않았다. 그 말이 거짓말이거나, 무언가를 숨기고 있다는 이야기였다. 결과적으로 셋 다 도박장으로 귀결되는 의문이었다.

그렇게 사람을 고용해 알아본 결과, 의외의 월척이 딸려 나왔다. 게오르그는 불법적인 도박에 손을 댄 것에 모자라 거액을 투자해 그 운영에 관여하고 있었다.

행적을 되짚어 나가니 그간의 인과관계는 명확했다. 처음엔 이 동부 지역의 모든 이들을 끌어들여 큰 도박장을 세워 돈을 휩쓸 생각이었겠지만, 안타깝게도 예렌의 란델 백작부터 도박에 크게 관심이 있는 사람이 아니었다.

이에 대해 백작 부인에게 따로 물으니 예전에 누군가 접근해 찔러보듯 함께 투자하지 않겠냐며 물어본 제안에 그가 크게 화를 내며 내쫓았다는 답변이 돌아왔다.

아마 방금 메리가 말한 전 대표였을 가능성이 높았다. 도박 사업이 불법이라는 걸 잘 아는 만큼 게오르그가 표면적으로 내세운 사람일 것이다. 이것으로 게오르그가 이 영지를 책임지기에 적합하지 않은 인간이라는 것을 증명하여 지역 법정에 세우기까지 충분한 근거가 드러나기 시작했다.

"몇 년 전 큰 적자를 빌미로 억울하게 자리에서 내쫓겨 울분을 가진 상태예요. 잘 설득하면 증언을 해 줄지 몰라요."

"돈이라면 얼마가 들어도 좋으니 꼭 포섭하도록 해."

"네. 아가씨."

중요한 이야기가 끝나자 둘 다 어느 정도 긴장이 풀어졌다. 너무 오래 밖에 나와 있기엔 쌀쌀한 날씨였다. 빨래를 널던 하녀들도 들어갔고 등을 돌려 마거릿 홀로 돌아가며 마지막으로 물었다.

"제드에게 내 말은 전했어?"

"네, 아버지가 가능한 한 설득하겠다고 했어요."

게오르그의 무능과 비도덕성, 결함을 입증하고 고발할 수 있는 모든 증거를 찾아낼 생각이었다. 도박에 눈이 멀어 예전에 비해 아둔해졌다 하나 상대는 노회한 게오르그였다. 협력할 수 있는 모든 사람에게 손을 내밀고 이용할 수 있는 건 전부 다 이용해야 했다.

문을 열고 들어서자 집은 조용했다. 현기증이 잦은 자작 부인은 아마 침실에 있을 것이고 쌍둥이 형제는 따로 시킨 일이 있어 당장 이곳엔 없었다. 하녀들은 응접실을 청소할 시간이었다.

"방으로 들어가시면 씻을 물을 가져올게요."

"응. 그 김에 너도 좀 씻고 와."

돌아선 내 외투를 받아 들던 메리가 화들짝 놀란 눈을 한 건 다음 순간이었다.

"할 일이 태산인데, 어딜 갔다가 이제 들어오지?"

"그, 그게……."

엘리스였다. 들어온 순으로 따지면 메리가 우선이었지만, 모시는 주인이 자작 부인이라는 이유만으로 공공연하게 메리를 아랫사람으로 보고 부린다는 것을 알고 있었다.

"팔자가 피었구나, 피었어."

가만히 지켜보고 있자 날 향해 눈을 치켜뜬 엘리스가 고개를 까닥한 다음 메리에게 턱짓했다.

"당장 따라와."

"누구 맘대로?"

엘리스를 뒤따르려던 메리의 걸음을 멈추게 한 건 나였다. 엘리스가 뒤를 돌았다.

"아가씨, 아랫사람의 일에 관여하시는 건가요?"

"메리."

낮게 항변하는 목소리에 코웃음조차 나오질 않았다. 그녀를 철저히 배제한 채 천천히 메리에게 물었다.

"언제부터 네 주인이 내가 아닌 엘리스였지?"

"아가씨……."

"이건 하녀들의 일입니다."

한걸음 다가온 엘리스가 단호한 어조로 내게 말했다. 그녀를 데려온 집사 벤자민이 떠올랐다. 억압적이고 고압적인 태도. 그런 태도는 질릴 정도로 많이 상대해 왔던 나였다.

고개를 기울였다.

"아, 그렇지. 하녀들의 일이지."

입가를 끌어 올려 미소 지었다. 뜻밖의 반응에 상대가 주춤하는 게 보였다.

"그럼……."

"그런데 그걸 까먹은 것 같구나."

"네?"

되묻는 말에 천천히, 그리고 또박또박 대꾸했다.

"하녀들의 일을 중재하는 것도 주인의 일이라는 걸 말이다."

"그, 그건……."

내 말에 할 말을 잃은 엘리스가 머뭇거리던 찰나였다.

"지금 뭘 하는 거지?"

귀에 익은 목소리가 들렸고, 어느새 엘리스의 뒤로 자작 부인이 다가와 서 있었다. 그녀의 시선은 내게 꽂혀 있었다. 못마땅하게 나를 훑던 푸른 눈동자가 이내 메리에게 들린 내 외투에 향했다.

"평온하기 짝이 없구나."

"……어머니."

"하녀 따위와 산책이라니. 거기에 편을 들어?"

경멸로 가득 찬 목소리였다. 시선으로 사람을 찌를 수가 있다면 이미 몇 번이고 내 가슴을 후벼 팠을 눈빛으로 그녀가 말을 이었다.

"귀족으로서 체면은 예전에 던져 버린 거니?"

자작 부인의 얼굴은 일견 냉소를 머금고 있었지만, 눈빛은 활활 타오를 듯 뜨거웠다. 그녀가 이번엔 대체 어느 부분에서 이리 노한 건지 알 수 없었다.

단지 체면을 지키지 않아서?

자신을 모시는 엘리스를 낮잡아 봐서?

아니, 그럴 리가 없었다. 그렇게 믿기에는 이 여자에 대해 너무 잘 알았다. 그저 뭐든 빌미를 잡아 퍼붓고 싶은 거겠지. 날카로운 말이 이어졌다.

"비렁뱅이 같은 농부를 집안에 들인 것도 모자라 그 딸까지 변덕스럽게 두 번이나 고용할 때부터 알아봤다만."

비렁뱅이 농부.

겨우 진정되던 머리가 다시금 지끈거렸다. 그녀가 더 말하게 둘 수 없었다.

"고상이라곤 눈을 씻고 찾아봐도 없는……."

"글쎄요."

그만. 고르게 옅은 숨을 내쉬었다. 그리고 입을 열었다. 그녀의 말허리를 끊고 이어 말했다.

"말씀하는 도중에 죄송하지만."

"뭐?"

"그 딸 앞에서 아비의 욕을 하는 행위 자체도 그렇게 고상하지는 않은 거 같습니다. 안 그런가요?"

분위기가 심각해지는 걸 눈치챈 메리가 다급히 끼어들었다.

"아니에요. 마님! 이, 이건 제가 제안한……!"

그녀의 실수였다. 어떤 이유로든 눈앞에서 윗사람들이 말다툼을 벌일 때면 없는 척 조용히 있는 편이 나았다. 어떻게 행동하던 결과는 좋지 않을 테니까.

짜악.

막을 새도 없이 일어난 일이었다. 다음 순간, 나를 지나쳐 메리의 앞에 선 자작 부인이 손을 들어 그녀의 뺨을 세게 갈겼다. 메리의 붉게 부어오른 뺨이 보였다. 물기를 가득 단 채 파르르 떨고 있었다. 더없는 모독을 당했다는 듯 주먹을 쥔 자작 부인이 소리쳤다.

"이게 어딜 감히 말대답을!"

"……."

갑자기 당한 봉변에 빨갛게 부은 뺨을 부여잡은 메리가 고개를 떨궜다. 어머니가 다시 한번 손을 든 순간이었다.

탁.

경련하듯 떨리는 손목을 잡아챘다.

"너······!"

"그만하시죠."

"이번에도 날 망신 줄 셈이냐?"

강렬한 감정이 같은 벽안으로부터 흘러들었다. 일부는 내가 그녀에게 느껴 왔던 것들이었다.

경악, 분노, 배신감. 이번에도, 라고 말하는 걸 보니 애니를 도둑으로 몰았을 때를 말하는 듯했다. 내가 그 앞에서 목걸이를 부숴 버렸다. 그때 파리하게 질리던 얼굴을 기억했다.

"그럴 생각 없습니다. 그저 어머니가 또다시 제 개인 하녀를 건들지 않았으면 할 뿐이죠. 애니처럼요."

애니의 이름을 입에 담자 자작 부인의 얼굴에 미세한 균열이 일었다. 그녀는 오랜 기간 일한 애니와 로즈를 내쫓아 버렸다고 생각했다. 거기에 대한 작은 죄책감은 있는 모양이었다. 문득 헛웃음이 나오려는 걸 간신히 참았다.

게오르그가 어린 내 뺨을 때릴 때도 눈 하나 꿈쩍하지 않았던 여자가 아니던가. 그녀의 자비는 대체 어떤 기준으로 베풀어지고 베풀어지지 않는지 궁금했다.

"기어코 이 집안의 안주인인 내 의사를 거역하겠다는 거군. 엘리스는 메리의 윗사람이고 얼마든지 주의나 훈계를 줄 수 있어."

이내 원래의 얼굴로 돌아와 말하는 자작 부인에게 고개를 저었다.

"거역이라뇨. 제가 어찌 그러겠어요. 얹혀사는 신세인데. 저택의 관리는 전부 자작 부인이신 어머니의 소관이죠."

무표정하게 말하며 잡고 있던 그녀의 손을 놓았다. 휘청거리는 그녀의 몸을 잡은 건 옆에서 어쩔 줄 모르고 서 있던 엘리스였다.

"다만 저에게도 고용인에 한해서는 어느 정도 권리가 있다고 생각하는 겁니다."

또박또박 한마디 덧붙였다.

"고상이라곤 눈을 씻고 찾아봐도 없는 제가, 이들에게 급여를 주는 한에는요."

황망히 서 있는 두 여자에게서 고개를 돌려 고목처럼 넋 놓고 서 있는 메리에게 말했다.

"뭐 해? 아까 말한 대로 하지 않고."

그렇게 상황이 정리되고, 방으로 들어와 손과 얼굴을 씻고 나자 기다렸다는 듯 누군가 노크했다. 문을 열고 들어온 건 제닌이었다.

"지하 부엌에 부르신 사람들이 왔습니다, 아가씨."

* * *

젊은 여자들이었다. 정확히 말하자면 결혼을 했고, 옆 마을로 품삯을 받으러 갈 만한 노동력이 없고 돌봐야 할 시부모나 아이가 아직 없는 여자들.

그중에서도 로즈는 손이 꼼꼼하고 야무진 여자 다섯 명을 꼽았다. 일자리를 준다는 소리에 다들 승낙했다고 했다. 제닌이 지하로 향하는 문을 열자 계단 아래에 모여 있는 무리가 보였다. 호기심과 낯선 공간에 대한 경계로 긴장한 눈 다섯 쌍이었다.

전부 귀족이라는 걸 지척에서 겪어 본 적도, 모실 일도 없던 촌부의 아내들이었다. 어떻게 대해야 할지 곤란해하는 게 느껴졌다. 대개 눈도 못 마주친 채 내리깔고 있었다.

앞서 그녀들을 안내한 제닌의 동생 리암이 함께 있었다. 내게 먼저 인사를 한 건 리암이었다.

"아가씨, 오셨습니까."

대답 대신 눈인사를 한 뒤, 제닌의 손을 잡고 계단을 전부 내려오자 보닛을 벗어 손에 든 여자들이 공손히 고개를 숙여 인사했다.

"처음 뵙겠습니다, 올리비아 님."

"뵙게 되어 영광입니다."

중첩된 목소리가 여럿이었지만 모두 하나같이 짧았는지 같은 내용이었다. 그러다 개중 조금 더 나이가 있어 보이는 여자 한 명이 대표 격으로 앞으로 나섰다.

"이곳으로 불러 주셔서 감사합니다."

"아닙니다, 전부 와 줘서 내야 고맙죠."

옅게 웃으며 그녀의 감사 인사를 받은 뒤 걱정 반 호기심 반으로 날 바라보는 그녀들을 번갈아 보며 물었다.

"내가 왜 이곳으로 불렀는지 궁금하진 않나요?"

"……."

날 어려워하는 게 너무 잘 보였다. 내 말에 섣불리 대답할 수 없어 침묵이 돌아왔지만, 표정에 의문이 드러나 있었다. 궁금해하는 게 당연했다. 로즈에게도 아직 하지 않은 말이었으니까.

"이곳에서 조만간 작은 식사 자리를 하나 마련할까 해요. 그 도움을 받으려 불렀어요. 물론 노동에 대한 임금은 있을 겁니다."

그대로 놀란 채 나를 바라보는 사람들을 하나둘 눈에 새기듯 훑어보며 말을 끝맺었다.

"한껏 솜씨를 부려 주었으면 좋겠어요. 식재료는 부족하지 않을 겁니다. 없다면 옆 지역에서 사 와도 좋아요."

조용히 듣고 있던 여자 중 한 명이 손을 들더니 질문했다.

"파티를 여시는 건가요?"

난처해하는 기색이 역력했다. 주방을 담당하는 요리사 하녀가 한 명 있지만, 이들은 전부 고급 요리를 해 본 적 없는 시골 아녀자들이었다.

"그저 식사 자리예요. 너무 부담 갖지 않았으면 해요."
고개를 저으며 대답했다.

* * *

제드는 주변을 둘러보며 새삼스레 한숨을 내쉬었다. 세 들던 땅을 뺏긴 농부의 집은 황량했다. 살림살이라고 있는 것은 대부분 오래전 녹이 슬거나 좀먹어 제 몫을 제대로 해내지 못하는 것들뿐이었다.

제대로 된 것들은 찬장에서 꺼내기도 전에 외풍이 솔솔 들어오는 낡은 문을 박차고 쳐들어온 불량배들에게 뺏겼다. 밀린 소작료를 수금하러 온 자작의 패거리들이었다. 돈을 주면 뭐라도 할 만한 떠돌이와 불량배들을 시켜 압박하게 했다. 땅을 빼앗기다시피 포기하고 매 새벽이면 옆 마을로 나가 품삯꾼이 되어도 형편은 마찬가지였다.

제드는 그나마도 이곳, 자신의 집이 최근 들어 가장 나은 곳이라는 게 기가 막혔다. 적어도 식은 수프나 딱딱한 빵이나마 먹을 게 있었고 식기류도 전부 갖춰져 있지 않은가.

딸인 메리가 봉급을 가져오는 날이면 싸구려 맥주나마 몇 병 사 와 마찬가지 처지인 친구들에게 간단히 식사를 대접할 수 있었다.

"자네 덕분에 이렇게 가끔씩이라도 목을 축이네."

"얼마나 고마운지 몰라. 부끄럽기도 하고……."

"뭐가 부끄럽다고 그러나. 별거 없지만 어서 들게나."

지금 모인 다섯 사람은 각자 마을에서 제일 목소리가 큰 농부들이었다. 한때는 이 마을에선 넉넉한 축에 속했지만, 지금은 소매가 다 해진 옷차림으로 멋쩍게 앉아 있던 농부들이 집주인의 말에 허겁지겁 식탁 위에 놓인 몇 가지 음식들을 집어 먹었다. 그 모습을 바라보던 제드가 먹으면서 들으라는 듯 입을 연 건 조금 후였다.

"자네들한테 할 이야기가 있네."

"무슨 얘기?"

맥주를 한 모금 마시고 입을 닦으며 농부가 물었다.

"올리비아 시오네 님이라고, 알지?"

모든 시선이 그에게 꽂혔다. 게더는 세 개의 마을 통틀어 팔백 가구 남짓한 좁은 지역이었다. 소문은 그만큼 빨리 퍼졌고, 같은 마을이면 옆집의 대소사 정도야 감출 새도 없이 알았다.

더군다나 게더의 대지주 가문의 일이라면 온 촉각을 곤두세워서 들을 일이 아닌가. 시오네 가문의 여식이 얼마 전, 십 년 만에 게더에 돌아왔다. 누구나 아는 사실에는 두 가지 상반된 의견이 덧붙여졌다.

하나는, 남편에게 소박 받아서 이혼당해 돌아왔다는 이야기였고 다른 하나는 몸이 좋지 않아 요양상으로 돌아왔다는 이야기였다. 사실 어느 쪽이든 게더 사람들에게는 크게 상관없는 일이기는 했다.

평민에게 귀족이란 대개 비슷했다. 그들은 남녀노소 똑같이 평민을 무시하고 소작인들의 고혈을 빨아먹으며, 그렇게 모은 돈으로 으리으리한 저택에서 우아하게 지내는 족속이었다. 하나 게더에서 이러한 고정관념이 자리 잡은 건 선대 프란츠 시오네 자작이 요절한 후 새로운 자작이 자리를 비집고 들어온 뒤였다.

그럭저럭 인정 많고 너그러웠던 선대 자작이 낙마한 뒤, 홀로 남은 자작 부인과 함께 게더는 얼마간 슬픔에 잠겨 있었다. 그러던 어느 날, 재물을 줄줄이 끌고 온 부유한 남자가 게더를 방문했다. 게오르그라고 이름을 밝힌 남자는 마거릿 홀에 시오네 가문의 먼 친척으로서 방문했다고 스스로를 소개했다.

게더 사람들은 처음엔 경계심 어린 눈으로 그를 대했다. 하나 그는 누구에게나 친절했으며 아무 조건 없이 홀로 남은 미망인을 후원했고, 점차 하루 이틀 머무는 기간이 늘어났다. 자작 부인은 선대 자작이 요절한 지 일 년 만에 그와 재혼했다. 사실 시오네 가문의 피가 섞이긴 했으나 먼 방계일 뿐인 데다 신분상으로 평민이었다는 건 그때 와선 의미가 없을뿐더러 중요하지 않은 이야기였다.

게오르그가 제 본색을 드러낸 건 십 년여 전이었다. 끝없이 저를 감시하듯 바라보던 남매를 완전히 치운 뒤, 그는 슬슬 환락가와 불법적인 도박장을 들락거리기 시작했다. 초반엔 그저 은밀하고 비밀스러운 밤마실이었지만 그게 한 달, 두 달 이어지자 아예 대낮부터 죽치고 앉아 있는 때가 많아졌다.

당연하게도 시오네가의 재정이 무너지기 시작했고, 우려와 함께 그에게 반기를 드는 사람들이 생겼다. 제일 먼저 반기를 든 건 전 집사였던 가덴이었다. 은퇴하기까지 딱 일 년이 남아 있던 일흔의 그를 자작은 별별 명목을 담아 일방적으로 내쫓았다.

그렇게 자작 부인의 시중을 들고 집안일을 도맡아 할 늙은 하녀 로즈를 제외한 나머지 사람들은 하나둘 저택에서 쫓겨나거나, 재정 궁핍으로 인해 오래 일했던 직장을 잃어야 했다.

문제는 그때부터였다. 자작의 방탕함과 도박 중독은 그게 끝이 아니었다. 소작인들은 어느 날 갑자기 들이닥친 게오르그의 통지를 받아들였다. 소작료를 두 배로 올린다는 통보였다. 당연하게도 받아들일 수 없었고, 소작인들은 애걸도 해 보고 논리적으로 따져도 보고, 낫과 쟁기를 들고 일으킬 생각까지 했다.

하나 누군가의 배신으로 인해 전부 수포로 돌아갔다. 그중 제일 먼저 농성을 제안한 제드의 경우가 가장 비참했다. 본보기로 끌려가 죽기 직전까지 두들겨 맞았으며 사주를 받았음이 불량한 패거리들이 공공연하게 주위를 어슬렁대며 감시하고 시시콜콜한 시비를 걸어 흠씬 두들겨 팰 빌미만 노리고 있었다.

그나마 메리의 발품과 마을 사람들에게 몰래 조금씩 얻은 식량으로 근근이 목숨을 이어 갔다. 하나 고맙지는 않았다. 그런 제드에게 애원하라고 마거릿 홀로 떠민 것이 함께 항의 농성을 하자고 손잡았던 마을 사람들이었다.

어차피 대지주의 눈 밖에 났고, 그 외에 적절한 사람이 없으니 위험하고 의미 없는 애원은 그의 몫이라는 이유에서였다. 다 부질없는 짓이었다. 마거릿 홀까지 찾아가 애걸하며 무릎 꿇는다고 그 뱀 같은 사내가 이제 와 자비를 베풀 리 없었다. 그저 지푸라기라도 잡는 심정이었다.

언제나 그렇듯 집사장인 벤자민은 날카롭게 그를 노려보며 썩 꺼지라며 고함을 질러 댔다. 거기에 오늘은 쌍둥이 하인들을 불러 실신 직전까지 구타하기로 작정한 듯 험악하게 얼굴을 일그러뜨린 순간, 한 여자가 끼어들었다.

단번에 상황을 제압하는 기백을 보며 제드는 눈 저 가녀린 몸 어디에 그런 위엄이 숨겨져 있는지 궁금했다. 백작 부인이라고 했던가. 꽤 큰 규모의 이름 있는 가문에 시집간 아녀자들 사이에 소문이 났었던 게 생각났다.

뜻밖의 일이었다. 올리비아 시오네는 생각 외의 인물이었다. 그녀는 그에게 오랜만에 버젓한 끼니를 제공했고, 인내심 깊게 그의 이야기를 경청했다. 게다가 메리에게도 일자리를 구해 준 게 바로 그녀였다. 집에서 바느질감을 잡고 있던 딸아이가 그녀의 밑에서 일하게 된 뒤로 집안 사정은 한결 나아졌다.

그뿐인가, 자세한 이야기는 못 들었으나 레이디 올리비아는 희귀한 약초를 캐내어 연고를 만들어 방방곡곡 마을 어딘가 불편한 사람들에게 봉사를 다녔다. 아무런 조건도, 대가도 없이.

그녀에 대한 민심은 가랑비로 흠뻑 젖듯 차츰차츰 좋아져 지금은 모든 게더 사람들의 호의를 얻고 있었다. 계부에게 뒷돈을 받은 일부 사람들을 제외하고.

그 또한 레이디 올리비아가 신뢰하는 사람이라는 역할 때문인지 마을 사람들과 관계도 전보다 더 나아졌다. 실제로 자주 봉사에 따라가는 메리의 덕이기도 했다. 이전에는 평일에 혼자 다니고 주말에 아가씨와 다녔다면, 이제는 그녀가 거의 혼자 다니고 있었다.

혹시 몰라 붙을 수 있는 질 나쁜 놈들 때문에 아가씨가 그녀에게 호위 역 겸 도우미로 같이 다닐 덩치 큰 사람을 한 명 붙여 둔 것도 아비로서 고마운 일이었다.

그의 회상이 끝나기가 무섭게 한 남자가 투덜대며 대꾸했다.

"당연히 알지. 우리 여편네가 요즘 거기 일 다니던데. 무슨 파티를 한다고. 좋게 봤는데 역시 귀족은 귀족인 모양이여."

한 명이 물꼬를 트자 뒤이어 다음 말들이 앞다투어 나왔다.

"난 우릴 좀 돕는 줄 알았는데 그저 일시적인 변덕이었겠지. 귀족들이 다 그렇지, 뭐."

"듣자 하니 뭔 상회를 도와서 돈 좀 만졌다던데 생각이 달라진 거 아니겠어. 요번에 수도에도 갔다가 돌아왔다며? 소박맞은 게 아니라면 분명 남편에게 다시 돌아가려고 준비한 거겠지."

"하긴 그것도 그래. 뭔 문제가 있어서 내려왔는지 모르겠지만, 어떤 여자가 백작 부인이라는 근사한 이름을 버리겠어."

쉴 새도 없이 이어지려던 대화를 다시 틀어막은 건 제드였다.

"그만."

단호히 맥을 끊은 그가 손에 들린 잔을 들어 맥주를 한 모금 들이켰다.

"듣자 듣자 하니까. 잘 알지도 못하면서 뭘 그리 떠드는 건가, 자네들. 그러는 거 아닐세."

"그러는 게 아니라니. 기막히지 않나. 연회는 개뿔이, 아무리 이곳 돌아가는 사정을 모른다 해도 그렇지, 다 굶어 죽는 판에 무슨 빌어먹을 연회? 여길 좀 들여다보는 척하던 건 다 연기였나 싶을 정도네."

취기가 알싸하게 오르자 조금 전 물꼬를 텄던 농부가 반발심에 비아냥거렸다. 그간 한 많은 선행에도 그녀가 속한 신분 때문에 흰 눈으로 보는 사람들이 종종 있었다. 목소리를 가라앉힌 제드가 넌지시 물었다.

"한스, 자네 저번에 무릎 크게 다쳤을 때, 누가 조치를 해 줬지?"

"그건…… 자네 딸이지 않은가?"

"모른 척하지 말게. 그 뒤에 누가 있는지 뻔히 알잖나. 그리고 글렌, 자네도 어머니도 연고를 받았었지."

"그, 그랬지."

한순간에 벙어리가 되어 버린 두 사람을 가만히 보던 제드가 모두를 번갈아 보며 느릿하게 입을 열었다.

"우린 작든 크든 조금이나마 은혜를 입었어. 안 그런가?"

"……."

가만히 이야기를 듣고 있던 다른 한 사람이 입을 열었다.

"그건 맞는 말이야. 올리비아 님은 프란츠 자작님의 딸이기도 하고, 어릴 적에도 몇 번 뵌 기억이 있지. 변덕이라고 해도 도와주기도 했지. ……싫어하진 않아."

"맞아. 그런데 우리가 뭘 할 수 있겠나. 그녀는 계부인 자작과 사이도 안 좋아 보이던데 곧 떠나지 않겠나. 그러니 그저 숨죽인 채 지금처럼 계속 사는 것밖엔 도리가 없지."

제드가 나직이 입을 연 건 그 순간이었다.

"이 상황을 바꿀 수 있다면?"

"……뭐?"

"그게 올리비아 님이 하려는 일일세. 거기에 우리가 보답할 방법은 하나지."

그가 뒤이어 조용해진 표면 위에 돌멩이 하나를 던져 넣었다.

"연회의 손님은 바로 우리라네. 우리를 초대하셨어. 전대 자작님이 그러셨던 것처럼."

*　*　*

사흘간 연회 준비는 착실하게 진행됐다. 장소는 마거릿 홀의 뒤뜰이었다. 날씨도 도와줘서 오랜만에 맑고 화창했다.

너무 사치스럽지도, 그렇다고 초라하지도 않은 음식들이 소박한 테이블보를 깐 긴 식탁 위에 하나둘씩 놓이기 시작했다. 연회의 총감독은 잔뼈가 굵은 로즈가 맡았다. 만류에도 불구하고 소식을 듣자마자 그녀가 바로 마거릿 홀로 달려온 이유였다.

오늘을 위해 틈틈이 음식 재료를 다듬고 손본 아녀자들이 하나같은 앞치마 차림으로 부지런히 부엌에서 음식을 날랐다. 그 모습을 보며 감독하던 로즈가 한 발짝 뒤에 서 있는 나와 애니에게 다가왔다.

먼저 내가 이른 공치사를 건넸다.

"고생이 많았어, 로즈."

"아니에요. 그나저나 자작님은 웬일로 반대하고 나서지 않았대요? 자작 부인도 그러시고."

"두 분 다 지금 저택에 없으니까."

슬쩍 용돈 명목으로 얼마 쥐여 주자 게오르그는 아침 바람부터 한껏 차려입고 저택을 나섰고, 자작 부인 또한 엘리스를 대동해 그럴듯한 의상실이 있는 예렌으로 향했다.

"메리한테 들었는데, 그 고집불통 집사님은 어떻게 하셨어요?"

대답 대신 웃고 있는데 애니가 불쑥 끼어들었다.

"정말 살벌했다면서요. 메리 말론 진짜 그 자리에서 얼어붙는 줄 알았다고 했는데?"

"메리가 과장한 거야. 그 정도는 아니었어. 계속 고집부리길래 잠시 다른 곳으로 보냈지."

대답은 그렇게 했지만, 그때를 떠올리니 조금 위험했다는 생각도 들었다. 금방이라도 한 대 칠 듯이 날 내려다보는 시선이 위협적이었다. 집사 벤자민과는 제드 일로 이미 갈등을 빚었지만, 이후 게오르그를 등에 업고서 행한 온갖 일들을 들키고 내게 제재를 받자 금방이라도 내 목을 조를 듯한 태도는 더욱 심해졌다.

그때 그 사이를 막은 게 제닌과 리암, 쌍둥이 형제였다. 벤자민은 설득이 통할 인간이 아니었다. 결국 방법은 하나밖에 없었다. 그는 현재 응접실에 한구석에 꽁꽁 묶인 채 갇혔다.

"어찌 됐건 기쁜 일이에요."

나와 애니의 말을 조용히 듣고 있던 로즈가 나직이 말을 꺼냈다.

"프란츠 님이 살아 계셨을 때도 종종 이렇게 소작인들을 초대해서 식사를 대접하곤 하셨죠. 그때가 너무 그립네요."

어릴 적 기억에도 떠올랐다. 뜰이 이렇게 황폐해지기 전이었다. 그때 이곳엔 아기자기한 꽃밭에 그네가 있었다. 아버지가 어머니를 위해 손수 나무로 만든 그네 위의 지붕엔 온통 새하얀 등꽃이 신부의 치맛자락처럼 늘어져 있었다.

평화롭고 완전한 나날들이었다. 계급은 어른을 나눌 수 있었지만, 아이를 나누지는 못했다.

한 달에 한 번, 마을 사람들을 초대하는 식사 자리엔 소작인의 아이들과 나와 엘리엇이 대등하게 뛰어놀았다. 어머니는 그걸 못 마땅해했지만, 아버지가 허락한 일이었다.

"상황이 많이 변했으니까."

할 말은 이뿐이었다. 지난날들에 파묻혀 있는 건 아편을 한 채 눈을 감는 것과 같았다. 때마침 누군가 이쪽으로 걸어왔다.

"아가씨."

"제드! 그리고 메리!"

제드 부녀였다. 반가운 마음에 절로 웃음이 났다. 모자를 벗은 제드 부녀가 고개를 숙여 인사했다.

"이런 자리를 마련해 주셔서 감사합니다."

"저한텐 처음 맞는 자리예요. 기대가 많이 돼요, 아가씨."

"그 기대에 부응했으면 좋겠네."

축제라고 할 만한 규모는 아니었지만, 여태껏 마을 축제라곤 옆 마을인 예렌에서 열리는 게 전부였음을 메리에게 화답했다. 그녀가 웃으며 고개를 끄덕였다. 그리고 다시 입을 열었다.

"자리는 어디에 앉는 게 좋을까요?"

"아무 데나 자리 잡고 앉아도 좋아요."

"그전에 메리, 저분들 좀 도와드리고 있거라."

"애니, 너도."

"네. 아가씨."

어째서인지 좀 긴장한 눈빛에 애니까지 보내자, 제드가 주변을 훑더니 자못 진지한 얼굴을 했다. 그를 끌고 좀 더 멀리 나와 물었다.

"제드? 무슨 일 있나요?"

염려 섞인 얼굴로 질문하자 아랫입술을 잠시 물던 제드가 대답했다.

"사실 제 친구들이 많이 올지 모르겠습니다, 아가씨."

"모르겠다뇨?"

"우리야 아가씨가 해 준 일들을 알고 있기에 감사히 참석하지만, 다른 사람들은 워낙 그간 당한 게 많고 안 좋은 인상이 생겼다 보니

......."

면목 없다는 듯이 드문드문 말을 이어 나가는 제드를 바라보며 씁쓸한 기분이 들었다. 하나 어느 정도 예상했던 일이었다. 자주 봉사를 나간다 하나 나와 메리의 몸은 하나였다. 그마저도 최근부턴 일이 바빠지다 보니 메리 혼자 내려가는 일이 잦았다.

그런 상황이다 보니 당연히 수혜를 못 받은 사람도 있었을 거고, 그에 대한 박탈감으로 반발심이 생겼을 수도 있었다. 그간 점점 동부 지역에 확장되는 사업에 집중하던 탓이었다. 중간에는 큰 투자자가 될지 모르는 샤일러 후작 부인을 만나기 위해 수도로 올라가지 않았던가.

주변을 좀 더 살필 여유가 없었다.

"그렇군요, 알았어요. 일단 제드는 여기서 손님을 맞는 걸 좀 도와줄래요? 자리 안내야 애니가 해도 되겠지만, 아무래도 사람들 입장에서 제드가 맞아 주는 게 더 편할 거 같아서요."

"그럼 그렇게 하겠습니다."

"고마워요."

가볍게 웃어 보이자 안심한 듯 제드가 등을 돌려 사람들 쪽으로 멀어졌다. 그 뒷모습을 바라보다 살짝 든 현기증에 벽을 짚고 섰다. 전부와 주길 바랐지만 어려운 일이란 걸 알고 있었다. 하나 그저 밥만 먹자고 무리해서 만든 자리가 아니었다.

적어도 농부들이 열 명은 넘게 와야 했다.

"......!"

그때였다. 불쑥 뺨에 뭔가 차가운 게 닿았다. 닦아 보니 물이었다. 변덕스러운 게더의 날씨가 다시 한번 기승을 부릴 모양이었다. 이래서는 곤란했다. 입 안쪽을 나도 모르게 깨물었다.

"로즈!"

　　　　　　　＊　　＊　　＊

　매캐한 담배 안개가 자욱하게 어둑한 공간을 휘감았다. 본디 도박장이란, 온갖 인간 군상들을 다 볼 수 있는 공간이었다. 수도라면 사교 클럽이라는 명목하에 그럴듯한 허울로 꾸며진 공간이 있었지만, 퀸체 로드와 한참 떨어진 시골에선 달리 선택의 여지가 없었다.

　게오르그는 쓰라린 마음을 겨우 억눌렀다. 처음 문을 연 도박장은 초반엔 꽤 그럴듯한 외관을 갖춘 곳이었다. 쓸모없는 데다 제 친부를 닮아 눈엣가시 같은 계집앨 팔아넘긴 대가로 큰돈을 받아 챙겼고, 그 돈을 거의 다 쏟아부어 만든 곳이었다.

　시작할 땐 동부의 모든 부유한 귀족들을 모조리 끌어들여 돈을 쓸어 담을 작정이었지만 현실은 이상과 달랐다. 이 사달이 난 건 전부 대표로 집어넣었던 무능한 놈 때문이었다.

　명목이라도 잇기 위해 뼈아프게도 그는 현실에 순응해야 했다. 그 결과로 지금의 도박장이 얼마나 격 낮고 천박한 곳이 되었는지 생각하면 더 열이 뻗쳤다.

　처음엔 귀족들의 비밀스러운 사교 클럽의 형식으로 운영하려 했으나 실패한 데다 버젓이 운영하기엔 위험 요소가 너무 컸다. 결국, 도박장은 자리를 옮겼고 인가에서도 한참 떨어진, 예렌과 게더의 경계쯤에 있는 버려진 투견장을 고쳐 사용됐다.

　공기가 잘 통하지 않아 탁한 공간은 개들이 싸 대고 남은 오물의 퀴퀴한 지린내와 함께 가래 섞인 기침 소리와 욕지거리, 가슴팍을 드러낸 채 돌아다니는 창부들의 아양 섞인 콧소리로 가득 찼다.

　"빌어먹을. 오늘도 텄군, 텄어."

　그가 벌떡 자리를 박차고 일어난 건 평소보다 조금 이른 시간이었다. 웬일로 간사한 의붓딸년에 쥐여 준 돈으로 간만에 기분 내고 무뢰배들의 큰판에 끼어들었건만, 재수가 딱 거기까지였다. 운이 죽어라 안 따라 주니 도리가 없었다.

거기다 이른 아침부터 술을 마셔 알싸한 기분이었고 부리던 마부 놈이나 불러 저택에 돌아가 뻗어 잘 심산이었다. 그런 그를 발견했는지 관리자 격인 남자 한 명이 다가왔다.

"자작님 들어가십니까."

"한눈팔지 말고 제대로 일해. 조금이라도 수상해 보이는 인간이 있으면 바로 내쫓고."

"예, 알겠습니다. 들어가십시오."

그대로 휘적휘적 인파를 헤치고 인사하는 직원들을 지나쳐 입구로 나갔다.

"이놈이 대체……."

게오르그의 눈살이 절로 찌푸려졌다. 입구에서 얌전히 대기하고 있어야 할 마부 놈이 보이질 않았다. 말은 보이는데 취한 사람 대신 앞에서 고삐를 끌어 줄 마부가 없었다. 주인이 언제 오든 긴장해서 기다려야 할 놈이 어디서 처자는 모양이었다.

그렇다고 찾아다니기는 귀찮았다. 곧 점심때였고, 저택으로 돌아가 식사를 하고 널브러져 잘 생각이었다. 괘씸한 마부 놈은 오늘 밤 단단히 요절을 내야겠다, 욕설을 뇌까리며 어쩔 수 없이 고삐를 잡았다.

그가 등자에 발을 얹는 순간 누군가 다가왔다.

"좋은 말입니다."

게오르그가 가는 눈으로 다가온 이를 훑었다. 젊은 놈이었다. 모자를 써서 얼굴이 잘 보이지 않았지만, 이 근방 녀석이라기엔 이렇게 키가 크고 체격이 있는 사내놈은 보기 드물었다. 옷차림으로 보아 신분을 가늠하긴 어려웠다. 평민이라기엔 소재가 좋아 보였으나, 귀족이라기엔 소탈했다.

어쩌면 어느 놈팡이 귀족의 사생아일지도 몰랐다. 실제로 이곳엔 그런 놈들 천지였다. 반쪽짜리 귀족 놈들. 제 놈들도 결국 반만 귀족이면서 유달리 자신을 싫어했다. 돈으로 산 작위라며 지껄이며 자신을 모욕했다.

그래 봤자 저와 달리 평생을 숨어 살아야 할 더러운 버러지들이.

"갈 길 가쇼."

낯선 이에 관한 관심은 딱 거기까지였다. 험악한 시선을 돌린 그가 안장에 앉았다.

"보아하니 돈이 떨어져 나가는 모양인데."

"……."

고삐를 들고 후려치려던 손이 멎은 건 그 말이 들림과 동시였다. 등이 꼿꼿해졌다. 설마 빚쟁이 놈들의 끄나풀일까? 하지만 아직 이자를 내놓으라며 들이닥칠 때가 아니었다.

젊을 적 한철 사기로 떼돈을 벌어들인 머릿속이 여러 가정으로 핑핑 돌아갔다. 그리고 다음 순간, 그대로 멈췄다.

"그 말을 내게 파시죠. 마침 괜찮은 말이 필요했는데."

의외의 말이었다. 놀랐다기보단 황당해한다는 말이 맞았다. 눈을 끔벅이다 이내 일그러뜨렸다. 젊은 놈이 저를 갖고 놀 모양이었다. 이를 갈며 꺼지라고 말하려다 불현듯 고개를 쳐든 호기심에 물었다.

"판다면 얼마 줄 건데 그러오?"

이어 남자가 말한 금액은 시중의 두 배였다. 그 돈이면 충분히 도박장에서 즐길 수 있었다.

무슨 속셈이지? 게오르그의 머리가 더 빨리 돌아갔다. 모자 바깥쪽으로 살짝 튀어나온 붉은 머리칼이 보였다. 남자, 아니 사이먼이 대답했다.

"그쪽이 원하는 대로."

시간을 끌어야 하니 되도록 맞춰 줄 생각이었다.

* * *

일찍 조치해 저택 안 식당에 옮겨진 음식들은 다행히 대부분 비에
맞지 않았다. 로즈의 단호하고 간단한 지시에 맞춰 여자들이 일심동체
로 움직여 준 덕분이기도 했다. 정작 문제는 다른 데 있었다. 시간이
지났으나 사람들이 모이질 않았다.

스무 석이 모두 채워지길 원했지만, 손님석에 앉은 것은 기대에 미
치지 못했다. 일을 도와준 마을 여자들 네 명을 모두 포함해 제드 부
녀와 농부 두 명까지 총 여덟 명뿐이었다. 여자들은 자리에 앉게 되자
당황한 모양이었다.

"놀랐겠지만, 갑작스러운 초대에 응해 줘서 고맙습니다."

내 인사말에 다들 공손히 응답했다. 메리를 제외하곤 이곳 식당에
발을 들인 적이 없는지 다들 긴장한 기색이 역력했다. 몇 명이 됐건
사람을 불러 놓고 무작정 기다리라 할 수는 없었다.

"이 자리는 귀족을 초대해 사교를 다지려 하는 자리가 아닙니다."

내게 집중된 여덟 쌍의 시선을 맞으며 말을 이어 나갔다.

"아버지가 이어 오신 일을 잇기 위해서고, 여러분에게 할 말이 있기
때문이죠. 대강 사정을 듣고 오신 분도 계시겠지만."

내 시선이 닿은 곳은 앉아 있는 제드를 비롯한 농부 세 명이었다.
어딘가 굳게 결심한 듯한 얼굴들을 마주하며 말을 끝맺었다.

"식사를 한 뒤에 꺼내기로 하죠."

이어 손에 쥔 와인 잔을 들자, 눈치를 보던 사람들이 서슴서슴 마찬
가지로 와인 잔을 들어 건배했다. 생각보다 편안했던 식사가 끝날 무
렵이었다.

쿵쿵.

들리는 소리에 온 사람들이 얼어붙었다. 나 또한 찬물을 뒤집어쓴 듯 소름이 돋았다.

벌써? 벌써 게오르그가 돌아왔나?

쿵쿵쿵!

가라앉은 침묵 속에서 창에 부딪는 비바람 소리와 함께 문을 두드리는 소리가 더 크게 들려왔다. 그보다 내 심장 소리가 더 급하게 뛰는 거 같았다.

"……리암."

애써 놀라지 않은 척 태연히 숙였던 고개를 들었다.

"문을 열도록 하렴."

역시 새파랗게 놀란 애니가 등 뒤로 총총 멀어졌고, 뒤이어 리암이 일어서 현관문 쪽으로 다가갔다. 방문자의 얼굴을 본 순간 맥이 탁 풀렸다. 문이 열리고 들어온 사람은 게오르그가 아니었다.

마을 사람도 아니었다.

빈센트였다. 비에 젖은 모자를 벗어 든 그가 일어선 전원을 눈으로 훑더니 내게 다가와 인사했다.

"늦었습니다."

"아……."

유령이라도 본 듯 멍하니 바라보는 건 상대에게 실례였다. 뒤늦게야 정신을 차려 그에게 화답했다.

"아닙니다. 와 주셔서 감사합니다."

애니에게 눈짓하자 그녀가 바로 나와 마주 보는 상석으로 그를 안내했다. 식당에 놓인 건 야외에 놓은 긴 테이블과 달리 십이 인용 테이블이었다. 사이가 많이 넓진 않았다.

그가 마지막 자리에 앉자 이곳의 다른 누구보다 존재감이 확연히 두

드러졌다. 메리는 그가 상회의 관계자 정도인 줄로 알고 있고, 다른 사람들은 그에 대해 알지 못했다. 내가 짤막하게 그를 소개했다.

"그레덴 상회의 관계자십니다."

뒤이어 식기를 준비하려는 메리의 몸짓에 그가 손을 들어 저지했다.

"식사는 이미 하고 왔습니다."

잠시 후 어색한 식사 자리가 끝나자 다 같이 거실로 자리를 옮겨 앉았다. 자칫 무거워질 수 있는 분위기를 전환시키건 제드 부녀였다.

"날씨가 종잡을 수 없이 휙휙 바뀌네요, 아가씨."

고개를 끄덕이며 공감했다.

"게더는 항상 이런 날씨였죠."

"수도는 그렇지 않습니까?"

"계절 간 온도 차이가 심한 편입니다. 아무래도 중부 지역이니까요."

대화가 끊긴 건 누군가 불쑥 물었을 때였다.

"테레즈도 그런가요?"

동시에 안 그래도 날 신경 쓰던 시선들이 확 꽂히는 게 느껴졌다. 쥐를 발견한 고양이처럼 호기심 어린 눈빛들이었다. 거기에 악의는 느껴지지 않았지만, 인간이란 어쩔 수 없이 호기심 많은 동물이었다. 내 소문을 떠올리는 게 분명했다. 시집간 귀족이 친정에 올 때는 대개 한 가지 이유에서였다.

막달의 몸으로 아이를 낳기 위해서. 바쁜 남편과 저택 관리를 떠나 산후 몸조리를 친정어머니에게 맡기는 건 평민에게서나 귀족에게서나 드물지 않은 일이었다. 하나 나는 지난 십 년간 게더에 온 적이 없었다. 임신한 증후도 없었고, 내 입으로 그렇다고 밝히지도 않았다.

그런 내가 어떤 식으로 구설수에 오르는지 알고 있었다. 요양 삼아 잠시 돌아왔거나, 소박맞아 돌아왔거나. 적어도 하나는 비슷하긴 했다. 누가 주체가 되었느냐의 차이였지만.

"글쎄요."

그리 대답하며 내리깔았던 시선을 들자 우연히 제일 정면에 앉은 빈센트의 눈과 마주했다.

"……."

몇 번이고 생각하지만 처음 만났을 때와 마찬가지로, 속을 알 수 없는 눈동자였다. 덩달아 내 대답을 기다리는 것 같기도, 내 곤란을 눈치채 대신 입을 열어 주려는 것 같기도 했다. 하지만 내가 먼저 손 내밀지 않는 이상은 섣불리 나서지 않을 것이다. 어쩐지 그런 믿음이 들었다.

때마침 트레이를 가져온 애니에게 차를 넘겨받아 한 모금 마신 뒤 마저 대답했다.

"남부 지역은 여름이 좀 더 긴 편이죠."

사실 어렵지 않은 일이었다. 분을 바르고 한껏 공작새처럼 치장한 품위 있는 귀족들의 세계에선 이보다 더 노골적이고 적나라한 호기심을 드러내는 이들이 많았다.

"아아……."

어색하게 고개를 끄덕이는 사람들 사이에서 가만히 우리 대화를 듣고 있던 빈센트가 나선 건 그때였다.

"북부 지역은 항상 겨울에 가깝습니다."

"어머, 정말 그런가요?"

아무렇지도 않게 넘어간 화제는 다시 일상적인 대화로 접어들었고, 어느 정도 분위기가 풀어진 후엔 드디어 본론으로 들어가야 할 때임을 깨달았다. 내게 자연히 시선이 집중되는 순간 입을 열었다.

"사실 여러분을 이 자리에 초대한 건, 드릴 말씀이 있어서입니다."

차분하고 침착하게 목소리가 흘러나오길 바라면서 바로 본론으로 들어갔다.

"저는 여러분에게 한 가지 제의를 하고 싶습니다."

"……새로운 제의요?"

"여러분과 지대 계약을 맺고 싶습니다."

반응은 바로 돌아오지 않았다. 처음엔 다들 아무 말도 없이 눈만 깜박였다. 그럴 리가 없다는 반응이었다. 하나 그럴 줄 알고 가져온 땅 계약서가 톡톡히 도움이 되었다.

비록 대리인을 써서 명의는 다 달랐으나 현재 게오르그가 소유했던 게더의 땅의 2/3이 나의 소유였고, 그에 따라서 소유권과 소작권을 전부 가졌다. 끊임없이 이어진 내 말에 돈의 출처를 묻는 질문이 들어왔고, 이번에도 역시 깔끔히 대답할 수 있었다.

"여러분도 알고 있듯이 나는 사업을 하나 시작했습니다. 거기서 나는 수익으로 땅을 구매했죠."

그리 말하며 빈센트 쪽을 일별하자 다들 납득했는지 고개를 끄덕였다. 뒤이어 다시 계약 이야기로 돌아와, 내가 요구한 건 그들이 노동력과 지대세였다. 얼핏 기존의 소작 계약과 비슷한 형태였지만, 실상은 엄연히 달랐다.

토지 소유주가 풍년, 흉년과 관계없이 매해 수익의 13을 갖는다는 조건이었다. 본래 계약서에 도장을 찍어도 귀족들의 의지에 따라 더 빼앗기는 것이 소작인들의 입장이었고, 흉년일 때는 물론이고 풍년일 때에는 그 비율만큼 계산해서 더 가져가는 게 일반적이었다. 그런 면에서 파격적인 계약이었다. 그들에게 유리했다.

"이건 하나의 의견이지만, 이 계약을 한 뒤 만약 여러분이 스스로 모임을 만들어 풍년일 때 남았던 이익을 저장해서 흉년일 때 골고루 분배한다면, 어떤 힘든 고비도 넘길 수 있을 겁니다."

어떻게 반응할지 몰라 서로의 눈치만 보던 사람들 중 용기 내어 입을 연 건 역시 제드였다.

"하지만, 그렇게 해서 올리비아 님이 얻는 게 있나요?"

"얻는 게 있죠. 땅을 내버려 두는 것보다 수익이 나니까요."

돌보지 않은 땅은 황무지가 되어 버리고 황무지는 아무런 쓸모가 없었다. 덧붙여 다분히 계산적으로 들릴지 모르겠지만, 게더의 민심을 마지막으로 확 끌어오기에 가장 효과가 좋았다.

"하지만…… 전문 일꾼들을 시키셔도 충분하실 텐데요. 그럴 만한 부도 있으실 텐데."

아직 날 경계하고 있는 농부 한스가 불쑥 끼어들어 말했다. 게오르그에게 덴 경험으로, 섣불리 내밀어진 손을 잡을 수 없는 입장을 이해했다. 내가 내밀 본론을 채근하는 것도 같았다.

"여러분에겐 믿고 말씀드려도 좋을 거 같아요."

턱을 당기고 등을 세웠다. 입가엔 엷은 미소를 띠우고 손은 깍지 긴 채로 테이블 위에 올려놓았다.

"저는 게오르그 자작을 밀어내려고 합니다."

뜻을 더 확고히 하기 위해 한마디를 덧붙였다.

"여러분께 맹세하건대, 자작 위가 욕심나 단순한 욕심에 결정한 일이 아닙니다. 이건 어렴풋한 소망이었으나, 이번에 수도에 다녀온 후에 확실해졌습니다."

이 나라에서 신분 다음으로 사람의 출신은 중요했다. 그들이 어느 지역에서 태어났고 자랐느냐에 따라 평가받는 주요 잣대가 되는 법이었다. 출신 지역이 부유하고 풍족할수록 대우받았고, 그렇지 못한 지역일수록 업신여김을 받았다.

무엇보다 이곳은 내가 태어난 곳이다. 게더를 그 누구도 함부로 대할 수 없는 곳으로 만들고 싶었다. 세력 있고 떵떵거리는 곳까지는 아니더라도 적어도 내 사람들이 무시당하고 억눌리는 상황에서 벗어나길 원했다.

"현 자작을 밀어내고 그 자리에 더 적합한 사람을 앉힐 생각입니다. 예전, 내 친부이신 프란츠 시오네 자작께서 돌봐 왔던 게더로 되돌리는 게 내 목표입니다."

말을 마치고 입술을 다물자, 동시에 절대로 누구에게도 실토하면 안 될 비밀을 말해 버린 것 같은 해방감이 밀려들었다.

"그러기 위해 여러분의 도움이 필요합니다."

테레즈를 떠나기로 결심한 뒤부터 마음먹었던 일이지만, 사실 내 오랜 염원이기도 했다. 하지만 그럴 방도도, 수단도 없어 아련한 꿈에 불과했었다.

지금은 아니다. 나는 실현할 수 있는 재력이 있었고 무기로 삼을 수 있는 상대의 약점도 확실히 알 수 있었다. 그러나 그 누구도 다른 이의 속은 들여다볼 수 없는 법이었다.

자신만만하게 꺼낸 말이지만, 뒤따른 침묵은 깊고 깊었다. 아무도 숨소리조차 내지 않았다. 이미 마음을 먹고 온 세 명의 농부는 굳건한 표정이었지만, 대부분은 마치 반역 모의라도 들은 듯한 표정이었다. 하얗게 얼굴이 질려 혼절 직전까지 간 여성도 있었다. 그러나 한두 명쯤은 못 들은 척 자리를 박차고 나올 거라는 예상과 달리, 아무도 일어나지 않았다.

어쩌면 너무 놀라 얼어붙어 버린 건지 모르겠지만, 일단은 희망적인 반응이었다. 살얼음 위를 걷는 듯 긴장된 적막을 깨뜨린 건 그중에서도 크게 표정이 변하지 않은 한 남자였다.

"어떻게 말입니까?"

언젠가처럼 차분한 빈센트의 눈동자가 나를 응시하고 있었다. 깊은 밤 텅 빈 식당에 앉아 어두운 한구석을 바라볼 때와는 달랐다. 내 손을 이끌고 마을 축제에서 춤을 추던 때와 아주 조금 비슷했다. 무심해 보이나 온기가 느껴졌다. 그때처럼 한입에 삼켜질 것 같은 느낌은 아니었다.

사람들을 바라보며 오른손을 주먹 쥐고, 검지와 중지를 들어 보였다.

"귀족이 작위를 박탈당할 때는 실질적으로 크게 세 가지로 나뉩니다."

하나는 '반역 모의를 저질렀을 때.', 매우 당연하게도 이 경우엔 작위 박탈은 물론이거니와 구족을 멸하게 되어 있다.

두 번째는 바로 '악한 일을 저질러 그 죄질이 지독할 때'였다.

"사실 처음은 이 경우를 생각했으나, 매우 애매한 부분이 많아서 입증하기도 어렵고, 절차도 까다롭습니다."

중요한 건 이다음이었다. 마지막 세 번째. '대지주로서 영지를 돌볼 만한 능력이 없다고 판단될 때.'

"내가 고른 건 바로 이 세 번째입니다. 나는 게오르그 자작을 재판에 세울 생각이에요."

고소장을 내밀 명분은 일단 명확했다. 돈의 행방을 뒤쫓던 중 게오르그는 불법적인 도박장을 운영하고 있다는 걸 알게 됐고, 이를 입증할 중요한 증인을 포섭했다. 이것만으로 무거운 중죄로 이끌기엔 충분할 것이다. 하지만 그의 직위를 박탈하고 끌어내리는 데는 부족했다.

"그간의 잔혹한 수탈과 폭력에 대해 증언하고 게더 인원의 절반이 넘는 서명을 받아 내면, 그건 증거로써 유력한 효력을 갖게 됩니다. 결정적인 무기로서 사용할 수 있어요."

한 명이 용기 있게 손을 들었다.

"만약 실패한다면 어떻게 합니까? 저희는 글도 모릅니다. 아무런 힘도 없는 일개 평민들입니다. 다른 사람이면 모를까 주동자인 우리는 이곳에 발붙일 곳이 없게 됩니다."

다들 꺼리는 게 당연했다. 자칫했다간 이곳에 추방당함은 물론이고 최악의 상황엔 목숨이 위험한 일이었다. 그랬기에 가장 먼저 생각한 일이었다.

말없이 빈센트에게 시선을 옮기자, 한구석의 벽을 기대서서 관조자처럼 조용히 상황을 주시하던 그가 느릿하게 입을 열었다.

"내가 책임지겠습니다."

"……!"

"이곳 게더에 열 명 정도는 충분히 먹고살 만큼의 면적의 땅이 있습니다. 개간하는 문제나 안전에 관한 문제는 걱정하지 않아도 됩니다."

한 음절 한 음절 귀에 박힐 정도로 명료하고 확실한 문장이었다.

"그럼에도 두려워 떠나고 싶다면 다른 곳으로 무사히 정착할 만큼의 보상액을 지급하겠습니다."

다들 입이 떡 벌어지는 게 보였다. 당연했다. 이 정도의 재력을 가진 사람을 본 게 처음일 테니까.

─면목 없지만, 내게 더 손을 빌려줄 수 있나요?

─말씀하세요.

─그럴 일이 없을 거고, 없게 만들 거지만 혹시 모를 실패에 대비한 보험이 필요해요. 그 보험이 되어 주세요.

그리고 그 보험은 날 위한 게 아니라 이 사람들을 위한 거였다. 내 부탁을 빈센트는 받아들였다. 거의 다 넘어온 분위기에 박차를 가해야 했다. 메리를 통해 얼굴과 사정을 알고 있는 한 명 한 명을 지목했다.

"한스, 당신은 무리한 소작료로 인해서 저번 겨울을 넘기지 못해 막내아들을 다른 지역의 형님네로 입양 보냈다고 알고 있습니다."

눈이 마주친 한스가 부들부들 떨며 고개를 끄덕였다.

"피터, 당신의 아내는 거듭한 과로로 쓰러져 이듬해, 묘비도 없이 묻혔다지요. 묻힐 땅도 없어서 버려진 교회 부지에."

"안나, 당신의 젖먹이 딸은 먹을 것이 없어 한 달도 채 살지 못했습니다."

"크리스, 당신의 노모는 이렇다 할 의사의 진료도 없이 세상을 떠나야 했죠."

한 사람 한 사람 눈을 마주하며 말할 때마다 주변의 공기가 변하는 게 느껴졌다. 두려움과 망설임의 자리에 분노와 슬픔, 결단이 대신 앉기 시작했다.

"시간이 벌써 이렇게 흘렀네요."

힐긋 옆의 창을 바라봤다. 중천에 떴던 해가 기우려고 하고 있었다. 곧 게오르그가 돌아올 것이고 자작 부인 또한 돌아올 것이다.

이제 마무리할 시간이었다.

"이 일을 도와주지 않더라도 저와 지대 계약을 맺고 싶은 사람은 얼마든지 받아들이겠습니다."

그리고 덧붙였다.

"지금 이대로 살아갈지, 모험이더라도 나를 도와 변화를 선택할지 선택하는 건 여러분입니다."

그들의 삶이니 선택하는 건 그들의 권한이었다. 내가 그랬듯이.

* * *

세스필드의 응접실은 언제나 봄처럼 화사했다. 남향으로 나 있는 여러 개의 창 덕분이었지만, 늘 사람이 있는 곳이기도 해서였다.

스콘과 진저쿠키, 마들렌과 시나몬 롤이 먹음직스럽게 놓인 티 테이블에 새하얀 리시안셔스가 멋스럽게 유리 화병에 꽂혀 있었다. 수도에선 최근 세련된 꽃꽂이를 자랑하려고 부러 손님의 눈에 들게 꽃을 내보이는 게 유행이었다. 란델 백작 부인은 유행에 민감한 사람이었고 동부 지역에서 제일 부유한 귀부인이었다.

그 말은 즉, 란델 백작 부인과 친해지고 싶은 동부 지역의 귀부인들이 많다는 뜻이었다. 재혼한 뒤 사교회라면 진저리를 내는 시오네 자작 부인을 제외하고.

"가을에 접어든 지 어제 같은데, 벌써 겨울이 오려나 봐요. 오늘 제 하녀 아이 하나가 새벽에 내리던 눈을 봤다지 뭐예요?"

"어머, 그랬던가요? 어쩐지 오늘이 어제보다 더 추워진 거 같더라니……."

"그럼요. 저희는 벌써 겨울용 외투를 꺼내 놓았답니다. 아이들도 그렇고 우리 어른들도 감기에 걸리면 안 되니까요. 요즘 감기가 얼마나 독하다는지……."

게더로 내려온 초반엔 부러 백작 부인의 호의에 숨어 사교에 신경 쓰지 않았지만, 본디 지역 유지의 응접실은 소문이 가장 빨리 알 수 있는 곳이었다. 더불어 사업상 인맥 관리에 어느 정도 필요하겠다 싶은 뒤로는 나와 백작 부인을 포함한 대여섯 명의 소모임에 참석했다.

동부의 사교회는 남부 및 수도의 사교회와 달리 더 유연하고 평온한 분위기였다.

"아, 맞다. 얼마 전 그레덴 상회에서 판매하고 있는 약을 샀는데 기침에도 효과가 있더라구요."

"어머. 외상에 효과 있는 연고와 같은 성분인가요?"

"그렇다고 하던데요. 아직 수도에까진 유통이 되지 않았다던데. 곧 수도까지 퍼지겠죠?"

대화의 흐름을 지켜보던 중 나에게로 갑자기 시선이 몰렸다. 모임 주최자이자 이 지역의 유지 부인인 백작 부인을 의식한 건지, 내게 공격적이거나 배척하는 분위기는 아니었다.

처음 내가 그들의 모임에 끼어들었을 때 경계하던 모습은 이제 많이 수그러진 느낌이었다. 백작 부인과의 친그레덴 상회에 큰 도움을 주고 있다는 란델 백작 부인의 말이 큰 역할을 하고 있으리란 건 굳이 고민하지 않아도 알았다.

"백…… 아니 손님께선 어떻게 생각하시나요?"

한 가지 문제라면 나를 어떻게 호칭해야 할지 당황해한다는 점이었다. 소문은 이리저리 파다했다. 지금 내가 '부인'이 아니라는 말도 있었고 그저 요양으로 내려온 것이라는 말도 있었다.

란델 백작 부인은 내가 간략하게 사정을 설명해서 다 알고 있었지만, 이들은 아니었다. 들고 있던 찻잔을 내려놓았다.

"물론 수도로도 유통될 예정입니다. 다만 적합한 길이 없기에 새로 만들고 있을 뿐이죠."

철광이 발달해 수도는 물론이거니와 다른 지역으로의 유통로가 활달한 남부와 달리 동부의 경우는 수도로 오고 갈만 한 자원이 없어 넓은 길을 새로 파야 했다.

쉽지 않은 일이었다. 많은 노동력과 자본이 필요했다. 란델 백작의 인맥과 그레덴 상회의 자본력으로 히스델리아의 관리와 연고 및 약의 관리, 판매를 해결해 동부 지역엔 꽤 널리 퍼져 흥했지만, 산 넘어 산이라는 말이 맞았다.

그러나 다행히 우리는 그 산을 넘었다. 내 계획서를 들고 간 사이먼이 샤일러 후작 부인과 그날 부인의 연회에서 알게 된 투자자들을 만나 설득하고 동의를 얻어 낸 끝에, 그들이 투자한 자금과 나라의 승인 및 약간의 지원을 받아 새로운 길을 만들고 있었다.

빈센트는 현재 그 일로 소식을 주고받을 새도 없이 바빴다.

"덧붙여, 그냥 올리비아라고 부르셔도 된답니다. 그저 자작가의 여식일 뿐이니 어려워하지 않으셔도 돼요."

"……어머, 그렇군요. 그럼 그렇게 부를게요. 호호."

곧 후반 사교 시즌이 시작되어 젊은 귀족 아가씨들은 전부 다른 지역으로 시집을 가거나 수도 타운 하우스로 거처를 옮겼기에 모임엔 나이 지긋한 귀부인들이 대부분이었다. 벽지의 귀부인들치곤 다들 세련되고 예민했지만 나름으로 사교계에 뼈가 굵은 사람들이었다.

몇 주간을 모른 척 처신하며 에둘러 온 화제에 당사자인 내가 스스로 발을 들여 놓자 반색을 하며 그들 중 한 명이 은근히 물어 왔다.

"한 가지 궁금한 게 있는데, 실례가 아니라면 물어도 될까요?"

어차피 숨기려고 해도 숨겨지는 일도 아니었고 다 알게 될 이야기였다. 고개를 끄덕이자 바로 질문이 들어왔다.

"아직 정식으로는 이혼이 성립되지 않은 것으로 알고 있는데요."

어디서 어떻게 알아냈느냐는 중요하지 않았다. 그런 말이 돌았고, 그게 사실이라는 게 중요했다.

"네, 아직이죠. 합의 중입니다."

그때 하인 하나가 다가와 백작 부인에게 귓속말했다. 양해를 구한 백작 부인이 자리를 뜨자, 잠시 미묘한 표정을 짓던 귀부인들 사이로 한 명이 눈에 들어왔다.

란델 백작 부인을 제외하면 유일하게 나와 비슷한 나이대인 입센 남작 부인이었다. 은근히 날 적대시하던 그녀가 슬그머니 입을 열었다.

"제가 소문을 듣기로는 테레즈의 백작께서 정부를 내쳤다고 들었는데요."

호선을 그리던 입술이 살짝 굳은 건 그와 동시였다. 그 말을 신호처럼 봇물 터지듯 여러 목소리가 뒤를 이었다.

"아, 저도 들었어요. 그런데 다른 점이, 그 여자가 내쳐지기 전, 알아서 사라졌다고 그러던데요?"

"어머, 제가 들은 건 백작님과 크게 실랑이를 한 뒤 위협을 느껴 어딘가로 도망쳤다는 얘기예요."

"수도의 비밀 클럽을 만들었다는 말도 들었어요. 고급 창부들을 모아서 하는 짓이라면, 뻔하겠죠."

"제가 듣기로는 카티아로 갔다고 들었어요. 거기가 원래 고향이라던데?"

내 반응을 끌어내려는 건지, 혹은 호기심을 가장해 내가 이곳에 있다는 걸 잊어버린 척하는 건지 알 수 없었다. 다만 남작 부인은 분위기를 주도할 만큼 영향력 있는 인물이 아니었으므로 섣불리 날 비웃거나 욕보이려는 느낌은 아니었다. 먼저 물꼬를 튼 장본인을 제외하고.

어쨌건 명확한 사실은 나와 레너한 하퍼가 끝났다는 거였고 거기에 어떤 뒷사정이 얽혀 있는지 타인에게 밝힐 생각은 없었다. 덧붙여 헤더 제누아가 무엇을 하건 나와 상관없는 얘기였다. 물론 저번 샤일러 후작 부인의 저택에서 그랬듯이 내 일에 관여하지 않는다는 전제하에.

"글쎄요. 친정에 돌아온 지 몇 달이 된지라. 그에 대해선 저도 아는 바가 없어서."

"아, 하긴 그렇겠네요. 혹시 불쾌하셨다면 죄송해요."

"아니요. 괜찮습니다."

완곡하게 대꾸하자 넘어가려는 분위기였다. 그때였다. 또다시 걸고 넘어지는 목소리가 있었다.

"올리비아 양도 참 고생이 많았겠어요. 아이가 없으니 망정이지. ……어머, 이 말은 좀 실례였네요. 미안해요."

다시 남작 부인이었다. 능숙하게 쥐고 있던 부채를 펴더니 말을 덧대는 척 부드럽게 말했다. 동정을 가장한 비웃음이었다. 그 말 안에 숨겨진 의미를 간파하는 건 어렵지 않았다. 결국, 정부는 핑계고 아이를 못 낳는 몸이어서 이혼을 당한 거 아니냐는.

그 순간 풋, 입술 새로 작게 웃음이 터져 나왔다.

"왜, 왜 웃는 거죠?"

"아, 죄송해요. 저도 모르게 그만."

급속히 싸늘해진 공기 속에서 입가로 가져갔던 손을 내리고 내리깔았던 눈을 들어 남작 부인을 응시했다.

"제가 입센 남작님을 뵈었던 때가 불쑥 생각나서요. 그때 제가 한열네 살이었으니 그분의 장자와 동갑이었죠."

입센 남작이 사별한 건 내가 막 시집가기 전, 열여섯의 겨울이었다. 다음 해 봄, 아내를 묻은 흙이 채 단단해지기도 전에 입센 남작의 재혼 소식이 들려왔다.

상대가 나와 한 살 차이밖에 나지 않는 몰락한 집안의 젊은 소녀라는 걸 알게 되었을 때 얼마나 묘한 기분이 들었는가. 그건 얄팍한 승리감과 안도감, 동정이 뒤섞여 있던 감정이었다.

남의 불행에 나의 처지를 빗대어 안도하는 자신이 얼마나 한심했는지는 시간이 좀 더 흐른 뒤의 일이었다. 그 때문인지 입센 남작 부인을 이곳 세스필드에서 처음 보았을 때, 그녀와 잘 지내고 싶다는 생각을 했다.

아이러니한 운명이 아닌가 싶었다. 시작은 비교할 수 없이 내가 더 우월했으나, 자식을 낳고 잘 살고 있는 그녀를 보니 대단하고 존경스러웠다.

인정했다. 내 오판이었다. 직접 겪어 보지 않은 사람을 판단하고 그에 대해 감정을 갖는 건 바보 같은 일이다. 모든 것엔 기준이라는 게 있었다. 남작 부인은 이사벨처럼 철이 없이 도도한 아가씨도, 풋내 나는 질투에 이성을 잃은 것도 아니었다.

무엇보다, 내 유산 또한 알고 있었다. 아이를 입에 담는 순간 두루뭉술하게 넘어가려던 마음이 변했다. 건드려서는 안 될 선을 넘으려는 사람에겐 그에 맞는 경고가 필요했다.

"그게 뭘 어쨌다는 거죠?"

미세하게 떨리는 그녀의 부채를 바라보며 부드럽게 말을 끝맺었다.

"별건 아니에요. 아주 잠시였지만, 그분과 혼담이 오갔던 걸 생각하니 그리운 기분이 들었어요. 지금은 어엿한 남작님이시겠죠. 그러고 보면 시간이 참 빠르네요."

아버지뻘의 남작에게 팔려 가듯 시집을 가 십여 년 후에 겨우 아이를 낳았지만, 그 자식이 후계자가 되지 못하는 그녀의 처지를 돌려 비꼬는 말이었다.

자식을 낳지 못하는 여자와 자식을 낳아도 집안에서 어떤 환영도 받지 못하는 여자. 내 웃음은 그런 뜻이었다. 어떻게 보면 거기서 거기일 뿐인데 지금 네가 나를 비웃고 내려다볼 주제가 되느냐는.

순식간에 얼굴이 벌게진 남작 부인이 일그러진 표정으로 입술을 달싹이려는 순간이었다.

"어머, 무슨 이야기들을 그리하세요?"

마침 잠시 자리를 비웠다 돌아온 란델 백작 부인이 끼어들었다. 나와 남작 부인의 대치 사이에 이러지도 저러지도 못하고 있던 다른 부인들을 대신해 대답했다.

"아니에요. 그냥 예전 이야기를 하고 있었어요. 동부가 넓지 않다 보니 인연이 재밌게도 얽힌다 싶어서요."

"아아, 그랬군요."

이후의 대화는 다시 물 흐르듯 다른 화제로 전환되었고 자리가 파할 때까지 입센 남작 부인이 다시 입을 여는 일은 없었다. 하퍼 백작이 거론되는 일도.

* * *

농부들에게서 화답이 온 건 생각보다 이른 시일이었다. 직접 그들을 초대해 제안한 지 고작 삼 일 정도가 지났을 때였다. 메리와 교대해 돌아온 애니가 손에 들린 이름을 읽더니 상기된 표정으로 내려놓았다.

"이것으로 조건이 모두 완성이 됐네요. 남은 건 고소장을 제출하는 일이죠?"

"응, 그래서 오늘 리암을 시켜 치안 판사에게 제출할 생각이야. 그리고……."

말하는 중 노크도 없이 갑자기 문이 열렸다.

"올리비아!"

눈을 부라린 게오르그가 응접실로 들어왔을 때, 순간 떠오른 생각은 두 가지였다.

하녀 엘리스의 일을 자작 부인이 일러바쳤거나, 저번에 꽁꽁 묶은 뒤 이곳에 처박았던 집사 벤자민이 경고를 어기고 기어이 고자질을 했거나. 전자는 명분이 있었고, 후자의 경우에도 상관없었다. 어차피 그의 말에 고개를 끄덕여 줄 사람은 한 명도 없으니까.

세 명의 파견 하녀들은 넉넉히 급료를 지급한 내 편이었고 메리와 애니, 그리고 리암, 제닌 쌍둥이 하인들은 말할 것도 없었다. 하지만 그의 입 밖에서 나온 건 다른 말이었다.

"이혼한다니 그게 무슨 말이지? 잠시 별거를 하고 있는 걸로 알고 있었는데."

"나리…… 그게……."

"넌 닥쳐!"

우물거리며 자리에서 일어난 애니가 뭐라 대답하려고 하기가 무섭게 이를 드러낸 게오르그가 성큼성큼 다가와 내 어깨를 잡아챘다. 억척스럽고 세찬 손길이었다. 아프게 할 작정인 듯 쥐는 손길에 이를 윽물었다.

"말해 봐라. 사실이냐?"

원래라면 둘의 사이가 좋지 않은 걸 알고 있으니 나의 이혼에 게오르그가 이런 반응을 보이는 것에 이해할 수 없었을 테지만, 그 내막을 알아 버린 이제는 머릿속이 훤히 들여다보였다.

"먼저 이 손, 치우시죠. 아프네요."

"말하라고 했다!"

예전에도 그래 왔듯 게오르그의 일방적이고 강압적인 방식엔 진절머리가 났다.

"리암! 제닌!"

지끈거리는 머리에 잠시 심호흡한 후 크게 쌍둥이의 이름을 불렀다.

"이게……!"

전과 같지 않은 내 반응에 눈이 뒤집힌 듯 손을 올려 내려치려는 게오르그를 저지한 건 운 좋게도 바로 아래층에서 내 목소리를 듣고 뛰어 올라온 리암이었다.

뒤이어 바로 따라온 제닌 또한 내 뒤에 섰다.

"앉아서 말씀하시죠."

"이, 이놈들이……! 감히 누구 앞을 막는 거냐! 이 저택의 주인은 나야!"

"맞습니다. 하지만 저희를 고용한 분은 올리비아 님입니다. 사실 집사님을 제외하곤 다 그렇죠."

리암의 대답에 놀란 다갈색 눈이 끔벅거렸다. 최근 우연히 동업자가 나타나 도박장의 판을 키우려고 거의 저택을 비워 둔 탓에 게오르그는 집안이 돌아가는 데에 둔감했다.

엘리스의 일 이후 본격적으로 주도권을 빼앗긴 자작 부인이 벤자민과 함께 이에 대해 여러 번 하소연을 한 것 같지만, 그저 내게 주제넘지 않게 굴라는 것과 버릇없게 굴지 말라는 말 몇 마디를 한 게 전부였다.

게오르그가 철저히 가부장적인 남자의 표본인 게 도움이 되었다. 남성의 세상인 사업과 달리, 보잘것없고 사소한 것에 불과하다 보는 집안일에 그가 신경 쓸 리 없었다.

"……좋아. 일단은 넘어가지. 나가는 즉시 네놈들을 귀족 모독죄로 집어 처넣을 거니까."

체격 좋은 두 젊은이의 기세에 밀려 결국 맞은편 카우치에 앉은 게오르그가 씩씩대며 쌍둥이를 노려봤다.

"앉았으니까 당장 이곳에서 나가!"

하지만 돌아온 건 침묵뿐이었다. 그를 벼랑 끝으로 모는 건 아직이었다. 조용히 팽팽히 당겨진 고요를 깨뜨렸다.

"둘 다 나가 있어. 어차피 잠시일 테니까."

"괜찮으시겠습니까?"

"여차하면 다시 부를게."

"네. 그럼 바로 앞에 서 있겠습니다."

고개를 끄덕이곤 아직도 안절부절못하는 애니에게 지시했다.

"애니, 차 좀 가져와 줘."

잠시 눈치를 보다 결국 고개를 끄덕인 그녀가 쌍둥이와 함께 나가자 응접실엔 나와 게오르그, 둘만 남았다. 그 사이 간신히 진정했는지 핏줄이 도드라질 정도로 꽉 쥐었던 주먹을 무릎 위에 올린 게오르그가 입을 열었다.

"대체 무슨 짓거리를 꾸미는 거냐. 감히 내게 거짓말을 해?"

"거짓말이라뇨. 굳이 말하지 않았을 뿐입니다."

"뭐……?"

"제가 이혼하지 않을 거라고 말한 적 있던가요? 별거한다고도 말하지 않았습니다."

기막혀 하는 얼굴을 마주하자 대화에 문득 기시감이 들었다. 생각해

보니 이런 대화를 나눈 적이 있었다. 그것도 바로 얼마 전에, 빈센트
와.

다만 그때는 내가 상대편이었다.

"신경 쓰지 않은 사이, 아주 건방짐이 하늘을 찌르게 됐구나. 네 원
대로 이혼이 성립될 거 같으냐? 그게 그리 쉬운 일인 줄 알아?"

"그보다 어디서 알았는지 궁금하군요. 먼저 질문하셨으니, 이제 대
답하시죠."

내 말에 품을 뒤지던 게오르그가 별안간 무언가를 꺼내 테이블 위로
던지듯 떨어뜨렸다.

"직접 두 눈으로 봐라!"

시선이 가 박힌 건 눈에 익은 글씨체였다. 조금 화려하다시피 기울
어진 흘림체에 아무런 무늬도 들어 있지 않은 밋밋한 편지지.

손을 뻗어 집어 들었다. 의례적인 인사말은 생략하고 본론으로 바로
내려가 읽기 시작했다.

[게오르그 시오네 자작님께.
제 아내가 너무 오래 게더에 가 있는 것 같아 걱정되어 편지합니다.
워낙 섬세한 사람이라 제 잘못에 충격을 받아 이혼을 꺼냈습니다만,
자작님과 자작 부인께서 잘 다독이시어 돌려보내 주시리라 믿습니다.]

한 줄 한 줄 읽어 내려가는데 살갗에 소름이 돋았다. 만약 게오르그
와 레너한 사이에 숨겨진 100만 갈레온이란 거래를 몰랐다면 아무렇
지 않게 읽고 지나쳤을 내용이었다.

편지의 맥락에 숨겨진 의미는 명백한 협박이었다. 빠른 시일 내에
테레즈로 날 돌려보내지 않으면 거래는 없던 게 된다는 뜻이었다. 샤
일러 후작 부인의 저택에서 마주한 날, 레너한이 가만히 있지 않을 거

라는 생각은 들었지만 이토록 직접적인 행동을 취할 줄은 몰랐다.

다 읽고 나자 불쑥 배 속이 조여 왔다. 두려움이 아닌 분노가 차올라 손이 떨렸다. 내가 없는 곳에서 두 남자는 날 사고팔고, 주고받고 있었다. 마음껏 쓰다 버리고 내키면 다시 주워 올 수 있는 물건처럼.

이곳에서 했던 모든 일을 그저 세상 물정 모르는 여자의 앙탈쯤으로 폄하된 기분이었다. 오물을 뒤집어써도 이보다 끔찍할 느낌일까.

"한번 시집간 이상, 너는 그곳 사람이다! 오늘 내로 당장 짐을 싸서 돌아가도록 해."

파리해진 내 안색을 상황을 파악한 여자의 두려움으로 읽었는지 한결 호흡이 차분해진 게오르그가 말을 이었다.

"절절히 잘못을 뉘우친다더구나. 첩을 들이는 것도 네 오해였고, 그 정부란 년도 벌써 내쳤다니 다행인 일 아니냐. 자식도 못 낳는 여자가 본처 자리를 계속 차지하는 것만으로 감사할 일이지."

내 반응에 슬슬 회유하는 방향으로 마음을 바꿨는지 목소리는 차츰 부드럽게 변했다.

"백작 부인이라는 자리가 얼마나 멋진 지위인지 생각해라. 거기서 누렸던 모든 부와 명예가 널 기다리고 있다. 정 후계가 부담이고 걱정이라면, 내가 편지를 써서 방계의 친척에게 넘겨주는 게 어떻겠냐 제안하지. 사생아를 보기 싫어 뛰쳐나온 게 아니냐."

웃음이 터져 나온 건 그 말이 끝나기가 무섭게였다.

"풉, 푸후후, 푸하하하······!"

정신병자를 보는 눈빛을 마주하며, 미친 여자처럼 배를 잡고 웃어 댔다. 눈물이 나올 정도로 우스워 견딜 수가 없었다.

"고양이 쥐 생각 끔찍하다더니. 정말이군요."

쏟아 낸 웃음에 헐떡이기까지 하던 숨을 참고 눈물을 닦으며 입을 연 건 한참 뒤였다.

"말씀은 감사하나, 어쩌죠? 나는 그럴 생각이 없습니다."

"그럼 네, 네년이⋯⋯! 지금 날 비웃은 거냐?"

'저'라고 낮춰 쓰던 자칭도 더는 필요 없었다. 상대가 밑바닥을 드러
냈으니 나 또한 거리낄 이유가 없었다. 다시 얼굴에 피가 몰렸는지 새
빨개진 게오르그가 자리에서 벌떡 일어나 삿대질을 했다.

"그럼 그렇지! 네 어미와 아비를 물려받은 천박한 본성이 어디 안
갈 줄 알았다. 상회 일이다 뭐다 도와준다 할 때 이미 눈이 맞은 게지?
예의 그 별장의 놈과!"

문밖의 사람들까지 다 들으라는 듯 큰 목소리로 빈센트까지 건드리
는 행패에 더 해 보라는 표시로 다리를 꼬고 두 손을 깍지 꼈다.

"그렇다면요?"

"간통죄로 유형을 살게 할 거다. 가문 족보에 이름을 지워 버리고
존재하지 않았던 사람으로 만들어 주지. 평생 어느 오지의 빈민굴에서
밥을 빌어먹게 살게 해 주마. 진정한 추위라는 걸 겪도록 특별히 북부
로 보내 주지."

식은땀이 흐를 정도로 오싹한 협박이었다.

십 년 전, 아니 달리는 말에서 스스로 몸을 내던지기 전의 나라면
분명 여기에서 몸을 엎드려 빌었을 것이다. 예전 기억이 파도처럼 밀
려와 쓴웃음을 삼켰다.

─당장 손에 든 걸 가져오지 않으면 이곳에서 내쫓을 테다.

─족보에서 파이고 아무것도 없이 떠돌게 된 어린 계집애가 어떻게
되는지 알려 주랴?

─반항한다면 북부로 끌고 가 야만인들의 밥으로 주지. 누구 하나
눈 깜짝할 것 같으냐?

그런 말을 들은 날이면, 구렁이가 긴 혀를 날름거리며 금방이라도 독니를 목덜미에 박아 넣을 기세로 내 온몸을 친친 휘감는 악몽을 꾸곤 했다. 예정보다 좀 이르게 됐으나, 악몽에서 완전히 벗어날 시간이었다.

"100만 갈레온으로 팔아 치운 것도 모자라 족보에서 이름을 지운다니 참 지독하군요."

"뭐……? 그, 그걸……."

"십 년간 몰랐던 내가 멍청했던 거죠."

원조를 해 준 줄은 알았으나 혼전에 그런 거래를 했다는 걸 알지 못했다. 어마어마한 거액을 들여 나를 부인으로 앉힌 레너한 하퍼가 지금도 이해되지 않았다. 앞으로도 이해할 생각은 없었지만.

"하, 그게 뭘 어쨌다는 거냐! 부모로서 이제껏 키워 온 딸을 넘겨주는데 받을 수도 있지. 그 덕에 호강하며 살았으니 내게 감사할 일이다."

불과 방금 전 실컷 웃었음에도 불구하고, 실소가 또다시 터져 나왔다. 어디서부터 짚어야 할지 감도 오지 않았다. 짚는다 해도 알아들을 리 없으니 굳이 일러 줄 생각도 들지 않았다.

"그런 주변머리로 어떻게 사업을 하려고 했죠? 지금 당신은 내게 협박이 아닌 부탁을 해야 하는 겁니다."

부러 말끝을 늘리며 새하얗게 질리기 시작한 얼굴을 음미하다가 다시 또박또박 덧붙였다.

"테레즈로 돌아가지 않으면 곧바로 빚더미에 앉아 비참하게 허우적댈 사람이 협박이라니."

하나 게오르그 또한 만만치 않았다. 금세 페이스를 되찾은 그가 반박했다.

"그럼, 그럼 넌 이대로 무사할 거 같으냐? 남편도, 돌아갈 친정도 없는 여자가 선택할 길은 하나밖에 없지."

그 길이라는 바가 의미하는 뜻이 명확했다.

"낯짝도 반반하고 계집치곤 글줄 꽤나 읽었으니, 그렇게 경멸하고 내려다보던 코르티잔이 되어서 연명하겠지."

노크한 애니가 안으로 들어온 건 바로 뒤였다. 느닷없는 적막이 내려앉았다. 심각한 분위기를 읽었는지 말없이 찻주전자를 들어 두 개의 찻잔을 채운 애니가 조용히 나가려는 순간, 그녀를 불러 세웠다.

"애니."

"네, 아가씨."

농부들의 서명이 담긴 서류를 건네며 일렀다.

"아까 말했듯이 지금 당장 이걸 리암에게 주도록 해. 증인 건까지 포함해서 가능한 한 빨리 제출하라고. 사건의 시급함을 알리고, 뒷돈이 필요하다면 얼마든지 내라고 전해 줘."

당황한 게오르그가 끼어든 건 당연한 수순이었다.

"잠깐! 그게 무슨 말이냐. 증인? 제출? 사건?"

"궁금하시다면 읽어 드리죠."

다시 애니에게서 그것을 받아 친절히 읽었다.

"한스 게너젤, 제드 에반스, 제레미 글렌……."

한 이름, 한 이름 읽어 내려갈수록 공기가 얼어붙는 걸 피부로 느꼈다. 이윽고 스무 명의 이름을 다 호명하자 게오르그가 손을 뻗더니 그것을 갈기갈기 찢었다.

"드디어 네년의 머리가 돌았구나! 제정신이 아니야."

광기에 어린 손이 종이를 조각조각 내 찢어발긴 후 바닥에 내던졌다.

"그간 뭔 발칙한 짓을 꾸몄는지 알겠다만, 봐라. 이제 없앴으니 어쩔 테냐? 멍청한 것!"

예상과 한 치의 다름이 없는 모습에 미소가 지어졌다. 이곳으로 돌아온 첫날, 기세가 예전과 같다며 속으로 벌벌 떨었던 게 우스웠다. 그래서 다행이지 않은가.

게오르그가 노회했던 만큼 난 멍청했고, 내가 멍청했던 만큼 게오르그는 날 얕잡아 봤다. 날 돈줄로 여긴 것도 모자라 물건으로 여겼다. 그렇게 상대는 변하지 않았지만, 나는 변했다. 이제 나는 이전처럼 눈 뜨고 당할 만큼 여리지도 순진하지도 않다.

"아니. 그건 반대인 거 같은데."

"뭐?"

"내 정신은 그 어느 때보다 또렷하고 맑은 상태야. 증거가 필요하다면 바닥을 보지 그래."

눈을 휘둥그레 뜬 게오르그가 고개를 내렸다. 그가 이성을 잃고 조금 전까지 가루로 낼 듯 찢어 갈겼던 종이는 백지였다. 농부들이 힘을 보태 준 서류는 이미 애니의 품 안에 있었고, 내가 건네준 건 그저 빈 종이에 불과했다.

"나이가 들더니 머리뿐 아니라 눈도 나빠진 모양이야."

"네, 네년이 또……!"

"아가씨!"

철썩.

혼비백산한 애니의 비명과 함께 눈앞이 번쩍했다. 멱살을 끌어 잡혀 일으켜져, 그대로 뺨을 맞았다. 입안이 터졌는지 울컥 손바닥에 피가 뱉어졌다.

"아가씨!"

"괜찮으십니까!"

문 앞에서 대기하고 있던 리암과 제닌이 뛰어온 건 다음 순간이었다.

"놔, 놔라! 감히!"

그들이 한순간에 나와 게오르그를 분리시키더니 그를 카우치에 눌러 앉혔다.

"어, 어떡해요. 아가씨……. 흑흑……."

한 걸음 다가온 애니가 울먹이며 내 뺨에 손을 얹었다.

"차가운 거라도 바로 가져올게요. 많이 아프시죠……."

대답 대신 그녀의 손을 떼어 냈다. 그리고 테이블 위에 있던 찻잔을 들어 억지로 앉혀진 채 씩근덕대는 게오르그의 정수리 위로 들이부었다.

"아아아아악!"

그사이 식어 화상을 입을 정도로 뜨겁진 않았지만, 피부가 새빨개질 정도로는 뜨거운 온도였다. 괴로움이 몸부림치는 게오르그를 내려다보며 조곤조곤 말했다.

"이걸로 피장파장이야."

"다이애나! 벤자민!"

다급하게 걸음 소리가 들리더니 다시 문이 열렸다.

"이게 무슨 짓입니까!"

"여보!"

벤자민과 자작 부인, 그리고 엘리스였다. 이 상황을 파악하기도 전에 그들이 달려들어 게오르그를 감싸 안았다

"이게 무슨 일이에요! 네?"

그러자 그가 기다렸다는 듯 날 가리켰다.

"저, 저년이, 날 죽이려고 했어! 당장 사람들을 불러!"

"네가 기어이 돌았구나! 사람의 탈을 쓰고 어찌 이런 짓을 할 수 있지?"

충격에 말을 잃은 자작 부인이 붉어진 눈시울로 몸을 일으키더니 손

을 들었다. 그러나 순순히 맞아 주기엔 이미 너무 와 버린 뒤였다. 저 번처럼 그녀의 손목을 잡았다.

"사람의 탈이라. 말 잘 하셨습니다."

가슴에 맺혀 풀어지지도, 잊히지도 않는 나날이 눈앞을 스쳐 지나갔다. 술을 진창 마시고 기분이 안 좋은 날이면 하녀들이 보는 앞에서 내 머리채를 잡고 바닥으로 내던졌던 젊은 날의 게오르그. 그런 내 이름을 부르며 울부짖었던 엘리엇을 꼭 품에 안고 바라만 보고 있던, 자작 부인. 내 어머니.

"기억하세요? 일방적으로 짓밟히는 딸아이에게 단 한 번도 손을 내밀어 준 적 없던 게 당신이에요. 피멍이 든 무릎으로 기어가서 한 번이라도 안아 달라 애원하던 내게 했던 말은, 기억하세요?"

건조하게 말하고 싶었다. 그날의 기억들은 현재의 나에겐 이제 더는 아무런 영향을 끼치지 못한다. 당신은 날 휘두르지 못할 것이고 나 또한 거기에 발목 잡혀 숨소리 하나 내기 두려워하는 어린애가 아니라는 걸 알려 주고 싶었다.

한마디씩 이어질 때마다 하얗게, 그리고 이제는 새파랗게 변해 버린 자작 부인의 안색은 금방이라도 혼절해 버릴 기색이었다.

"몰라……!"

마주한 눈동자는 좀 전의 분노는 어디 갔는지, 날 뿌리치고 이곳에서 도망치고 싶어 했다. 일말의 죄책감이라도 갖고 있었던 모양이었다. 자비를 베풀어 그대로 그녀를 내보낼 수도 있었지만, 난 그러지 않았다.

"아뇨, 기억하고 계세요."

"……몰라. 난 모른다고 했다."

"그럼 이제라도 아셔야죠. 본인이 한 말인데."

숨을 멈추고 그녀의 손목을 잡아끌어 귓가에 입술을 갖다 댔다. 막혀 있던 목구멍이 간신히 열렸다.

"저리 가렴. 치맛단에 피가 묻잖니."

수십 번, 수백 번, 수천 번 되뇌었던 한마디였다. 셀 수도 없을 만큼 내 심장을 난도질하고 목을 졸랐던 목소리였다.

"……아, 아아……."

다음 순간, 자작 부인이 실이 끊긴 목각 인형처럼 그대로 허물어졌다. 입술까지 새하얗게 질려 누가 보면 송장 같을 정도였다. 그 모습을 내려다보는 내 모습은 악마와도 같이 차가울 것이다.

"난, 나는……."

머리를 쥐어뜯은 자작 부인이 어린아이처럼 돌연 몸을 웅크렸다.

"그, 그건 내가 아니었어…… 내가……."

생각했던 것보다 훨씬 격렬한 반응이었다. 부정하리라곤 생각했지만 마치 내가 절벽 위에서 떠넘긴 것 같은 착각마저 일 정도로 고통스러워하는 모습이었다.

"난, 난 어렸어……."

알아들을 수 없는 말을 웅얼거리는 그녀에게서 시선을 들어 날 노려보는 두 사람을 번갈아 보며 입을 열었다.

"엘리스, 벤자민. 너희 둘은 오늘부로 해고다. 질질 끌려 나갈지, 제 발로 나갈지는 알아서 하도……."

"무슨 권리로 그런 말을 하십니까!?"

좀 전의 상황을 못 봤으니 이리 반응하는 것도 이해 갔다. 내 말을 끊은 벤자민이 씹어 내뱉듯 다시 입을 열었다.

"이건 명백히 죄악이고 용서받을 수 없는 짓입니다. 무슨 일인지 모르겠지만, 자작님을 해하려 하고 자작 부인께도 심한 충격을 주다니. 그러곤 이젠 저택의 주인인 양 행세하시는군요. 당장 치안 판사께 말씀드려 죗값을 치르게 하겠습니다."

"마, 맞아요! 내가 증언할 거예요. 부인께 저지른 저번 무례도 포함해서……!"

"아니, 이게 감히!"

소심하게 엘리스가 끼어들어 옹호하자 발끈한 애니가 그녀의 멱살을 잡으려 했지만 제지했다.

"마음대로 해. 사실 그게 내가 바라는 일이니까."

"고작 몇 소작민들의 소장으로 이 나를 끌어내릴 수 있다 생각하는 거냐? 난 네년을 상해와 간통으로 고소할 거다!"

그사이 다시 자신감을 얻었는지 고개를 든 게오르그가 소리쳤다.

"친절하게 알려 줘서 고맙지만, 내가 그 정도로 멍청이는 아니라서."

"뭐……?"

"왕이 엄히 금지한 도박장을 운영할 생각을 다 하다니. 간이 크다 못해 배 밖으로 나온 거지. 대단해."

게오르그는 주변 공기가 모조리 사라진 얼굴이었다. 간신히 내뱉은 말은 짧았다.

"허, 헛소리!"

"헛소리인지 아닌지는 곧 알게 될 거야."

그에게서 고개를 돌려 리암과 제닌에게 말했다.

"제닌은 이것들을 쫓아내. 리암은 자작을 포박한 다음 바로 치안 판사 댁에 이걸 전하고."

그러곤 바로 애니에게로 시선을 옮겼다.

"너는 자작 부인을 침실 침대에 눕혀 드려."

내 명령에 충실한 쌍둥이 형제가 바로 행동으로 움직였다. 뒤이어 그대로 집사와 하녀를 내쫓고, 강제로 손을 뒤로 묶인 게오르그가 몸부림쳤다.

"놔, 놔라! 설사 네년이 날 재판에 세운다 해도 혐의가 확정되지 않은 이상 날 감금할 수 없어!"

맞는 말이었다. 하지만 이곳에서 벗어났다간 증거를 은폐할 게 뻔한 게오르그를 그대로 놔둘 수는 없는 노릇이었다. 그에 따른 벌을 받는다 해도 어쩔 수 없었다.

"……그럼 거기에 대한 죗값을 치르면 그만이야."

"맞는 말이지만, 당신이 죗값을 치를 필요는 없습니다."

시선이 홱 돌려졌다. 문이 열려 있었는지 소리 없이 들어온 빈센트가 놀라 굳어진 나를 향해 다가왔다.

"빈센트? 어떻게 알고……."

놀란 입을 달싹이는 내게 대답 대신 다가온 그의 손이 뺨을 감쌌다. 부어오른 뺨에 차가운 온기가 닿자 잊고 있던 통증이 올라오기도 전에 살짝 가시는 느낌이었다. 멀거니 눈만 깜빡이는 내게 보여 주는 미소를 띤 그가 말했다.

"근시일내 약혼녀가 될 여자가 수모를 당하게 둘 것 같습니까."

목소리는 다정했지만, 눈빛은 더할 수 없이 싸늘했다.

"왕궁 제1 기사단장 빈센트 무어의 권한으로 게오르그 시오네 자작의 신원을 확보하고 감금한다."

* * *

한순간 분노로 눈앞이 하얘지는 기분이었다. 당장이라도 자작 부부를 베어 넘기고 싶은 충동이 들끓었다. 빈센트가 새빨간 살기를 간신히 억누른 건 그들을 위해서가 아닌 그녀를 위해서였다. 아니, 사실 자기 자신을 위해서였다.

그는 올리비아에게 미움을 받을 어떤 여지도 남겨 두고 싶지 않았다. 안면이 있던 쌍둥이 중 한 명이 찾아와 도와 달라고 하지 않았다면, 아마 후에 모든 걸 알게 된 자신은 기어코 최악의 선택을 했을 터였다. 그는 전장에서 눈앞의 수많은 적을 베어 넘긴 기사였고, 셀 수 없이 많은 죽이는 방법과 고문법을 알았다. 이론이 아닌 실제로 겪고 터득한 것들이었다.

마음 같아서는 그녀를 제 품에 가둬 놓고 그 어떤 해로운 것도, 그 어떤 남자도 보게 하고 싶지 않았다. 그리하여 숨 막힐 정도로 구속할지언정 완벽하게 보호하고 싶었다. 하지만 올리비아 시오네는 그런다고 가만히 있을 여자가 아니었다. 휘두른다고 휘둘리지 않고 압박한다고 그대로 압박당할 여자가 아니었다.

게오르그 시오네에 대한 고소장은 바로 접수가 되었고 일주일도 채 지나지 않아 재판장이 열렸다. 동부의 거의 모든 귀족들이 참관하러 아우성일 정도로 화젯거리였지만, 그들에게는 싱겁게도 재판은 단 한 번 만에 끝이 났다.

대가로 분수에 넘는 돈과 면죄부를 받은 전 대표가 기꺼이 게오르그를 비롯하여 줄줄이 연루된 사람들의 이름을 불었고, 갑작스럽게 덮친 도박장에서 빼도 박도 못할 증거들이 뒤이어 쏟아져 나왔다. 덧붙여 사이먼을 시켜 판을 키우게 했던 터라 죄는 중과되어 훨씬 무거워졌다.

거기에 소작민들의 절절한 증언과 고변까지 이어져 절정으로 치닫자, 재판이 끝날 즈음에는 이미 게오르그의 사회적 죽음을 의심하는 자는 재판장 안에 아무도 없었다.

판사는 게오르그에게 작위 박탈 및 불모지로의 십 년의 노동형을 선고했다. 젊은 사람도 몇 년 만에 노인이 된다는 불모지의 거친 환경과, 뼈마디 마디가 시릴 정도로 힘든 노역의 강도를 고려했을 때 그건 사형과 마찬가지인 판결이었다.

한바탕 게더의 폭풍이 지나간 어느 오후, 별장의 집무실은 고요했다. 문서에 글씨를 쓰는 소리만 서걱서걱 들렸다. 정적을 가로지른 건 사이먼의 목소리였다.

"그래도 좀 이상하단 말이지. 아무리 극악한 죄를 저질렀어도, 즉결 심판권이 있는 역모죄에 해당하는 죄가 아니면 항소가 받아들여져 세 번의 재판을 받게 되는데 말이야."

내용만 의문이지 실상 이미 알고 떠보는 물음이었다. 빈센트는 구태여 대답할 필요를 느끼지 않았다.

"당분간 동부를 떠나 있어. 수도의 본사로 가도 좋고. 네 얼굴을 본 자가 있을지도 모르니까."

그대로 서류에서 시선도 들지 않은 채 뱉은 말이었다. 사이먼의 눈이 일순 가늘어지더니 늘어지게 앉아 있던 카우치에서 일어나 책상으로 다가왔다.

"왕께 말씀드린 거지?"

호기롭게 찔러본 말은 더 이어지지 못했다. 방 안의 온도가 확 내려감과 동시에 마주친 얼굴이 조용히 미소를 띠었다. 오히려 좋지 않은 신호였다.

사이먼이 한 걸음 뒤로 물렸다. 오랜 친구라는 명분으로 속을 터놓는 몇 안 되는 관계였지만, 어느 순간순간은 마치 처음 마주친 날로 돌아가는 느낌이었다.

사실, 사이먼 크레이그가 본 빈센트 무어에 대한 평은 그때와 크게 달라지지 않았다. 속 감정이라는 게 있나 싶을 정도로 무감각하고 때론 몰인정한 인간이었다. 예전엔 그의 손으로 목이 몇 번이고 달아날 뻔하지 않나. 떠올릴 때마다 목덜미가 선득해지는 기억이었다.

"농담할 여유가 있다면 일을 늘려 줄까 하는데."

"그럴 리가. 하하. 그럼 이만 가 보겠네. 바빠서 말이야."

대답은 돌아오지 않았고, 문가까지 걸어가던 사이먼이 문득 뒤를 돈 건 집무실을 나가기 직전이었다.

"맞다. 카티아의 상황이 심상치 않아졌어."

"하루 이틀은 아니지."

"이번엔 좀 심각해. 1왕자의 셋째 아들이 독살당했다더군. 집안 다툼이라기엔 맏아들과 동복형제고 겨우 네 살이었어."

"이를 알고 있는 사람은?"

"나 또한 몇 사람 걸러 겨우 들은 거라 이 나라엔 몇 없지 않을까. 어차피 곧 공문서가 오겠지만."

한때 정보상을 업으로 한 경험이 있다 보니 사이먼의 정보망은 촘촘하고 확실했다. 잠시 생각하는 듯 말이 없던 빈센트가 느릿하게 대답했다.

"하퍼 백작의 동태와 관련해서 틈틈이 보고하도록 해."

그쪽도 워낙 철저하고 감추는 게 능한 자라 교묘히 동태를 살피려면 온갖 노력을 다 기울여야 했다.

왕은 그에 필적하는 재산을 지닌 하퍼 백작을 대대로 견제해 왔고, 저번 테레즈에서 찾아내려 한 것도 그에 관한 증거였다. 하지만 만약 꼬리라도 잡는다면 작지 않은 성과였다. 하퍼 백작은 중립을 표방하는 이 나라에서 높은 작위를 가진 만큼 더 신중해야 했고, 눈앞의 이익을 취하려다 어느 한쪽 편과 거래하여 지원하고 있다면 그 죄는 결코 덮일 만한 부류의 것이 아니었다.

평화로운 가운데 삼엄한 경비로 비록 그가 어느 편에게 달콤한 먹이를 내밀었는지 알 순 없었지만, 적어도 카티아의 내전에 관해 손을 대고 있다는 증거품은 찾아냈다. 명령받은 대로 왕에게 보고했지만 이를 빌미로 잡아넣기에는 턱없이 부족했다. 사람 좋은 얼굴을 한 왕은 기본적으로 책략가였고, 확실한 건이 아닌 한 움직이지 않았다.

고개를 다시 서류로 돌리는 것으로 축객령을 대신한 빈센트의 귀에 거슬리는 말이 들어온 건 잠시 후였다.

"그가 어느 측에 붙은 건지 알아내려면, 곁에 가장 좋은 내부 고발자가 있지 않나."

부득. 쥐고 있던 펜촉이 부러진 건 그와 동시였다. 명백한 경고였다.

"그 여자가 순진무구한 그때의 아가씨 같아? 십 년이나 백작 부인의 자리를 했던 여자야. 사정을 말한다면 협력할 수도⋯⋯."

그때 화끈거리는 뺨의 감촉에 사이먼이 입을 다물었다. 날카로운 펜촉이 붉은 선을 긋고 스쳐 지나가 등 뒤의 문에 박혀 있었다.

"그녀에게 입 한번 벙긋했다간 봐."

다시 고개를 돌리자 돌아온 건 씹어 내뱉듯 낮은 목소리였다.

"난 변경백께서 슬퍼하실 일은 만들고 싶지 않아."

그 말이 의미하는 뜻은 너무나 명료했다. 서슬 퍼런 안광이 상대방을 얼마든지 얼려 버릴 정도로 차가웠다. 마치 십여 년 전의 그를 다시 마주한 기분이었다. 두 손을 펴 보인 사이먼이 결국 백기를 들었다.

"⋯⋯알았어. 시킨 일에나 집중하도록 하지."

* * *

십 년 만에 오른 언덕은 기억과 거의 다를 바 없었다.

눈에 익은 울창한 전나무와 눈측백, 개잎갈나무들 따위가 경쟁하듯 사방을 에워싸고 있었다. 완만한 능선 사이에서 느닷없이 비죽 튀어나와, 수 개의 낮고 편평한 돌무더기가 무덤의 비석처럼 놓인 이 언덕은 게더의 지형이 가장 내려다 잘 보이는 명소였다.

이곳에 서서 내려다본 숲은 싸라기눈이 내린 겨울 아침처럼 희끄무레한 물안개를 허리춤에 얹고 있었다. 마침 여름에서 가을로 계절이 바뀌는 시기라 황갈색으로 옷을 갈아입은 나무들이 곳곳에 있었지만, 대부분은 그대로 울창한 덤불이었다.

높은 곳으로 향한 차갑고 건조한 바람이 머리칼을 제멋대로 헝클었다가 흔들었다. 휘, 한 바퀴를 둘러 주위를 훑어보다 익숙한 석조 저택에 시선이 머물렀다. 양옆의 첨탑을 휘감은 말라 시들어 버린 넝쿨이 제일 먼저 눈에 들어왔다.

"……많이 쇠락했군."

녹음이 무성한 숲 한가운데 위치한 마거릿 홀은 예전과 달리 그리 거대해 보이지도, 견고해 보이지도 않았다.

열일곱 살 이전 내 어린 시절의 거의 모든 기억들이 저 작고 낡아 가고 있는 저택에 숨죽여 있다는 것이 믿기지 않았다. 마치 오래전 갖고 놀던 장난감의 무덤을 발견한 느낌이었다. 손때 타고 금이 간 도자기 인형이 여전히 저곳 어딘가 묻혀 있을 것 같았다.

언젠가 제 비위를 거슬렀다는 이유로 게오르그가 바닥에 집어 던져 발로 밟아 부수트렸던 어느 양치기 소녀 인형이.

거기까지였다. 상념은 오래가지 않았다. 등 뒤에서 목소리가 들렸다.

"아가씨."

"……."

"안 추우세요?"

"이 정도는."

한 발자국 더 앞으로 나가자, 먼발치서 날 바라보고 있던 애니가 다가와 양털로 안감을 덧댄 망토를 내 어깨에 얹었다. 한결 따뜻해졌지만 가벼운 무게감이 느껴졌다. 그녀의 차림은 어떠한지 곁눈질을 하자 역시 도톰한 모직 망토를 입은 애니가 다시 불쑥 물었다.

"마차를 기다리시는 거예요?"

"응, 이제 올 때가 됐는데."

그때였다. 말이 끝나기가 무섭게 실오라기 같은 길 위로 멀리서 마차 두 대가 보이기 시작했다. 애니가 어린아이처럼 흥분해서 소리쳤다.

"아가씨! 저거 아니에요?"

후자가 일전에 봤던 검은 마차가 떠올라 순간 등줄기가 뻣뻣해졌지만, 그것이 가까이 다가갈수록 형체를 알아보기가 쉬웠다. 어렴풋하게 색만은 구분할 수 있었다. 검은 마차였다. 일반 마차와 달리 창문이 없는 호승용 마차.

구금되었던 감옥에서 게오르그를 유형지로 보낼 마차였다.

* * *

빈센트는 게오르그를 불모지로 보내기 전에, 그를 마주하고 싶다는 내 무리한 청을 들어주었다. 생각해 보면 참 막무가내인 청이었다. 나는 안전상의 이유로 곁을 지키겠다는 말조차 고개를 젓곤 응접실로 데려와 달라 부탁했다.

노크도 하지 않고 문을 열었다.

끼이익.

제일 먼저 눈에 들어온 건 게오르그의 뒷모습이었다. 문이 열린 걸 듣지 못했는지 석고상처럼 그대로 얼어 있었다. 포승줄에 감겨 무릎 꿇은 계부의 모습을 본 소감은, 생각보다 그리 유쾌하지는 않았다. 아니 사실, 조금 당황스럽기까지 했다.

내 어린 악몽의 근원이었던 게오르그는 처음 본 늙은이의 얼굴을 하고 있었다. 요정에게 이끌려 사라졌다가, 며칠 밤새 돌아와 보니 수십 년을 살아 버렸다던 어느 노래의 주인공처럼 모든 시간이 그에게만 쏟아져 내려 순식간에 나이 들어 버린 것 같았다. 그만큼 게오르그는 늙어 있었다. 눈두덩이 푹 파여 초췌하고, 핼쑥했으며 매우 지쳐 더 이상의 삶의 의욕조차 잃어버린 이의 모습이었다.

느릿하게 걸어가 앞에 서자 그는 나와 눈을 마주하지도, 그렇다고 내 시선을 피하려 애를 쓰지도 않았다. 곧 도살당할 것을 직감한 병든 수탉처럼 등 뒤로 양손이 묶인 채 목만 앞으로 드리우고 있었다.

"게오르그 시오네."

이름을 부르자 돌아오는 반응은 있었다. 그가 그제야 고개를 쳐들었다. 어딘가 텅 비어 버린 동공을 응시하며 내 말을 정정했다.

"게오르그."

"너……."

날 노려보는 눈이 형형했다. 충혈되어 흰자가 온통 불그스름한 상태였다. 속박된 채로 법정과 감옥이 있는 호슨에서 게더까지의 여정이 무척 고되었는지 눈 밑 또한 온통 거뭇거뭇했다. 면도도 하지 못해 턱엔 이제 막 나기 시작한 수염이 지저분하게 올라와 있었고, 홀쭉 들어간 뺨은 수척했다.

거대한 바위 같던 남자가 이제 와선 길가의 제멋대로 솟아 있는 잡초처럼 느껴졌다.

"내 꼴을 구경하러 왔나 보지?"

눈썹을 사납게 추어올린 게오르그가 돌연 탁하게 웃었다. 애써 입매를 일그러뜨려 웃는 웃음이 기이하다 못해 솜털이 곤두설 정도로 소름 끼쳤다.

"그래, 복수한 소감이 어떠하냐?"

목 안에서 가래 끓는 소리가 들리더니 그가 누런 침을 날 향해 뱉었다. 물러설 필요는 없었다. 닿지는 않을 거리였다.

의뭉스럽게 대꾸했다.

"글쎄요."

"······어릴 적부터 네년이 날 그리 치켜 볼 때마다 목을 조르고 싶었지."

"그걸 숨길 생각조차 없으셨고."

"재수 없는 년, 빌어먹을 년, 어떻게든 죽였어야 했는데. 아주 작정하고 벌인 짓이더군?"

재판장에서 베일 너머 앉아 있던 나를 노려보는 시선 그대로였다. 할 수만 있다면 목을 비틀어 죽여 버리고 싶다는 눈빛.

"어려울 수도 있었는데 그간 쌓아 오신 인망 덕분에 일이 수월하게 됐네요. 감사드리죠."

"잘도 본성을 숨겨 왔구나. 이 사악한 년! 은혜도 모르는 년!"

패배한 구렁이가 제 가증스러운 비늘을 벗고 독이 묻은 어금니를 드러내고 있었다. 좀 전의 기운 없던 모습이 어디 갔는지 마지막 발악이라도 하듯 게오르그가 분노에 차 꿈틀거렸다.

"학대는 했지만, 목숨만은 살려 주었다고 감사 인사라도 해야 하나? 그것도 모자라 나도 모르게 날 물건처럼 팔아넘긴 사람한테?"

알량한 존대도 걷어 던진 채 연설문을 낭독하는 것처럼 담담히 대꾸했다. 그러곤 덧붙였다.

"내가 당신을 보자 한 이유는 하나야. 십사 년 전, 당신 손으로 넘어갔던 걸 되찾기 위해서."

"······네, 네년이?"

기가 막힌 듯 나를 쏘아보는 그에게 친절히 덧붙였다.

"작위를 박탈당한 건 이미 공식적인 사실이지. 왜 그리 놀라는지 궁금하군."

하얗게 얼굴이 질린 게오르그가 헛웃음을 터뜨리더니 발악하듯 소리를 질렀다.

"여자 따위가 작위를 잇는다는 소리는 내 평생 들어 본 적이 없다!

말도 안 되는 일이야!"

아무래도 내 말을 제멋대로 해석한 모양이었다. 그럴 생각도 없었지만, 막상 그 말을 눈앞에서 들으니 오기가 치밀었다.

"아예 없지는 않지. 수년 전, 아버지의 자리를 물려받은 키이라 백작의 일화는 꽤 유명할 텐데."

바들바들 떨고 있는 얼굴에 대고 느릿하게 고개를 기울였다. 그러곤 모자란 어린아이에게 일러 주듯 찬찬히 대답했다.

"덧붙여 귀족의 피가 한 방울도 섞이지 않은 당신이 '시오네'의 이름을 쓰고 있었다는 게 더 말이 안 되는 일이지."

"……."

"그러니 말해. 인장 반지를 어디에 숨겼지?"

어차피 중범죄를 저지른 게오르그가 왕에게 작위를 박탈당하고 엄벌에 처해지는 것은 시간문제였다. 내가 원하는 것은 가주에게 귀속되는 반지였다.

가문의 이름으로 공식적인 서신을 보낼 때 사용하는 인장 반지는 상징적인 의미이자 당주의 실권을 의미했다. 귀족의 성姓을 가진 모든 가주들이 잠잘 때와 씻을 때를 제외하곤 빼놓지 않을 정도로 중요시하는 것이기도 했다.

하나 게오르그는 체포되어 연행될 당시, 그것을 갖고 있지 않았다고 했다.

게오르그가 끌려가 구금당한 날, 한동안 집을 점령한 기사들이 온 구석을 샅샅이 뒤져도 시오네 자작가의 인장 반지는 발견되지 않았다. 물론 정 방도가 없으면 다시 만들어도 되는 일이기는 했다. 문제는 그 과정이었다. 신뢰할 수 있는 대장장이에게 주물을 맡기고, 본을 뜬 반지를 전문 세공사가 맡아 몇 주에 걸쳐 작업을 해야 했다. 그러한 까다로운 단계를 거쳐 새 인장 반지가 완성될 때까지 자작가의 공식적인 모든 활동은 중지되는 것과 마찬가지였다.

대답 대신 게오르그는 광인처럼 고개를 젖혀 웃어젖혔다. 인내심을 가다듬고 다시 물었다.

"아무리 찾아도 보이지 않더군. 어디에 뒀지?"

돌아온 대답은 정수리를 후려치듯 다시 한 번 터져 나온 실소였다.

"풋, 푸하하하하……!"

"왜 웃는 거지?"

"우습군, 우스워……. 대체 그걸 내게 왜 묻는 건지……."

"……뭐?"

"그건 그 지독한 놈이 무덤까지 가져갔잖아! 독한 년, 지독한 놈."

흥분한 듯 핏대를 세운 목이 날 향해 들이밀어졌다. 나도 모르게 주먹 쥔 손을 풀었다.

"제대로 말해."

"부녀가 아주 똑같아. 그 빌어먹을 정부를 숨겼듯 꼼꼼히 숨겨 뒀겠지! 연놈이 나를 아주 감쪽같이 속였어……!"

정부.

누군가 둔기로 내 뒤통수를 후려친 듯했다. 귀를 의심했다. 잘못 들었기를 바랐다. 그의 멱살을 잡았다.

"그게 대체 무슨 말이지? 아버지를 알았나? 아버지에게 정부가 있었어? 숨겼다니, 그러면 지금 그 여자는 어디에 있지?"

참다못해 다가가 무릎을 굽혀 어깨를 뒤흔드는 순간이었다.

"퉤!"

뭔가 축축한 것이 뺨에 튀었다. 굳은 상태로 손을 들어 뺨을 닦았다. 게오르그의 침이었다. 내 얼굴에 침을 뱉은 그가 낄낄대며 포박된 몸을 뒤틀었다.

"그딴 게 있을 리가 없지 않나. 내가 속은 거지. 또 날 기만하려 해?"

한참 씨근덕댄 게오르그가 피를 토해 내듯 헐떡이며 저주했다.

"부디 네년이 지옥 불구덩이로 언젠가 들어가기를 바라고 또 바란다."

"……."

갑작스러운 봉변에 분노를 터뜨릴 새도 없이 핏발이 터져 온통 붉어진 눈이 먼저 보였다. 모든 걸 잃고 남은 건 악밖에 없는 독기 어린 시선이 찌를 듯 나를 쏘아보고 있었다. 금방이라도 이를 열어 독니를 목덜미에 가차 없이 내리박을 것만 같은 기세에 한걸음 물러섰다.

벼랑 끝에 몰린 인간이 제 밑바닥을 드러낼 때가 가장 위험한 때였다.

"……!"

다음 순간이었다. 굴욕적으로 꿇려 앉혔던 게오르그가 몸을 던졌다. 문을 등지고 선 나를 향해서였다. 제 벼랑 끝에 나 또한 끌어들이려는 몸짓이었다. 어떻게든 날 해하려는 의도가 공기로도 뾰족하게 피부를 찔렀다. 갑작스러운 기습에 피할 생각도 못한 채 질끈 눈을 감은 찰나였다. 그때였다.

"컥……!"

"무슨 말을 하는지 모르겠지만."

소리도 없이 성큼 다가온 누군가가 내 등 바로 뒤에 서 있었다. 동시에 감싸듯 덮인 커다란 손에 시야가 어둠에 갇혔다. 보이지 않았지만, 누구의 것인지 알 수 있었다. 숨소리 하나 흐트러지지 않은, 담담한 목소리가 머리 위에서 이어졌다.

"불구덩이가 얼마나 뜨거운지 알게 되는 건 네놈의 몫이다."

누군지 뒤를 돌아볼 필요도 없었다. 그의 이름을 불렀다. 곧바로 나직한 대답이 돌아왔다.

"……빈센트 경."

"제가 뭐라고 했습니까."

이를 으물고 말하는 듯한 낮은 목소리였다.

게오르그에게 뺨을 얻어맞았던 날, 발갛게 부어올랐던 볼은 지금은 많이 가라앉았지만, 여전히 붉은 기를 띠고 있었다. 그는 그런 내 얼굴을 볼 때마다 간신히 화를 참는 기색이었다. 비록 껍질뿐인 약혼 관계라도 자신의 영역 안으로 들어온 내가 그런 수모를 겪은 게 그의 자존심에 영향을 끼친 모양이었다. 아직 그 약혼 관계를 알고 있는 사람이 나와 그, 계약서를 공증한 사이면 셋뿐이라고 해도.

"괜찮으니 손을 내려 주세요."

그리 말하며 못이 박인 미더운 손 위에 내 손을 얹자, 잠시 망설이는가 싶더니 그의 손이 멀어졌다. 깜깜했던 시야가 다시 돌아왔다. 다른 한 손으로 게오르그의 목을 움켜쥔 빈센트가 게오르그의 얼굴에 피가 몰려 끅끅거릴 때까지 무자비하게 힘을 줬다.

"그, 그만…… 제발……."

숨이 넘어갈 듯한 헐떡임과 애원이 들렸다. 빈센트가 내 옆에 서서 한 손으로 허공에 들었던 게오르그를 바닥에 내던졌다. 이 모든 게 삽시간에 일어났다. 게오르그에게 멎었던 시선을 들었다. 공들여 깎은 조각처럼 단정한 그의 옆모습이 보였다. 표정 변화 없이 건조한 얼굴로 그가 말을 끝맺었다.

"한 번만 더 이따위 짓을 하면, 몸소 그 자리에서 알게 해 주지."

경고는 담백했지만 얼어붙을 듯이 차가웠다. 감정이 일절 담기지 않은, 무미건조한데도 반드시 실행하겠다는 의지가 담겨 있어 섬뜩했다.

* * *

게오르그와의 재회는 거기서 끝이었다.

아버지의 일을 더 물을 새도 없이 게오르그가 갑자기 발작을 일으켰다. 제 화를 이기지 못해 몸 안쪽부터 뒤집힌 듯 보였다. 입에 게거품을 물고 눈알을 까뒤집은 채 배를 드러내며 바르작거렸다. 당황한 내 앞을 가로막은 건 빈센트였다. 단단한 등이 게오르그와 나 사이를 분리했다.

"……."

"조금 뒤에 응접실에서 뵙겠습니다."

뭐라 입을 열기도 전에 덤덤한 한마디가 말을 가로막았다. 좀 전처럼 서늘하진 않았지만, 여전히 단호한 어조였다. 마침 때를 맞춰 들어온 애니가 내 팔꿈치를 잡아끌었다.

젖은 수건으로 내 뺨을 닦고, 데운 우유라도 가져오겠다고 말한 애니가 자리를 뜨자 응접실에 나 혼자 남았다. 동이 트기 시작하고 게더전체에 내려앉았던 땅거미가 걷혔지만, 커튼이 쳐지지 않은 장방형의 공간은 얼마간 어둠이 남아 있었다.

게오르그가 저주처럼 지껄였던 말들이 머릿속에 달라붙어 끊임없이 맴돌았다. 거짓말일 것이다. 아버지는 그런 분이 아니었다. 가장 가까이서 봐 오고 느껴 왔다. 팔불출이라 불릴 정도로 어머니를 사랑한 분이었다.

게오르그는 날 괴롭게 하기 위해서라면 무슨 거짓말이든 기꺼이 할 사람이었다. 게다가 마지막의 마지막이라고 한다면 더더욱. 게오르그는 정신 상태가 불안했고, 하지 않던 발작까지 일으켰다.

잡생각들을 전부 머릿속에서 지워 버리고, 조용히 카우치에 앉아 발치에 와 닿은 빛살을 내려다보는 동안 잠시 졸았던 모양이었다. 너무 많은 일이 며칠 사이로 휘몰아 닥쳤었다. 긴장이 풀리니 참고 있던 졸음까지 빚을 받아 내려 온 대부업자처럼 들이닥쳤다.

어느 순간, 문이 열리는 소리가 들리더니 누군가 들어왔다. 무거운 눈꺼풀을 들어 올릴 힘도 없었다. 목소리는 겨우 흘러나왔다.

"그대로 내려놓고 가."

"……."

"애니?"

당연히 애니일 거라 생각해 내뱉은 말이지만, 발걸음 소리는 아랑곳 않고 다가왔다. 애니의 것이 아니었다. 그보다 더 둔중하고 무거웠다. 방문자는 앞에서 멈춰 섰다.

"레이디 올리비아."

오랜만에 듣는 호칭이었다. 날 이름으로 불렀던 빈센트가 바로 앞에서 마치 자신의 레이디를 대하는 기사처럼 한쪽 무릎을 굽혀 나를 올려다보고 있었다. 어른거리는 눈앞에서 새카만 눈이 보였다. 순간순간이 느리게 흘렀다. 수마에서 완전히 벗어나지 못한 내 굳은 표정을 본 빈센트가 진중하게 말을 이었다.

"아까는 놀라게 해 드려 죄송합니다."

"……."

"제가 당신을 두렵게 했습니까?"

조금 전, 무장한 적장이 달려들어도 한 치의 흔들림 없을 것 같은 얼굴이 어째서인지 지금은 버림받을까 두려워하는 언젠가의 소년 같았다.

지금 이 남자가 내게 달려든 늑대들에게 단번에 칼을 꽂고, 게오르그의 목을 쥐어 바닥에 거칠게 내던진 이가 맞는가? 불쑥 의문이 일었지만, 망설임은 없었다. 대답 대신 천천히 고개를 저었다.

"당신이 두려울 일은 없어요."

그의 살기는 어디까지나 내가 아닌 날 해하려 한 상대편에 향했다. 그런 내 반응에 잠시 안도한 듯 눈을 내리깔던 빈센트가 다시 고개를 들었다.

"일련의 일을 알게 된 왕께서 당신을 보고 싶어 합니다."

안 그래도 다시 수도에 올라가야 하긴 했다. 이혼장도 직접 제출하고 싶었고, 샤일러 후작 부인에게 감사의 인사도 드려야 했다. 약혼식을 하러 그를 따라 니힐에 간다면 바로 돌아오기는 힘들 테니까.

"유형지까지 게오르그를 호송한 다음, 사이먼에게 모셔 가라고 하겠습니다. 그런 뒤 저도 바로 따라가겠습니다."

잠결에 여과도 없이 생각이 불쑥 튀어나왔다.

"굳이 당신이 오실 필요는……."

"굳이 저여야 합니다."

내뱉었던 말허리는 중간에 끊겼다. 순간, 빈센트와 눈앞에서 멀어지려는 사냥감을 바라보는 늑대가 겹쳐졌다. 어린 소년의 얼굴을 벗어던진 빈센트가 다시 기사로 돌아와 있었다.

"제가 아니면 안 됩니다."

"네?"

귀를 의심하며 다시 묻자 입을 악문 빈센트가 다시 한번 말했다.

"제가 아니면 싫습니다."

바람이 거셌다. 덧창이 덜컹거렸다. 응접실을 둘러싼 공기는 차가운데, 근처에서 느껴지는 열기에 숨이 막혔다. 올곧고 맹목적인 검은 눈동자가 오롯이 나만을 향해 있었다.

오직 나만을.

* * *

게더의 날씨는 황량했다가 언제 그랬냐는 듯 배경이 바뀐 연극 무대처럼 온화해졌다. 흐릿하던 구름이 개자 바람이 잦아들고, 음산했던 하늘이 새파란 빛을 띠었다.

죄인이 된 계부를 마지막으로 마주한 그날, 내게서 약속 아닌 약속을 받아 낸 빈센트는 바로 마거릿 홀을 떠나 게오르그를 부수사관 및 부하들과 떠났다. 그러자 그가 호위로 남겨 둔 두 명의 기사를 제외하곤 전부 내가 고용한 사람들만 남았다. 한때 분주했던 저택 안도 한순간에 조용해졌다.

문 앞에서 몇 번 노크하니 방 안에 있던 하녀 한 명이 문을 열고 나를 맞았다. 적어도 이번엔 염치없는 불청객이 아닌 초대받은 손님으로 들어올 수 있었다.

"어머니."

"앉으렴. 기다리고 있었다."

교차하며 내 옆을 지나간 하녀를 뒤로하고 응접실의 문이 닫혔다. 언젠가와 마찬가지로 그녀는 안락의자에 앉아 있었다. 카우치 쪽으로 앉으라는 시늉을 하자 그에 따랐다. 마주한 자작 부인, 아니 어머니의 얼굴은 조금 지쳐 보였으나 어딘지 편안해 보였다. 그녀가 다시 입을 열었다.

"……네게 할 말이 있어 불렀다."

"말씀하세요."

나는 그녀를 바라보는 대신 눈을 내리깔았다. 창문 밖으로 기울어진 햇살이 마룻바닥에 긴 그림자를 만들어 냈다. 레이스 천으로 만들어진 테이블보에 놓인 찻잔의 모서리에는 포도 넝쿨이 길게 그려져 있지만, 금이 간 부분은 여전히 눈에 띄었다.

어느 정도 재력이 없었던 건 아니나 사치품을 사기에는 부족했던 모양이었다. 불쑥 그간의 일이 떠올랐다.

게오르그의 구금에 잇단 체포로 저택 안이 한바탕 뒤집어짐과 동시에 까무러친 어머니는 사흘 만에 다시 정신을 차리셨다.

재판이 모두 끝난 뒤였다. 심신이 미약한 아녀자에다 남편에게 일방적으로 휘둘리기만 했다는 점을 참작해 그녀에겐 어떠한 벌도 내려지지 않았다. 그러나 그건 순전히 그녀의 운 때문은 아니었다.

-필요하다면 어떤 죄목을 붙여서라도 벌을 받게 할 수 있습니다.

재판 전, 내게 묻던 빈센트는 지극히 덤덤한 얼굴이었다. 빈말할 사람은 아니었다. 따라서 그게 진심임은 단번에 알았다.

나는 조용히 고개를 저었다.

-그럴 필요는 없어요.

-……죄인의 악행을 방관한 것 외에도 당신이 계부에게 뺨을 맞았는데도 그저 보고만 있던 사람입니다. 친모이기 때문에 감싸기엔 그 죄가 너무 깊다고 생각합니다.

저번의 일을 말하지만, 마치 어린 시절 내가 겪어 왔던 그 기억들을 알고 있는 듯한 말이었다. 그럴 리 없는데도 마주한 눈동자에서 그렇게 느꼈다. 일렁이는 눈빛 덕에 오히려 더 차분해지는 느낌이었다.

-마음 같아선 나도 그러고 싶어요.

나는 성녀도, 효녀도 아니었다. 그녀가 날 열 달 동안 품고 낳아 줬던 은혜 같은 건 이전에 잊은 지 오래였다.

하지만.

-하지만, 엘리엇의 어머니잖아요.

-…….

-나에겐 아니었지만, 엘리엇에겐 언제나 어머니였으니까요. 난 남동생의 어머니를 빼앗고 싶지 않아요.

엘리엇은 장남이자 유일한 아들로서 기사 자리를 반납하고 자작 위를 이어야 했다. 그랬기에 어머니가 자기 자리를 지키고 앉아 있어야 유리했다. 모질지 못한 애였고 홀로 남은 어머니를 보면 결국 작위를 이어받는 쪽으로 마음이 기울 테니까. 그런 다음 그레타 부인과 같은 위치로 이곳에 머물 수 있다면 그것으로 족했다.

그녀와 나의 관계는 그것과는 별개였다. 게오르그를 끌어내리고 그녀를 억지로 이혼시켜 다시 한번 홀로 만들었을 때 어머니가 나를 증오할 수도 있겠다 생각했고, 또 그래도 상관없다고 생각했다. 하지만 날 바라보는 눈빛은 증오나 경멸이 아니었다.

"의사에게 듣기로는……."

언제 내 앞에서 말을 더듬고 주저앉았냐는 듯, 거의 모든 게 끝난 순간에도 그녀는 머리를 단정히 틀어 올리고 입술에 옅은 루즈를 바른 얼굴이었다.

유행이 조금 지난 삼단 주름이 잡힌 제비꽃색 드레스와 끝부분이 낡아 올이 풀려 있는 실크 숄은 그녀에게 걸쳐지자 과거 기품 있던 시절을 재현하는 듯 여전히 우아하게 비쳤다.

머뭇거리듯 아랫입술을 물던 그녀가 다시 입을 열어 말을 이었다.

"혼절해 있던 동안, 네가 날 돌봤다고 들었다."

불편한 재회요 불편한 상황이었다. 그녀가 쓰러지기 전, 내가 그녀를 붙들고 또박또박했던 말을 나도 그녀도 기억했다. 그랬기에 대수롭지 않은 척 대답했다.

"어려운 일은 아니었어요."

"……."

거짓말이었다. 쉬운 일 또한 아니었으니까. 다만 아랫사람에게 의식이 없는 동안 불구자처럼 몸이 닦이고 먹여지는 걸 끔찍하게 생각할 그녀를 어찌 다른 손에 맡기겠는가. 엘리스도 내쫓았고 그나마 이 일을 맡길 만한 로즈마저도 돌아왔지만 그러기엔 기력이 달렸다. 그저 다른 수가 없었다.

"누구나 할 수 있는 일이죠."

생각보다 차분한 목소리에 잘근거렸던 아랫입술을 떼어 내어 달싹였다. 방금 잠에서 깨어난 것처럼 태연한 어머니의 태도에 되레 당황스러웠다.

남편에 대한 배신감과 나에게 모든 치부를 드러낸 것에 대한 수치심과 증오로 파르르 떨 것이라 생각한 내 기대와는 다른 태도였다. 내 눈을 피한 그녀가 천천히 입술을 달싹였다.

"공을 세워 막 작위를 받은 네 아버지를 만났을 때, 난 고작 열여섯 살이었다."

어땠을까 생각했다. 내 꿈에 나왔던 것처럼 가녀리고 아름답고 연약했을까.

아버지가 돌아가시기 전에도 그리 다정한 어머니는 아니었지만, 게오르그와 재혼하기 전엔 그녀는 내게 차갑지 않았다. 손을 뻗으면 안아 올려 줬고 내가 꺾어 드린 꽃은 화병에 장식했다. 물론 그리다 만 그림을 건넨 엘리엇에게 밀렸지만.

"올리비아."

그 단어가 그녀의 입술에서 흘러나온 순간, 내 귀를 의심했다. 내 이름을 부르는 어머니의 목소리는 부드럽고 온화하기까지 했다. 모성이 넘치는 어머니까지는 아니었지만 적어도 여태껏 들어왔던 어떤 말보다 따스했다.

환상이었나 싶었다. 고개를 들어 마주한 얼굴은 여전히 딱딱했다. 웃고 있지도 화를 내고 있지도 않았다. 내가 게더로 돌아와서 본 표정은 두 가지였다. 냉랭하거나 분노로 흥분해 있거나. 그러나 이번엔 그 어느 쪽도 아니었다. 무심했으나 차갑지는 않았다. 마치 그 예전처럼.

그녀가 말을 이었다.

"원한다면 네 외숙부를 찾아봐도 좋다."

"외숙부요……?"

"그래, 잘나가는 극작가셨지. 지금도 그런진 모르겠다만."

생전 처음 듣는 외가의 이야기였다. 어머니가 열여섯 살 때, 집안의 반대를 무릅쓰고 아버지와 부부가 된 이래로 의절을 당했다고는 들었었다.

어릴 적 몇 번을 물어봤어도 어머니는 고개를 돌려 외면하거나, 꾹 입술을 다무시는 게 전부였다. 그래서 포기하고 살았었는데 긴 시간이 지난 지금 그 이야기를 듣게 될 줄은 예상도 하지 못했다.

"홀로 남은 네 외조부가 돌아가셨을 때 완전히 소식이 끊겼었지."

내 침묵을 어떻게 의식했는지 날 번연히 바라보던 어머니가 잠시 곱게 포갰던 손을 들어 무언가를 내밀었다. 접혀 있던 종이를 열자 흰 백짓장에 가장자리에 넝쿨 모양으로 금박이 돋을새김 된 편지지가 보였다. 오래된 듯 빛이 바랬지만, 화려한 편지지에 비해 민망할 정도로 공백이 긴 편지지였다. 그러나 분명 몇 줄인가가 쓰여 있었다.

[멍청한 누이 다이애나 보아라.

임신했다고 들었다. 첫아이를 낳게 된다면 수도로 보내라. 난 결혼을 하지 않을 것이니 그 아이를 양녀나 양자로 받아들일 예정이다.

보잘것없는 시골, 아둔한 부모 밑에서 자라는 것보다야 내가 더 똑똑하고 유복하게 키우겠다.

-제레미야 클리드]

들쭉날쭉 변덕스러운 악필이라 조금 알아보기 힘들었지만, 요지는 그러했다. 편지엔 의례적인 안부도, 예의 차린 인사말도 없었다. 다짜고짜 본론으로 들어가더니 역시 마찬가지로 거침없고 무례하게 끝맺는 내용이었다. 어쩐지 차갑다 못해 싸늘하게 느껴지기까지 했다.

생각해 보니 이름도 왠지 낯익었다. 얼핏 몇 번 들어 본 듯했다. 유명한 극작가라면 분명 그의 극을 본 적 있을지도 모른다. 어머니의 처녀 적 성(姓)이 '클리드'였는지도 처음 알았다. 편지에 고정했던 시선을 들었다.

"이건 너무 갑작스러워서……."

"수도에 머물 곳이 없을 것 아니니."

맞는 말이긴 했다. 묵을 만한 호텔을 찾기엔 사교 시즌이라 자리가 없을 게 뻔했다. 저번처럼 샤일러 백작 부인에게 신세 지기엔 민폐처럼 여겨졌다.

"그렇긴 하지만…… 너무 옛날 편지 아닌가요?"

"그게 뭐가 문제라고. 네 핏줄인데."

어떻게 내가 곧 수도로 잠시 가 있을 거라는 소식을 듣게 된 건지 알 수 없었지만 적어도 어머니가 내 머물 곳을 염려하고 있다는 것은 알 수 있었다. 지난 며칠간 그녀의 심경에 큰 변화가 있었던 듯 보였다. 혼란스러웠지만 심장 한구석이 간질거렸다.

어릴 적 바라 왔던 은밀한 소망 한 가지가 가시화되어 내 앞에 모습을 드러낸 것 같았다. 꿈이 깨질까 두려웠다. 하지만 이 말을 하지 않을 수 없었다.

"어느 날 갑자기 찾아가도 무례일 거고……."

침을 삼키며 말을 잇자 어머니가 입꼬리를 올려 웃었다. 입은 웃고 있었지만, 눈은 아니었다. 나를 향한 냉소는 아니었다.

"걱정 말렴. 그 양반은 그 편지를 언제 보냈는지 신경 안 쓸 거다. 어쩌면 본인이 그 편지를 보냈는지도 잊었을지도."

"……."

"너한텐 잘 대해 줄 거다. ……정 싫다면 어쩔 수 없고."

편지지를 돌려받으려는 듯 손을 뻗어 보이는 그녀를 향해 얼른 고개를 저었다.

"아니요."

다시 편지를 반으로 접은 뒤 그녀의 시야에서 숨겼다. 문이 열리는 소리가 나고 애니가 들어왔다.

"차가 식었으니 새로 끓여 올까요?"

"됐다."

주인 모녀의 눈치를 살피며 그리 묻는 질문에 대답한 건 어머니였다. 비로소 할 일을 다 끝냈다는 듯 후련한 얼굴로 그녀가 일어섰다. 덩달아 일어서자 그녀가 내 어깨를 잡아 앉혔다.

"오랜만에 주변 산책을 좀 해야겠다. 혼자서."

올려다본 그녀의 눈가엔 깊은 주름과 함께 감출 수 없는 피로가 얹혀 있었다. 자작 부인이 등을 돌려 멀어지고 있었다. 쿠션을 두 손으로 움켜쥐고 입을 열었다.

"어머니."

"……."

"혹시 히스델리아 꽃에 대해 아세요?"

문가에 선 어머니가 고개를 들었다. 의아한 기색이 역력했다.

"전설이나 나오는 꽃일 텐데."

이것으로 확실해졌다. 그녀는 히스델리아에 대해 몰랐다. 따라서 아버지와 빈센트의 조부 사이에서 오갔던 일에 대해 알지 못했다. 한숨을 내쉬고 푹 쉬시라 이야기하기 위해 고개를 든 순간, 마주한 얼굴이 아주 잠깐 흐려지더니 곧바로 사라졌다.

"……네 아버지가 종종 얘기해 주곤 했지."

귀를 의심하기도 전에 문이 닫히는 소리가 들렸다. 그 자리에서 한동안 일어나지 못했다. 땅 위에서 어떤 일이 있었건 저녁은 언제나처럼 어김없이 찾아왔고, 세상은 금세 어둑어둑해졌다.

그간 방치되어 있다시피 한 집무실에 들어서자마자 벌써 초겨울의 냉기가 느껴졌다. 마거릿 홀은 대저택이 아니어서 집무실을 서재 겸으로 사용했다. 한 면 가득한 책장에 꽂혀 있던 모든 책들은 수색의 대상이 되어 샅샅이 뒤져지고 파헤쳐져 대부분 훼손되거나 파기되었다.

서랍에 있던 모든 자잘한 서류들도 마찬가지였다. 거의 모든 책을 뒤졌으나 부질없는 짓이었다. 그나마 멀쩡한 책들은 누가 봐도 일반 소설이나 시, 희극 등이었는데 이마저도 몇 권 되지 않았다. 갓등을 씌운 양초를 탁상 위에 올려놓은 뒤 그중 하나를 손을 뻗어 빼냈다.

먼지가 내려앉은 책등을 쓸어내리고 펼쳤다. 그 순간 책갈피로 보이는 말린 꽃송이 하나가 바닥에 하늘거리며 떨어졌다. 허리를 숙여 그것을 집는 순간이었다. 쇠살대로 막힌 벽난로 너머 타다만 잿더미 사이 종잇조각들에 시선이 붙박였다. 이상했다. 조금이라도 수상쩍은 것은 모조리 압수되어 수도로 옮겨졌다.

손을 뻗어 그것들을 잡아 꺼냈다. 오래전 쓰던 종이인지 색이 바랜 양피지였다. 급히 쓰다 버린 건지 거의 갈겨쓴 글씨에 가장자리가 모두 타 있었다. 묻어 있는 재를 털자 흐릿하던 글씨들이 좀 더 자세히 보이기 시작했다.

불쑥 이상한 불길함이 심장을 움켜쥔 채 멱살을 잡고 흔들어 댔다. 혹시 인장 반지에 관련된 쪽지일지도 모른다. 떨리는 손으로 그것을 모아 마호가니 탁상 위에 펼쳤다. 모두 여섯 개의 조각이었다. 이리저리 맞추자 얼추 하나의 종이가 완성됐다. 생각대로 급히 휘갈긴 전보였다. 눈을 가늘게 뜨고 하나하나 읽어 내렸다.

"프란츠, 찾아야, 실패…… 1742……?"

프란츠 시오네.

아버지의 이름이었다. 드문드문 이어지는 목소리에 몸은 점점 경직됐다. 찾아? 무엇을? 누군가 강한 둔기로 뒷머리를 후려친 듯 충격이 전신을 강타했다. 나도 모르게 다리에 힘이 풀려 주저앉았다.

그때였다.

히이잉.

갑자기 창 너머로 불쑥 거친 말발굽 소리가 들려왔다. 화들짝 놀란 정신으로 기어가다시피 해 창가로 다가가 몸을 일으켰다. 말 한 마리가 마거릿 홀 앞에 서 있었다.

급히 달려 나온 리암에게 말안장 위에 앉은 남자가 내리지도 않고 품을 뒤적이더니 무언가를 건넸다. 두 사람이 몇 마디 더 나누는가 싶더니 이내 다시 말고삐를 돌려 멀어졌다.

얼마 뒤, 희미하게 문을 두드리는 소리가 들리더니 곧이어 등 뒤로 문이 열렸다. 본능적으로 종잇조각을 손에 다시 움켜쥔 채 감췄다. 사기 찻잔이 바닥에 떨어져 깨지는 소리가 났다.

"아가씨……! 괜찮으세요?"

파리해진 내 안색을 보고 성큼 다가온 애니가 내 몸을 부축한 다음 창가를 등진 간이 나무 의자에 앉혔다. 대답 대신 고개를 숙인 채 한 손으로 관자놀이를 지그시 매만졌다. 몇 번 차분히 심호흡을 하고 속을 가라앉히자 진정이 됐다.

"난 괜찮아."

하나 내 얼굴은 전혀 다른 말을 하고 있었던 듯했다. 걱정 어린 눈으로 미간을 찌푸린 애니가 다시 입을 열려 했지만 이어진 내 말에 막혔다.

"내게 줄 게 있을 텐데?"

"……방금 테레즈에서 왔어요."

내 단호한 표정에 잠시 입술을 꾹 물던 애니가 들고 있던 편지를 내밀었다. 두꺼운 봉투로 두 겹이나 쌓여 있었다. 하퍼 백작가의 인장이 찍힌 봉랍을 떼어 내자 이번엔 왕의 직인이 찍힌 봉투가 제 모습을 드러냈다.

꺼내 들자 익숙한 글씨가 보였다.

[얼굴 보고 이야기하고 싶어.
이곳으로 연락 남겨 줘.]

마치 내가 곧 수도로 올라가리란 걸 알고 있기라도 한 듯이 그 밑엔 저번에 수도에 올라갔을 때 머물려고 했던 호텔의 이름이 적혀 있었다. '페인즈 호텔.' 오래전 신혼 때 묵었던 곳이기도 했다. 관계가 본격적으로 어그러지고 망가지기 전이었다.

"아가씨……."

그것을 펼쳐 든 순간 슬픔이라고도, 기쁨이라고도, 그렇다고 회한이라고도 볼 수 없는 복잡한 감정들이 갑자기 들이닥친 밀물처럼 나를 덮쳤다.

"……애니."

"네."

그러다 문득 고개를 쳐든 생각에 정신을 되찾았다. 왕을 알현하고 작위만 인정받으려던 계획을 조금 수정해야 할 거 같았다. 저 타다만 전보에 관해서 게오르그가 구형을 받기 전에 직접 추궁해야 했다.

목소리가 갈라져서 새어 나왔다.

"짐은 다 싸 놓았지?"

나를 알 수 없는 눈으로 바라보던 애니가 고개를 끄덕이더니, 악몽을 꾼 어린아이를 달래듯 부드러이 대꾸했다.

"다 싸 놓았어요."

게더에서 나라 정중앙에 있는 수도까지는 닷새 거리였다. 날이 점점 더 험해지고 잔 눈이 쌓인 땅이 단단해지기 전에 먼 길을 떠나야 했다.

*   *   *

다음 날 아침, 어머니는 배웅 나오지 않으셨다. 언젠가 시집가던 날 아침처럼 로즈만이 나와 내 손을 꼭 잡고 몇 가지 긴 당부를 했다.

"부디 감기 조심하시고 무슨 일이 있으면 바로 편지 하시구요."

"알았어, 로즈. 더 안 해도 돼."

현관홀 계단에 나와 더 길어지는 그녀의 잔소리를 한 귀로 흘려듣다 약속 시간보다 조금 이르게 이전에도 본 적 있는 마차가 멈춰 섰다. 문이 열리는 순간 나도 모르게 긴장한 얼굴을 들었다. 아주 찰나였다. 백금발이 아닌 붉은 머리칼이 눈에 들어왔고, 내게 다가온 사이먼이 묵례를 했다.

"모시러 왔습니다."

그의 얼굴을 보는 순간 묘한 감정이 나도 모르게 피어나 입매를 굳혔다. 실망감인지 안도감인지 모를 감정이었다. 스스로도 이해가 가지 않았다. 뒤이어 대기하고 있던 리암과 제닌이 짐을 모두 옮겼고, 그대로 그의 에스코트를 받아 마차에 타고 나자 더 이상의 시간 낭비 없이 바로 마차가 출발했다.

머지않아 주변이 빼곡한 숲에서 광활한 들판으로 접어들었다.

4. 새로운 관계

　"올리비아 님."

　깜박 선잠을 잔 모양이었다. 누군가 나를 부르는 목소리에 잠결에 일어나자 차창 너머로 쏟아진 햇볕이 제일 먼저 나를 반겼다. 마주 앉은 청록색 눈동자가 반갑게 휘었다.

　"사이먼 씨."

　"곤히 주무시기에 더 있다 깨어 드려야 하나 했습니다."

　주위를 둘러보니 얼마 전에 다녀온 수도의 광장이었다. 늦은 저녁이었다. 통금령 시간이 별로 남지 않았는지 돌아다니는 사람은 없었다. 비슷비슷한 건물들 앞으로 곳곳의 가스등만 빛을 발하고 있었다.

　"아니요. 깜박 잠든 것뿐이에요. 어차피 일어나야 하는데요."

　"그럼 다행이군요. 사실 좀 더 깊숙이 가야 하지만요."

　그 말이 끝나기가 무섭게 마부의 위, 소리와 함께 말들이 멈춰 섰고 벗어 둔 외투를 챙긴 사이먼이 마차 문을 열었다.

"아, 미리 듣지 못하셨군요. 반가운 얼굴이 있는데."

어안이 벙벙했다. 반가운 얼굴? 애니를 깨워 묻고 싶었지만, 곤히 자는 모양이라 손대기 미안했다. 그의 말에 고개를 갸웃하기도 전에 사이먼이 말을 끝맺었다.

"내리시면 알 겁니다. 그럼 전 여기서 실례할게요. 언제든 제가 필요하시면 바로 이 주소로 연락 주시고."

그가 건넨 건 주소가 적힌 종이였다. 고개를 끄덕이자마자 문이 닫혔고, 그 소리에 애니가 일어났는지 게슴츠레한 눈을 비볐다.

"무슨 일 있나요?"

"아니. 반가운 얼굴이 있다고 하던데."

"반가운 얼굴이요?"

그녀 또한 어리둥절한 표정을 짓는 걸 봐서 내막을 모르는 것 같다.

"아냐. 더 자 둬. 아무래도 바로 예약한 호텔로 가기보단 잠시 누굴 만나러 가야 할 모양이야."

그녀의 눈을 감기며 보닛의 끈을 고쳐 묶었다. 마차는 곧바로 다시 출발했고, 저번과 마찬가지로 타운 하우스 거리에 접어들더니 좁고 긴 시가지를 골목골목 휘돌았다.

삼십여 분 후 내린 곳은 처음 보는 타운 하우스 앞이었다. 백작 이상 재력가들이 사는 골목에서 조금 떨어진, 하급 귀족이나 남들보다 부유한 평민들이 거주하는 골목이었다. 비교하자면 소박했지만, 역시 단정하고 잘 정돈된 곳이었다.

"여기가 어디죠?"

"글쎄……."

마부가 놓아 준 발판을 딛고 내려오자 차가운 북풍이 바로 밀려들었다. 내게 다가와 붙은 애니와 함께 낮은 계단을 올라, 사자 모양으로 양각된 문고리를 잡아 소리를 냈다. 두어 번 소리가 난 뒤에야 안쪽에서 누군가 인기척이 들렸다. 문이 열리자마자 잠시나마 경계했던 몸은 순식간에 풀렸다.

"누나!"

문을 열고 나온 건, 십여 년 만에 본 얼굴이었다. 얼굴마저 흐릿해지려고 했던.

"왜 이제 온 거야?"

멀거니 서 있는 내 팔을 잡아끌어 품에 안은 청년이 내 어깨에 얼굴을 묻었다.

"어떻게 알았어? 내가 수도로 오는 걸?"

"지금 그게 중요해?"

여전했다. 입을 부루퉁하게 내민 어릴 적의 소년이 눈앞에 그려졌다. 대답 대신 그를 끌어당겨 안았다.

"오랜만이야, 엘리엇."

날 맞은 사람은 내 남동생이었다.

*   *   *

배고파하는 애니를 식당에 보내고 거실의 벽난로 앞에서 간격을 두고 마주 앉은 남자는 나와 얼마간 닮아 있었다. 고동색 머리칼에 푸른 눈동자. 하나 혼인이 끝나고 테레즈에서 떠날 때 본 얼굴은 별로 남아 있지 않았다. 동생은 열네 살의 소년에서 어엿한 청년으로 바뀌어 있었다.

나와 엘리엇은 냉랭한 적 없이 원만한 남매 사이였다. 그러나 우리 사이엔 기나긴 공백이 있었다. 그가 북부로 발령받은 뒤부터 편지가 오지 않았다. 그런데도 내 소식에 대해 불과 며칠 전에 돌아왔다는 엘리엇은 거의 다 알고 있었다.

"어떻게 알았냐고?"

내 말에 어이가 없었는지 엘리엇이 낮게 웃음을 터뜨렸다. 상체를 훅 숙이더니 장난스러운 얼굴로 또박또박 말했다.

"누나도 참 똑똑한 것 같으면서도 은근히 어벙한 구석이 있어."

"엘리엇."

"아니, 그냥 주위에 관심이 없는 건가?"

"그게 무슨 소리야?"

"엄청 크고 무서운 늑대가 주변을 서성이잖아. 그런데 본인만 모르다니."

"무슨 수수께끼 같은 말이야."

"늑대가 알려 줬어. 누구의 심기만 거슬렸다간 물려 죽을 거 같아 내 발로 돌아왔지."

"……물려 죽어?"

소년처럼 웃는 웃음이 예전 그대로였다. 대답 없이 당황해서 눈만 끔벅거렸다. 점점 그가 무슨 말을 하는 건지 알 수가 없었다. 사실 그것보다 엘리엇의 태도부터 의외였다. 말도 없이 일을 크게 벌인 나를 비난하거나 자초지종부터 캐물을 거로 생각했던 예상과 다르게 흘러가고 있었다.

상황을 머릿속으로 정리하려는 사이 문을 두드리는 소리가 들리더니 곧 하녀가 들어왔다. 대화가 잠시 끊겼다.

"차를 내왔습니다."

가지고 온 쟁반을 테이블 위에 내려놓은 하녀가 차를 따르려는 때였다. 주전자의 손잡이를 잘못 쥐었는지 그녀의 손이 순간 떨렸다. 동시에 뜨거운 찻물이 찻잔에 손을 가져가던 엘리엇의 팔을 적셨다.

"엘리엇!"

나도 모르게 상체를 일으켜 동생의 이름을 불렀다. 얼굴이 새빨개진 어린 하녀가 거듭 고개를 숙이며 사과했다.

"죄, 죄송합니다!"

"괜찮아요. 그쪽은 안 다쳤고?"

"네? 네……."

심한 상처를 입은 건 아닌지 셔츠를 걷어 빨개진 부분을 확인한 엘리엇이 조용히 물었다. 하녀가 고개를 끄덕이자 타이르듯 말을 이었다.

"새 차를 끓여 줄래요?"

눈물을 글썽인 하녀가 종종걸음으로 응접실을 나가자마자 품을 뒤적여 손수건을 건넸다.

"일단 닦아."

"괜찮아. 내 거 있어. 그냥 빨갛게 된 거뿐이야. 별로 뜨겁지도 않고."

거절한 엘리엇이 자신의 것으로 대충 환부를 닦았다. 다 닦인 셔츠를 그가 불쑥 잔잔한 수면 위에 파장을 퍼뜨렸다.

"히스델리아를 찾아내 사업을 하다니 깜짝 놀랐어."

"엘리엇."

"누나는 대단해. 나는 그런 게 있는지도 몰랐거든. 동부에서 화제라며? 여기서도 소문이 들리더라."

아버지가 그에게는 알려 주지 않았음이 확실해졌다. 그러나 그것에 대해 엘리엇은 추궁하거나 질투하는 기색은 아니었다.

"운이 좋았어. 고마워, 엘리엇."

조용히 대답한 다음 덧붙였다.

"빈센트 경과 연락했구나."

생각 끝에 나온 결론은 이것 하나였다. 그동안의 사정에 대해 알고 있고, 경계가 삼엄해 편지 한 장도 잘 오가지 못하는 북부에서 엘리엇과 직접 연락할 수 있는 사람은 한 명뿐이었다.

생각대로 엘리엇이 고개를 끄덕였다.

"그가 수습기사 시절부터 내 직속상관이었으니까."

"직속 상사?"

고개가 번뜩 들리는 단어였다. 내 반응에 오히려 놀란 듯 엘리엇이 대꾸했다.

"그의 직위를 모르는 사람도 있어?"

아니, 알았다. 뒤늦게야 알게 되었지만, 마거릿 홀에서 한바탕 사건이 일어난 날, 그가 이전에 게오르그에게 했던 말을 기억했다. 일전에도 제복을 입은 모습을 보고 왕실 소속인 줄은 알았지만, 그보다 높았다.

"왕실 제1 기사단장이잖아."

그의 나이로 그 정도의 직위에 올랐다는 건 정말 이례적인 일이었다. 직접 재회하기 전에도 귓가를 스치듯 들었던 기억이 있었다. 내가 아는 그 종자 소년일 거라곤 생각하지 못했지만.

돌아온 담담한 대답에 엘리엇이 수긍했다.

"그렇지. 그런데 그게 전부가 아니야. 내막이 있지."

뒤이어 엘리엇이 들려준 이야기는 특별하게 들리는 내막이었다.

"지금으로부터 딱 5년 전 일이지. 왕께서 순행으로 니힐에 들렀을 때, 변경백께서 잠시 자리를 비운 사이에 야만인들이 기습해 왔고, 정체불명의 상황에 그 앞을 막아서서 왕의 목숨을 구한 게 바로 그 남자였어."

안 그래도 첫 만남부터 그를 탐내던 왕은 그 후 몇 번이고 데려오려 했고, 변경백 가문의 기사였던 빈센트는 그럴 때마다 거절했다고 했다.

"결국 받아들인 시점은, 북부 지역의 안전 문제에 대해 전하가 어느 정도의 지원을 약속한 뒤였어."

엘리엇의 목소리에 냉소가 섞인 건 착각이었을까. 그가 느릿하게 다시 입을 열었다.

"길들인 가축을 팔아넘기는 주인처럼 데인 변경백께선 정말 차갑게 그를 내치셨지. 마치 기다렸다는 듯."

가축, 그 단어에 등줄기가 서늘했다. 어느 시골 의사의 자택에서 그가 조용히 들려주던 이야기를 떠올렸다. 그때 빈센트의 표정과 얼굴에선 어떠한 증오나 원망조차 그림자를 찾을 수 없었다.

어떻게 그럴 수 있었을까. 친자식처럼 거둬 키울 땐 언제고 그렇게 차갑게 내치고 몰아낸 사람을 여전히 존경하는 눈으로 회상할 수 있는 걸까. 어쩌면 잘 가장한 가면일지도 몰랐다. 그럴 필요가 있느냐는 둘째 치고.

"물론 지금은 안 그렇지만. 내가 한 이야기는 비밀이야. 다들 알고 있는 이야기라고 해도, 누나가 알고 있다고 하면 상황이 달라지지."

내 어두워진 표정을 본 엘리엇이 장난처럼 덧붙였다. 간신히 고개를 끄덕였다. 침묵이 우리 남매 사이를 휘돌아 가고 망설이듯 두 주먹을 움켜쥔 엘리엇이 고개를 쳐든 건 시간이 조금 흐른 후였다.

"그리고 누나, 사실 나 사과할 게 있어."

마주한 눈동자는 내가 알던 장난기 많고 철없던 남동생의 모습이 아니었다. 진지하고 무게가 있는 눈빛에 그간 시간이 이렇게나 지났음을 실감했다.

"이혼한다고 들었어. 누나 성격에 그런 결단을 내리기까지 많은 일이 있었겠지."

그때 옆에 있어 주지 못해 미안하다는 말이 이어질 줄 알았다. 나 또한 마찬가지라며 괜찮다고 말해 줄 생각이었다. 그러나 다음으로 엘리엇의 입술 새로 나온 말은 얼음물을 뒤집어쓴 듯한 충격을 주었다.

"누나가 시집가기 전 하퍼 백작과 자작 사이에 뭔가 거래가 있었다는 거…… 나 알았어."

"뭐……?"

"하지만 말하지 않았지. 그때 난 이미 게더를 떠날 생각이었고, 공연히 휘말리기 싫었던 거야."

등줄기가 뻣뻣해졌다. 입술이 메말랐다.

"미안해, 누나⋯⋯."

숨을 다스리기에 시간이 조금 필요했다. 게오르그가 레너한에게 100만 갈레온으로 날 팔아넘긴 걸 엘리엇은 알고 있었다. 그런데도 내게 알려 주지 않았다. 그동안 어떤 언급조차 주지 않았다.

"그래서 누나의 이혼 소식에 더 후회하고 쓰라렸어. 내가 만약 그때 뭐라도 했었으면, 적어도 누나에게 그 사실을 알렸으면 결과는 달라질 수 있었을까 싶어서."

고개 숙인 엘리엇이 힘겹게 말을 토해 냈다. 나와 레너한의 혼담이 오고 갔을 때, 나는 아직 열일곱 살이었다. 그때 엘리엇은 열다섯 살이었다. 그가 설령 그걸 내게 알렸다고 해도, 뭔가 행동을 취하려고 애썼다고 해도 달라진 게 있었을까. 이성적으로 생각해 보면 달라질 건 아무것도 없었다.

"아니야. 그런 생각하지 마."

그의 옆으로 다가가 앉고 어깨에 손을 얹었다. 고개를 든 엘리엇과 시선이 마주했다.

"우린 그때 어렸어. 나 또한."

겨우 행복해질 줄 알았고.

잠시 입을 다물고 다시 천천히 말했다.

"미래는 아무도 알 수 없는 거야. 스스로 탓하지 마."

응접실 입구에 노크 소리가 들린 건 다음 순간이었다. 가라앉았던 분위기가 깨지자 어색하게 마주 웃은 엘리엇과 난 다시 소소한 이야기를 나눴다.

*　*　*

결국, 머물게 된 거처는 엘리엇의 타운 하우스가 되었다. 매일 이른 새벽에 나가 저녁 늦게 들어오는 엘리엇은 그간 멀리 떨어져 살았다는 게 이상할 정도로 익숙했고, 줄곧 한 지붕 아래서 살았던 것처럼 편했다. 사용인 또한 입주가 아닌 출근하는 하녀 두 명이 있다는 점도 남의 눈치를 보지 않아도 된다는 점에서 좋았다.

폭풍 같았던 지난 몇 달을 보상하듯 평화로운 나날이었다. 퀸체로드에 도착한 지 어언 일주일이 조용히 지나갔다. 실상 호텔의 객실에서 잘 나오지 않은 덕분이었다.

십 년간의 결혼 생활을 끝내고 이혼을 요구한 여자, 그리고 친정에 돌아가 계부를 몰아낸 여자. 교활하고 야심가에다 음흉한 여자라는 평판으로 사교계에선 소문의 주인공이겠으나, 자잘한 충돌이나 수런거림도 적어도 당사자인 내 귀에는 들리지 않았다. 그간 밖을 나갈 일을 최대한 줄였다.

서재나 응접실은 따로 없지만 세 명이 사용할 방은 충분했고, 거실도 널찍했다. 엘리엇이 일찍 들어오는 저녁이면 엘리엇과 나, 애니 이렇게 셋이 거실에 앉아 카드 게임을 하거나 그날 있었던 일을 얘기하며 하루를 마무리했다.

낮에는 종종 혼자 샤일러 후작 부인 저를 찾아갔다. 그녀는 바쁠 때를 제외하곤 나를 반갑게 맞았다. 일부러 티타임 시간대를 피해 찾아가니 그녀 또한 나를 만날 때 남들을 부르거나 하지 않았다.

왕이 알현실로 따로 날 부른 것도 사실 마음이 놓이는 일이었다.

"왕을 알현하는 건 내일이라구요?"

"네, 아무래도 게더의 일에 관해서 물어보실 거 같아요."

첫날, 게오르그의 사건에 대해 자초지종을 들은 후작 부인은 매우 흥미로워하며 귀를 기울였다. 내 말에 당연하다는 듯 후작 부인이 덧붙였다.

"작위 문제도 포함해서겠군요."

"그렇겠죠."

사실 그 문제가 지금 당장 당면한 가장 큰 고민거리였다. 저녁에 그 비슷한 말을 꺼내려고 치면 마치 알아차린 듯 일어나 잠자리로 가는 엘리엇을 막을 수가 없었다. 뻔뻔하게 기사로서의 자리를 내려놓고 시골로 내려가 작은 땅을 운영하며 살라고 요구할 수는 없는 노릇이었다.

엘리엇은 홀로 남은 어머니에 대해 묻기는 했지만, 곧 아직 건강에 큰 문제가 없으시고 어머니를 오래 모셔 온 로즈가 붙어 있으니 다행이라며 두루뭉술하게 넘어갔다.

"정, 답이 안 나오면, 올리비아 양이 결혼하는 방법이 있잖아요."

"그건……."

대답하려다 가만히 입을 다물고 웃자 후작 부인이 다 안다는 얼굴로 내 손을 잡았다.

"뜬금없는 소리로 들리겠지만 남편이 죽었다는 소식을 들었을 때, 난 정말 세상이 끝나는 줄 알았어요."

아련한 표정으로 허공을 응시하던 후작 부인이 느릿하게 말을 끝맺었다.

"하지만 생은 계속되더군요."

그녀가 어떤 말을 하려는지 어쩐지 알 것 같은 기분이 들었다. 하지만 머리로 아는 것과 받아들이는 건 별개의 문제였다.

"슬슬 일어나 봐야겠네요."

"아, 들를 곳이 있다고 했죠."

장갑 가게를 들렀다가 어머니가 주신 편지의 외숙부를 찾아갈 생각이었다. 어떤 사람일지 궁금하기도 했고 이제 수도를 떠나면 돌아올 일이 거의 없을 테니 지금 한 번쯤 인사를 하는 것도 나쁘지 않을 거 같아서였다.

그녀의 배웅을 받고 현관홀을 나와 합승 마차에 올라탔다. 다행히 바로 잡혔고 목적지를 말하고 자리에 앉자 승객은 나 하나였다. 편지에 적힌 주소는 타운 하우스가 몰려 있는 골목 중 가장 가외 쪽인 그로덴가(街)의 번지수였다.

마차 창문 사이로 일정한 간격을 두고 붙어 있는 높은 석조 건물들이 보였다. 대문을 앞에 두고 장방형의 작은 앞뜰이 있었고, 앞뜰은 울타리로 둘러싸여 있었다. 거리가 시작되는 입구에서부터 마차는 계속해서 안쪽으로 들어갔다.

어젯밤 밤늦게 내린 비로 도시는 안개에 젖어 있었다. 하얗게 김이 서린 창문을 손으로 닦은 뒤 보닛을 고쳐 썼다. 가면 갈수록 어딘가 낡고 오래된 건물들이 모습을 드러내기 시작했다. 지나다니는 사람들의 모습도 어둡고 지쳐 있었다.

내심 불안해지기 시작했을 무렵, 한 집 앞에서 마차가 멈춰 섰다. 마부석에서 뛰어내린 마부가 문을 두드리곤 열어젖혔다.

"여깁니다."

품을 뒤져 마차 삯을 내고 디딤판을 딛고 내렸다. 마차는 등 뒤에서 순식간에 말머리를 돌려 멀어졌다. 주변은 조용했고, 낮게 깔린 물안개는 비밀스럽고 음산한 분위기마저 품고 있었다. 울타리의 문은 활짝 열려 있었다. 숨을 작게 들이쉬고 안으로 발을 내디뎠다.

"계세요?"

큰 목소리로 불렀으나 반응은 돌아오지 않았다. 갑자기 돋는 소름에 양 위팔을 감싸 안았다. 얼핏 보아도 집이라기보다는 폐가라고 불리는 쪽이 어울리는 곳이었다. 형식적으로 세워진 울타리는 한쪽이 거의 기울어져 쓰러지기 직전이었고, 방치된 잔디들은 관리되지 않아 들쭉날쭉했다.

꽃밭을 만들려다 실패했는지 곳곳에 시든 채 봉우리를 땅에 처박은 꽃들이 사이사이 보였다. 보아하니 하인들도 상주하지 않는 것 같았다.

한 걸음 한 걸음 다가가 문 앞에까지 당도했다. 짙은 색의 떡갈나무 문이 앞을 가로막았다. 문고리를 잡아 세 번 문을 두드렸다.

"저기요, 아무도 안 계시나요?"

좀 전보다 더 큰 목소리로 말했지만 역시 아무도 나타나는 사람이 없었다. 편지엔 그저 주소만이 적혀 있었기에 이곳이 외숙부가 사는 곳이라는 것 외엔 아는 것이 없었다. 머릿속으로 울리는 목소리가 있었다.

─잘나가는 극작가셨지.

그러나 어머니의 말과 달리 내가 직접 마주한 건 정반대의 모습이었다. 시든 지 얼마 안 된 듯한 꽃밭이 있는 걸 보아 사람이 사는 것 같기는 했지만, 몇 번 더 두드려도 묵묵부답인 반응에 다시 발을 돌리려던 순간이었다.

바스락. 잡초를 밟는 소리가 등 뒤에서 들리더니 막 울타리를 넘어 들어오던 여자 한 명과 마주쳤다. 가정부인 듯 면 드레스에 하얀 앞치마를 두른 열대여섯 되어 보이는 소녀였다. 콧등에 주근깨가 흩뿌려진 얼굴에 경계심이 어렸다.

먼저 입을 연 건 상대였다.

"누구시죠……?"

"아, 저는……."

말을 다 잇기도 전에 소녀가 다급히 선수를 쳤다.

"지금 주인 나리는 집에 안 계세요."

* * *

소녀의 이름은 로시였다. 주에 이틀씩 청소와 요리를 담당하는 출퇴근 가정부였다. 가져온 편지를 내밀며 내 신분을 밝히자 태도는 확 달라졌다. 도로시는 날 일 층 응접실에 안내했다.

"저, 아까는 죄송했어요. 예전에 빚쟁이들이 찾아와 난장판을 만들고 갈 때가 있었거든요."

"지금도 그러니?"

"아니요, 얼마 전부터는 그래도 끊겼어요. 나리의 후견인이 생겨서요."

주방에서 물을 끓여 차를 우린 로시가 카우치에 앉은 내게 잔을 건넸다. 바로 마시기엔 뜨거워 한 모금 마시는 척하다 테이블 위에 내려놓았다. 엉망인 외견과 달리 집 안은 번듯하다 말하긴 어렵지만 나름 단정했다. 아마 눈앞의 소녀 덕분이리라.

손의 물기를 앞치마에 닦은 소녀가 작은 스툴에 앉았다. 나를 물끄러미 바라보고 있었다. 어쩐지 부담스러워 시선을 어슷하게 외면했다. 외숙부가 지금 어디에 계시느냐고 묻기도 전이었다. 로시가 대뜸 다시 입을 열었다.

"저 나리의 가족분은 처음 봬요."

"그러니?"

"다들 나리를 두곤 변덕스러운 데다 가볍고 괴짜라 그러지만, 나리도 사람인데 어떻게 좋은 면만 있을 리 있겠어요? 그래도 과장된 소문과 달리 사용인들한텐 모시기 좋은 주인이세요."

욕인지 칭찬인지 구분하기 어려운 말이었다. 반쯤 흉에 가깝지 않나

싫었지만, 손님 입장으로 딱히 받아칠 생각도 들지 않았다. 외숙부와 조카딸 사이라지만 얼굴 한번 본 적 없는 사이이니 아직 남처럼만 느껴졌다.

"집에 사람이 없어 보이는데."

"네. 손님도 잘 초대 안 하세요. 워낙에 바글거리는 걸 싫어하셔서요."

방치된 정원과 그리 좋아 보이지 않는 환경, 사용인이라곤 출퇴근하는 하녀 한 명인 모습에 아무리 봐도 관리하는 안주인이 없을 것 같은 느낌이기는 했다. 말로써 확인받으니 자연스럽게 묻는 게 가능했다.

"부인은 안 계시나 보구나."

"네. 독신주의였나, 그거라고 하셨는데 맞는지 모르겠네요."

고개를 끄덕인 로시가 언제 챙겨 왔는지 모를 바느질감을 드는 순간이었다. 둥근 털 뭉치 하나가 갑자기 카우치 아래에서 위로 불쑥 올라왔다. 묵직한 무게감에 화들짝 놀라 일어나려는 때였다. 천연덕스럽게 내 무릎 자리를 차지하고 앉은 짐승이 울음소리를 냈다.

"멍멍."

"앗, 데데!"

덥수룩한 털을 가진 검은 강아지였다. 나무라는 로시의 음성에 귀를 한 번 쫑긋하더니 느긋하게 하품을 하며 얼굴을 앞발 사이에 묻었다.

"죄송해요! 얘가 이렇게 귀찮게 하는 애가 아닌데……."

이내 로시가 당황해하며 강아지를 옮겨 안으려고 했으나 그 순간 내 품에 얼굴을 묻어 버렸다. 어찌할 도리 없이 안절부절못하는 소녀에게 해 줄 수 있는 건 한마디였다.

"괜찮아."

조금 많이 놀라긴 했지만 크게 거부감이 들지는 않았다. 마치 주인을 반기듯 무릎 위에 자리 잡아 잠에 든 모습이 귀엽게 보이기까지 했다. 게더에 살았을 때도 강아지를 한 마리 키운 적이 있었다. 엘리엇의 애완동물이었지만.

손을 뻗어 강아지의 윗머리를 쓰다듬자 기분 좋은지 내 손에 제 뺨을 비볐다. 그때였다.

"앗……!"

위층에서 뭔가 우당탕하는 큰 소리가 머리 위에서 울렸다. 놀란 강아지가 날카롭게 짖더니 순식간에 무릎 위에서 뛰어내렸다. 마찬가지로 화들짝 소스라친 로시가 자리에서 일어나더니 입을 막았다. 비명이 새어 나오려는 입술을 틀어막은 모양새였다.

분명 이 집에 사는 사람은 한 명이었고, 로시는 집주인인 외숙부가 지금 안 계시다고 했다. 먼저 진정을 되찾은 사람은 내 쪽이었다. 하얗게 얼굴이 질려 금방이라도 쓰러질 듯한 로시의 어깨를 잡고 심호흡을 하게 했다.

"……강도일까?"

작게 심호흡을 했다. 한 걸음 더 앞으로 나가자 뒤따르던 로시가 벌벌 떨리는 손을 맞잡았다. 울상인 얼굴이었다. 그녀는 겁에 질려 있었다.

"괜찮을까요……?"

"이 수밖엔 없잖아."

이 집은 사람을 불러오기에 너무 외진 곳에 있었다. 사람이 없는 틈을 타 들어온 도둑이건, 사람을 해칠 각오까지 하고 쳐들어온 강도이건 간에 여자 두 명이 맞이하기엔 무리였다. 먼저 집에서 최대한 멀어지자 했지만 로시가 빠르게 고개를 저었다.

"그곳에 나리의 극본들이 전부 있어요. 그게 없으면 큰일 나요."

어쩌면 그게 목적인 도둑일 수도 있겠다 생각했다. 그때 로시가 말을 이었다.

"라이벌 극작가인 거 같아요. 나리를 벼랑 끝으로 몰아넣으려고 작정을 했죠."

자세한 사정은 모르겠지만 외숙부 제레미야에겐 적이 한둘이 아닌 것 같았다. 몰랐으면 모를까 안 다음에야 아예 모른 척할 수는 없는 노릇이었다. 단순한 도둑이라면 두 사람이 기습으로 덮치면 어떻게든 잡을 수 있겠다는 안일한 생각도 들었다.

결국 그럴듯한 호신용 무기가 없어 주방에 있는 녹이 슨 프라이팬 하나를 들고 나란히 계단 위를 올랐다. 걸음 하나하나에 오래된 나무가 삐거덕거려 숨이 멈칫멈칫했다.

숨을 죽이고 마룻바닥에 발끝을 디디며 겨우겨우 방문 앞에 다다랐다. 내 뒤에선 로시와 눈을 마주치며 소리 없이 숫자 삼을 세고 과감히 문을 열어젖히는 순간이었다.

"으으……."

침대 위에 앓는 소리를 내는 웬 남자가 있었다. 복면을 두르고 흉기를 가진 도둑이나 강도가 아니라 나신이었다. 하체가 하얀 시트로 가려져 있긴 했지만, 그 위로 보이는 노골적인 나신은 분명 성인 남자였다. 엎드린 자세라 얼굴은 보이지 않았다.

적갈색 머리칼이 어디선가 봤던 것 같은 느낌이라고 생각하기가 무섭게 홍당무처럼 새빨개진 로시가 털썩 주저앉았다. 결국 내가 다가가는 수밖에 없었다. 아무것도 못 봤다며 스스로 최면을 걸며 두 걸음 앞까지 걸어갔다.

남자 쪽으로 손을 뻗어 프라이팬의 끝으로 툭 어깨를 건드렸다.

"뭐야……."

귀찮다는 듯 팔을 휘저은 남자가 몸을 다시 뒤집었다. 동시에 얼굴이 드러났다.

"나, 나리……?"

뒤이어 등 뒤에서 경악한 목소리가 들려왔다.

* * *

이른 오전의 해프닝은 그것으로 끝났다. 회색 실내 가운을 걸치고 일 층 거실로 내려온 제레미야가 우아하게 기지개를 펴곤, 로시가 건넨 커피 잔을 들어 카우치에 긴 다리를 꼬고 앉았다.

"원래 오늘 오후에나 들어오려 했는데 말이야."

"웬일로 밤중에 돌아오셨어요?"

"제 발로 안 돌아오면 관 짝에 실려 돌아올 거 같아서."

"아휴, 나리도 무슨 그런 불길한 말씀을!"

선문답을 던져 놓고 늘어지게 하품하는 모습이 좀 전에 무슨 일이 있었느냐는 듯한 태도였다. 입을 앙다문 로시에게 씩 웃어 보인 그가 불쑥 물었다.

"그래서, 작정한 남자를 여자 둘이서 어떻게 상대하려고 했어?"

"프라이팬으로 동시에 덮치려고 했어요. 그땐 다른 생각이 안 들었는걸요."

"참 겁도 없는 아가씨들이네."

이어진 일련의 대화에서 방관자가 된 느낌이었다. 그들을 지켜보고 있자 뒤이어 그의 고개가 내 쪽으로 향했다. 피붙이를 보는 시선이기보단 희귀한 나비를 보는 듯한 묘한 시선이었다.

"그러고 보니 인사를 안 했다. 네가 내 하나뿐인 조카딸이라고?"

"……네, 올리비아 시오네예요. ……외숙부."

마지막 호칭은 겨우 튀어나왔다. 그간 내가 생각하던 이미지와 너무도 다른 인상이어서 그 말이 더욱 어색했다. 나이가 못해도 마흔 중후반일 텐데 보이는 얼굴은 서른 중후반쯤으로 보였다. 어머니 또한 꽤 동안이셨으니 클리드 가문의 내력인가 싶을 정도였다.

"그런가."

이어진 다음 말엔 반사적으로 고개를 쳐들었다.

"넌 네 아버질 더 닮았군."

"제 아버질 아세요?"

부친의 언급에 귀가 쫑긋 섰다. 아버지의 유품은 어머니가 재혼한 이후 게오르그가 모두 태우고 버려 내게 하나도 남아 있지 않았다. 어느새 다시 모습을 드러내 주인의 발치에서 정수리를 비비는 데데를 들어 올린 제레미야가 복슬복슬한 검은 털을 쓰다듬으며 대답했다.

"조금은."

어머니가 아버지 이야기를 해 준 적은 거의 없었다. 호기심과 흥미가 일었다. 그간의 의문을 해결할 수 있을지도 모른다는 흥분까지 돌아 나도 모르게 쿠션을 움켜쥐었다. 그러자 잠시간 알 수 없는 눈으로 날 바라보던 제레미야가 뭐라 입을 열려는 나를 향해 웃었다.

"여자 보는 눈이 없었어."

"네?"

"그리고 용감했지."

"⋯⋯네?"

이 집 사람들은 욕인지 칭찬인지 모르게 평을 하는 것이 습관인 모양이었다. 그게 무슨 말이냐고 묻기도 전에 그가 몸을 일으켰다.

"아버지에 대해 궁금해?"

화들짝 놀란 내 질문에 샐쭉 웃은 제레미야가 대꾸했다. 바로 묻지 않을 수 없었다.

"아시는 게 있으시나요?"

내 질문에 그가 눈알을 굴리더니 어깨를 으쓱했다.

"세상은 원래 주고받는 거야."

그러더니 고개를 돌려 주방의 로시에게로 향했다.

"로시, 감자 껍질 아직 많이 남았지?"

묻지 않을 수 없었다.

"얘기를 더 듣고 싶으면 집안일을 도우라 이건가요?"

"다행히 눈치는 빠르네."

상쾌하게 웃으며 그가 대답했다.

"앞치마 갖다 줄까?"

*　　*　　*

감자는 한 자루도 아니고 모두 세 자루였다. 한 자루당 백여 개가 들어 있었으니 둘이서 도합 삼백 개를 깐 셈이었다. 한 손에 칼을 쥐고 다른 손에 한번 물로 닦아 낸 감자를 쥐고 두 시간여를 꼬박 주방 의자에 앉아 일하고 나니 손목보다 목과 어깨가 뻐근했다.

처음 주방으로 들어와 그녀의 옆에 앉았을 때 로시가 정색을 하며 손을 내저었다. 손님에게 이런 허드렛일을 시키는 것은 말도 안 된다는 말이었다. 그게 상식이긴 했으나 상식이 안 통하는 사람도 가끔가다 존재했다.

막상 일에 집중하자 우리 두 사람은 몰두하느라 내내 말이 없었다. 모든 감자 껍질을 다 깎자 살았다는 듯 한숨을 내쉰 로시가 미안해하며 입을 열었다.

"정말 죄송하지만, 아가씨가 도와주시니 빨리 끝났네요."

고개를 끄덕이다 문득 든 의문에 질문했다.

"그런데 이렇게 많은 양의 감자를 사는 이유가 있어? 제때 다 안 먹으면 썩을 텐데."

"아, 그게……."

철컥.

"그건 내가 알려 주지."

내 물음에 로시가 대답하려 입을 연 찰나였다. 대답은 다른 데서 돌아왔다. 거실과 주방 사이를 가로막았던 문이 열리더니 제레미야가 들어왔다. 그가 흙과 물이 가득 묻은 두 여자의 손을 번갈아 보더니 어깨를 으쓱였다.

"생각보다 일찍 했네?"

그는 실내복에서 언제 갈아입었는지 빳빳이 세운 옷깃 안으로 주름진 크라바트를 맨 말끔한 차림이었다. 날렵하고 변덕스러운 고양이를 닮은 인상이었다. 깔끔했고 선이 있었지만, 그리 고급 원단은 아니었다. 귀족이기보단 부유한 신사 계급쯤으로 보이는 옷차림이었다. 일부러 그리 차려입은 듯 보였다.

"고생했어, 둘 다."

그가 성큼 다가왔다.

"네, 지금 나가시게요?"

자리에서 일어나 치맛자락으로 손의 물기를 닦은 로시가 물었다. 제레미야가 고개를 끄덕이더니 한 걸음 더 다가와 내 팔을 잡고 일으켰다.

"가자, 올리비아."

너무 자연스럽게 부른 이름이라 미처 반응할 새도 없었다. 그나저나 갑자기 어디를? 그저 동그랗게 뜬 눈으로 어머니를 닮은, 유리알 같은 눈동자를 바라봤다.

"외숙부님?"

익숙지 않은 호칭에 불편한 건 나뿐만이 아닌 것 같았다. 귀가 가려운 표정으로 아주 잠시간 눈살을 찌푸린 그가 나직이 말했다.

"그냥 제레미로 불러."

그러더니 빠르게 덧붙였다.

"지금 가는 곳에선 미하일이라 부르고."

"네?"

더 이상의 질문은 허락되지 않았다. 그 뒤로는 우왕좌왕할 틈도 없이 상황이 일사천리였다. 순식간에 흙 묻은 앞치마를 푸르고 개수대에 손을 씻기고, 끌려가다시피 문 앞까지 도착한 내게 그가 문 위 걸이에 걸려 있던 외투를 내려 건넸다.

이곳에 발을 디딘 순간부터 정신없었다. 이대로 가다간 완전히 휩쓸리겠다 싶은 위기감에 다급히 물었다.

"어디 가시는데요?"

"경건한 곳."

그가 문을 열자마자 언제 불렀는지 장성한 청년 하나가 모자를 벗어 든 채 서 있었다. 허리춤에 채찍이 있는 걸 보니 마부로 보였다. 그 뒤에는 짐마차 하나가 있었다. 그의 인사를 받은 제레미야, 아니 제레미가 주방 쪽으로 고갯짓했다.

"세 자루, 모두 싣게."

청년이 공손히 고개를 끄덕이더니 나를 지나쳐 안으로 들어갔다.

* * *

천으로 지붕을 씌운 짐마차는 끝없이 덜컹거렸다. 지푸라기가 가득 차 있어 그나마 폭신했지만, 쿠션과 좌석이 있는 사륜마차에 비할 바는 아니었다.

말 두 마리가 이끄는 짐마차는 빠르게 타운 하우스 거리를 지나쳐 중앙 광장 쪽으로 향하더니, 곧바로 서민들의 거리로 접어들었다. 뒤를 보는 방향에 앉아 바라본 수도는 또 다른 풍경이었다. 정오를 알리는 종소리가 광장 정중앙에 있는 높은 시계탑에서 뎅, 뎅, 뎅. 세 번 울려 댔다. 빠르기 스쳐 지난 상점가는 점심을 준비하는 상인들과 식사를 하러 나온 사람들로 북적였다.

데뷔탕트를 한 열다섯 살 이후 사교 시즌 때마다 퀸체로드를 거의 십여 년을 겪었지만, 처음 보는 도시처럼 낯설게 느껴졌다.

"어디로 가는 건가요?"

"도착하면 알아."

막무가내로 끌고 왔는데 친절히 설명해 줄 아량이 있을 리 없었다. 주위를 구경하는 도중 큰 돌이 포석 위에 있었는지 마차가 한번 크게 덜거덕거렸다. 짚을 베개처럼 기대 뒤로 누워 있던 제레미가 경고했다.

"좀 더 뒤로 오는 게 좋을 거야."

귀족들이 이용하는 고급 상점가가 아닌 일반 상점가라 오히려 더 활기찼다. 손으로 딴 면직 보닛과 자잘한 편직물 따위를 늘어놓은 잡화점과 싸구려 큐빅이나 그럴듯한 모조 보석을 유리창 너머로 전시해 놓은 금은방, 간단한 간식거리를 함께 파는 찻집이 연달아 빠르게 옆을 지나갔다.

마차는 상점가를 지나 어느 거리에서 한 번 방향을 꺾었다. 겨우 마차 하나가 지나갈 법한 좁고 어두컴컴한 골목을 지나더니 천천히 속도를 늦췄다. 둘러보니 할렘가의 초입 같은 곳이었다. 외지고 낙후되었다고 생각한 그로덴가(街)와도 비교도 안 될 정도였다.

다닥다닥 붙어 있는 낡은 건물들이 길을 사이에 두고 마주 보며 이어졌다. 다들 일을 나갔는지 깡통을 앞에 군 채 구석에서 구걸하는 몇몇 걸인 말고는 인적이 없었다. 구멍 나고 헤져 작은 천을 덧대어 꿰맨 빨랫거리들이 거미줄처럼 군데군데 보였다.

잠시 후 마차가 멈춘 곳은 어느 커다란 건물 입구에서였다. 두 개의 건물이 가로 세로로 서 있었다. 한쪽은 예배당처럼 보였다. 녹이 슨 철 울타리를 지나 높이 뻗은 둥근 아치형 문 앞에서 누군가 마중 나와 있었다. 검은 사제복을 입은 노인이었다.

제레미가 가볍게 짐마차에서 뛰어내렸다.

"영감님!"

"어서 오세요, 나리."

"잘 지냈습니까?"

"저야 잘 지냈죠. 그런데 이 여성분은?"

사제는 흰 머리가 성성하고 키가 큰 노인이었다. 마른 체형에 비해 이목구비가 큼직큼직하고 완고한 인상이었지만 자비로워 보였다. 가볍게 인사를 나눈 제레미가 뒤를 돌아 내 손을 잡고 내리게 했다.

"이쪽은 고아원 원장이자 나사엘 사제님."

물 흐르듯 사제를 소개한 제레미가 이번엔 날 소개했다.

"이쪽은 내 조카인 올리비아. 이곳을 좀 구경하고 싶다는데 될까요?"

뒤이어 들어선 곳은 예배당 건물을 다시 지은 보육원이었다. 입구에서 보이는 곳 반대편으로 넓은 안뜰이 있었다. 테레즈의 피츠헨드 홀처럼 정돈되고 다듬어진 정원은 아니었으나 나름으로 소박하고 펼쳐진 잔디가 싱그러웠다. 특이한 점이 있다면 붉은 흙이라는 특징이었다.

여러모로 울타리 너머 바깥의 세상과 비교해 위화감이 느껴졌다. 그런 내 생각을 읽은 듯 안뜰로 향해 한쪽 벽이 뚫린 긴 회랑에서 앞서 가던 나사엘 사제가 옅게 웃으며 입을 열었다.

"모든 게 불경기에도 후원해 주시는 분들이 계신 덕분이죠."

그리고 덧붙였다.

"미하일 나리 같은 분들이요."

"그런 공치사는 부끄러운데요."

순간 그게 누구인지 생각하다 천연덕스럽게 옆에서 대꾸하는 제레미를 보고 동일인임을 기억해 냈다. 후원이라 하니 아까 로시와 내가 깎았던 감자 포대 자루를 이야기하는 듯했다. 감자는 짐마차가 도착한 즉시 뒤이어 나온 사제 두 명이 고아원의 식당으로 옮겼다.

비록 그 노고는 나와 로시에게 있었지만, 나사엘 사제의 반응을 보아 그동안 이런 기부가 한두 번이 아닌 것 같았다. 막무가내에 제멋대로고 고양이처럼 변덕스럽게 생각했던 첫인상과 다르게 느껴졌다.

맞은편에서 걸어오던 아이들이 나사엘 사제를 보더니 걸음을 멈추고 고개를 숙여 인사했다.

"안녕하세요, 사제님!"

"좋은 점심이구나."

펑퍼짐한 감색 원피스를 입은 소녀와 흰 셔츠에 마찬가지로 감색 멜빵바지를 입은 소년들이 곁을 우르르 지나갔다. 그 뒤로도 검은 사제복을 입은 사제 한 명이 더 지나가고 걸음은 한 문 앞에서 멈춰 섰다. 나사엘 사제가 망설임 없이 문을 열어젖혔다.

보육원 원장인 나사엘 사제가 쓰는 집무실이었다. 오른쪽 옆에 벽난로가 있고 그 위 장식대에 성인(聖人)의 작은 조각상이 중간에 십자가 양옆으로 늘어져 있었다. 문을 마주 보는 곳엔 마호가니 책상이 있었다.

"여기 앉으시죠."

벽난로 앞에 마주 보는 이 인용 카우치가 있었다. 방주인의 안내를 받아 제레미와 한쪽에 나란히 앉았다.

"잠시 차를 내오겠습니다."

양해를 구한 나사엘 사제가 문을 열고 나가자 방 안엔 둘만 남았다. 오늘 처음 본 데다, 아까 집에서는 로시도 있었기에 둘만 남겨진 건 처음이었다. 어색해지려는 분위기에 뭐라고 입을 열려던 때였다.

그가 갑자기 벌떡 일어나 벽난로에 다가갔다.

"제레미……?"

그러더니 곧 난로 위의 벽돌을 더듬기 시작했다.

"지금 뭐 하는 거예요?"

마치 어린 시절 보물찾기라도 하는 듯한 행동에 당황해 물었으나 돌아오는 대답은 없었다. 몸을 일으켜 그의 옆에 서니 그는 정말 무언가를 찾고 있었다. 몸을 굽히고 난로 옆까지 샅샅이 더듬어 뒤지더니, 잠시 후 반색을 하며 굽혔던 허리를 폈다.

"찾았다!"

이어진 상황은 생각지도 못한 모습이었다. 다른 곳보다 살짝 나온 벽돌을 누른 그가 금세 이채를 띠며 기쁜 표정을 했다.

"망보고 있어."

날 보지도 않고 손가락을 까닥한 뒤, 두 손으로 조심스럽게 튀어나온 벽돌을 빼낸 제레미가 그 안으로 손을 뻗었다.

"지금 뭐 하시는 거예요?"

등 뒤엔 드물게 발걸음 소리가 들렸고, 언제 사제가 문을 열고 들어올지 모르는 일이었다. 할 수 없이 문에 귀를 댄 채, 목소리를 최대한 낮추고 추궁했지만, 상대는 아랑곳하지 않았다.

"아아, 역시 여기 있었군."

씩 웃은 제레미가 무언가를 꺼내 재빨리 품속에 넣었다. 그때 멀리서 멀어지던 발소리가 점차 가까이 들렸고 얼굴을 마주한 그가 언제 그랬냐는 듯 꺼낸 벽돌을 다시 집어넣었다.

"좀 늦었나요?"

"아니요. 되레 빨라서 놀랐는데. 걷기 운동 같은 거라도 해요?"

이게 전부 고작 몇 초 사이에 일어난 일이었다. 심장이 벌렁거려서

다리까지 후들거렸다. 맞은편에 앉아 사람 좋은 얼굴로 차를 대접하는 나사엘 사제와 태연하게 그에 대답하는 제레미를 번갈아 보며 차가 입으로 들어가는지 코로 들어가는지 모르는 시간이 지나갔다.

* * *

"자, 뭔진 모르지만 도움이 될 거다."

그 소동을 겪고 제레미가 벽돌 안에서 꺼내 내게 건네준 건 한 일기장이었다. 단단한 양장 커버에 오래됐는지 종이가 누렇게 변한 일기장은 바로 열 수 없게 자물쇠가 채워져 있었다. 비밀번호는 총 네 개의 번호였다. 번뜩, 마거릿 홀의 서재에서 보았던 숫자를 맞춰 보았으나 맞지 않았다.

"이게 뭔데요?"

"네 아버지가 남긴 것. 언젠가 네게 돌려줘야 한다고 생각해 왔지."

왼쪽 아래를 보자 아주 작게 음각된 이름이 보였다.

[프란츠 시오네.]

"왜 아버지의 물건이 이곳에 있죠? 마거릿 홀이 아니라……."

그 부분을 매만지며 중얼거리듯 묻자 바로 대답이 돌아왔다.

"혹시 모를 일에 대비해 여기에 놔 둔 모양이야. 이곳을 후원하러 자주 들락거렸으니까."

아버지에 대해 더 알고 싶었지만 벌써 해가 뉘엿뉘엿 지고 있는 데다 아직 장갑 가게에 들르지 않았다는 데에 생각이 미쳤다. 나쁜 아니라 제레미도 다른 볼일이 있는 듯했다.

"네 아버지와 친구였긴 하지만, 알고 지낸 시간이 짧아서 내가 더 알려 줄 건 없어. 아마 거기에 쓰여 있는 게 더 상세하고 자세히 알려 줄 테지."

내 아쉬움을 꿰뚫어 본 듯 씩 웃으며 덧붙인 제레미가 불러 세운 승합 마차에 날 태우며 마지막으로 끝맺었다.

"하지만 볼일이 있든 없든 시시때때로 날 찾아와도 좋아. 그때마다 집에 있을지 없을지 모르겠지만."

그의 말이 끝나기가 무섭게 바로 문이 닫혔고, 중앙 광장의 목적지를 들은 마부가 고삐를 잡아당겼다. 손을 흔드는 제레미의 모습이 순식간에 멀어져 보이지 않았다.

광장에서 내려 고급 상점가로 발길을 향하자 머지않아 바로 장갑 가게가 보였다. 온 정신이 쥐고 있는 일기장에 향했기에 가게의 상표도 생각하지 않고 바로 문을 열고 들어갔다.

"어서 오세요, 손님."

사근사근한 목소리의 주인으로 보이는 여자 하나가 웃으며 인사했다. 그리 넓지는 않은 가게라 주위는 대여섯 명의 아가씨들과 귀부인들뿐이었고, 그들 모두 유리 진열대에 놓인 장갑을 내려다보며 직원과 대화를 나누고 있었다.

"찾으시는 물건이 있으신가요?"

"흰 공단 장갑을 찾아요. 팔꿈치까지 올라왔으면 하고, 아무런 무늬나 장식이 달리지 않은 물건으로."

말이 이어질수록 여주인의 얼굴이 미묘하게 변해 갔다. 미소가 딱딱해지고 눈빛이 묘하게 차가워졌다. 단 한 번도 느껴 본 적 없는 기분이었다.

"그럼 잠시만 기다려 주시겠어요? 보다시피 지금 일손이 없어서요."

어이가 없어 저절로 눈살이 찌푸려졌다. 직원들이 전부 손님을 응대하고 있는 건 맞지만, 사장인 그녀는 분명 쉬고 있었음에도 내게 뻔히 들여다보이는 거짓말을 하고 있었다.

이런 일을 당한 적 없지만, 만약 예전이라면 모른 척 조용히 넘어갔을 상황이었다. 하지만 지금은 그럴 마음이 없었다. 내가 배려라고 생각해 한 발자국 물러서면, 그걸 자신의 권리라고 착각하는 사람들은 넘치고 넘쳤다.

"그쪽은 일손이 아닌가요?"

바로 뒤를 돌리려는 여주인에게 직설적으로 묻자 마주한 눈빛이 날카로워졌다.

"보시다시피 저는 이곳 주인이고, 귀한 손님을 받는 입장이라서요."

완고하게 돌려 말하는 척했지만, 오물을 뒤집어씌우듯 노골적인 모욕이었다. 손님을 상대해야 할 직업임에도 제멋대로 급을 매겨 무시하고 대접하는 모습에 어처구니가 없었다.

"왕궁 손님이라도 기다리는 모양이죠?"

옅게 웃으며 묻자 주춤대는 게 보였다. 네까짓 게 왕이라도 상대하는 사람이냐 묻는 내 질문에 여주인이 입매를 단단히 물었다. 그녀가 내게 날카롭게 뭐라 응대하려는 찰나, 문득 그녀의 가슴에 위치한 상표가 눈에 들어왔다.

하퍼 상회.

"하퍼 상회의 가게라면, 손님을 접대할 때 최소한의 수칙이 있을 텐데요."

"무, 무슨……."

"제일 중요한 수칙은 손님을 가려서 받지 않는다. 아닌가요?"

하퍼 상회의 수칙은 매우 엄격했다. 만약 고객으로부터 신고가 돌아온다면, 조사 후 바로 조치가 취해졌다. 사실이 확인될 경우 고용인은 추천서도 없이 바로 해고되기에 십상이었다. 추천서도 없이 내몰린다는 건 이 바닥에서 끝났음을 의미했다.

생각지도 못한 내 반격에 놀랐는지 벌린 입술만 뻐끔거리던 여주인이 다시 보란 듯 팔짱을 낀 건 다음 순간이었다.

"입증할 사람도 없는데 무슨 말이죠? 난 여기서 무려 사 년을 일했어요."

"일한 경력이 면죄부가 되지는 않죠. 난 손님이에요, 그쪽이 존중해야 할."

그녀의 주장엔 고려하지 못한 두 가지의 취약점이 있었다.

첫째로, 그저 돈 좀 생긴 평민쯤으로 여기는 듯한 그녀의 생각과 달리 나는 엄연히 귀족의 신분이었다. 비록 옛날보다 많이 유해졌다고 하나, 이 나리에선 신분 질서가 사회의 근본을 이루는 가장 중요한 요소 중 하나였다. 그런 내게 밉보여 봤자 좋을 게 없었다. 설사 증언이 없다 해도 누구의 입장이 우선시될지는 불 보듯 뻔했다.

그리고 두 번째, 목격자가 없어도 이런 경우 손님의 증언이 가장 우선시되며, 특히 평가가 중요한 이런 역세권의 가게에선 더더욱 그렇다고 반박하려는 순간이었다.

"입증할 사람이 없다뇨, 여기 있는데."

진열대를 사이에 두고 선 나와 여주인의 대화에 끼어든 사람이 있었다.

"테오도르?"

"오랜만입니다, 올리비아 님."

저번처럼 챙이 넓은 모자를 쓴 테오도르가 인사하며 다가왔다. 여성의 장갑을 취급하는 이 가게에 무슨 일로 들어왔냐고 묻기도 전에 여주인을 일별한 테오도르가 내게 눈을 찡긋했다.

"언제 끼어들어야 하나 재고 있던 찰나에 지금이다, 싶어서요."

그러더니 다시 여주인에게 고개를 돌렸다. 안면이 있는 사이인지 여주인이 더듬거리며 먼저 입을 열었다.

"그, 그게 제가 너무 바빠서……."

"글쎄요. 그리 바빠 보이지는 않는데."

어조는 부드러웠지만, 냉기가 도는 목소리로 대답한 테오도르가 내게 물었다.

"어떻게 하길 바라세요?"

그의 눈빛에 담긴 질문을 바로 알아차렸다. 이 여자를 벌 줄 것이냐, 아니냐. 천천히 고개를 저었다. 가볍게 어깨를 으쓱한 테오도르가 결론을 내렸다.

"올리비아 님이 원하지 않으신다고 하니 넘어가죠. 하지만 이 일은 후작 부인껜 꼭 말씀드리겠습니다. 부인은 아끼는 분에게 저지른 무례를 잊지 않으실 겁니다."

그의 말에 얼굴이 여주인의 얼굴이 새하얗게 질려 버렸다. 그게 무엇을 뜻하는지 그 낯빛으로 알아차렸다. 샤일러 후작 부인은 여러모로 큰손이었고, 중요한 손님이었던 모양이었다.

"그럼 나가시죠. 장갑 가게는 이곳 말고 많이 있습니다."

"그럴까요."

내가 보태지 않아도 이미 타격을 입은 모습이니 더할 마음은 없었다. 그의 제안에 고개를 끄덕이며 문으로 발길을 돌렸다. 문을 막 열고 나가는 때, 허겁지겁 다가온 여주인이 내 어깨를 잡았다.

"잠, 잠깐만요, 손님……!"

그녀가 뭐라고 말을 이으려는 순간, 갑자기 얹힌 손을 떼어 냈다. 평소 나는 이런 식의 일방적인 접촉을 전혀 좋아하지 않았고, 특히 상대가 조금 전 상황에 대치했던 사람이라면 더 말할 것도 없었다.

"손님……."

"귀한 손님을 상대해야 하는데 왜 나 같은 손님을 붙잡으려는지 모르겠군요."

고개를 돌리지도 않은 채 그렇게 대꾸한 뒤, 문을 열고 나온 테오도르의 뒤를 따라 다시 거리로 나왔다. 테오도르는 샤일러 후작 부인의 명으로 심부름을 나왔다고 했다. 멀지 않은 가게에서 장갑을 산 뒤, 우리는 그대로 근처 카페에 잠시 앉아 이야기를 나눴다.

"와, 그나저나 다시 봤어요. 그렇게 칼 같을 수도 있는 분이었군요."

"내가 어떤 사람으로 보였기에요?"

"음, 온유하고 평화로운 사람이요."

그의 말에 쓴웃음을 지으며 김이 올라오는 차를 한 모금 마셨다.

"지금은 독하고 날카로워 보이나요?"

"앗, 아니요. 그런 뜻으로 드린 말씀은 아니었습니다. 당당하고 의연한 게 보기 좋다는 뜻이었어요."

일견 칭찬으로 들리지만, 칭찬이 아닌 말이었다. 소심하고 말수가 없으며 순종적인 사람. 확실히 그랬던 때가 있었다.

적어도 겉으로 보면 명예와 부가 가득한 생활이었다. 품위 있는 작위와 막대한 부를 가진 남자의 아내로 사는 게 그랬다. 사교계 모두가 친해지려고 안달하는 대상으로 손꼽히는 건 당연했고, 결혼 후 삼 년 간 문 앞 까치발 테이블 위에 놓인 은쟁반 위에는 늘 사교 연회의 초대장으로 가득했다.

오늘의 수모를 겪는다는 건 상상도 못 할 일이었다. 손짓 하나로도 가장 유명한 의상실의 주인이 조수와 함께 원단 책자와 치수 자를 가지고 내 방으로 직접 찾아왔다.

이상한 일이었다. 선망과 질투를 받았던 그때보다 마음은 지금이 더 가벼워졌다. 비록 호기심 어린 시선과 좋지 않을 구설에 오를 주인공이 되었으나, 어깨에 얹힌 짐을 걷어 낸 뒤부턴 이따금 가슴을 짓누르던 통증과 간헐적으로 찾아오던 통증도 멎었다.

점차 시든 화초처럼 말라 비틀어 죽어 가던 과거의 내가 어리석게 느껴졌다. 돌아오지 않을 마음을 간직하고 쇠사슬을 찬 죄인처럼 지냈던 그 많은 시간이 아까웠다.

덧붙여 그간에 이뤄 낸 성과도 많았다. 백작 부인으로 살던 때만큼의 사치는 부리지 못하지만, 나름으로 넉넉하게 지내기 충분할 만큼의 이익을 얻고 있었다.

얼마 전 편지로 받은 소식에 메리가 전문가들과 함께 히스델리아의 배양에 완전히 성공했다고 했다. 이제 게더와 수도를 연결하는 유통로를 성공적으로 완공한다면 적어도 두세 배로 수익이 오를 것은 당연했다.

이런저런 상념에 젖어 테오도르의 목소리를 귓등으로 흘려보내는 도중이었다.

"……면 오시는 거죠?"

"네?"

"오시는 겁니다?"

얼결에 고개를 끄덕이자 테오도르가 돌연 품속에서 무언가를 꺼내 내밀었다. 오페라 극장표였다.

"특히 마지막 악장 곡을 가장 공들여서 썼어요. 동행분과 관람하시고 끝난 뒤 꼭 감상 말해 주셔야 해요."

그리 말하며 빙긋 웃은 테오도르가 자리를 털고 일어났다.

"전 너무 시간이 지체되면 안 되므로 실례지만, 먼저 일어나겠습니다. 계산은 미리 해 놨으니 느긋하게 앉아 있다 가세요. 보다시피 비가 내리니까요. 삼십 분쯤 후면 완전히 그칠 겁니다."

그의 말마따나 창 너머에서 갑자기 쏟아지기 시작한 비가 거센 줄기로 바닥에 내리쳤다. 예술을 하는 사람은 예감에도 민감한 모양인지 정말로 삼십여 분쯤 뒤 빗줄기가 매우 가늘어졌다. 아예 멎은 것은 아니지만 우산을 쓸 정도도 아니었다.

외투를 단단히 잠그고 보닛을 고쳐 쓴 뒤 바로 카페에서 나왔다. 합승 마차에서 내려 엘리엇의 집으로 돌아오니 이상하게도 온통 조용했다. 하녀들이야 일찍 퇴근하는 날도 있으니 그렇다 치고, 애니라도 있어야 하는데 인기척도 나지 않았다. 어쩐지 모를 불길한 느낌에 거실로 들어서자 굳은 채로 벽난로 선반에 팔을 기댄 애니의 뒷모습이 보였다.

"애니."

이름을 불렀으나 미처 듣지 못한 모양이었다. 더 가까이 다가가 그녀를 부르자 그제야 고개가 들렸다. 어찌할 바를 몰라 하는 얼굴이었다. 무슨 일이 생긴 게 틀림없었다.

"안색이 왜 그래? 나 없는 사이에 무슨 일이 있었어?"

"아가씨……."

크나큰 잘못이라도 한 듯 눈을 떨군 애니가 떠는 목소리로 입을 열었다. 그녀가 말을 잇기를 기다렸다.

"제가 절대로 문을 안 열려고 했는데요, 그랬는데……. 꽃을 가져오셔서요. 조용히 몇 마디만 나누고 가겠다고 해서. 정말 진심인 거 같아서……."

이어진 말 한마디 한마디에 손끝에서부터 냉기가 올라오는 느낌이었다. 애니가 이렇게까지 반응할 사람은 한 사람밖에 없었다.

"너 혹시……."

그 이름을 입에 담으려고 할 때 바로 뒤로 목소리가 들려왔다.

"처남의 집, 생각보다 괜찮네."

연회에서의 기억이 그대로 되풀이됐다. 겨우 벗어났다고 생각한 과거가 다시 내 발목을 잡아끌어 진창에 처박는 느낌이었다.

"잘 지냈어, 올리비아?"

다가온 레너한이 내 어깨를 돌려세웠다. 고개를 숙여 얼굴을 가까이 대고 물었다. 번들거리는 눈동자가 바로 코앞에 있었다.

"나랑 할 얘기가 많을 텐데. 안 그래?"

뒤도 돌아보지 않고 테레즈를 떠났을 때도, 어차피 두어 번은 더 마주할 것이라 생각했다. 십 년의 세월을 청산하기엔 어느 정도 시간이 필요할 테니까.

하지만 적어도 이렇게 기습당하듯 급작스러운 방식은 아니었다. 그것도 두 번이나. 한번은 서로 의식하지 못했다 해도 이번엔 완전히 의도적인 재회였다. 태연하게 받아쳤던 저번의 일을 떠올렸다. 이제 더는 그의 손에 휘둘리던 내가 아니었다.

무관심으로 서로의 인생에 영원히 사라졌다면 얼마나 좋을까. 하지만 상대가 내 의견과 같은 의견일 리는 없어 보였다.

"……응접실로 가지."

"응. 안 그래도 거기서 기다리다 나온 참이야."

순순히 뒤를 돌아 계단으로 가는 레너한에게 시선을 떼어 두 손을 꼭 잡은 채 굳은 애니에게로 고개를 돌렸다.

"엘, 엘리엇 도련님을 불러올까요? 아니면 사이먼 씨라도……."

머뭇거리는 그녀에게 그러지 말라고 대꾸한 뒤 덧붙였다.

"차를 끓여서 내와 줘."

불청객이라 할지라도 일단 손님이 집에 찾아왔으니 차를 대접하는 건 당연한 순서였다. 이곳은 내 영역이었고, 그는 어떠한 영향도 끼칠 수 없었다. 조금도.

* * *

"이곳은 어떻게 알고 찾아온 거지?"

게일 먼저 꺼낸 말이었다. 마주 앉은 레너한은 마치 자신의 집에 돌아온 듯 편안해 보였다. 몸을 등받이에 기댄 채 느긋하게 다리를 꼰 그가 대답했다.

"내가 알고자 한다면 모를 정보는 없어."

씩 웃고는 덧붙였다.

"너에 대해선 특히."

그 말에 오한이 들을 정도로 오싹했다. 내가 낙마하고 일어났을 때 어린아이처럼 울면서 잘못을 빌던 남자도, 연회에서 마주쳤을 때 이혼을 말하는 내 말에 눈을 희번덕거리며 협박하던 남자도 아니었다. 레너한은 여느 때와 마찬가지로 속을 알 수 없는 눈으로 돌아가 있었다. 계약 중인 거래 상대와 마주할 때의 그 눈으로.

사업가일 때의 레너한은 누구보다 냉혹하고 자비가 없었다. 상대의 틈을 기다리고 기다렸다가 단번에 그 부위를 가르고 집어삼켰다. 침착하기 위해 잠시 심호흡을 해야 했다. 그에게 배운 게 있다면 바로 이 미소였다.

"100만 갈레온은 이미 돌려줬고, 이혼장은 제출됐어."

"그래서?"

"더는 너와 이렇게 마주할 일이 없다는 뜻이지. 갑자기 찾아오는 것도 불쾌해."

할 수 있는 최대한의 경멸을 담아 눌러 담듯이 대답하자 생각이라도 읽어 내려는 듯 번연히 날 바라보던 레너한이 피식 웃었다.

"가엾은 올리비아, 이렇게도 세상 물정을 몰라서야."

멍청한 학생을 쳐다보는 가정교사처럼 조용히 대답한 레너한이 간신히 태연을 가장하는 날 향해 말을 이었다.

"일단 내가 방심했다는 건 인정하지. 이혼장을 두 개나 써 준 것도, 그때 널 달래기 위해서였다고 하지만 바보 같은 일이었어. 곧 돌아올 거라고 생각했으니까."

남편의 정부를 못 이겨 친정으로 떠난 귀부인들은 종종 있었다. 하지만 그들 대부분 정말 이혼을 위해서라기보단 끝이 보이는 연극을 하기 위해서였다.

아이들을 남겨 두고, 혹은 아이들을 데리고 친정에 간 아내를 남편은 바로 뒤쫓아 갔고 온갖 사탕발림과 선물로 용서를 구한 다음 함께 돌아오는 식이었다.

아내로서는 작은 복수를 할 수 있는 데다 선물도 받을 수 있었고, 무엇보다 남편의 정부에게 보여 줄 수 있었다. 누가 남편의 부인인지를.

"뒤따라오지 않았던 건 고맙게 생각해."

냉소를 지으며 대꾸하자 레너한의 표정이 미묘하게 변했다.

"내가 널 쫓아가지 않은 건 오히려 역효과를 낼까 봐였어. 그때의 넌 지극히 감정적이었고 위태로웠으니까. 원인인 내가 눈앞에 얼쩡거렸다면 분명 극단적인 선택을 되풀이했겠지."

지극히 계산적이고 객관적인 생각이었다. 그의 말이 틀렸다고는 할 수 없었다. 이어진 '극단적인 선택'이란 단어에 그의 눈동자가 잘게 흔들리는 걸 분명 보았다. 노골적으로 물었다.

"내가 자살할까 봐?"

그랬다. 비록 그럴 목적은 전혀 없었대도 내 도박의 절반이 죽음으로 직행하는 모험이라는 걸 나는 똑똑히 알고 있었다. 그런데도 망설임 없이 달리는 말에서 내 몸을 날렸다.

"이제 그런 허튼 생각을 하지 않는다는 걸 알아."

"어째서?"

"당장이라도 목숨을 끊고 싶어 하는 여자가 사업을 벌일 리 없으니까."

논리적인 판단이었다. 화두를 돌렸다.

"내가 세상 물정을 모른다는 게 무슨 말인데?"

"하퍼 상단이 해마다 왕에게 바치는 돈이 얼마인지 알아, 올리비아?"

잠시 말문이 막혔다.

"나는 상상도 못 할 만큼의 거액을 해마다 바치지. 왕이 두려워서? 아니, 살아남기 위해? 더욱 말할 것도 없지. 하퍼 백작가가 이전 공신이었던 한 여전히 눈엣가시겠지만, 명분이 없는 한 왕은 날 칠 수 없어. 이제 와 굳이 그럴 필요가 있나."

이어지는 다음 말을 듣고 싶지 않았다. 하지만 확실히 들렸다.

"언젠가 내 부탁을 들어주도록 하기 위해서지."

"……왕이 이혼을 승인하지 않도록 부탁하겠다는 말이야?"

이해가 가지 않았다. 왕에게 사적인 부탁을 하는 건 아무리 조공이라는 명목으로 뇌물을 많이 바친 레너한이라 할지라도 쉽게 할 수 없는 일이었다.

언젠가 있을 중요한 기회를 미리 날려 버리는 짓이기도 했다.

"좀 더 필사적인 일에 그 기회를 사용하는 게 나을 텐데."

"지금 난 충분히 필사적이야. 후회했고, 사과했고, 매달렸어. 그런데도 넌 날 돌아보지 않지."

내 충고 아닌 충고에 헛웃음을 터뜨린 레너한이 이를 갈며 물었다.

"우리가 함께했던 십 년여의 세월이 그렇게 아무것도 아니었어?"

먼저 등을 돌린 것도, 다른 여자에게 눈을 돌린 것도 내가 아닌 그였다.

"무슨 세월? 네가 날 끝없는 고독으로 밀어 넣은 세월?"

내 대답에 레너한이 뭐라 반응하려는 순간, 절묘하게 문밖에서 노크 소리가 들렸고, 이윽고 차를 끓여 온 애니가 주전자를 내려놓고 두 잔에 차를 따랐다.

심상치 않은 분위기에 숨소리조차 죽인 애니가 조용히 응접실을 나가기 전까지 방은 조용했다. 우린 아무런 말 한마디 나누지 않았고, 문소리가 들린 후에야 내가 천천히 입을 열었다.

"······그 말을 하려 여기까지 온 거야?"

할 말을 다 했으면 그만 나가 달라는 축객령이었다. 하지만 못 알아들었을 리 없는 레너한은 자리를 털고 일어나는 대신, 고개를 저었다.

"아니."

꼬았던 다리를 푼 레너한이 손을 깍지 껴서 무릎 위에 올렸다.

"사실 경고를 하려고 들렀어."

"무슨 경고?"

고개를 갸웃하자 바로 이름이 하나 튀어나왔다.

"빈센트 무어."

이곳까지 찾아올 만큼의 정보력이면 최근 내가 가장 가까이 지냈던 빈센트의 존재를 모를 리가 없다고는 생각했다. 저번 후작 부인의 연회 때도 나와 빈센트가 같이 있는 걸 직접 눈으로 봤으니까. 하지만 레너한의 표정을 보아 그 너머의 사정 또한 알고 있는 거 같아 나도 모르게 마른침을 삼켰다.

"그 이름이 왜 나오지?"

"정말 몰라서 묻는 건 아닐 테고."

내 시치미에 비웃음을 머금은 그가 뒤이어 말했다.

"무슨 사이인지는 모르겠지만, 당장 멀어지는 게 좋을 거야."

"······네가 무슨 권리로? 우린 아무런 사이도 아니야."

"그저 동업자에 불과하단 뜻인가?"

표정을 관리하며 받아친 순간 다시 한번 기습적인 말이 날아왔다.

"말해 봐. 100만 갈레온이란 돈을 어디서 얻었지?"

"······."

입 안쪽을 물었다. 그 돈으로 빈센트와 거래를 했다고는 절대 말할 수 없었다. 일 년이란 기한으로 그와 계약 약혼을 하게 됐고, 이혼이 성립되는 순간 함께 니힐로 떠날 거라는 사실도.

미리 레너한이 알게 되면 무슨 수작을 부릴지 상상이 가지 않았다. 바싹 마른입을 뜨거운 차로 축이며 대답했다.

"그간 벌어들인 돈에서 부족한 금액은 여러 곳에서 도움을 좀 얻었어."

"어디에서?"

"그건 네가 알 바 아니지."

내 날카로운 반응에 빙긋 웃은 레너한이 갑자기 상체를 기울이더니 손을 뻗어 내 턱을 쥐어 잡았다. 억지로 얼굴을 끌어 당겨져 아팠다.

"잘 들어. 너와 그 남자 사이에 무슨 일이 있는지는 모르지만, 더는 가까이하지 않는 게 좋을 거야."

네가 대체 무슨 자격으로 그러느냐는 말도 할 수도 없게 손에 힘을 더 준 레너한이 고통으로 찡그린 내 얼굴을 바라보며 의뭉스러운 눈빛으로 말했다.

"단지 질투에서만 하는 말이 아니야. 그 남자에 대해 더 알게 된다면 분명 후회하겠지."

점점 더 알 수 없는 말이었다. 간신히 두 손으로 그의 손을 떼어 내자 그가 순순히 내 턱을 그러쥔 손길을 거둬들이며 그대로 자리에서 일어났다.

"내 충고는 여기까지야."

나가려 문으로 발길을 트는 그를 잡은 건 내 쪽이었다.

"무슨 말인지 말해. 그렇게 사람 헷갈리게 만든 다음 떠나지 말고."

어느새 문 앞에서 선 레너한이 고개만 돌려 이쪽을 향했다.

"잘 들어. 제1 기사단이란, 공식적으론 왕실 소속이 아니야."

"……그게 무슨……."

"왕실이 아닌, 왕 개인의 기사단이라고 보는 게 맞지. 왕 하나를 위해 온갖 더러운 명령을 수행하는 하수인 집단. 주로 첩보 활동이나 요인 암살, 왕권에 위협적인 존재를 파괴하는."

들으면 들을수록 손발이 마비된 듯했다.

"생각해 봐, 올리비아. 뭔가 수상한 점은 없었는지."

수상한 점. 생각해 보면 많았다.

매일같이 왕실 근위를 위하여 왕실에서 시간을 보내는 엘리엇과 달리 빈센트는 행동이 자유로웠고, 기사단장이라는 직위를 가졌음에도 제약이 없어 보였다.

하나, 그건 단지 게더에서의 다른 임무가 있기 때문이라고 생각했다. 왕은 종종 신뢰하는 부하를 보내 지방으로 파견하기도 하니까. 집무실에서 왕실의 직인이 찍힌 문서를 본 것도 그렇기 때문이라고 생각했다.

내 반응을 즐기는 듯 물끄러미 바라보던 레너한이 시선을 다시 앞으로 돌려 문고리를 잡고 열었다.

"명심해. 아무것도 모르는 여자 한 명을 온전히 속여 넘기기란 그런 남자한테는 식은 죽 먹기만큼 쉬운 일이라는걸."

그렇게 불청객이 떠나간 뒤, 조용히 엘리엇이 오기만을 기다렸다. 북부에서부터 기사인 그를 알았다고 하니 빈센트에 대해 더 잘 알고 있을 거라는 판단에서였다.

겉으로는 아무렇지도 않은 척 굴었기에 애니는 내 마음을 파고든 혼란과 두려움을 읽어 내지 못한 듯했다. 엘리엇은 평소보다도 늦게 돌아왔고, 그사이 미리 자라고 올려 보낸 애니도 없어 벽난로마저 꺼진 거실엔 나 혼자였다.

시간이 열한 시가 넘자 대낮의 소나기에 모자라 진눈깨비가 흩날리기 시작했다.

달칵. 열쇠를 집어넣고 문이 열리는 소리가 나고, 휘잉 소리를 내며 북풍이 열린 문틈 사이로 제 고개를 내밀었다. 나는 그 작은 인기척에 귀를 세우고 조용히 카우치에 앉아 있었다.

거실을 가로질러 계단으로 올라가려던 엘리엇이 내 인영을 보고 멈춰 선 건 잠시 뒤였다.

"……누나?"

"엘리엇."

"왜 그러고 앉아 있어, 이 시간에. 벽난로도 꺼졌는데."

걱정스러운 얼굴로 다가온 엘리엇이 벽난로 선반 위의 성냥갑을 들고는 불씨를 던진 뒤 부젓가락으로 뒤적였다. 머지않아 불씨가 커져 거실은 붉은빛으로 은은하게 밝아졌다.

"저녁은?"

"먹고 왔지. 나 기다렸어?"

짧은 대화가 오고 가고 두 손을 펼쳐 불을 쬐는 엘리엇의 등을 바라보며 조용히 입을 열었다.

"물어볼 게 있어."

그제야 뭔가 이상한 기색을 느꼈는지 엘리엇이 뒤를 돌아 나에게 시선을 옮겼다.

"무슨 일인데?"

"내가 알기로, 너는 왕실 제2 기사단 소속이야. 맞아?"

"맞아, 그건 이미 알고 있잖아."

무슨 말을 꺼내려는 건지 감이 잡히지 않는다는 얼굴로 엘리엇이 수긍했다. 하지만 뒤이어 꺼낸 말에 그대로 입을 다물었다.

"빈센트 경은 제1 기사단 소속 단장이고. 그것도 맞아?"

바로 대답하는 대신 내 생각을 가늠하려는 듯 말없이 날 내려다보던 엘리엇이 이내 벽난로 앞 스툴을 끌어 앉았다. 사선으로 마주한 시선에 알 수 없는 감정이 교차했다.

"오늘 레너한이 찾아왔었어."

"……뭐?"

경악한 엘리엇이 자리를 박차고 일어났다.

"여기가 어디라고!"

"앉아, 엘리엇. 중요한 건 그게 아니니까."

금세 흥분한 엘리엇을 다시 앉히고 천천히 물었다.

"그가 그러더라고. 제1 기사단은 공식적으로 왕실의 소속이 아니라고."

그다음 말은 할 필요가 없었다. 엘리엇이 고개를 끄덕였다.

"맞아. 무슨 얘기를 했는지 모르겠지만, 누나 표정을 보아선 누나가 들은 얘기도 맞을 거야."

레너한은 필요하다면 얼마든지 제게 불리한 사실을 숨길 수는 있었지만, 말을 꾸며 내거나 하는 성격은 아니었다. 침묵이 우리 둘 사이에 자리 잡았다. 빈센트가 게오르그 앞에서 자신의 정체를 밝힌 점, 그리고 레너한이 아무 망설임 없이 내게 말한 것으로 보아 제1 기사단의 존재는 이미 공공연하게 알려진 사실인 것 같았다.

어쩌면 그들이 하는 일도.

빈센트는 내게 굳이 숨기지 않았지만 이야기하지도 않았다. 그의 조부와 내 아버지 사이의 거래에 대해 그러했던 것처럼. 이번에도 그럴 '필요'가 없었기 때문일까.

불쑥 반발심이 들었다. 아무리 기한이 정해진 계약 관계라고 해도 나와 그는 약혼이라는 이름으로 얽혔다. 일 년은 같이 살아야 하는 상황이었다. 그가 과연 날 어떻게 생각하는지, 그리고 그를 온전히 믿어야 하는지 혼란스러웠다.

그대로 생각에 허우적대는 도중, 엘리엇의 표정이 미묘하게 변했다.

"하지만 누나, 그게 누나와 빈센트 경과의 관계에 결정적인 영향을 미쳐?"

아니. 그러진 않을 것이다. 그의 정체는 정체고, 계약은 계약이니까. 난 이미 빈센트에게서 100만 갈레온을 받았다. 사이먼의 입하하에 계약서도 작성했다.

마주친 눈을 응시하며 그대로 고개를 저었다. 하지만 이건 사업과는 별개로 약혼에 대한 신뢰의 문제였다. 더불어 모든 관계의 기초가 신뢰라고 말했던 빈센트 자신의 말에 대한 모순이었다.

"알고 있는 걸 다 말해 줘. 더는 숨기지 말고."

엘리엇이 빈센트에 대해 말했던 이야기들을 다 기억했다. 어째서인지 그는 빈센트를 우호적인 시선으로 바라보고 있었고, 그 반대편의 입장이었던 레너한의 말에 대한 반박을 들을 수 있을 터였다.

"……내가 전에 말했던 이야기에서 덧붙인 거야."

작게 한숨을 내쉰 엘리엇이 마른세수를 하며 입을 열었다.

"그가 원래 소속이었던 니힐에서 왕실로 편입하게 된 뒤 얼마 되지 않아, 제1 기사단이 생겼어. 빈센트 경은 바로 기사단장으로 채용됐고, 지금은 수가 줄었지만, 그 밑으로 다른 기사단에서 뽑힌 스무 명의 기사들이 뒤이어 적을 옮겼지. 그 과정에서 니힐에서 그가 데려온 몇몇 기사도 포함됐고."

그의 말을 듣고 있자면, 마치 왕은 미리 제1 기사단을 만들어 놓고 그에 적합한 인물을 찾고 있었던 듯 보였다. 그러다 우연히 순행한 니힐에서 빈센트 무어란 남자를 찾아내게 된 거고.

"제1 기사단은 왕실 소속으로 가장 뛰어난 기사들이 모였다는 것 외에 다른 기사단과 다를 게 없는 집단으로 보이지만, 사실 이름만 있지 왕실에선 찾아보기 힘든 존재야. 그들은 그늘에서만 활동하고, 나라 곳곳에 뿔뿔이 흩어져 있지. 그 중심에는 기사단장이 있고……. 내가 아는 건 거기까지야."

이제야 의문들이 풀렸다. 왕실에 묶인 몸인 데다 단장이라는 직위에 있음에도 불구하고 그가 어떻게 자유롭게 활동할 수 있는지에 대해.

한 가지의 추측만이 엇나갔을 뿐이었다.

"……그럼 그들의 진짜 정체에 대해선 아는 사람이 없는 거야?"

"관계자인 날 포함한 극소수를 제외하고는 그래. 하퍼 백작이 어떻게 알아냈는지 궁금하네."

추측하건대, 왕과 비등한 재산을 가진 가문으로서 어떤 정보력을 갖고 있을지 가늠이 되지 않았다. 그가 모르는 건 오직, 나와 빈센트, 그리고 사이먼만이 알고 있는 계약 약혼뿐일 거였다.

"……네가 관계자라고?"

"나 또한 빈센트 경의 의사에 따라 니힐에서 뽑혀 온 기사 중 하나였으니까."

무심하게 대답하는 말에 숨이 턱 막혔다.

"왕실에서 기사 서임을 한 게 아니었어?"

"기사 서임을 한 건 니힐에서였어. 나 또한 빈센트 경과 마찬가지로 데인 변경백을 섬기는 기사 중 한 명이었지. 왕실엔 원래 제1 기사단의 내정되어 들어간 거였고."

엘리엇이 그 사실을 숨긴 건 이해가 갔다. 제1 기사단이 지금과 마찬가지로 겉으로는 번듯한 기사단이었지만, 결국 드러내어 활동할 수 없는 음지의 존재였고 혹시 모를 일에 대비해 알려 주지 않은 걸 테니까.

처지를 바꿔 내가 그였더라도 같은 선택을 했을 테니, 거기에 대해 추궁을 할 생각은 없었다.

"그런데 어떻게 지금은 제2 기사단 소속이 된 거야?"

"빈센트 경의 의사였어. 뛰어난 기사라 둘러 오긴 했지만, 맡아야 할 임무와 성향이 맞지 않는다고. 왕께서 그를 받아들이셨지."

안도의 한숨이 저절로 터져 나왔다. 모르긴 몰라도 수가 많이 줄었다는 걸 보아 기밀인 데다 위험한 임무에서 벗어났다는 뜻이었다.

"누나."

불쑥 나도 모르게 쥐고 있던 두 손 위로 엘리엇의 손이 놓였다.

"비록 지금 내 윗사람이지만, 빈센트 무어란 남자는 예전에 함께 사선을 넘나들던 동료였어."

"엘리엇……."

"인간은 죽음을 앞두고 가장 본성을 드러낸다고 해. 그런 면에서 빈센트 경은 가장 믿을 수 있는 사람이야. 몇 번이고 내 목숨을 구해 주기도 했어. 절대 뒤통수를 치거나, 배신할 사람은 아니야. 내가 보증할게."

엘리엇의 눈동자는, 나와 오랜만에 재회한 그날처럼 진중하고 고요했다. 그 모습에서 옅게 빈센트의 모습이 겹쳐졌다. 크거나 작거나 그의 영향을 받은 느낌이었다.

그 눈동자를 다시 마주한 순간, 자작 위에 대해 이야기하는 걸 포기했다. 기사로서의 삶을 포기할 눈빛이 아니었다. 말없이 날 바라보는 엘리엇에게 나직이 입을 열었다. 솔직히 내게 다 털어놓아 준 동생을 안심시켜야 했다.

"말했듯이, 그와 내 관계가 변화할 일은 없을 거야. 그저 혼란스러워서."

사업상 동업의 관계든, 계약 약혼을 한 관계든 마찬가지였다. 설령 온전히 그를 믿을 수 없다 하더라도 그가 날 여러 번 도와줬고, 엘리엇을 구해 준 사실을 변하지 않았다.

"다행이야. 고마워, 누나."

뭐에 대한 고마움인지는 알 수 없었다. 빈센트 경에 대한 이야기를 듣고 받아들인다는 것에 대해선지, 혹은 예전 자신의 거짓말에 대한 용서에 대해선지. 전자라면 당사자인 빈센트와 나의 문제였고 후자라면 용서할 것도 없는 이야기였다.

엘리엇이 다소 무거워진 분위기를 전환하며 화제를 돌렸다.

"그나저나 누나, 내일은 왕성에 가는 날이지? 아침 일찍 간다고 했나?"

"응, 입을 옷도 초대장도 다 챙겨 놨어."

허가받지 못한 사람은 왕궁에 들어갈 수 없기에 애니는 따라가지 못했다. 머지않아 수도로 뒤따라오겠다던 빈센트의 연락은 무슨 일인지 아직 없었고, 결국 혼자 들어가게 됐다.

내 대답에 길게 기지개를 켜고 일어난 엘리엇이 제안했다.

"그럼 왕성 앞까지 내가 동행할게. 미리 마차를 구해 놨어야 하는 건데 그럴 시간이 없어서 내 말을 타고 가야 하지만."

예전에 편지로 엘리엇에게 들었던 정보가 기억났다. 말을 타고 달려도 다 둘러보는 데 꼬박 이틀여가 걸린다는 드넓은 왕성은 견고한 외성 안에 세 가지 공간으로 나뉘었다. 왕을 비롯한 왕족들과 직속 시녀들이 생활하는 공간인 내실과 하인과 하녀들이 생활하는 공간이 외실, 그리고 근위대들의 공간이 별실이었다.

외성과 별실 소속의 사람들은 각자의 맡은 역할과 임무에 따라 내성을 들락거릴 수 있었지만, 어디까지나 정해진 시간과 부름이 있을 때였다.

"괜찮아. 마차를 타는 건 신물 났어. 그래 주면 고맙지."

같이 타는 거고, 고삐를 쥐는 건 엘리엇이겠지만 오랜만에 안장 위에 앉는다 생각하니 반가웠다.

＊　＊　＊

무장한 근위병들이 지키는 외성에 들어오자 엘리엇이 말에서 먼저 내려 손을 내밀었다.

"여기서 길이 어긋나네."

허리를 잡은 엘리엇에게 몸을 맡겨 마찬가지로 말에서 내려온 뒤 대꾸했다.

"태워다 줘서 고마워."

"내 기쁨입니다."

장난스레 궁정식으로 왼 가슴에 손을 대고 묵례한 엘리엇이 마침 앞을 지나가던 근위병 한 명을 불러 세워 내실 앞까지 날 안내하도록 명령했다. 그리고 다시 내게 시선을 돌렸다.

"마음 같아서는 직접 데려다주고 싶지만, 그럴 시간이 없어서."

"이걸로 충분해. 고마워."

"그럼 저녁에 봐."

남매간의 대화는 짧았고, 엘리엇이 내 뒤쪽으로 걸음을 옮기자 옆에서 있던 근위병이 다가와 인사했다.

"뵙게 되어 영광입니다, 레이디. 실례가 아니라면 모셔다 드리겠습니다."

그게 실례일 리 없었다. 깍듯이 자신을 소개한 근위병이 알겠다는 내 대답에 바로 반대편으로 걸음을 이끌었다. 외성의 입구에서 내실로 들어서자, 왕의 알현실은 여러 중정을 구획한 몇 개의 회랑을 거쳐 깊숙한 곳으로 이어져 있었다. 근위병의 곁을 나란히 걸으며 곳곳에 잘 다듬어진 관목과 꽃들을 바라보며 조금 뒤 목적지에 도달했다.

"고마워요."

"별일 아닙니다. 그럼 잘 들어가시길."

데려다준 근위병에게 감사 인사를 하고 보낸 뒤, 문지기에게 이름을 말하자 머지않아 문을 열고 나온 사복의 시녀 한 명이 다가왔다.

"기다리고 있었습니다, 레이디 올리비아. 안내하기에 앞서, 잠시 몸

수색을 하겠습니다."

원래 몸수색은 문 앞을 지키고 선 문지기가 하는 것이 관례였으나 내가 귀족 여성이라 그런지 같은 귀족 출신 여성인 시녀가 가볍게 내 몸을 훑으며 무기가 없는지 확인했다.

"협조해 주셔서 감사합니다. 그럼 왕이 계신 알현실로 안내해 드리 겠습니다."

다소곳이 인사한 그녀를 따라 묵례를 한 뒤, 앞장선 그녀를 따라 안 쪽으로 들어갔다. 안으로 들어서자 온통 새하얗고 고풍스러운 긴 복도 가 제일 먼저 눈에 들어왔다. 장인이 직접 상상화를 그려 놓은 아치형 의 높은 천장 아래로 중간중간 개국신화에 나오는 열두 천사의 모습이 조각된 위용 있는 기둥이 떠받치는 구조였다.

그 아래론 붉은 카펫이 길게 이어져 있는 길은 여러 갈래로 나뉘어 끝이 없었다. 몇 번이나 갈림길로 접어든 뒤에야 앞선 시녀가 어느 문 앞에서 걸음을 멈췄다. 대기하여 서 있는 하녀에게 내가 왔음을 알리 기 전에 그녀가 물었다.

"일전에 알현실에 초대되신 적이 있으신지요?"

고개를 저었다. 왕성의 내실, 그것도 알현실에 방문해 본 건 처음이 었다. 왕을 본 것도 백작 부인으로서 혼인이 성립됐을 때, 일부 고위 귀족들의 혼인이 그러하듯이 축복을 받았을 때 단 한 번이었다.

그것도 봄과 겨울, 일 년에 단 두 번 열리는 공식 무도회 때였다. 높 은 단상 위에 앉은 왕은 고개를 올려 쳐다보기엔 너무 멀리 있었고, 제대로 얼굴을 들기도 전에 내 차례가 지나갔다.

내 대답에 시녀가 몇 가지 당부했다.

"들어가시면 왕께서 미리 앉아 있으실 겁니다. 가까이 오라 부르시 면, 세 걸음 앞으로 다가가 궁정식으로 인사를 올리신 다음, 앉으라 하 셨을 때 맞은편 자리에 앉으시면 됩니다. 궁에는 보는 눈이 많다는 걸

명심하시고 섣불리 그분에 앞서 먼저 입을 여시거나 질문을 하시는 건 안 됩니다. 부르신 뜻이 있으실 테니 먼저 입을 여실 것이고 그에 대해 차근히 대답하시면 됩니다."

여러 당부 사항들을 들으면서 현왕에 대해 알고 있는 정보들이 머릿속을 스쳐 갔다. 현왕은 다른 나라와 전대와 비교하면 비교적 평화롭게 왕위에 앉은 자였다.

선왕의 적장자로서 드물게 정통으로 왕위를 계승한 행운의 남자.

적통의 운명대로 왕위에 가장 가까웠지만, 계승권을 가진 형제들을 비롯해 사생아를 모조리 도륙한 건 이웃 나라에까지 유명한 일화였다.

즉위한 후엔 제일 먼저 했던 일이 적자가 아닌 선왕을 왕위에 옹립한 공신들을 하나둘씩 숙청한 일이라고 했다.

쥐도 새도 모르게 사라진 강경파들을 제외한 대부분의 공신들은 하나둘씩 비리와 여러 혐의로 팔다리가 잘려 나가 결국 자신들의 지역으로 돌아갔고, 동시에 세대가 교체됐다.

그중 이전의 공신이었던 하퍼 백작가는 어제 레너한이 말했듯, 비록 세가 약화되고 정치권에서 물러났으나 상권으로 성공해 살아남은 몇 없는 가문 중 하나였다. 그런 가문의 안주인이었던 나를 왕이 어떻게 대할지 쉽게 예상이 가지 않았다. 이혼장을 수리한 지금은 더더욱.

"잘 알아들었습니다."

내 나직한 대답에 만족했는지 엷게 미소 지은 시녀가 하녀를 시켜 내가 왔음을 알렸다. 잠시 후 일반 남성의 키보다 훨씬 높고 커다란 문이 소리 없이 열리고 넓은 알현실이 눈에 들어왔다.

* * *

알현실은 흔치 않은 타원형의 공간이었다. 천장이 비칠 정도로 깨끗한 대리석 바닥 위로 텅 비었다 할 정도로 넓지만, 눈에 띄는 가구가 별로 없는 곳이었다. 치레를 싫어한다던 왕의 성품을 고스란히 닮은 곳이었다.

그중 제일 먼저 눈에 띈 것은 문을 등진 의자와 책상이었다. 알현객을 맞지 않을 땐 이곳에서 정무를 보기도 하는지 몇 서류가 쌓여 있었다. 그 앞으로 동물의 털로 만든 러그와 카우치 두 개, 그 사이로 높이가 낮은 유리 테이블이 보였다. 금발의 머리칼이 보였다. 그제야 왕이 금발이었다는 게 기억났다.

"올리비아 님이 들어오셨습니다."

하녀가 안내한 대로 다가가자 뒷모습만 보였던 남자가 손을 들어 손가락을 까딱했다. 다가오라는 표시였다. 왕을 조금 지나쳐 테이블 옆에 선 뒤 고개를 들어 얼굴을 보기 전에 시녀가 당부한 대로 드레스 자락을 살짝 들어 올린 후 정식으로 인사했다.

"게더의 올리비아 시오네, 전하께 인사드립니다."

원래 순서라면 내 인사를 받은 왕이 맞은편에 앉으라 시키고, 그때 얼굴을 보는 것이 맞았다. 그러나 돌발적인 상황이 일어났다. 반갑다는 말이나 자리에 앉아도 좋다는 말 대신 왕이 낮게 웃음을 터뜨렸다.

"레이디는 확실한 사람이군. 아직 이혼 서류에 승인 도장이 찍히지 않았는데 말이야."

질책하려는 건지 그저 재미있어 하는 건지 의도를 알 수 없어 침묵하자 이어 앉으라는 말이 들려왔다. 눈을 내리깐 채 그대로 맞은편 카우치에 앉았다. 미리 준비했는지 테이블 위엔 보기 드문 귀한 차와 스콘, 마들렌, 잼 비스킷 등 곁들인 간식들이 온갖 과일과 함께 보기 좋게 놓여 있었다.

긴장해서 등을 꼿꼿이 세운 내게 왕이 먼저 차를 권했다.

"먼저 목 좀 축이고 이야기하지. 입안이 바짝 마른 거 같은데."

긴장한 내 모습을 간파한 말이었다.

"그럼, 한 모금 마시겠습니다."

숨 돌릴 틈이 생기면 나야 다행인 일이었다. 사양하지 않고 차를 마셨다. 따뜻한 차가 식도로 들어가기가 무섭게 입안 가득 향기가 퍼졌다. 그것을 음미하며 찻잔을 내려놓자마자 고개를 들어도 좋다는 허락이 떨어졌다.

"고개를 들어 나를 봐도 좋네. 기껏 불렀는데 얼굴도 마주하지 않으면 무슨 소용인가."

이 역시 사양하지 않았다. 조심스레 시선을 들어 올렸다. 즉위하자마자 가차 없이 이전 공신들을 벼랑으로 몰아넣은 남자이기에 날카롭고 매서울 줄 알았던 생각과는 다르게, 의외로 평범한 인상이었다.

왕세자 시절 명실공히 왕의 첫 번째 후계자임에도 불구하고 전장에 선두로 나섰다던 명성답게 척 보아도 균형 잡혀 보이는 상체 위로 시원한 이목구비에 서글서글한 느낌을 가진 중년 남자의 얼굴이 있었다. 광대가 약간 튀어나왔고 눈동자는 흔치 않은 검은색이었다.

어째서 이 눈을 기억하지 못했는지 이상했다. 나도 모르게 멍하니 보자, 왕이 지그시 웃었다.

"일부 사람들이 본 왕을 귀에 뿔이라도 달렸다고들 믿는다던데. 아무래도 레이디도 그런 부류였나 보군."

농담 같은 껍질 속에 들어 있는 건 무례하게 왕을 빤히 쳐다본 데에 대한 엄한 지적이었다. 바로 눈을 다시 내리깔았다.

"무례를 저질러 황공합니다만, 그런 뜻이 아니었습니다."

"그렇다면?"

"좀 더 무인과 같은 인상이실 거라고 생각했으나 그보단 좀 더 온화한 인상이셔서 놀랐을 뿐입니다."

"아아, 그런가? 그러고 보니 전장에서 뒹굴었을 때가 오래전이군."

다행히 심기에 거슬리는 대답은 아니었는지 왕이 뇌까리듯 대답했다.

"장난 좀 쳐 본 걸세. 다시 고개를 들게. 나는 마주한 상대가 눈을 피하면 이상한 기분이 든다네."

십여 년을 왕좌에 앉은 사람이었다. 나로선 감히 속내를 알 수 없는 게 당연했다. 침을 삼키고 다시 마주하자 만족스러운 듯 여전히 미소 지은 왕이 말을 이었다.

"내게 무슨 죄를 지은 것인가, 그래서 친히 목을 베어 달라 내게 청하고 있는 건가. 종종 무서워서 손이 먼저 나갈 때도 있었지."

좀 전의 첫인상은 완전히 틀렸다는 걸 실감했다. 말과 다르게 이전에도 그리 무인다운 인상이었을 것 같지는 않았다. 온화한 인상으로 상대를 안심시킨 뒤 예리하게 목을 베어 내는 부류였다.

지금까지 잊고 있던 한 여자의 얼굴이 떠올랐다. 비록 잠시였다고 하나 어떻게 이런 서슬 퍼런 왕의 곁에 있을 수 있었는지.

"그래, 농담은 이쯤 하고. 왜 내가 자네를 불렀는지 궁금하지 않나?"

거짓말을 해 봤자 금세 알아차릴 거라는 예감이 들었다. 어차피 난 처음부터 상대의 처분이 목을 드리운 상황이었다. 모르는 척 굴기보단 덤덤히 대답했다.

"게더의 이야기를 하고 싶어 하시는 게 아닐까 감히 생각했습니다."

왕이 짧게 다듬은 턱수염을 매만진 건 그때였다.

"과연. 빈센트가 그렇게 말해 준 모양이지?"

정곡이었다. 과연 어디까지 알고 있는지 궁금했지만, 티는 내지 않았다.

"그렇습니다."

내 솔직한 답변에 왕의 미소가 더 진해졌다.

"뭐, 그 답도 틀리지는 않네. 궁금하긴 했어. 이미 다 알고 있지만."

틀리지도 않지만, 정답도 아니라는 뜻이었다. 돌려 말해 봤자 노련한 왕에 비해 얄팍한 말솜씨만 들통날 뿐이었다. 직설적으로 물어보는 수밖에 없었다.

"그 외에 제게 하실 말이 있으신지요."

"있지, 있지 말고."

즉답한 왕이 고개를 돌려 어느 정도 거리를 두고 뒤에 선 하녀에게 눈짓하자 바로 내게 다가온 하녀가 무언가를 건넸다.

이혼장이었다.

어젯밤, 레너한이 했던 이야기가 어쩔 수 없이 떠올랐다. 왕이 이혼을 승인하지 않도록 하겠다는 말. 순간 눈앞이 캄캄했다.

"내가 이걸 보여 주는 게, 무슨 뜻인지 알겠나?"

왕이 접수한 이혼장을 당사자에게 돌려준다는 건 일반적으로 이혼 반려를 의미했다. 이런 경우 반려하는 이유는 중요하지 않았다. 무엇이든 댈 수 있으니까. 갑자기 공기가 부족해지는 느낌이었다.

레너한의 청으로 이혼을 받아들이지 않겠다고 말하는 건가. 거울을 볼 수 없었지만 분명 백지장처럼 창백해졌을 내 안색을 바라보던 왕이 대뜸 다시 입을 열었다.

"그거 아나? 난 계산이 빠른 사람을 좋아하네. 아마 왕실에서 태어나지 않았으면 상인이 됐을 거야. 그 점에서 자네가 마음에 들어."

그 말에 숨겨진 맥락을 모를 수가 없었다. 왕은 거래를 원했다. 내가 하퍼 백작 가문의 청을 받아들이지 않을 등가 가치를 지닌 무언가를 내밀기를. 그렇다고 엎드려 바칠 수는 없었다. 떨리는 손을 다잡고 대답했다.

"죄송하지만, 제가 미욱하여 정확히 무엇을 원하시는 건지 알지 못하겠습니다."

"아니. 자네는 알고 있어. 그걸 모를 사람이라면 애초에 이리 부르지도 않았겠지."

정신이 아찔했다. 왕이 느슨히 등받이에 등을 기대더니 막 적장의 목을 벤 기사처럼 여유롭게 수염을 쓰다듬었다.

"생각해 보게, 계부를 몰아낸 그 영민한 머리로."

"……히스델리아군요."

나직이 대답하자 왕이 더 말해 보라는 듯 고개를 기울였다.

"여러 외상과 질환에 탁월한 소용이 있는 것이 사실입니다. 원하신다면 능력이 허락하는 한, 필요한 때마다 정해진 수를 바치도록 하겠습니다."

"그리고?"

"판매 수익에 대한 이익 또한 바치도록 하겠습니다."

"아니지."

왕이 눈살을 찌푸렸다.

"내가 지금 그깟 자잘한 것을 원할 거 같나?"

"그 말씀은……."

"전체."

거침없이 내 말을 끊어 낸 왕이 똑똑히 말했다.

"전체를 원하네."

탐욕스러운 시선이 맞닿았다. 눈을 감아 버리고 싶은 것을 간신히 참아 냈다.

"……그건 제 권한 밖입니다. 지금 제의 드린 것도 사실 제 능력을 벗어나는 것이었습니다. 제가 히스델리아에 대한 대체적인 책임을 지고 있는 것은 사실이나, 히스델리아에 대한 것은 엄연히 그레덴 상회에 속한 것이니까요."

가만히 내 말을 듣던 왕이 팔을 뻗어 포크도 없이 맨손으로 스콘을 집어 먹었다. 내 시선을 신경 쓰지 않고 몇 입에 먹어 버리더니 손가락에 묻은 부스러기마저 혀로 핥았다. 그러곤 다시 편하게 몸을 뒤로 젖히며 대답했다.

"아, 그레덴 상회. 누군지도 모를 평민이 운영하는 상회라고 들었는데."

그 말인즉슨, 지척에서 그의 하수인으로 움직이는 빈센트가 가장 안쪽에 있다는 것을 모른다는 말이었다. 이상했다. 그렇다면 빈센트와 내가 가까이 있다는 건 어떻게 알았는지.

내 표정을 다르게 해석했는지 눈살을 찌푸린 왕이 뒤이어 말했다.

"제법 몸집을 키웠는지 모르나 그런 상회의 내부 사정까지 내가 신경 써야 하나?"

이건 거래가 아니었다. 몹시 강압적이고 일방적인 강요이자 압박이었다. 눈앞에서 도둑질을 당한대도 이처럼 당황스럽지는 않을 터였다.

나에게 놓인 선택지는 단 두 개였다. 그대로 돌아가 하퍼 백작 부인으로 살든가, 혹은 이혼을 하는 대신 지금까지 이뤄 놓은 것들을 빼앗기든가.

실수로 발만 삐끗해도 바로 앞은 한 치 앞길 모르는 낭떠러지였다. 어젯밤, 레너한이 했던 말에 대한 대책은 이미 내놓았으나 왕은 그보다 더 큰 것을 원한다.

"……왕께선 사냥을 즐기신다 들었습니다."

"그런데?"

"저 또한 숲으로 둘러싸인 환경에서 자라, 어릴 적 제 아비를 따라 사냥을 간 적이 종종 있었습니다. 그때 들은 말을 말씀드릴까 합니다."

할 수 있는 최대한의 용기를 내어 꺼낸 말이었다. 나른한 자세는 변하지 않았지만, 왕의 눈이 일순 가늘어졌다.

"더 말해 보게."

"당장 눈앞의 멧돼지 한 마리가 탐난다고 해서 바로 화살을 쏘아 잡아먹는 건 가진 게 없는 가난한 사냥꾼이 하는 일이라고 합니다. 반면에 당장 가진 게 있고, 지혜로운 사냥꾼은 그러지 않지요."

작게 숨을 고른 뒤 말을 이었다.

"정말 지혜롭고 앞을 내다보는 사냥꾼은, 멧돼지의 쌍을 생포해 집으로 데려가는 법이라 했습니다. 축사에 두어 기르다 보면 머지않아 새끼를 낳기 마련이고 새끼가 늘면 훗날 얻어 낼 가죽과 고기가 느는 법이니까요."

"그럴듯한 이야기지만, 그 예가 틀렸군."

바로 반박한 왕이 천천히 말했다.

"멧돼지는 기를 수 없다. 야생의 것이기 때문이다. 일반 길짐승보다 더 다루기가 힘들고 난폭하니까. 같이 키우는 가축을 해할 수도 있지."

"대신 잘 길들여 고기와 가죽을 취할 수 있다면, 다른 짐승보다 더 가치 있고 비싸게 팔리지요. 후의 이익을 생각하면 따로 축사를 지어 키우는 것도 나쁘지 않은 일입니다."

"만약 두 마리가 축사에서 벗어나 다른 가축과 자네를 공격한다면?"

명백한 물음이었다. 왕이 경계하는 게 무엇인지 깨달았다. 비약일지는 모르겠지만, 왕은 왕권이 약해지는 것을 극심하게 싫어했다.

히스델리아의 가능성을 알고, 날 시험하는 거였다. 후에 막대한 부를 축적하게 되면 하퍼 백작에 미치지는 못하나, 그와 비슷한 존재가 될지 안 될지.

"만약 그렇게 된다면……."

잠시 뜸을 들이는 듯 입술을 다물다가 단호히 대답했다.

"죽이면 그만입니다. 그렇게 해도 최소한 두 마리에 대한 가죽과 고기가 남지요."

"……."

내가 왕인 당신에게 해를 끼치면, 그때 나를 죽이면 그만이다. 말뜻은 그런 거였다.

입술을 다물기가 무섭게 깊은 우물 속 같은 무거운 침묵이 넓은 알현실 위로 내려앉았다. 이를 악물었다. 낱낱이 날 파헤치려는 검은 눈에 앞서 시선을 내리지 않기 위해 안간힘을 써야 했다. 문득 빈센트를 떠올렸다. 묘한 느낌이었다. 속을 알 수 없던 그 검은 눈을 생각하니 버텨 낼 수 있었다. 같은 명도는 아니었지만 같은 빛깔이었다.

몸을 일으킨 뒤, 세운 두 손을 깍지 낀 왕이 물었다.

"주인에게 해를 입힌다면 죽여 버릴 수 있지. 하나, 그 가축이 혹시 도망이라도 친다면? 그건 내가 알 수 없지 않은가. 언제까지고 주시할 수는 없으니까."

날카로운 지적이었다. 내민 비장의 카드가 그대로 막힌 느낌이었다. 족쇄라도 달면 된다고 대답해야 할까. 하지만 그건 스스로 목에 목줄을 다는 꼴이었다. 호흡이 떨리고, 식은땀이 흘렀다.

"그렇다면 믿을 수 있는 감시자를 붙이면 되는 일입니다. 지금까지처럼."

그 말은 내 입술 새로 나온 것이 아니었다. 왕의 등 뒤로 낯익은 남자가 걸어왔다. 허리를 숙인 채 한 걸음 물러선 하녀를 지나쳐 성큼 다가온 빈센트가 말을 이었다.

"이미 충실한 개를 가지셨잖습니까."

"아아."

그와 동시에 왕이 웃음이 터뜨렸다.

"역시 내 충견이야. 예고 없이 일을 맡겼는데, 용케 일찍 돌아왔군그래."

빈센트가 연락도 없이 바로 수도로 뒤따르지 않은 뒷사정이 이 때문이었다는 걸 알았지만, 그가 갑자기 나타난 것에 대한 놀라움보다 온통 신경이 좀 전에 들은 말로 쏠렸다.

"절, 주시하고 계셨던 거군요."

이제야 이해가 갔다. 어째서 빈센트가 게더에 있었는지. 왜 갑자기 내 주위에 나타났는지. 그러자 이해할 수 없는 배신감이 밀물처럼 밀려들었다.

내 일그러지는 표정에 왕이 너털웃음을 지었다.

"레이디 앞에서 털어놓기 부끄럽지만, 난 겁이 많은 사람이라서 말이지."

어디서부터 어디까지 왕의 계획인지 궁금했지만, 한 가지는 확실했다.

한마디로, 하퍼 백작 내외가 이혼을 앞에서 획책하고 뒤에서 일을 꾸미는 게 아닌가 싶어서 감시했단 이야기였다. 그 감시자가 빈센트였고. 그래서 왕은 빈센트와 내가 친분을 쌓았다는 건 알지만, 지척에 둔 그가 그레덴 상회의 주인인 줄은 모르는 거였다.

왕보다 빈센트 무어란 남자가 무서워졌다. 믿을 수 있는 사람? 절대 배신하지 않을 사람? 속을 알 수 없다 못해 아무렇지도 않게 사람을 속이는 남자를 두고 아무도 그렇게 말하지 않는다. 날 몇 번이고 구해 주고 도움을 준 사람이지만 믿을 수 없었다.

어떤 게 연기고 진심인지 알 수 없었다.

"그래, 어떻게 할 생각이지?"

날 일별조차 하지 않은 빈센트가 덤덤히 대답했다.

"이 자리에서 이혼을 승인해 주신다면, 레이디 올리비아와 약혼을 할 생각입니다."

왕이 흥미를 감추지 않았다.

"여자에겐 관심조차 없는 줄 알았는데, 반가운 소식이군."

없는 사람처럼 날 외면하던 시선이 내게 가닿았다. 눈이 마주한 빈센트가 덤덤히 말했다.

"그런 의미에서 내일이라도 바로 니힐로 떠날까 합니다."

약혼. 기한과 조건이 붙었으나 이미 합의된 계약이었으니 하지 않겠다고 무를 수는 없었다. 다만 내게 묻는 듯한 시선에 잠시 기가 막혔다. 마치 내게 선택권이라도 있다는 것처럼.

"아무래도 상관없습니다."

어차피 가야 할 곳이었고 해야 할 일이었다.

"마음 같아서는 무도회에 참석하고 가라고 하고 싶지만, 한참 남았고, 어쩐다……."

고민하는 척 눈을 굴리던 왕이 해결책이 생각났다는 듯 뒤이어 경쾌하게 말했다.

"아, 내일 밤에 초연하는 극은 보고 가게. 왕립이다 보니 극장을 지을 때 나도 꽤 신경 썼으니 안 보고 간다면 섭섭할 거야. 잠시만, 표가……."

왕이 다시 하녀에게 손짓하려는 순간, 극의 제목을 듣는 순간 희미하게 기억 하나가 되살아났다. 테오도르가 곡을 썼다던 가극이었다.

"받았습니다."

몇 초라도 더 이곳에 있고 싶지 않았다.

＊　　＊　　＊

들어왔을 때와 마찬가지로, 나올 때도 혼자였다. 날 상대로 용건이 끝나자마자 왕은 돌아가도 좋다면서 부드럽게 축객령을 내렸다. 하녀를 따라 나오자 날 이곳까지 안내해 준 시녀가 기다리고 있었다. 긴장이 풀리자 가장 먼저 다리에 힘이 풀렸다.

"괜찮으세요?"

시녀가 비틀거리는 날 잡기 전에 손을 들어 제지했다. 문을 짚고 마음을 다스린 다음, 고개를 들었다.

"괜찮아요."

짤막하게 대답한 뒤 다시 앞장선 시녀의 뒤를 따라 긴 복도를 빠져나왔다. 알현실 건물을 나오자, 시녀에게 미리 이야기를 들었는지 하녀 한 명이 이어 내실을 벗어나 외성 입구까지 안내했다.

왕성을 완전히 나온 후엔 승합 마차를 잡기 위해 큰길로 향하려는 순간이었다.

"실례지만, 성함이 올리비아 시오네가 맞으신지요?"

마부인 듯 허리춤에 채찍을 두른 남자였다. 고개를 끄덕이자 반색을 하며 그가 다시 말했다.

"기다리고 있었습니다. 댁까지 모시라는 말이 있었습니다."

"누구에게요?"

"성함은 듣지 못했습니다만, 삯을 미리 주신 건 젊은 기사분이었습니다. 마차는 저기 있습니다."

오늘 왕성을 방문하는 걸 아는 이는 엘리엇이었으니, 아마 그가 배려한 것일 터였다. 마부를 따라 멀지 않은 곳에 멈춰 있던 마차를 타고 엘리엇의 집으로 돌아왔다. 발판을 딛고 마차에서 내리자마자 문 앞에 서 있던 애니가 바로 다가왔다.

"아가씨!"

"애니, 나와서 기다린 거야? 추운데."

"걱정되는데 어떻게 그래요. 별일 없으셨죠?"

별일. 별일이라 치부할 수 없는 정도로 진이 빠지는 일을 겪었다. 신은 평화로운 나날을 주는 대신 몰아닥치는 시련 또한 같이 건네는 모양이었다.

문을 연 애니를 힐긋 보다 웃으며 고개를 저었다.

"별일 없었어."

"그렇다면 다행이구요. 외투와 목도리 이리 주세요."

안으로 들어서자마자 애니가 손을 내밀었다. 목에 잡히는 목도리를 처음으로 알아차린 건 그때였다. 샤일러 후작 부인을 만나러 갔을 때, 빈센트가 주었던 목도리였다. 따뜻하고 부드러운 흰 담비 털로 만든 목도리.

순식간에 굳어지는 표정을 감출 수 없었다. 다소 거친 손길로 그것을 건네자 애니가 의아한 표정을 짓다가 문득 숨을 들이켰다.

"아가씨! 어디 다치신 거예요?"

"뭐?"

뜬금없는 소리에 그녀의 시선을 따라 내려가니 내 치맛자락이 보였다.

"피가 묻었잖아요. 괜찮으세요?"

치맛자락을 들어 보니 끝에 확실히 검붉은 피가 조금 묻어 있었다. 당황스러운 건 나도 마찬가지였다. 피를 흘린 기억은 없었다. 자세히 보니 밑에서 떨어진 핏자국이 아닌, 바닥에 쓸려 묻은 핏자국이었다.

"⋯⋯바닥에서 묻은 거야."

뇌까리듯 중얼거리다 번뜩 든 생각에 문을 열고 황급히 다시 밖으로 나왔다. 다시 자리에 앉은 마부가 막 출발하려 하고 있었다.

"잠깐만요!"

다급히 외치자 마부가 고개를 내 쪽으로 돌렸다.

"보았다던 젊은 기사가, 혹시 백금발이었나요?"

내 질문에 마부가 고개를 끄덕였다.

"네, 안전히 모시라고 단단히 당부하셨는데요."

"⋯⋯어디 다쳐 보이진 않았나요?"

곰곰이 생각하던 마부가 잠시 후 대답했다.

"그러고 보니, 팔을 다치셨는지 불편해 보이시긴 했습니다."

피의 주인은 빈센트였다. 동시에 생각이 멈췄다. 마부가 멀어지고, 등 뒤로 다가온 애니가 조심스레 입을 열어 물었다.

"아가씨?"

"하녀들 아직 퇴근 안 했지? 둘 다 집이 광장을 지난다 했던가?"

"네, 그런데요."

"저번에 건넨 종이의 주소로 하녀를 시켜 사이먼 씨 댁에 들렀다가 이곳으로 와 주시라고 연락해 줘. 확인해야 할 것이 있어."

*　*　*

애니는 내 말에 지체 없이 움직였고, 기다리던 손님은 삼십 분도 지나지 않아 찾아왔다. 그간 어떤 연락도 없던 내 부름에 놀랐는지 다급히 온 기색이었다. 그러나 거실에 차분히 앉아 있는 나를 보더니 마음을 놓았는지 한숨을 내쉬곤 침착하게 물었다.

"무슨 일 있으십니까?"

"물어볼 게 많아요."

"물어볼 거라뇨?"

대답 대신 손짓으로 자리를 권했다. 그가 엉거주춤 앉자 바로 본론으로 들어갔다.

"당신의 윗사람이자 오랜 친우라는 빈센트 경."

빈센트의 이름이 나온 순간 경직되는 입가를 확실히 보았다.

"대체 어디서 어디까지가 연기이고 진실인 거죠? 날 믿기는 했나요?"

줄줄이 이어진 내 질문에 대답 대신 반문이 돌아왔다.

"……어디까지 알고 계신 거죠?"

"그의 출생과 간략한 성장 배경, 숨기고 있던 정체까지."

생각 외로 많이 아는 것에 놀랐다는 듯 사이먼의 눈썹이 올라갔다.

"그가 직접 이야기한 겁니까?"

"일부는 그렇고, 일부는 그렇지 않죠."

"그중 무엇을 의심하시는 거죠?"

"내게 접근한 이유. 당신이 알고 있는 것 전부."

"어째서 본인에겐 묻지 않는 겁니까?"

빈센트는 거짓말을 하지 않는다. 그러니 내가 알고 있는 것이 진실이 아닐 리는 없었다. 하지만 언제나 그 속을 잘 보여 주지 않았다. 내가 믿을 수 있는 건 날 향한 그의 말과 행동뿐이었다.

"믿을 수 없으니까요. 그가 날 배신할 거라고는 생각하지 않지만, 온전히 내 편인 사람이라고도 생각할 수 없어요."

"나는 거짓말을 하지 않을 거라고 믿으시는 겁니까?"

어이가 없다는 듯 쏘아붙이는 말에 관자놀이를 짚었다.

"본인에게 물을 수 없으니까 대신 묻는 겁니다."

헷갈렸다. 헷갈리다 못해 머리가 터질 것 같았다. 상황마다 방식은 달랐을지언정 내게 친절하고 도움을 베풀었던 빈센트. 왕의 명령으로 날 감시했던 빈센트. 어느 쪽이 진실인지, 어쩌면 둘 다인지 도무지 알 수가 없었다.

신사처럼 깍듯하게 예를 차렸던 사이먼이 처음으로 차가운 태도를 내비쳤다.

"그게 어느 방향이든, 당신의 직감을 믿으시죠. 혼란스러워할 뿐, 이미 마음속 한구석에선 결론을 내리신 거 같은데요. 급한 일이 없다면 전 이만 가 보겠습니다."

바로 벗어 놓은 외투를 챙겨 나가려는 그를 나직이 불렀다.

"사이먼."

등 뒤로 멀어지던 걸음 소리가 멎었다.

"당신도 알고 있듯이 난 곧 허울뿐이나마 그의 약혼녀가 될 거예요.

모레면 바로 함께 니힐로 갈 거구요. 이건 나 또한 내 의지로 결정한 사항이니 무를 생각이 없어요."

나란 여자를 진서리칠 만큼 경멸하게 되더라도 마음에 없는 소리라도 꾸역꾸역 끄집어내야 했다. 그래야 어떤 식으로든 진실이 나올 거라는 걸 직감했다.

"당신도 이미 알고 있듯, 그 남자는 왕의 하수인 집단의 우두머리라던데. 왕의 명령을 받아 어느 날 나를 쥐도 새도 모르게 죽이지 않을까, 어떻게 믿을 수 있죠?"

쨍그랑.

멎었던 걸음이 재빨리 돌아온 건 그때였다. 차를 가져오던 애니가 날카롭게 비명을 질렀다.

"아가씨!"

찻잔과 찻주전자가 바닥에 부딪혀 깨지는 소리와 함께 내 멱살을 틀어쥔 손이 떨리는 게 느껴졌다.

"지금 뭐 하시는 거예요!"

쟁반을 떨어뜨린 애니가 악을 쓰며 달려들자 들어 올린 주먹을 겨우 참아 낸 사이먼이 애니를 밀치고 거칠게 내 팔을 문 쪽으로 잡아끌었다. 잇새로 말하는 목소리는 분노로 바들바들 떨리고 있었다.

"정 그리 의심되신다면, 그 두 눈으로 직접 확인하시죠."

"이게 대체 무슨 짓이에요! 아가씨!"

"애니, 난 괜찮아. 집에서 기다리고 있어."

다시 몸을 던져서라도 말리려는 애니를 안심시키고 온 힘을 다해 그의 팔을 뿌리쳤다.

"좋아요, 앞장서요."

배려 따윈 없는 듯 몰아붙이는 기세에 말이 흥분하여 날뛰었다. 허리가 아프고 속이 메슥거릴 정도로 질주한 말이 수많은 건물과 거미줄처럼 얽힌 골목 구석구석을 지나, 제레미의 집보다도 더 허름하고 낡은 건물 앞에 멈춰 섰다.

전에 갔었던 수도원 길목 근처였다.

"다 왔어요."

등 뒤에서 잡은 고삐를 놓은 사이먼이 말없이 내리더니 내 허리를 잡고 내리게 했다.

"따라오시죠."

순간 균형을 못 잡아 휘청거리는 날 모른 척 뒤돌아선 그가 바로 앞 건물의 계단을 올라와 코트 안자락에서 열쇠 하나를 꺼내더니 문을 열었다.

이윽고 끼익하는 소리와 함께 열린 문 안쪽으로 새카만 어둠이 찾아 들었다. 문 근처의 나무 선반을 더듬던 사이먼의 손이 램프를 찾아내고 불을 붙이자 금세 화해졌다.

불빛이 사방을 비추자 허름하고 가난해 보이는 겉모습과 달리 소박하지만 분명 사람의 손길이 닿은 복도가 드러났다.

"여긴 어디죠?"

"따라오면 아실 겁니다. 문 닫으세요."

반항은 용납하지 않겠다는 목소리였다. 먼저 자극한 건 나라는 걸 상기하면서 문 뒤로 문을 닫았다. 복도는 불빛이 닿지 않는 곳까지 길게 이어져 있었고 몇 걸음 가다 사이먼이 오른쪽으로 발길을 틀었다.

집 안의 구조를 이해할 수 없었다. 원래라면 문을 앞둔 채 위치해야 할 넓거나 작은 현관홀 대신, 긴 복도가 세 군데로 나뉘어 눈앞에 펼쳐져 있었다. 여러 세대로 나누어 사는 줄 알았던 건물 하나가 요새처럼 오직 하나의 집을 이루는 것 같았다.

오늘 갔던 왕성의 내실 못지않게 미로 같은 구조였다. 벽 곳곳에 고풍스러운 그림이 보였고 어두운 감청색의 붓꽃 모양 벽지가 계속해서 눈에 들어왔다.

더 둘러볼 새도 없이 바로 맨 왼쪽의 계단으로 들어선 사이먼을 따라 안쪽으로 계속 들어갔다. 그렇게 한참을 가던 도중 그의 걸음이 다시 멈췄다.

이번엔 홀이나 다른 공간으로 통하는 복도가 아닌 방문 앞에서였다. 세 번 노크한 사이먼이 조용히 한 이름을 불렀다.

"빈센트, 들어갈게."

반응은 없었고 놋쇠 문고리를 잡는 대신 뒤따라온 날 번연히 응시했다. 선 자리에서 한걸음 물러섰다. 직접 문을 열고 들어가라는 표시였다.

"혹여나 당신이 왕에게 곤란을 겪을까, 평소 하지 않던 무리를 해서라도 달려온 사람에게, 아까 내 앞에서 했던 말, 똑똑히 해 보시죠."

"아……."

충격적인 말에 뭐라 반응하기도 전에 등이 떠밀렸고, 물러설 곳도 없이 문을 열고 안으로 들어갔다. 방은 온기 없는 복도와 같이 마찬가지로 어두컴컴했고, 놀라 뒷걸음질 칠 새도 없이 등 뒤에서 문을 잠그는 소리가 들렸다.

미지의 것을 마주한 사람처럼 심장이 가파르게 뛰고 식은땀이 났다. 누군가가 들어왔는데도 아무런 반응도 돌아오지 않았다. 어둠 속에 몸을 웅크리고 있던 짐승 하나가 숨을 죽인 채 나를 노려보는 것 같았다.

눈이 어둠에 익숙해지자 간신히 희미하게나마 윤곽이 보였다. 누군가 침대로 보이는 가구 위에 앉아 있었다. 벽을 더듬어 가며 가까이 다가갔다.

"……빈센트?"

한참 뒤에야 대답이 들려왔다.

"올리비아, 여긴 무슨 일입니까."

조금 쉰 듯한 빈센트의 목소리를 듣는 순간, 이상하게도 더는 무섭지 않았다. 두려움이 걷힌 안개처럼 깡그리 사라졌다. 몇 걸음 더 다가가자 그가 으르렁댔다.

"돌아가세요."

그에게서 거의 처음으로 느끼는 밀어냄이었다. 내게 무심한 적은 있었어도 이렇게 거부한 적은 없었다.

"왜 이렇게 어두운 곳에 혼자 있어요?"

"이게 편해서입니다. 내일 찾아갈 테니 돌아가세요."

이상하게도 거부당하면 당할수록 오기와 덩달아 용기가 치솟았다. 그에게 가까이 가고 싶었다. 희미한 피 냄새를 맡는 순간 정점에 달했다.

"사이먼이 다시 데려다줄 겁니다."

그의 말을 무시한 채, 더듬은 윤곽 끝에 낮은 장식장 위로 발견한 램프 쪽으로 걸어가 그 옆의 성냥을 이용에 불을 켰다.

조금 전 이 집에 발을 들였을 때와 마찬가지로 순식간에 어둠이 밝혀지자, 침대 가장자리에 앉아 상체를 벗은 채 등을 돌린 빈센트가 보였다.

"이곳은 당신이 있을 곳이 못 됩니다."

그 뒷모습을 본 순간, 아까 느꼈던 분노와 배신감보다도 그리움이 가장 컸다는 걸 깨달았다. 본능적으로 느껴졌다. 왕의 앞에 서 있었을 때의 빈센트는 내가 아는 그가 아니었다. 지금 내 눈앞에 있는 그가 진짜 그였다.

"돌아가세요."

"싫어요."

단호한 말을 거절하며 뒤돈 그의 곁으로 다가가는 중, 몰려든 복잡한 감정을 정리하기도 전에 새빨간 상처가 눈에 들어왔다.

"빈센트……!"

팔에 길게 베인 상처가 있었다. 온통 새빨간 피가 가득해 어째서 이 냄새를 옅게 맡았는지 이해가 가지 않았다. 왠지 모를 충격으로 숨이 흐트러졌다.

"역시 내 착각이 아니었군요."

마부의 확답을 들었음에도 내심 그럴 리 없다고 생각했었다. 빈센트 무어란 남자는 강하니까. 굶주린 늑대 세 마리를 상대로도 홀로 충분히 대치할 수 있는 기사니까. 하지만 눈앞에 보이는 건 분명 깊은 상처였다.

왼쪽 날개뼈 부근에 길게 베어진 오래된 흉터도 눈에 들어왔다. 나와 엘리엇을 지키고 얻은 상처였다.

"이게 다 뭐죠? 왜 다친 몸으로 구석에 홀로 앉아 있어요?"

시야에 보이는 스툴을 끌어와 앉은 뒤 떨리는 손으로 손가방에서 혹시 몰라 챙겼던 히스델리아 연고와 소독약, 붕대를 꺼냈다. 눈이 마주친 건 다음 순간이었다. 내 팔을 쥔 빈센트가 내 이름을 불렀다.

"올리비아."

"……."

"쓸데없는 짓입니다."

느낌으로 방금처럼 날 밀어내려 한 말은 아니었다.

"어째서요?"

"어차피 또 다칠 테니까요."

도리어 내 질문이 이해가 안 간다는 듯 고개를 기울인 그가 대답했다. 그 모습에 텅 비다 못해 공허한 한기마저 느껴졌다.

"그런 말 하지 말아요."

조금 전까지 그를 향했던 분노의 화살이 다른 곳으로 옮겨졌다.

"왕이 당신을 이렇게 몰아넣었나요?"

"당연히 내가 해야 할 일이었습니다."

"바로 뒤따라온다는 말을 못 지킨 것도 그 때문이었죠?"

"……"

"빨리 오기 위해 무리했구요. 나 때문인가요?"

수궁도 부정도 하지 않았지만 내 추측이 맞다는 걸 확신했다. 기사단장의 직위에 오를 만큼 뛰어난 실력의 그가 이리 깊게 상처 입었다면, 남들에겐 불가능에 가까운 일이었다는 걸 굳이 묻지 않아도 알 수 있었다.

그전에도 본 적 있던 맹목적이고 담담한 눈빛이 대답 없이 날 바라보고 있었다. 그의 시선이 멎은 부위는 내 왼쪽 뺨이었다. 게오르그에게 맞아 한껏 부어올랐었다. 빈센트의 커다란 손이 얼굴로 다가왔다. 이상하게도 거부감이 전혀 들지 않았다.

"뺨이 많이 나았군요."

뼈마저 힐긋 보이는 상처를 안고 있으면서 이제 거의 아문 내 상처에 눈이 간 모양이었다. 목이 멨다. 평소와 달리 흩어질 것만 같은 그의 모습은 차마 보기 힘들었다.

잠시 숨을 고른 뒤, 내 뺨에 얹힌 손을 떼어 냈다. 그리고 단호히 당부했다.

"가만히 있어요."

소독약과 손수건을 꺼내 피를 닦아 내고 그 위에 바로 연고를 덧발랐다. 그다음, 그의 팔을 붕대로 칭칭 휘감았다. 그 모든 과정이 끝날 때까지도 그는 눈살 한번 찌푸리지도, 뭐라 반응하지도 않았다.

어설픈 응급조치나마 상처를 치료하자 뒤늦게 한숨 돌렸다. 감정은 진정되었지만, 여전히 우리 사이엔 이대로 넘어갈 수는 없는 문제가 남아 있었다. 앞으로 나아가기 위해선 반드시 짚고 넘어가야 했다.

"이제 설명해 봐요."

내 말에 붕대에 감긴 제 팔을 내려다보던 그가 느릿하게 시선을 들었다.

"내게 접근한 이유, 날 감시하기 위해서였나요? 계약 약혼을 제의한 것도? 환각을 본다는 것도 전부 다 거짓말이었어요?"

조각을 깎아 낸 듯 반듯한 이마와 그의 코가 보였다. 통증에 땀을 조금 흘렸는지 앞머리 몇 가닥이 이마에 달라붙어 있었다. 그 밑으로 유려한 턱 선과 울대가 튀어나온 목, 쇄골과 단단한 근육이 보였다.

불쑥 '뇌쇄적'이라는 단어가 떠올랐다. 그를 위해 지어진 단어 같았다. 시선과 인지의 속도는 같지 않았고, 거기까지 생각한 순간에야 뒤늦게 황급히 시선을 위로 올렸다.

다행히 신경 쓰지 않은 듯 무덤덤한 대답이 돌아왔다.

"반은 맞고, 반은 틀립니다."

숨을 죽이고 그의 말을 기다렸다.

"왕의 명을 받아 하퍼 백작가에 찾아들기 위해 당신에게 접근한 것은 맞습니다. 분명 불순한 의도였죠."

순순히 인정하는 말에 울컥 무언가가 뱃속에서부터 치밀어 올랐다. 그 감정의 이름을 깨닫기도 전에 그가 차분히 말을 이었다.

"하지만 무엇보다 나는 당신을 한 번 더 보고 싶었습니다. 부하 기사의 몫을 가로채야 했을 만큼."

기습적으로 다가온 그의 손이 내 턱을 쥐고 부드럽게 자신에게로 이끌었다. 델 것 같은 무언가가 시선과 시선 사이로 흘러들었다.

"계약 약혼을 제의한 건 순수한 제 의지였습니다. 환각을 본다는 것도 거짓이 아닙니다. 지금은 당신과 함께 있어 흐리지만, 저 한구석에 분명 보이니까."

내 등 뒤 어딘가를 잠시 응시했던 빈센트가 손을 거둔 뒤 고해하듯 말했다.

"당신도 알게 됐다시피, 나는 어느 핏줄을 이었을지 모르는 불길한 고아에다, 왕의 하수인입니다. 그를 위해 전장에서뿐 아니라 다른 곳에서도 사람을 죽였고, 더러운 짓도 많이 했습니다. 고고한 기사 따위와는 거리가 멀죠. 내 정체를 알게 된 당신이 날 두려워하고 경멸해도 할 말이 없을 정도로."

거침없이 자신을 깎아내리는 한마디 한마디가 그 자신이 아닌 내 심장에 비수를 꽂는 것 같았다. 듣고 있기가 힘들었다. 금방이라도 그를 끌어안고 어렸던 종자 소년에게 그랬듯 토닥여 주고 싶은 강렬한 충동이 들었다. 그런 내 몸을 막은 건 한 가닥 남은 내 이성이었다.

나는 그를 끌어안을 수 없다. 자기 자신을 폄훼하고 있으나 빈센트 무어와 올리비아 시오네의 차이는 물과 기름처럼 분명했다. 단지 불명예스러운 이혼녀와 이름 높은 상회의 주인이자 왕 직속의 기사단장.

하나 이건 감히 누가 누굴 연민하는가와는 다른 문제였다. 마찬가지로 가시투성이인 내가 끌어안아 봤자, 결국 서로 상처만 입을 테니까.

대신 미세하게 떨리는 그의 손에 내 손을 올렸다. 그게 내가 할 수 있는 최대한의 위로였다. 그가 유리를 다루는 듯 조심스러운 몸짓으로 손등에 얹힌 내 손을 잡아 올려 손끝에 이마를 댔다.

"날 믿지 않아도 좋습니다. 하지만 올리비아, 이건 알아주세요. 맹세하건대, 적어도 나는 당신에게 거짓말을 한 적 없습니다."

지그시 감은 눈 아래로 백색의 속눈썹이 내려앉았다. 만지고 싶을 정도로 섬세하고 아름다운 눈이었다. 마치 세상에서 가장 고귀하고 성스러운 존재를 대하듯 나를 마주하고 있었다.

"의심하고 매도해서 미안해요."

"……"

"하지만 한 가지는 짚어야 해요. 비록 직접 입으로 거짓말을 한 적이 없지만, 당신이 숨기려고 했던 진실을 내게 숨겼다는걸요."

그에게서 손을 빼낸 뒤 그의 어깨를 짚었다.

"빈센트, 당신은 내 동업자이자 덧붙여 당신이 거부하지 않는다면, 소중한 친구가 될 수도 있을 거예요."

다정한 어조와 함께 어쩌면 단정 짓듯 내뱉은 '친구'라는 단어에 그의 표정이 일순 변하는 것 같았지만 찰나여서 알아보기 어려웠다. 차근히 말을 이었다.

"그러니 아직 온전히 당신을 믿기엔 힘들겠지만, 노력해 볼게요. 당신도 그래 주었으면 좋겠어요."

"'친구'로서 말입니까?"

침묵은 짧았고 바로 대답한 빈센트가 내리깔았던 눈을 들었다. 묘한 어감에 일순 기분이 이상했지만, 고개를 끄덕였다. 내 대답에 화답하듯 그가 미소 지었지만 어째서인지 온기가 느껴지지 않았다. 지친 데다 다쳐서 그러리라 생각했다.

"늦었으니 이만 들어가시는 게 좋겠습니다. 오셨을 때처럼 댁까지 사이먼이 모셔다 드릴 겁니다. 국왕께서 말씀한 극을 보러 내일 저녁 찾아뵙겠습니다."

그리 말하는 얼굴은 평소와 같은 모습이었다.

* * *

손님이 나가자 그는 방 안에 다시 홀로 남았다. 구석에 서서 바라보던 목 없는 유령이 천천히 다가왔다. 빈센트 무어는 문득, 다른 부위가 아닌 목을 베어 죽이는 방식이 역시 좋았다고 생각했다. 적어도 자신을 비웃는 입은 보지 않아도 되니까.

왕은 그를 벼랑 끝으로 몰았다고 생각할 때마다 기어 올라온 그에게 기꺼이 그다음 지옥을 선사했다. 검상을 입고 다급히 들어선 왕의 알현식에서 창백히 굳은 올리비아를 봤을 때, 압수 수색으로 날붙이들을 빼고 들어온 게 다행이라고 생각했다.

교활하고 노회한 늙은이는 상대가 누구든 쓸모 있다 싶은 순간 덮치고 가차 없이 이용했다. 이용 가치가 끝난 상품은 바로 처리됐고 소리 소문 없이 묻혔다.

'쓸모 있는' 기준이라는 건 제각기 달랐지만 제 들개의 우두머리로 앉힌 그에겐 그 잣대를 엄격하게 들이댔다. 수십 명의 무장한 강도들을 홀몸으로 상대하게 한 것도, 사람의 피에 눈을 뒤집고 달려드는 사자 우리에 돌연 그를 처넣은 것도 왕에겐 결과가 어찌 되건 상관없는 시험이자 잔인한 유희였다.

그랬기에 죽음의 문턱에서 번번이 살아 돌아와야 했다. 온갖 더러운 일을 시켜도 기꺼이 해내 보여야 했다. 사실 어려운 일은 아니었다. 정신적으로 괴로워하다 목숨을 끊는 이도 있었으나 그와는 멀었다. 니힐의 기사로 있었을 때도 손속에 자비가 없는 그의 매정함은 널리 유명했다.

가장, 그리고 유일하게 두려운 건 단 하나였다. 올리비아가 자신을 보지 않는 것.

사이먼이 이곳으로 그녀를 데려온 건 의외의 일이었지만, 다행히 상황이 그가 친구의 목을 비틀지 않게 풀린 건 행운이었다. 거짓말은 하지 않았지만, 동정을 얻어 용서를 받는 정도는 누구나 하는 법이었다.

수십 수백 개가 둘러싼다 해도 상관없는 원혼이 그의 곁을 맴돌고 있으며, 그녀가 가까이 있을 때마다 흐릿해진다는 것도. 만약 되살아나 그를 해하려 든다 해도 이번엔 양 팔다리를 자르면 그만인 일이었다. 그럴 일은 없겠지만.

원래라면 방치하다 뒤늦게 의사에게 보였을 상처는 그녀의 손에 의해 말끔하게 처치됐고, 묶인 붕대 위를 매만지다 노크 소리에 고개를 들었다. 문 뒤로 나직한 목소리가 들려왔다.

"하퍼 백작이 방금 테레즈로 급히 떠났습니다."

하긴 급히 가지 않으면 안 될 일이었다. 중요한 돈줄이던 광산 하나가 폭발했는데. 하나 범인은 잡히지 않을 것이고, 뱀 새끼는 그 손해를 메꾸기 위해 한참을 뛰어다녀야 할 것이다. 설상가상으로 의도는 모르겠으나 호시탐탐 바라보는 카티아의 분위기도 점차 극단으로 치닫고 있으니.

예전에 해야 했을 일이었다. 주변에 심어 둔 부하로부터 그가 자신이 없는 사이 감히 그녀에게 접근했다는 소식을 들었을 때, 베어야 할 적이 지척인 상황 속에서도 눈앞이 새빨개지는 걸 고스란히 느껴야 했다.

"……변경백께선?"

"소식을 들으시고 기다리겠다 전하셨습니다."

할 말을 다 전하고 멀어지는 인기척을 느끼면서, 이제 남은 건 단 하나라는 생각에 조용히 미소 지었다. 그녀를 니힐로 데려가는 것. 아주 오래전부터 꿈꿔 온 소원이 이뤄지고 있었다.

*　*　*

사이먼에게 막무가내로 끌려가 돌아오기까지, 애니는 나만 기다리며 발만 동동 구른 모양이었다. 거기에 애니의 난리에 돌아온 엘리엇까지 합세해 자신의 눈에 보이면 가만 안 두겠다고 씨근덕대고 있었다.

혹시 다친 곳은 없냐며 곳곳을 살피는 엘리엇에겐 대략적인 자초지종을 설명하자 괜찮았지만, 직접 사이먼이 내 팔을 거칠게 잡아끌어 데려간 걸 눈앞에서 본 애니는 어림도 없어 보였다.

결국, 그녀를 따로 방으로 데려와 비밀 이야기를 하듯이 입을 열었다.

-그것보다 애니, 사실 더 중요한 일이 있어.
-그게 뭔데요?
-내일 저녁 가극을 보러 가게 됐어. 왕께서 꼭 보러 가라 하셔서. 그런데 뭘 입을지 모르겠네.
-정말요? 그거야 저한테 맡기시면 될 일이죠!

비장의 카드로 다음 날 가극을 보러 간다고 이야기하자, 애니는 금세 태도를 바꿔 화색을 했다. 내가 포기하고 있던 것들을 되찾는 게 기쁜 기색이었다.

실제로 레너한이 정부를 들이기 전, 우리는 다른 귀족들과 마찬가지로 부부로서 문화생활의 껍데기를 쓴 사교 목적으로 가극과 음악회를 자주 다녔었다. 하나 칠 년 전부터는 그것도 중단됐다. 언제 어느 곳을 가던 뒤따르는 수군거림을 견딜 수가 없었다. 그것이 철저히 흥미 본위의 반응이거니와 잔인한 호기심을 포함한다는 것을 알기에 더더욱 그랬다.

장본인인 나보다 들뜬 애니와 장단을 맞춰, 정리했던 옷장을 펼치고 이것저것을 대고 비교하느라 하룻밤과 다음 날 한나절이 훌쩍 지나갔다.

"이왕 가시는 거 즐겁게 보고 오세요."

다른 극장도 아닌, 왕립 극장의 초연이었다. 왕과 왕비 또한 참석하는 자리인지라 안팎으로 꽤 북적일 건 당연한 결과였다. 평소 가극을 보러 갈 때보다도 격식을 차려입는 게 당연했고, 마지막으로 살짝 옆머리를 다듬고 나니 외출 준비는 끝났다.

"클로에 양이 선물한 드레스는 아무리 생각해도 아가씨를 위한 것 같단 말이죠."

치맛단을 정리하던 애니는 곧 일어나 만족스럽게 웃었고, 다음 순간 때마침 문밖에서 노크 소리가 들렸다. 하녀가 뒤이어 말했다.

"빈센트 나리께서 모시러 오셨습니다."

"안에 들어오라 하시지."

"문 앞에서 기다리겠다 하셨습니다."

빈센트, 그 이름을 듣는 순간 어제 아무도 모르는 그의 내밀한 무언가를 보았다는 생각에 왠지 손등 위로 개미가 기어오르듯 마음 한구석에 간지러운 느낌이 파고들었다.

"아가씨, 이거요."

문 쪽으로 걸어가는 순간 애니가 황급히 내민 건 부채였다. 문득 미안하다는 생각이 들었다. 하녀들도 곧 퇴근할 시간이었고, 엘리엇은 오늘 밤 돌아오지 않는다고 했다. 그렇게 되면 내가 돌아올 때까지 집에는 애니 혼자였다.

"고마워, 애니. 그렇게 늦지는 않을 거야."

극의 시간은 약 네 시간 정도라고 들었으니 끝나면 열 시쯤이었다. 통금령 시간이 새벽 한 시쯤이니 그리 여유 있는 시간은 아니었다. 그러나 애니의 입장은 다른 듯했다.

"여기서 극장까지 삼십 분 정도 걸리는데요. 뭘. 저녁까지 느긋하게 먹고 오시는 편이 저도 좋아요."

웃으며 대꾸한 애니가 내 등을 살짝 떠밀었다.

"나리를 더 기다리시게 하면 안 되죠. 자, 어서 가 보세요."

기분이 이상했다. 마치 처음으로 무도회에 가는 어린 소녀가 된 기분이었다. 나도 모르게 심호흡을 한 뒤, 천천히 문을 열었다. 제일 먼저 느껴진 건 불쑥 뺨에 느껴지는 감촉이었다. 안에 있을 땐 몰랐지만 가랑비가 내리고 있었다.

위를 올려다보는데 목소리가 바로 앞에서 들려왔다.

"올리비아."

우산을 든 빈센트가 세 칸 계단 아래에 서 있었다. 어딘지 낯선 분위기였다. 샤일러 후작 부인의 연회에서 잠깐 봤던 그였다. 목깃까지 올려 있던 금욕적인 정복을 주로 입었던 평소와 달리 단정히 쓸어 올린 머리에 탄탄한 몸에 달라붙은 정장 차림이 보였다. 거기에 말끔히 쓸어 올린 백금발까지.

그때도 함께 플로어로 가는 걸음마다마다 따라붙었던 여자들의 시선이 생각났다. 그 모습이 원래의 옷인 것처럼 어울렸다.

"잘 어울리시는군요."

상대의 모습을 훑은 게 나만은 아닌 듯 빈센트가 느릿하게 말했다. 어제의 일이 있었냐는 듯 늘 그랬던 것처럼 태연한 태도였다.

"고마워요. 계속 염치없이 받기만 하는군요."

"친구라고 하지 않았습니까."

빈센트가 입매를 늘였다. 어제 내가 했던 말을 그대로 되풀이한 것뿐일 텐데 묘하게 다른 느낌으로 다가왔다. 마치 소리는 같지만 다른 뜻을 가진 단어처럼.

"그러니 감사하다는 말은 우리 사이엔 필요 없습니다."

뒤이은 대답에 나도 모르게 가만히 서 있자, 그가 장갑 낀 손을 내밀었다.

"밑이 미끄럽습니다."

시선이 마주한 순간, 그제야 깨달았다. 검은 눈동자가 처음으로 같은 높이에 있었다. 그가 내려다보거나 내가 내려다봤던 순간과는 달랐다.

단정한 흰 장갑 아래로 그의 손을 몇 번이고 잡았다. 단단하고, 굳은 살이 박인 커다란 손.

"기다리게 해서 미안해요, 빈센트."

여태껏 그러했듯 망설임 없이 그의 손을 잡고 계단을 내려갔다. 다행히 가는 동안 비는 멈췄다. 극장 입구를 지나 메인 홀로 이어지는 열두 계단 앞에서 마차에서 내리자마자 실감했다.

듣던 대로 어마어마한 인기였다. 관람객의 입장 마감 전, 극장 입구에선 두 배의 값을 지급해서라도 표를 얻고자 하는 하인들과 대리인들로 떠들썩했다.

인파를 헤치고 빈센트와 함께 메인 홀로 들어서자 화려하게 장식한 넓은 공간에 한껏 꾸며 입은 드레스 차림의 숙녀들과 양복 차림의 신사들로 가득했다.

"아!"

누군가가 떠미는 바람에 발을 헛디디려는 순간이었다. 민첩한 동작으로 내 허리를 감싸 안은 빈센트가 불상사를 막았다.

"내 팔을 잡으세요."

"네?"

"왕께서 이곳으로 우릴 초대한 의의가 뭐라고 생각하시죠?"

"그야……."

무심히 대답하려던 순간, 주변 사이사이로 나와 그를 바라보는 시선들에 정신이 번쩍 들었다. 단지 호기심만은 아니었다.

"……왕께 우리 관계를 보여 주기 위한 장이군요."

왕과 빈센트 사이에 오고 간 이야기의 내막을 잘 알지 못했지만, 왕은 나를 감시하기 위해 빈센트와의 약혼을 원했다. 그만큼 우리의 사이가 원만하길 원할 것이다.

"계약 약혼인지는 모르니까요. 맞나요?"

"네, 맞습니다."

하지만 한 가지 손톱 밑에 박힌 가시처럼 내심 걸리는 게 있었다. 7

년이나 사교계 활동을 하지 않았다 해도, 내 얼굴을 아직 기억하고 있는 사람들이 이곳에 아예 없을 리가 없었다.

빈센트의 말에 따라 단단한 팔을 잡은 손에 무심코 힘이 들어가자 다르게 해석했는지 그가 덧붙였다.

"하퍼 백작은 어제 테레즈로 돌아갔습니다."

의외의 소식이었다. 불과 하루 전 일을 어떻게 빈센트가 알고 있는가는 차치하고, 그런 일이 있었다는 게 이해가 가지 않았다.

사업가로서 여러 투자자와 경쟁자를 만나는 교류의 장을 레너한이 포기할 리 없었다. 특히 옆 나라에서 전쟁 이야기가 오고 가고, 확증은 없지만 어쩌면 그와 연관된 입장이라면 더욱이.

그런데도 사교 시즌을 앞두고 영지로 돌아갔다는 건, 분명 급한 일이 생겼다는 표시였다. 머릿속을 헤집는 생각에 나란히 걸음을 옮기며 물었다.

"내가 그를 마주칠까 두려워하는 거 같나요?"

"아니요."

"그럼요?"

"당신이 그를 생각하는 게 불쾌하니까."

게더의 별장 집무실에서 약혼 관계를 한 이상 서로에게 충실해야 한다고 단호하게 말하던 그가 떠올랐다. 그때 주위를 두리번거리던 극장 관계자 한 명이 다가왔다.

"실례합니다만, 혹시 올리비아 님이십니까?"

"네."

"아, 테오도르 씨에게 미리 말씀 들었습니다. 옆에 계신 분은 동생분이군요."

빈센트를 힐긋 쳐다본 남자가 말했다. 아마도 자리를 안내해 주려는 모양이었다. 안 그래도 인파에 정신이 없던 터라 반가운 얘기였다. 그래도 잘못된 건 정정해야 하기에 입을 열었다.

"이분은……."

"그녀는 내 약혼녀입니다."

엷게 웃으며 대꾸하기도 전에 말허리를 채 가는 목소리가 있었다.

"문제라도 있습니까?"

"아, 아뇨……. 아마 동생분과 오실 거라고 들어서요. 따라오시죠."

당황한 듯 웃은 남자가 뒤이어 앞장섰다. 안내를 받아 안으로 들어서자, 메인 홀과는 비교도 되지 않는 규모의 극장이 펼쳐졌다. 이백 명 정도를 수용할 수 있는 가극장은 관람객들로 가득했다.

아치형으로 높이 치솟은 우아한 천장엔 다이아몬드를 박은 호화로운 샹들리에가 세 개나 매달려 있었고, 아득한 높이의 붉은 커튼이 단상을 가리고 있었다. 주변을 둘러보다 나도 모르게 작게 탄성을 냈다.

"이전에 가 봤던 극장보다도 더 규모가 큰 거 같아요."

"왕께서 직접 설계에 참여하고 지었다 들었습니다."

"먼 친척이신 샤일러 후작 부인처럼, 예술에 관심이 많으신가요?"

"그런 단순한 이유 때문이라면 좋겠습니다만, 꼭 그렇지도 않은 법이죠."

선정을 과시하기 위한 목적일 수도 있다는 말이었다. 그렇다면 더욱 이상했다. 보통 그런 목적의 행동은 선왕의 적통이 아니거나 권력이 약한 왕의 경우 취하는 일이었다. 고귀한 혈통을 과시하기 위해서나 귀족 세력의 호감을 얻기 위해서.

하지만 왕은 적통에다 즉위 이래 십여 년간 계속 팽팽히 귀족과 줄다리기 중이었고, 밀린 적은 있었으나 스스로 백기를 든 적은 없었다.

"올리비아."

문득 나도 모르게 걸음을 멈췄는지 가만히 서 있는 날 부른 빈센트가 부드럽게 말했다.

"좀 더 개인적인 영역이란 말이었습니다."

"그 말은······."

"당신의 손에 단서가 있군요."

내 손에 들린 건 테오도르가 선물한 극장표였다. 그가 내민 손을 잡고 다시 걸음을 옮겼을 때, 그제야 그의 말뜻이 생각났다.

"그러고 보니······ 후작 가문은 왕의 핏줄이었죠."

"지금은 다른 피와 섞이고 섞여 한참 되짚어 올라가야 하지만."

그 말은 거의 무해한 데다 먼 친척이기도 하고 어쩌면 언젠가 힘을 보태 줄 수도 있는 존재라는 뜻이었다. 이로써 한 가지는 알게 됐다. 겉으론 중립을 표방하는 샤일러 후작 가문은 왕과 우호적인 관계였다.

"안으로 들어가시면 됩니다."

일 층 관객석 중 하나에 자리 잡을 거라는 내 생각과는 다르게 쭉 가장자리 길을 따라 걸어가던 관계자는 자세히 보지 않으면 모를 벽과 같은 색의 문을 열었다.

"두 분의 자리가 위에 있을 겁니다."

테오도르가 선물한 자리는 생각지도 못한 자리였다. 무대 바로 왼편 위에 자리한 발코니석이었다. 재력은 물론이고 권력을 가진 귀족들이나 차지할 수 있는 손꼽히는 상석이었다. 백작 부인이었을 때도 이 자리에 앉지 못한 적이 종종 있었을 만큼.

"원랜 샤일러 후작 부인께서 앉으셔야 할 자리 같은데."

"아마 참석하지 않으실 겁니다. 다른 일이 있다고 들었습니다."

나도 모르게 중얼거리자 대답이 돌아왔다. 아끼는 시조카가 참여한 극인데도 참석하지 않은 후작 부인의 행동보다는 그의 정보력에 더 놀랐다. 대체 어디까지 발이 뻗어 있는지 궁금할 정도였다. 하지만 그 의문을 입 밖에 내거나 드러내지는 않았다.

거의 다 착석한 다른 곳과 달리 맞은편엔 자리가 비어 있었다. 내 의문이 눈에 드러났는지 빈센트가 먼저 입을 열었다.

"아마 국왕께서 앉으실 겁니다."

"그래서 아직 채워지지 않았군요."

극이 시작하기까진 아직 십오 분여가 남아 있었고, 왕의 입장은 시작하기 오 분 전쯤에 이루어지는 법이었다. 그때 누군가가 뒤에서 다가왔다. 복장을 보니 기사인 듯했다. 다가온 기사와 짧게 대화를 나누던 빈센트가 내 의자를 끌어 주며 자리에서 일어났다.

"잠시 자리를 비워야 할 것 같습니다."

"다녀오세요."

그대로 그가 끌어 준 공단 의자에 앉고 난 다음, 홀로 남았다. 극 관람용 간이 망원경을 꺼내 무릎 위에 둔 뒤 아래를 눈으로 훑었다.

극장 안엔 등받이와 방석 부분에 붉은 공단을 덧댄 장미목 의자가 가운데 통로를 중심으로 양옆으로 늘어서 있었고, 그 위로 무대를 한눈에 내려다볼 수 있는 발코니석이 이곳을 비롯해 왼쪽과 오른쪽 각각 세 개씩 위치한 게 보였다.

"실례하네."

등 뒤에서 목소리가 들렸다. 뒤를 육십 대 정도로 보이는 풍채 좋은 노인이었다. 단단히 각진 턱에 어딘가 우직한 곰이 연상되는 체격의 남자였다. 빗어 넘긴 다갈색 머리에 흰머리가 희끗희끗했다. 나도 모르게 반사적으로 한 손에 쥐고 있던 부채를 펴 얼굴을 가렸다.

"네, 무슨 일이시죠?"

"극장 측에서 착오가 있는 모양인 듯해서."

외견과 마찬가지로 묵직하고 무게감 있는 굵은 목소리였다.

"무슨 착오를 말씀하시는 거죠?"

"제가 앉을 자리가 이곳인 거 같은데 말일세."

의아한 말에 그가 건네 보인 것을 살폈다. 그리고 다시 시선을 들어 말했다.

"이곳이 아니고 옆 발코니석인 듯합니다."

내 대답에 놀란 표정을 짓던 노인이 이내 다시 자신의 표를 확인하더니 너털웃음을 지었다.

"아, 이런. 미안하군. 나이 들다 보니 정신이 이렇게 없어."

"괜찮습니다."

예의 바르게 웃으며 다시 앞으로 고개를 틀려는 순간이었다. 그대로 나가는가 싶던 노인이 커튼을 젖히고 다시 돌아왔다.

"레이디에게 무례를 저질렀으니, 사과의 표시로 마실 것을 시켰네."

"아……. 그러실 필요는 없었는데요."

예상치 못한 호의에 어색하게 미소를 지으며 대답하자 때마침 직원 하나가 은쟁반 위에 두 칵테일 잔을 얹은 채로 커튼을 젖히고 들어왔다. 그중 하나를 내게 건넨 노인이 말했다.

"받아 주시게. 내 손이 민망해지는 걸 바라지 않는다면."

"……그럼 감사히 받겠습니다."

감사의 표시로 작게 눈인사를 한 뒤 어느새 자신의 것을 든 그와 건배한 후, 건네받은 칵테일을 한 모금 마셨다.

"바깥양반은 잠시 자리를 비우셨나 보군."

남편.

그 단어에 나도 모르게 쓴웃음이 지어졌다. 내게 그렇게 부를 수 있는 존재는 이제 없었다. 왕이 이혼을 승인하겠다고 했으니 임시로 쓰고 있는 내 성(姓)이 온전히 내 것이 되기까지는 이제 일주일도 남지 않았다.

침묵을 수긍으로 해석했는지 미소 지으며 날 내려다보던 노인이 다시 입을 열었다.

"그러고 보니 내 이름을 밝히지 않았나."

"……."

"외젠 그레이'라고 하네."

이름을 듣는 순간, 들고 있던 잔을 떨어뜨릴 뻔했다. 거침없이 내게 말을 놓는 태도와 발코니석의 관객이란 점을 미루어 볼 때, 이 노인이 당연히 고위 귀족일 거라는 생각은 했지만, 설마 명사나 다름없는 사람일 줄은 몰랐다.

이 나라에는 왕 아래로 세력을 과시하는 대가문이 세 군데 있다. 샤일러 후작가와 그레이 후작가, 그리고 변경백이라 불리는 니힐 백작가.

일찍 타계한 부친의 뒤를 이어 자리를 물려받은 젊은 샤일러 후작과 달리, 그레이 후작가는 왕족의 방계가 아니었다. 왕위를 두고 피바람이 불었던 선왕 때, 큰 공을 세워 백작에서 후작으로 격상한 인물이었다.

칠 년 전, 사교계에서 한창 활동했을 때도 그저 이름과 영향력만이 유명했던 존재였다. 그만큼 광활한 영지를 통솔하느라 바쁜 인물이기도 했고, 쉰이 넘어서야 겨우 후처에게서 쌍둥이를 본 터라 그 재롱을 보느라 수도로 올라올 여유가 없다는 말도 들렸다.

한편으론 선왕의 공신이기에 왕의 견제를 피해서 몸을 사리는 것이라는 의견도 있었지만, 한 가지 확실한 건 그 어느 자리에서나 부재중임에도 짙은 그림자를 드리운 인물이라는 거였다. 내 굳은 얼굴에 침묵을 꺼트린 건 그레이 후작이었다.

"레이디께선 날 아시는군."

"모를 리가요. 미처 알아 뵙지 못해 죄송합니다."

그제야 몸이 움직여졌다. 일어나서 인사하려는 걸 손을 들어 막은 그레이 후작이 나를 다시 앉혔다.

"괜찮으니 앉게. 어딘가 좀 낯이 익기도 해서 반가워 그러니."

무엇보다 내 표정을 굳게 만든 건 따로 있었다. 그레이 후작은, 사사

로이 레너한의 친인척이기도 했다. 결혼식 때도 참석했었다. 그때의 날 알아보는 건가. 심장이 펄떡이는 게 느껴졌다.

"실례가 아니라면 레이디의 성함을 여쭤 봐도 되는가."

미소를 띠며 묻는 말에 태연함을 가장한 얼굴에 금이 갈라지는 소리가 들렸다. 이름을 들으면 날 알아차릴지도 모른다. 그렇게 된다면 어떤 반응이 되돌아올지 두려웠다. 습관적으로 아랫입술을 깨물고 머리를 굴리는 순간이었다.

"오랜만에 뵙습니다, 후작 각하. 제 약혼녀에게 무슨 볼일이라도?"

커튼을 젖히고 들어온 빈센트였다. 후작이 일견 흥미로운 표정으로 나와 그를 번갈아 보더니 의외라는 얼굴을 했다. 흔들리는 내 낯빛을 가려 주듯이 후작의 시선을 돌린 빈센트가 성큼 다가와 옆에서 내 어깨에 손을 얹었다.

"보다시피 그녀는 수줍음이 많아서요."

살짝 내리누르는 듯한 무게감에 안정감이 느껴졌다. 난간에 손을 얹은 후작이 입을 열었다.

"자네는?"

"제1 기사단의 빈센트 무어라 합니다."

"……그렇군."

희미한 적의와 경멸이 스쳐 지나간 건 절대 환각이나 착각이 아니었다. 보통 두려움과 경계를 내비치는 사람들과 달리 후작은 왕의 그림자에 확실한 반감이 있었다. 그걸 굳이 감출 생각도 없어 보였지만, 적어도 아녀자인 내 앞에선 능숙하게 숨기는 노련함을 발휘했다.

"실례했네. 그럼 물러가지."

짧게 그에게 말하더니 내게 고개를 돌렸다.

"부디 즐거운 시간 보내길 바라네, 레이디."

"……감사합니다, 각하."

빈센트가 진정할 시간을 벌어 준 덕에 자연스럽게 대답할 수 있었다. 응대하며 가볍게 미소 짓자 눈인사를 한 그가 뒤를 돌더니 커튼을 헤치고 멀어졌다. 동시에 아슬아슬하게 끈을 잡고 있던 긴장이 탁 풀렸다. 그 모습을 날카롭게 잡아챈 빈센트가 말을 걸었다.

"괜찮습니까?"

"괜찮아요."

조금 전의 일에 대해 설명을 할 필요를 느꼈다.

"조금 전 상황은."

말하다 잠시 침을 삼키고 말을 이었다.

"자리를 잘못 찾으셨다고 하더군요. 미안하다며 칵테일을 사 주셨고, 몇 마디 대화를 나눴어요."

엄연히 아직 약혼하기 전의 입장이었지만 빈센트가 후작에게 날 약혼녀라 소개한 건 옳은 대처였다. 일 층의 공개된 좌석이 아닌 약간의 폐쇄성을 지닌 발코니석에 젊은 남녀가 함께 있다면 보통 셋 중 하나였다. 가족이나 부부, 혹은 작위를 가진 남자와 그의 정부.

아래엔 드문드문 비어 있던 좌석까지 다 메워져 있었다. 맞은편과 아래에서 이쪽을 힐긋거리는 몇몇 시선이 느껴졌다. 마지막으로 사교계에 얼굴을 비춘 지 칠 년 전이니 그들의 시선을 잡아끈 건 내가 아닐 게 분명했다. 그늘에 숨어 활동하기에 빈센트는 눈에 띄는 미모를 가진 남자였다. 거기까지 다다른 생각에 고개를 돌리기도 전, 옆자리에 앉은 그가 조용히 말했다.

"자기 자리를 헷갈릴 위인은 아닙니다."

"그러네요. 날 알아봤을까요?"

"어쩌면."

무심히 대꾸하던 빈센트가 덧붙였다.

"내 쪽을 알아봤을 수도 있습니다."

"구면이었나요?"

그가 고개를 끄덕였다. 그러곤 아무렇지도 않게 말했다.

"통성명은 안 했지만."

그 말에 등골이 서늘해졌다. 왕과 후작은 대놓고는 아니지만, 대립 각을 세우는 관계였다. 그런 상황에서 왕의 하수인이라 불리는 빈센트 가 후작과 안면이 있다면 분명 일반적인 상황은 아니었을 게 확실했 다. 만약 목적이 나였대도 문제였다. 대체 무슨 목적으로? 그저 소문 이 흉흉한 나를 보기 위해?

그레이 후작은 어릴 적 레너한을 귀여워했다고 들었다. 내게 좋은 감정을 가질 리 없었다.

"올리비아."

나도 모르게 장갑 벗은 손으로 다시 한번 입술을 뜯으려는 찰나였 다. 거침없이 입술로 다가가던 손이 멈칫했다. 아래팔에 얹힌 무게감 이 있었다. 간단한 손짓으로 내 행동을 저지한 빈센트가 단호한 얼굴 로 말했다.

"입술에 피가 납니다."

"아……."

반사적으로 입술로 가져가던 손을 막은 그가 품에서 손수건을 꺼내 내 입술에 묻은 피를 닦아 냈다. 눈 깜짝할 새였다.

"피를 보는 걸 좋아하지 않습니다."

"빈센트……."

"그게 당신 피라면 더더욱."

무감해 보이다가도 칼날처럼 예리한 눈빛이었다. 친구라고 선을 그 어 상대하려는 내 마음을 꿰뚫어 본 듯이. 정중하고 거리를 지킬 줄 아는 신사와 언제든 덮쳐 올 기세로 상대를 주시하는 늑대는 한 겹 차 이였다.

"다 닦였군요."

한편으론 유리그릇을 다루듯 조심스럽고 부드러운 손길이었다. 더는 지척에 닿은 시선을 마주할 수가 없어 눈을 내리까는 순간, 그가 손을 거뒀다.

"후작에 대해선 걱정하지 않아도 됩니다."

속삭이듯 들린 작은 목소리에 뭐라 대꾸하려는 찰나였다. 우렁찬 목소리가 극장 안에 울려 퍼졌다.

"전하께서 드셨습니다!"

떠들썩하던 극장 안이 일각에 조용해진 건 그때였다. 자연 모든 이의 시선이 오른쪽 발코니석으로 향했다. 맞은편에 커튼이 젖혀지고 국왕이 앞으로 나왔다. 존경의 의미를 닮은 짤막하고 강한 박수가 지나가고 손을 들어 흔들어 보인 왕이 왕비와 함께 나란히 자리에 앉았다.

순간 우리를 본 듯도 싶었지만 아주 찰나였다. 왕이 자리에 앉았으니 곧 극이 시작될 차례였다. 샹들리에의 불이 꺼짐과 동시에 안쪽에서 무대의 커튼이 걷혔다. 우리의 시선 또한 무대에 붙박였다.

어두컴컴했던 홀을 무대 위의 조명이 연달아 켜졌다. 관중은 완전한 침묵으로 보답했고, 무대 바로 아래 앉은 관현악단이 묵중한 음으로 합주를 시작했다.

심호흡하고 간이 망원경을 들었다. 막 남자 주인공의 부분이 끝나고 조연들과 함께 아름답게 치장한 여자 주인공이 등장했다.

* * *

한 연인의 사랑을 시작으로, 어긋난 인연이 결국 비극으로 치닫는 극이었다.

배경과 음악은 물론이고 조연들의 시선과 행동반경까지 철저한 계산으로 이루어져 보는 내내 시선을 뗄 수 없었다. 결말에 이르러 원수가 되어 버린 연인을 바라보며 여자 주인공이 스스로 목숨을 끊는 장면엔 신음과 탄식만이 무겁게 극장 안에 내려앉았다.

전체적으로 훌륭한 공연이었다. 손을 나란히 맞대어 잡은 배우들이 관객들을 향해 인사하고 커튼이 내려갈 때까지 극장을 흔들어 버릴 것 같은 박수 소리가 끊이질 않았다. 뒤이어 입장과 마찬가지로 박수 세례를 받은 국왕이 퇴장하자 다른 관객들도 자리를 털고 일어났다. 나와 빈센트 또한 마찬가지였다.

들어올 때와는 달리 발코니석의 손님들은 따로 자리한 출구로 나가 인파에 휩쓸리지 않았다. 메인 홀이 아닌 뒷문으로 연결되는 통로였다. 동행자와 나란히 걸음을 옮기는 순간이었다. 불러 세우는 목소리가 있었다.

"레이디 올리비아!"

"테오도르 씨."

저 멀리서부터 날 봤는지 헐레벌떡 뛰어온 테오도르였다. 그가 곧장 반색하며 말을 걸었다.

"제 얼굴도 안 보고 가시려 하신 건 아니시죠?"

깜빡 잊고 있었다. 하지만 재빨리 고개를 저었다.

"물론 아니죠. 공연 정말 좋았어요. 작곡하셨다던 곡도 좋았구요. 연주자로서도 작곡가로서도 재능이 다분하시더군요."

음악에 대해 아는 건 일반 귀족 여식들만큼의 지식 정도였지만, 최대한 솔직하게 내민 감상평이었다.

"과찬이십니다."

내 칭찬에 수줍은지 살짝 낯을 붉힌 테오도르가 씩 웃으며 입을 열다, 그제야 빈센트가 보였는지 내게 물었다.

"근데 이분은……."

"아, 빈센트 경, 이분은 테오도르 샤일러 씨입니다. 피아노 연주자이며 작곡가시기도 하죠."

뒤이어 빈센트를 소개했다.

"그리고 이분은 제……."

한 단어가 자연스럽게 나오지 않아 잠시 입을 다물었다. 극장에 들어설 때 넘어지려는 날 잡아 줬던 것처럼 빈센트의 손이 내 허리를 받치듯 잡는 게 느껴졌다. 다시 입을 열었다.

"저와 약혼을 약속하신 분입니다."

'약혼자'라는 단어가 이리도 낯설고 말하기 힘든 말인지는 처음 알았다. 놀란 듯 나와 빈센트를 번갈아 보던 테오도르가 약간의 침묵 후에 먼저 그에게 손을 내밀었다.

"아……. 그러시군요. 처음 뵙겠습니다."

"처음 뵙습니다."

두 사람 사이에 담백하고 짧은 인사와 악수가 오고 갔다. 다가왔던 때와 같이 물러선 건 테오도르였다. 악수한 손을 떼고 내게 시선을 돌렸다.

"저녁 식사를 권하려 했는데, 생각해 보니 일이 있어 아무래도 힘들겠네요."

"그런가요. 그럼 다음 기회에 같이 하도록 하죠."

빈센트와는 작게 눈인사를 한 테오도르가 출구 반대편으로 걸음을 옮기자 우리 또한 다시 걸음을 재촉했다. 묘한 침묵 속에서 극장을 빠져나오자 바로 타고 왔던 마차가 대기하고 있었다. 가타부타 말도 없이 내게 손을 내밀어 마차에 태운 빈센트가 조용히 입을 연 건 마차가 움직이기 시작했을 때였다.

"아까 그 사람이 극장표를 준 사람이군요."

담백하고 조용한 말이었지만, 그 안에 숨겨진 의도를 읽어 내기란 어렵지 않았다.

"테오도르 씨와는 샤일러 후작 부인 저에 머무를 때 알게 됐어요. 친절한 분이죠."

"그렇다면 저 사람도 '친구'입니까?"

불쑥 튀어나온 손이 얼굴 옆을 스치는 순간 숨을 참았다. 내 등 뒤에 놓인 램프를 꺼내 불을 붙인 빈센트가 다시 물었다.

"내 눈을 피하시는군요."

"……빈센트."

답을 회피하려는 게 아니었다. 숨길 일도, 숨길 마음도 없었다. 반사적으로 눈을 내리깐 것은 나도 모르게 한 일이었다. 문득 그가 강조했던 말이 다시금 떠올랐다. 중요한 규칙으로 머리에 박힌 말이었다. 다른 이성에게 관심을 두지 말 것.

고개를 들려는 순간 그의 손이 눈을 덮었다.

"어차피 지금 내 얼굴이 보기 좋은 표정은 아닐 테니 이대로가 낫습니다."

서늘한 온기와 함께 언젠가 맡아본 적 있는 희미한 백단향을 맡았다.

"당신도 알다시피, 나는 내 영역이 뚜렷한 사람입니다. 그 안에 허락하지 않은 누군가가 들어오는 게 끔찍이도 싫습니다."

"……그 말은 내가 당신에게 속해 있다는 뜻인가요?"

그의 손을 잡고 내렸다. 내 반박에 그가 느릿하게 말했다.

"우리가 서로에게 속해 있다는 뜻입니다."

"그렇다면 날 믿는 게 당연한 거 같은데요. 내가 어제 당신을 받아들인 것처럼."

단전에서 피어오른 열감이 목을 타고 머리까지 치솟았다. 그에게 처음으로 내보인 분노였다. 참고, 인내하고, 기다리던 시절과는 영원히 작별을 고했기에 갈등이 생기더라도 머뭇거리지 않고 할 말을 해야 했다. 눈살을 찌푸린 빈센트가 바로 대답했다.

"믿지 않는다는 말이 아닙니다."

"그런데 왜 난 날 가두고 간섭하려는 걸로 보이죠? 난 마음대로 다룰 수 있는 물건이 아니에요!"

"올리비아!"

쏟아 내려는 말이 턱 막힌 건, 내 이름을 부르는 목소리가 아닌 젖혀져 있던 커튼을 덮어 버린 손길이었다.

"당신은 지금 누구와 날 겹쳐 보는 겁니까?"

씹어 내뱉듯 단호한 목소리가 이어졌다.

"내 앞에서 누굴 생각하는 겁니까?"

점점 커지던 언쟁이 뚝 그쳤다. 정곡을 찔렸다. 찬물을 뒤집어쓴 느낌이었다. 얼어 버린 채 간신히 입을 여는 순간 마차 안이 심하게 덜컹거렸다. 그대로 창에 부딪힐 거 같아 본능적으로 눈을 꾹 감았다. 하지만 아무런 충격도 이어지지 않았다. 쿠션처럼 창과 내 옆얼굴 사이에 빈센트의 손이 있었다.

적막 속에 서로의 숨소리만 옅게 오고 갔다.

"……고마워요."

원위치로 돌아가며 어색하게 감사를 내뱉었다.

마주 앉았으나 더 이상의 대화나 이어진 시선은 없었다. 애꿎은 장갑만 힘주어 움켜쥐다 결심한 얼굴로 눈을 감은 채 앉아 있는 빈센트에게 말을 걸었다.

"미안해요."

"……."

"내가 바보 같았어요."

"그만."

스스로에 대한 경멸로 치달으려는 때 말허리를 끊은 빈센트가 조용히 말했다.

"괜찮습니다. 나 또한 과민 반응한 게 사실이니까요. 대등한 관계에서의 갈등은, 어느 한쪽의 일방적인 잘못 때문이 아닙니다."

방금과는 정반대의 이유로 눈이 커졌다. 맞는 말이었다. 그러나 한 번도 실감한 적 없던 말이었다. 마차가 서서히 멈춰 섰다.

"도착한 거 같군요."

문을 연 빈센트가 먼저 나온 뒤 내게 손을 내미는 때였다.

"빈센트!"

달려왔는지 헐떡거리는 숨을 내뱉은 사이먼이 집 앞에 서 있었다. 힘에 겨운지 가쁜 숨을 몰아쉬며 다가온 그가 다행이라는 듯 입을 열었다.

"역시 여기로 먼저 왔군."

"무슨 일이지?"

"올리비아 님과 오늘 밤 당장 니힐로 떠나야겠어."

"뭐?"

"변경백께서 위독하시다는 소식이네. 니힐에서 마차를 보내왔어."

그때 처음으로, 숨 쉬는 걸 잊어버린 것 같은 빈센트를 보았다.

5. 필연 I

급한 일인 만큼 느긋하게 짐을 꾸리는 건 사치였다. 빈센트와 약혼을 하기로 했다는 내 말에 경악한 애니는 잠시간 입만 벌린 채 눈을 끔벅였지만, 늘 그래 왔듯 결국 나를 따랐다.

그녀의 도움을 받아 잠옷과 세면도구, 코르셋 등 가장 기본적인 것만 추렸다. 조부에게 받은 집에 모든 게 있기에 빈센트는 따로 짐을 챙기지 않고 마차 앞에서 나와 애니를 기다리고 있었다.

지체할 시간이 없었다. 우리 셋은 한 시간도 되지 않아 바로 퀸체로드를 떠났다.

수도에서 북부까지는 그 어느 지역보다 긴 거리가 존재했다. 마차를 이용해 닦인 길로 가면 꼬박 닷새는 걸리는 거리였다. 하지만 빈센트는 아무도 가지 않은 길을 선택했다. 거칠고 덜컹거리지만, 확실히 오가는 시일을 이틀이나 줄일 수 있는 지름길이었다.

그만큼 위험하고 안전을 보장할 수 없어 모두가 피하는 길이지만,

빠르게 북부를 들어서는 순간부터 사실상 우리는 안전했다.

감히 데인 변경백 가문의 문장이 그려진 검은 사륜마차를 덮칠 만한 강도나 산적은 없기에. 여러 가지로 현명한 판단이었다. 빈센트는 그 어느 때보다 날이 서 있었다. 묘한 위압감에 짓눌린 애니가 사흘이나 쥐 죽은 듯 조용했을 정도였다.

꼭 필요한 이야기가 아닌 이상 침묵이 고인 마차 안은 중간중간 근처 여관에서 묵기 위해 내리는 시간을 제외하고 잠을 자거나 창밖을 구경하는 공간이 되어 버렸다. 결국 새벽녘, 참다못해 침묵을 가른 건 내 쪽이었다.

"빈센트."

"……."

"부탁이니 제발 조금이라도 자 둬요."

"충분히 자고 있습니다."

"그건 자는 게 아니잖아요."

그간 빈센트는 밤이나 낮이나 선잠만 자고 있다는 게 고스란히 보일 정도로 작은 기척에도 반응했다. 며칠을 굶은 맹수가 동굴 밖의 움직임을 예민하게 잡아채는 것처럼. 내 지적에 대답 대신 입을 다물어 버린 그를 조용히 달랬다.

"강한 분이시라고 들었어요. 분명 충분히 이겨 내실 거예요."

"그걸 어떻게 압니까?"

수도를 떠난 이래 거의 처음으로 터진 말문이었다. 지난 며칠간 잘 자지도, 먹지도 않아 예전보다도 더 차갑고 날카로운 얼굴이 보였다. 차창 밖에서 스며드는 붉은빛에 비친 왼쪽 얼굴뿐이었다. 그림자에 묻힌 반대편 얼굴은 가려져 있었다. 마치 반쪽짜리 가면을 쓴 것처럼.

"사람은 생각보다 쉽게 죽습니다."

차갑다 못해 냉소가 묻은 목소리였다. 하나 그 밑에 파묻힌 고통이 느껴졌다. 견고했던 껍질에 금이 가고 있었다.

잠시 감았던 눈을 다시 떴다.

"……분명 생과 사에 대해서는 칼을 든 적도 없는 나보다 당신이 더 잘 알겠죠."

내게 시선을 옮겨 창밖으로 향하려던 고개를 잡았다. 두 손을 들어 거칠어진 그의 뺨을 잡고 날 바라보게 했다.

"하지만 이것 한 가지는 확신해요. 당신이 초췌해진 모습으로 돌아 간다면 변경백께선 절대 좋아하지 않을 거라는 것."

무엇보다 옆에서 지켜보는 내가 괴로웠다.

"걱정하고 고민해도 해결되지 않는 문제라면 잠시라도 그칠 수는 없 나요?"

손이 내쳐졌다.

"참 쉽게 말하는군요."

내뻗은 손에 이를 드러내는 늑대가 눈앞에 있었다. 더 다가간다면 분명히 물릴 것이다. 하지만 멈출 수 없었다.

"난 어린아이가 아니니 위로는 필요 없습니다."

"아버지가."

다시 말문을 닫아 버리려는 찰나, 주먹을 꼭 쥐고 말했다.

"……아버지가 돌아가신 뒤, 내 어머니는 큰 실의에 빠지셨어요."

호흡이 떨렸다. 기억 속 가장 밑바닥에 덮어 놓았던 것을 꺼내어 드 러내는 데엔 큰 힘이 필요했다.

"매일매일 금방이라도 슬픔에 익사하실 것 같았어요. 나와 엘리엇은 그저 지켜보는 것밖엔 없었죠. 우리에겐 어머니가 전부였거든요."

목이 메어 말을 한번 멈춰야 했다.

"어머니는 한 번도 돌아보지 않으셨어요. 우리가 옆에 있었는데도 요."

어린아이가 할 수 있는 모든 걸 했다. 매달리고 악을 쓰고 울어도 봤지만 부질없는 짓이었다. 텅 빈 눈을 마주할 때면 나조차 그 우울에 잡아먹히는 것 같았다. 그때 끝끝내 포기하지 않았다면 어땠을까, 게오르그가 파고들 틈이 없게 끝까지 어머니를 잡았으면 어땠을까.

뒤늦은 후회였고 돌이킬 수 없는 과거에 대한 자책이었다.

"오랫동안 아버지를 원망했어요, 무척이나. 영혼이 있다면, 이런 나 때문에 쉽게 잠들지 못하셨겠죠. 그걸 너무나 늦게 알았어요."

더듬더듬 말을 잇는 동안, 한 줄기 눈물이 턱을 타고 흘러내렸다. 그대로 눈을 감아 버렸다. 그때 못 박인 손이 눈물을 닦아 냈다. 눈꺼풀을 들어 올리자 평소와 같은 그가 보였다.

말은 쉼 없이 달렸고, 그날 저녁 우린 니힐에 도착했다.

* * *

데인 변경백 저는 문장인 까마귀에 빗대어 '레이븐 홀'이라 불렸다. 이름과 더없이 어울리는 새카만 대저택인 레이븐 홀은 거친 바닷바람에 정면으로 맞서는 자리에 있었다. 편평한 평지 위에 짓는 다른 저택과는 다르게, 오랜 세월 파도를 맞아 깎아지른 아득한 절벽 위에 오롯이 바다를 등지며 굳건히 자리한 모습이 강렬한 인상이었다.

"백작 부인을 비롯한 식솔들이 마중 나와 있을 겁니다. 오래 함께해 그들과는 먼 친척 같은 관계입니다. 제 약혼녀로서 행동하시면 됩니다."

"그렇군요, 알겠어요."

가까이 다가갈수록 걱정하는 내 내심을 읽었는지 빈센트가 꺼낸 말에 어떻게 지낼지 대강 갈피가 잡혔다. 조용히 듣고 있던 애니가 불쑥 물었다.

"나리, 변경백께선 가족이 많으신가요?"

"방계는 북부에 뿔뿔이 흩어져 있고, 저택에 사는 사람은 직계 가족이 유일합니다. 두 분 사이엔 쌍둥이 두 분뿐입니다."

온몸을 두꺼운 외투로 꽁꽁 싸맨 문지기를 지난 마차가 막힘없이 정문을 통과해 현관홀 앞으로 들어섰다.

과연 그의 말대로 계단 아래, 무채색의 옷차림인 사람들이 마중 나와 있었다. 누가 주인이고 고용인들인지는 소개받지 않아도 바로 알수 있었다. 사치스럽지는 않지만 좋은 원단의 드레스를 고상하게 차려입은 노부인이 백작 부인이고, 그 바로 양옆에 서 있는 노부인을 닮은 두 사람이 자녀들일 터였다. 마차가 멈추고 문을 연 빈센트가 나가기 무섭게 누군가 달려들어 그의 품에 안겼다.

"오라버니!"

"이네스."

갑자기 뛰어든 건 열대여섯 살 되었을까 싶은 인형 같은 외모의 소녀였다. 주로 소수의 북부인 중에서만 난다는 백금발은 빈센트보다 더 순도 높은 백색이었다.

마부의 손을 잡고 뒤이어 내리자 소녀가 불쑥 고개를 쳐드는 게 보였다. 벽안이었다. 치켜 올라간 눈매에 나와 비슷한 농도의 빛깔이었다.

"그동안 왜 편지에 답장도 안 하셨어요? 얼마나 보고 싶었는데."

"그쯤 하렴, 이네스. 손님 앞에서 추태구나."

나이 차이 나는 친 오라비에게 투정 부리듯 입술을 비죽 내밀었던 이네스가 아쉽게 몸을 떼어 낸 건 등 뒤에 서 있던 백작 부인의 말 때문이었다. 일견 엄히 나무라는 것처럼 들렸지만, 말투엔 분명 애정이 묻어 있었다.

백작 부인 또한 북부 출신인지 자녀들과 마찬가지로 백금발에 신비한 보라색 눈동자를 가진, 키가 크고 시원시원한 미인이었다. 내적으로 강한 사람인 듯했다. 예상과는 달리 이런 상황에서도 슬픔에 젖어 있거나 지쳐 보이지 않았다. 이네스를 떼어 낸 빈센트가 왼손에 가슴을 올리고 정중하게 인사했다.

"오랜만에 뵙습니다, 백작 부인."

"어서 오너라. 못 본 사이에 수척해졌구나."

걱정스레 그를 바라보던 백작 부인이 시선을 자연스레 조금 뒤에 선 내게 향했다. 빈센트가 나를 소개했다.

"편지로 말씀드린 제 약혼녀, 올리비아 시오네 양입니다."

"아아, 어서 와요, 시오네 양."

"반가이 맞아 주셔서 감사합니다, 백작 부인."

"빈센트의 약혼녀라면 가족이나 마찬가지예요. 얼마든지 편하게 있다 가요."

인내심 있게 기다리던 빈센트가 드디어 입을 연 건 다음 순간이었다.

"그보다 변경백께서는 무사하십니까?"

"무사? 얼마 전 사냥하다 빗맞은 화살에 다리를 맞아 며칠 자리 보존하시긴 했지만, 어제 순행을 나가셨을 정도로 건강하다만."

"……다리요?"

사경을 헤매고 있다는 말과는 거리가 있는 말이었다. 동시에 굳어진 나와 빈센트의 얼굴에 뭔가 알아챘느니 백작 부인이 날카로운 목소리로 옆에 서 있던 아들을 불렀다.

"월터."

"죄송해요. 제가 좀 과장했어요."

쌍둥이 누이보다 선이 짙다는 것 외엔 거의 똑 닮은 소년이었다. 천진하게 말하다 점점 차가워지는 빈센트와 어머니의 눈빛에 상태의 심각함을 뒤늦게 느낀 듯 목소리가 점점 작아졌다.

"죄송해요, 형. 하지만 아버지가 다치셨던 건 사실이고, 어차피 오게 될 거 형을 조금 일찍 보고 싶어서……."

변경백이 빈센트를 가차 없이 내쳤다는 엘리엇의 말이 단지 철저한 제삼자의 관점에서라는 게 확실해진 순간이었다. 말로는 표현할 수 없는 어떤 유대가 이들 가족과 비센트 사이엔 확실히 있었다.

"올리비아 양에겐 내가 사과할게요. 미안해요."

"괜찮아요. 하루 이틀 더 일찍 출발했을 뿐인걸요."

내 대답에 안도했는지 아들을 한 번 흘겨본 백작 부인이 상황을 정리했다.

"일단 오느라 고생했을 테니, 씻고 식사하시죠. 방은 하녀가 안내해 드릴 겁니다."

뒤이어 하녀들이 우리에게 각자의 방으로 안내했고, 들어간 손님방은 담쟁이 넝쿨도, 꽃이 핀 화관도 없는 다소 황량한 겉모습과 다르게 제법 아늑하고 단정했다.

추운 외풍을 막기 위해서인지 방의 면적에 비해 좁고 작은 두 개의 창문이 제일 먼저 눈에 들어왔고, 그다음 두 사람이 누울 정도의 침대와 화장대, 옷장과 침대 발치 끝 벽면에 자리한 벽난로가 보였다.

그 외 북부인은 성정이 담백하다는 말답게 유일한 장식품이라 할 수 있는 건 벽난로 선반 위의 뿔이 수사슴의 헌팅 헤드뿐이었지만, 그것만으로 충분히 시선을 사로잡았고, 나머지 것들과 균형을 이뤘다. 그러나 무엇보다 고마운 건 데인 백작 부인의 배려였다. 그녀는 애니에게 비어 있는 고용인의 방을 쓰게 한 샤일러 후작 부인과 달리 애니를 내 곁방에 머물게 했다.

비록 내 방과 비교해 확연히 작고 소탈한 방이었지만, 적어도 애니를 이 저택의 하녀들과 달리 개인 시녀로 인정한다는 뜻이나 다름없었다. 그 말인즉슨, 그녀의 직계 가족을 제외하고 아무도 저택 안에서 애니를 막대할 수 없다는 의미이기도 했다. 애니를 대우하는 건 나를 대우하는 것과 다름없었다. 나를 받아들인다는 걸 에둘러 보여 준 것이었다.

"세간의 이야기로는 북부인들은 죄다 성정이 차갑고 쌀쌀맞다 하는데, 역시 직접 겪어 보지 않으면 모르는 일이네요."

욕조를 바로 들여 준 덕분에 따뜻한 물에 몸을 담그고 여독을 풀 수 있었다. 목욕이 끝난 뒤 수건으로 내 머리의 물기를 닦아 주며 애니가 조잘댔다.

"어느 지역보다 추운 환경도 그렇고 여러모로 다소 서늘한 분위기긴 하지만, 저는 여기가 마음에 들어요. 이 집 아가씨는 좀 새침해 보이긴 해도."

날 흘겨보던 이네스의 눈동자가 떠올랐다. 확실히 모난 돌처럼 갑자기 찾아온 날 달갑게 여기지 않는 눈치였다. 불쑥 그런 생각이 들었다. 엘리엇에게 신부가 생기면 나도 그럴까.

엄연히 말하면 그 둘은 피가 섞이지 않았으니, 예가 틀린 걸지도 몰랐다. 줄줄 말하다가 그제야 집주인의 험담 비슷한 소리를 했다는 걸 눈치챘는지, 두 눈을 이리저리 굴리다 목소리를 낮춘 애니가 다시 입을 열었다.

"뭐, 아가씨는 안 그러셨지만 사실 귀족 아가씨들이야 대부분 다 그렇잖아요. 전에 본 이사벨 아가씨보다는 낫겠죠. 여하튼 도련님이나 백작 마님은 괜찮은 분인 거 같아요."

"더 겪어 봐야 알겠지만, 일단은 나도 동감이야."

피식 웃으며 고개를 끄덕이다 갑작스럽게 찾아온 긴급 상황에 자초지종을 적어 놓은 편지를 두고 갔던 게 뒤늦게 생각났다.

"그건 그렇고 엘리엇은 지금쯤 편지를 봤겠지?"

"그럼요, 도련님 방 침대 한가운데 올려놓고 왔는걸요. 혹시 몰라서 사이먼 나리께도 부탁드렸어요. 직접 만나서 더 자세히 설명해 달라구요."

다행이었다. 아직 엘리엇과 나 사이에는 해결하지 못한 문제가 있었고, 농민들과 새로운 계약을 맺은 중요한 시기에 게더를 오래 비워 둘 수는 없는 노릇이었다. 직접적인 단어들은 모두 뺀 채 쓴 편지의 내용은 완곡하지만, 거절할 수 없도록 교묘하게 써 내려갔다.

내가 알기로 왕실의 기사에겐 급한 경우 일 년에 한 달 정도 쉴 수 있는 특권이 있다고 들었으니, 미안하지만 그동안 게더로 내려가서 잠시 자작 대리로서 영지를 맡아 달라는 내용이었다.

도움이 필요하다면 소작민들과의 재계약을 비롯해 그간의 이야기를 다 알고 있는 사이먼이 설명해 줄 테고, 제드에게도 도움을 받을 수 있다는 걸 설명도 빼먹지 않았다.

"어쩔 수 없는 상황이었는데 괜찮을지 모르겠어. 그 애에겐 시간이 더 필요했는데."

"에이, 도련님은 한다면 하는 분이잖아요. 거기다 머리 회전도 빠르시고 책임감도 있죠. 그러니 걱정은 마세요. 오히려 전화위복이 될 수도 있다고 생각해요."

애니가 확신에 찬 목소리로 대답하며 마지막으로 내 머리카락 끝에 묻은 물기를 닦아 냈다. 노크 소리가 들린 건 다음 순간이었다. 반사적으로 일어나려는 걸 제지한 애니가 말했다.

"아마 식당으로 모시러 왔나 봐요. 일단 앉아 계세요."

문을 다가간 애니가 문고리를 잡고 열었다. 그리고 놀란 듯 그대로 서 있다 뭐라 말하더니 바로 문을 닫았다.

"애니? 무슨 일이야?"

"빈센트 나리세요. 잠시 기다려 달라 말씀드렸어요."

그렇다면 애니가 문을 닫은 이유가 이해 갔다. 난 방금 몸을 씻고 난 후라 얇은 슈미즈만 걸친 상태였다. 자칫하면 실루엣이 그대로 비칠 수도 있었다.

애니의 도움을 받아 황급히 옷을 갈아입었다. 하지만 젖은 머리를 땋아 올릴 수는 없었다. 뚝뚝 떨어지는 물기는 닦았지만 흐트러진 모습을 보이는 게 부끄러웠다. 하지만 어쩔 수 없었다. 그간 빈센트와 나는 단둘이 이야기할 기회가 없었다. 애니는 우리의 진짜 관계를 모르니 대화를 듣게 할 수는 없는 노릇이었다.

"문은 내가 열게, 애니. 그리고 너도 씻고 쉬도록 해."

노출은 없었지만, 원래라면 절대 이런 차림으로 외간 남자와 단둘이 있지 않을 내 성정을 알기에 애니의 눈이 크게 뜨였다.

"하지만 아가씨, 여긴 보는 눈이……."

"애니, 나와 그의 관계가 뭐라고 생각해?"

"아……."

"잠시일 거야. 둘이 이야기 나누고 싶어서 그래."

결국, 수긍한 그녀가 곁방에 딸린 작은 문으로 들어가고 나자 천천히 문으로 다가갔다. 그대로 문을 열자 바로 그가 보였다.

"기다리게 해서 미안해요, 빈센트."

어째서인지 검은 눈이 일순 흔들리는 듯하다 성큼 안으로 들어서는 걸음에 얼결에 뒷걸음질 쳤다.

"빈센트?"

나도 모르게 다시 이름을 불렀지만, 반응은 돌아오지 않았다. 그가 이렇게 막무가내로 행동한 적은 한 번도 없었다. 이윽고 등 뒤로 문을 닫은 빈센트가 마음을 진정시키는 듯 잠시 눈을 감았다가 떴다.

"올리비아, 평소에도 원래 그리 무감합니까?"

"무슨 말이에요?"

"남자의 방문에 그런 모습으로 문을 열어 준다는 건 상대에 따라 오해를 할 수도 있는 행동입니다."

그제야 무슨 말을 하는 건지 알았다.

"그럼 굳건히 거절하며 문을 열어 주지 않았어야 한다는 말인가요? 그런 거치곤 당신의 행동이 설득력이 없는데요."

"나는 괜찮습니다. 다만 이곳엔 하인들도 돌아다니니까 주의를 했으면 좋겠다는 말입니다."

테오도르에 이어서 다른 남자를 경계하는 모습이었다. 자유로운 바람처럼, 어디에도 속박되지 않고 매이지 않는 사람인 줄만 알았다. 원래 이렇게 사람에 대한 독점욕이 강한 줄은 몰랐기에 의외였다. 그의 약혼녀로서 이곳에 방문했으니 내 행동거지는 그의 체면으로도 이어졌다.

"나도 알아요. 당신이니까 열어 준 거예요."

"……."

말문이 막힌 그의 모습은 처음이었다. 마치 믿을 수 없는 말을 들은 것 같은 표정이었다. 불가 앞 카우치에 손짓하며 물었다.

"안 앉으실 건가요?"

이내 원래 모습으로 돌아온 그가 고개를 저으며 괜찮다고 사양했다. 그리고 바로 본론을 꺼냈다.

"당신과 나의 계약은 여전히 사이먼을 제외한 사람들은 모르는 일입니다. 이곳에 있는 동안 사람들 앞에서는 우리는 연인처럼 보여야 해요."

확실히 들켜 봐야 좋을 게 없는 일이었다.

"그러니까 그 전에, 말을 맞추자는 이야기군요?"

내 생각이 정확히 들어맞은 모양이었다. 그가 고개를 끄덕였다.

"크게 꾸며 낼 필요는 없습니다. 백작과 백작 부인껜 일전에 편지로 우리가 반년 전 게더에서 우연히 만났고, 그 뒤 인연이 되어 약혼하게 되었다고 말씀드렸으니까요."

중간에 많이 생략된 것들이 있었지만 어찌 됐건 사실이 아닌 것도 아니었다.

"상회의 일은요? 나에 대해선 어디까지 알고 계신 거죠?"

"상회에 관련해선 당신이 많이 도움을 준다는 것 정도로 알고 계십니다. 그리고 이전의 일에 대해선 말하지 않았습니다. 시오네 자작가의 여식이라는 것 외에는요."

하퍼 백작 부인이었던 과거를 말하는 거였다. 확실히 이전 과거가 있었던 여자를 받아들일 리가 없었다. 덤덤하게 받아들이는 내게 그가 덧붙였다.

"당신이 부끄러워서가 아니라, 내게 의미가 없으니까 말하지 않은 겁니다."

그는 내게 거짓말을 하지 않는다고 했다. 그리고 그건 언제나 사실이었다. 숨기는 게 있었지만 날 속이려는 말을 한 적은 없으니까. 어쩐지 간지러운 기분에 바로 화제를 돌렸다.

"조부님이 남겨 주셨다던 곳에는 언제 가는 거죠? 우리는 알아낼 게 있잖아요."

알아낼 거라는 건, 내 아버지인 프란츠 시오네와 그의 조부인 필립 그레덴에 대한 일이었다. 여전히 왜 아버지가 타인에게 그 땅을 넘겨 주었는지 이해되지 않았고, 대체 오래전 두 사람 사이에 가려진 내막이 무엇인지 궁금했다.

덧붙여 제레미가 찾아 건네준 아버지의 일기장과 관련된 단서가 이곳 어딘가에서 나타날 거라는 이상한 직감이 들었다.

"변경백을 뵙고 인사를 드린 뒤에는 바로 떠날 겁니다. 아마 사흘쯤 뒤에 돌아오신다고 하더군요."

돌아온 건 반가운 말이었다. 고개를 끄덕이자 등을 돌려 문으로 다가가던 그가 말을 이었다.

"그럼 삼십 분쯤 후에 다시 오겠습니다. 그때쯤이면 머리가 마르겠죠."

다시 오겠다는 말은 식당에 함께 가자는 이야기였다. 그리고 삼십 분 후, 딱 맞춘 듯이 하녀가 찾아왔다. 뭐라고 말하기 전에 그 뒤로 빈센트가 보였다. 그를 눈치챈 하녀가 물러나고 눈이 마주친 그가 말했다.

"가시죠."

고개를 끄덕이고 그대로 방을 나오자, 그가 제 팔을 들어 보였다. 손을 얹으라는 의미였다. 저번에 극장에 갔을 때 그랬던 것처럼.

"구두를 신은 것도 아니고, 사람에 치이는 것도 아닌데 그래야 하나요?"

작은 목소리로 묻자 대답이 돌아왔다.

"북부 사람들은 눈치가 빠른 편이니까요."

저녁 식사 자리는 생각했던 것보단 훨씬 편안한 분위기였다. 데인 백작 부인은 조금 차갑게 보이는 인상과는 다르게 섬세하고 배려 있는 사람이었다. 더불어 조금 전 미리 말을 맞춰 놓은 덕에 물어보는 말에도 차분히 다 대답할 수 있어 체를 하거나 소화를 못 하는 상황은 벌어지지 않았다.

상석에 앉은 백작 부인을 중심으로 왼쪽으로 나와 빈센트, 그리고 쌍둥이가 마주 보며 앉아 있었다.

"약혼한다는 편지를 받았을 때, 백작님도 내가 얼마나 놀랐는지 몰라요. 결혼과는 거리가 먼 사람인 줄 알았는데."

"에이, 어머니도. 형은 원래부터 여자에게 인기 많았잖아요. 본인이 관심을 안 둘 뿐이지."

"월터."

킬킬 웃는 맞은편의 월터를 입 다물게 한 건 빈센트였다. 백작 부인을 의식했는지 미소 짓고 있었지만 분명한 경고를 담은 목소리였다.

"못 본 동안 는 건 장난기뿐만은 아닌 모양이지?"

비록 호적에 올라가진 않았지만, 백작 부인과 그 자녀들이 빈센트를 대하는 얼굴은 친아들과 친형제를 대하는 태도였다. 빈센트 또한 백작 부인께 깍듯했던 모습과 달리 이네스와 월터는 친동생들을 대하듯이 행동했다. 그 어느 곳에 있었을 때보다 더 안정적이고 편안해 보이는 모습이었다.

조용한 지적에 조금 전 자신의 급보 사건을 떠올렸는지 눈을 굴리던 월터가 눈치를 보며 입을 다물었다.

"그건 그렇고, 올리비아 양."

날 못마땅한 눈길로 계속 바라보던 이네스가 끼어든 건 그때였다.

"게더라는 곳은 들어 본 적 없는데, 어느 곳인가요?"

옛 기억을 떠올리며 대답했다.

"니힐에 비교하자면 절반 정도의 면적에 숲이 울창한 곳입니다. 거의 2/3가 숲이라고 보면 되죠. 나머지는 황무지를 개간한 곳이구요. 농사를 짓기 위해서요."

"그러면 바다도 안 보이고, 말을 달릴 광활한 들판도 없고, 늪지대도 없나요?"

고개를 끄덕이자 이네스가 웃었다. 명백한 비아냥거림이 담긴 미소였다.

"게더 사람들은 대체 무슨 낙으로 살아요? 수영도 못하고 낚시도 못하겠네요. 농사와 나무 베는 거밖에는요."

"그만하렴, 이네스."

옆자리에 앉아 있던 빈센트의 주먹이 쥐어짐과 백작 부인이 그녀를 말린 건 거의 동시였다.

"미안해요. 애가 아직 어리고 철이 없어서 할 말 못 할 말, 구별을 못 하네요."

"괜찮습니다, 그리고 이네스 양."

부인을 향해 웃어 보이고 이네스에게로 고개를 돌렸다.

"이네스 양의 말처럼 수영도, 낚시도 할 수 없지만 말씀드렸듯 게더엔 숲이 아주 많답니다. 산도 많아서 말을 타고 나무 사이사이를 뚫고 정상으로 질주하면 심장이 터질 것같이 가쁘고 신이 나곤 했어요."

그러고는 동의를 구하듯 빈센트를 한 번 바라본 뒤 다시 이네스에게 시선을 옮겼다.

"그 위에 올라간 뒤 내려다보는 경치는 말로 표현할 수가 없죠. 언젠가 이네스 양도 그 경치를 볼 수 있었으면 좋겠네요."

내 시선의 의미를 알아챈 그녀의 얼굴이 붉으락푸르락해지는 걸 바라보며 앞에 놓인 잔을 들어 와인을 한 모금 마셨다. 이네스가 입을 다물었기에 대화는 더 평화롭고 잔잔하게 흘러갔다.

"그럼 시간 늦었으니, 저희는 이만 일어나겠습니다."

앞에 놓인 음식들이 거의 사라지고 적당히 시간이 지났을 무렵, 백작 부인께 인사한 빈센트가 내게 손을 내밀었다.

"그래. 내일 보자꾸나. 올리비아 양도 잘 들어가요."

"네. 환대해 주셔서 감사합니다."

거절할 이유가 없어 그의 손을 잡고 일어나는 순간이었다. 평화롭던 분위기를 깨고 별안간 째지는 듯한 소리가 들렸다.

"꺄아아악!"

멀지 않은 곳에서 들려온 건 분명 여자의 날카로운 비명이었다. 동시에 식당에 앉아 있던 사람들 모두 자리에서 일어났다.

"이게 무슨 일이지?"

백작 부인이 날카롭게 묻자, 상황을 보러 나갔다 돌아온 하인 한 명이 그녀에게 다가가 뭐라 귓속말했다. 내용은 들리지 않았지만, 백작 부인의 표정이 점점 굳어지는 걸 보아 좋은 사건은 아니었다.

"무슨 일이죠?"

"아무것도 아니다. 하녀 하나가 헛것을 보고 자지러진 모양이야. 너희 둘도 다 먹었으면 올라가 보렴. 잘 시간이잖니."

대표로 물은 월터에게 미소를 지어 보인 백작 부인이 이윽고 나와 빈센트와 눈을 맞췄다.

"놀라게 해서 미안합니다, 올리비아 양. 별일 아니니 그만 들어가 보세요. 빈센트, 너도."

* * *

북부에서 가장 넓고 영향력 있는 변경백의 딸로 태어난 이래, 이네스 데인은 지나친 방종을 제외한 어떤 행동에도 자유로웠다.

쌍둥이 동생인 월터의 승마복을 몰래 빌려 입은 뒤 안장을 차지 않은 말에 올라타 끝도 없는 황무지를 달리고 돌아와도, 내려다보는 것만으로 아찔한 저택 뒤의 절벽에서 아슬아슬한 곡예를 타도 별다른 제재를 받지 않았다.

백작 부부의 무관심이나 방치 때문이 아닌, 타고난 균형 감각과 운동신경으로 언제나 무사했고 단 한 번도 실수해서 크게 다친 적이 없었기 때문이었다. 정도에 어긋난 일도 저지른 적 없었다는 것도 무한한 믿음에 크게 한몫했다.

그와 반대로 평소 장난스럽고 한없이 소년답지만, 제법 의젓한 모습도 있는 월터는 개인적으로 제 누이에 대한 주변의 그런 끝없는 믿음이 그녀의 까탈스럽고 오만한 성질을 더 부추겼다 생각했다. 한번 심기가 뒤틀리면 뒤끝이 오래가 감당하기 어려웠다.

무언가 심기를 거스를 때면 이네스는 맞은편인 월터의 방에 쳐들어가 다짜고짜 침대 위에 털썩 누웠다. 그리고 가정교사의 숙제를 하거나 그림을 그리고 있는 월터를 향해 불쑥 입을 열었다.

이번에도 여느 때와 같이 이번에도 쾅, 문이 열리는 소리가 들리고 잠옷 바람의 이네스가 성큼성큼 다가오는 발걸음을 들었을 때, 월터는 아까의 일 때문임을 대강 예상했다. 그리고 다음 상황은 예상대로 정확하게 들어맞았다.

"열 받아! 정말이지, 아무리 생각해도 정말 마음에 안 들어. 방금 봤어? 노린 거야. 아무리 생각해도 노린 거라고."

무시하면 물어봐 줄 때까지 계속 구시렁거리는 걸 알았기에 결국 들고 있던 펜을 내려놓은 월터가 뒤를 돌아보며 물었다.

"뭐가?"

"그 촌구석에 대해 자랑할 때. 빈센트 오라버닐 한번 힐긋 봤잖아. 둘이 사이좋게 말도 타고 산에도 오른 거 내게 과시하듯이 일부러 그런 거야."

"약혼 관계잖아. 그게 뭐가 문젠데?"

네가 먼저 시비를 걸지 않았느냐는 말을 목구멍 안쪽으로 삼키고 월터가 묻자 이네스가 목소리를 높였다.

"그것부터가 문제야! 생각해 봐, 월터. 빈센트 오라버니가 뭐가 부족해? 돈이 없어? 얼굴이 못생겼어? 귀족은 아니지만, 그보다 중요한 직위에 있는데 그게 문제겠어?"

"그런데?"

"그런데 왜 딱 봐도 그렇게 안 예쁘고 특출 난 데도 없는 시골 여자를 왜 약혼녀로 삼았냐 그 말이야. 그것이 이렇게 갑작스럽게."

확실히 눈이 확 뜨일 만한 미모는 아니었지만, 그래도 이네스의 말마따나 함부로 폄훼될 정도로 떨어지는 외모는 아니었다. 되레 나름

고운 인상이었다. 선이 여성스럽고 우아하다는 동부의 전형적인 미인상.

조용히 이네스의 말을 경청하던 월터가 살짝 미간을 찌푸리며 대꾸했다.

"……미의 기준이야, 뭐 사람마다 다르니까 넘어가고. 나도 결혼은커녕 여자에게 눈길도 안 주던 형이 왜 갑자기 약혼이란 걸 하게 됐는지 궁금하기는 해."

"그치? 내 말이 맞지?"

반쯤은 맞장구쳐 주는 반응에 기다렸다는 듯 이네스가 누웠던 상체를 단번에 일으켜 세웠다.

"분명 뭔가 약점을 잡았을 거야."

이네스의 말에 월터가 웃음을 터뜨렸다.

"빈센트 형이 누구에게 약점 같은 걸 잡힐 사람으로 보여?"

뒤이은 대답이 더욱 가관이었다.

"그건 아니지만…… 오라버니도 사람이니까. 뭐, 가끔 실수 같은 것도 할 수 있지."

제 누이는 빈센트 무어란 사람을 몰라도 너무 몰랐다. 어쩌면 가슴 한구석엔 알고 있지만, 모르는 척하는 걸지도 몰랐다.

"그 이전에, 형은 약점 같은 건 남에게 잡히지도 않을 거고, 잡힌다 해도 그 상대는 이미 이 세상 사람이 아닐걸."

막 눈을 뜨고 걸음마를 배울 때부터 오랜 시간 아버지의 수족으로, 혹은 나이 차 나는 형으로 알아 왔다. 그는 그 세월 동안 내내 차가운 인상처럼 말수 적고 무뚝뚝한 남자였다. 물론 적어도 자신을 비롯한 백작가의 사람을 밀쳐 내거나 싸늘하게 대하진 않지만, 어느 순간에도 늘 정해진 선이 확실한 사람이었다.

월터는 이 년 전, 빈센트가 니힐에 왔을 때 자신이 첫 사냥을 했던 날을 떠올렸다. 그땐 단둘이었고, 그는 승마가 익숙지 않아 말에서 떨어져 아픔에 소리를 내질렀다. 바로 말에서 내린 빈센트가 부여잡은 어깨를 더듬더니 이내 어긋난 어깨를 맞춰 줬다.

단지 그뿐이었다. 걱정하거나 일으켜 세워 주거나 다독여 주는 손길은 없었다. 조용히 스스로 일어나기까지 그저 바라보고 있었다. 마치 절벽에 떨어뜨릴 제 새끼를 솎아 내는 날짐승처럼. 지금 생각해도 간담이 서늘한 기억이었다.

"두고 봐. 내가 아주 시원하게 복수할 테니까."

월터의 대답을 귓등으로 흘려보내듯 반응이 없던 이네스가 돌연 완전히 일어난 건 다음 순간이었다. 그 재빠른 움직임에 월터가 반응하기도 전에 횡하니 나가 버렸다.

* * *

레이븐 홀에서의 시간은 금세 흘러갔다.

그동안 백작 부인은 순행을 떠난 남편을 대신하여 영지의 일로 바빠 낮이면 늘 집무실에 있었고, 빈센트는 그녀의 부탁으로 기사단을 훈련하느라 쉴 새가 없었다. 하지만 점심 후의 한 시간은 빈센트와 나는 주변을 산책하거나 서재에서 함께 시간을 보냈다.

달콤한 밀어를 속삭일 거라고 믿는 사람들과 다르게, 사실 우리 사이에 오가는 이야기 대부분은 상회에 관한 이야기였다. 혹은 사이먼과 엘리엇에 관한 이야기나.

백작 부인과 마찬가지로 넓은 저택 안에서 쌍둥이와도 크게 마주칠일이 없었다. 첫날 짓궂은 인상과는 달리 월터는 후계로서 공부를 위해 항상 가정교사와 함께 학습 방에서 나오지 않았고, 이네스 또한 함께 수업을 듣거나 혹은 몇 년 뒤의 일을 대비하여 틈틈이 백작 부인에게 직접 저택의 관리와 수놓는 법 등을 배운다고 했다.

삼 일째 되던 날 저녁, 후작 부인이 응접실로 날 불렀다. 이곳에 온지 겨우 삼 일밖에 지나지 않았지만, 그녀가 날 따로 부른 건 처음이었다.

긴장된 얼굴로 노크를 하자 곧바로 안에서 목소리가 들려왔다.

"들어와요, 올리비아 양."

그녀는 벽난로 앞에 앉아 있었다. 찻잔과 차는 미리 준비되어 있었다. 내게 자리를 권한 후작 부인이 바로 다시 입을 열었다.

"다른 게 아니고, 이곳에서 지내는 건 괜찮나요? 걱정돼서 불렀어요."

"다들 친절히 대해 주셔서 잘 지내고 있습니다."

혹시 빈센트와 나의 관계를 의심하는가 싶어 긴장했던 몸에 조금 힘이 풀렸다.

"그런 것치곤 식사 시간이나 산책할 때를 제외하곤 서재나 방에서 잘 나오지 않는다고 들었어요. 몸이 안 좋은 건 아니에요?"

그녀의 염려에 고개를 저었다.

"아니요. 그저 이곳에 좋은 책이 많아서요. 읽느라 시간이 지나는 줄 몰랐을 뿐입니다."

"그렇다면 다행이네요."

안심한 듯 웃은 후작 부인이 잠시 뭔가를 고민하는 듯 입을 꾹 다물더니 조용히 다시 입을 열었다.

"……뜬금없겠지만, 혹시 밤에 뭐 이상한 걸 보거나 한 적은 없나요?"

그녀가 무슨 말을 하려는 건지 의아했다. 그런 내 표정에 안심한 것인지 고개를 저으며 후작 부인이 말했다.

"아니라면 됐어요. 이맘때면 하녀 애들이 종종 저택 안에서 여자 유령을 본다고들 하더군요. 그저 환각이겠지만. 그래도 아주 늦은 밤에는 돌아다니지 않는 편이 좋을 거예요."

다음 날 아침, 서재에서 책을 읽다 그녀가 말했던 유령을 언급하자 애니도 흥미로운 얼굴로 알고 있다고 대답했다. 매년 이맘때쯤이면 나타나는 여자 유령이 있다고 했다.

"삼 일 전에도 한 번 나타났었대요. 유령을 본 하녀는 기절했다던데."

삼 일 전이면 첫날 저녁 식사 시간 때였다. 그때 날카롭게 째지는 듯한 비명의 실체가 바로 그 하녀였던 모양이었다.

"헛것을 본 건 아니고?"

"에이, 몇 명이나 봤다는데요. 이곳 사용인들 사이에선 유명한 얘기예요."

사실 이런 일이 있는 것도 무리는 아니었다. 가문의 역사만큼이나 오래된 저택이라고 들었다. 백여 년이 넘게 굳건히 서 있었던 곳은 원래 많은 비밀과 소문을 함께 안고 있기 마련이었다. 그게 비록 초자연적인 현상이라고 해도.

실제였는지 환각이었는지 알 수 없지만, 게더에서의 일이 떠올랐다. 전설에 나오던 요정을 본 그날 밤.

"그런데 하나, 이틀 전에 이네스 아가씨의 시중 하녀에게서 이상한 소리를 들었는데요."

"무슨 소리?"

"아가씨가 그 유령이 바로 현재 변경백 나리의 누이라고 그랬대요. 아주 예전에 사라진."

"누이……?"

"네, 오래전에 시집도 가기 전에 죽었다던데. 이상하게도, 어떻게 어디서 죽었는지는 아무도 몰라대요."

"그게 말이 되는 소리야? 이만한 가문의 아가씨가?"

이런 이야기를 할 땐 으레 그러하듯이 목소리를 최대한 낮추고 진지한 얼굴을 한 애니가 말을 이었다.

"그러니까요. 말도 안 되는데 말이 되는 게 이상하죠. 무덤은 있는데 그 시체를 본 사람은 아무도 없대요. 적어도 니힐에서 죽지 않은 건 확실해요."

"유령이 있다는 게 사실인지 아닌지는 모르겠지만, 실종된 고모님이 있었다는 건 사실이에요. 그래서 시체를 못 찾은 거죠."

끼어드는 목소리에 나와 애니의 시선이 한곳에 붙박였다. 언제 들어왔는지 서재 문 안에 이네스가 서 있었다. 놀란 우리 둘을 보며 말을 이었다.

"나랑 같은 이름이라서 아주 잘 알고 있죠."

첫날, 나를 향한 적의가 언제 있었냐는 듯 이튿날부터 나와 종종 마주칠 때마다 예의 바른 귀족 아가씨의 모습으로 돌아간 소녀였다. 백작 부인께 크게 혼난 건지, 아니면 뒤로 다른 생각을 품고 있는지 모르겠지만 딱히 내게 다가오는 것도 아니니 신경 쓰지 않았다.

"같은 이름이요?"

"네, 이네스 데인. 23년 전에 실종되셨지만요."

어깨를 으쓱인 이네스가 책장으로 다가가 책 하나를 꺼내면서 마저 말을 이었다.

"하녀 몇몇이 아마 유령을 봤다는 것도 그녀의 방에서였을 거예요. 지금까지 아버님이 비워 두셨거든요."

"여동생에 대한 애착이 강한 분이셨군요."

"네. 하나뿐인 여동생이었으니까요. 매년 기일 때마다 그 방에 들어

가셔서 나오지 않으시죠. 23년 전과 하나도 바뀌지 않은 그 방에서요."

피도 눈물도 없고, 사람을 벨 때 눈 하나 깜짝하지 않는다는 냉혹한 명성에 비해 이곳에서 알게 된 데인 변경백의 모습은 좀 더 인간적이고 가족에게 따스했다.

"유령에 관심 있다면 늦은 저녁 삼 층 복도에 가 보세요. 고모님의 방은, 문은 잠겼지만 삼 층 맨 끝 방이거든요."

"알려 주셔서 고마우나 그럴 일은 없을 거 같군요."

불쑥 들어온 제의를 거절하자 묘한 눈으로 날 바라보던 이네스가 뒤이어 등을 돌렸다. 그녀가 서재를 나간 지 얼마 되지 않아 하인 한 명이 노크하더니 들어왔다.

"올리비아 님께 편지가 왔습니다."

편지는 두 통이었다. 인장을 보는 순간 반가운 기색을 숨길 수가 없었다. 하나는 사이먼이 보낸 것이고 하나는 엘리엇이 보낸 편지였다. 사이먼의 것을 펼쳐 들었다.

"좋은 소식이에요, 아가씨?"

점차 내 얼굴에 퍼지는 미소를 본 애니가 호기심 어린 얼굴로 질문했다.

"좋은 소식과 나쁜 소식이 있어. 하나는 게더에서 수도로 가는 길의 공사가 어느 정도 마무리되고 있다는 소식이고, 다른 하나는 카티아에서 시작된 전쟁이 선포됐고, 아무래도 쉽게 끝날 거 같지 않다는 거야. 우리나라는 공식적으로 중립을 선언했고."

애니가 입을 벌렸다.

"세상에, 아가씨가 저번에 말씀하신 게 맞았네요! 카티아라면, 히스델리아로 만든 종합 치료제를 판다고 하셨죠? 조금 미안한 이야기지만, 전쟁이 일어난다면 전보다도 확실히 수요가 폭발적으로 늘겠네요."

"응, 하지만 좋은 소식은 아니야. 배편이 전부 끊겼다고 해. 그전까지 물밑 작업을 해 왔던 게 물거품이 된 거지."

"아아……."

사이먼은 타고난 사업가에다 계산가였다. 어느 정도 동부 지역에서 히스텔리아의 연고와 약물이 성공을 거둔 뒤로, 내가 카티아라는 말을 꺼내기가 무섭게 다음 일을 받아들였다.

그는 활로를 뚫기 위해 카티아의 수입품을 관리하는 하급 사무관들을 하나둘 포섭하고, 함께 손잡을 카티아의 영세 상회를 찾아내어 멀지 않은 수요에 대한 대비를 준비했다. 하지만 신은 하나를 주면 하나를 앗아 가는 듯했다.

그 모든 노력이 결실을 보기 힘들게 된 것이다. 담담한 글씨엔 실망이 드러나지 않았지만 가장 속이 쓰린 건 본인일 터였다. 비교적 단기간에 국내에서 이 정도의 성공을 거뒀다는 데에 만족하기로 했다.

편지를 다시 접어 봉투에 넣은 뒤 대기하고 있던 하인에게 건넸다.

"빈센트 경에게도 전해 줘요."

"알겠습니다."

하인이 나간 뒤에 바로 다음 봉투를 열었다. 든 건 두 장이었다. 그중 하나를 꺼내는 순간, 그대로 얼어붙었다.

"아가씨……. 이건 이혼 승인서 아닌가요?"

"……맞아."

애니의 말대로였다. 왕이 약속을 지킨 것이다. 그것을 엘리엇을 통해 보냈다. 금박으로 가장자리를 두른 손바닥만 한 증서에는 왕의 직인과 함께 단 하나의 문장이 쓰여 있었다.

[레너한 하퍼와 올리비아 시오네의 이혼을 승인함.]

"아가씨!"

휘청거리는 내 몸을 잡은 애니가 새된 소리를 질렀다. 알 수 없는 감정들이 휘몰아쳐 다리에 힘이 풀린 까닭이었다.

"괜찮으세요? 누굴 부를까요?"

"애니……. 잠시만."

사람을 불러오려는 그녀를 잡고 의지하듯 애니의 어깨에 얼굴을 묻었다.

"잠깐 이대로 있어 줘."

열일곱 살부터 스물일곱 살. 무려 십 년이라는 세월이 종지부를 찍는 순간이었다. 이혼을 통보한 후 뒤도 안 돌아보고 테레즈를 떠났을 때와도 다른 느낌이었다. 완전히 끝났다. 그 한 가지 사실만이 덩그러니 남아 내게 속삭였다.

네가 이겼어, 올리비아.

조용히 숨을 가다듬고 진정할 때까지는 그리 오랜 시간이 걸리지 않았다. 등을 토닥이는 애니의 품에서 얼굴을 떼고 미소 지어 보였다.

"빈센트 나리께도 알려 드리러 가야겠네요."

"응. 이제 가야지. 편지만 읽고."

손을 떠는 바람에 떨어뜨린 편지지를 주워 서두에서부터 천천히 읽어 내려갔다. 게더에서 잘 적응하고 있고, 별문제 없다는 내용이었다. 내가 게더를 떠나면서 만들게 한 인장 반지는 완성됐고, 어서 돌아오라는 걸 강조하면서.

거침없이 내려가던 시선이 뚝 멈춘 건 끝부분에서였다. 눈으로 본 게 믿기지 않아 입으로 확인해야 했다.

"게오르그, 유형지에서 사망?"

칼에 베인 흔적이 확실해 누군가에게 살해한 것이 확실하다는 문장이 그 뒤에 뒷받침되어 있었다. 더욱 충격적인 건 그다음 문장이었다.

"손바닥에 죽기 직전 쓴 것으로 보이는 글자가 있었음. 프란츠, 1742, 여자."

피가 식었다. 머릿속에서 경종이 울렸다. 마지막 단어를 제외한 둘 다 게오르그의 서재에서 봤던 글자였다. 재 속의 타다만 종이에서.

"……1742? 무슨 년도를 말하는 거 아니에요?"

내 말을 듣고 있던 애니가 불쑥 말했다.

"지금으로부터 딱 23년 전이네요."

숨이 멎었다. 불과 방금 들었던 숫자였다.

[이네스 데인, 23년 전 실종.]

아니. 억지 추측이다.

상식적으로 말도 안 되는 일이었다. 그저 우연의 일치일 가능성이 컸다. 23년 전 평민 출신의 영세 상인이었던 게오르그와 북부 지역의 공주나 다름없는 이네스 데인이 연관이 있을 리가.

그 순간, 인장 반지의 행적을 추궁했을 때 게오르그가 고래고래 소리 지르며 지껄인 말이 떠올랐다.

─부녀가 아주 똑같아. 그 빌어먹을 정부를 숨겼듯 꼼꼼히 숨겨 뒀 겠지!

방금보다 더 몸이 비틀거렸다. 벽을 짚었다.

"아가씨! 좀 일단 앉으세요. 네? 물이라도 가져올게요."

근처 이 인용 카우치에 날 앉힌 애니가 멀어지는 것도 눈에 들어오지 않았다.

정부.

게오르그는 당시 나라 곳곳을 떠도는 상인이었다. 게오르그는 아버지를 알았다. 그 해 이네스 데인은 쥐도 새도 모르게 실종되었다.

내가 어릴 때, 아버지는 집을 비우는 일이 잦았다. 있을 수 없는 추측과 생각들이 머릿속에서 복잡하게 얽히고 섞였다. 아니다. 아닐 것이다. 만약 그녀에 대한 기록을 했던 일기장이라면 그걸 남겨 둬 내게 전하게 했을 리 없었다. 덧붙여 혹시 몰라 맞춰 본 아버지의 일기장에 잠긴 자물쇠의 비밀번호는 1742가 아니었다.

이네스 데인은 아버지의 정부가 아니었다.

만약 그게 사실이었다면, 왜 아버지가 돌아가신 이후 다시 고향인 이곳으로 돌아가지 않았겠는가. 그녀를 끔찍이 아끼는 오라비가 있는 곳으로.

만약 다른 모종의 관계였다면?

"아가씨, 문 앞에 이게……."

차라리 질식했으면 좋을 정도로 가슴을 내리누르는 압박에 숨을 몰아쉬는 사이, 어느새 차를 가지고 돌아온 애니가 뭔가를 내밀었다.

열쇠였다. 겉이 은으로 도금된 그 어느 방의 열쇠와는 달랐다. 오래된 문고리에 맞는 낡은 열쇠였다.

[23년 전과 하나도 바뀌지 않은 그 방.]

우연의 일치라기엔 너무 노골적이었다. 이네스가 명백히 흘리고 간 열쇠였다. 내게 보란 듯이. 좋은 의미일 것 같진 않았다. 최근 내게 예의 바르게 굴었으나, 그런 독선적이고 자기중심적인 부류는 보통 자신의 감정이나 태도를 쉽게 바꾸지 않는 법이었다. 분명 뭔가 꿍꿍이속이 있다. 그 자리 그대로 떨어뜨리고 스쳐 지나가는 게 맞았다.

하지만, 만약 여기서 지나간다면 어쩌면 이 가려진 비밀을 영원히 모르게 될 수도 있다. 강렬한 계시 같은 것이 심장을 쿵쿵 울려 댔다.

*　*　*

오랜만에 돌아온 고향은 하나도 바뀐 게 없었다.

바다를 맞댄 절경인 절벽에서 등지고 바라봤을 때 그 점은 더 명확했다. 정면으로 쭉 뻗어 있는 광활한 평원과 희미하게 보이는 늪지대와 바위산. 그 뒤로 저녁 어스름에 깔린 배경이 더욱 친숙하게 다가왔다.

깊고 가파른 강과 길게 이어진 성벽으로 야만인들과의 경계를 대신한 서쪽 국경은 기사단이 전과 마찬가지로 주기적으로 순찰을 하고 경계하고 있으나, 현재는 긴장이 완화된 상태였다. 삼 년 전 바뀐 그들의 우두머리가 우호적인 관계를 원한다며 표방해 왔기 때문이었다.

빈센트는 이 년 전을 회상했다. 그가 삼 년 만에 잠시 돌아왔을 때 데인 변경백은 본능을 잊어버린 들개는 아무런 쓸모가 없어진다고 말했다. 그다음 과정은 포획되고 길들여지고 이용당하다가 잡아먹히는 결과뿐이라고.

즉위 시 선왕을 물러나게 하는 데 공을 세워 현왕의 새 공신 반열에 들어선 그가 중앙으로 오라는 포섭에도 넘어가지 않았던 이유도 거기에 있는가 생각했다. 그곳에서 고아를 하나 주웠고, 주위의 반대를 무릅쓰고 집안에 들였다. 아버지이고 스승이었다. 밥을 주고 옷을 입히고 필요한 것들을 가르쳤다.

−태어나면서부터 원죄를 짊어지는 사람이 있다. 네가 바로 그런 존재다.

변경백은 '빈센트 무어'라 이름 지은 소년이 일곱 살이 되던 날, 입을 다물고 있던 진실을 밝혔다. 경계를 넘어온 야만인이 북부 처녀를 범하여 생긴 아이라고 했다. 처녀는 출산 중 죽었고, 야만인은 다시 떠났다고 말했다.

빈센트는 언젠가 저택의 가족들 사이 화기애애한 분위기 속에서, 그의 손이 몇 번이고 자신의 목덜미 주위를 배회하다 머리 위로 올라갔던 걸 기억해 냈다.

-제 어미를 잡아먹은 저주받은 자식이라도, 한 명의 기사가 된다면 널 받아 줄 수 있겠지. 만약 살아남는다면 말이다.

그렇게 그는 일곱 살 때 떠나 열일곱 살이 되어 돌아왔다.

긴 시련과 수련을 이겨 내고 남들보다 일찍 자격을 갖추어 돌아온 그에게 변경백은 약속을 지켰다. 그의 앞에서 기사 서임을 하고, 가족으로 받아들여졌다.

어엿한 기사가 된 빈센트에게 변경백은 온화해졌다. 아들처럼 이름을 부르고, 어미의 것이었다는 흑요석이 박힌 목걸이 하나를 주었다. 반쪽으로 쪼개져 쌍이 있을 것만 같은 목걸이였다.

빈센트는 그의 방식에 불만은 없었다. 이 황량하고 척박한 땅에 온전히 뿌리내리고, 언제 강을 건너고 벽을 타고 올라올지 모르는 저편의 야만인들을 경계하면서 살아가는 방식을 택한 남자였다.

니힐 출신의 기사가 본인이 직접 사냥한 매를 길들이는 것도 그런 방식의 일환이었다.

제1 기사단이 만들어지고 기사들을 포섭할 때, 단장으로서의 특권으로 왕은 니힐 출신의 기사 몇을 데려가도록 허락한 건 운이 좋은 일이었다.

많은 것들이 전서구에 담겨 있다가, 곧 형체도 없이 찢어지거나 태워졌다.

[카티아에서 양측의 전쟁 선포 후, 본격적으로 첫 접전이 있었습니다. 끝까지 알아보지 않는 이상 결과를 가늠하긴 어렵겠으나, 현재로는 2왕자의 우세로 보입니다.]

[사흘 전부터 그레이 후작의 행방이 묘연합니다. 수도에서 떠났다는 흔적만 남아 있을 뿐, 그 이상의 행적이 보고되지 않습니다. 영지로 돌아간 게 아닌 것은 확실합니다.]

[하퍼 백작은 광산 폭발 사고 이후 수습하는 중 예기치 못한 부상을 입어 테레즈의 저택에 두문불출하고 있다 합니다. 가까이 접근해 확인하려 해도 광산 사건 이후로 눈치챈 게 있는지 감시가 삼엄해 확인하기가 어렵습니다.]

전서구는 하나하나 확인하는 즉시 형체로 알 수 없을 정도로 잘게 찢어 버리거나 불에 태우는 등의 방식으로 파기하는 게 원칙이었고, 마침 바로 앞에 파도가 철썩이는 바다가 있었다. 그는 성냥을 꺼내 불을 붙인 후 재를 날려 보냈다. 재들은 얼마간 바람 속을 떠돌다 바다 쪽으로 가라앉도록.

익숙한 목소리가 들린 건 이제 티끌만 한 형체조차 보이지 않는 흔적에게서 시선을 떼었을 때였다.

"빈센트 형."

"월터."

먼발치서 잔설이 깔린 땅 위에 말을 탄 월터 데인이 다가오고 있었다. 저택에서 걸어 올라오느라 숨이 가쁜지 호흡을 몰아 내쉬며 말을 걸었다.

"한참 찾아다녔어. 형은 같은 곳에 머물러도 정말 얼굴 보기가 힘들어. 훈련장 가 보니 기사들이 전부 기절하기 직전이던데."

"기강이 해이해졌더군."

"요 며칠 아버지가 안 계셔서 그렇지. 하루 정도야 느슨하게 지내면 어때. 내일 돌아오시니까 다시 지옥 훈련 시작이잖아."

"그 같은 안이함의 대가는 처참할 거다."

역시. 예나 지금이나 전혀 달라지지 않은 태도였다. 말을 하면 무시한 적 없고 도움이 필요할 때면 도와주고 걱정도 하는데, 차갑고 거리를 두는 태도.

어쩐지 미묘한 안색의 월터에게서 시선을 옮겨 바다를 응시한 빈센트가 입을 열었다.

"급한 일이라도 있어 온 건가?"

기사단의 주인이자 한때 기사로서도 명성이 있었던 데인 변경백과 달리 그의 자식인 월터의 몸이 약해 가주로서의 계승을 하게 되었다는 건 북부에선 이미 다 퍼진 사실이었다.

그리고 거기엔 오랜 기간 북부인을 침략하고 약탈한 야만인들을 절대 타협하지 않을 것 같던 변경백이 새로 바뀐 족장의 화해의 손을 뿌리치지 않은 것도 바로 그 때문이라는 추측도 함께였다.

소문의 주인공이 되는 당사자가 그 말을 수치스러워하든 말든 발 없는 말은 빨리 돌았고, 월터는 평소 제 약한 몸을 들킬까 저택에서 잘 나오지 않았다.

망설이듯 입을 다물던 월터가 결심한 듯 천천히 대답했다.

"아무래도 저택에선 듣는 귀가 많잖아, 게다가 저녁 식사 땐 형이 없었고. 지금이 기회다 싶어서. 레이디 올리비아와 관련된 일이야."

동시에 그의 턱이 굳는 게 보였다. 놀랄 정도로 빠른 반응이었다. 마주한 검은 눈엔 분명한 경고가 담겨 있었다. 일이 커지기 전에 미리 말을 꺼내야 했다.

"이네스가 뭔가 수상해. 첫날 무슨 꿍꿍이속이 있는 거 같았는데 아무런 짓도 안 해서 안심했거든?"

제발 바보 같은 짓만 저지르지 않았기를 기도하며 월터가 간신히 말을 이었다.

"그런데 방금 내 방에 찾아오더니, 내일 아침은 기대해도 좋다 하는 거야. 그 얘길 듣고 달려왔어. ……뭔가 불길해서."

월터의 말이 끝나기가 무섭게 동틀 녘의 지평선 너머에서 점차 검은 먹구름이 몰려오고 있었다. 한바탕 폭우가 쏟아질 조짐이었다. 등자에 발을 넣고 안장 위에 올라탄 빈센트가 빠르게 저택으로 말을 달리기 시작했다.

예감이 좋지 않았다.

＊　＊　＊

늦은 저녁이 되자 하녀와 하인들도 대부분 잠자리에 들어 저택 안엔 고요만이 가득했다. 백작 부인이 오늘 밤엔 한바탕 폭우가 내릴 거라며 모든 문과 창문을 단단히 닫아 놓은 탓에 비바람이 들이닥쳐 화들짝 놀랄 일도 없었다.

잠옷 차림에 숄을 하나 걸치고 방 안으로 나와 이 층인 손님방에서 빠져나와 맨 가장자리에 있는 작은 계단을 올랐다. 혹시나 삐거덕거리는 소리가 나지 않게 발끝을 올린 채 조심스러운 걸음으로 층계참에 도착한 순간이었다.

"그거 알아? 어제 또 유령을 본 사람이 나왔잖아."

"매년 이맘때면 늘 있는 일이잖아. 그 유령을 안 본 사람도 있어?"

아직 모든 사람이 제 방으로 돌아간 게 아닌지 위층에서 램프를 든 하녀 두 명이 걸어오고 있었다. 재빨리 램프 불을 불어 끄고 다급히, 무릎을 굽혀 장식장 옆으로 숨었다. 걸음 소리와 함께 두 사람의 목소리가 점점 다가왔다.

"없지. 그런데 말이야, 사흘 전에 기절했던 바네사 있지? 걔가 말했는데 유령이 이번엔 작년이나 재작년과는 좀 달랐대."

"어떻게?"

"유령의 사타구니에서 발목까지 피가 흥건했대. 걸음을 옮길 때마다 바닥에 피가 뚝뚝……."

"말도 안 돼! 실종된 이네스 아가씨는 당시 결혼 안 한 처녀였다지 않았어? 그런데 그건 마치……."

그때 창밖에서 벼락이 큰 굉음을 내며 울려 퍼졌다.

"꺄아악!"

"어서 들어가자! 무서워 죽겠네!"

혼비백산한 하녀들이 허겁지겁 발을 놀려 스쳐 지나가자 다시 칠흑 같은 어둠 속에 덩그러니 홀로 남았다. 덩달아 놀란 숨을 다잡고 혹시 몰라 챙겨 온 성냥갑을 품에서 꺼내 램프 불을 붙였다.

걸음을 옮길 때마다 저택을 뒤흔드는 듯한 요란한 빗소리와 바닥 위에서 흔들리는 그림자만이 느껴졌다. 계단을 모두 올라오자 길게 늘어진 복도가 보였다. 카펫이 깔린 복도를 조심조심 발을 내디더 절반쯤 온 순간, 그대로 주저앉을 뻔했다.

등 뒤에서 휙, 하고 뭔가가 지나간 느낌에 심장이 벌렁거리고 다리가 떨렸다. 아마 고양이나 착각이었겠지 하고 마음을 다잡고 다시 걸음을 옮겼다. 이네스의 말대로, 맞은편 창문을 마주 보는 다른 방과는 달리 복도를 마주 보는 맨 끝 방이 있었다.

가까이 다가가자 여느 문과 달리 더 낡고 오래된 문이 보였다. 여기까지 왔으니 되돌리는 건 불가능했다. 가져왔던 열쇠를 꺼내 문고리에 넣고 돌렸다. 끼익, 낡은 경첩이 삐걱대는 소리와 함께 방 안으로 들어섰다. 사람이 머물지 않는 공간 특유의 싸늘한 냉기가 제일 먼저 숨으로 파고들었다.

숄을 더 단단히 두르고 안으로 들어가 등 뒤로 문을 닫았다. 내가 사용하는 손님방과 구조는 크게 다르지 않았지만, 좀 더 고급스러웠고 혼자 사용하기엔 지나치다 싶을 정도로 넓은 방이었다.

램프를 더 들어 주위를 훑었다. 금사(金絲)가 수놓인 화려한 다마스크 커튼이 제일 먼저 보였다. 네 개의 기둥이 높이 솟은 장미목 침대와 발치의 안락의자, 공단 쿠션이 놓인 카우치가 있었다.

한 걸음 더 다가서다 발에 닿는 부드러운 감촉에 발을 멈춰 섰다. 불을 때지 않은 지 꽤 됐는지, 쇠살대로 막힌 벽난로 앞이었다. 희귀한 짐승의 가죽을 벗겨 만든 융단이 놓여 있었다.

열세 성인의 작은 조각이 놓인 벽난로 선반 위에 성인의 키만 한 초상화가 걸려 있었다. 홀린 듯이 시선이 박혔다. 누구인지는 묻지 않아도 알 수 있었다.

초상화 속 열아홉 살 이네스 데인은 목을 가리는 우아한 디자인의 드레스 차림이었다. 푸른 기마저 도는 백금발의 머리카락을 자연스레 늘어뜨린 모습으로 붉은 벨벳 의자에 앉아 왼편의 창밖을 바라보고 있었다.

흰 공단 장갑을 쓴 한 손은 무릎 위에 놓인 책을 덮고 있었고, 다른 손은 팔걸이에 팔꿈치를 대고 뭔가 쥐려는 듯 손가락을 살짝 굽힌 모습이었다.

그 아래로 윤이 나는 검은 구두 옆에 재를 뒤집어쓴 듯한 회색 고양이가 얼굴을 묻고 낮잠을 자고 있었다. 전체적으로 경건하고 부드러운 느낌의 그림에서, 무엇보다 눈을 떼지 못한 부분은 바로 그녀의 얼굴이었다. 나이대보다 더 성숙해 보이는 분위기나 빚은 듯 섬세한 이목구비가 어째서인지 낯설지가 않았다. 선이 가는 인상에 반해 어딘지 서늘한 눈매며 고집스레 다물린 입술 또한. 이 초상화 안에 아버지의 일기장을 풀 수 있는 단서가 있을지도 모른다.

침을 삼키고 한 걸음 더 앞으로 나가려는 순간, 램프를 떨어뜨렸다.

"쉿."

어떤 기척도 없이 등 뒤로 다가온 괴한이 내 입을 막고 끌어당겼다. 차가운 손이었다. 반사적으로 반항하려는 내 몸을 어린애 손목 비틀 듯 간단히 제압해 벽으로 몰아붙였다. 전신이 굳었다.

하녀들이 그렇게 떠들던 유령이 생각났다. 만약 그 유령의 정체가 이 방의 주인이라면 갑자기 침입한 내가 달갑지 않은 건 당연했다.

목 아래를 짓눌린 듯 숨이 잘 쉬어지지 않았다. 내 입을 막던 손이 멀어진 건 잠시 후였다.

"올리비아."

귀를 의심했다. 눈을 몇 번이고 깜박였다. 어둠에 익숙해진 시야에 날 내려다보는 시선이 보였다. 믿을 수 없어 굳어 있자 그가 다시 한 번 입을 열었다.

"숨 쉬어요, 천천히."

그 말이 신호가 된 듯 막혔던 숨이 터졌다. 헐떡이는 날 진정시키듯 등을 부드럽게 쓸어내린 빈센트가 근처 카우치에 날 앉혔다.

"혹시나 해서 문고리를 열어 보니 열려 있더군요. 한참 찾았습니다."

"빈센트……."

질책하는 듯한 어조는 아니었지만, 그에 담긴 뜻마저 모를 수 없었다. 순식간에 얼굴이 홧홧해졌다.

"내가 방에 없는 건 어떻게 알았어요?"

"지금 중요한 건 그게 아닙니다. 당신이 왜 이 시간에 여기 있습니까? 여기가 누구의 방인지는 압니까?"

"그건······."

"이네스가 알려 줬군요."

쉽사리 대답할 수 없어 머뭇거리자 확인한 빈센트가 차갑게 말을 끊었다.

"아직 보는 눈이 없을 때 당장 나가야 합니다. 램프는?"

"저기 있어요. 방금 떨어뜨렸어요."

내 손끝이 향한 곳으로 걸음을 옮긴 그가 바닥에서 쓰러진 램프를 주운 뒤, 내게서 손을 내밀어 성냥을 받아 불을 붙였다.

그제야 그의 얼굴이 제대로 보였다. 예기가 어린 눈동자에 날렵한 턱 선, 그리고 곧은 콧대.

"혹시 건든 게 있습니까? 아주 작은 것이라도."

바로 고개를 저었다. 만지거나 위치를 바꿔 놓은 건 하나도 없었다. 그저 단서를 찾으러 왔을 뿐이었다.

안심한 듯 작게 한숨을 내쉰 빈센트가 내게 램프를 들지 않은 손을 내밀었다.

"잡으세요."

"괜찮······."

"괜찮지 않아 보입니다."

그의 말이 맞았다. 아까 놀랐던 충격의 여진이 아직 내 몸에 남아 있었다. 이런 밤에 낯선 저택을 뒤진 것부터가 처음인 일이었다. 나쁜 의도는 없었지만, 떳떳하지 못한 행동이었다.

심호흡하고 난 다음, 그가 내민 손을 잡아 일어났다. 그가 이끄는 대로 방문으로 다가가 그대로 나가려는 때였다. 문고리를 돌린 그가 가만히 멈춰 섰다. 열리지 않는 모습에 열쇠를 주고 다시 시도했지만 몇 번을 시도해도 문이 열리지 않았다.

결국, 뒤를 돈 그가 나직이 말했다.

"바깥에서 문을 잠근 모양입니다. 옛날식 문이라 열쇠가 있어도 바깥에서 잠그게 되면 열리지 않아요."

"……그럼 어떻게 하죠?"

대체 누가 문을 잠갔을까 물으려고 했으나 그만두고 해결책을 물었다. 범인이 누군지는 그의 입에서 듣지 않아도 충분히 알 것 같았기 때문이었다. 이곳의 위치를 알려 주고, 열쇠를 떨어뜨린 사람.

이 방의 주인과 같은 이름을 가진 이네스 데인. 굳이 말하지 않은 건 눈앞에 흔들어 대는 미끼를 알면서도 문 것은 내 쪽이라는 생각 때문이었고, 덧붙여 굳이 고자질하지 않아도 좀 전의 말로 그가 이미 알고 있는 눈치여서였다.

그가 대답했다.

"새벽 다섯 시마다 이곳을 청소하러 오는 하녀가 있습니다. 그때 나가는 수밖엔 방도가 없겠군요."

그녀의 꿍꿍이속을 드디어 알게 된 순간이었다. 유령이 나온다는 방에 하룻밤 동안 갇혀서 혼이 빠지길 기대하는 거였다. 그것으로 한 수이겼다고 생각하기 위해. 하지만 그게 전부가 아니었다.

"무엇보다 중요한 건 변경백께 이곳에 누가 들어갔었다는 걸 들키지 않는 겁니다."

"네?"

"여긴 청소하는 하녀를 제외하고 아무도 들어가면 안 되는 방입니다. 호기심에 발을 들인 사용인 여럿이 호되게 치도곤을 당하고 맨발로 저택에서 쫓겨났죠. 듣지 못했습니까?"

그의 말이 이어짐과 동시에 간담이 서늘해졌다. 내가 저지른 짓이 어떤 일인지 한 번에 실감이 가기 시작하자 눈앞이 아득해졌다.

"난…… 정말 몰랐어요. 미안해요. 내가 경솔했어요."

도저히 그와 시선을 마주할 수 없어 눈을 감아 버렸다. 그리고 토해 내듯 다시 한 번 사과했다.

"정말로 휘말리게 해서 미안해요, 빈센트."

"확실히 경솔한 행동이었습니다, 올리비아."

냉정한 그의 말에 손끝부터 얼어 버린 느낌이었다. 그는 여느 때와 같이 나를 감싸지도, 형식적으로나마 괜찮다고 말해 주지도 않았다. 고인의 영역을 제삼자가 침입한 일이었다. 쉬이 용서받지 못할 일이라는 걸 뒤늦게야 실감했다.

처지 바꿔 생각하면 간단한 일이었다. 아버지의 유품을 샅샅이 뒤지고, 함부로 훼손하고 내다 버렸던 게오르그에게 느꼈던 분노가 얼마나 치를 떨 정도로 극심했는지. 내 모습을 응시하다 아무 망설임 없이 등을 돌린 그가 조금 전 앉았던 카우치 쪽으로 눈짓했다.

"일단 둘 다 앉는 게 좋을 거 같습니다. 내내 서 있을 수는 없으니까."

얌전히 그의 말에 따라 걸음을 옮겨 앉았다. 앉을 데라곤 사실 벽난로를 바라보는 삼 인용 카우치가 전부였다. 그의 인도에 따라 그대로 한쪽 구석에 앉고 반대편을 손으로 가리켰다.

그가 고개를 저었다.

"괜찮습니다."

"나만 앉을 수는 없어요."

몇 번이고 실랑이 끝에 결국 벽난로 선반 위에 램프를 얹은 그가 옆에 앉았다. 동시에 어깨가 아슬아슬하게 닿지 않을 정도로 가까워졌다. 삼 인용이라는 건 나 같은 여자들 기준으로 생각한 정원이었다. 덩치 큰 남자와 앉으니 삼 인용이 금세 이 인용이 되어 버린 느낌이었다.

의식하기 시작하니 눈 둘 곳이 없어졌다. 그동안 그에게 얼마나 특별대우를 받았는지 이렇게 알게 될 줄은 꿈에도 모른 일이었다. 또한, 이기적인 생각이지만, 한편으론 이곳에 홀로 놓인 게 아니라는 게 다

행으로 느껴졌다. 해가 뜰 때까지 이 무덤 같은 침묵 속에 있고 싶진
않았다.

"다시 한번 미안해요, 빈센트."

침묵이 고인 우물에 돌멩이를 던진 건 내 쪽이었다. 모든 것이 평소
와는 다른 상황이었다. 그가 화를 내는 것도 처음이었고 언제나 단둘
이 있을 때 먼저 말을 거는 것도, 손을 건네는 것도 항상 그의 몫이었
다.

"……내게 화가 많이 났겠죠."

"어째서라고 생각합니까?"

빈센트는 이번에도 부정하지 않았다. 어쩐지 버려진 느낌이 들어 염
치도 없이 목이 멨다.

"이런 최악의 짓을 저질렀으니까요."

정이 확 떨어졌다고 해도 무리는 아니었다. 그러자 더 서러운 기분
이 들었다. 스스로 생각해도 너무 뻔뻔하고 몰염치한 생각이었다. 빈
센트 무어라는 남자는 내가 어떤 일을 하더라도 날 지지하고 두둔할
거라는 생각. 그의 친절과 다정함은 무한의 것이 아니었다.

그런 데다 나는 그의 가족도, 진짜 약혼녀도, 하물며 완벽한 친구도
아니었다. 그는 내가 내뱉는 '친구'라는 단어를 별로 달갑게 여기지 않
는 기색이니까.

한참 후에야 대답이 돌아왔다.

"당신은 날 아직도 잘 모르는군요."

"모르다뇨……?

"실망한 건 사실이지만, 이렇게까지 화가 난 건 그 때문이 아닙니
다."

의외의 대답에 고개를 돌렸다. 날 계속 바라보고 있었는지 그의 시
선이 바로 맞닿았다.

"당신이 이곳까지 올 동안, 내게 아무 말도 말하지 않았다는 점이 화가 납니다."

억누르듯 다음 말에 틈을 둔 그가 내 귀에 새기려는 듯 또박또박 말을 이었다.

"내가 아무런 의지가 되지 못했다는 게 화가 나고, 그만큼 당신에게 내가 아무것도 아니라는 게 화가 납니다."

"아니에요. 왜 그렇게 생각해요?"

황급히 그의 말에 대꾸했다. 그가 내게 있어 그 무엇도 아니라는 생각은 맹세컨대 한 번도 한 적 없었다. 그 반대이면 모를까. 어떻게 보면 모순이었다. 그가 내게 도움의 손을 내밀고 베풀어 준 것을 생각하면 내가 그에게 아무것도 아닐 수가 없었다.

"당신이 원한다면, 우린 가까운 친구가 될 수 있어요. 사실 난 이미 그렇게 생각하고 있었어요."

하, 그가 헛웃음을 지었다. 입매를 끌어 올렸지만, 찰나였다. 그 미소가 눈에까지 미치진 못했다. 이 또한 처음 보는 모습이었다. 반년 넘게 함께하며, 몇 번이고 그 이면을 볼 기회는 있었다. 하지만 이곳 니힐로 오는 마차 안에서도 그는 완벽하게 껍질 안쪽을 보여 주지 않았다. 게더의 별장에서도, 퀸체로드에서도 보일 듯 말 듯, 금의 틈새만 엿보여 주고 언제 그랬냐는 듯 닫아 버렸다.

무표정한 그의 모습은 그 무엇보다 살갗이 돋을 정도로 서늘하고, 공허하고 냉정했다. 그리고 아름다웠다.

"우리는 친구가 될 수 없습니다."

"왜요? 내가 부족해서인가요?"

"난 친구에게 욕정을 품지 않으니까요."

나도 모르게 뒤로 물러선 건 거의 동시였다. 그가 그런 날 보며 조용히 고개를 기울였다. 마치 이미 끝까지 몰아붙인 사냥감을 보며 거리를 재는 짐승처럼.

"빈센트······."

날것 그대로의 감정이었다. 그것이 어떤 작위나 포장도 없이 그대로 내 어깨를 밀어붙였다. 닿은 건 시선뿐인데도 옷자락 안의 피부를 그의 손이 쓸어 만지고 애무하는 것 같았다.

"몰랐다곤 하지 않겠죠. 당신은 알고 있었으니까."

이어진 말에 뭍으로 막 끌려 나온 물고기처럼 아가미가 막혀 숨을 쉴 수가 없었다. 그 어떤 때보다 강렬하게 느껴지는 그의 숨결, 체취, 존재가 이 방에 가득 채워져 날 압도했다.

각인이라도 시키려는 듯 그가 차근히 말했다.

"난 언제나 당신에게 닿고 싶었습니다, 올리비아."

"언제부터······?

간신히 터진 말은 토막처럼 잘려 나왔다. 사실 무엇보다 날 더 당황케 만든 건 거부감이 들지 않는다는 사실이었다.

일전 나를 시험하듯 그가 접촉했던 게더에서도 비슷한 상황이 있었고, 그때는 거부감으로 온몸이 굳었지만, 지금은 아니었다. 여전히 무섭기는 하지만 거부감은 들지 않았다.

"당신을 다시 만난 순간부터."

그의 대답에 신음이 터져 나왔다. 그래, 알고 있었다. 그가 날 이성으로 본다는 건 은연중에서라도 모를 수가 없었다. 하지만 내가 불편한 기색을 내비칠 때마다 그대로 한걸음 물러선 그였다. 그게 우리만의 불문율이었으며 깨지지 않는 비밀이었다. 애써 외면하고 부정해 온 진실을 그가 한 치의 머뭇거림도 망설임도 없이 까발렸다.

그가 일어섰다.

"그리 무서워하지 않아도 됩니다. 당신이 원하지 않는 한, 내가 손을 대는 일은 없을 테니까."

"……."

"그것 또한 잘 아시지 않습니까."

묵묵히 뒤돌아선 그의 등이 보였다.

마치 차마 손댈 수 없는 성역 앞에서 그대로 뒤돌아서는 모습이었다. 그 뒷모습에 예전의 내가 겹쳐졌다. 누군가 왼쪽 가슴을 움켜쥐듯 애틋한 통증이 찾아왔다. 하지만 이 통증은, 과거의 날 향한 것이 아니라 나의 표정, 몸짓 하나에 바로 뒤를 돈 그를 향한 것이었다. 어째서이 남자는.

"……거긴 어둡잖아요. 바닥도 차갑구요."

문 쪽으로 가려던 그를 불러 세운 건 나였다. 카펫도 깔려 있지 않은 바닥은 냉기가 고스란히 올라올 만큼 찼다. 펑퍼짐한 잠옷 차림이지만, 그 위에 숄을 두른 나는 그나마 운이 좋은 셈이었다.

"그냥 옆에 앉아 있어요. 난 괜찮으니까."

있는 용기, 없는 용기를 쥐어짜 내뱉은 말이었다. 대답 없이 멀어지려던 그가 느릿하게 다시 뒤를 돌았다.

"젊은 남자라면 충분히 그럴 수 있어요. 우리는 지금 가장 가깝고, 짧지 않은 시간 함께했으니까."

밀어내야 했다. 이 이상은 허용되지 않았다. 나는 그럴 만한 가치가 없었다. 내 깊고 어두운 수렁으로 끌어들일 수가 없었다. 그는 앞으로 나가야 할 사람이었고, 나는 과거에 머물러야 할 사람이었다.

한때 같은 곳을 바라봤다 하더라도 일 년이 지나면 영원히 접점이 없어지는 사이였다.

"난 당신이 그렇게까지 생각해 줄 만한 가치가 없는 사람이에요."

가만히 나를 내려다보던 그가 성큼 다가온 건 그 순간이었다. 가까이 온 그가 긴장한 내 앞에서 한쪽 무릎을 꿇었다. 언젠가 그랬던 것처럼. 하지만 다음 동작은 전혀 예상하지 못한 것이었다.

"빈센트……!"

조심스레 내 발목을 들어 올린 그가 발끝에 입을 맞췄다. 경악한 나머지 그의 손에서 발을 빼내려는 시도조차 하지 못했다.

화가 난 것이 분명한데도 발가락 하나하나 입 맞추듯 경건한 움직임에 숨조차 제대로 쉴 수가 없었다. 내 말에 대한 그 어떤 대답보다 직접적이고 확실한 대답이었다.

"……만, 해요."

목소리가 떨렸다. 눈을 감았다. 그의 감정이 그저 시간이 지나면 사라질 호감인 줄로만 알았다. 이 정도의 깊이이며 무게일 줄은 생각지도 못했다. 그제야 그가 제대로 보였다. 밖에서 급하게 들어왔는지 머리칼부터 넓은 어깨가 비에 젖어 있었다.

"그만해요……."

열망과 헌신. 맹목적이리만치 올곧고 직선으로 뻗은 마음. 기어이 참았던 눈물이 터져 나왔다. 화끈해진 눈가를 애써 가렸다.

"난 받아 줄 수 없어요."

"보답 받기 위해 가진 마음이 아닙니다."

"보답 받지 못하는 괴로움을 내가 모를 거 같나요?"

"괴롭다 해도 당신 옆이면 나는 상관없습니다."

"영원히 내가 돌아보지 않는다고 해도?"

"당신이 날 멀리하거나 거부하지만 않으면."

묻지 않을 수 없었다. 흘러내린 눈물을 손등으로 닦아 내고 물었다.

"십여 년 전, 내가 당신에게 대체 뭘 한 거죠? 뭘 했기에 당신이 이토록 내게…… 헌신하는 거죠?"

몸을 일으킨 그가 웃었다.

"그 대답은 하지 않겠습니다. 스스로 떠올려 줬으면 하니까."

그리고 덧붙였다.

"내일 아침은 드시지 않는 게 낫겠습니다."

"......"

"눈이 매우 부을 거 같군요."

뜬금없는 말에 좀 전까지 팽팽히 당겨져 있던 감정들이 느슨해지는 느낌이었다. 그가 대답을 유보하는 내게 한걸음 다시 물러선 것이다. 엷게 웃으며 옆자리를 눈짓하자 그가 다시 앉았다.

"이제 제가 물어볼 차례군요. 왜 여길 들어왔는지에 대해서."

숨을 가다듬고 마음을 차분히 가라앉혔다. 혼자 간직해 온 비밀을 드러내는 건 용기가 필요했다.

"......제 아버지를 아시죠?"

타당한 질문이었다. 그는 그 이유를 알 권리가 있었다. 내 말에 그가 고개를 끄덕였다. 천천히 말을 이어 나갔다.

"제게 외숙부가 있었어요. 그분이 아버지의 일기장을 주셨죠."

이야기는 되돌아가 게오르그가 마지막으로 내게 퍼붓던 말부터 시작했다. 그가 서재에 남긴 쪽지와 이곳에서 알게 된 이 방의 주인에 관한 이야기. 어쩌면 우연의 일치일 수도 있겠지만 작은 단서 하나라도 놓치기 싫은 절박함까지.

"그럼 그 일기장을 풀어낼 번호를 아직 찾지 못한 겁니까?"

내 이야기가 끝나자 그가 제일 먼저 물은 말이었다.

"좀 전 샅샅이 보았지만, 초상화엔 숫자가 보이지 않네요."

대답함과 동시에 빈센트가 몸을 일으켰다. 램프를 들고 초상화를 비췄다. 덩달아 일어나 다가가는 순간 좀 전, 초상화를 보며 느꼈던 묘한 기시감이 다시금 되풀이됐다. 번갈아 보자 그 이유가 확실해졌다.

초상화 속의 이네스 데인과 빈센트는 닮았다. 그러나 기분 탓일 터였다. 이네스는 결혼하지 않은 아가씨였고, 빈센트는 버려진 고아였다고 했다. 애초에 데인 가문의 사람이었다면 변경백이 내쳤을 리도 없고, 그가 그리 험난하게 자랐을 리가 없었다.

고개를 저으며 불쑥 든 잡념을 떨쳐 내는데, 초상화에 손을 뻗은 빈센트가 눈을 가늘게 뜨고 무언가를 살폈다. 그의 시선 끝을 따라가자 이네스 데인이 무릎 위에 펼쳐 든 책이 보였다. 육안으로 잘 확인되지 않을 만큼 작은 글자였다.

그가 천천히 책장 한 귀퉁이에 쓰인 페이지 수를 읽었다.

"……1102."

"그게 의미가 있을까요?"

내 묻는 말에 빈센트가 바로 대답했다.

"이날은 그녀의 생일입니다."

* * *

다음 날 새벽, 청소 담당 하녀가 이 방의 문을 열었을 때 그녀는 화들짝 놀라 그대로 엉덩방아를 찧었다. 아무도 없던 방의 카우치에 두 사람이 앉아 있었다. 유령인가 싶었지만 분명 사람이었다. 그것도 젊은 남녀.

"대, 대체……."

금붕어처럼 입만 뻐금거리는 하녀와 눈이 마주친 건 빈센트였다. 그의 어깨에 고개를 기대고 눈을 감은 여자가 보였다. 그 얼굴을 살펴보기도 전에 여자를 품에 안은 채 일어선 그가 주저앉은 하녀의 곁을 지나쳤다. 일별할 눈짓도 없이 순간이었다.

하지만 나직한 목소리는 뚜렷하게 들렸다.

"입을 함부로 놀렸다가 쥐도 새도 모르게 죽고 싶진 않겠지."

소름 끼칠 정도로 차갑고 무자비한 경고였다. 하녀의 정신이 돌아온 건 등 뒤로 발걸음 소리가 멀어졌을 때였다.

빈센트 데인.

저 검은 눈이라면, 틀림없었다. 얼마 전 약혼녀와 함께 니힐로 돌아왔다고 했다. 악마에게 영혼을 팔았다던 남자. 누구나 한 번 보면 뒤돌아볼 미모를 가졌지만 아무도 접근하지 않은 이유였다. 그녀는 목이붙어 있는지 한참을 확인해야 했다.

올리비아를 그녀의 방 침대에 내려놓은 빈센트가 그대로 걸음을 옮긴 곳은 이네스의 방이었다. 들뜬 마음에 일찍 일어나 혼자 머리를 빗고 있던 그녀의 등 뒤로 문이 거칠게 열렸다. 누가 함부로 들어오느냐는 말을 할 새도 없이 문을 박차고 들어온 걸음이 그녀의 바로 등 뒤에 와 있었다.

뒤를 돌아볼 수조차 없었다. 거울로 눈이 마주쳤다. 무감각하고 몰인정하고 무자비한 시선이었다. 쓸모없어진 가축을 바라본대도 이보다 차가울 것 같지 않았다. 냉혹한 눈빛과는 다르게 빈센트는 다정하게 그녀의 이름을 불렀다.

"이네스."

반사적으로 머리를 빗던 손이 떨렸다. 이네스가 간신히 입을 열었다.

"오, 오라버니……."

그녀의 손을 떼어 내고 빗을 잡은 빈센트가 다정한 오라비처럼 부드러운 머릿결을 빗겼다. 누가 보면 보기 흐뭇한 광경이었겠지만 안타깝게도 방 안엔 둘뿐이었다. 이네스는 떨지 않기 위해 숨을 들이켰다. 자신의 머리를 빗는 게 날카로운 칼날처럼 느껴졌다.

하나도 거칠지 않았는데도.

"아주 재밌는 짓을 했던데."

"그게……."

"변경백께서 아셨다간 흥미진진할 뻔했어. 그렇지?"

눈을 내리깐 그가 그녀의 팔을 스쳐 빗을 내려놓더니 이네스의 목덜미에 손을 얹었다. 새하얗게 질린 얼굴이 거울 속에 금방이라도 깨질 듯이 그를 바라보고 있었다.

인내심을 곱씹은 그가 느릿하게 말을 이었다.

"내가 널 봐줘야 하는 이유를 한 가지만 말해 봐."

"나, 나는…… 오라버니가 갑자기 내게 너무 차가워서, 그래서……."

"가엾고 멍청한 이네스. 내가 왜 네게 그동안 친절했다고 생각하지? 변경백의 따님이라? 아니면 단지 네가 마음에 들어서?"

사시나무처럼 흔들리는 말을 뼛속까지 시릴 만큼 냉랭한 목소리가 끊어 냈다. 비웃듯 작게 웃은 그가 허리를 굽혀 그녀의 귓가에 작게 속삭였다.

"답은 간단해. 네 눈동자가 그녀의 눈동자랑 비슷하니까."

심장을 베어 내는 말이었다. 내리깐 그의 눈이 시선을 들어 베어 내듯 물기 가득한 눈빛을 응시했다.

"오라버니……."

손에 힘을 준다면 금방이라도 부러질 듯 연약한 목이었다. 그 정도를 가늠하듯 잠시간 말이 없던 빈센트가 가볍게 손을 떼어 낸 건 다음 순간이었다.

"하지만 도저히 침대에서 벗어날 수가 없을 만큼 몸이 안 좋으니, 아픈 널 더는 탓할 수가 없겠구나."

그는 동의를 묻거나 대답을 구하지 않았다. 그것이 그녀에게 베풀 수 있는 최대한의 자비이며 마지막 기회였다.

변경백이 저택으로 돌아온 건 그로부터 몇 시간 뒤였다. 마차를 타고 수행을 가는 다른 귀족들과 달리, 각자의 말을 탄 수행원 두엇과 함께였다. 현관홀로 저택의 모든 식솔이 마중 나오자 그의 미소가 짙어졌다. 말에서 내린 그를 가장 먼저 맞이한 건 백작 부인이었다.

"부인."

"어서 오세요. 다친 곳은 없으시죠?"

"아무 일 없었습니다."

그의 시선이 다음으로 향한 건 오랜만에 본 얼굴이었다.

"빈센트."

"백작님."

"오랜만이다. 왔다는 소식은 들었는데 이제야 보는구나."

"예정보다 일찍 왔습니다."

"데려온 약혼녀는?"

"여독이 아직 다 풀리지 않아 방에 있습니다."

"아아, 그렇군."

이 년 만에 보는 변경백은 여전히 예순에 접어드는 나이에도 호쾌하고 당당한 신수였다. 잘 관리한 몸은 여전히 단단한 근육으로 둘려 있었고, 키 또한 허리가 하나도 굽어지지 않아 그 나이대의 누구보다도 훤칠했다. 흰 머리칼과 턱을 덮은 수염만이 노년에 접어드는 나이를 가늠케 할 뿐이었다.

"아버님."

"월터, 잘 있었느냐?"

차례를 기다린 듯 가만히 서 있던 월터가 조심스레 끼어든 건 다음 순간이었다. 빈센트에게 전해 들은 어젯밤 일을 아버님이 알게 되면 불호령이 떨어질 것 같기에 먼저 입을 열려는 찰나, 어깨에 빈센트의 손이 얹혔다. 말하지 말라는 뜻이었다.

"그나저나 이네스가 안 보이는구나."

"몸이 좋지 못해 하루 종일 방에 있겠다 하네요."

"저런. 당장 가 봐야겠군."

"자고 있으니 나중에요. 일단 씻고 쉬셔야죠."

부드럽게 대답한 백작 부인이 그의 팔을 잡아 안으로 이끌었다.

* * *

밤을 지새우려 했지만, 어쩔 수 없는 수마에 덮쳐져 눈을 붙인 모양이었다. 간신히 잠에서 깨어난 건 저녁 무렵이었다. 그나마도 애니가 내 어깨를 흔들어 깨운 덕이었다.

"아침도 점심도 안 드시고 계속 누워만 계셨어요."

"……지금이 몇 시지?"

"아까 현관홀에서 보고 왔는데 저녁 일곱 시요."

캄캄해진 창밖에 비해 생각보다 늦은 시간은 아니었다. 그래도 여섯 시인 저녁 식사 시간은 지났고, 내리 열 시간은 넘게 잔 것 같아 머리마저 지끈거렸다.

관자놀이를 눌러 두통을 잠재우고 겨우 물었다.

"변경백께선?"

"오늘 아침 일찍 돌아오셨어요."

"맙소사……."

이곳에 머무른 손님으로서 있을 수 없는 무례를 저질렀다. 내 경악한 얼굴에 애니가 재빨리 덧붙였다.

"빈센트 나리께서 아가씨가 풀리지 않은 여독 때문에 몸이 피곤해 주무신다고 하셨어요. 그러니 걱정하지 않으셔도 돼요."

"그래도 당장 인사를 드리러 가야……."

내 말을 끊듯 노크 소리가 들린 건 그때였다. 들어오라는 말과 함께 하녀가 살짝 열린 문 사이로 들어섰다. 쟁반에 간단히 먹을 것들을 가져온 채였다.

"빈센트 님이 가져다드리라 하셨습니다."

"……그리고?"

"다 드시면 응접실로 오시라고도 하셨습니다."

혹시 몰라 물은 말에 하녀가 말을 잇자 고개를 끄덕였다.

"알았어요. 가져다줘서 고마워요."

얼마 후 간단한 식사를 한 뒤에 바로 그가 찾아왔다. 할 말이 있어 애니를 방으로 보내고 그를 기다렸다. 노크는 예의상 두 번 울렸다.

"올리비아."

이상했다. 언제나와 똑같은 목소리에 똑같은 태도였는데도, 정중히 내 이름을 부르는 그가 날것 그대로의 욕망을 드러낸 어젯밤의 모습과 겹쳐졌다. 새삼스레 목덜미에 열감이 오르는 기분이었다. 도저히 눈을 마주할 수가 없어 창밖을 보는 척 문에서 등을 돌린 채 입을 열었다.

"어젯밤 언제 잠들었는지 모르겠어요. 날 여기에 데려다 주어 고마워요."

바로 옆방에다 가까운 측근인 애니조차 내가 새벽에 이 방으로 돌아왔다는 걸 모르고 있었다. 얼마나 조심스러운 손길로 날 침대에 눕혔을지는 보지 않아도 알 수 있었다. 중간에라도 눈을 떴으면 아마 평생 잊지 못할 만큼 민망했을 것이다.

"그것뿐입니까?"

"네?"

목소리가 아까보다 더 가까워졌다는 것도 모른 채 대답하는 말에 의아해 고개를 돌렸다. 바로 앞에 그가 서 있었다. 심장이 떨어지는 느낌이었다.

"가, 갑자기 왜 이렇게……."

다가왔냐는 말을 할 새도 없이 반사적으로 뒤로 물러선 내 허리를 그가 잡았다.

"뒤는 창문인데 어딜 가시려 합니까."

"빈센트."

책망하듯 불렀지만, 갑작스러운 그의 행동에 놀랐을 뿐 진정으로 화나지 않았다는 걸 알아챘는지 손에 힘을 더 준 그가 태연한 얼굴로 지척에서 날 내려다보며 대답했다.

"곰곰이 생각해 봤습니다만, 역시 자연스러워 보이려면 이 방법밖에 없는 것 같아서 말입니다."

"무슨 말이죠?"

"변경백께선 오랜 시간 전장에 있으셨던 몸입니다. 해서 누구보다도 감이 날카롭고 남을 꿰뚫어 보시죠."

"계약 약혼임을 들킬 수도 있다?"

고개를 끄덕인 그가 말을 이었다.

"덧붙여 어제 제 마음을 고백했으니 더는 물러서지도, 아닌 척 굴지도 않을 생각입니다."

그리 말하며 그의 시선이 내 이마와 코, 뺨과 입술을 훑듯이 내려왔다. 새카만 동공에 온통 새빨갛게 물든 내 얼굴이 그대로 비치는 것 같았다.

"어제 약속하셨지 않습니까?"

"무, 무엇을요?"

"날 멀리하거나 거부하지 않겠다고."

그러고 보니 어젯밤, 그가 그런 말을 한 것도 같았다. 긍정하지도 않았지만 부정하지도 않았다.

"그게 어떻게 약속이 되죠?"

"이제야 날 제대로 보는군요."

시선을 피하려 잠시 내렸던 고개를 들면, 바로 날 내려다보는 그와 코가 맞닿을 거리라는 걸 알면서도 반사적으로 시선을 올렸다. 동시에 지그시 웃은 그와 더 가까이 있을 수도 없이 눈이 마주쳤다.

"그럼 말해 보세요, 올리비아. 내가 불쾌하다고."

노골적이고 거침없는 말투였다.

"출신 성분을 알 수 없는 고아에다, 수많은 피를 묻힌 더러운 손을 가져 지척에서 숨을 섞기에도 불쾌하다고."

"빈센트!"

한마디 한마디에 가슴이 찢겨 나가는 줄 알았다. 더는 듣고 있기가 힘들어 안간힘을 다해 그의 가슴을 밀어냈다. 의외로 순순히 물러난 그가 말을 끝맺었다.

"대답하지 않으시면 약속하신 걸로 알겠습니다."

혼란스러워 시선을 피하고 싶었지만, 용기를 내어 마주한 그의 얼굴을 보고 깨달았다. 어젯밤 그가 내 손에 쥐여 준 건 언제나 같은 껍질 따위가 아니었다.

"빈센트……."

나는 아무도 모르는 그의 진짜 모습에 다가섰다. 그 누구도 감히 발을 들이지 않은 설원에 처음으로 발자국을 남긴 기분이었다.

"원래 이렇게 거침없는 성격인가요?"

그가 입꼬리를 올렸다. 어딘가 위험스러운 미소였다. 포식자가 먹이를 앞두고 만족스럽게 웃는 듯한. 묘한 색기가 가득한 미소에 순간 등줄기에 소름이 돋았다.

"아직 반의반도 안 보여 드린 겁니다."

"……."

원한다면 전부 보여 줄 수 있다는 어조였다. 숨소리만 귓가에 울릴 정도로 침묵이 지나갔다. 누군가가 아주 오랜 시간에 걸쳐 촘촘하게 짠 거미줄에 걸린 느낌이었다. 그걸 깨닫기가 무섭게 발버둥을 치지만, 이미 늦어 버려 되돌릴 수가 없는.

가만있다간 발끝부터 머리끝까지 집어삼켜질 듯한 위기감에 황급히 내뱉은 건 한 단어였다.

"이, 일기장……!"

그가 고개를 갸웃했다. 재빨리 말을 이었다.

"기다리면서 어제, 당신이 말해 준 그 숫자로 일기장을 열었어요. 아직 읽지는 않았는데……."

"아아, 그거 말입니까."

잠시 흥이 깨졌다는 듯 아쉬운 표정을 지은 그가 내 말에 대답했다. 그를 카우치로 인도하며 테이블 위에 놓아두었던 일기장을 꺼냈다.

"날 도와줬으니, 당신도 알 권리가 있는 거 같아서요. 듣다 보면 당신의 조부님과 내 아버지가 했던 모종의 거래에 대해서 실마리를 찾을 수도 있고."

집요하게 날 바라보는 시선을 애써 외면하고 긴장한 손으로 일기장을 들어 책장을 펼쳤다.

"1742년 1월 12일. 왕께서 내게 한 여성을 데려오라 명령했다. 기이한 것은 아무도 몰래 데려오라 덧붙이신 것이다. 도착지는 북부의 니힐이었다. 한 번도 간 적 없는 곳이라 긴장이 됐다. 새벽같이 짐을 챙겨 배웅하는 아내를 뒤로하고 길을 떠났다."

첫 번째 페이지를 다 읽어 내리자 생각하듯 말이 없던 빈센트가 조용히 의견을 보탰다.

"1742년이라면…… 선왕 때군요."

"네. 현왕이 즉위하기 10년 전이죠."

일기는 바로 이어지지 않고 훼손된 몇 장을 건너뛰어야 했다. 뒤이은 낭독은 바로 이어졌다.

"1742년 1월 20일. 힘들게 니힐에 도착했다. 왕께서 말한 여성은 약속했던 여관에서 기다리고 있었다. 머리칼을 묶고 제 몸보다도 큰 로브를 푹 써서 얼굴은 잘은 보이지 않았지만, 목소리로 보아 열일곱에서 열아홉 살 정도로 보였다. 그녀는 자신의 이름을 '레베카'라고 소개했다. 가명인 게 훤히 보였지만, 신경 쓸 바는 아니었다."

"1742년 1월 24일. 레베카와 함께 북부 지역을 거의 벗어나려는 순간 문제가 생겼다. 경비가 삼엄해지고 순찰병들이 낯선 이들을 일일이 찾아내 조사하기 시작했다. 어쩐지 일이 어려워진 거 같아 결국 원래 가려던 길을 돌아가기로 했다. 입이 무거운 여관 주인에게 말하니, 그런 비밀스러운 길을 잘 알고 있는 남자가 한 명 있다고 소개했다."

거침없이 읽어 내려가던 목소리가 멈춘 건 다음 장을 읽는 순간이었다.

"1742년 1월 25일. 여관이 소개해 준 '게오르그'라는 남자를 따라……."

게오르그.

한 단어만으로 심장에 피가 몰리는 거 같았다. 모래 속에서 바늘을 찾아낸 기분이었다. 그 바늘이 내 가슴을 찌를 수도 있지만. 날 살피던 빈센트가 물었다.

"전 시오네 자작과 동일 인물입니까?"

"……아마도요. 1742란 숫자도 그의 메모에서 발견한 거니까."

생전 아버지와 게오르그가 인연이 있었다는 걸 처음 알았다. 그걸 깨닫는 동시에 수수께끼가 풀렸다. 어째서 아무런 연고도 없는 게더에 그가 찾아왔는지 이해 가기 시작했다. 북부에서 수도로 동행하며 그가 아버지의 정체를 캐낸 것이다.

그리고 주위를 굶주린 들개처럼 군침을 삼키며 배회했을 것이다. 단기간에 어머니의 마음을 사로잡은 것도, 그럴 필요가 있을 때까진 아버지의 행동과 모습을 따라 했을 가능성이 컸다.

"올리비아."

충격과 분노로 떨리는 손을 그가 감싸듯 쥐었다. 손등 위에 얹힌 무게감에 조금씩 진정되는 기분이었다.

"읽기 힘들다면 나중에 읽어도 됩니다. 아니면, 내가 읽는 방법도 있겠죠."

참기 힘든 유혹이었다. 그의 제안을 받아들이라고 내 마음 한편이 속삭이고 있었다. 이어질 진실을 너는 감당하지 못할 거라고.

"아니요. 마저…… 마저 읽을게요."

젖 먹던 힘까지 써 간신히 고개를 저었다. 그러곤 잠시 감았던 눈을 떠 좀 전에 읽었던 부분을 읽어 내려갔다.

"1742년 1월 25일. 여관이 소개해 준 게오르그란 남자를 따라 남들은 다니지 않는 길을 걷기 시작했다. 확실히 순찰병들이 없어 낮이나 밤이나 움직이기 편했으나, 마차나 말을 타고 갈 수 없는 험한 길이라 레베카의 안색이 점점 창백해졌다. 그러던 밤, 게오르그가 밤중에 나를 불러 그녀가 애를 밴 거 같다고 말했다. 충격으로 굳어진 내게 그가 당신의 아이냐고 묻기에 그렇다고 대답했다. 그것으로 의심쩍게 우리를 바라보던 시선이 거두어진다면 그런 오명 정도야 아무래도 좋을 일이다."

거기까지 읽었을 때, 용기를 내길 잘했다는 생각이 들었다. 신경 쓰지 않으려고 했으나 여태껏 짐처럼 얹혀 있던 기억 하나가 사라졌다. 내 믿음은 배신 받지 않았다. 아버지는 어머니를 배신하지 않았다.

다음 장을 펼치는 건 좀 더 수월해졌다.

"1742년 1월 30일. 드디어 경계가 삼엄한 북부를 벗어났다. 게오르그가 머물 여관을 찾아 자리를 비운 사이, 레베카에게 내가 알게 된 것을 털어놓자 그녀가 한참 만에 울음을 터뜨리며 왕의 아이가 맞다고 시인했다. 불경한 생각이겠지만, 마치 임신과 출산이 그녀의 의지가 아닌 것처럼 느껴졌다. 그녀의 배는 석 달이 넘은 듯 보였다. 이로써 왕이 그녀를 몰래 수도로 불러오려는 이유가 명확해졌다. 하지만 한 가지, 위험 요소가 있었다. 반년 전부터 수도에서 왕자가 제 밑의 동생들을 물밑으로 숙청하기 시작했다는 소문이 빠르게 퍼져 나가기 시작했다. 그게 단지 소문만이 아니라는 걸 아는 사람은 전부 알고 있다. ……어쩌면 내가 그녀를 데려가는 곳이 그녀의 무덤이 아닐까 하는 생각이 든다."

어딘가 짙은 자괴감이 묻어 있는 문장을 끝으로, 일기는 거기에서 멈췄다. 내용이 끝난 게 아니라 문밖으로 다가오는 인기척을 눈치챈 빈센트가 검지를 입에 갖다 대 내 말을 가로막았기 때문이었다.

일기장을 닫고 카우치 아래로 숨김과 동시에 곧이어 문이 열리고 하인 한 명이 들어왔다.

"변경백께서 아가씨를 뵙고자 하십니다."

* * *

절대 알아서는 안 될 기밀을 알아 버린 직후, 날카로운 눈매를 가진 호인을 만나는 건 손끝이 떨릴 정도로 긴장되는 일이었다.

빈센트가 옆에 서서 내 손을 잡아끌지 않았다면 한 발짝도 움직이지 못했을 것이다. 앞선 하인이 내 방문을 알리는 사이 고개 숙인 그가 내 귓가에 속삭였다.

"긴장한 기색을 내비치는 건 괜찮습니다."

나직이 내뱉는 숨이 목덜미까지 닿아 반사적으로 어깨에 힘이 들어갔다. 그 모습을 내 불안으로 읽었는지 그가 허리를 잡은 손에 힘을 주었다.

"내가 옆에 있으니 아무 걱정할 필요 없습니다."

오만하리만치 단정적이고 확고한 어투였다. 뒤이어 들어와도 좋다는 허락을 들은 하인이 문을 열자 응접실의 불가에 서서 손을 녹이고 있던 노인이 고개를 들었다.

"어서 오게. 빈센트도 함께 왔군."

하얗게 센 머리며 눈가의 주름까지, 열다섯이라는 쌍둥이의 아버지 치고는 연로한 낯빛이었으나 납득 갈 만큼 활기찬 인상이었다. 나 한 명쯤은 온전히 가리고 남을 만큼 넉넉한 풍채였다.

"처음 인사드립니다, 변경백 각하. 게더의 올리비아 시오네입니다."

빈센트가 묵례하며 허리를 놓아줌과 동시에 치맛자락을 살짝 들며 정식으로 인사했다.

후작급에만 붙여 주는 경칭을 허락받을 만큼 북부를 통괄하는 데인 변경백의 이름은 그 무게가 대단했다. 마찬가지로 수도에 얼굴을 비치지 않는 대가문인 그레이 후작과도 비견되었으나, 선왕의 공신으로서 숙청의 대상인 그레이 후작 가문과 달리 반대로 현왕의 공신으로 취급받는 그의 위력은 어떤 면에선 더 영향력이 컸다.

우호적인 태도로 날 맞았으나 날카로운 시선이 내 머리부터 발끝까지 훑는 것을 느끼면서 꿋꿋이 눈을 피하지 않으려 버티자, 이윽고 변경백이 웃음을 터뜨렸다.

"초면에 내 눈을 빤히 바라보는 이는 오랜만이야. 아가씨도 보기완 달리 강단이 있군그래."

"무례했다면 죄송합니다."

긴장이 탁 풀렸다. 그리 사과했으나 무례임을 알면서도 시선을 내리깔거나 피하지 않은 것은 일종의 시험임을 직감해서였다.

"아니야. 얼음 같은 빈센트도 여자 보는 눈이 꽤 있군. 다시 봤네."

다행히 내 직감은 적중한 듯 보였다. 너털웃음을 마무리한 변경백이 넓은 카우치에 앉았다.

그다음 내게 손짓으로 맞은편 자리를 권했다. 빈센트와 나란히 앉자 나와 그를 번갈아 보던 변경백이 다시 입을 열었다.

"그래, 몸은 좀 좋아지셨는가? 여독이 안 풀렸다고 들었는데."

"신경 써 주신 덕에 한결 나아졌습니다. 각하와 부인께 걱정 끼치게 되어 죄송합니다."

"아닐세."

내게 미소 지은 변경백이 빈센트에게로 시선을 옮겼다.

"그건 그렇고 자네도 어지간히 급했나 보군. 만나게 된 건 이제 막 반년을 지났다고 들었는데. 약혼에 이르기까진 좀 짧은 시간 아닌가?"

그때 빈센트가 내 한쪽 손을 잡아 무릎으로 가져갔다. 마치 원래부터 온 것처럼 자연스럽고 당연한 듯한 움직임이었다.

"처음 보자마자 인연임을 깨달았습니다. 깨닫고 나니 도저히 지체할 이유가 없더군요."

그리 말하며 날 보는 눈빛이 꼭 오랜 연인을 보는 시선이라 덤덤히 마주할 수가 없어 눈을 내리깔았다. 당사자인 나조차도 속아 넘어갈 만한 모습이었다.

"참 오래 살고 볼 일이야. 여자라곤 길가의 돌만도 못한 시선으로 보던 때가 어제 같은데."

혼잣말처럼 뇌까리던 변경백이 대뜸 당황스러운 말을 꺼냈다.

"그래, 약혼식은 언제 어디서 할 생각이지?"

당연하다는 듯한 질문이었다. 해서 제때에 대답할 순간을 놓쳤다. 변경백의 표정이 미묘하게 변하기 전에 대답한 건 빈센트였다.

"조촐하게 제집에서 올릴 생각입니다."

"'조촐하게'라니. 원한다면 여기서 열어도 상관없네. 아니면 아예 예배당 하나를 빌려도 좋고. 올리비아 양이 섭섭하지 않겠나."

내가 끼어들 차례였다. 단호히 고개를 저었다.

"말씀은 감사하나 정말 괜찮습니다, 각하. 화려하게 치르는 것도 좋지만, 약혼식만은 둘만의 의식인 편이 더 의미가 있지 않을까 해서요."

말을 하며 식이 있을 줄은 왜 생각하지 못했을까 싶었다. 약혼식을 치른 다음, 결혼식을 하는 관습은 최근 수도 귀족들 사이로 생략되는 분위기였으나 아직 그대로 이어 가고 있는 곳이 많았다. 북부 또한 그런 분위기였다는 걸 알지 못한 내 책임도 있었다.

"거참⋯⋯. 뭐, 당사자들이 한사코 거절하니 더 말을 꺼낼 수가 없겠군. 정 그렇다면 그리하게. 다만 내 작은 도움마저 거절하진 않겠지?"

거듭 호의를 보이자 이것까진 거절할 수 없었다. 고개를 끄덕인 빈센트가 기꺼이 받아들이겠다며 감사 인사를 하자 흡족한 듯 씩 웃은 변경백이 완곡하게 축객령을 내렸다.

"밤이 벌써 늦었으니 들어가 쉬게. 약혼식 초대를 기다리겠네."

나란히 인사를 하고 문을 열고 나오자 복도는 조용했다. 방을 나오자마자 그가 말했다.

"방으로 모셔다 드리겠습니다."

몇몇 지나가는 하녀들을 의식하며 그의 팔에 손을 얹은 채 함께 걸었다. 주위에 사람이 없다 싶을 때 작은 목소리로 물었다.

"작은 도움이라니, 무슨 말이죠?"

"약혼식 준비를 도와줄 사람을 보내겠다는 뜻일 겁니다. 북부에선 고급스러운 음식을 할 줄 아는 사람이 드무니까."

잠시 빠르게 주변을 훑은 그가 덧붙였다.

"멀리서 사람을 구해 오는 건 문제가 아닙니다만, 변경백께선 내가 그레덴 상회의 주인인 건 모르니까요."

"그래서 일부러 조촐이라는 단어를 쓴 거군요."

이해가 가 고개를 끄덕이자 그가 걸음을 멈췄다.

"당신이 원한다면, 수도의 그 누구도 부럽지 않은 식을 치를 수 있습니다."

차가운 눈매와 대비되어, 마주한 시선이 뜨겁고 진지했다.

"금가루를 뿌린 케이크에 하늘거리는 새틴과 새하얀 진주가 알알이 박힌 드레스, 다이아몬드를 얹은 반지쯤이야 구하기 어렵지 않은 일이니까."

평소와 다르게 빈센트가 진지한 태도로 그런 말을 하니 나도 모르게 농담처럼 느껴져 작게 웃음이 나왔다.

"내가 왕궁의 왕관을 달라 해도 줄 건가요?"

대답은 바로 돌아오지 않았다. 따라오는 걸음도 없었다. 농담이 좀 심했나 싶어 뒤를 돌았을 때 그가 손을 잡아끌었다. 미처 그 상황을 파악하기도 전에 손등에 따뜻한 무언가가 닿았다.

"……빈센트."

"그뿐 아니라 설령 내 목숨을 달라 해도 드릴 겁니다."

내 손등을 들어 입을 맞춘 그가 조용히 대답했다. 응접실에 들어가기 직전, 내 귓가에 입술을 갖다 대고 속삭였던 때가 생각났다. 시간이 멈추고 오직 나와 그만이 존재하는 것 같은 느낌.

그 공간을 깨뜨린 건 날 기다린 듯 저 너머에서 다가온 애니였다.

"아가씨! 그리고 나리!"

"아, 애니."

그대로 잡혔던 손이 놓이고, 숨이 트이는 기분에 그녀에게로 고개를 돌렸다.

"무슨 소리 들으셨을까 봐 걱정돼서 기다렸어요."

"아무 일도 없었어. 각하는 좋은 분이야."

"그렇다면 다행이에요."

어미 닭처럼 유심히 내 표정을 살피는 그녀를 향해 웃어 보인 순간, 등 뒤에서 빈센트가 나를 불렀다.

"올리비아."

언제 내 허리를 잡아끌고, 손을 잡고 입을 맞추었냐는 듯 태연하고 담담한 얼굴이었다.

"내일 아침 일찍 내 집으로 떠날 테니 오늘 밤 짐을 싸 놓아야 합니다."

"아침 식사는 하지 않나요?"

"미리 양해를 드렸습니다."

다행인 일이었다. 오늘은 웬일인지 이네스가 보이지 않아 불편한 상황을 피했는데, 내일은 모를 일이었으니까. 필요하다면 응대해 주겠으나 어린애와 기 싸움하는 건 여전히 유쾌하지 않은 일이었다. 그녀가 내게 저지른 짓은 어떻게 보면 용서하기 힘든 짓이었지만, 결국 일어나지 않았으니 너그러이 넘어갈 수 있었다.

"알겠어요. 그럼 내일 뵙죠."

애니를 먼저 들여보내고, 조용히 인사를 하며 열린 문으로 들어가려는 순간 어깨를 잡았다.

"일기장."

그 단어를 듣는 순간, 잠시뿐이었지만 그 내용을 어째서 잊고 있었는지 오한이 돋았다.

"내일, 나와 둘이 있을 때 읽었으면 합니다. 그전까진 아무도 몰랐으면 하는데."

그의 말에 반사적으로 고개를 끄덕였다. 이미 여러 비밀을 공유한 사이이니 끝까지 함께 읽는 게 당연하게 느껴졌다. 다음 순간 그의 입가에 호선이 그려지는가 싶더니, 잘 자라는 인사와 함께 문이 닫혔다.

* * *

다음 날, 해가 뜰 무렵이라 배웅을 하는 건 짐을 나르는 몇몇 히녀와 하인들뿐이었다. 부러 해후를 나누고 뒤늦게 잠자리에 들었다던 백작 가족을 깨우지 않은 덕분에 조용히 저택을 떠날 수 있었다.

이곳에 왔을 때 탄 사륜마차를 그대로 타고 길에 오르자 문득, 레이븐 홀에 머무른 닷새밖에 되지 않은 시간 동안 많은 것이 변했다는 생각이 들었다. 아버지의 일기장을 열었고, 그가 숨겨 왔던 진실의 한 조각을 찾았다. 그리고 약혼자가 된 '빈센트 무어'라는 남자에 대해서도 그 어느 때보다 더 잘 알게 됐다. 그가 내게 품은 감정의 깊이까지도.

차창으로 향하던 눈을 힐긋 맞은편으로 향하자 책을 읽고 있던 그의 시선이 거짓말처럼 들렸다.

"뭐 궁금한 거라도 있습니까?"

타인의 시선을 의식하는 날 배려하는지, 변경백을 비롯한 백작 가족 외엔 애니와 사용인이 있을 때 그는 이제껏 그래 왔듯 친절하지만, 한편으론 깍듯하고 정중한 거리를 유지했다.

눈을 붙이고 있긴 하지만, 명백히 내 옆자리에 앉은 애니가 있는 이 상황에서도 마찬가지였다. 무슨 말을 꺼낼까 되짚다가 불쑥 말했다.

"알고 계시겠지만, 얼마 전 이혼 승낙서가 왔어요."

끄덕이는 걸 보니 알고 있는 낌새였다.

"게오르그가 죽었다는 소식도……."

"엘리엇이 편지로 알렸군요."

"네. 누구 짓일까요?"

"대부분 살인 사건의 범인은 둘 중 하나입니다. 피해자와 직간접적으로 원한 관계에 있는 사람, 아니면 그가 죽으면 가장 이익이 생기는 사람."

그 말을 듣자 나도 모르게 말이 튀어나왔다.

"……그렇다면 정황상의 용의자는 제가 가깝군요."

그가 책을 소리 나게 덮었다.

"그렇다 해도 알리바이가 뚜렷하니 당신을 의심할 사람은 아무도 없습니다."

칠흑 같은 시선이 올곧게 날 응시했다.

"그리고 설령, 의심받는 상황에 놓이더라도 내가 누군가 내 약혼녀를 잡아가게 놔두리라 생각합니까?"

턱도 없는 이야기를 하지 말라는 듯 칼로 자르는 듯한 목소리였다. 그렇다면 가능성은 한 가지였다. 젊은 시절 게오르그에게 속아 원한을 산 사람이 적지 않을 터였다. 그중에 하나일 거라고 생각했다.

혹은 전혀 생각지 못한 제삼의 이유일 수도 있겠지만. 그러자 문득 오래 간직해 왔던 비밀 하나를 그에게 꺼내 보이고 싶었다. 어쩌면 이것으로 내게 모든 정이 떨어진다 하더라도.

"빈센트."

그가 고개를 들어 나를 봤다.

"뜬금없지만, 소름 끼치는 이야길 하나 할까요."

창가로 향하던 그가 내게로 다시 시선을 돌렸다.

"내가 게오르그, 내 계부에게 해를 끼친 건 사실이에요. 그것도 어쩌면 가장 치명적인 해를."

예상대로, 돌아온 건 새삼스러운 이야기를 듣는 얼굴이었다. 내가 가책을 느끼는 것으로 보이는지 빈센트가 부드럽게 말했다.

"당신이 한 건 해야 할 일이었고, 그로 인해 많은 사람의 고통이 줄어들었습니다."

"그 이야기가 아니에요, 빈센트."

고개를 저었다.

"궁금한 적 없나요? 어째서 게오르그가 그 긴 시간 동안 후계자 한 명을 낳지 못했는지."

그는 그 어떤 대답도 하지 않았다. 다만 내 이어질 말을 조용히 기다렸다.

"열네 살 때, 로즈를 시켜 오랜 시간 동안 그를 불구로 만드는 약초를 차에 삭제 먹였어요. 운이 좋았어요. 책에서 찾은 건 당시엔 잘 알려지지 않은 약초였죠."

경악스러운 죄를 털어놓으면서도 마음은 평온했다. 스스로가 생각해도 어린아이가 생각하기엔 소름 끼칠 정도로 교활한 음모였다. 생각은 할 순 있지만, 실행에 옮기지 않는 일을 나는 했다.

"삼 년간 꾸준히 복용케 했으니, 시집갈 때쯤에는 걱정하지 않아도 되더군요. 게오르그가 모든 정력을 도박장에 쏟기 시작한 무렵이니까."

매일 맞고 움츠러드는 내가 그런 일을 저질렀을 리라곤 게오르그는 죽는 순간까지 추호도 몰랐을 것이다. 그 기억으로 헤더 제누아에게 피임 차를 권했던 것까지. 그 사실을 조금도 후회하지 않는다는 것도.

"생각하니, 그의 죽음을 유일하게 슬퍼할 수 있었던 유일한 존재마저 내가 없애 버렸네요."

미안한 기색도, 씁쓸한 미소도 없었다. 사형 전 마지막 순간 사제 앞에서 가식적으로 죄악을 털어놓는 죄수만큼의 한 톨의 후회도 느껴지지 않았다.

"어때요. 소름 끼치지 않나요?"

호기롭게 내뱉고 나니 차마 감은 눈을 뜰 수가 없었다. 이제 경멸과 불신으로 가득한 눈을 마주하리라. 엊그제의 일은 신기루처럼 없어지리라.

그때 무언가가 머리에 닿았다. 번쩍 눈을 뜨니 그가 웃고 있었다. 내 머리를 쓰다듬고 어린아이를 달래듯 다정하게 말했다.

"잘했습니다. 그때의 당신도 용감했군요."

잘했다? 용감? 무슨 말인지 이해가 가지 않았다. 머릿속이 새하얘졌다. 머리를 쓰다듬은 손을 뗀 그가 내 눈을 바라보며 또렷하게 말했다.

"올리비아, 그때 당신은 장래의 엘리엇을 위해서 자신의 손을 더럽힌 겁니다. 어린 소녀가 동생을 위해 그렇게 행동할 수 있다는 건 대단한 용기고, 박수 받아 마땅한 일이죠."

뭐라 말을 하려 입을 열다, 그대로 다물었다. 그리고 한참 뒤에야 물었다.

"진심으로 그렇게 생각하나요?"

"말하지 않았습니까. 난 당신에게 거짓말을 하지 않습니다."

는 아주 당연하다는 듯이 대답했다.

당신을 좀 더 빨리 만났더라면. 그 말이 무심코 튀어나올 것 같아 입술을 필사적으로 다물 수밖에 없었다. 그대로 온통 새하얀 풍경이 펼쳐진 차창으로 시선을 돌리자 잠시 옆에 놓았던 책을 든 그가 조용히 말했다.

"잠을 좀 자 두는 게 좋을 겁니다. 앞으로 한나절은 더 가야 하니까."

* * *

그의 말이 맞았다. 해가 막 지평선에 걸린 무렵 출발해 동틀 녘이 되어서야 마차가 제 속도를 줄이기 시작했다.

오는 내내 진입로로 들어서는 대문도, 높이 솟은 첨탑도 보이지 않았다. 덜컹거리는 마차의 움직임 또한 어느새 다시 내리기 시작한 눈송이로 덮였다. 날은 한층 더 추워졌지만, 그나마 다행인 건 말들이 운신하기 어렵기 전에 목적지에 도착했다는 점이었다.

"올리비아."

선잠이 든 나를 서늘하지만 조심스러운 손길이 깨웠다. 내 한쪽 뺨을 매만진 그가 거듭 내 이름을 불렀다.

"올리비아, 집에 다 왔습니다."

동시에 눈을 떴다. 오면서 눈이 더 내렸는지 커튼이 흔들리는 차창 너머로 보이는 건 새하얀 세상이었다. 마차가 완전히 멈추고 빈센트가 문을 열고 나와 내게 손을 내밀었다.

머뭇거림 없이 도움을 받아 내리자마자 동화의 일부분 같은 풍경이 사방으로 날 감싸고 있었다. 숨을 쉬기가 벅찰 정도로 신비롭고 아름다운 광경이었다.

"세상에……."

뒤이어 내려온 애니가 감탄사를 내뱉었다. 제일 먼저 눈에 들어온 건 안쪽까지 다 비칠 듯한 투명하고 푸른 호수와 그 아래로 뿌리를 딛고 가지를 뻗은 수십 그루의 자작나무가 눈을 맞은 채 의연히 서 있는 광경이었다.

호수에 비친 그들의 상체가 너무 선명하고 깨끗해 뒤집힌 다른 세상이 존재하는 것처럼 느껴졌다. 요정이라는 게 정말 실존한다면, 게더가 아니라 이곳을 집으로 삼는 게 타당하다고 생각될 정도였다.

"이런 곳이 존재했다니……."

웅장하고 위용 있지만 어딘지 고택 특유의 비밀스럽고 어두운 분위기를 풍겼던 레이븐 홀과 비슷한 느낌일 거라고 생각했던 내 예상이 산산이 조각나는 순간이었다. 뒤에 서 있던 그가 어깨를 잡자 나도 모르게 물음이 터져 나왔다.

"왜 이렇다고 내게 말하지 않았죠?"

"말을 꾸는 재주는 없습니다. 직접 보는 게 낫다 생각했습니다."

그의 말마따나 만약 누군가 내게 이곳 풍경을 상세히 묘사했다 하더라도 믿지 못했을 거였다. 공상 속에 살고 있느냐고 되물었겠지. 하지만 놀라는 건 이제 시작이었다.

"어서 오세요, 나리, 그리고 아가씨."

누군가 몇 걸음 뒤에서 말을 걸었고, 자연스레 뒤를 돈 순간 더 할 말을 잃고 말았다.

눈의 일부인 듯, 새하얀 벽돌로 공을 들여 깎아 낸 듯한 저택이 홀연하게 호수를 마주 보며 서 있었다.

저택의 현관엔 눈꽃 모양으로 장식된 부조가 장식됐고, 벽과 문, 그리고 둥글게 난 창문이 새하얀 가운데 호수의 물빛과 마찬가지로 옅은 푸른색을 띤 두 개의 지붕이 마찬가지 색깔의, 가장 큰 정중앙의 지붕을 감싸듯 양옆으로 위치했다.

이 층 규모로 마거릿 홀보다 조금 더 작았지만 나와 그, 그리고 애니와 이곳의 관리인이라는 노부부가 지내기엔 넓다 못해 조금 부담스러울 정도였다.

"올리비아."

넋을 잃고 저택을 바라보는 사이, 그가 부르는 소리에 뒤늦게 고개를 돌렸다. 빈센트가 내 앞에 선 노부부를 소개했다.

"이쪽은 저택을 관리하는 생스터 씨와 그 부인."

"만나게 되어 정말 기쁩니다, 레이디⋯⋯."

빈센트의 성격상 미리 말했을 테지만, 나이가 들어 기억을 되짚는 듯 머뭇거리는 생스터 부인에게 미소를 띠며 대답했다.

"'올리비아'예요. 앞으로 잘 부탁해요."

전형적인 시골 사람으로 소박하고 욕심 없어 보이는 노부부였다. 나와 애니까지 악수를 마친 생스터 씨가 입구 쪽으로 손짓하며 안내했다.

"저희야말로 잘 부탁드립니다. 어서 안으로 들어오시죠."

그를 따라 들어가자 현관의 위층으로 이어지는 나선형 계단을 기점으로 왼쪽은 거실로 이어지고 오른쪽은 식당 및 부엌으로 갈렸다. 생스터 부인이 간단히 먹을 것을 준비하는 동안, 생스터 씨가 앞장 서 나와 애니에게 저택 안을 소개했다.

크게 구분해서 일 층엔 거실과 식당, 부엌, 그리고 응접실이 있었다. 그리고 이 층엔 서재 겸 집무실과 손님방 네 개와 주인 부부의 침실이 있는 구조였다. 서재 겸 집무실과 곁문으로 이어진 주인 부부의 침실 은 다닥다닥 붙은 손님방과 마주했다.

전체적으로 흰색을 기본으로 푸른색을 조화롭게 섞은, 화사하고 편 안한 느낌의 집 안이었다. 우리가 올 것을 알고 미리 불을 때어 놓았 는지 거실로 들어서자 따뜻한 열기가 감돌았다. 식당 대신 그곳에서 가벼운 과일과 생스터 부인이 준비한 음식으로 끼니를 때우고 나자 배 가 든든해졌다.

슬슬 따뜻한 물로 몸을 녹이고 씻고 싶어졌을 때, 부인을 도와 그릇 을 치운 생스터 씨가 말했다.

"나리께선 아시다시피 이곳에 사용인 저희뿐이고, 저희는 걸어서 십 오 분 정도 거리의 오두막에 사는지라 저녁 열 시 이후엔 이곳에 없답 니다."

일전에 들은 적 있는 얘기였다. 날 위해 다시금 이야기해 준 눈치니 예의상 고개를 끄덕여 보이자 생스터 부인이 다가왔다.

"같이 오신 애니 양은 아까 보여 드린 이 층의 맨 끝 방을 치워 놓았 습니다. 올리비아 님은 그 옆방을 쓰시면 되구요. 나리는 원래 사용하 시던 침실에서 주무시면 됩니다."

주의 깊게 들으며 다음 말을 기다리자 드디어 듣고 싶은 말이 나왔 다.

"이곳까지 오시느라 피곤하실 테니 방에서 기다리고 계시면 씻으신 물을 데워 가져오겠습니다."

* * *

부지런하고 손이 빠른 관리인 부부 덕에 도착한 지 얼마 안 돼서 금세 배를 채우고 애니와 함께 따뜻한 물로 씻고 나자 피로가 언제 쌓였냐는 듯 온몸이 가벼운 느낌이었다.

아무리 잘 대접 받았어도 눈치를 봐야 했던 레이븐 홀에서의 긴장이 없으니 더더욱 마음도 편해졌다.

"벌써 어두컴컴한 밤이네요, 아가씨. 이곳에 있으면 날이 확확 바뀌는 거 같아요."

나와 마찬가지로 한결 개운한 얼굴로 내 머리를 빗겨 주며 애니가 말했다. 그녀의 손에 머리가 쥐여 있어 고개를 끄덕이는 대신, 말로 대답했다.

"겨울은 원래 해가 짧지만, 북부는 특히 더 짧은 편이니까."

"맞아요. 하지만 여기가 이렇게 환상적인 곳이라 더 짧게 시간이 지나가는 느낌이 들어요."

그 말이 사실이었다. 마치 다시금 내게 닥칠 시련들의 문턱에서 주어진 짧고 달콤한 휴식 같았다. 몸과 마음이 편안한 와중에서도 손끝에 박힌 가시처럼 내 가슴을 찌르는 것이 있어 더더욱 그랬다.

"애니, 거의 다 마른 거 같으니 이만 네 방으로 돌아가. 내일부터는 아마 할 일이 많을 거야."

여타 다른 곳보다 규모가 작은 편이라 해도 일손이 적으니 생스터 부인을 도와 할 일이 많을 거라는 뜻이었는데 화장대 거울로 마주친 애니의 얼굴을 본 순간, 그녀가 어떻게 받아들였는지 눈치챘다.

"그럼요. 아주 아름다운 약혼식을 올리실 거예요."

"⋯⋯그걸 어떻게 알았어?"

늦은 밤에 있었던 얘기고 그 말을 꺼낸 변경백을 비롯해 나와 빈센트만 아는 이야기라고 생각했기에 더욱 당황스러웠다.

이어진 말은 더욱 날 놀라게 만들었다.

"어머? 저는 여기 도착한 첫날부터 알고 있었는걸요?"

더 커지는 내 눈을 마주한 애니가 빙긋 웃었다.

"레이븐 홀의 하녀들에게 들은 얘기예요. 북부에는 준귀족 이상의 사람들은 대부분 약혼식을 치른 후, 이듬해 결혼한다고. 그러니 이곳에서 기사 작위를 받은 데다 변경백 각하의 가족이나 다름없는 빈센트 나리도 마찬가지라고 생각했죠."

"그랬구나."

때론 윗사람들의 대화보다 하녀, 혹은 하인들의 이야기가 주요 화제에 대해 어떤 면에선 더 유용하고 정확할 때가 많았다. 내 수긍에 마지막으로 뒷머리를 끝까지 빗어 내린 애니가 물었다.

"그래서, 약혼식 날짜는 잡으셨나요?"

"아직. 상의해 볼 일이야."

그게 뭐든 난 유난하게 치르는 걸 좋아하지 않고, 빈센트 또한 마찬가지로 보였다.

사실 약혼식이란 본디 대단할 것 없는 절차였다. 초대한 하객들이 보는 앞에서 서로의 왼손 약지에 은으로 만든 실반지를 끼면 끝날 일이었다. 그 후 양 가족의 축하와 기원을 받으며 제법 괜찮은 성찬을 들면 깔끔하고 완벽한 마무리였다.

"계속 생각했는데, 여기서 큰 문제가 하나 있어요, 아가씨."

알고 있는 약혼 의례를 머릿속으로 되짚어 가던 걸 멈춘 건 자리에서 일어나 문을 열어 나가려던 애니였다.

"빈센트 나리의 가족은 백작님 가족일 텐데, 아가씨의 하객 자리엔 누가 앉죠?"

"네가 있잖아. 그거면 돼."

애니가 몇 번 입을 끔벅거리더니 다물었다.

"그, 그게 말이 되나요? 저는 아가씨의 수족이지, 가족이 아닌데. 엘리엇 도련님은……."

그녀의 말을 끊었다.

"농담하는 게 아니야. 아무리 네가 평소 내 시중을 든다 해도 그런 자리에 심부름이나 시킬 거 같아? 엘리엇은 지금 게더에서 한창 바쁠 테니 부를 수가 없어. 그리고 어머니는……."

게더를 떠날 때 마지막으로 봤던 그녀의 모습을 떠올렸다. 아무리 명백한 상호 간의 거래와 기간이 정해진 계약 약혼이라는 걸 차치한다 해도 그 자리에 그녀를 부를 마음은 들지 않았다. 적어도 지금은 아니었다. 아직 그녀를 온전히 받아들일 수가 없었다.

"……알았어요. 더는 묻지 않을게요. 그럼 안녕히 주무세요."

말을 잇지 못한 채 굳어지는 내 얼굴을 바라보던 애니가 조용히 인사를 한 뒤 문고리를 돌려 나갔다. 그녀가 나가자마자 반투명한 흰 커튼을 젖히고 창을 열어젖혔다. 눈이 잠시 그쳐 차갑지만 아리도록 청량한 바람이 방 안으로 들어와 한 바퀴 휘돌아 나가고 있었다.

한참을 눈을 감고 맑은 공기를 들이마시다 쌀쌀해진다 싶을 즈음 다시 창을 닫았다.

-일기장.
-내일, 나와 둘이 있을 때 읽었으면 합니다. 그전까진 아무도 몰랐으면 하는데.

짐 가방 맨 아래에 넣어 두었던 일기장이 날 기다리듯 입을 벌리고 있는 것 같았다. 침대 옆 서랍에 넣어 둔 그것을 들고 방을 나섰다. 혹여나 애니가 눈치챌까 싶어 슬리퍼도 꺼내 신은 채 조심스레 걸음을 맞은편으로 옮겼다.

한밤중 연인의 방으로 밀회를 가는 여자가 된 기분이었다. 예상대로 그는 침실 옆의 서재에 있었다. 심호흡을 가다듬고 노크하자마자, 들어오라는 허락 대신 문이 벌컥 열렸다.

마음의 준비를 할 새도 없이 바로 눈이 마주쳤다.

"올리비아."

"기다리고 있으실 거 같아서."

"기다렸습니다."

망설임 없이 내 말에 수긍한 그가 날 안쪽으로 들여보냈고 등 뒤로 문이 닫혔다.

장소는 바뀌었지만, 대각선으로 마주 앉은 빈센트와 나의 위치는 똑같았다.

"아마 오늘 읽을 게 마지막 분량 같아요. 어째서인지 대부분 백지고 뜯어진 흔적도 많으니까요."

손에 잡히는 종이는 채 열 장도 되지 않았다. 이 종이에 다 일기를 썼을 리 없으니, 어림잡아 네다섯 개의 일기가 남았을 터였다. 그가 미리 끓인 우유를 한 모금 마시고 책장을 펼쳤다. 일기는 어느새 달을 바꿔 2월에 접어들었다.

"1742년 2월 3일. 이제 임신 네 달째가 된 레베카의 상태가 좋지 않았다. 새벽부터 내 방에 찾아와 계속 오한이 난다고 했다. 급하게 동네 의사를 찾아 진료를 보게 했으나 산모의 스트레스로 인한 일시적인 현상일 뿐 안정을 시키면 괜찮아질 거라고 말했다. 의사의 말을 듣고 일단 수도로 올라가는 건 조금 유보하는 편이 좋겠다고 판단했다. 왕께 편지를 보내고 당분간 그녀의 상태가 어느 정도 안정될 때까지 이 작은 마을에 머물기로 했다."

빈센트가 자리를 고쳐 앉았다. 경청하는 자세였다. 잠시 다물었던 입을 열어 이어 나갔다.

"1742년 2월 15일. 큰일이다. 레베카의 상태가 호전되기는커녕 점점 나빠지고 있다. 이제 그녀는 오트밀조차 제대로 넘기지 못해 음식 냄새를 맡기만 해도 구토를 한다. 윤이 흘렀던 하얀 얼굴은 누렇게 떴고, 부풀어 오른 배와 달리 앙상한 팔다리는 물만으로 한 달간 목숨을 이어 온 전장의 병사를 떠올리게 했다. 일전 아내의 모습을 본 적 있기에 입덧이란 걸 알지만 초기에 그쳤던 아내와 다르게 뒤늦게 시작한 레베카가 걱정된다. 한 아이의 어머니로서 모쪼록 잘 이겨 내길 바랄 뿐이다."

첫 장엔 무미건조한 시선으로 레베카를 바라보던 아버지가 이젠 동정 어린 눈길로 그녀를 바라보는 게 느껴졌다.

잠시 숨을 고르려 책을 내려놓자 빈센트가 우유가 든 잔을 내밀었다. 작게 눈인사를 한 뒤 다시 한 모금 마시고 마저 세 장을 넘긴 뒤 읽어 내려갔다.

날짜는 훌쩍 건너뛰어 3월로 넘어갔다.

"1742년 3월 2일. 게오르그란 남자는 첫인상대로 교활하고 이기적인 인간이었다. 레베카의 상태가 아무리 봐도 좋아질 거 같지 않자 어젯밤 내게 헐값에 팔아 버리는 편이 어떻겠느냐 물었다. 임신했어도 곧 유산할 가능성이 크고, 젊고 얼굴도 반반하니 꽤 괜찮은 돈을 얻어 낼 수 있다는 말이었다. 레베카를 나의 정부로 알고 있으면서 어떻게 감히 그런 말을 지껄일 수 있는지 알 수 없었다. 그것도 두 달 가까이 동고동락하면서 이런 짐승만도 못한 제안을 할 수 있는지 이해가 가지 않았다. 대답 대신 그 개자식의 멱살을 틀어쥐고 바닥에 내리꽂았다. 그대로 주먹 쥔 손으로 뺨을 갈기려는 순간, 어느샌가 계단을 내려온 레베카가 새된 비명을 질렀다. 임산부 앞에서 싸움할 수 없어 결국 그대로 주먹 쥔 손을 내려놓고 두 번 다시 내 눈에 띄면 죽여 버리겠다고 경고한 뒤 밖으로 내쫓았다. 정신을 차리지 못했는지 머지않아 후회할 거라면서 고래고래 소리를 내지른 게오르그가 꽁지 빠지게 제 짐을 싸 날랐다. 잘된 일이다. 어차피 더 이상 길 안내는 필요 없고, 저런 쓰레기와는 함께 가지 않는 편이 나으니."

이제 네 장만이 남아 있었다. 시간의 공백은 더 커졌다.

"1742년 5월 17일. 드디어 수도가 코앞이었다. 이제 만삭에 접어든 레베카는 거동하기가 힘들어 보였지만, 그래도 다행히 두어 달 전 입덧으로 힘들어하던 때보단 한결 나아 보인다. 당면한 걱정은 그간 인편으로 드문드문 경비를 보내오던 것이 뚝 끊겼다는 점이다. 둘 중 하나였다. 왕께서 미처 신경 쓰지 못하게 되었거나, 혹은 1왕자가 냄새를 맡았거나. 전자라면 그나마 괜찮았지만, 후자라면 큰일이었다. 비록 왕비의 배에서 난 게 아닌, 서자라 할지라도 나는 레베카의 아이를 무사히 태어나게 할 의무가 있었다. 무슨 일이 있어도 그녀와 아이에게 절대 아무 일도 없게 할 것이다."

중간 부분은 흐릿하게 지워져 있어 알아보기 어려웠다. 뒤이어 읽어 내려갔다.

"간밤엔 아내와 아이들의 꿈을 꿨다. 이 임무를 끝낸 뒤엔 게더로 돌아가 사랑하는 아내와 자식들 사이에서 당분간 편안하게 시간을 보낼 것이다."

일기는 또다시 두 달을 건너뛰었다.

"1742년 8월 11일. 지난 새벽부터 레베카가 산통을 시작했다. 벌써 스무 시간이 넘었다. 간밤에 급하게 왕께 급보를 보냈으나 아직 아무 답도 오지 않았다. 마을 산파는 초산에다 몸집이 작은 편이라 진통이 길고 힘든 출산이 될 것이라 했다. 닫힌 문 너머에선 온통 울음 섞인 고통스러운 비명과 함께 힘을 주라는 산파의 외침만이 가득하다. 길고 긴 날이 될 거 같다."

다음 장은 몇 장이나 뜯어 버린 흔적이 가득했다. 그것이 분노에 못 이긴 흔적이라는 것을 다음 장을 보고 알았다. 날짜는 바로 다음 날이었다.

"1742년 8월 12일. 어제저녁, 아이가 무사히 태어났다. 건강한 사내아이였다. 레베카는 다신 눈을 뜨지 못했다. 아이의 이름조차 남기지 못하고 죽었다. 내 품에 안긴 건 그녀와 똑 닮은 아이였다. 아비와 닮은 거라곤 눈동자밖엔 없었다. 핏덩이를 안은 채 뜬눈으로 밤을 지새웠다. 새벽이 되자 모든 것이 명확해졌다. 우리에겐 그간 그녀를 죽이러 온 자객도, 좁혀 오는 감시망도 없었다. 왕자에게 들킬까 우려한 왕이 그녀를 외면한 것이다. 나마저도. 장자의 위세가 두려워서인지, 혹은 그녀를 살리기 위해서인지는 이제 와 중요하지 않다. 왕에겐 그녀와 아이 모두 죽었다는 편지를 보냈다. 아이에게 아무것도 전해 줄 게 없어 레베카를 땅에 묻기 전, 그녀가 하고 있던 목걸이를 쥐여 주었다. 그것을 작은 손에 움켜쥐고 아무것도 모른 채 새근새근 자는 모습을 밤새도록 바라보다 결심했다. 이 아이를 이대로 게데로 데려갈 것이다. 입양하여 새 이름을 주고, 새 삶을 살게 할 것이다. 올리비아와 엘리엇은 동생이 생길 것이고 우린 다 같이 행복해질 수 있다."

어쩌면 내 가족이 될 수도 있었던 아이. 그리 생각하자 가슴이 쓰라렸다. 아버지는 이 일기장을 다 채운 후로도 9년을 더 사셨다. 살아생전 그리 아끼고 사랑했던 내게 한 번도 이야기한 적 없었던 일이었다.

이 일기장에 23년 전의 아버지가 숨 쉬고 있었다. 천천히 마지막 장을 넘겼다.

"1742년 8월 14일. 레베카의 친 오라비라는 자가 나타났다. 생김새와 말투로 보아 북부인인 것도 사실이고, 이목구비 또한 닮았으나 말과 행동이 거칠고 무례한 것이 믿기지 않았다. 문을 박차고 들어오자마자 다짜고짜 날 바닥에 메다꽂은 그가 죽일 듯이 노려보며 레베카의 외견을 말하며 행방을 물었다. 혹시나 싶어 엊그제 그녀를 묻은 무덤으로 안내하자 처음엔 믿기지 않는다는 듯 처음엔 눈살을 찌푸리다가, 아이에게 건넨 그녀의 목걸이를 받은 뒤 한참 넋을 놓았다. 그리고 다리에 힘이 풀린 듯 주저앉아 한참을 오열했다. 보고 있는 사람마저도 가슴이 절절할 정도로 처절하고 비탄에 젖은 울음이었다. 다음 날, 다시 날 찾아온 사내는 아이를 데려가겠다고 했다. 그리고 다신 이 아이에 대해 그 누구에게도 말하지 말 것을 당부했다. 날 아이의 아비라고 의심하지도, 아이의 아비를 묻지 않은 것을 보니 이미 알고 있는 모양이었다."

입안이 말라갔다.

"아이와 함께 사내가 뒤를 돌았을 때, 마지막으로 레베카의 진짜 이름을 물었다. 멀어지던 사내가 뒤도 돌아보지 않고 대답했다. 이네스 데인. 변경백의 하나뿐인 누이동생. 그것이 레베카의 이름이었다."

마지막 문장을 읽었을 때, 그대로 숨이 틀어 막히는 느낌이었다. 짧지 않은 일기를 한 문장 한 문장 읽어 내려가면서도 설마 했던 가정이 그대로 들어맞는 기분.

나와 빈센트 우리 둘 다 아무런 말도, 숨소리조차 내지 않았다. 머리 위를 짓누르는 압도적인 침묵과 차마 입 밖으로 내뱉을 수도 없는 거대한 진실 앞에서 우리는 한낱 짓이겨질 미물밖에 아닌 것처럼 느껴졌다. 한참 뒤에야 침묵을 깬 건 내가 아닌 빈센트였다.

"……아이가 어떻게 됐는지, 이후의 기록은 없습니까?"

관자놀이를 짚은 그 또한 많이 혼란스러운 듯 보였다. 고개를 저으며 대답했다.

"모르겠어요. 이 일기가 마지막이에요."

그 뒤로 한 장 더 남아 있었지만, 백지로 비워진 채였다.

"올리비아."

잠시 숨을 고르던 빈센트가 일어나며 당부했다.

"이 일은 우리만 아는 겁니다. 그 누구에게도 말하면 안 되는 비밀이에요."

변경백의 하나뿐인 누이와 선왕과의 사이에서 난 사생아. 두말할 것도 없었다. 온 나라를 뒤집고 단번에 혼돈의 도가니로 휩쓸리게 할 이야기였다.

아버지가 눈을 감는 그 순간까지 침묵을 지키신 게 이해가 갔다. 어째서 변경백이 오래전에 실종됐다던 여동생의 방을 고스란히 놓아두고 집착하는지도. 땅에는 묻었으나 가슴에 묻지 못한 탓이었다. 일찍이 타계한 부모에 이어 유일한 피붙이였던 그녀의 죽음조차 지키지 못했으니 그 절절한 그리움이 얼마나 깊고 아득할지 상상조차 가지 않았다.

일기장을 덮자, 우연히 맞닥뜨린 거친 풍랑에 한참을 표류한 느낌이었다. 온몸의 진이 빠져 방으로 돌아가 눕고 싶었다. 그대로 비척비척 일어나 문으로 걸어가는데, 그가 나를 불렀다.

뒤를 돌자 그가 물었다.

"이 일기장을 어디서 얻었다고 했죠?"

"……외숙부한테서요. 그가 숨겨 놓은 장소를 찾아내 제게 주었어요."

"그는 이 일기장의 내용을 압니까?"

"아니요……. 아마도 아닐 거예요. 자물쇠가 걸려 있었으니까요."

대답하면서 문득, 머릿속에 섬광이 일듯 의문 하나가 강렬히 떠올랐다. 대체 왜, 그토록 오랜 기간 침묵을 지켜 왔던 내 아버지 프란츠 시오네가 이 일기장을 외숙부를 통해 내게 전달하게 했을까. 하지만 그보다 더 궁금한 게 있었다.

"……아이는 어떻게 됐을까요?"

"아마 죽었을 겁니다."

가차 없이 냉담한 대답이 돌아왔다. 이어지지 않은 뒷말을 어렵지 않게 알 수 있었다. 아끼던 누이 대신 태어난 조카를, 변경백이 죽였을 거라고. 굳은 내 표정을 바라보던 빈센트가 이야기를 일단락 지었다.

"일단 우리 둘 다 푹 자고 난 뒤에 이야기하는 편이 낫겠습니다. 아직 풀어야 할 숙제가 많으니까요."

그의 말이 맞았다. 고개를 끄덕이고 방을 나왔다. 그의 말마따나 나와 그 사이엔 이뿐 아니라 풀어야 할 수수께끼가 남아 있었다. 그의 조부인 필립 그레덴과, 내 아버지인 프란츠 시오네에 관한 비밀.

이토록 많은 비밀을 품고 살아오셨는지는 꿈에도 알 수 없었고, 어쩌면 빈센트를 만나지 못했다면 앞으로도 알지 못했을 것이다. 아버지의 비밀을 하나둘씩 알게 되는 순간순간, 미지의 세계에 발을 디디는 것 같아 두려웠지만 어떤 판단이나 생각은 뒤로 미루기로 결심했다.

이미 발굽을 굴리기 시작한 말은 앞으로 질주하기 시작했다. 달리는 말에서 두 번이나 뛰어내릴 수는 없었다. 이번에 안장에서 내려오는 건, 드디어 목적지에 다다랐을 때였다.

\<다음 권에 계속\>